U0916006

本书为国家社科基金项目“清代女性别集叙录”（编号12CZW056）结项成果。

清代女性别集叙录

初编

宋清秀 著

中国社会科学出版社

图书在版编目（CIP）数据

清代女性别集叙录．初编/宋清秀著．—北京：中国社会科学出版社，2020.10

ISBN 978－7－5203－6708－0

Ⅰ.①清…　Ⅱ.①宋…　Ⅲ.①中国文学—古典文学研究—清代　Ⅳ.①I206.49

中国版本图书馆CIP数据核字（2020）第125116号

出 版 人　赵剑英
责任编辑　郭晓鸿
特约编辑　张金涛
责任校对　季　静
责任印制　戴　宽

出　　版　中国社会科学出版社
社　　址　北京鼓楼西大街甲158号
邮　　编　100720
网　　址　http://www.csspw.cn
发 行 部　010－84083685
门 市 部　010－84029450
经　　销　新华书店及其他书店

印　　刷　北京明恒达印务有限公司
装　　订　廊坊市广阳区广增装订厂
版　　次　2020年10月第1版
印　　次　2020年10月第1次印刷

开　　本　710×1000　1/16
印　　张　37.5
插　　页　2
字　　数　535千字
定　　价　218.00元

凡　例

一、本书旨在通过叙录总括清代女性别集概貌（以诗文集为主），选取著名且有代表性的女性作家，侧重考述作者生平、版本源流、别集内容、文献价值，或详或略，篇幅长短，各因其宜。

二、各题均系作者小传，因女性作者多不为人所知，故而生平事迹尽量翔实，尤注重从作者本人或他人诗文集中寻绎考求可能线索，再取碑传、墓志及方志、宗谱等所载，略事考证。

三、女性作者多为家族群体，力求将同一家族、同一群体丛聚一处，以见女性家族群体文学之兴盛，故而书中作者次序非严格按照生卒年先后排序。

四、因女性作品流传不广，阅读不易，为述其源流，论其旨归，故多采录作品述其文学成就与创作倾向，不徒为罗列。

五、本书为便于阅读，大抵按作者生卒之序分为六卷。

目　　录

卷　一

《卧月轩稿》六卷、《续刻》一卷　　顺治八年刻本

顾若璞　撰

顾若璞（1592—?），字知和，钱塘人。明上林署丞顾友白女，万历三十四年（1606）归黄茂梧为妻。茂梧后为司文者所得，但仅列副榜，益刻苦自励，以文会友，书前贤鞭策警语于座右，手录经书制义及先秦两汉名篇成帙。每日有恒课，一事偶缺，必自责立补，夜坐往往达旦，虽古引锥自刺，其猛厉不是过。每拈一题，必镂心刻骨，不屑作庸语，然体素羸弱不支。甲寅，病殆几不起，不能赴试，益愤懑不得志，如是数年。戊午，督学蔡公试在高等，病复作，不果射策。故而婚后若璞涉历家事，中间辛苦备尝，风波遍历。唯是兢兢业业，早作夜思，无敢失坠，以无误祖宗立法，以无贻父母忧者。万历四十七年（1619），茂梧病逝，更含辛茹苦，教育两子灿、炜及孙辈成人。若璞《自序》言其生平境遇："璞也不才，少不若于母训，笄而执箕帚名门，所惧增羞父母，酒浆组纴，勤不告劳。盖数十年如一日矣。归于东生之岁，君舅谢钟陵令，待命京师，父母故怜爱余，不欲令远方，甥乃就贰室，余得无废膝下欢。而夫子早失恃，体羸弱不胜衣。君舅廉吏，既不事家人生产作业，室中之藏止书数卷。余脱簪珥，佐鸡窗读，又连不得志于棘闱，愤懑喷血，遂不可止，而夫子以罔极恩未报，先得沉疴，益伊壹不乐。日夜攻苦，而神气愈索矣。呜呼，余事夫子十有三年，强半与药炉为伍，后子女渐

长，食费渐繁，未暇覃精文苑，或稍有所诵，钞略不全。闲事歌咏，大抵与东生相对忧苦之所为作也。夫溘云逝，骨铄魂销，帷殡而哭，不如死之久矣。岂能视息人世，复有所谓缘情靡丽之作耶？徒以死节易，守节难，有藐诸孤在，不敢不学古丸熊画荻者，以俟其成。当是时，君舅方督学西江，余复远我父母兄弟，念不稍涉经史，奚以课藐诸孤而俟之成。余日惴惴，惧终负初志，以不得从夫子于九京也。于是酒浆组纴之暇，陈发所藏书，自四子经传以及《古史鉴》《皇明通纪》《大政记》之属，日夜披览如不及。二子者从外傅入，辄令篝灯坐隅，为陈说吾所明，更相率咿吾，至丙夜乃罢，顾复乐之，诚不自知其瘁也。日月渐多，闻见兴积，圣贤经传，育德洗心，旁及骚雅词赋，游焉息焉，冀以自发其哀思，舒其愤闷，幸不底于幽忧之疾。而春鸟秋虫，感时流响，率尔操觚，藏诸笥箧。”黄汝亨赞曰：“妇慧哲，晓文理，能为母。”若璞《修读书船》曰：“闻道和熊阿母贤，翻来选胜断桥边。亭亭古树流疏月，漾漾轻袅泛碧烟。且自独居扬子宅，任他遥指米家船。高风还忆浮梅槛，短烛长吟理旧毡。”《小序》曰：“秋日为灿儿修读书船，泊断桥合欢树下。雨山峭蒨，空水澄鲜，断烧留青，乱烟笼翠，与波上下，倏有倏无，忽焉晴光爽气，激射于丛云堆黛之中，令人心旷神怡，不复知有人世间事矣。览物兴思，为诗以戒。”若璞于女学最著者当为训女若子，其《延师训女或有讽故作解嘲》曰：“二仪始分，肇经人伦。夫子制义，家人女贞。不事诗书，岂尽性生。有媪讽我，妇道无成。延师训女，若将求名。舍彼女红，诵习徒勤。余闻斯语，未得吾情。人生有别，妇德难纯。讵以闺壸，弗师古人。邑姜文母，十乱并称。大家有训，内则宜明。自愧儜愚，寡过不能。哀今之人，修容饰襟。弗端蒙养，有愧家声。学以聚之，问辩研精。四德三从，古道作程。斧之藻之，淑善其身。岂期显荣，愆尤是惩。管见未然，问诸先生。”其训辞雅正，令闻者心折。所著《卧月轩稿》六卷、《续刻》一卷，有顺治八年（1651）刻本。另有《卧月轩稿》三卷、《附录》一卷，光绪二十三年（1897）嘉惠堂丁氏《西泠三闺秀诗》本。

此集为顺治间刻本，集前有吴本泰《纪言》、包鸿嘉《小传》，吴本泰、马元调、顾若群三《序》及顾若璞《自序》。吴本泰《序》曰："黄夫人所著《卧月轩稿》，余既以灿、炜二子请，手加删选评次而弁其端矣。今年夏六月，夫人六十帨旦，二子图所以寿母者。母汪然大戚曰：余称未亡人三十年，啜血茹荼，勖汝辈于成也。以有今日，恨不从而父地下，而忍举介眉之觞，言笑晏晏乎？且礼俗必割牲击鲜，吾白发优婆夷，安用此？二子逡巡退，已又念母氏诗文可藉不朽，盍寿梓以寿吾母乎？"顾若群《题词》曰："群不佞，不能读父书，而缘情绮靡之作，遂独工于姊氏。姊氏早为黄伯子妇，其翁贞父先生海内钜公也。伯子过庭言诗，不幸早夭，而吾姊教其二藐孤，自小学至古文辞，无不手画口授，陶、欧二母弗过矣！伯子既早殁，贞父先生又宦游，子幼未能持门户，姊所为拮据卒瘏者。间每夜分执卷，讽咏良苦，曰使吾得壹意读书，即不能补班十志，或可咏谢庭，今所为学语，皆出枯肠柔婉，未足以扬清芬而摅丽彩；纪银管而掷金声也。嗟乎，女子能为诗者鲜矣！吾姊尤好读史，上自班马以迄国朝典故，能陈说或论著其大旨，盖不独五言七字之为工。是集也，姑见一斑耳。学日益进，则所为日富且奇，绍吾先沧江以来藩臬二祖数世之业，而大贞父之传于其后人，端在是矣。"顾若璞《自序》曰："题曰《卧月轩稿》，卧月轩者，夫子所尝憩息，志思也。"集中卷一至卷四诗歌按年编排：卷一：辛亥（1611）至戊午（1615）；卷二：己未（1619）至丁卯（1627）；卷三：戊辰（1628）至甲戌（1634）；卷四：乙亥（1635）至庚寅（1650）。卷五、卷六收录所作之文章。《湖中》曰："湖光渺渺冷烟微，江鹭沙凫伫不飞。恰欲抱琴轻别去，芰荷分绿上罗衣。"绝句婉丽，闺秀本色，然澹冶而不雕缛，风气自别。《湖上缫丝曲》曰："桃花花繁杨柳垂，纤腰嫩脸香风吹。莺儿调声声正滑，堂上丝车鸣轧轧。少年骑马挟金弹，青幂朱舷纷夹岸。缫丝终日不忍看，寒蛩早晚啼秋幔。"丽情闲远。《忆征戍》曰："桐鸣槭槭秋云高，繁萧蔚莪空蓬蒿。银床晓汲忧风涛，美人凭歌欹玉搔。梅花吹落芙蓉泣，冷光射指商丝涩。此时停歇忆远征，粉奁香夜凄复清。风雕雪暗阴山道，单于夜猎惊衰草。铁衣消尽瑚弓老，金钗绿鬓几时好。封侯归来兮胡不早？"如落月鹃啼，边城哀角。《捣衣篇》曰："自惜盈盈十五余，不施粉黛叹幽居。忽惊流浪双头鲤，带得交河一纸书。读书宛转愁不息，征人正在天山北。天山高插碍星流，漫驾红鸾过十洲。君挂雕弓控轻骑，妾闻胡雁怨高楼。满眼风光转眼歇，昨夜红颜换白发。捣衣声断咽霜风，掩袖啼多惨秋月。秋月孤帏漏正长，香奁宝箧耀华堂。鸣珰四面鸳鸯结，罗帐团回锦绣香。鸣珰罗帐芙蓉锦，华烛兰膏明未寝。解将珠镜光如刀，留待君来照鸳枕。饮尽金罍不见君，湘帘怨卧烟氤氲。羽书犹欲征边塞，愿逐巫山一片云。”哀弹清吹，杂之唐音当不辨。《忆夫子》曰：“感君万化，千龄恨生。回肠百结，雪涕盈盈。辗转靡附，神已九升。游思无方，悲来填膺。愿言共穴，相叙生平。谆谆慈命，言念孤婴。抚之鞠之，付托遗经。戒承芳躅，勿替过庭。岁月逾迈，杳矣令音。哀从礼降，思以情深。重曰情脉脉兮天黯淡，思漫漫兮山层层。风骚骚兮灯明灭，月皎皎兮籁无声。归空阁兮念畴昔，想所历兮涕沾襟。抚衾帱而惝怳，翻贝叶以洗心。君其先觉，顿悟无生。我诚凡夫，涉水迷津。倩语作筏，庶出沉沦。”起句神远而又超邈，愔愔德音，凄凄古调，非但情至之语。《秋夜读史》曰：“六出奇谋美丈夫，只今尺土姓刘无。一声长啸月西坠，惊起慈乌愁鹧鸪。”颇有英雄气概。《昭君》曰：“李卫边功竟若何，翻劳红粉渡交河。卢龙塞外春将满，丹凤楼前恨已多。刁斗咽霜惊落雁，琵琶弄雪蹙双螺。昭阳女伴无多少，寄语将军夜枕戈。”悲婉激刺，能令壮士发指。《游仙诗》曰：“清潭碧涧赤龙游，骑著龙飞过十州。为索玉皇妃子笑，吹箫踏住五云头。”“彩鸾飞驾董双成，翠羽幡幢出碧城。手捧紫泥书敕字，佩环声曳五云轻。”集游仙之灵奇，宫词之典丽，卓尔不凡。论者赞曰：“天上步虚声也，郭景纯诸作犹是聚尘中语耳。”《西园四时词用灿儿韵》之一曰：“风回荇带随波织，篴篴新篁净如拭。飞英缭乱点窗纱，故与残妆斗颜色。清流溅石声泠泠，煮茗披帏曳杖听。乳燕衔泥归不得，花光落日映西庭。”幽情冉冉，芳气欲流，凄感自在言外。《悼亡诗》曰：“桐影依稀月未央，谁家玉笛弄新凉。玄亭卧起琴书冷，吹断秋霜子夜长。”言哀有尽，含恨不穷，凄迷欲绝，一泪一叹，有不忍竟读之感。《宫词八首》之一曰：“低唤宫娥出御沟，争拈红叶写新愁。深宫不闭潺湲水，流向人间若个收。”风华别擅，不减女学士风情。《有怀》云：“云霭霭兮清露瀼，风骚骚兮兰玉伤。合百草兮建馨芳，遥望博兮君回翔。驾飞龙兮酌桂浆，未娱昔兮心悽怆。临风况兮结杜衡，思君子兮不敢忘。”意含悱恻，词带芳香。吴梅里先生总评曰：“钟记室评诗云：自王杨枚马之徒，词赋竞爽，而吟咏靡闻。从李都尉迄班婕妤，将百年间有妇人焉一人而已。又称其辞旨清捷，怨深文绮，得匹妇之致。今黄夫人才思不减纨扇，而弘丽过之，览者宁无才难之叹！乃长信之凄凉，西园之寂寞，其志亦均可悲已。”卷五收录《先夫子行状稿》《先舅少参寓庸黄公元配赠孺人沈姑行实》《述古警女》《分析小引》《草创宗谱置祭田示灿炜两儿》《补置祭田》《西园记》《冢妇丁氏圹志》等文；卷六收录《闺晚吟题辞》《驱鼠文》《听经》《虞夫人四十寿序》《诰封淑人徐老亲母五十寿序》《江母许硕人传》《丁老亲母张夫人四十寿序》《金母诔》等文。吴梅里先生总评曰：“刘勰曰：文之英蕤，有秀有隐。隐也者，文外之重旨；秀也者，篇中之独拔。余又欲增一字曰怨。怨也者，沉郁之幽思。文不必皆怨，怨乃益工。沅湘之凄越千古，盖自怨生也。之三者是集庶几兼之，固其才慧天授，倘不遭苦辛，何以至此。”赵棻《黄夫人卧月轩集跋》曰“近代妇人能古文者不多见，余生平所见妇人别集中有古文者，唯明季钱塘顾知和《卧月轩集》而已”，“其文爽朗苍坚，无澳涊脂粉态，如《先夫子行状稿》《先舅姑行实》《子妇圹志》，质直疏快，不加文饰，而立言得体，饶有劲气；他如《述古警女》《分析小引》《创宗谱》《祭田》诸篇，无意为文，而委曲肫挚，言皆有物；寿序数首，并能脱离窠臼，叙次有法；杂文亦古雅秀润，当推作者，一时殆罕有其匹”。《诰封淑人徐老亲母五十寿序》叙次层递有法，如回澜叠嶂后引入大议论，绝非巾帼语；《江母徐硕人传》，雅洁自饶古韵。《丁老亲母张夫人四十寿序》，铺叙中韵折妍妙，如流风回雪，落花缀草。《续刻》收录《孙女埈儿往生纪实》一文，及《哭孙女埈》十首。

又，顾之琼，字玉蕊，若璞弟若群女，蕉园诗社钱凤纶之母，之琼子妇林以宁为蕉园诗社重要成员。吴振棫曰：“玉蕊前后《北征》二赋，伤心家国，芬芳悱恻，有离骚之遗。《蕉园诗启》则绮丽风华，又不减玉台一序也。其子石臣即刊其集，又以其室人林亚清《墨庄诗文》、姊氏《云仪诗集》，合梓之为《钱氏一家言》。今集未见。”有《咏史五首》《乌丝曲》等诗。《游净慈寺》曰：“乘闲寻古迹，拂草读残碑。壑断云横补，峰高日倒垂。梵声摇远岫，塔影卧南池。归路饶佳兴，双鬟唱竹枝。”“山城一叶下，风雨共寒泉。石老稀人迹，松深冷屿烟。幽篁清宝地，乱水过平田。鼓枻随云去，临流思入元。”《浪淘沙》曰：“风静绮窗闲，一任妆残。昼长何事倚阑干，好梦不来春自去，几度芳年。极目楚江寒，烟棹平澜，离魂难度万重山。帘外柳条飞絮也，春又阑珊。”

《智生遗草》一卷　　顺治八年《卧月轩稿》附录本

黄埈　撰

黄埈，号智生，黄炜女，顾若璞孙女。生而隽慧，少失恃，依祖母居，读书学诗兼禅诵。性寡言笑，诸姊妹群聚嬉戏，察其色，肃然有以自持。顾不知何所见闻，知出世道，又知人间五欲患，必脱离之而后快。其病亟，未婚夫陆氏闻之，欲趋候，拒不见，既而求剃发，家人设斋如法剃度。埈于是抗声呼“陆居士”来前，曰：“自今以后姻缘断绝，勿复往来。苦海无边，你也该回头才是。”声朗且厉。父母闻之，且喜且悲，“陆居士”三字，众人皆意想不及。临殁前，顾若群为之剪发，落三缕，埈瞪目上视。殁后，合掌倚坐，肢体柔软，家人各含泪助念佛。陆氏闻讣趋至，母曰：“吾不即听为尔也，今至此，盍成其志。”陆氏亦含泪曰：“唯命”。遂以水遍洒其顶，发尽落，脱帽覆之，俨然尼相。后家人为之浴，闻异香从其体散发，经久不散，如青莲花，面光彩作赭色，抑又奇事。顾若璞有《哭女孙埈》诗曰：“绕膝牵衣十九年，一朝悟却本来缘。花光四色莲枝稳，还望来乘大愿船。”埈又曾手录《金刚经解》一册，册裁方寸，蝇头细书，其留心此道，超诣密行，人无知者。所著《遗草》一卷，附《卧月轩稿》以行。

此集为其逝后，家人自遗箧捡得诗数篇，裒为集。虽初学，语亦见才致，故附《卧月轩稿》以行。卷后附录吴本泰《黄女童化真记》、顾若群《武林黄氏童女智生发塔记》、陆钫《记异》三文。集中收录《寿祖母六秩》三首、《昭君怨》二首、《宫词》、《江村野望》、《祖母命题菊花》、《牡丹》、《夏词》二首、《塞上曲》、《母弟疆和吴吏部雪诗率尔步韵》、《春日风雨》等诗及《画眉弯》词一阕。吴梅里曰："遗草不多，具见心灵笔秀，非惟慧业天生，直以净因作佛矣。"《寿祖母六秩》曰："巍巍泰山，峻极于天。秩秩王母，嗣徽于先。有命既集，福禄斯蕃。""巍巍泰山，梁甫有依。秩秩壶范，姻族师之，降福宜之。"庄古不似女儿语。《宫词》曰："长信宫中侍晏来，玉颜偏映夜光杯。银筝弹罢霓裳曲，又报西宫侍女催。"《昭君怨》曰："日暮风悲牧马鸣，愁肠千结恨难平。织就锦纹君不见，独怜汉月欲无生。"

《古香楼集》四卷　　康熙四十二年刻本

钱凤纶　撰

钱凤纶（1644—?），字云仪，钱塘人。进士钱安侯与才女顾之琼女，贡生黄式序妻，钱肇修姊。凤纶少时与弟肇修同受教于母。母字玉蕊，著有《亦政堂集》。凤纶父教女若子，故肇修尚未能句读，云仪读书则琅琅成诵，通晓大义。尝与伯兄辩难，其兄深异之，一时论说，传之姻党，赞有道韫讽。及长，肇修出就外傅，归而考业，或有遗忘，云仪私教之，亦常问肇修家塾所课习，相与考索无虚时。姊弟常以唱酬吟咏奉北堂之欢。后随父宦游，往返姑苏、昆陵、震泽，北至齐鲁、燕赵之地。云仪赋性颖悟，日从事笔墨，凡耳目所睹，一一写之于诗，故波涛澎湃之势，烟霞缭绕之态，凫绎文学之气，邯郸游侠之风，莫不入于诗囊，以供吟咏之助。年十六，归于黄式序。式序祖姑顾若璞，即云仪母顾之琼之姑。云仪问寝视膳之余，亲承若璞指授，所学益进。与姒妇姚令则亦时相唱和。家庭宴集，率以诗篇更唱迭和，雍雍肃肃，门内秩如。所著《古香楼集》四卷，有康熙四十二年癸未刊本。

此集前有弟钱肇修、夫黄式序、毛际可、顾若璞四《序》，集中附有柴静仪、李淑昭、冯娴评论。《古香楼诗》后附有钱肇修点评。黄式序《序》曰：

"积而成帙，命曰《古香楼集》，自娱而已，授之剞劂，非其意也。祖母阅之，以其可以问世也，既以序之矣。今年秋七月为内子四十初度，亲友醵金刊是集，代屏以为祝，予弗能却，或亦可备采风缉史者观览焉。爰是弁于端而行之。"集中录诗一百十四首。钱肇修《序》曰："余同怀兄弟三人，与伯兄后先成进士，虽未显贵于时，已食稽古之力。姊明慧不让诸昆，而所成就仅此，岂不惜哉。虽然，世之邀余荣、膺翟茀者何限，而以诗学名世者几人？苏子云：王公大人求一言之几乎道而不可得，固知天下所靳者在此不在彼也。记与姊论诗，姊欲独出心裁，一空前后作者，于古名媛诗少可而多否，故其为诗，巉刻峭厉，一洗铅华陋习，亦时有和平庄雅之音，词则花间之亚也。"毛际可《序》曰："虎林之著姓曰钱与黄，余先铨部公与黄贞父先生先后令钟陵，以清节相友。而钱子安侯同余戊戌成进士，则两家盖世讲云。贞父先生之冢妇和知顾太夫人《卧月轩集》传颂海内，又数十年，其曾孙妇云仪钱夫人复以诗闻。夫人，安侯同母女弟也。岁癸亥，余旅寓会城，安侯墓木已拱。其弟石臣过余请曰：姊氏少工吟咏，积成卷轴，今春秋四十矣。同里姻戚谓：金书玉轴，求名尊显者之词为寿，徒足诧夫市氓里媪，不若梓其诗以继《卧月》，而弁以先生嘉言。"又曰："夫人善持家政，与夫子式序相敬如宾。其为五七言古及律绝体，沉雄妍秀，名擅其胜，而比事属词，尤有合于风人之旨。呜呼，天之生材不易，夫人既嗣音和知，而集中所与唱酬者，若柔嘉则夫人之娣，若重楣则夫人中表之姊，以及冯、柴、林、顾，号称女中大家者，莫不云蒸霞蔚，聚于一时。岂虎林山川之灵异，名公钜卿骚人墨客所不能尽者，而毕萃于闺房之秀若是？抑国家之盛，比美成周，由一乡以权之天下；《二南》篇什将复见于今日也哉。"顾若璞《序》曰："余家本西河，吾祖沧江公而下代有诗名，闺中雅集亦以文词竞胜。余与弟妇孝昭夫人鸾笺酬答，遂有《闺晚吟》《卧月轩》诸刻。侄女玉蕊夫人才名鹊起，藻缋益工，果然积薪居上矣。孙妇钱凤纶，玉蕊夫人次女也。自其儿时，弄墨花鸟品题，已有谢家风致，父母绝爱怜之。年十六归余仲孙，适余家中落，组紃之余，不辞操作，陈馈之隙，亦事染翰，间就正于余。余观其诗，如好鸟哢春，如新花映月，虽学力未克，而颖姿逸思，有大过人者。岂非得于性者优与？既而仲孙屡战棘闱辄报罢，抑郁寐叹，时时对泣牛衣中，然而篝灯共读，午夜不休，意欲以绿窗之勤为他山之助也。余觇知之，嘉其志而悲其遇焉。如是有年，取材于汉魏，览典于骚雅，以咏以陶，出而为幽折淡远之笔，未尝刻画古人，而时有隽永之致绕其毫端。余观其诗，较向者于归定情之作则有进。由此观之，性固不可强也，学亦不可少也。”《哭伯兄》曰：“在昔黄天倾，覆卵无完理。不即殉九京，感奋良有以。摩挲双匕首，一夕再三起。千钧重一发，恐复忧天只。荏苒岁月间，遂许深井里。恩怨久未分，徒为口舌耳。尸床目不瞑，不继非人子。尚有娥亲在，李寿汝莫喜。”语语出之至情，悲愤激昂，读之声泪俱下。《美人梳头歌》曰：“新林一声啼绿鸟，三十六宫春欲晓。床上辘轳牵素绠，秋水溶溶镜光冷。渐看红日卷珠帘，双弯却月眉纤纤。玉凤斜飞弹金蝉，珮环摇摇曳湘烟。下阶独自摘芳蕊，樱桃笑侬不结子。”掞藻摛辞，别抒心意，直可继武前贤。《南轩偶成》曰：“多病尤宜懒，长贫得著书。幽花开石砌，野竹长庭除。斗室堪容膝，方塘可种鱼。眼前饶逸兴，何必买山居。”《偕诸夫人重过原圃》曰：“扶病相携上画楼，蒹葭白露满汀洲。倩人花里寻遗翠，把酒林间说旧游。绮阁窗虚斜日映，玉池波冷晚云留。重来不为探幽胜，壶范难忘第一流。”《答又令夫人》曰：“西湖三月桃花红，罗帷绣幕寒春风。一声啼鸟小窗曙，廉栊初日光溶溶。故人天际不可见，诗瓢茗碗谁为同。置书怀袖字不灭，落月停云肠几折。安得共住桃花源，不向人间怨离别。”《七夕简启姬》曰：“桐叶飘寒碧，莲衣落粉红。阶前生白露，罗袂动轻风。络纬惊离梦，兰缸暗玉虫。凉蟾起天末，老桂湿秋空。乞巧双心和，穿针两地同。袖中有尺素，愿言寄宾鸿。”六朝风致。《贺林亚清夫人四十寿》曰：“夫人十五方结缡，正值吾家颠覆时。户外鸱鸮啼白晓，堂前老母病垂危。上堂承欢谙姑性，下堂群小深抚绥。筐床膝笈空萧瑟，宝钏旋销买书帙。闺中夫妇兼友师，万里鹏飞双健笔。一觞一咏乐有余，风流占断人间匹。况复作赋献长杨，移家上苑分天香。承恩命妇责非浅，苦志力勉成栋梁。绍武前人启后昆，名垂竹帛何辉煌。膝前娇女发半额，英姿颖悟疑仙谪。对月亲传绿绮琴，挑灯自授簪花格。寄我丹青慰愁苦，王维郑虔今莫数。金兰气洽四十霜，寸心不负凌千古。”《寄怀侄女莹卿》曰：“才余十岁思多奇，冰作心肠玉作姿。半幅鹅溪思泼墨，一枝班管解题诗。清晨带露临苏帖，子夜挑灯学董帏。莫道才华让男子，深闺亦有竹林期。”《秋日夫子读书文光阁漫赋》曰：“秋气敛万物，松涛壮林壑。清泉萦一带，寒山周四角。天净云不流，日射帘影薄。中有幽人居，摊书满高阁。意气凌碧霄，尚友有余乐。力学贵及时，晨曦良恐促。”高调古音，如闻空涧流泉，心魂俱爽。

《杂著》录赋、文、尺牍，如《射潮赋》《彤管赋》《墨君颂》《祭玉兰文》《送愁文》《表妹顾重楣遗像赞》《游湖心亭记》《蕉窗夜语记》《皋亭观桃记》《寿柴静仪连珠六首》《与丘嫂查媚思》《与林亚清》《与又令婶》《示钊儿》《与季弟幼鲲》《与弟妇卓双成》《遗弟妇柔嘉书》《西溪观梅记》《告夫子书》《录古诗文序》《姚母杨安人五十寿》等。《彤管赋》曰：“煌煌宪章，昭兹来服。崇勋攸载，眚慝咸录。昔在周王，动言斯谨。左右史臣，既疏既引。肃雍令德，王假有家。嫔御维贤，女史无哗。亦详而法，亦正而葩。始于宫闱，浸及江汉。悖俗媲行，圣明幽赞。迨其后嗣，淫荒以逞。曒曒为污，昏昏为醒。主志既移，女德乃衰。人之齐圣，已或昵之。硕人放废，颠倒以嬉。人之佥壬，己或比之。揄狄再加，妇功用隳。善善无宁迟，疾恶不可长。疾恶之甚，是为妒媒。取默以容，乃归之期。二仪既建，动静期分。硗硗者诎，犹犹者尊。独不见夫思媚之姒，思齐之任？艺事用谏，隶在尚书。史臣司鉴，敢告属车。”《小序》曰：“古者后宫女史二人，朝夕簪彤管随王左右，掌后妃宫室之事，将以惩淫慝，儆官邪也。扬雄作《二十五宫箴》，而不及女史，向疑其必有阙焉。余幼习姆训，长淹经传，窃知妇道一二，遂欲仰宣圣化，内淑闺门。女红之暇，缀辞补之。若谓与子云、茂先齐驱先后，则吾岂敢？”可见其志向。

《古香楼诗余》录词七十一阕。《孤鸾·咏孤雁为林寅三表兄咏孤雁时嫂重楣新殁》曰：“韶华易促。早帘幕封尘，珮环零玉。燕子多情，也伴主人幽独。不向乌衣觅偶，度春秋、依然孤宿。一任文禽比翼，趁晴波双浴。忆当年、旧巢相对筑。更冲雨衔泥，同栖华屋。新雏初学语，喜呢喃声熟。忽被晓风吹散，泣离鸾、断弦难续。只影悲鸣花下，总愁红怨绿。”《眉峰碧·春日与亚清对弈》曰：“深院闲春昼。小篆喷金兽。一杯清茗一枰棋，正杏雨香飞候。鹦鹉新声溜。蓦地惊回首。无端输却玉搔头，倚屏笑撚花枝嗅。”《凤栖梧·春游》曰：“闻道海棠开欲谢。日上琼楼，云鬓新梳罢。翠黛轻轻纤手画。春衫薄薄熏兰麝。燕子莺儿飞绿野。游女翩跹，斗草贪欢耍。夺得柔枝盈一把。碎揉花片将人打。”《鹊桥仙·寄外》曰：“鸿雁初来，梧桐乍落，正是早秋时节。夜深无计遣愁怀，那更又、灯儿将灭。罗襦慵解，篆烟微尽，无限幽情难说。低徊脉脉少人知，还幸有、今宵明月。”《杨柳枝·雨后海棠》曰：“空阶冷雨湿胭脂，减芳姿。终宵不断泪千丝，为谁痴。却似绣帏新睡足，欹红玉。一腔幽恨没人知，可怜时。”《浣溪沙·偶题》曰：“渌水潆回石径斜。绕溪一带种梅花。万花深处是侬家。自写闲情依翠竹，爱看清影浣春纱。小庭风静稳栖鸦。”《海棠春·立春日作》曰：“佳人占得春光早。浓艳处、新妆偏好。红穗绿云斜，玉燕金钗袅。轻笼翠袖低声道。愿岁岁、春光不老。看遍上林花，着意怜芳草。”《传言玉女·寄林亚清》曰：“帘卷西风，却又早春时节。药炉声沸，和凉蝉悽切。罗帏向晚，伴我半规新月。嘘嘘愁叹，岑岑病怯。尺素难凭，乍临笺倦又歇。故人何处，似楚天辽阔。相逢甚日，试剔银灯重说。前期难料，怎教轻别。”《满庭芳·湖庄观游女》曰：“绿染芭蕉，红催芍药，纷纷尽斗鲜妍。小楼妆罢，独坐悄无言。自汲流泉煮茗，香细细、清兴泠然。卷帘看，日高烟敛，一抹淡春山。堤边游女伴。娟娟楚楚，弱柳风前。更澄波弄影，恍若飞仙。怪煞夕阳西坠，空目断、远水长天。愿化作、萋萋芳草，轻衬一双鸳。”《忆王孙·与顾重楣对弈》：“青梅如豆又春残。燕啄飞花到画栏。午梦初回清昼闲。爇沉檀。红子轻敲睹凤团。”

《古香楼曲》有柴静仪、沈李淑昭、冯娴评。收录四套：《和亚清新曲题芙蓉峡院本》（《普天乐》《雁过声》《倾杯序》《玉芙蓉》《小桃红》《尾声》）、《冬暮归宁与亚清夜坐西轩听歌新曲》（《山坡里羊》《皂罗袍》《解醒甘州》《玉抱肚》《掉角望乡》《尾声》）、《悼亡娣柔嘉》（《榴花泣》《前腔》《喜渔灯犯》《瓦渔灯》《尾声》）、《春日蕉园与启姬话别》（《瓦盆儿》《榴花泣》《喜渔灯》《尾声》）。

《墨庄诗钞》二卷、《词余》一卷、《文钞》一卷　康熙三十六年刻本

林以宁　撰

林以宁（1655—?），字亚清，钱塘人。进士林纶女，钱凤纶之弟监察御史钱肇修妻。少时，母授书。丸熊画荻，授书无间晓夜，取古贤女行事，谆谆提命，犹注意经学。母尝语以宁曰："愿汝为大儒，不愿汝为班左也。"后壬寅（1662）其嫂顾重楣来归，以宁读其诗稿，欣慕不已，因从学诗。以宁《哭伯兄》诗前小序曰："兄字寅三，秉志高洁，不趋时望。兄弟中与余最契，余少时执弟子礼焉。于归后过从不隔旬日，至则煮茗论文，上下千古。盎无储粟，晏如也。岁戊午，父任夏城令，兄随任河东。父以不媚权贵，未期月被黜，柄事者将置于理，兄上书请代，为朝贵所阻，不获上闻。归至中途，忽发狂疾，抵家呕血而死。题诗襟带间，有'吉翂已死，缇萦尚存'之句，盖厚望于我也。"初下笔，嫂重楣深器之，遂有《天地英华气磅礴》一篇为赠。己酉（1669）之岁，以宁年十五，从父宦关西，遂济伊洛，涉淮泗，登熊耳大华之颠，旷观宇宙，可谓胜游。据钱凤纶"夫人十五方结缡，正值吾家颠覆时"之语，可知以予于此年归钱肇修。婚后夫妻唱和，时出锦囊佳句，嫂氏病卒后，请名媛为作挽歌，遂得与又令、季娴、端明诸子相订交，则月必数会，会必拈韵分题，吟咏至夕。又各推姻娅，欣时幸会，遂定金兰之契，成蕉园诗社，于是西陵花发，听拨琴而作歌；东阁筵开，共焚香而染翰，闺友披图而评骘，枣栗问遗，弥历数年，诗歌赠答，迨无虚日。蕉园诗社是第一个有固定成员、固定集会，较为成熟的女子诗社，陶元藻《全浙诗话》卷五十一"柴静仪"条曰："季娴（柴静仪）工书画，与林以宁（亚清）、顾启

姬（姒）、钱云仪（凤纶）、冯又令（娴）称蕉园五子，诗有合刻。”梁乙真《清代妇女文学史》曰：“自来闺秀之结社联吟，提倡风雅者，当推蕉园为盛。”又曰：“清初之文学，高、黄、卞、顾倡于前，蕉园七子兴于后，风气所播，遂以成一时词坛之盛。其后分道扬镳，各自授受，二百余年之妇女词坛莫不受其影响。”所著《墨庄诗钞》二卷、《词余》一卷、《文钞》一卷，有康熙三十六年刊本。

此集前有林云铭、钱二白二《序》，后附徐德音《序》，集中有冯娴、柴静仪等闺秀评点。林云铭《序》曰：“其古风则浓艳刻画中饶有清析浑成之致；近体则峭拔整雅中兼有丰腴绵邈之姿。盖缘早岁嗜学，复得石臣相资取益，而从宦关中，孤城荒碛，晓角暮笳，无非幽思。所由激发，琐琐杂务，举不足入其胸次。以故能集汉魏三唐之长，虽使学士家按题经营，未能过此。”钱二白《序》曰：“天与亚清以雕龙绣虎之奇，而复不吝其少时之穷愁困厄，所以发愤而著书；天与亚清以香闺弱质之守，而复不吝其名山大川为伊洛淮泗、熊耳太华之游，以探其奥而壮其气；天与亚清以西泠风月、湖山莺花之胜，而复不吝其左瀍右涧，坐拥洛阳佳丽，相君子于簿书案牍之余。鸣琴赋诗，啸歌晤对，油油然化翔治洽，以渐达于家邦。异日者石臣报最大廷，对扬休命，藉其鸿篇以上之郊庙，不啻唐山夫人之《房中歌》也；出其典故，以备顾问，不啻曹大家之续《汉书》也；本其经术以经世务，不啻文宣君之垂帐设帷也。”以宁集中《作诗》曰：“昌谷艳丽易谐俗，渊明淡远难求工。等闲作句嫌平熟，诗律从今学放翁。”《忆蒲署旧事》曰：“随亲宦游入长安，历尽高峰与急湍。立马平沙银灯滑，吹箫峻岭碧云寒。到来函谷秋风里，回望西湖春事阑。花底藏钩迷蛱蝶，风前刻竹碎琅玕。庭闱近日千回省，杯酒终宵各尽欢。一夜作诗三百首，平明书与弟兄看。”仙才逸韵，疑是青莲化身。《晓行晋城道中望中岳》曰：“来往长安道，春风驿站赊。蘼芜封玉井，烟雾锁莲华。远树含朝旭，寒山浸晓霞。莫言吴地近，犹是隔天涯。”《渡伊洛合流》曰：“历尽山川险，方知行路难。寒风鸣大谷，怪石激流湍。歧路心常怯，穷途泪未干。波光应笑我，独自上河干。”朴老似杜。《山程》

曰："远山日落烟迷处，仿佛当年从此去。浦口村童放犊归，停骖借问来时路。"《途中遇雪》曰："山色濛濛带雨看，纷纷新霰压征鞍。客中已厌春衣薄，何事东风又酿寒。"清倩娟秀，闺人本色。《登斗阁》曰："偶来寻胜问渔樵，直指山庄上碧霄。石罅泉流飞匹练，树头虹影驾长桥。凭栏俯识吴宫锦，隔座平题汉帝标。愿得结庐伴幽壑，月明松下独吹箫。"思父忆兄念夫之作，缠绵悱恻。《忆父禹都》曰："晓登百尺楼，遥望中条山。天际有白云，日夕自往还。去来何寥邈，引领难追攀。谁云生女好，少长违亲颜。岂不眷庭闱，安能事间关。问寝久疏阔，视膳良以艰。回步循南陔，踯躅涕泛澜。"白华遗响，温厚可诵。《伯兄从征有寄》曰："庭际有高树，鹡鸰群集鸣。无知此飞鸟，犹然感至情。我怀当如何，能不念南征？中原多战伐，烽火彻天明。阿兄负胆气，仗剑一身轻。忠义固可嘉，父母在暮龄。及早建功业，大名垂紫庭。忠孝两不亏，庶可慰生平。"卓识深情，声采俱壮。《得夫子书》曰："经年别多思，得书才尺幅。为爱意缠绵，挑灯百回读。"《忆外五首》之一曰："遥知客子定怀归，隐约云帆过翠微。如练澄江春色里，高吟应似谢玄晖。"以宁志向不凡，故而其诗高标卓识。《言怀》曰："百年穷达尽虚无，惟是文章功业殊。有志愿穷延阁秘，还从闺阃作通儒。"足见夙志。《读书高阁》曰："雪深衣袪湿，露滴砚池寒。摘句常师杜，摛文试学韩。情思抒简末，波浪拥毫端。几度春来后，花间倦倚栏。"《挽戴烈妇》曰："君不见百尺楼头身一掷，又不见望夫山头化为石。千古贞心继者谁，戴氏名姝光竹帛。结缡未几天忽倾，从容誓死非促迫。触柱一恸伤首红，血入土花千载碧。吞金饮药卧床笫，沥胆披肝赴窀穸。天乎苍苍日月黄，如何私照锦瑟傍。将遣斯人振颓俗，特申大义明纲常。肯使身存如昼烛，引刀不惜凝脂香。精魂化作比翼鸟，朝朝暮暮双翱翔。呜呼人生百岁皆有死，此子独与天地同久长。"悲楚激昂。《自嘲》曰："年逾三十竟何似，碌碌人间朝复昏。常拥牛衣勤佑读，未邀鱼佩拜新恩。生儿即有西河恸，有父空教绝塞存。百事伤心难尽诉，不才何以效持门。"《解嘲》曰："文章自可传千载，岂必功名藉宠光。勿为无儿伤伯道，居然有女胜中郎。暌离虽忆亲颜色，矍铄犹称体太康。杯茗炉香消昼永，又看明月照流黄。”《近日杭城好作高髻小鬟境内争效之余则澹然不复趋世傍人有劝之者因走笔戏答》曰：“性拙难为时世妆，垂鬟辫髻约鹅黄。傍人尽道非宜称，那识徐公自有常。”天才高旷，俯视一切，读此知其自命不凡。

《墨庄文钞》有柴静仪、钱云仪、冯又令评，收录《万弩射春潮赋》《落花赋》《放鹤赋》《赠言自序》《林悬藜遗集序》《玉尺楼传奇序代夫子》《郡司马黄公夫人何韫山镜玉楼遗集序》《柴季娴北堂诗集序》《姑母沈太夫人山居诗序》《重种六桥花柳小引》《戏拟》等文章。

《墨庄词余》收录曲十二首：《忆外》（《小桃红》《下山虎》《五般宜》《五韵美》《山麻楷换头》《江神子》《尾声》）、《寄家兄禹都》（《二郎神》《集贤宾》《黄莺儿》《簇御林》《琥珀猫儿坠》《尾声》）、《深闺怀远》（《祝英台》《换头二》《换头三》《换头四》）、《送启姬之燕》（《画眉序》《滴溜子》《滴溜金》《鲍老催》《双声子》《尾声》）、《喜云仪过访》（《山坡里羊》《皂罗袍》《解醒甘州》《玉抱肚》《掉角望云》《尾声》）、《除夕哭先姑》（《白练序》《醉太平》《白练序》《醉太平》《尾声》）、《与夫子夜话有怀校书河东三凤》（《普天乐》《雁过声换头》《倾杯序换头》《玉芙蓉》《小桃红》《尾声》）、《题芙蓉峡传奇》（《八声甘洲》《皂罗袍》《前腔》《羽调排歌》《掉角儿序》《尾声》）、《寄启姬燕山》（《金梧桐》《东瓯令》《大胜乐》《解三醒》《尾声》）、《挽凌云子》（《集贤宾》《啄木鹂》《猫儿坠》《滴溜子》《尾声》）、《秋怨》（《绣带引》《懒针线》《醉宜春》《琐窗绣》《大节高》《东瓯莲》《尾声》）、《重游原圃怀季娴云仪诸子》（《晓行序》《黑蝴序》《锦衣香》《浆水令》《尾声》）。

又，林以宁为中心的蕉园诗社在当时颇负盛名。蕉园诗社有蕉园五子、七子、十子之称。《众香词·乐集》“柴静仪”条曰载“暇辄以吟咏自娱，一时闺中才子钱云仪、林亚清、顾重楣、冯又令，连车接席，笔墨倡和”；《乐集》所收柴静仪《点绛唇·堤柳依人》词小序曰“六桥舫集，同林亚清、钱云仪、顾重楣、启姬、冯又令、李端明诸闺友”；《众香词·礼集》“钱凤纶”

条载“与姊静婉、柔嘉、柴季娴、如光、顾重楣、启姬、李端芳、冯又令，弟妇林亚清结社湖上。春秋佳日，即景填词，传播鸡坛，称一时之盛”。恽珠《正始集》曰：“亚清能文章，工书善画，尤长墨竹。与同里顾启姬姒、柴季娴静仪、冯又令娴、钱云仪凤纶、张槎云昊、毛安芳媞倡蕉园七子之社，艺林传为美谈。”《西泠闺咏》卷十“钱凤纶”条《古香楼咏钱云仪》载：“（钱凤纶）与顾启姬、柴季娴、林亚清、冯又令、张槎云、毛安芳，号蕉园七子。”俞陛云《清代闺秀诗话》曰：“启姬工诗，并精音律，与林亚清、柴季娴、钱云仪、冯又令、张槎云、毛安芳结社联吟，有蕉园七子之目。”王昶《春融堂集》卷二十七《琴画楼词》有《声声慢·题若冰南楼吟稿后》曰：“诗宗北郭，家近南濠，芷斋当日齐称。十子飘零（西泠林亚清等康熙年间号十子）犹继，渌净芳名。”王昶在“十子飘零”句的自注提到了林以宁等人在当时号“西泠十子”，但未说明十子具体为何人。其《蒲褐山房诗话新编》第九十八则“顾姒”条说：“启姬在武林，与林亚清以宁、徐淑则德音、王凤娴等人为蕉园十子。”蕉园诗社诸子引领了西泠闺秀文学风尚。《杭郡诗辑》载：“是时武林风俗繁侈，值春和景明，画船绣幕，交映湖漘，争饰明珰翠羽，珠髾蝉縠夸炫。季娴独漾小舟，偕冯又令、钱云仪、林亚清、顾启姬诸大家，练裙锥髻，授管分笺，邻舟游女，望见辄俯首徘徊，自愧不及。”以宁集中多有与诸子唱和之诗，如《秋暮宴集原圃同季娴、又令、云仪、启姬分韵》曰：“早起登临玉露浓，画楼高处碧云凉。池边野鸟啼寒雨，篱外黄花媚晓妆。斜倚红阑同照影，闲挥绿绮坐焚香。溯洄他日重相访，一片蒹葭秋水长。”《春暮宴集报清阁呈端明沈夫人暨家婶又令》曰：“春林景物暄，载酒上高楼。仰视北斗悬，俯瞰清溪流。黄鹂飞鸣碧树外，寒云欲动山光浮。斜日隐隐沉虞渊，主人情重争流连，坐我绿褥陈管弦。清音袅袅春风前，舞衣吹落金钿蝉。入座容与静且妍，朱唇不哆发鬈然。上首一女按鹍弦，问年十五诚翩翩。天教礼数能周旋，真珠尺璧相钩联。余亦醉时凭其肩，高楼佳讌谁最传。美人名士沈与钱，笔彩荧荧落照边。”蕉园五子之中以宁与柴静仪最为相厚。沈善宝《名媛诗归》云：“季娴工写竹梅，尝与闺友林亚清、顾启姬、钱云仪、冯又令、张槎云、毛安芳诸君结蕉园吟社，群芳推季娴为女士祭酒，……季娴落落大方，无脂粉习气。”如《寿柴季娴二首》曰：“本是仙家冰雪姿，常餐白石与青芝。试言金屋藏春日，可忆缑山骑鹤时。为写簪花收柿叶，爱弹流水斲桐枝。深闺亦有金兰契，阃范清才实我师。”闺中文友，翰墨往还，已极风华之胜，属辞清丽，名流风致，固自不凡。《谢柴季娴赠宜男花》曰：“交枝花乍舞，双萼娇含露。赠我宜男花，知卿心所慕。”“临风宛欲飞，承露犹嫌重。爱此绰约姿，是君亲手种。”“宜男须并蒂，结根绮罗间。折赠同心侣，闻名已解颜。”《季娴索诗赋答》曰：“春风吹暖杏花香，试拂鸾笔写断肠。每见远山思黛色，时从落月想容光。别来几度梅如雪，愁绪萦怀鬓欲霜。为报故人索诗句，砚田惭我已全荒。”《哭柴季娴四首》曰：“订文十六载，情好无与伦。西湖花月佳，宴游及良辰。有时同砚席，芜词和阳春。逾时不相见，梦魂亦逡巡。沧桑忽变更，感叹徒酸辛。俯仰妆阁前，素帷起青磷。箧中画数卷，向为君所珍。弥留托指环，遗言赠同人。涕泣感君意，生死盟不湮。画图想音容，金环留手泽。自顾顽金姿，岂易传衣钵。期如羊叔子，再世知陈迹。”冯娴评曰：“蕉园之订，昉自丙辰，气谊相投，有如一日。虽一岁中会面无几，而精神结聚，无间同堂，窃以为陈雷莫过也。季娴仙逝，同人各有挽章。亚清诗苍坚高古，骨秀神清，反复缠绵，不忍卒读。思向之痛，虽有同心悼属之文，瞠于后矣。”冯娴字又令，蕉园五子之一，以宁《寄训又令夫人》曰：“别后闻君抱小疴，经时曾未展双蛾。冲寒晓镜妆须薄，静按瑶琴气自和。勿写丹青怜腕弱，休吟诗句损神多。绣床花鸟双飞出，欲付缄题寄薜萝。”《寄顾启姬燕都》曰：“独步蕉园泪满祛，蒹葭白露怅离居。北风寒劲宜添絮，南雁秋来好寄书。旧日锦囊曾几许，近时熊梦复何如。殷勤为语双飞翼，故园萱花茂似初。”《启姬索挽诗都中薛媛》曰：“烟云互明灭，北望何渺茫。未睹遗世姿，闻名亦伤感。春花正芳菲，倏忽蒙繁霜。彭聃虽可悦，讵与日月长。佳人委兰质，黄土埋红妆。凄然帐中魂，晓暮徒相望。我有同怀子，鹿车游帝乡。邂逅华庑间，缔交锦瑟傍。遗以镂玉管，报之翡翠床。书来相夸示，新知诚乐康。旅人爱同调，剧于明月珰。

一朝随羽化，沉痛泣幽房。冰弦悲别鹤，玉笛激清商。我为写其声，用作薤露章。"《寄启姬云间》曰："泖上浮家小结庐，水轩竹槛称幽居。问人新借簪花帖，教婢闲抄相鹤书。蚁子避潮缘砚席，蟹奴沿月上阶除。清闺事事堪题咏，刻玉镂冰恐不如。"清言如绮。《同云仪泛舟》曰："暗风吹送落梅香，几度渔歌起夕阳。舟过前山浑不觉，埋头几上和诗忙。"《早春郊行时予初丧长女云仪夫人强邀出郭以解闷走笔书怀》曰："雨余千顷云光湿，一夜春风遍原隰。我时丧女儿丧明，知己相邀出城邑。刺舟随处一探幽，古梅花下湍飞急。闲来为我说无生，不使深闺百忧集。感君此意日三复，掩面随君不敢哭。虽云今日无子与昔同，然而钟情我辈百计难磨砻。"纯用白描，空明无碍。《读表侄媳朱顺成与诸嫂唱和诗走笔答赠》曰："我来洛下越五载，风景不减江南春。名花绕座香馥郁，枝头好鸟鸣清晨。深闺寂寞少知己，苦忆蕉园诸娣姒。可怜存没散晨星，零落残编如断绮。哲人松柏拱寒丘，梅梁月落真堪愁。吁嗟此心安所讬，闲云满空凝不流。忽传双鲤自南下，名笺五色纷兰麝。时流辈出多唱酬，丽句清辞名并驾。此中惟子最亲串，昔在高堂常侍宴。花时竞唱雪儿歌，绮阁春深同笔砚。金针传出有君收，继嗣徽音缟纻投。把君新诗日三复，思我良朋掩面哭。"《赠沈佩仪夫人》曰："宿昔轻裾事远游，辎軿悔不到南州。闻君洱海看明月，亲采骊珠作佩钩。""万里山川错绣围，香奁收拾载将归。何须蜀女桃花纸，自有天孙织锦机。""杂佩相贻见远情，闺中亦自梦班荆。何时买棹西湖上，共结蒹葭秋水盟。"《赠沈瑶华夫人》曰："吴山峨峨秋云阴，半衔旭日照枫林。西风入帘声萧萧，高楼美人初睡足。晓窗欲起不胜衣，雾隐双鬟钗燕宿。桂香未落茱萸红，小折芳枝入镜中。约眉才了春溶溶，天半惊回雨后鸿。妆成慵织天孙锦，姐妹香携同问寝。吹箫合唱凤凰台，围棋笑赌鸳鸯枕。清闲无事日徐徐，卫鬟重挑刻意梳。欲遣侍儿相问讯，比来新样更何如。"结语摇曳生姿。《寄表姊黄兰次燕都》曰："君不见会稽有高士，庑下常依栖。举世人莫识，知者乃其妻。又不见临邛有贵客，谢病长杜门。富人知县令，侠女哀王孙。男儿趑趄不自贵，东走青齐北赵魏。马足车轮总倡随，旗亭浊酒聊自慰。白杨萧萧起悲风，黄尘满眼雾鬟蒙。挥手大笑出门去，归来仍卧牛衣中。岂知当世无原尝，平津邸中春草荒。长安粱肉不可望，牵罗补屋增感怆。何当曰归南门窟，鹿车双挽西湖月。直取湖山作屏障，人世浮云空幻忽。”笔笔惊奇。《莫静庵夫人有寄挽伯嫂诗次韵答谢》曰：“同气悲摇落，频年泣路穷。美人何怨蕉，芳意惜兰从。华表思孤鹤，高天度远鸿。新词惬幽赏，还与故人同。”笔意似陈黄门感怀诸作。餐霞老人《绿净轩诗钞序》曰：“先是，吾乡林亚清夫人倡为蕉园吟社，知吾女能诗，曾以缣素相遗，通殷勤焉。会吾女于归邗上，亚清亦随宦洛阳，竟不果相见。阅十余年。至乙酉之岁，许生擢试舍人，挈女北去，时亚清先在京师，始得握手定交，辄相见恨晚，间以诗卷相质。亚清喜而叙之，且曰：‘蕉园之社作者数人，人皆有集，今既晨星寥落，几令韵事销歇，得子之诗，政复后来居上矣。’”以后蕉园亦有传人。徐德音《在璞堂吟稿序》曰：“吾乡闺媛能诗者，惟蕉园五子，更倡迭和，名重一时。迄今六十年来，风雅浸衰，良可慨也。顷读方芷斋名媛《在璞堂吟稿》，其修辞琢句，清真沉郁，不类弱女子为之。加之博览群书，进而益上，则蕉园替人，舍芷斋其谁欤?”其《附和芷斋侍史》诗有“蕉园旧社重凝香（柴静仪凝香诗最佳），作手今推在璞堂”之句，重申方芷斋是蕉园诗社的后继之人。

《绿净轩诗钞》五卷　　康熙四十六年刻本

徐德音　撰

徐德音（1681—1760），字波则，晚号绿净老人，钱塘人。漕运总督徐旭龄女。少时聪慧，喜作男装，有故人来访，则效男子长揖，遇宾僚赋诗，其父呼之在侧，即能作五七言韵语，而意殊便给，父绝怜爱之，谓“若生男如是，当不误改金根车”。德音喜读书，年稍长，能略涉群书，而所居在湖山之间，每当烟霞入户，鱼鸟亲人，辄留连景光，率吟小诗以自适。后归歙县许迎年，夫妇唱和，比之徐淑秦嘉。子二人，长子许佩璜举博学鸿儒，官河南辉县管河通判、开封同知；次子名信瑞，号叹泉。沈德潜《绿年轩诗抄续集序》云：“学宗乎经，识准诸史，熟精《文选》，旁又浏览乎诸家之集，而一以灵敏之思，运乎性情之真，以合乎伦纪之大。无论处常处变，为欣为戚，而总不失风人之旨也。此岂潢潦无源之学所得而窃攀者耶？且犹少至老，未尝废书；读书之余，未尝废乎有韵之语。其于诗学，犹衣服饮食之不容舍置也。”徐德音曾参加蕉园诗社，与林以宁、钱云仪、孙令媛、李幼娴、陈珮等人诗词唱和，寄诗互勉。管希宁曾作《寒闺吟习图》记述徐德音、孙净友、罗秋炎、方白莲、袁棠、汪梦翊等人唱和活动。翁方纲《寒闺吟习图为两峰题》曰：“一幅五名媛，徐姥颜发苍。自号绿净老，色香扫丹黄。”德音曾为闺秀徐映玉《南楼吟稿》、陈蕴斋《承欢集》、苏始芳《[illegible]绿剩稿》、方芳佩《在璞堂吟稿》、林以宁《墨庄诗集》作序。所著《绿净轩诗钞》五卷，有康熙四十四年初刊本；康熙四十六年赵饮谷辑“高阳四种集”本；乾隆江都许氏家集本。

此集康熙四十六年刻本，卷前有为林以宁、李淑仪、母餐霞老人《序》。集中录诗四百四十一首。《续修四库全书总集提要》曰：“雍容典雅，风骨浑成，不事摹拟，不宗一家，风格气韵颇得盛唐遗风，尤以晚年所作更苍劲自然，亦臻精练。历来论有清一代闺秀诗者，首推绿净，信有以也。”沈善宝《名媛诗话》曰：“无体不工，古风、乐府犹为擅长。”《四时白纻歌》曰：“羲和六辔回苍龙，长红小白纷作丛。纤肢绰约随流风，翩翩冶态如惊鸿。一寸眉峰晕春碧，酒潮欲上莲腮赤。热心拟化百枝灯，长倚君王照瑶席。”“赤乌从东升，玉肌怯烦暑。细縠裁轻袿，长袖自善舞。举体轻柔妙折旋，鬓鸦腻滑坠金钿。奉觞上寿乐何极，愿得君王千万年。”“清商应律凉风至，水殿龙舟咽鼓吹。两行华烛照氍毹，顿觉新寒侵半臂。珠箔重重押银蒜，熠耀飞飞入幽幔。象床筦簟不成眠，起视双星渡河汉。”“六花飞雪漫城阙，冻断遥山青一发。金炉兽炭不知寒，卷起珠帘待华月。步摇金雀貂襜褕，细骨宜酬百琲珠。紫驼之峰黄羊炙，长夜传宣赐玉厨。”《采莲曲》曰：“江南女儿颜如玉，兰桡惊起鸳鸯宿。笑靥还欺菡萏红，修蛾欲妒波纹绿。荷香冉冉水悠悠，素袖风吹半障羞。棹入横塘看不见，但闻花里发清讴。”《秋怀诗十五首》沉郁顿挫，广为传颂。“小茸茆堂似瀼东，小秦淮水望连空（红桥一名小秦淮）。伴人愁坐三更月，和我微吟一叶风。坠露却能警野鹤，张罗犹自弋高鸿。漫言性癖耽奇服，翠袖闲凭修竹中。”“烟林羃䍥雨如丝，抚景偏深秋士悲。世路崄巇逢剑栈，人情谣诼妒蛾眉。冷萤穿竹光逾淡，病鹤梳翎影不支。检点巾箱无恻理，拾来柿叶旋题诗。”“薄寒渐中芰荷衣，瑟瑟秋林挂落晖。人感秋风因易老，燕逢社日欲辞归。穷神未遣文心拙，愁垒难攻酒力微。隔舍笙歌欢正剧，可知曼倩独长饥。”“秋阳皓皓照阶除，蠹粉盈箱自曝书。牖北一峰青巀嵲，门前五柳碧萧疏。文园壮志思题柱，楚泽牢愁赋卜居。剩有珊瑚竿在手，蓼花深处钓鲈鱼。”“书空咄咄渺予怀，一种沉忧无地霾。绣虎文章皆不售，雕龙事业计全乖。玲珑山色晴逾好，窈窕枫林雨亦佳。却愧众咻频见抑，未妨肆志学诙谐。”“西风落叶罨池台，身世凄凉志可哀。怙恃无依双泪竭，蓼莪忍读寸肠回。蜀中杜甫羁愁绝，榜下刘蕡壮志灰。千古才人遭厄运，彼苍何似不生才。”“银河射角玉绳低，一卷缥缃手自携。秋水涵空沉雁影，疏林脱叶叹乌栖。握瑜七泽犹怀楚，抱瑟三年枉谒齐。终古每多怊怅事，寒蛩彻夜助悲啼。”咏史诗新意迭出。《出塞》曰：“六奇枉说汉谋臣，后此和戎是妇人。能使边庭无牧马，娥眉也合画麒麟。”《明妃》曰：“莫为丹青杀画师，君王原不识蛾眉。可知沙塞凄清日，只似长门冷落时。”亦有清丽娟秀之作，如《雨中月》曰：“酹月还听雨，虚堂夜景清。树分千涧响，云漏一轮明。缥缈岚光湿，微茫斗柄横。谁将摩诘画，淡墨绘前楹。”

《绿净轩续集》一卷　　乾隆十七年刻本

徐德音　撰

此集前有沈德潜《序》。集中录诗一百十九首。《咏史》曰：“生女欲如鼠，斯言未足规。当熊汉殿上，智勇胜男儿。恶犬啮行路，刘览噬家人。快意攫名利，宁论疏与亲。籴贱与贩贵，要是驵侩徒。儒生谋货殖，难免鬼揶揄。生儿勿姑息，出则教之忠。不见陀侯母，图画甘泉宫。”《共姜台》曰：“我行过殷墟，荒城草葱蒨。闻有共姜台，引领不可见。三诵柏舟诗，令人汨如霰。"《仲春即事》曰："瓮牖晞晨光，披衣起复坐。喔喔天鸡鸣，草草自梳裹。尸瓮执劬劳，钻榆改新火。洪河泛我前，太行绕其左。入门草靃靡，抚树枝婀娜。莺啼乱无数，花发不知朵。却忆江南春，何时买归舸。探囊觉羞涩，斯游恐未果。登楼骋遐瞩，双泪感时堕。决眦浪奔浑，抚膺愁磊均。惟耽苦死吟，从人嘲饭颗。惜此好风光，天涯徒轗轲。呼童买村醪，周旋我与我。"《闻少宗伯游天台以诗代简》曰："人生及耄耋，或困筋力衰。人情厌萧索，或为好爵縻。君今寿八秩，精神不少亏。君昔官贰卿，乞休尚嫌迟。纵无傲俗意，已与俗远违。悠然被羽服，日惟赋新诗。吴都足山水，探搜谅无遗。昨闻泛溟渤，远览天台奇。高标赤城霞，烂若天半垂。扶藜过石梁，安羡神仙为。予亦嗜幽胜，老去局喧卑。倘示兴公赋，慰怀良在兹。"《乾隆十五年岁在庚午嘉平之月为予七十初度抚今追昔百感填膺漫成长句四首》曰："笑电流光七十年，冰霜历尽感华颠。不平心事残棋局，垂老生涯冷砚田。有子防河为小吏（谓小儿信瑞），何人衣彩祝长筵雀罗门巷无车辙，往事回思一惘然。""朱幡画戟付前尘，明发兴怀感二京。鱼菽荐诚惟弱女，松楸酹酒属门人。丰碑未见生金粟，高冢翻看卧石麟。名德至今虚食报，漫将神理问苍旻。""鹿门偕隐竟成虚，苦忆当年挽鲍车。紫禁诗篇吟芍药，绿池宾从宴芙蕖。生天久作修文客，发箧曾无封禅书。头白可能兼痛子，夜来犹自梦扶舆。""鬟花小阁礼慈云，塞兑垂帘寡见闻。自分青裙终老妇，滥叨紫綍拜乡君。尘埋玉镜愁重照，香冷金炉忍更熏。一盏松醪还自劝，衰颜聊复借微醺。"

《商夫人锦囊集》二卷　　道光间刻本

商景兰　撰

商景兰（1605—1677），字媚生，会稽人。吏部尚书商周祚女，归山阴祁彪佳。彪佳字弘吉，一字幼文，号世培。明天启二年进士，授兴化府推官，政绩卓著。后为苏松巡按御史。清军入浙，端坐池中死。后谥忠敏，乾隆四十一年谥忠惠。著有《祁忠惠公集》十卷。祁商作配，乡里有金童玉女之目。

伉俪相重，彪佳未尝有妾媵。彪佳怀沙时，景兰年仅四十二。后与二子理孙、班孙，三女德茝、德渊、德琼及子妇张德蕙、朱德蓉家庭唱和，葡萄之树，芍药之花，题咏几遍，经梅市者，望若十二瑶台。所著《商夫人锦囊集》二卷，有道光刻本，另有道光间《祁忠惠公遗集》附录本。

此集为道光间本，旧名《香奁集》，录诗七十三首，词五十六阕。陈维崧《妇人集》曰：“会稽商夫人，以名德重一时。论者拟于王氏之有茂宏，谢家之有安石。故玉树金闺，无不能咏，当世题目贤媛，以夫人为冠。”《越郡诗选》曰：“商夫人诗逼盛唐，与子妇楚纕、赵璧、卞客、湘君辈讲究格律，居然名家。”《五十自叙》曰：“岁甲午十月，我年当五十。知命犹未能，知非正其日。堂中伐大鼓，笙竽张四壁。大儿捧兕觥，小儿列瑶席。诸妇玉面妆，诸孙亦林立。拜跪不可数，彩衣纷如织。各各介眉寿，深杯几盈百。九微夺明月，满座皆佳客。颂祝吐奇葩，珠玑已成袭。人生遘欢会，欢会莫此极。我心惨不乐，欲泣不成泣。酸风射眼来，思今倍感昔。两儿长跪请，问母何怆恻。或者儿罪深，孝心不上格？俯首不能言，中怀自筹画。凤凰不得偶，孤鸾久无色。连理一以分，清池难比翼。不见日月颓，山河皆改易。如彼断丝机，终岁不成匹。忍泪语两儿，汝曹非不力。行乐虽及时，避难须俭德。我家忠孝门，举动为世则。行当立清标，繁华非所识。事事法先型，处身如安宅。读书成大儒，我复何促刺。我本松柏姿，甘与岁寒敌。扬名显其亲，此寿同金石。”《五十初度有感》曰：“张乐开华宴，歌声启故哀。孤鸾终独立，彩凤几同来。握发愁云锁，分眉恨月开。十年感慨泪，此日满妆台。”《绝交诗》曰：“昔称胶漆时，交情一何好。笙歌供欢娱，诗酒相倾倒。将谓松柏然，岁寒心愈老。岂知势利交，利肝胆难常保。变态如浮云，倏忽生奇巧。东西异言语，好恶任怀抱。凤凰自高飞，哀哉此凡鸟。一落污泥间，羽毛同腐草。从今各努力，弃置不复道。”“大木巢鸱枭，张翼流恶声。黄鸟虽燕婉，不欲与比邻。论交各有类，同类观其心。应求不相合，何如行路人。”皆自写情怀。《夜坐》曰：“夏雨初晴后，长空万里云。花香分玉佩，月色到金钿。风细轻罗薄，云深翠鬓妍。博山灰寸寸，顾影自生怜。”《采茉莉》曰：

“晚妆初罢下妆楼，无数春光不暂留。缓步中庭数花朵，一天明月照人愁。”《偶作》曰：“数种秋花带露娇，美人十五学吹箫。静窗一一翻书史，空令幽怀转寂寥。”《夜雨》曰：“雨过玉阶芳草绿，美人梦渡交河北。交河万里何处寻，梦伴归鸿沙草宿。”缠绵宛转，自然淡雅。《悼亡》曰：“公自成千古，吾犹恋一生。君臣原大节，儿女亦人情。折槛生前事，遗碑死后名。存亡虽异路，贞白本自成。”“凤凰何处散，琴断楚江声。自古悲荀息，于今悼屈平。皂囊百岁恨，青简一朝名。碧血终难化，长号拟堕城。”《哭父》曰：“南云烽火靖，乔木世家残。国耻臣心切，亲恩子难报。衣冠留想象，几杖启萑兰。郁结空庭立，愁看星落繁。”《西施山怀古》曰：“土城已作一荒丘，人去山存水自流。身事繁华终霸越，名垂史册不封侯。须眉多少羞巾帼，松柏参差对敌仇。凭吊芳魂传往什，愁云黯淡送归舟。”《送别黄皆令》曰：“微调起骊歌，悲风绕坐发。人生百岁中，强半苦难别。念君客会稽，釜不因人热。兹唱归去辞，佩环携皎月。执觞指河梁，愁肠九回折，流云思故岛，倦禽历归翮。帆樯日以远，胶漆日以阔。同调自此分，谁当和白雪。交深多远怀，忧来不可绝。伫立望沧波，相思烟露结。”哀婉深挚。

景兰工词，小令尤情思流畅，清新俊逸。《捣练子》曰：“长相思，久别离。为谁憔悴凭谁说？卷帘贪看月明多，斜风恰打银钉灭。”《春光好》曰：“山色秀，水纹清，落花轻。沙上鸳鸯泛绿汀，棹归声。小鸟如啼如话，春光乍雨乍晴。一派霞光催日暮，月东升。”绮情慧语，宛转如流。《关山月》曰：“秋月开金镜，浮云散碧空。风吹榆戍北，露湿柳城东。影满惊门鹊，光沉起塞鸿。秦关今夜色，应与汉宫同。”陈廷焯《词则》论曰：“情辞凄怨，有乐府遗意。”景兰词寓家国之恨于变徵之中。《烛影摇红・咏雕堂忆旧》曰：“红春入华堂，玉阶草色重重暗。寒波一片暎阑干，望处如银汉。风动花枝深浅，忽思量，时光如箭。歌声撩乱，环佩玎珰，繁华未断。游赏池台，沧桑顷刻风云换。中宵笳角恼人肠，泣向庭闱远。何处堪留顾眄，更可怜、子规啼遍。满壁图书，一枝残腊，几声长叹。”集中《示子妇书》曰：“焚弃笔墨几三十年，偶于儿子案头。见《琴楼台稿》，乃武林张槎云所作。槎云，才妇而孝女，故其诗忠厚和平，出自性情，有三百篇之遗意。反覆把玩，不忍释手。因顾女媳等言曰：‘槎云之才，知汝辈能之；槎云之孝，知汝辈能之。槎云之才之美，槎云之孝之纯，汝辈共勉之。’”

《未焚集》一卷　道光间刻本

祁德琼　撰

祁德琼（1636—1674），字修嫣，诸生王鄂叔室。所著《未焚集》一卷，有道光间《商夫人锦囊集》附录本；道光间《祁忠惠公遗集》附录本。

此集录诗六十六首。分体编次：五古、五律、七律、七绝，多为与兄弟姊妹及闺友黄媛介等唱和之诗。商景兰《未焚集序》曰：“吾女德琼之长逝也，盖十有二年矣。生平吟咏，十不存一二，每一念及，辄为惘然。今春，吾婿鄂叔集其遗集，得六十六首，将付枣梨，因持示予，并请余序。余掩卷叹息，摘其警句，合诸女孙向月下朗吟，觉昔时咏絮颂椒风度，恍在目前，不禁涕泪交堕。夫自先忠敏弃世以来，恃子若女相依膝下，或对雪联吟，或看花索句，聊藉风雅，以卒桑榆。今幼子见背，弱女云亡，即香奁丽句亦仅存片羽，予复何心，能无悲悼！且吾女自幼工诗，每得句即为先忠敏公所称赏。今即从忠敏公游地下，想夜台中定多佳什，而未亡人尚延视息，勿获相从，是益增吾痛也。年老多病，言不能文，漫书数言，以志哀感云尔。”《越风》曰：“修嫣夫人诗体清遒，自是闺中作手。”《春夜同诸姊妹分韵》曰：“遥天月色照华堂，酒罢幽窗待晚妆。雪散庭前香气暖，风开玉树斗芬芳。”《送楚佩归白洋》曰：“满林春色待行舟，分袂花间动远愁。别后相思何日尽，空留明月照楼头。”《寄怀楚纕赵璧》曰：“怀人独自倚高楼，无数相思待远舟。遥望江山催暮色，莺娇花舞总离愁。”《送黄皆令归鸳水》曰：“万山寒秋月，一苇寒秋波。美人理远棹，秋色低银河。送君青雀舫，赠君金叵罗。别路不辞远，别酒不辞多。良辰惜分袂，分袂当奈何。虽有千金装，何如五噫歌。”《送黄皆令望郡城》曰：“风急孤帆去，骊歌动远愁。飞花空曲径，落叶满荒丘。月影留悬榻，云光送客舟。别离当此际，长使忆同游。”《寄怀黄皆令》曰："垂垂杨柳正堪攀，九曲愁肠未肯闲。遥忆江湖人渐远，可怜关塞雁空还。迢迢春树千重雪，漠漠愁云万叠山。独坐长吟无别恨，为君几度损红颜。"皆清丽娴雅。

又，景兰长女祁德渊，字弢英，姜廷梧室，所著《静好集》一卷。王端淑《名媛诗纬初编》曰："弢英亦绝色绝才，为诗从无艳态，一归大雅，盛唐气格，直接蛾眉。"毛奇龄《祁夫人易服记》曰："姜桐音先生以疢死，其配祁夫人服三年丧毕，不易服。先时先生易箦时，其诸子环列，先生指夫人曰：'以累子。'以故诸子无少长，皆夫人教之。至是诸子请易服，不许。家人请于祠，不许。少京兆定庵先生，其犹子行也。拜于庭，为陈大义。谓非先王法，且先人亦莫之行。反覆论说，终不许。会鼎革既久，郡之以世家保门者，日隆隆起，而先生席列卿后，独家食不出。于是诸子有乞试者，属京兆君为之请，而夫人许之。康熙辛酉，次君兆驎贡于乡。及癸酉，而长君兆熊登贤书。方是时，距先生之死已十六年。榜帖至，家人仍有以易服请者，邀予至其家，语之夫人。夫人怫然曰：'谓此区区者，遂足以易我心乎？'而予曰：'不然。方予之与先生交也，约四十年矣。始为患难游，既而以文章为伯仲，又既而生死阒闻，莽莽若隔世。'而夫人非他，巡抚苏松殉难，赠太傅谥忠敏公之长女也。予少至东书堂时，夫人从母商夫人学诗，而以予通家子，每出诸闺中诗，属予点定，每读夫人诗而为之赏，其后与先生唱和，更名《静好集》者是也。今商夫人已即世，东书堂已毁，当时所点定诗已俱散失，《静好集》已殉棺去。即夫人所授四子书及经义，诸子售后，已厌晦，将抵之床下。天下亦何事不从变迁？高门华屋，改为蓬茅；沧海之波，移为块壤。而只此丝蒯之缕缕而不之易？且未闻易服即可以易心者也。世可易，心不可易也。夫人乃忻然说服，而曰可易矣。遂诠次其语而为之记。"《送黄皆令归鸳湖》曰："西湖江上雁初鸣，水落寒塘一棹轻。绕径黄花归故里，满堤红叶送秋声。片帆南浦离愁结，古道河梁别思生。此去长途霜露肃，何时双鲤报柴荆。"

《浣香阁遗稿》一卷 道光二十七年活字本

徐昭华 撰

徐昭华，字伊璧，号兰痴、凤溪女史，上虞人。徐咸清与商景徽之女。母景徽为商景兰之妹，有国色，与姊齐名。父咸清幼有神童之目，即应乡举试。景徽尝曰："吾以是为王霸妻足矣。"明清鼎革后，咸清以当事荐赴召，有沮之者，乃归。夫妻偕隐，合著《小学》一书，自一画至多画，正形声，明训义，名之曰《资治文字》。景徽尝写《妙法莲华经》三部，孝禅寺僧乞二部去，供其一于大殿极甍间，纳其一于昆卢遮那世尊腹中，别一部则送之天台万年龙藏中。沈善宝《名媛诗话》言"嗣音年八十，容貌如二十许，犹吟诗读书不衰"，赞其《子夜歌》深得乐府体。《子夜四时歌》曰："蜡烛照空帷，春宵南达曙。袷衣不著绵，预识中无絮。""弄水恐前裙，采莲畏伤手，花欹半面妆，愿得花间藕。""栖鸟夜不眠，肃肃翻金井。五更双月昏，不见双桐影。""五彩织薰笼，炉灰皎如雪。不弃炙残香，为爱心中热。"昭华天资俊慧，才名震越。善画，尤工诗。萧山毛奇龄见其画帐，即以诗赞曰："吾郡闺房秀，昭华迥出尘。书传王逸少，画类管夫人。紫水和泥染，青山带露皴。蝶衣联绣裙，花片滴朱唇。阁上烟云晓，阶前草未春。只然频对镜，图作洛川神。"昭华年幼时书画与诗已成三绝，及师事西河先生，有"徐都讲"之称。毛奇龄曾赋七言绝句云："四十年来老自惊，新收门下女康成。不知画面缣花好，试看阶前带草生。"张锡怿赞曰："弟子如苏蕙，先生类马融。"萧邑任辰旦诗云："谁知咏絮堂前女，犹是扶风帐里人。"张远诗云："甲门倾国富文章，曾向毛苌授五车。"皆恭喜西河先生之得女高弟，而实誉昭华奇才也。于归诸生骆加采后，亦吟咏不辍。所著《浣香阁遗稿》一卷，有道光二十七年活字本。

此集前有毛奇龄《传是斋授业记》及毛奇龄、陈维崧、吴宝崖、族孙骆启泰四《序》；卷末有骆启泰《跋》；后附九娘何氏遗诗四首；胡慎仪遗诗十四首；骆思慧遗诗一首。族孙骆启泰《序》曰："著有《花间集》及《凤凰于飞楼集》，当时名宿如陈其年、吴宝崖、曹秋丘与其师西河诸公各为之

《序》，名重一时，有非苏、谢诸才媛所能及者。惜乎家无藏版，全稿散佚泰甚。不安，遂遍为蒐辑，得诗百数十首，虽非全貌，犹幸诸体具备，尝鼎一脔，犹可知味耳。爰缮录编次，采其旧评，合为一卷，亟付诸梓，名《浣香阁遗稿》。是阁为昭华吟诗处也。”毛奇龄曰：“昭华者可令班昭为后先，苏兰为娣姒，非只誉语也。”昭华诗绝似唐人。《送吴尼御符》曰：“芙蓉曲岸散红霞，送客江边疏柳斜。兰桨行时飞化雨，锦茵铺处布金沙。乘杯欲度吴阊水，拂尘曾开鉴曲花。一自水田相顾去，何年重把绿袈裟。”毛奇龄云：“此等纯似唐诗。若落句非白傅不能矣。予门工诗者，推盛唐、王锡，然俱不及昭华，以稍解唐人法外意也。”《因探亲吴门同虞夫人游虎丘》曰：“阊门日出晴鸦躁，两桨闲寻武丘道。宿雾犹含堤上花，流云已度波间藻。红栏上下傍水行，画船歌吹来倾城。回帆不尽参挝意，转幔时闻过曲声。斜峙山桥甫能住，香车早趁山塘去。满街栀子未开花，几树垂杨自飞絮。到门知是梵王宫，台榭连云曲径通。棚楇覆叶沽茶碧，漆柱遮油卖杏红。我寻生公旧法席，褰裙一上生公石。龙剸绝壁尚留池，虎去中林杳无迹。登山四望更无山，但见山藏古寺间。绕池松楸看去密，空庭塔影落来圆。修廊诘曲几回度，又听归鸦噪前路。夕阳一片寺门边，不识真娘在何处。”毛奇龄曰：“禾中曹侍郎见此诗，手抄一通。遍示诸客，且谓生平每过是地，便思作好诗不得，即唐宋人亦罕佳作，不谓闺中人能压倒千古才士乃尔。”“又云自左嫔苏若兰后，文章之盛，无如徐昭华者。”《塞上曲》数首，风格绝近王龙标。《塞上曲》其一云：“朔风吹雪满刀镮，万里从戎何日还。谁念沙场征战苦，将军今又度阴山。”陈其年尝手录其诗且语人曰：“闺中人作雄词，堕小说家女侠习气。独昭华《塞上曲》，深情超笔，汉世乐章，忘其为唐山作也。”《浣香阁遗稿》首录《读西河先生濑中集二首》曰：“胭脂花落覆红蚕，兽颈初垂火自含。坐对西河才子句，浑如秋月照澄潭。”“少小曾观白日词，芦中人去竟如斯。溧阳浣女空相殉，悔不先吟《濑上》诗。”毛奇龄赞曰：“此昭华未师予时所作。至今读二诗，犹坠泪不已。”又云：“昭华年小时好读予诗，因以师予。其人殆天授，过目成诵，落腕成句，不可量也。予尝贻杜陵生书曰：‘晚得一女弟子，能为唐诗，近诗已能逮韩刘间，过此非所料。’杜陵得书，每每示人，以为佳言。”《刘孝标妹赠夫诗二首》曰：“流苏锦账夜生寒，愁看残月上栏干。漏声应有尽，双泪何时干?”“芙蓉花发满池红，黛烟香散度帘栊。画眉人去远，肠断春风中。”毛奇龄曰：“陈检讨初读此诗，叹为奇绝。即欲拟和一首，屡屡撤笔，千古佳人，能倒却一时才士乃尔。”《赋得拈花如自生》曰：“绿纱缕新叶，彩线系长茎。香从剪下合，艳傍指间生。擎枝生帘幙，纷纷动蝶情。”陈其年曰：“昭华拟古，隽骨发艳采，无一处不似齐梁间人。”《西湖竹枝词》曰：“赤石矶边湖就姑，长将绿鬓石边梳。妆成只怪西施巧，那使花花似此湖。”小注曰：“此诗本集失载，吴宝崖从陆荩思选本中得之。时《竹枝》四百首以此冠卷。徐野君每谓是诗只拈得‘西湖’二字，便出人一地。又谓古诗花花，相对俚语花花世界，二字谁敢拈出。”《西河诗话》云：“钱塘吴宝崖与家骥联作《西湖竹枝词》，每人百首，自以为穷极工巧，及观徐野君所选《竹枝》，有闺秀一首，即徐昭华诗。二人一见，遽毁已作，且谓铁崖亦未曾有。今骥联百首已刻而复弃，为是也。”

又，《清史稿·艺文志》《上虞县志》著录其有《徐都讲诗集》一卷。《四库全书总目提要》曰：“《徐都讲诗集》一卷，徐昭华撰。诸暨骆加采妻。父咸清，与毛奇龄善。奇龄暮年居里，昭华从之学诗，称女弟子，固有都讲之目。是集即奇龄所点订，附于《西河集》中者。”

又，集后附何九娘诗四首，附胡慎仪诗十四首，骆思慧诗一首。九娘为族祖维君公之配何太夫人集后附何九娘诗四首，附胡慎仪诗十四首，骆思慧诗一首。九娘为族祖维君公之配何太夫人。早逝，有“妆台剩粉香虽散，箧底彩词韵必传”之句。胡慎仪及其女骆思慧并工吟咏，与骆启泰曰：“当时闺秀赠答甚多，奈何名虽播闻，而诗稿同付江波，今为访求，其得遗诗仅一十九篇，附刊卷后，庶几与徐太君之诗并传于世。则珠采剑光不至久湮没于地下者。”胡慎仪诗，有《侍蒋太夫人滕王阁小晏二首》《晏滕王阁饯蒋太安人北上》《寿王太夫人二首》《归装过庾岭感作》《元城学社省二亲作》《寄怀蒋心余太史表弟》《客途新柳和妹玉亭原韵》《偕女思慧及婿刘侍御秉恬陶然亭踏青》《赋得惜花春起早》《爱月夜眠迟》《掬水月在手》《弄花香满衣》等。《弄花香满衣》曰："小苑红深绿未肥，独攀娇蕊弄芳菲。只只粉拍穿花蝶，何事随人上下飞。"附评语曰："蒋心余评云：采齐诗如光风兰蕙，舒展自如，兼工为诗余，姿致楚楚，在金荃兰畹间。"附录骆思慧遗诗《秋山瀑布》一首。

《凝香阁诗稿》三卷　　嘉庆二十一年刻本

倪仁吉　撰

倪仁吉（1607—1685），字心蕙，号凝香子，浦江人。万历进士倪尚忠女，倪仁祯妹，贡生吴之艺室。七岁习《女诫》，慕班昭为人，十二三岁习《孝经》、《论语》、四诗、二礼等书，能作诗文，兼善刺绣、书、画之艺。十七岁归义乌县大元村抗倭名将吴百朋曾孙吴之艺为妻。嫁未三年，二十而寡，寄情书画，守志独居。画美人极妍尽态，称为绝技；亦善描山水，刺绣亦精。所著《凝香室稿》一卷，有嘉庆二十一年刻本。

此集前有王澧、张德行《序》、侄孙晋驺《小引》、陈云友《再刻凝香阁序》及《再刻小引》，卷末有侄孙晋驺《题后》。附录侄女宜子诗作七首。陈云友《再刻凝香阁序》曰："甲寅变乱，阁居诗板悉罹兵燹，印册亦无所存者。轶几二百年，知音之士欲求之而不可得。今予徒吴子复元持抄册来，云昨于岘东卢氏家见之，恳为索借，而乃坚拒不予。"《凝香阁诗稿》卷一录各体诗一百五十首；卷二录《宫意图诗》七绝三十四首；卷三《山居杂咏》录五绝一百四十六首。王端淑《名媛诗纬》曰："夫人诗极元淡而性情寓焉！故其诗取实不取华，尚元不必不淡，则又由绚烂而反也。想其会心，盖在'悠然见南山'云。诗人得古人之心如此！"《神释堂脞语》曰："心蕙五七言绝句，风神诣境，并自不凡，古诗乃无所解。"《弹琴》曰："梨花小院舞风轻，漫理冰丝入太清。一片梧桐心未死，至今犹发断肠声。"《秋海棠》曰："偶洒断肠泪，美人寄幽思。昔因伤春色，故作媚秋姿。"《步月》曰："徘徊阶月旧帷单，拟展湘辞复懒观。素袜侵凉沾露透，青缸流影印屏寒。阑干倚久心方寂，缕带频挼句未安。一脉秋声最无赖，分愁辗转伴更阑。”《绣字》曰：“尝闻针有神，不为针痕掩。非指亦非丝，秀劲仝挥染。”《玩帖》曰：“古帖集秘阁，瑶函每裒访。薰修此悟禅，斯乐欣独享。”《同女伴游溪山晚归》曰：“选胜临溪险，相呼过石墩。风扶翻袖影，沙滑乱钩痕。鸣泉阻归路，山月蚤相迎。隐隐茅檐外，竹疏灯影清。”《秋夜》曰：“霜华一夜糁池荷，湘簟寒余怯越罗。捣月清砧不成寐，西风吹怨入窗多。”《幽居即事》曰：“小筑倚山远俗哗，幽栖自拟上清家。只携瓶水时浇菊，旋拾枯枝漫煮茶。独坐怡情堪茂树，饱餐清味足明霞。秋来野况同麋鹿，墅外矶头度岁华。”《偶见赝作闺秀诗戏占》曰：“妍丑存千古，拈题妄效颦。岂烦僵代李，何藉捉刀人。只为鸠藏拙，翻合鼠乱真。声名须自立，托借不胜贫。”《坐月》曰：“姮娥不待邀，同我度良宵。映竹筛花壁，临窗浸素绡。病多嫌雪簟，坐久厌风蕉。惝恍清辉下，微吟遣寂寥。”《清明扫墓》曰：“连宵凄雨报清明，恰恰轻寒日转晴。袖拂鹃花应染血，酒浇蔓草总伤情。黄垆永梦何年觉，白石围坐始课成。欲向深山舒闵叹，恐惊猿鸟为吞声。”《答外》曰：“新诗赋寄远人收，别后风光淡若秋。每疑帘竹频推枕，恐错归航不倚楼。”《悼亡》曰：“晓悲鸡咽暮悲钟，虚却深情我辈钟。孤馆无声犹似梦，空帷有案为谁供。残编点点皆余血，弃履尘尘尚剩踪。君自仙才宜应召，遥天何处更相从。”

张星瑞《宫意图诗叙》曰：“德媲女宗，幽贞足重。”张以迈《宫意图序》曰：“大约宫词之作，或缘事以抒怀，或感物以寄兴。虽所托不同，要其旨趋则一也。怜才何限，寓意难穷，此吴夫人《宫意图诗》之作不能已已也。”侄孙晋騠《宫意图诗叙》曰：“则画固长康之传神，诗亦青莲之逸调矣。”《宫意图诗》其六曰：“沼上瑶编展日斜，水光云影漾轻纱。空怜回雪生香句，不敌朝阳解语花。”其十曰：“荡桨中流浪破天，风回云转意仙仙。藕花叶底停桡处，红影依稀漾碧涟。”十四曰：“午夜琼箫弄月明，一声入破自轻清。和歌更作迎仙曲，正好秦台伴凤鸣。”十六曰：“调入苍梧斑竹枝，潇湘渺渺水云思。听来记得华清夜，疏雨银缸独坐时。”二四曰：“清昼西园竞手谈，枰铺松下晚烟含。沉吟局畔忘归去，输却明珰意不甘。”二六曰：

“树树香浮斜月移，寒光偏映雪英姿。徘徊不忍归琼户，写取孤芳第一枝。”

倪仁吉《山居杂咏小引》曰：“与吾嫂氏及二三女伴，选胜尽日盘桓山径中。于时残雪凝峦，梅馨初逗，竹声戛玉，涧溜鸣琴，野况撩人，清思可掬。概皆家山野寂之景，聊摅仰俯今夕之怀，存幽居故事，与樵歌牧唱相和于云深水流之外。”侄孙晋駬《题后》曰：“余家祖姑之长于吟咏也，盖天性然也。尝读其原稿，以所天有早世之感，而不得其平则鸣，故穷苦之言居多。独于《山居四时杂咏》若干首，则又即景兴怀，非复不平之而鸣者矣。夫诗以情而作，情以景而生。以余祖姑素娴丹青，凡景足以娱人意者，无不入诸绘染，即无不形之啸歌，拟诸摩诘画中诗，诗中画，殆不是过。令人读之，恍在白云深处，疏林斜日中也。则亦何在非诗，而岂必不平而鸣，以为穷苦之言易好哉？虽然，《柏舟》之诗诚可歌可泣，人将言愁而欲愁，则祖姑生平寄托亦在全稿耳?”《春》之三曰：“盈亩秧针绿，钴阶笋笔斑。田家饶景物，春自满溪山。”《春》之十二曰：“翠岩经润瀡，结就石上耳。聊取荐新餐，清香忽盈齿。”《春》之十五曰：“丁丁谁伐木，声乃透荆关。出见肩云叟，山花插担还。”《春》之二四曰：“春晴纵步游，陇麦初翻浪。斗草坐芳林，飞花着鬓上。”《夏》之十八曰：“饼饵欢新造，香微色细匀。并携鸡黍酒，南场赛农神。”《秋》之六曰：“娇痴有小妹，针线停偏早。为爱指纤红，凤花庭下捣。”《冬》之一曰：“不意初冬景，偏妆山崦家。晚来乌柏树，近远绚流霞。”《冬》之七曰：“冬来韵事足，钉面新蒻熟。衰草刈为薪，菊英干可服。”

《黄皆令诗》一卷　顺治十二年邹氏鹭宜斋刊本

黄媛介　撰

黄媛介，字皆令，秀水人，杨世功妻。髫龄即娴翰墨，闻兄读书声，欣然请学。多通文史，好吟咏。工书画，楷书仿黄庭坚，书似吴仲圭，而简远过之。少时张溥闻其名，往求之，皆令时已许字杨氏，久客不归，父兄屡劝之改字，不可，闻张言，即约某日会某所，设屏幛观之，即罢，语父兄曰：“吾以张公名士，欲一见之，今观其人有才无命，可惜也！”张方入翰林，有重名，不逾年，竟卒。皆令终归杨氏。世功读书不成，遂劝之偕隐，虽寒素，黾勉同心，恬然自乐。己酉鼎革，家被蹂躏，乃跋涉于吴越间，困于槜李，踬于云间，栖于寒山，羁旅建康，转徙金沙，留滞云阳，所至有知者，时相馈遗。吴岩子以诗名，假馆留数月，为文字交。又尝栖山阴梅市，与诸名姝静女唱酬，湖上好事者传其笔墨，一时名士如钱牧斋、吴梅村等皆称异之，名日起。世功以布衣游公卿间，媛介持书画片纸或易米数石。石吏部有女知书，自京邸遣书强致为女师，舟抵天津，子德麟溺死。明年女友善又夭，媛介遂无子。南归过江宁，值佟夫人贤而文，留养疴于僻园，半岁后卒。媛介著诗千余篇，尝募人剞劂。所著《黄皆令诗》一卷，有顺治十二年邹氏鹭宜斋刊本。

此集前有邹斯漪《小引》。录诗六十七首，词九阕。邹斯漪《小引》曰："往过嘉禾，即闻皆令工诗，名噪鸡林，便作寤想。今年夏，予游湖上，皆令侨寓秦楼之侧，飞章叠韵，属和遥赓，甚乐也。皆令为名家息，年十二能诗，十三能赋。适杨子世功，布衣蔬食。性玄澹，耻事繁饰，不苟言笑，吴中闺阁争延置为师。与河东氏称莫逆交，甚有公卿内子假其诗以达宫禁，故宫人亦啧啧知有皆令。皆令诸诗，柳媚花明，珠涵玉润，清丽疏古，卓然名家。顾诗日工而穷亦日甚。尝读其《纪贫》有云：'欲买本机三匹布，难寻阿堵半千钱。'困顿凄清之况，见于此矣。古人赋士不遇，皆令亦有焉。夫近时闺秀，但知量玉秤金，求田问舍，苟或机杼井臼间无有失德，斯则已足。乃若皆令振藻蜚英，调宫协羽，姊迎班蔡，婢视左甄，大雅扶轮，岂独吾辈事哉！予与世功交同管鲍，得求皆令画箑题诗，皆令不以予无文，且为扶病序其《湖上游草》，谆谆奖勉，有踰恒辈，余甚感之，甚重之。聊述简端如此。"《玉镜阳秋》曰："近日闺媛，以文翰与当世相酬应，王玉映以才胜，皆令以法胜。皆令诗暨赋诵诸文，并老成有矩矱。比如《竹赋》《闲思》二篇，虽未知视班、左何如？亦殊不在徐、钟诸媛之下也。诗于唐诸名家，皆能游涉。其古近诸体，各不乏佳。第稍去其肤漫，居然名家矣。最喜其五绝中'一日饥寒见，二年愧感君。君看水流处，一折一回心'。困心衡虑之言，殊有学问之气。又一篇云‘倾囊无锱铢，搜瓶无升斗。相逢患难人，何能解相救’。家无儋石，而心存济物，襟情尤不凡。又云《题鸳湖偕隐图》‘上攀明月，下临流水’八字，亦为善写。”《宫闺氏籍考略》曰：“皆令久负诗名，作小赋颇有晋魏风致。”姜绍书《无声诗史》曰：“其诗初从选体入，后师杜少陵，潇洒高洁，绝去闺阁畦径。”“所纪述多流离悲戚之辞，而温柔敦厚，怨而不怒，既足观于性情，且可以考事变。此闺阁而有林下之风者也。”《竹窗偶述》曰：“新翠逗微凉，无风亦清好。爱此秋光澹，开颜散远抱。落叶自古今，静者娱其道。一为时所涉，何处生火枣。轻云映疏竹，动息俱草草。幸有床头书，失意常幽讨。”《别后见新月和韵》曰：“我留君去水云迷，一样离怀各不齐。鱼识班荆犹共泳，蝉知折柳也频嘶。楼头见月秋心苦，烟外回桡客思凄。水映晚霞翻锦浪，眠鸥惊起芰荷西。”《新春杂咏》曰：“人静香初起，春多冷未消。落红随去鸟，采绿惜长条。阁暗当高树，沙平识暮潮。得闲何日是，笔墨愧无聊。”“雨过苔痕碧，中庭草露香。一帘吹晓日，半水近垂杨。远梦低瑶瑟，孤云恋草堂。予怀何所寄，憔悴旧春光。”《野夕远见》曰：“秋草满池塘，高云合晚凉。水光分远棹，人语近斜阳。风入单衣冷，花含渚稻香。独当良夜望，星月静繁霜。”隽永清丽。《夏日纪贫》曰：“池塘水涨荇如烟，燕啄萍丝翠影悬。高壁阴多能蔽日，新荷叶小未成莲。著书不费居山事，沽酒恒消卖画钱。贫况不堪门外见，依依槐柳绿遮天。”《丙戌清明》曰：“天涯去住已无门，寒食诸陵咽子孙。寂寞江声思祖逖，凄其鸡语待刘琨。玄黄自动冰丝哭，烟雨偏伤岐路魂。今日风前倍惆怅，红桃碧柳伴愁村。”“倚柱空怀漆室忧，人家依旧有红楼。思将细雨应同发，泪与飞花总不收。折柳已成新伏腊，禁烟原是古春秋。白云亲舍常凝望，一寸心当万斛愁。”《写怀》曰：“世亦何须遂考槃，求心不必下柴关。身同燕雀思难逸，梦逐鱼龙潮易还。日畔云移花影合，门前风静柳丝闲。频年惭愧多情累，流水飘花乱旧山。”幽艳娟秀。《忆秦娥·秋夜忆姊月辉》曰：“秋寂寂，月寒风细凉无力。凉无力。今宵情怨，旧时离隔。黄昏门掩秋天碧，寒江缥缈闻吹笛。闻吹笛。楼高梦远，夜长声急。”皆苍凉雄秀。

《云卧斋诗集》一卷、《诗余》一卷　　清抄本

黄媛贞　撰

黄媛贞（1612—1667?），字皆德，秀水人，贵阳知府朱茂时侧室。所著《云卧斋诗集》一卷、《诗余》一卷，有清抄本。

媛贞诗清丽宛转，闺阁本色。《吊黄鹤》曰："素魄飘然上白云，松风寂寂竹深深。月移误识来时影。花落当知去日心。锦帐美人思妙舞，别峰高士枕空音。碧霄孤冷寻何处，日夕闲看水木阴。"《立秋日梦分得成字》曰："窗前修竹洗来清，且理琴书托此生。凉到半庭分夏去。梦将一字许秋成。凌虚久接梧桐影，孤坐新惊砧杵声。我意正悲时节易，更教重论月中情。"《秋窗阅史》曰："幽怀阅古今，叹息因何设。君心昧虚灵，孤臣恨难彻。负却精诚言，向彼炎曲舌。咸若尧舜仁，如何有兴灭。林下秋来风，夙夜吹不竭。"词则清新蕴藉。《临江仙·闺怨》曰："绿暗红飞春已去，瑶琴声里无心。满园蝴蝶怨偏深，怀人千里月，梦我一床云。烟柳阴阴语碎，愁眠未稳芳衾。多情鹦鹉听孤吟，蛾眉临宝镜，纤指引金针。"

《青山集》一卷　　顺治十二年邹氏《诗名媛八家集》本

吴山　撰

吴山，字岩子，号青山，当涂人。江宁卞琳妻。长女玄文工诗词，次女德基善画，并贤能，先后事刘孝廉峻度，如刘敞、王洪辰故事。峻度以贤豪名广陵，事岩子如母，故依之终老。岩子晚好道，后得奇疾，疾作则右手自运动，日夜作字不休，或濡笔书纸上，悉成玄理，疾止不复记忆。与吴梅村、魏禧、邓汉仪、黄媛介、王端淑等名士闺秀交游唱和。魏禧题辞曰："风吹晚香入帘来，集著青山太白才。闺阁遗民君独擅，高歌落日凤凰台。"所著《青山集》一卷，有顺治十二年邹氏刻本。

此集前有魏禧《序》、题辞及邹斯漪《卞氏二媛小引》。集中录诗四十首。魏禧《序》曰："夫人家青山，既转徙江淮无常地，有《西湖》《梁溪》

《虎丘》《广陵》诸集，最后类次之，以《青山》名。盖夫人于是年六十余矣。”邹斯漪《卞氏二媛小引》曰：“清越澹远，嵚巇历落，读之者但见如高人，如逸民、如宿衲、如羁臣孤客，求一闺阁相，了不可得，盖香奁粉黛一洗尽亦矣。彼其冑出名楣，遭遇沧桑，播迁吴越，既多霜雪风雨之感，复获舟车江山之助，宜非寻常纨绮足不离绣阁、手不离珠玉、耳目不离歌舞环佩者所敢望也。诗之为道，穷而复工，于卞家母子益信。”《月夜虎丘》曰：“一圆月对虎丘真，钟静云停夜色亲。石介净如贫女骨，塔高闲似立锥人。裁诗感慨山前古，转念吁嗟世上新。留恋讲台无限思，此身应是再来身。”《禾水道中》曰：“春早犹寒草木齐，落梅村墅鹁鸠啼。虎林烟月劳清梦，秀水云山入品题。竹岸人家门巷静，桑园风景夕阳低。小桥渔艇闲来往，何处花源更有溪。”隽洁可爱。《清明》曰：“而今何处觅桃源？风雨清明且闭门。春草萋萋归不得，江南多少未招魂。”《寒食忆逝》曰：“去年今日买兰桡，薄暮清阴转石桥。未到平山明月上，水香深处共闻箫。”悲凉浑厚。《广陵杂咏》五首，前有《小序》曰：“丁亥夏日，侨寓广陵园亭，残红剩碧，断砌颓垣，触景兴思，不无铜驼玉树之感。一帘垂永，半塌放悬，七事付奴，五言课女。澹烟疏树，皆信手拈来；鸟语花香，欲挥之不去。念其春光未远，怅秋色之欲来。载叹载歌，情因感发，辞鲜缘题，闲纪一时之慨耳。虽云无补聊写我闻。”其二曰：“一榻残书兼旅思，半窗灯火与疏钟。静看六代江南志，坐尽维扬夜雨中。”其三曰：“新雨足时芳草绿，野棠开处鹁鸠鸣。只今曾阅多少人，感此江山万古情。”蕴藉风流。《青玉案·西湖七夕用贺方回韵》曰：“彩霞不续长河路，一水渺然流去。睆彼清光何以度。隔年离恨，千秋情绪，都在云深处。龙舆倏转蓝桥暮，惜别应留秋月句。试语人间愁几许。两行清泪，满天秋露，疑是巫山雨。”

又，岩子女卞玄文著有《卞玄文诗》一卷，有顺治十二年邹氏《诗名媛八家集》本。邓汉仪《诗观初集》曰：“氏字玄文，江南江宁人，吴岩子之长女。幼颖慧，当六七龄时，即信口成五七言句。岩子教化文史，莫不博通，及随至西湖，见其母含毫濡墨，时时吟眺于青峰远树间，玄文亦倚韵辄和，诗篇流吴越间。最受母爱之甚，谓必得贵且才者字之始称快，而择配维艰。玄文用是赋摽梅，年益长矣。迨父奄逝，母子俱客广陵刘孝廉峻度，峻度乃纳聘焉。峻度性磊落，喜与天下之贤豪长者相结赠贻，宴会滋繁，而玄文皆能猝办。疾，年三十四而卒。所著有《绣阁诗集》。峻度恸之，为梓其遗稿以传。予因采其尤者，附其母《青山集》之后。"《众香词》曰："其于诗也，更不染香奁陋习，洋洋洒洒，闺中之秀而带林下之风矣。"《秋眺》曰："吟息启层楼，云归山自在。远树平于草，寸心犹漫拟。秋光放眼收，江静水安流。孤村小若舟，聊许似闲鸥。"《去半塘》曰："半塘容膝半年多，一别浑如一梦过。记得山光青似黛，肯忘水色碧于螺？邯郸卢子留萍迹，蝴蝶庄生笑网罗。不是橹声鸡唱候，此身犹自滞南柯。"

《啸雪庵集》四卷　　清初刻民国抄配本

吴绡　撰

吴绡（1615—1695），字冰仙，又字素公，号片霞，长洲人。汝宁通判吴水苍女，顺治九年进士许瑶妻。婉慧绝伦，幼研经史，敏慧好书，诗书画不教而能，音律琴棋，动诣殊妙。小楷精细，仿佛王欧，尤工花鸟，其所点染，天葩烂然。性至孝，二尊常有疾，刺血书祷，辄愈。绡性格狷介，负倜傥不羁之才，每遇春花秋月，从女奴十，往来山水，盘礴登眺，旗亭萧寺，挥毫染笔，观者如堵，色不一动。人谓吴绡之学不如柳如是，然才名相埒，其风流跌荡则同。家有古琴，闲夜时时抚弄，终夕不倦。处事亦有手段。夫许瑶多内宠，绡抚爱如同生，时称有鹊巢之德。已而好仙，尝偶遇异人，示以前因，居恒道服，不为俗世妆梳。为文磊落有侠气，与当时钱谦益、吴伟业、冯班、顾贞观、曹尔堪、宋琬、袁于令、周亮工等名流均有交往，曾拜冯班为师。严熊《冯定远先生挽词二十章》之十二曰："记曲旗亭更让谁，金闺往往诵新诗。试吟明月空枝句，半是天才半是师。"（注曰：吴夫人冰仙学诗于定翁，曾赋《梨花》诗云："露下有光翻见影，月明无色但空枝。"真名句也。）又十三曰："宋玉微词得噬脐，诗穷老去托金闺。董唐远嫁冰仙死，怀抱今年倍惨凄。”（原注：定翁晚年吴夫人待之独厚。董、唐，夫人二侍姬也。）吴绡《赠定远冯先生跋》诗曰：“诗家诗在感慨中，失意遭逢诗始工。布衣寒士垂白发，枯坐苦吟愁兀兀。深于海底觅骊珠，险似山颠探虎窟。有时一句价连城，白虹浩气胸中发。暖吹寒谷起春风，迥向秋空作明月。锵锵百首凤凰鸣，字字阴阳应铜律。囊倾揭底无一钱，腹藏万卷徒埋没。数椽茅屋虞山下，经旬未省烟黔突。甘贫不解浪干人，一片平生旧心骨。学富长饥何足忧，山头处处生薇蕨。”吴绡《啸雪庵自序》述其生平曰：“余自稚岁，癖于吟事，学蔡女之琴书，借甄家女之笔砚。缃素经心，丹黄在手，二十余年欢虞愁病，无不于此发之。窃以韩英之才，不如左嫔；徐淑之句，亚于班姬。假使非薄生于上叶，传礼经、续汉史，则余病未能，一吟一咏，亦庶几于昔人也。”中年后“览《墉城仙录》，见诸仙女翀举之事，又读陶隐居《真诰》，诵九华安妃之言，文才艳逸，鄙心慕之。虽游神州之五岳，泛溟海之三山，非女子之事，然睹烟霄、眄日月，不觉远矣。草衣蔬食，聊寄吾志”。《众香词》曰：“年九十得道，端坐而化。”所著《啸雪庵集》，有刻本及抄本传世。康熙间《许夫人啸雪庵集》三卷刻本包括《啸雪庵诗集》一卷、《题咏》一卷、《啸雪庵新集》一卷；有邓之诚跋《啸雪庵诗集》三卷刻本，三卷本均无《啸雪庵题咏二集》。另有抄本数种：常熟图书馆有抄本二：一为戴君雅抄本，有《啸雪庵诗集》一卷、《题咏》二卷、《雅集诗余》一卷，戴君雅抄本前有吴梅村《小引》，为其他版本所无，且《啸雪庵题咏二集》中有三十首诗为其他版本所未收录。谢国桢《江浙访书记》曰：“茂苑吴绡冰仙撰。是书用白纸抄写，极为精美。前有钱谦益、陈焯、胡文学、李滢、吴伟业、叶襄诸家题词及自序。”二为顾氏南崖堂抄本，无《诗余》，后有杨无恙《跋》。国图藏《啸雪庵诗集》抄本二种。另有孙诤抄本。孙诤《跋》曰：“国立北平图书馆藏《啸雪庵集》四卷抄本，凡二。甲本末署民国二十二年八月国立北平图书馆托上海瞿氏代抄，盖影抄原刊本。乙本则据甲本抄校者也。予既据乙本之《二集》重抄，并详校补入所辑之《兰陵冰仙夫妇合稿》矣。文如师以所藏之三卷刊本亦阙《二集》一卷，嘱诤据甲本影抄一通，其中字句之舛伪失序、笔画之帖体俚写，仍旧贯之，以存其真，于是久佚之完本《啸雪庵集》，一时天壤间又增二帙矣。庚寅立春乙丑十二月十有八日受业孙诤谨识。”

此集为孙诤补抄本。《啸雪庵诗集》前有钱谦益、陈焯、李滢、胡文学、黄中瑄五《序》，沈裕具题词，邹斯漪《吴冰仙诗集小引》及吴绡《自序》。集中收录诗七十四首。《啸雪庵题咏二集》前有吴门叶襄《小引》。录诗四百二十一首。另外常熟抄本多出《青屿叔病中索画因写药花应命》、《题药花扇》、《戏和合欢次韵》、《阅诗即步原韵》、《小春》、《赠定远冯先生跋》、《寿徐公甫六襄》、《世学邓君见示游仙百首因题二绝》、《洞庭叶梅友见赠诗步原韵》、《答赠》、《再和扫地诗》、《和洞庭许起文读史之作》四首、《挽起文长姒歌》六首、《题牡丹孔雀图》、《代崔赤城奉和合欢》、《周石松像赞》、《题花鸟图送旧司李容庵高公》等诗。李滢《序》云：“夫人工诗善属文，五七言清丽芊绵，匠心独造，奴视西昆诸体。长短句韶令隽永，远胜李易安。叙寄之文，寄情纪事，取裁蔚宗，而丰神更异。”常熟图书馆所藏杨无恙抄本《跋》云：“冰仙诗文，词华磅礴，为翁素兰（孺安）、柳河东（如是）劲敌，闺阁中一代冠冕也。”王端淑《名媛诗纬》曰：“千古聪明，绝代佳人也，为吴中女才子第一。”《神释堂脞语》曰：“冰仙冶情隽笔，得之玉溪为多；乐府诗亦问师昌谷。”黄中瑄《啸雪庵小引》曰：“宛陵之淡、山谷之奇、荆公之工、后山之苦，靡不具备。”陈维崧《妇人集》曰：“有诗才，其《梨花双蝶》一诗，世尤诵之。”《啸台》曰：“魏晋已如梦，荒台今独存。龙蛇正交斗，鸾凤自高骞。避俗惟长啸，逢人常不言。始知真隐意，不必入桃源。”沈德潜《清诗别裁集》评曰：“入手高朗沉郁，盛唐风概。”《咏古》曰：“公子翩翩信绝伦，拟将豪举却狂秦。不知宾客成何事，枉向楼前斩美人。”沈德潜评曰：“信陵之得毛、薛，可云得士。若三千中十九人，皆碌碌也，而斩美人以谢之耶？平原之徒豪举，即于此见之。”《甲乙之际宫闱录》卷十云：“所著《啸雪庵集》多题咏花鸟之作，自从官河朔，则近于苍凉沉壮，无复玉台绮丽之习。”陈焯《啸雪庵诗序》：“然读乙酉（1645）以后诸什，大都畔牢结犒，引中清商，寄志神仙，嘲讥幻梦。度夫人静观世变，固有不得其平者。紫濛苏幕之声，何足烦鼓瑟湘灵之手。举以冠三百载闺媛，未必非夫人之所许也夫。”吴绡《画卷自序》亦曰：“每谓吟事之与绘事，皆所以摹写物之情状，而穷其变者也。余自髫龄，嗜斯二者不去于手，长而益笃于绘事也。一卉之微，一虫之琐琐，必购其生者而熟察之，然后与之传神。或有自欲失笑者，非直为绘事。正以诗人当多识于鸟兽草木，然后可以追风雅于前人也。曩者岁在壬午，自夏徂秋，蕉窗寂历，研丹和粉，绘斯数十幅者毕，置之庋阁尘坌中久矣。构闵以来，旧居不守，播迁之余，一展寓目，潸焉出涕。呜呼！此固少时清心晦日所为作也，思之如昨，不啻弹指间事。计数日月二十五年，沧桑变更，都非往素。悲哉！”《七夕》曰：“星光历历汉悠悠，怅望双星独倚楼。莫谓人间多别恨，便疑天上有离愁。梁清谪去谁相伴，子晋归来合共游。惟有月娥应最妒，一轮风露不胜秋。”《述怀》曰：“贞玉有脆质，幽兰有弱枝。黑白变苍蝇，翕舌恨南箕。回肠日九转，慷慨多怀思。直节耸云日，妖祲生虹霓。嫦娥正盈盈，桂影俄然亏。茹苦无我恤，拊心徒自悲。戢翼处笼中，习习欲何之。随波来平干，千里路逶迤。江头旧行地，回首暗歔欷。契阔一相劳，殊愧鬓中丝。不羡专城荣，不爱千石资。何如白屋子，相对共哺糜。人生重富贵，所望亦有涯。傍人相庆慰，我心若有遗。在水有清浊，在山有高卑。神理空倚伏，世情多参差。欲叙平生意，发言先自疑。对镜视容色，时时敛双眉。徒抱朱丝直，谁解别妍媸。胸中百种念，卷局无所施。欲问仙人卜，蓍龟久我欺。朗诵苦相篇，积叹不可支。诗人咏御穷，非我今独喜。人生贵适志，富贵徒尔为。回思生命薄，当年值数奇。欢娱转眼间，所历更艰危。俯仰三十载，一心若朝饥。何以遣惋愤，托心黄粱祠。垂鸾谒金母，青裙拜玉墀。元君为我友，玉晨为吾师。孤吟志在此，恐为他人嗤。投笔作长篇，襟前雨泪滋。幽贞天所赋，匪石心不移。”《感时》曰：“幽兰叶青青，朝槿花烨烨。槿艳不崇朝，兰芳常在簏。客有感时者，为作兰槿篇。兰以喻幽贞，槿以比媚妍。媚妍多所宜，顾盼自生姿。娇喉歌宛宛，长袖舞迟迟。旁人交口称，谓言绝世奇。非徒逞颜色，亦得掩瑕疵。幽贞徒自怜，肠车恒辘辘。岂虞紫夺朱，宁知黄避绿，古者重同心，时人矜悦目。慷慨日悲歌，聊持写心曲。朝槿植庭前，幽兰委空谷。”《怀古》曰：“七国纷纷苦力争，秦人曾畏黑龙形。势穷探彀英雄死，留得高台独未倾。”

又，《小檀栾室汇刻闺秀词》收录吴绡词六十二阕。《满江红·乞叙》曰：“弄笔涂鸦，愁来似、云兴波涨。许屈指、年华易去，可禁频恙。噩梦几番掷过了，半生心事毫端上。检残篇、醁酒若为消，谁相饷。风景好，春摇漾。题咏处，曾酬唱。奈寻香摘艳，蝶衔蜂酿。玄晏当今文学老，校书天禄燃藜杖。比无言、桃李却多言，雨花状。”《满江红·述怀》曰：“陵谷纷纭，鱼龙混、一江春涨。回首处、平生孤介，弱躯多恙。盼望云霄凡骨重，寸心常锁双尖上。闭深闺、栖处似鷦鷯，齐眉饷。行乐事，全抛漾。琴书好，休题唱。但梦吟残罢，闲愁醖酿。痴想蓬莱弱水隔，难求缩地壶公杖。叹风风雨雨度余年，凄凉状。”《蝶恋花·病怀》曰：“早潮扬子舟难舣。一曲湘江，送断危弦指。风雨落花明月底。芭蕉寸寸衔心里。粉融湿透风前泪。花饭谁餐，伏枕知何计。王孙不来侬自去。游魂千刻追千里。”《河满子·自题弹琴小像》：“最爱朱丝声淡，花前漫抚瑶琴。世上几人能好古，高山流水空寻。目送飞鸿天外，白云远树愔愔。弹到孤鸾别鹤，凄凄还自沾襟。指下宫商多激烈，平生一片冰心。若话无弦妙处，何须更问知音。”

又，另有署名为吴绡的《赠药编》二卷。《赠药编》据传乃陶世济自编与吴绡往来之情书，流传邑中。陶世济为人风流倜傥，冯班《怀旧集》卷下《陶世济》曰：“君字子齐，体貌娴丽，见者几欲萦扰之。与家定远游，予因识之。性又惠黠，与言诗即晓诗；与言书法，逾月尽得古人意。乃不自检饬，为蜚语所中。定远以诗戒之曰：‘八月灵槎来往路，深深圆折有明珠。浊波无底骊龙恶，为问仙郎探得无。’君答之曰：‘半云半雨探闺路，照骨金环照夜珠。不是楚臣偏爱梦，仙中应有世中无。’予叹其不自爱也。亦和其韵曰：‘愿将正眼窥真谛，莫向旁门觅髻珠。闻道爱河多骇浪，一灵今得度来无。’君不悟，已而竟以他事下狱。狱竟，释而归，遇劫京口道中，堕于水，遂溺死。呜呼，予诗遂为君谶矣。”冯班《钝吟全集》缪朝荃跋本录王应奎评《玉生病后相过夜坐因赠》曰：“玉生，陶玉齐也，有美色，与公最狎。”“此君一时潘卫，雅善于余，每有题赠，辄随事和之，颇多规切。不幸中于飞谤，闉户之中，遗余书曰：扫眉才子，忽为靡芜故人。何当坐公小楼画栋之下，唱渠繁花一雨消，与公绿窗风晓，使阿凤游魂听之耶。’其情致如此。”

《竹笑轩吟草》一卷、《续集》一卷　　清初刻本

李因　撰

李因（1616？—1685），字今是，又字今生，号是庵，又号龛山女史、海昌女史，钱塘人，寓居海宁。生而韶秀，父母使之习诗画，便臻其妙。年及笄，已知名于时。其《咏梅诗》有“一枝留待晚春开”句，海昌葛征奇见之，曰：“吾当为渠验此诗谶。”因迎为副室。崇祯初，葛征奇官京师，因同行，禁邸清严，周旋砚匣，夫妇自为师友，奇书名画，古器唐碑，相对摩玩舒卷。如赵明诚李清照故事。后征奇偕与溯太湖，渡金焦，涉黄河，泛济水，达幽燕，从游十五载，于花之晨，月之夕，或岚风晴好，或雨声滴沥，则分阄角韵，甲乙铅黄，意思相合，便拍案叫绝，率以为娱。因以画闻名当时，每遇水木明瑟，风日清美，辄濡墨画成，因加以题识，用“介庵”二字私印钤之，又阄韵赠诗，以为笑乐。癸未出京，至宿迁，猝遇兵哗，凶锋猋突，飞镝如雨，白日昼曀，舟中错愕不相顾。因亟走出迹征奇之所在，越一二艘，跄而入舟。呼曰：“主人何在，主人何在！”时被贼椎击，丛矢创胸，且贯其掌，血流朱殷，不自觉痛。迨遣侦征奇无恙，方意始帖然，而后乃知羽镞之及体也。夫变起咄嗟，奋身矢石之下，而欲护其主，遑恤其躬烈哉！乱后手抱一编曰：“簪珥罄矣，犹幸青毡亡恙。”征奇自是无仕宦意，琴台花坞，风轩月榭，丝竹管弦之声不绝，因以翰墨润色其间。当是时，虞山有柳如是，云间有王修微，皆以唱随风雅闻于天下，因为之鼎足。后海运而徙，锋镝迁播，征奇捐馆，家道丧失，因茕然一身，酸心折骨，其发之为诗，尚有三世相韩之痛。因之画名愈盛，遂为海昌土宜馈遗中所不可缺之物，因亦资之以

度朝夕。所著《竹笑轩吟草》三卷，包括《竹笑轩吟草》一卷、《续集》一卷，《三集》一卷，生前便已付梓，初集刻于崇祯癸未；《续集》刻于清初；《三集》刻于康熙癸亥。《竹笑轩诗钞》一卷有抄本。

《竹笑轩吟草》前有卢传敬、吴本泰、葛征奇等人《序》。卢传敬《序》曰："诗清新秀逸，读之无不叫绝。旧有《竹笑轩吟草》一集，大率与吾师适意时唱和之作。虽然，此特夫人之以才见一斑耳。余之所以重刻夫人者，则有进于是。夫人从吾师归山，后遇兵变颠沛，誓死不去，迨吾师以忧愤长逝，故园冷落，仅余四壁，夫人矢志柏舟，守而弗变，至不能举火。为之躬亲纺绩，稍暇则读书啸歌自若，此犹人情之难者。兹出其《续稿》一帙，字字欲涕，一股贞襟侠气，溢于楮墨之外。昔西子称越之忠，若夫人从患难中来，一切衣资囊箧弃之如屣，独手持吾师诗稿一卷，濒死不忍舍。余小子辈今日之得以从而表彰之者，皆夫人之力也。则谓夫人为吾师之功臣也，可为吾师之忠臣也。"葛征奇《序》曰："樯影驴背，辄作惊人语。奚囊几满，爰纵谭古诗、乐府、六朝、三唐及宋元之变，骎骎解会。故其为诗清扬婉妩，如晨露初桐，又如微云疏雨，自成逸品。绝去饾饤习气，即老宿钜公，不能相下。"集中多载其履盛适意时之作，但无绮丽之语，行旅诗多，雄健高古。《同家禄勋舟发黄河》曰："风挟雷霆斗，河流日夜声。小舟眠未稳，野寺曙钟鸣。"《晚泊沸上道中》曰："芦苇萧萧岸，香风引芰荷。客船争晚渡，古戍野烟多。"《秋日次康庄驿》曰："云山四望野烟迷，几点昏鸦绕树栖。雾锁荒郊天欲暝，燕姬邀入酒帘西。"《湖上纪时四绝句》曰："弱柳垂堤畔，飞花入涧中。晚烟笼树色，彩鹢逐轻风。""山意雨濛濛，溪畔谁家女。遥听采莲歌，香风留翠渚。""野岸余香气，松风日影斜。轻舟何处好，隔岸有苹花。""山岫少人事，耽吟卧欲僵。雪增寒树重，风送落梅香。"《长安秋日》曰："高树秋声入梦迟，夜来风雨簟凉时。季鹰自解归来好，纵乏莼鲈也动思。"又有与闺友唱和诗作。《和豫章李夫人》曰："清宵白露静，秋色老蒹葭。淡月笼霜叶，微波蹙浪花。云移帆影乱，风动石痕斜。灯火明沙岸，孤舟水一涯。"《同梁姨夷素夫人西溪看梅二首》之一曰："梅花十里绕溪回，零落残香雪作堆。几点催归风雨急，夜乌声里月重来。”《赠柳如是较书》曰：“书掩章台自著书，十离诗就寄双鱼。扁舟三泖烟霞回，觅得莼芽伴索居。”另有《懒园赠别章韵先较书二首》《赠李澹生较书二首》《寄怀王玉烟较书二首》《赠王畹生较书二首》《赠素芳较书》《隅园看花赠莲如较书二首》等名妓唱和诗。《吊虞姬，时家禄勋同缙绅先生各有咏，余耻巾帼余习，诗以壮之，用原韵二首》之一曰：“舞袖宫腰逐战尘，君恩如旧泪痕新。贞魂愿化鸳鸯冢，芳草犹传虞美人。”《闻豫鲁寇警》曰：“万姓流亡白骨寒，惊闻豫鲁半凋残。徒怀报国惭彤管，洒血征袍羡木兰。”

此《续集》中诗，多作于颠沛流离之时及葛征奇殁后。《自遭家难同禄勋寄迹苕上》曰：“国破遭家难，流离出远州。穷来偏善病，懒癖独耽愁。故雁还存问，乡亲不为留。小舟何处泊，芦岸傍沙鸥。”《有感》曰：“中原无地不风尘，觅得鱼舠寄水滨。有约白鸥堪共隐，逢人莫说避秦人。”《悼亡诗哭介龛四十八首》缠绵哀婉。“梦中何处唤卿卿，最是愁人落叶声。砌下寒蛩天际雁，不堪肠断月三更。”“秋声风急闭重关，泪寄潇湘疏竹斑。莫问苍梧多少怨，至今石化望夫山。”“忠魂莫向夜台悲，他日争传堕泪碑。曾道首阳薇蕨好，知君端不愧夷齐。”“黄齑菜饭布衣裳，单被风寒冻欲僵。梦里若逢泉下使，问君可念妾凄凉。”“满径苔封人迹稀，村居镇日合荆扉。夜深窗外梅花影，疑是君从月下归。”“满径蒿莱瓦砾场，数间破屋倚颓墙。东篱独剩黄花在，零落寒霜晚节香。”“白杨古道怯秋黄，紫蟹才肥菊又香。记得与君同泛月，寒塘依旧宿鸳鸯。”“无限穷愁只病魔，茕茕嫠妇一身多。此身久许从君死，为问泉台路几何。”另有《寒食忆介龛有感》《七夕忆家禄勋二首》《烽火危城，身惊风鹤，卜居北郊李氏庄，见有介龛遗画兼题绝句，为乙亥年所作，今十载矣，不禁凄然，以泪和墨依韵六绝》等诗，皆哀婉不忍卒读。

《竹笑轩吟草三集》一卷、《诗余》一卷　　清初刻本

李因　撰

《竹笑轩吟草三集》刊于清初，后附《诗余》一卷。卷前有朱嘉征、黄

斐《序》；卷末有杨德建《跋》。黄斐《序》曰：“是庵李夫人实闺中之秀也。夫人始居西子湖，相遇以神，而不徒得其貌。以故，审于侍栉如孟光，烈于临难如楚昭夫人，善于馈具、勤于督训如络秀，义胆忠肝如此其昂激也。乃出其绪余，复有班婕妤之文章，谢道蕴之诗词，卫管夫人之书画，灵心慧腕又如此其淋漓也。是何山川之奇秀，独萃于一门乎？至就诗论诗，气则进乎醇矣，格则超乎凡矣，声韵则叶乎天籁，语句则因乎风水矣。虽沈、宋之工力悉敌，李、杜之光芒万丈，作者辈出，求其不拾齿牙自成机杼，舍寒山片石，其谁足与语哉！世有波斯，则明月、夜光、冰蚕、火鼠，不有相赏于骊黄之外者乎？”杨得建《跋》曰：“第读《竹笑轩前集》，知太夫人履盛适意时所作，绝不著一纷靡绮丽之语。后值鼎革，匿影荒村，播迁流离中，慷慨言怀，表一段真侠气节。历数十年来，园亭寂寞，风雨晦明，神情凄楚，不无盛衰之感。今博观《竹笑轩三集》，成于悲悯忧思者，若不沾沾于一己之穷通得失。实以巾帼而深忠爱之情，因时寄兴，往往动秋风禾黍之哀鸣焉。且其一编之中，留连反复三致意者，独有取于梅花。要亦太夫人之质素凝华，安富贵而不骄；冰雪贞操，当冷落而自若。故为比物见志云尔。人之处约乐而异心，抚今昔而伤怀。岂独见于闺门笄黛者流。即读书谈道之子，学问未纯，德性未坚，怨尤固所不免。今太夫人揽止足之分，俯仰自得，啸歌一室，真所谓善万物之得时，感吾生之行休，而乐夫天命者也。是集之刊流，不仅树范于闺壶，直可为学之师资也夫。”《自慰八首》曰：“安贫何计遣愁魔，节序频催似掷梭。睡去不知身共我，浮生蕉鹿梦中过。”“如年长日叹蹉跎，待得焚修奈老何。欲去世间烦恼障，数声清磬礼维摩。”“人静柴扉昼不开，犹嫌鹤迹破苍苔。窗前飞过双蝴蝶，疑是庄周梦里来。”“雨过荷香纳晚凉，瓷瓯白酒味犹长。休言隙影留难驻，尘世元非是故乡。”《感时二首》曰：“遍地干戈雉堞荒，未知何日定封疆。羽书北往军需急，骁骑南来战垒强。百里烟横昏白昼，千村民散变沧桑。那堪血溅河流赤，鬼火烧空惨月光。”“北斗旗标贯日虹，纷纷草泽尽英雄。兵戈络绎差徭苦，盗贼纵横劫掠空。万井绝烟惟鬼火，千家野哭起悲风。太平有日妖氛灭，麟阁将军第一功。”《寒食有感》曰："每逢寒食倍凄然，怨极长呼离恨天。泪洒空教沾白骨，诗成无路寄黄泉。"《除夕有感》曰："耽愁默默坐清宵，幸有梅花慰寂寥。曝竹声催除夜尽，懒为梳洗贺年朝。"《元旦礼家禄勋像》曰："深深拜祷庆新正，柏酒斟来手自擎。欲诉愁怀千万种，几回含泪又低声。"《自家禄勋逝后余独居竹笑轩，手植梅花到今又数寻矣。昔人有云白杨作柱红粉成灰，树犹如此人何以堪。抚景凄然，偶占短句八首》曰："曾咏梅花待晚春，泉台应念未亡人。再生恐是非非想，愿化花魂作后身。""东风吹得早梅开，犹记当年手自栽。我爱梅花临素影，梅花怜我送香来。""雪压疏枝带影斜，一番寒信到梅花。柴门紧闭惟高卧，不愧当年处士家。""白发蓬松强自支，挑灯独坐苦吟诗。此愁谩为梅花道，肠断黄昏风雨时。""香到帘栊花满庭，春风吹入柳条青。数声天半孤飞鸟，啼向愁人不忍听。"偶有田园诗，似中唐风致。《村居四时乐》曰："野僻村庄静，民安人事和。开门春雾重，出树晓烟多。布谷整犁具，牵牛著短蓑。邻翁新酿熟，社鼓祝田禾。""蝉鸣丛树里，暑气正炎歊。槛外多添竹，窗前半种蕉。短畦除碧草，新水灌青苗。适口村蔬美，忘忧酒满瓢。""槿篱新雨过，曲水绕茅堂。霜入枫林紫，秋深橘柚黄。稻粱多刈获，妇子自宁康。散步溪头看，桥西煮酒香。""曝背茅檐下，庭移日影斜。家无租吏到，闲许野人夸。岸柳将舒眼，庭梅欲作花。闭门高枕卧，冻雪拥星槎。"《咏海棠》曰："初匀粉蕊映朝华，蜀种移来隐士家。绿叶扶疏临画槛，红丝袅娜罩檐牙。迎风似舞铺宫锦，著雨如啼湿绛纱。艳质只愁零落去，酒酣花底斗新茶。"《题梅》曰："素艳清芬绿萼花，亭亭瘦影隔窗纱。迎寒独抱冰霜操，不著红尘半点瑕。"

李因有词二十二阕。吴衡照《莲子居词话》云："是庵画法陈白阳，工诗及诗余。语短情长，去北宋未远。"《虞美人·暮春》曰："杨花落尽莺声老，绿遍庭前草。卷帘闲自数残红，只怕春归依旧怨东风。多情恨不留花住，偏是连朝雨。水添新涨浴鸳鸯，又见一双飞过小池塘。"《临江仙·九日》曰："重九催开黄菊早，霜林染就丹枫。何须直上最高峰。紫萸仍遍插，令节古今同。把盏篱边供独醉，不劳馈酒王弘。遥看秋色月朦胧。欲将亡国恨，细说与归鸿。”“信步登高频整帽，恐防先露秋霜。扶筇着屐到篱傍。疏林云黯淡，野色树苍茫。笑把黄花何处酒，前村新酿开缸。仰天长叹感时伤。闲评今古事，默坐记兴亡。”

《海棠居初集》一卷　　民国间吴兴刘氏《求恕斋丛书》刻本

姚淑　撰

姚淑，字仲淑，自号钟山秀才，江宁人。明末进士、宁远总兵李长祥继妻。李长祥于李自成、张献忠攻北京之时，以翰林屡上奇策，不为所用。有《天问阁文集》《易经参伍错综图》等著述。淑能诗画，尤擅丹青，工兰竹，得北宋人笔意，曾为云间董潢母画一粉篷，烟墨离离，深秀不可言，可谓香奁画手中逸品第一。色艺俱全，文章节烈亦著当时。明亡，夫妇隐于达县，诗酒自娱。所著《海棠居初集》，有康熙间刊本，附于李长祥《天问阁文集》后；又有吴兴刘氏嘉业堂《求恕斋丛书》本，附于《天问阁文集》后。

此为刘氏嘉业堂本。卷未有刘行道《后序》。《海棠居初集》下题姚淑仲淑氏著，吴兴刘承幹校。集中录诗九十八首。廖燕《海棠居诗集序》曰：“《海棠居诗》为明太史李研斋夫人所作，而海棠即其所手植，而因以为号者也。按本传，夫人姚姓，字仲淑，金陵人。归太史十余年，数罹乱离，最后复值滇逆之变，来吾韶，寄居仁化河头寨万山之中。未几太史没，夫人独抚孤二人，客居至于今者，又八九年。呜呼！难矣。知夫人之遇之苦，而后可读其诗。夫人秉乾健之气，生而为丈夫子，举天下圣贤英杰将相为所难能之事，皆其事，即不然，亦得纵其心思耳目，周流遐览。遇山川高峙雄驶，与胸中之奇相感触发而为诗文，虽其间鲜有能者，即能之，亦非所甚难。独是闺弱之质，言语步履，不出于阃，无师友相成之益，即稍知书义，已为仅事，况其才其节复有过人万万者哉，以此而迹其所为，不难举天下圣贤英杰将相难为之事，以一身任之，才以成其节，节以贞，其遇之苦，其见于诗者，即其才与节进逼而出之者也，如夫人者亦大异矣。予间以礼见，夫人则垂帘抗谈，皆古今大义气节文章之概，故其见之诗者奇奥超悟。今读其《过洞庭》

及《闲坐忆钟山》诸咏，其气骨在秦汉之上，当是英雄负奇才人语，疑非出闺阁口中也。太史没数年，而斯集始出。太史遗稿甚多，有《天问阁集》已刻，遇乱失其板十之六七，非夫人辑藏之力，而稿几不存。海棠居别有记，与《墨竹楼记》并载《天问阁集》中。《墨竹楼记》者，称夫人尤善写竹云。”李长祥《海棠居初集序》曰：“仲淑诗和秀而大清也。”《过洞庭湖》曰：“一入洞庭湖，飘飘身似无，山高何处见，风定亦如呼。天地忽然在，圣贤自不孤。古来道理大，知者在吾儒。”《野望》曰：“城郭行来风觉凄，云奔万里失山蹊。他乡树影连天去，远水舟帆入雾迷。数处鸟飞过竹里，谁家犬吠傍林移。归时曲径看人出，茅舍篱边落日西”。空灵清奇。《夏日》：“夏日少凉处，深林自有风。高楼更觉热，长巷喜穿空。学道忘人境，明月在心中。此时池水好，独坐意无穷。”明秀清丽。《盆鱼》曰：“绿草朱鳞尺水中，群群婉转静相从。可怜不是大江海，那得波涛忽几重。”皆灵巧出奇。《妆台》曰：“芭蕉侧影入妆台，送得寒姿满面来。独有云间初上月，迟迟窗下落红苔。”情致多姿。《高台望明月》曰：“明月当台满，万方共一光。溶溶天气静，白白地霜长。渐觉云鬓湿，还看宝髻凉。清辉吹不断，偏是到红妆。”幽微蕴藉。《忆太史》曰：“寒风萧瑟落叶时，与君共月君不知。夜长清漏一帏孤，梦断他乡心自疑。有鸦声躁寒霜溧，欲写新诗愁冻笔。独上妆台倚镜边，数得归期在何日。”《读太史诗》曰：“古诗竟如冰雪凉，近体看来似盛唐。字字不断四时气，包罗五色日生光。日月山川诗句里，鸟啼风声花有香。胞中别有一天地，笔墨变化灵气长。”缠绵悱恻。

《拙政堂诗集》二卷、《诗余》三卷　　乾隆间吴骞《海昌丽则》本

徐灿　撰

徐灿（1618—1698），字湘蘋，吴县人。幼颖悟，通书史、识大体，为其父所钟爱。与夫陈之遴结识亦颇具传奇色彩，据陈其元《庸闲斋笔记》载：

“少保素庵相国未及第时，因丧偶故，薄游苏台，遇骤雨，入徐氏园中避之。凭栏观鱼，久而假寐。园主徐翁夜梦一龙卧阑干上，见之，惊与梦合。询之，为中丞之子且孝廉也，遂以女字之，所谓湘蘋夫人是也。”既结缡，居于拙政园。吴伟业曰：“拙政园故大宏寺基也。其地林木绝胜，有王御史者侵之，以广其宫，后归徐氏最久，兵兴为镇将所据。已而海昌陈相国得之，内有宝珠山茶三四株，交柯合理，得势争高，每花时，巨丽鲜妍，纷披照瞩，为江南所仅见。”书室数楹，颇轩敞，前有古槐，垂阴如车盖。后庭广数十步，中作小亭。庭前合欢树一株，青翠扶苏，叶叶相对，夜则交敛，侵晨乃舒，夏月吐花如朱丝，夫妻觞咏其间，琴瑟和鸣。晚遭坎壈，随夫陈之遴谪居塞外十二年。之遴以明代词臣而为清官，时政因革，多出其手，被称为“江浙五不肖”之一。但顺治十三年，之遴被劾植党营私、市权豪纵，被下吏部严议，命以原官发盛京居住。顺治十五年，之遴鞠实论斩，命夺官，籍弃家，流徙尚阳堡，徐灿随行。《送方太夫人西还》即写于此时，诗云：“旧游京国久相亲，三载同淹紫塞尘。玉佩忽携春色至，兰灯重映岁华新。多经坎坷增交谊，遂别云龙断夙因。料得鱼轩回首处，沙场尤有未归人。”康熙五年，之遴病逝于戍所，在此前后，徐灿所生的四子中，长子坚永卒于康熙壬寅（1662）四月十三日，次子容永卒于康熙乙未（1665）八月二十三日，幼子勘永卒于康熙丁未（1667）五月二十九日，均死于戍所。康熙十年，皇帝东巡，徐灿道旁自陈。上问：“宁有冤乎？”徐曰：“先臣惟知思过，岂敢言冤。伏惟圣上覆载之仁，许先臣归骨。”上即命还葬。当时同被谪，例不得还，即家属叩阍悉不准，准者惟徐灿一疏，扶榇以还。归时，宗人逆于境，问灿何以得此。曰：“君父之恩，天高地厚，雷霆雨露，无非教也，人疏鸣冤，我独引咎，故荷鉴怜耳。”灿事舅姑甚孝，以从宦不获亲奉舅姑甘旨，发大洪愿，写大士像五千四十有八，以祈姑寿，晚益皈依佛法，更号紫箮氏，绘写几及万卷，人争宝之。静坐内养，神明不衰，迨殁，异香满室，虽盛暑颜色如生。从孙敬璋《跋》曰：“夫人始历恬愉，晚遭坎壈，其境有顺逆之殊，故其诗有哀乐之异。然其乐也，宁静可风；其哀也，和平有度，洵乎《葛覃》《卷耳》之遗音，而彤管之则也。”朱尔迈将徐灿与李因相比，“予尝以两夫人相提而论，徐夫人事师陈公，李夫人事光禄葛公，皆当盛时据津要，故其诗音缓而节和，如绛云在宵，卷舒自若，其乐然也。逮沧桑后，流离患难，匿影荒村，或寄身他县，其诗益凄楚，不堪读，盖从忧中来，不可复止，此两夫人所同也。”徐灿有女，嫁吴启思，亦能诗，有《忆女》诗曰：“忆汝归宁日，残春序再更。一瓯尝顾渚，千里问莼羹。石榭秋同倚，疏篱菊渐荣。于今三泖路，凝望不胜情。”所著《拙政堂集》五卷，包括诗两卷、词三卷，有乾隆间吴骞刻《海昌丽则》本。

诗集前有陈元龙《家传》，吴骞《新刻拙政园诗集题词》，后有从孙敬璋《跋》。吴骞曰：“予少时尝重刻徐夫人深明《拙政园诗余》，迄今且数十年，复得诗集于六世孙奉莪，亟谋剞劂，合入《海昌丽则集》以行。按《拙政园诗余》一卷（原本一卷，重刻釐为三卷，附录一卷）。海昌相国在日，曾序而刻之，板寻毁。诗集则初未授梓，故世第传夫人长短句，而罕知其诗。是编通得古近体二百四十余首，未详当日何人所辑。并无岁月序跋可稽。然予细观辞格清醇，丰神靓淑，非所谓饶有林下风者邪？至其身际艰虞，流离琐尾，绝不作怨悱语，即与相国唱和诸作，黾勉慰勗之意，时见乎言表，为不失风人之旨，尤非寻常巾帼所易及。”又曰：“《诗余》始刻于顺治癸巳，逮今百五十载，而《诗集》方克寿梓，延津之剑久湮复合，固由奉莪搜访之力，要亦作者之精诚有不容终泯者。”从孙敬璋《跋》：“昔素庵公序夫人词，有云湘蘋所为诗及长短句多清新可诵，又云余爱湘蘋长短句愈于诗，故当日为之编次《诗余初集》以传，不闻有诗集之刻，是以流传颇鲜，心窃憾焉。今仲春从弟敬持出家藏抄本见示，凡得古今体诗二百四十六首，余受而读之，不禁狂喜，亟以进之兔床吴丈。吴丈，绩学好古君子也。尝以《拙政园诗余》刊入《海昌丽则》，今得斯集，获偿夙愿，尤欣然付梓。与《诗余》并垂不朽焉。”诗集中卷上录五言古诗、五言律诗、七言律诗；卷下录五言绝句、七言绝句。《咏史》曰：“二赵擅天下，班姬咏秋扇。婉娈岂殊色，憎爱异所见。灿灿明月珠，独照昭阳院。妇德固无极，帷啬孰牵恋。流连九成帐，炎鼎自兹变。不见淖夫人，窃吐披香殿。”《出塞》曰：“将军分道出，争欲取单于。独属嫖姚部，长驱瀚海隅。阵云生玉帐，杀气绕雕弧。立扫烟尘尽，和亲信可诛。”《昭君怨》曰：“白首深宫里，红颜大汉前。去留均薄命，生死竟谁怜。寒月窥秋镜，胡风切夜弦。玉容憔悴甚，翻觉画图妍。”《广陵怀古》曰：“六朝烟草总茫茫，占得风流独不亡。夜永笙歌沉月观，春深花鸟吊雷塘。清淮一水长通洛，垂柳千条尚姓杨。莫向迷楼悲泯灭，李花零乱落霓裳。”《游仙诗》曰：“东望蓬莱山，乃在大海中。白云护丹阙，琪花覆瑶丛。群真数千人，游戏各相从。百岁来尘寰，奄忽若飘风。云驭尚匪遥，羽衣长从容。顾此感沧桑，长啸还紫宫。”《游仙诗》曰：“神仙何必不公侯，暂下云霄十二楼。书秘早从黄石授，功成还逐赤松游。远求碧海无三岛，大隐金门是十洲。左右岁星浑不识，烟寒惟有茂陵秋。”《小游仙》曰：“一堕青霄万事非，旧游灵境望依依。紫坛瑶草迎春长，元洞琪花待客归。尘外不妨松共老，云中还许鹤双飞。天香几席时披拂，静夜分明见羽衣。”《答素庵》曰：“说是别离难，况复惊秋暮。几度梦中寻，渐识台城路。”《舟中别恨寄素庵》曰：“别去愁何限，朝来瘦不禁。只凭双燕语，少慰寂寥心。”《葡萄》曰：“瑶树来西域，明珠缀上林。会当持酿酒，先为汉宫斟。”《春日见长女新诗戏作》曰：“闲弄冰毫怯晓寒，碧窗红旭映琅玕。瑶笺珍重藏香箧，应作班家女弟看。”《秋夜偶成》曰：“一动金风剪众芳，黯红愁绿总茫茫。龙沙日夜飞霜急，回首燕台菊未黄。”《初夏怀旧》曰：“金阊西去旧山庄，初夏浓阴覆画堂。和露摘来朱李脆，拨云寻得紫芝香。竹屏曲转通花径，莲沼斜回接柳塘。长忆撷花诸女伴，共摇纨扇小窗凉。”《怀灵岩》曰：“支硎山畔是侬家，佛刹灵岩路不赊。尚有琴台萦藓石，几看宝井放桃花。留仙洞迴云长护，采药人回月半斜。共说吴宫遗屧在，夜深依约度香车。”

《词集》前有陈之遴《序》，后有子坚永、容永、奋永、勘永《跋》。附录收吴伟业《梅村集》、尤侗《小名录》、周铭《林下词选》、陈维崧《妇人集》、《湖海楼诗集》、徐釚《词苑丛谭》、钮锈《临野堂集》、沈雄《古今词话》、冯仙湜《续图绘宝鉴》、朱尔迈《榑桑阁集》、许二礼《海宁县志》、沈德潜《诗话》、张庚《画徵录》、沈维材《四六枝谭》、陈诜《陈氏家传》、阮葵生《茶余客话》、倪一擎《续名媛词话》、马之琰《蓬莱阁吏诗余》、吴骞《尖阳笔丛》《拜经楼诗话》、文徵明《王氏拙政园记》、吴骞《文待诏拙政园图并题咏真迹跋》、林庭棉《题槐两先生拙政园图咏册》等相关文字。陈维崧《妇人集》曰："徐湘蘋才锋遒丽，生平著小词绝佳。盖南宋以来闺房之秀一人而已。其词娣视淑真，姒蓄清照。至'道是愁春来，来春又何处'，及'衰杨霜遍灞陵桥，何物似前朝'等语，缠绵辛苦，兼撮屯田、淮海诸胜。"周铭《林下词选》曰："诗余得北宋风格，绝去纤佻之习。冠冕处，即李易安亦当避席，不独为当代第一也。"《如梦令》曰："细雨落花江上。风动玉钩帘帐。试问倚阑人，愁锁一天春望。怊怅。怊怅。波畔双鱼轻漾。"《菩萨蛮·恨春》曰："恨春不忍春光景，昏昏似醉浑难醒。撇绣写幽兰，绿窗风雨寒。梦回香尚袅，一枕愁痕小。负却赏梅心，杏花春又深。"《永遇乐·舟中旧感》曰："无恙桃花，依然燕子，春景多别。前度刘郎，重来江令，往事何堪说？逝水残阳，龙归剑杳，多少英雄泪血？千古恨、河山如许，豪华一瞬抛撇。白玉楼前，黄金台畔，夜夜只留明月。休笑垂杨，而今金尽，秾李还销歇。世事流云，人生飞絮，都付断猿悲咽。西山在、愁容惨黛，如共人凄切。"《少年游·有感》曰："衰杨霜遍灞陵桥。何物似前朝。夜来明月，依然相照，还认楚宫腰。金尊半掩琵琶恨，旧谱为谁调。翡翠楼前，胭脂井畔，魂与落花飘。"

《素赏楼集》八卷、《破涕吟》一卷　　康熙五十六年杨大晟刻本

陈皖永　撰

陈皖永（1657—?），字伦光，号汲云老人，海宁人。陈之暹女，陈之遴从女，工部尚书陈鼓永之妹。幼承姆教，娴习风诗，甫事声律，便擅闺房之秀。陈皖永姊妹均能诗，其姊适佟世南，著有《佟陈氏稿》，风格秀媚。皖永归副榜杨语可，夫妻眉案相庄，俨如宾友。语可负隽才，连不得志于有司。

意气豪迈，不屑问家人生产，四方宾客之至止者，文酒流连无虚日，皖永出奁具佐之，犹不给，以故家日益落。姑唐夫人下世时，一切医药之需，饭含之具，取办于皖永之手，悉中礼节，而哀慕之忱，见于篇什间者，益悱恻可诵。后其夫因病而殁。皖永鞠育诸孤，绸缪风雨，拮据茹荼，有单门穷嫠所未尝者。间一操翰，泪痕与墨渖交合，今集侍疾、悲怀诸什，虽三峡猿啼，中宵鹤唳，无以喻其酸楚。后长子与仲子相继摧折，独季子开绪存。兄慈永赞扬皖永“茹蘖饮冰几三十年，妇道而兼子道，慈母而兼严父。方其行事于仁人孝子相媲美者，指不胜屈，经理内外，纲纪大小”，“俾艰难辛苦毕萃于一身矣”。所著《素赏楼稿》八卷、《破涕吟》一卷，有康熙五十六年刻本；嘉庆八年张步萱抄本、清抄本。

此集为康熙间刊本。《素赏楼集》前有杨瑄兄、陈慈永二《序》，后有子杨大晟《跋》。《破涕吟》前有陈皖永《自序》。陈慈永《序》曰：“宅相大晟以母德表，谋所以称觞之。因以《素赏楼稿》秘之箧中者，欲寿诸枣梨，冀垂不朽。”杨大晟《跋》曰：“《素赏楼诗集》系吾母所编订，先兄庭玉公力疾雠校，釐为八卷。先后缮写成帙。不以轻示当世，承母志也。及先兄殁后，吾母重伤先兄之心，不忍睹先兄手迹，因跋数语，授之大晟，盖箧笥者三阅岁矣。”后皖永六十生诞，“顾念吾母春秋高，唯晟一人侍膝下，晟又谫劣无似，不克恢弘前烈，副堂上期许。届兹祝嘏之辰，鲜焉寡欢，负慝滋甚。惟是吾母数十年苦辛劳虑，行吟坐愁之所为作者，家门荣落之概，得诸亲历，懿训徽音，亦于此乎在，非借他人祝嘏之章，务观美于屏障者。比爰启丘嫂沈、中嫂蔡佥命寸草春晖，庶藉是仰娱万一，请脱簪珥佐晟，授之开雕，以佐康爵，以介眉寿，皆取诸是篇足矣。”陈皖永《破涕吟自序》曰：“次也侄自平凉归里，来问予起居，索近稿读竟，喟然叹曰：‘婶如是衰年多感，不藉此，何以自遣。’”“明日侄有《弗过轩听雨有感》二律，欲予和。予感其意而喜其才，破涕一笑，依韵和之。自此，悲秋感叹，复寄之诗。今秋冢妇沈请予稿授梓，为予六十寿，是善体亡儿之意也。偕其两娣蔡、任，脱簪珥为剞劂费。”《素赏楼稿》录诗六百八十五首，《破涕吟》录诗八十八首，共七百七十三首。杨瑄《序》曰："孺人之诗，原本性情，止乎礼义，音节悲壮，含蕴深远，天愳人伦之故，缠绵肫笃，斯固可以追踪《骚》《雅》，而有功于名教者也。"陈慈永《序》曰："阅其篇什，味其意旨，或敷陈之言，或托物见志，如遇古仁人焉，如遇古孝子焉。以视髫年唱和风云月露之章，迥不侔矣。"集中《侍疾悲吟》二十四首之一曰："百端交集痛慈亲，诀别床前弱妇身。肠断不禁悲恸处，又愁难慰太夫人。"《大祥感怀二律》之一曰："病剧愁深感愤新，天倾能补是何人？常挥有恨英雄泪，不效无端儿女颦。欲守艰难初创业，且留孱弱未亡身。器逢盘错方知利，绵力甘心任百钧。"《愁》曰："万绪缠绵境不同，心伤眉锁泪痕红。追随夜雨孤灯下，栖止秋霜明镜中。酒力逢君难克敌，诗才藉尔易为工。人间何处留难住，牛背斜阳一笛风。"《四十咏怀》八首之一曰："老境来何易，愁城破却难。有诗皆感慨，无事不辛酸。寸草知春暖，孤柮耐岁寒。眼前聊自慰，儿女共清欢。"《五旬纪事十首》之一曰："昔忧难立藐诸孤，今喜同将暮景娱。眷恋庭闱愁足慰，尽欢菽水色犹愉。更怜得妇皆柔顺，已幸成人任鲁愚。学礼闻诗能自勉，但悲不及过庭趋。"《明春予生六十预示儿子大晟四首》之一曰："自念余生事可伤，如椽慎勿乞褒扬。千秋敢望名犹在，百岁终惭身未亡。叹我绝无佳境界，累人那有好文章。编愁纪苦何堪写，赢得阳秋论短长。"自写怀抱，质直清老。另有生活写照，如《大儿守文每购书娱我》曰："予生堕忧患，愁愤交迫煎。言念日趋老，近将万虑捐。焚香惟静坐，空观如老禅。儿子日侍侧，知我性所偏。平生鲜所好，寒暑手一编。每得未见书。敬陈几案边。讨论或竟日，翻阅每终篇。有疑从我质，未解索我笺。言笑颇怡悦，以此娱暮年。儿嬉煸斓舞，不得专美前。"《陈闺秀初学诗来索旧稿赋此答之》曰："忽传淑媛语，来索老人诗。散朗神先得，幽闲性可知。识高怜子慧，才尽叹吾衰。旧谱鸳鸯在，金针度敢辞。"《破涕吟》中有《阅余诗者云语多讽刺，然境历艰危，词多感慨，若云讥世，则未能也，赋此解嘲》曰："一编残稿记穷愁，群从传观费校雠。颡句暇多休少恕，微词意浅莫深求。偶同咏桧须知柭，漫比看花欲拟刘。说到人情应拂剑，不将柔翰寄阳秋。"《落花三十首》《拟古乐府三十五首》

组诗亦有特色。

又，集中《读从侄女静闲遗诗并志哀悼》诗下《小序》曰：“侄女名守范，兵垣存理公长女，母徐安人，继母陶安人。适钱塘阁学三荣顾公孙，孝廉宁绳公子、邑庠生宜曾。结缡四载，遂悲寡鹄。又三年，侄女亦感悼病殁，孤子念才六龄。侄女敏慧仁孝，读书知大义，能制举文，与雁行争胜。然不知其兼工吟咏。亡后已将十年，于素帨上得此二绝句。余读而哀之，因题断句十首，以追悼焉。”《诗》曰：“莫叹遗诗只数行，诗成应断九回肠。寄言泉下休惆怅，彤史今传姓字香。”陈守范《题画梅》曰：“暗香疏影雪霜姿，无限春光占一枝。景物依然人事异，绿窗何复看花时。”《寄翠蝶戒指与姑因作》曰：“病危朝露意难痊，检点箱奁泪滴涓。微物一枚留作念，靡依孤稚望谁怜。”《寄鹃红》曰：“诗狂心性与君同，遗世搜奇兴不穷。见说绿窗谙剑术，白云深处礼猿公。”

《清音集》一卷　　清初抄本

张鸿逑　撰

张鸿逑，字琴友，慈溪人。尚书张九德之孙女。父张成义，据《海东逸史》载：“张成义，字能信，慈溪人，有异才，为诸生，受业刘宗周之门。江干师溃，起兵不克，行遁不返，莫知所终。”全祖望在蕺山书院为刘宗周建祠堂，并“谛定其学行之不愧于师门者三十五人”配享于祠中，甄选三十五人中即有鸿逑之父，“慈溪张先生成义，字能信，有异才。丙戌后，起兵不克，行遁，毕生不返，莫知所终”，为刘宗周“卓然可传于后者”的弟子之一。母刘氏，《明史·列女传》载：“刘氏，张能信妻，太仆卿宪宠女，工部尚书九德妇也。性至孝，姑病十年，侍汤药不离侧。及病剧，举刀刲臂，侍婢惊持之。舅闻，嘱医言病不宜近腥腻，力止之。逾日，竟刲肉煮糜以进，则乃姑已不能食，乃大悔恨曰：‘医绐我，使姑未鉴我心。’复刲肉寸许，恸哭奠箦前，将阖棺，取所奠置棺中曰：‘妇不获复事我姑，以此肉伴姑侧，犹身事姑也。’”鸿逑夫姚良，前名筹，一字友房；

子与祁，字二京。所著《清音集》一卷，有清抄本。

《清音集》抄本一册，为乾隆九年甲子夏端午日半耕山人抄写，卷首题为越溪女士张鸿逑琴友氏著，鸳湖名闺归淑芬素英氏、孙蕙媛静畹氏同选评，子姚与祁二京氏音释。卷首有康熙壬寅（1662）岁花朝日表伯青莲洞主人冯元仲次牧氏《序》。《清音集》共录诗一百五十四首，收录崇祯十四年辛巳（1641）时年十二开始一直到康熙二十三年甲子（1684）从五十五岁间所作之诗。卷末补录九首。集中有归淑芬、孙蕙媛、袁半禅、段紫萧、陈凤音、陈德音、李是庵等闺秀评点。冯元仲《序》曰："尝考古之诗人，惟杜少陵言言皆泪，字字皆愁，无时无处不竭其忠君爱国之诚，所以为诗家之绝。千年后乃有女才郎，心少陵之心，诗少陵之诗，于忠孝节义而发为刚毅激楚之音，岂不为今古诗家之尤绝者耶。"《清音集》诗多有"故国禾黍之感"。张鸿逑《煤山怨》小序曰："甲申初夏闻李贼陷都城作。"颜彖元评道："以和平之音接风云之气，此以《春秋》为诗。"《登楼有感》曰："独坐危楼思渺然，凄风吹彻暮云天。遥怜万里关山月，断草零烟哭杜鹃。"顾小痴评曰："有禾黍之感。"《秋日索画换米不得》："北斗南箕迥自悬，墨痕无分换炊烟。空将蝉鬓餐风露，故把鲛绡当石田。纸上山河迷赤县，中原禾黍怨苍天。河清固有千年问，问我生逢第几年。"顾小痴曰："后四句是痛伤亡国之意。"《九日不见菊》有"苍雁声谐风里角，碧梧愁送晚来砧"句，其兄评曰："声调逼真老杜。"《寒松引》诗曰："元冬凝遏水腹坚，黯黯同云雪满天。娇花弱草随秋尽，寒树亭亭偃盖悬。夭矫虬龙风骨劲，灵根蟠糺抱真性。一团苍翠冷含烟，为表幽贞相掩映。幽贞惟有太君同，冰心注澈玉壶中。霜高风去梧桐落，孤鸾帐里月朦胧。玉轸朱弦难再结，丝丝肠断声声咽。愁锁双峰翠不舒，强至姑前开半额。昔年文师久穷经，紫殿传呼驾鹤翎。剩得名家头角在，留取英声照御屏。有文良不朽，有子良不死。有妻媲共姜，千年结连理。百尺交枝满院香，祥风吹向五云傍。匹妇但知思义重，敢望芳徽动帝王。帝曰非关汝家事，彰朕德化扶三纲。槐阴多少鸣珂客，宝戴金貂在尚方。我今生年只十五，耳闻目睹心缕缕。思之思之爱且钦，正襟问月当窗户。北堂白发春风鲜，莱衣化作庐江组。负米应求仁者粮，稍答异时机杼苦。忽报乘云谒玉宸，翩翩羽化返其真。开轩不觉双泪堕，一片银纱浣水津。古道无尘行客少，月落乌啼魂悄悄。落英飞絮徒悽怆，峻岭幽岩松影长。"，孙蕙媛评曰"四句一篇，筋节妙在参差变调出之"；归淑芬评曰"住有劲力"。《草堂》诗"草堂寂寞山之阿，燕子巢寒昧旧过。歧路人情聊复尔，故园风景竟如何。春生桃李飘香钿，夜浥芭蕉醉露多。天地知归何处尽，轻鸥泛泛只浮波"，归淑芬评曰"极悲壮"。《丁巳冬日渡钱塘江志感》诗，"不解江天阔，生来眼界宽。朔风吹浪立，斜日照帆安。利涉资舟楫，乘空快羽翰。沧波无限思，心在白云端。"陈凤音评曰"悲壮却自气慨，五言律如此起句，盛唐甚少"；《端午》诗"春归啼鸟知时节，一树榴花喑百舌。蒲酒香浮琥珀光，素腕缤纷五彩绕。牙樯锦缆动江风，歌扇轻摇舞袖红，日落鱼龙归大海，飞云流水各西东。"孙蕙媛评曰"萧条语中出之甚壮"；归淑芬评曰"极悲壮"。另有《赠别佟少君》曰："访胜天台路不穷，瑶琨果出玉山中。光含桂魄英华满，瑞结松根琥珀融。学士曾夸无女贵，经传犹合二南工。自怜绣阁儒冠误，久识金陵王气雄。枝上乳乌方爱日，江边彩鹢欲乘风。牵裾浪绾留仙带，赠珮多趋拾翠丛。野鹤披翎徒拜舞，文鸳顾步倍玲珑。永怀之子临波渺，有美伊人落照红。蕉叶莫随河朔主，鹴裘贻笑酒家翁。飘零魂梦花间蝶，怅望蒹葭塞上鸿。把笔细论千里意，悠悠只与白云通。"归淑芬曰："此诗卢骆避席，彼专主铺艳，而此铺艳中风骨秀出，彼平衍散漫，此结构紧峭，气脉融贯，故胜。"

《个山遗集》七卷　　民国二十三年梅花书屋排印本

刘淑　撰

刘淑（1620—1656?），字淑英，自号个山、木屏，安福人。淑生而聪慧，志识不凡，父钟爱之，曰恨不为男。七岁，父刘铎死于阉祸。随母历患难，经艰苦，无怖容，后矢志克励读书，更博通经传，精其大义，提笔操为文辞，蔚然可观。兄早丧，抚遗孤，以父骸未窆，父集未传为恨。丙午兵起，脱簪珥，响义师，奸臣逞逆，欲强娶之，淑誓一死，藏利刃不离肘腋，后奸知其节孝素著，竟释之。戊子，以鬻力营葬父于本里之辛田，复搜集父诗文仅存者，得若干卷，亲叙定之，镌行于世。后入庵为尼而终。所著《个山遗集》，有民国二十三年梅花书屋排印本。

此集前有王伯秋《重印个山遗集序》、吴锜《序》、刘淑《自序》及《南疆绎史传略》《安福县志传略》。民国三年王仁照《序》曰："淑姑以一女子，欲提一旅以靖国难，事虽不成，志足悲矣。出师仅二百里，而狂且肆侮，淑姑挺身拔剑，仅得全节而归。遂匿迹空门，奉佛而终，吟诗以自娱。诗多伤时语，詈流寇，斥羌胡，固不可刊于前清盛时也。余求得三舍村刘姓抄本两部，虫蛀残缺，不可卒读。游楚南，得湘阴刘氏抄本，尚完善。惜草书蝇头小字谬误亦多，校理经年，渐有次序，谨以付梓。照以愚陋，而此集诗境幽邃雄豪，间以典赡，校雠讹误，恐不能免。文甚少，从《邑志》录出《订刻父太仆公文集序》及《祭父文》，而集末尚存诗序及杂文数首，刻于卷七。或以为淑姑贞烈，而集中旅魂雪玉之作、才鬼之记，恐涉楚湘神女、陈思感甄之嫌，然而灵均《山鬼》，宋玉《招魂》，摛藻扬芬，恢奇瑰丽，苟出于贤人君子之笔，自可使后世文人知忠鬼壮魄，而此不得已之苦衷，而志托幽暇，情结绵邈，足以破海天而感泉石。《易》占载鬼，《诗》存旱魃，于雅正之旨无伤也。淑姑之诗，则凡纪梦述病、玩水游山、弄月吟风、参禅礼佛，皆血随泪落，裂肝碎胆，恸宗社之云亡，慨河山之非旧。今隔数百年读之，犹令人湿背拍案，色动魂飞，拔剑而起舞。当是时，开门而迎闯贼入关。而请清兵，诱潞藩于浙东，索永历于缅甸者，孰非有明之臣子也哉？至如秦良玉大破强寇，沈云英夺还父尸，假使淑姑之兵得达湖南，天下未必无同志。无如时事日非，命亦终蹇，而淑姑仅以诗传。"民国二十三年王伯秋《序》曰："往客南昌，得淑英所著《个山遗集》，异而藏之。偶一吟讽，辄生慨慕。今吾国衰乱极矣，忠孝节烈为民族固有之特性，亟宜提倡，毋使沦胥。且虑旧板之不复存也，爰付手民，俾广流传。藉巾帼以励须眉，而一振闺阁远大之志气，庶几有感发兴起者乎？"集中卷一录五言诗二百五十八首；卷二录七言律诗一百七十二首；卷三录七言绝句二百一十三首；卷四录七言律诗一百四十首；卷五录七言古诗并各体诗一百三十二首；卷六录词四十首；卷七录杂文十四篇。《秋日杂作四首》之一曰："人生能几别，大地展樊笼。流水心俱照，环山秋正同。浮名轻一笑，午梦蘧然逢。万古牵衣事，吾曹慷慨中。"《忍怨》曰："已作愁吟客，还怀建国臣。遁志只磨剑，藏道且沽贫。每恨门无侠，今而室有人。残寇将一扫，报怨待初春。"《刻先君稿成》曰："化碧千秋血，镌成一帙书。白云孤岫卷，浩气长天舒。尝欲笼鹅换，今方载酒携。六丁何处去？呼取驾香车。"《寄意》曰："不共夷齐死，还同管鲍生。欲将金作质，须并玉为名。只胆撑天地，奇逢佐大衡。拟得雷焕宝，一啸斗牛惊。"《秋感》曰："飘零家国自生残，玩世空将一剑弹。有客悲歌易水去，孤鸿长唳送征鞍。"《有感》曰："十载蒙尘一剑寒，光芒长向日中弹。如今欲试屠龙手，先斩楼兰定贺兰。"皆似杜诗，慷慨激昂。结体苍劲，动笔有威。词少柔媚清婉之韵，凄怆苍楚。

《石园随草》二卷、《随草续编》一卷、《随草诗余》一卷、《亦园嗣响》一卷　　康熙四十一年《石园全集》本

朱中楣　撰

朱中楣（1622—1672），字懿则，一字远山，号远山夫人，南昌人。明宗室朱议汶次女。母汪氏为名家女，持身严而有度，操家勤俭，侍奉公婆，洗腆问视，悉准仪则，日延《外传》以课儿，夜则篝灯纺绩，以课诸女。中楣幼即聪颖绝伦，女红之余，朝夕一小楼，丹铅批阅纲鉴《史记》及诸家诗集，成诵不遗一字，间为有韵之言，多警句。父奇之，命字曰"懿则"。词赋史传，博览无遗。适少司马李元鼎为妻。婚后，伉俪唱酬，人望之如神仙中人，为千秋佳话。婚后十六年中，颠沛流离，宦燕邸者不过十之二三，此外则浮湘泛蠡、涉长江、济黄流，往来于齐、鲁、燕、赵之间，又复寄托淮海，去而复返，不免津梁为疲，沧桑更易。但二人或唱或随，笛篢竞响，人极生之乐事，擅旷世之遭逢。善佐夫子，元鼎自言其既遭时弗逮，又赋命不犹，从

刀锋刃血中万死一生，不知凡几，皆中楣周旋而左右嗟之。虽境遇良苦，然居常绝无怨怼之色，遇变复无儿女眷恋牵顾之情。李振裕《显妣朱淑人行述》载甲申二月，流寇陷京师，元鼎从叔殉难，元鼎誓相从。中楣亟请曰："公赴大义何敢言？但传张献忠贼兵踞江楚，所过杀人无噍类。今南北隔绝，长儿家问未卜，所存仅呱呱泣耳。君以身殉国，予必以身殉君，且先封公马鬣未封，稚子孤身谁抚？宗祀安可忽也？"于是携子避难津门。李元鼎曾以荐人事被诬，中楣引义命自信，而寄子萧寺，后壬辰冬，总兵任珍不法事露，元鼎被牵连入狱，中楣认为元鼎行事皦如白日，安抚家人，诫子振裕曰："汝父脱有不讳，我惟拚一死叩九阍以鸣汝父冤。倘天听难回，指所濬井曰：此即我葬身之所。汝好读书，毋坠先志，吾事毕矣。"因中楣幼娴礼训，长好诗书，故而夫妻相对私与扬讫，凡朝政之得失，人才之贤否，与夫古今治乱与兴亡之故，仕宦升沈显晦之数，未尝不若烛照而数计，故而元鼎素位而行，不以险夷生死膺撄其心，中楣之力居多。元鼎逝后，中楣言其子振裕曰："我不即从汝父于地下者，以汝兄孤立，吾儿未归耳。"勉进食物，力疾经营。每岁时祭奠，痛而绝，绝而苏，即居常寝食常带抑郁憔悴之容。辛苦教子，解则喜，否则怒，其不以爱驰教类如此。以是子振裕年十九举于乡，庚戌成进士，皆中楣庭训之力。年五十一岁卒。所著《石园随草》二卷、《随草续编》一卷，《随草诗余》一卷，《亦园嗣响》一卷，有康熙四十一年《石园全集》本。

此《石园全集》共三十卷，为中楣子李振裕编，前有宋荦、熊文举、黎元宽、文德翼、陈弘绪、薛正平《序》，其中卷十一到卷十八收录朱中楣作品。卷十三《随草上》，录诗五十三首；卷十四《随草下》，录诗七十九首；卷十七《随草续编》，录诗五十八首；卷十八《亦园嗣响》，录诗四十八首，词九阕；卷十五《随草诗余》，录朱中楣词六十二首，李元鼎词三十一阕；卷十七《镜阁新声》录朱中楣诗三十六首，李元鼎诗二十二首。《石园全集》共录朱中楣诗三百一十八首，词七十一阕。《随草》前有熊文举《石园随草集引》、李楷《序》、李元鼎《随草小引》。李楷《序》曰："孔子曰：归妹者，天地之大义。《乾》知始而《坤》作成。传《卷耳》者，以为后妃思文王，然则圣人当忧患之时，或于羑里，或于征伐，夫妇未之恒随也。而诗以随之。妻之随夫，臣之随君，天下之大经存焉。”李元鼎《随草小引》曰：“内子十六年中所得各诗词，再一批阅，稍加删定，大多处景而吟，冲口而出，白云红树，名山大川，或伤故国之黍离，或怀王孙之芳草，或叹时序之变迁，或感行旅之飘零，陟屺望母，挑灯课儿，而鹔首舆肩，风尘月夕，与余茗碗清尊相对，唏嘘流连，此唱彼和，而其一段渊秀朗彻之神，博大澹远之思，绝无脂粉，如列须眉。”“余每欲剞劂以传，内子曰：‘内言不出于阃，盍置诸?’余曰：‘不然。至圣删诗，不遗房帷；大师采俗，尚陈闺阁。如子诸篇，以为追班轶蔡，驾谢驱姚，当谢不敏。若此十数年，从余于波浪风涛、云烟变幻，则可以论世，可以纪年，随之时义，大矣哉。’倘有删诗采风者出，取而读之，知余之廓然于夷险，死生不以撄其心者，知内子之力为多。因其诗以知其人，其人可存，其诗愈可存也。”熊文举《随草诗余跋》曰：“古今名媛篇什，多以风韵取胜，然不无浮渲脂黛之习，唯夫人诸作雄浑方严，具有丈夫之概。”《冬日河泊阻风次梅君韵》曰：“数里淹河泊，狂飏客阻程。江鱼随浪跃，栖鸟护巢惊。落日看帆影，残更怯橹声。遥知归不远，把酒问君情。”类似唐音。《晚秋怀里》曰：“落叶惊残梦，秋归人未归。水明天一色，鸦带晚霜飞。”《夏日题画》曰：“奇峰对出晚晴收，倚秋临桥听远流。茆屋几间崖作壁，森森野树护林幽。”《宫词》曰：“珠帘初卷听秋声，碧水轻风荡紫萍。鸳绕玉池花绕树，相邀伴侣斗新筝。”“窗外无人竹影移，隔林惟见鸟翻枝。芙蓉空忆秋江老，宝鸭香销独坐时。”雅淡含蓄。《寄衣》曰：“霜月侵风透枕寒，相思惟顾强加餐。离怀千缕凭衣寄，试听严城鼓角残。”《孟春感怀》曰：“每闻羌笛动唏嘘，泪染重衫思故庐。苑柳含芽眉未展，新茶抱节叶难舒。春风逐草愁兼长，夜月征鸿信亦疏。为忆当年苏武句，自怜何日整归车。”《戊子元日》曰：“画角频催报晓筹，炉烟香袅翠云裘。新开文运儿初学，久越慈帷客尚留。冻柳迎春金渐吐，轻风掠水玉将浮。红梅应醉屠苏酒，笑指家园白鹭洲。”洗尽纤艳之气。《梦中咏梨花》曰：“朝看初日红，暮看梨花白。朝朝暮暮几回风，吹作闲亭半尺雪。”天才高妙。《随草续编》前有黄五湖、袁籜庵，卜圣游、熊鹤台、施愚庵、罗太湖、赵友沂、饶型万、介庵等人评阅，录诗五十八首。《春日感怀》曰：“青春作伴已还乡，赢得新诗富草堂。苏圃漫添湖水绿，柴桑难问径花黄。荒城处处伤离黍，旧燕飞飞觅画梁。家国可堪寥落甚，怡情何地足沧浪。”悠扬澹远。《寒食》曰：“性癖耽书愧等身，不因忧患倍伤神。春光渐老清明候，槐火初传夜雨新。绿树鹃啼惊短梦，翠軿人杳怅芳辰。樗蒲醺酩无情绪，漫向东风洒泪频。”天真浑成。《亦园嗣响》前有彭士望、朱徽、灌研斋主人梅庵三《序》，录诗四十八首、词九阕。《以螺川大水口占纪事》曰：“未旱现祈雨，时违即怨天。人心今乃尔，灾异岂徒然。市虎方归穴，轰雷又策鞭。秧针才刺半，木隶已微全。绛水双流合，平畴万顷捐。城垣惊系艇，黎庶断炊烟。吉水难成字，螺峰仅识巅。悬知眠未稳，为报席频迁。李郭还同载，飘飘江上仙。”

朱中楣词共七十四阕，以小令居多。熊文举《石园随草诗余跋》曰：“偶缀诗余，秾纤倩丽，不减易安。陈伯玑、李云田遴选《国雅》，海内闺秀，仅得二人，惟夫人与黄皆令，良有以也。”《凤栖梧·自嘲》曰：“但学填词称绮语。未按宫商，那识其中味。一艳次工三体制，飘飘勿带纤沉滞。闺阁拈题尤不易。字讳推敲，争得尖清句。试问古今谁足誉？二安徐卓夫人魏。”《连理枝·遣兴》曰：“不效游仙去，且向尘中住。半构新轩，旧园名石，足成佳趣。看芙蓉隔岸锦屏开，胜湖山云树。往也何须慕，今也何须骛。幸识投林，傍观宦海，容谁道故。赋归来酿酒有黄花，与高人警悟。”《满江红·秋雨》曰：“点染时光，早不觉、黄花俱酿。只连宵、嫉风腻雨，略愁微恙。金粟香生清磬远，芙蓉锦抹秋江上。念公车、此日近长安，离怀放。丘壑志，琴书况。疏林内，茶烟漾。乍云敛溪澄，一轮初荡。醉叶似传青女信，新词更喜红儿唱。倚雕阑、无事听归鸿，襟期畅。”《西江月·效希真体》曰：“处处烽烟未熄，村村农务应荒。闲看世路若登场，拜将乞蟠一样。第宅田园何用，非僧非俗空忙。何须待漏与披霜，醉卧三竿日上。”《行香子·上巳》曰：“小小园亭，百卉芳馨。水边花下任怡情。凭谁妙手，绘幅丹青。仿王摩诘、吴道子、倪云林。风动波平，景物撩人。绿浓翻、燕剪红轻。欣逢上巳，共赏良辰。拟兰亭禊，飞英会，鹭鸥盟。”娟丽圆转，清韶工稳。

《映然子吟红集》三十卷　　康熙间刻本

王端淑　撰

王端淑，字玉映，号映然子、吟红主人，又号青芜子，山阴人。王思任女，归丁肇圣。端淑甫四龄，偕诸昆弟就外傅，授《四书》《毛诗》，过目即成诵。少时喜为丈夫妆，常剪纸为旗，以母为帅，列婢女，自行伍中拔帜为戏，父抚而怜爱之曰："身有八男，不易一女。"婚后夫妻唱和，曾为闺塾师，以舌耕为生。《答浮翠轩吴夫人》曰："素守清贫只自知，世人欲杀忌才思。狂蜂口压红颜污，断魂身归青冢期。寂寂烟分如绿柳，飞飞予不及黄鹂。此情愿博芸窗史，故向朱门作女师。"与四方名流相唱和，对客挥毫，同堂角尘。所著《吟红集》三十卷，有顺治十七年（1660）初刻本，共有赋五篇、诗、词、曲共四百零四首，文五十六篇。卷首有王绍美、吴国辅、王登三、丁圣肇《序》及丁圣肇《刻吟红集小引》一文，书末有邢锡祯《跋》；另有康熙间刻本，此本较日本内阁书库藏本录诗多十六首、文七篇。另有《王玉映诗》一卷，顺治十二年邹氏鹭宜斋刊本。

此为康熙间刻本，卷前有丁圣肇《刻吟红集小引》。卷前有总目，卷一赋五篇；卷二乐府十一首；卷三歌行十一首；卷四五言古诗三十五首；卷五七言古诗二十五首；卷六五言排律九首；卷七七言排律四首；卷八五言律四十八首；卷九七言律上五十七首；卷十七言律下四十六首；卷十一五言绝句四十五首；卷十二六言绝句十一首；卷十三七言绝句八十六首；卷十四回文七言绝句六首；卷十五诗余二十首；卷十六诗余回文六首；卷十七记二篇；卷十八序五篇；卷十九奏疏六篇；卷二十传七篇；卷二十一纪事上十五篇；卷二十二纪事中六篇；卷二十三纪事下九篇；卷二十四行状一篇；卷二十五墓志铭一篇；卷二十六偈七篇；卷二十七赞八篇；卷二十八铭四篇；卷二十九祭文一篇；卷三十词六阕。《神释堂脞语》曰："玉映以才情学问自负，欲奄有众长，故诗文诸体，靡不涉笔。”《刻吟红集小引》曰：“余越闺秀王子映然，善读父书，为诗空异，落笔飞烟，真不愧古作者。”集曰《吟红》，不忘一十七载黍离之墨迹，故而集中多禾黍之思。《悲愤行》曰：“凌残汉室灭衣冠，社稷丘墟民力殚。勒兵入寇称可汗，九州壮士死征鞍。娇红逐马闻者酸，干戈扰攘行路难。予居陋地不求安，叶声飒飒水漫漫。月催寒影到阑干，长吟汉史静夜看。忽之兴废冷泪弹，杜鹃啼彻三更残。何事男儿无肺肝，利名切切在鱼竿。椎击始皇身弱单，滦虽不成心极韩。天风借吹羶血干，征贤深谷出幽兰。”《蓬门》曰：“骨傲岂随俗，宁攀山鬼邻。舒云聊作帐，集叶戏为茵。凤岭知难效，鹿门且耐贫。残篇任意读，不羡骑辚辚。”《侠士》：“一目识肝胆，头颅值几何。异书临水读，利铗傍崖磨。真气壮天汉，长歌塞海波。古今谈侠美，慎勿学荆轲。”《临发山阴》曰：“愁人行役最堪怜，况复离怀秋暮天。可是寒篷多转侧，风吹一夜到萧然。”《贫病有感》曰：“才已行贫连，偏赠新病魔。灯花虚拟结，鹊语几番讹。针指能生睡，诗篇强自哦。寒风吹瘦骨，酌茗亦阳和。”《中秋乏炊》曰：“生来此患未经过，不识良人志若何。井上苦无仲子李，堂中兼乏大夫鹅。草庐风度空如磬，败壁蒙尘冷敝锅。梧叶飘秋鸿雁叙，慢将心事语姮娥。”《夜坐》曰：“雁去潇湘信杳，空庭皎月偏弯。风落叶声飒飒，云流水韵潺潺。”《阅吟红集》曰：“墨泪愁中损，红啼怨已深。敦知嵇叔夜，偏解断肠言。”皆沉郁清幽。

《玉窗遗稿》一卷　　乾隆吴骞《海昌丽则》刻本

葛宜　撰

葛宜（1635—1671）字南有，海宁人。孝廉葛鼺庵女，诸生朱尔迈妻。尔迈字人远，别号日观子，十三岁辄出大言，以著书自任，聚书一室，成《仲尼弟子传》一卷。迈年十六补会稽学诸生，佐其父取魏至唐之乐府诗集，分为赋比兴，自汉至明选其诏令奏疏为经世书，覃思于六艺之文、百家之言，不屑屑于科举时文。尝四上京师，其于蜀道入则从陆，出则从水，其在京师，名公钜卿尝延之东阁，相与唱和者有王阮亭、宋荔裳、朱锡鬯、屈翁山、郑禹梅、陈其年等人。晚卜居西村，老梅百树，霜竹千梢，相与晨夕，诗境愈清，诗愁愈甚。黄宗羲评其诗曰："诗中忧愁怨抑之气，如听连昌宫侧老人、津阳门俚臾语，不自觉其陨涕也。"沈德潜称其诗"虽欠精警，而气体自不落小家"，著有《平山堂集》，集于蜀曰《西瞻》《东将》，于京师曰《巢南》、曰《岫云》、曰《嫁衣》、曰《北征南还》、曰《后北征》、曰《西苑》、曰《西山》、曰《南还唱和》、曰《燕游》、曰《重游西山》，于金陵曰《江行》、曰《南国》，于东浙曰《春舫》，于家曰《谷水》、曰《发春》、曰《销夏》。葛宜甫二龄，伯母曹孺人爱之，抚为己女。幼而警敏，长而省静，遇事明晓，处之不烦，能达观寡营，俭于处己，不为私藏。一切米盐碎务，更未数数然也，如女红针纴之事，即为之，极其工，都无屑意。八岁授之《女小学》及《明心宝鉴》，才半年，避乱中止，辄能明其大义。癸未八月十八日，侍曹孺人观潮海滨，逢朱尔迈母携子同去，俱憩龙王祠下。二母并有佳儿、佳妇之目，遂缔姻好。此时尔迈年十一，宜方八龄。越岁，尔迈侍二大人归桃源故里，葛宜亦在此侨居，相隔百武。时盗贼蜂起，昼夜窜越荒榛断砾中，二母交相看视，正同昨日事。乙酉，贼稍平，宜归邑居。明年，尔迈侍父走越国者二年。戊子，归，起居宜家之玉树堂。己丑十月，礼成。此时尔迈适披览明诗，与宜每质所疑，见颇了了。一日别母于归，题诗云："深闺一夜别，小女十年情。"日事吟咏无辍。父曰："女子无非无仪，奈何留心风雅!"宜遂焚其稿，不复作。后读《彤管遗编》，慨然曰："班姑谢女，后先掩映，岂遽不如男子耶?"更从事焉。每至夜分，不少间。初慕朱静庵之为诗，自称"静媛"。既而曰妇以德尚，因自名曰"宜"，字南有。诗作大抵自述其宕往专一之思，略仿《周南》所有，是谓诗志，亦见淑慎之概。于归后，其事姑也一如其事母，其为妇也一如其为女。辛卯，母逝，宜哀毁几不欲生，遗簪堕履，绝不顾而问焉，亲党尤戛戛乎难之。癸巳初夏，蛇啮之祸作。初，蛇之所伤，仅在一指，而毒气所中，竟至绝粒。于是有以草药进者，故方取草汁升许，加酒一升同饮，蛇毒稍解，而寒痰盛作。不一月而痰厥，死而复苏者三四，治之经年，庚子病复作，几不起。嗣是渐觉神气索索，骨立支床，虽花晨月夕，足迹不能窥园。尔迈每有行，即牵衣垂涕，常若不保其生。岁丙午，时尔迈父宦蜀六载，将趋庭，辄恐伤其意而未言，宜固心知之，为俯首曰：“行哉，行哉，奈何以妾身故，致缺君定省欢。”临行，绝无离别可怜之色。戊申，夫归后未数月而疾亟，自分必死，已而复苏。庚戌岁始亲家政，一切米盐零杂，静治而已，暇则手辑曹大家《女诫》七篇以训女芬，夕则群儿入闺定省，各令之赋诗言志，笑语宵分不辍。九月，先垄不戒，夫尔迈理于官，留会城者久。宜忽病重，嘱儿辈曰：不共之讨，期在必克，勿以余病分其心。及尔迈归，虽病且不救，犹谈笑相慰劳，谓死生有命，焉能相强。其达观也如此。一夕，梦中忽朗吟而起，得“萧萧木叶送残秋”之句，尔迈以为不祥，遂命肩舆邀本生母吴孺人及诸弟子崧、子峤话别，命儿辈并绕膝前，女芬坐之床侧，载笑载言，如平常，后奄然而逝。葛宜婚后二十三年，而病居其十九；生子三、女一：子冲，壬辰生，娶裴氏；子溥，甲午生，聘陈氏；子洵，乙未生，聘祝氏；女芬，庚子生，未字。女朱芬亦工诗，有《送春和罣钟兄韵》曰：“九十韶光去，深闺尚未知。人因闲有味，花亦淡无姿。旧情萦心绪，新愁理鬓丝。沉吟翻阁笔，为补送春诗。”婆母吴孺人读书明理，著有《遗训节要》一卷，语多切实。诸可宝《畴人传三编》收录葛宜、沈绮、王贞仪等三位闺阁女天文学家。所著《玉窗遗稿》，有乾隆五十九年甲寅吴氏拜经楼《海昌丽则》本。

此集为朱尔迈于葛宜逝后，悲痛之余，命儿辈搜录遗稿，粗为诠次而定。卷首有李因《玉窗遗稿题辞》、朱尔迈《行传》。集中录古体诗二十二首；五言近体诗二十八首；七言近体诗十四首；四言一首；五言绝句六十一首。《寄日观读书灵鹫》曰：“明月夜何皎，独照离人思。忆别若为情，悲歌空自知。春风吹客帐，山馆鸟声迟。百里烽烟隔，何日共赋诗?”《明月照高楼》曰：“明月照高楼，皎皎多光辉。上有荡子妇，凭高独徘徊。徘徊复何如，洒泪沾裳衣。思君不能语，忽忽如鯛饥。朔风吹庭树，贱妾将何依？愿作高山鸟，飞向君怀栖。君怀不我顾，鸣声悲以凄。四海抑何旷，分飞东复西。”《长短句》曰：“昼苦短，夜苦长。人如流水，昼夜茫茫。春风能几日？欻忽委秋霜。不如为乐及时，莫怀千岁忧伤。世上浮生何足计，饮酒花间花正香。”《忆远》曰：“北窗雨过晚凉宜，绮阁深秋独坐时。已被金风吹袖薄，不堪璧月度霜迟。双鱼江阔书难寄，匹马途寒人后期。忆得清诗题满箧，白云沧海共相思。”《有怀》曰：“别馆人高卧，终朝独自愁。大都征鸟下，只是白云留。夜静寒花落，庭空芳草秋。此心尝百折，日夜东流水。”《卧病怀远兼示儿冲溥洵及女芬》曰：“卧病经年春复过，画楼寂寞竟如何。山桃雨后花争放，溪柳晴边叶故多。娇女临窗铺薄缯，痴儿弄笔谱新歌。东风日日吹愁去，飞渡关前白玉河。”《送日观游蜀》曰：“蚕丛天地险，剑阁古今愁。挥手从兹别，难为芳草秋。猿啼三峡树，月挂九江流。不尽凭高目，西风独倚楼。”《送日观游越》曰：“江花江草映江明，孤客孤舟江上行。不断乡心吴苑隔，无边妾梦越潮平。拂衣儿卧千岩月，把酒还寻万树莺。倘到镜湖凭远望，绿蘋处处是归程。”另有《玉窗诗余》一卷，辑入《小檀栾室汇刻闺秀词》，录词十三阕。《虞美人·春感》曰：“春来春去当春仲，旧事如春梦。无情绿柳系相思，不尽江头流水去迟迟。吴宫楚馆今谁在？叹息年华改。一朝风雨暗芳州，白日光辉何处照重楼”。

《梅花园存稿》一卷　　乾隆五十九年吴氏拜经楼刻本

钟韫　撰

钟韫（？—1672），字眉令，仁和人。明名臣钟化民女孙，查崧继妻，查慎行母。幼娴内则，工诗，夫妻倡随偕老，仿佛鹿门之风。又能教子以成，查岐昌《岩门诗话》曰：“先淑人生鲜兄弟，有女兄字山容，女弟字眉士，针纴余闲，互相唱和，曾有《长绣楼诗集》若干卷。迨归先赠公后，值先高祖武库公捐馆，风摇草动，百毒齐起，先赠公宏济艰难，摧刚为柔，重立门户，宿艾骇服，先淑人实相助之。而厄屯之歌，铅筑之声，惟觅知音于闺阁。一时比诸鹿门故事”。“忆岐昌总角时，先大父举先淑人诗示予兄弟曰：‘才名终世态，学业有家传。此吾读书栖水时，曾祖母寄示之句，顾汝曹亦无忘斯训也。’”韫与女弟方眉士关系最密，集中《哭方眉士》有《小序》曰：“岁在辛亥，予抱危疴，自夏徂秋，未离床席。九月杪，惊闻眉士讣信，欲凭棺一哭，困惫不能也。念此生知己惟眉士一人，生离死别，地角天涯，苟复有情，何能遣此，因伏枕成悼亡十绝，略叙其生平及吾二人始终相厚之意。真未足写愁肠万一也。”其诗曰：“少小追随事唱酬，年年花月自春秋。梦中重入西溪路，何处逢君话旧游。”所著《梅花园存稿》一卷，有乾隆五十九年吴氏拜经楼刻本。

此集卷后附录查羲《选佛诗传》、查岐昌《岩门诗话》、吴骞《识》、曾孙女查昌鹓《敬题曾祖母钟太夫人梅花园存稿后》等文字。吴骞《识》曰：“恪守圣善之训，以为著述非妇人事，而弗欲出之，抑亦知白雪之词、幽兰之调，终不与晓风残月同其销歇于天壤间。予刻《海昌闺媛诗》，因取付剞劂，以存一家，非遂为足以尽淑人也。”查羲《选佛诗传》曰：“淑人精《文选》，工诗古文词，所著集百卷。”集中收录诗五十八首、词十一阕。《示两儿读书吴山》曰：“丧乱还家后，周旋只两儿。苦辛都为汝，贫贱且从师。慎勿趋时好，何须恋旧茨。晨昏原细故，努力慰哀迟。”《琏儿璪儿分心吟咏，恐荒废章句，诗以诫之》曰：“头颅俱长大，负笈岂徒然。家计愁中落，成人望汝贤。才名终世态，学业家有传。好负双亲望，辛勤二十年。”《春日怀逸远》曰：“胭脂憔悴懒拈诗，愁看双鸳临小池。一树梨花吹未落，东风绮阁断肠时。”《秋夜坐怀夫子久客湖山》曰：“夜寒添半臂，秋气透窗纱。孤榻斋中影，残灯梦后花。授衣时已晚，望远路偏赊。却怪天涯客，经秋不忆家。”《再怀逸远金陵》曰：“年来几度负中秋，又入金陵何所求。小艇漫归桃叶渡，醉眠今夜那家楼。”《西湖竹枝词》曰：“湖外春云映晚潮，湖头箫鼓入春饶。风光朝暮知多少，弱柳烟波十二桥。”《初夏独坐》曰：“黯坐情惊恐，愁来君不知。萤光窥寂寞，孤影伴相思。”

《凝翠楼集》四卷　　康熙四十七年朱氏银槎阁刻本

王慧　撰

王慧（1638—?），字兰韫，太仓人。督学王发祥女，诸生朱方来妻。幼颖异，资性朗悟，习礼明诗，经史百家之书，靡不观览诵记。十余岁时即能与父母属和，有清新之句。稍长，勤于女红，未获多读古名家诗，然一浏览辄能见大义。姊妹三人皆知书，能吟咏，然大雅不群，尤推慧。常与诸弟妹分题斗韵，互相师友，游戏柔翰，拈题分韵，往往擅场。婚后，有家室之累，笔墨或不暇。有闺秀清河羽卿秀擅闺房，才兼清绮，二人彼此唱和，暇则相访，别则相忆，累月过从，言笑无厌。生平迹不逾阃，惟早岁一渡江，至晚岁至武林及越州，探西湖、南屏、兰庭、禹穴、兰亭之胜，并见诸留题，此游览之可考者。自于归后，操作拮据，枝梧赋役，中岁嫠居，生产寥落，女红之暇，耽习篇章，有风雨飘摇之虑，长年綦缟。年届古稀，起居方健，子女承颜，孙曾绕膝。所著《凝翠楼诗集》四卷，有康熙间其弟王吉成刊本，前有康熙戊子唐孙华《序》，后有其弟王吉成《跋》。又有光绪间六世孙王寿慈刊本，较康熙刊本多其六世孙《跋》。王寿慈《跋》曰“先冰庵公锓，祖姑裔孙常熟朱蕴辉茂才璞藏其板。乡居窅僻，人罕知者”，后光绪间寻得此板，庶几二百年而完好，“精善若新出剞劂氏手”。

此为康熙间刊本。卷前有唐孙华《序》，卷末有弟王吉成《跋》。王吉成《跋》曰：“己卯冬，掇拾前后存稿，得数百篇，属汲园叔选定。时叔疾寝剧，披帙甚喜，病中朱黄涂乙，点勘极细，共选三百余首，厘为四卷。”集中共录诗三百零六首。王士禛《带经堂诗话》赞其诗“极多佳句”；沈德潜《清诗别裁集》曰：“其诗清疏朗洁，其品最上。”唐孙华《序》曰：“性好山水，尝因事一至维扬，三过武林，晚年偕其仲弟宪尹太守之官越州，览镜湖秦望之奇，而诗益进。夫闺阁之能诗者，间或有之，大都斗叶俪花、施朱和粉，短章小言，嫕娟妩媚而已。夫人则琬琰为心，绮绣成质，长律或至千言，古体辄成数十韵，吐属风华，气体清拔，学富而才长，采高而音亮。即文人学士，此境未诣，况闺阁乎？观其寄兴遥深，措词雅正，真有合于二《南》《国风》礼义之训，而非后世《玉台》之篇、香奁之咏纤妍柔曼者，所可同日而语也！”王吉成《跋》曰：“大要结体清真，运笔苍秀，举止大家，绝无闺阁脂粉气习，亦天性然也。”王渔洋亟赏其《闺词》诗：“轻寒薄暖暮春天，小立闲庭待燕还。一缕柳花飞不定，和风搭在绣床前。”《咏庭前老桂》曰：“摇落空庭碧叶稀，根株那惜是仙枝。形惭八树风霜里，肠断三秋夜雨时。偃蹇只宜猿鹤伴，幽芬不与燕莺期。一从谪去瑶台后，月户云窗折对谁。”《归舟》曰：“溪湾十里泛荷钱，梅雨新添恰放船。桥贯断崖通野渡，树藏茅屋见炊烟。田歌远近平芜外，渔网参差落照边。最喜晚来天色霁，一尊文酒话灯前。”《邻女幼归儒家因婿无籍沦于旗下闻而有感》曰：“曾向邻居共绛纱，裁云咏絮斗芳华。香沾绣帙同分线，春暖妆台互送花。漫说罗敷原有婿，可怜蔡琰竟无家。于今辫发双垂珥，紫塞斜阳泣暮笳。”《山阴道中》曰：“出郭忘远近，十里清阴中。川陆互回复，延绿遂无穷。冈峦去殊势，竹树交成丛。安知蒙密处，下有溪流通。石桥路可寻，一转迷西东。烟空人不见，寂寂山花红。”集中与闺友羽卿唱和最多。如《新秋病起怀羽卿缄寄邀之》《江村感旧述怀简羽卿一百韵》《七夕邀羽卿不至》等。《闻羽卿病探之已愈喜而有作》曰：“偶传薄病怯秋情，过访聊凭一棹轻。系缆预愁谁款接，到门先喜主逢迎。胸无尘滓清逾迥，心在烟霞癖已成。从此加餐须努力，老年相傍乐余生。”

《徐烈妇诗钞》二卷　　民国间石印本

吴宗爱　撰

吴宗爱（1650—1674），字绛雪，永康人。教谕吴士骐女，诸生徐明英妻。绛雪幼慧，多艺能，九岁通音律，十余岁父教为诗，诗辄工。尝代父与同年生唱和，皆服其精当，已知为小女子作也，乃大惊。善写生，间作设色山水，皆有致。绣回文诗锦囊，见者叹为双绝。婚后既寡，盛年以才，故艳名尤噪。与吴素文为闺阁友，诗词唱和。康熙甲寅（1674）六月，耿精忠部将徐尚朝兵至永康，闻绛雪美艳，扬言献绛雪则免全城屠戮，绛雪慨然允诺，于去途中跳涧，全节而死。许楣《序》曰：“永康故僻邑，绛雪死一百七十余年，无能以为文发之者，独传宝其诗画，其杂见诸家传记，亦目为才媛而已。”秦缃业《序》曰：“夫烈妇之死，且合从容就义慷慨捐躯而一之，其事固有足传者，然非能诗且工若是，世人亦未必艳称之。慨自粤寇之乱，妇女之死节者何限，岂遽不如烈妇？而往往湮没不彰，非其戚族乡党，几不能举姓氏，以别无文采可表见故也。然后知诗以人传，人亦未尝不以诗传。"吴廷康《序》："余官永康日，访得徐烈妇吴绛雪殉节事，求名人为作传，且播诸管弦，以表彰之。""夫世多以才女目绛雪，然其诗之几就湮没且如此，况乃捐躯兵燹之中，完节荒凉之地。志乘未载，传闻异辞，设非急为咨访，又安能传信于一百七十余年之后哉。"杨晋藩《永康烈妇吴绛雪诗后论》曰："当局者不为御寇计，而献一女子，以缓师期，事势可知也。夫取饮有人，殉节有地，而必欲求诸不测之渊，又或因所讳而阙之，是秉笔者之过也。""乃迟之一百七十余年，待康甫而其迹始显"，原因在于"时际大难初平，有心世道之君子，采访难得其实。耿逆之变，英风义烈之士，为褒扬所未及者，何可胜数，岂特绛雪一人哉！"海宁许楣作《徐烈妇传》；海盐陈其泰作《书徐烈妇传后》。希元又有《纪康熙十三年耿藩扰浙东克复各郡县事略即书于永康徐烈妇吴氏传后》曰："茕茕一嫠妇，乃能以身纾难，并以身全节，亦有系永康一邑之安危也，皆不可不记，爰牵缀以著于篇。"俞樾撰《吴绛雪年谱》。道光永康县丞吴廷康、海盐词曲家黄韵珊编《桃溪雪》二卷，以表彰绛雪节烈。所著有《徐烈妇诗钞》二卷；《六宜楼稿》一卷，随父宦游时所作；《绿华草稿》一卷，归永康后所作，另有《与素闻启》《同心栀子图并启》。《徐烈妇诗钞》又名《吴绛雪诗钞》《绛雪诗钞》。

吴宗爱诗集版本较为复杂，据《永康诗录》卷十七《闺阁诗》载王崇炳《跋》曰："向求其全稿，罕有知者，久之得于武川友人家，乃抄本，不过数十首。"吴廷康咸丰二年《徐烈妇诗序》曰："先是邑人为余言，吴绛雪，邑之才女也。武义李氏藏其诗，倪明经兰谷梦魁为余借得抄本，知为东阳明经王虎文崇炳所编辑。"陈其泰咸丰四年《徐烈妇诗钞跋》："绛雪诗，东阳明经王崇炳钞自武义一旧家者，原本分《六宜楼稿》《绿华草》为二卷，诗仅百余首。《燃脂续录》摘其佳句甚多，半存集中，余皆成广陵散矣。"可知绛雪诗集有康熙无名氏抄本及王崇炳抄本，今已不传。《永康诗录》卷十七《闺阁诗》云："道光辛丑下，赞府吴廷康得之武义学生某。遂刊行。录中诗次第，先古体次近体，而此独遵照本集先后顺序时编次，俾阅者得其叙而不紊云。”《永康诗录》录吴绛雪诗五十五首应是王崇炳抄本诗之面目。此外，还有同治间丁宇芝精抄本，盐官王骧陆题名，扉页有陈宝琛丁卯识语。刻本最早为道光间双溪王家齐冰壶山馆本《吴绛雪诗钞》本，卷首为吴廷康《序》，次为王家齐《序》，仅有标题无内容；次为李菘秋《题六宜楼》绝句四首，次为戴玉莩《题六宜楼稿》四首。《六宜楼稿》《绿华草》各一卷，共收诗九十八首。后附《同心栀子图并启》。正文之后有王家齐《回文同心栀子镜箔图》读法、后附录章汝铭《燃脂续录》、张南士《图绘宝鉴》等相关评论及王崇炳《跋语》。陈其泰咸丰四年《徐烈妇诗钞跋》曰：“金华王君家齐尝取而刻之，萧山丁君文蔚、王君锡龄复刻一本，皆余友桐城吴廷康赞成其事情。因为之叙，而萧山本则余所校勘也。”后萧山丁文蔚、王锡龄照此版重刊《绛雪诗钞》，此本今佚。另有咸丰四年《绛雪诗钞》古均阁刊本，胡文楷《历代妇女著作考》载：“卷首长安散人阅本六字。前有长安散人《序》《徐烈妇传》，陈其泰书后。末有附录四页，陈其泰《跋》。书中有圈点，有眉评。”陈其泰咸丰四年《跋》曰：“每思评点重刻以广其传，而余年来笔墨似多田翁耕耨，甚者十指不得暇，乃以予老友长安散人，强令加墨，宁宽勿苛，并缀眉批以醒，将书引睡者之眼。散人初未应，曰：‘吾已为之传矣。’既而曰：‘吾胸中磊块，亦正须酒浇耳。且吾曩者作传，为世故牵帅，颇失体。吾当改正而自刻之。’因不复辞。既告成，散人自叙重刻之意，余复为任校勘之役，而识其原委如右。”有光绪间云鹤仙馆本《徐烈妇诗钞》二册，封面题名《女士云鹤仙馆诗》。民国石印本《徐烈妇诗钞》，前有潘树堂《节烈吴绛雪别传》、吴烈妇请旌等文字。

此为民国石印本。绛雪最有名者当属于《同心栀子图》，其组织工巧，不减苏氏《回文》。《同心栀子图》形若盛开的栀子花，全图凡一百六十五字，中间是以“雪”为核心的八十一字组成的方阵，其余八十四字成弧形均匀排列在栀子花瓣外缘，每瓣十四字。咸丰初年永康应莹潜心研读《同心栀子图》，共读得五言绝句六首、七言绝句四首、词三十二首、六言诗二首，计四十四首。应莹读法附刻于诗钞后，亦单行本，其中以镇江宗绍藏书楼之黄氏蜀刻本最佳。绛雪《咏四季诗》亦传诵一时。《春景诗》曰："莺啼岸柳弄春晴，柳弄春晴晓月明。明月晓晴春弄柳，晴春弄柳岸啼莺。"《夏景诗》："香莲碧水动风凉，水动风凉夏日长。长日夏凉风动水，凉风动水碧莲香。"《秋景诗》："秋江楚雁宿沙洲，雁宿沙洲浅水流。流水浅洲沙宿雁，洲沙宿雁楚江秋。"《冬景诗》："红炉透炭炙寒风，炭炙寒风御隆冬。冬隆御风寒炙炭，风寒炙炭透炉红。"《迟素闻不至》曰："日暖疏帘燕子催，春风不见绣襜来。芳华且待佳人赏，为祝桃花缓缓开。"《夜坐同素闻》曰："小楼尽日雨缠绵，谁送清光绮槛边。檐滴无声云乍敛，刺桐花外见婵娟。"《越州途中》曰："暮春天气束轻妆，顿觉前途秀郁苍。晓雨乍添苔磴湿，山花低接笋舆香。家家叱犊风初软，处处啼鸠日正长。野店新泉堪小憩，瓶笙初试绿旗枪。"娟秀雅致。《题画》曰："嫩柳幽花驿路遥，江村一曲雨潇潇。分明指点扬州路，细马春过皂荚桥。"《题画》曰："遥山澹冶入烟霞，一带春流夕照斜。羡杀绿蓑渔钓客，牵舟长得傍桃花。"诗中有画。《楼眺》曰："几天梅雨后，新水正盈堤。闲爱登楼眺，时闻好鸟啼。雄风吹野阔，雌蜺跨山低。只惜光阴速，晴莎弥望齐。"《贫女行为外弟荣作》曰："世人徒夸黄金屋，谁识柴门女如玉。女貌娇娇芙蓉花，女心耿耿女贞木。鸦髻不争时世新，铜钗自怜容颜沃。年年代作他人衣，夜夜光约邻家烛。前年陌上百花香，女伴相约踏春阳。今年女伴不相待，碧月金风玳瑁梁。只有贫女贫如故，韶华屈指芳期误。菱花照影自徘徊，亭亭似怯晓风摧。凤凰未肯将鸦逐，仙杏还期傍日栽。争奈时人无特识，动从脂粉论颜色。坐使深闺老倾城，藐姑山高求不得。寄语天涯才子知，早歌《金缕》莫教迟。西子须逢浣纱日，王嫱须遇未嫁时。"雄健豁达。《展家严课女图谨志》曰："清寂庭阶水不如，焚香课女慰闲居。疏风絮阁闻烹茗，壁月花窗照读书。笄总何堪探二酉，分阴也使惜三余。批图不记年光换，犹似雏年绕膝时。"《家严构别墅五楹初成志喜》曰："竹杖芒鞋引兴赊，数楹别墅自清华。芰荷绿水骚人宅，松菊清樽处士家。春雨一帘闲待燕，疏风三径课浇花。楼窗更拟玲珑启，为伫吟诗对晚霞。"《忆外》曰：

“几回闺信失秋莼，砧杵声中盼望频。别雁何堪愁里听，寄衣难称瘦来身。贫家疏笋怜佳节，驿路风波阻远人。妯娌同居犹寂寞，天涯举目果谁亲。”

《峡猿草》一卷、《绿窗小咏》一卷　　清抄本

周淑履　撰

周淑履（1650—?），山东莱阳人。侍卫周世祐女，周正之妹，胶州高荫棫妻。淑履为相国曾孙女，周氏世以文章名家，故淑履雅能诗，而荫棫亦相国曾孙，皆以文章传世，才美相匹。淑履娴妇道，工词翰，所赖得贤夫子，才而能文，闺中唱和相乐。已而夫早世，家且窘，淑履乃提三孤儿走莱阳，就食母家。未几，母家亦中落，淑履乃复迁胶西，数年之间，奔走枝梧，风雨飘摇，无所不有。淑履既归，故业尽失，无所依，乃僦屋为人佣，缝纫以给衣食。教子读书，三子中淳、堂成诸生。年六十余，其操作勤苦无少间。故而周凤翰《序》叹曰：“妇以名族淑女而为相国家妇，又得贤夫子以为讬，可云幸矣。顾乃遭家不造，未四十为未亡人，流离困苦不自活，又何不幸也！及读《峡猿草》，激昂慷慨，凛然有古烈风，百世而下，将使人人仰贤母而悲清操，非流离困苦，何以有此耶。自古绣襦唱随，欢晏而老死，没没者不可胜数，而妇独以迍邅苦节，名垂后世，亦乌睹所谓不幸者哉。”所著《绿窗小咏》一卷，《峡猿草》一卷，皆嫠居以后作也，有《庐乡丛书》本、清抄本。

此集为清抄本，卷前有张谦意、周凤翰二《序》；孙勷、张谦宜、法重辉题词；卷末有法辉祖、侯官余甸《跋》。《峡猿草》仅存《拟古诗》九首，为周淑履励志诗。周凤翰《序》曰：“妇生平所为诗，率不示人，以故无人知者。今老矣，自出其《峡猿草》一编，授其儿子淳，而告知曰：‘妇人职中馈，文字非其事。余少从父兄学，既略识之无，遂不免弄笔墨。自汝父之背汝曹去，而余焚弃不作者三十年矣。平昔闺阁常语，了不足存。独此编是余为未亡人心血所在，不可不令后人知我辛苦耳。’”法辉祖《跋》曰：“捧读之余，字字血渍，苦节冰操，凛然可见。峡猿之吟，乌足尽其幽贞哉。”《拟

古九首》曰："寒风幽谷中，苦竹南冈下。山空人境绝，呜咽哀泉泻。嗟彼蕙与兰，零落委中野。萧萧风雨来，我亦无告者。""志士在首阳，饴甘薇与蕨。无劳天地宽，矢言江海竭。死生不以形，心血先消灭。嗟嗟未亡人，朽骨对霜月。""孤鹤唳青天，盘盘顾鹤子。羽毛犹未丰，焉能弃置尔。风雨撼危巢，几何其不毁。将子过南溟，终焉如厥始。""轧轧机杼声，漠漠空天雪。操作入中宵，十指皆皴裂。积丝岂易成，不忍中道绝。著此缟素裳，怡然归同穴。""披史教孤儿，心折古杵臼。自裁亦何难，孺子正黄口。咄哉彼程婴，乌忍释重负。仰希烈士心，何以告无咎？""涕泪向孤桐，柔条不盈尺。天寒霜雪深，保护伊谁责。三年植本根，十年凌松柏。叨叨劬劳心，未敢释朝夕。""孤儿髫龀年，欲令就外傅。大者陶性情，次亦博章句。宁云致通显，不敢陨故步。尔父有残书，慰母在寒素。""草木向春荣，无端被摧折。苍天讵不仁，独此遭逢啬。半生历心苦，薄命尽离别。死别泪已枯，生离愁如结。""叹息未亡人，归宁倍凄楚。无以慰母心，反乱母心曲。长跪听母言，牵衣不敢哭。相将孤子行，未语气先促。"悲痛宛转，坚贞不移。孙勷题词曰："我读峡猿吟，如闻猿鸣哀。嗟哉高氏母，植节尤擅才。岂冀世人知，琼瑰常盈怀。含辛时一吐，肝肠几将摧。谁为采风使，撷之达帝阶。"

《绿窗小咏》后有法辉祖《跋》曰："《峡猿草》古诗九首已承先君之命，谋梓以彰苦节矣。今复检得近体诗四十首，清艳绝伦，香奁中佳构也。再为付梓，以附于后，庶节与才并传不朽云。"此抄本录诗二十五首：《新秋燕集分韵得流字》、《还胶西别母》、《喜雨》、《赋答戏题诗稿之作》、《不寐》、《寿某》、《元旦雪》二首、《落花》二首、《丙子归宁七姑寄居南乡病不能如城叹岁月之易迈恐音容之久疏春杪特往焉漫赋》四首、《有感》、《和三弟落花诗》、《祝母初度》、《长兄送予至胶信宿南游兴化》《夜雨》二首、《观海棠偶题》、《送大兄读书南村》、《淳儿阻雨不至》、《晚晴坐池上迟新月》、《秋怀》等。《赋答戏题诗稿之作》曰："贫病常如此，遣情笔墨中。敢将咏雪意，来佐读书功。纺绩吾身拙，文章尔道穷。同心须黾勉，莫令负春风。"《夜雨》曰："归来魂梦不离家，恰向灵前点晚茶。绕树风声惊坐起，丝丝细雨透窗纱。"《观海棠偶题》曰："簇簇胭脂巧样妆，春深省识艳华堂。芳菲纵使人堪羡，不似梅花绕屋香。"《冬日送别表妹》曰："萧萧风雪逼人寒，欲整行装忍泪看。珍重送君无别语，高堂代我问平安。"《独坐思诸弟》曰："合愁寂寂掩柴扉，疏柳横窗映绣帏。鸿雁几行声呖呖，可能一夜向西飞？"

又，淑履女高洁亦为女诗人，著有《孀居诗草》二卷，法元肃为其整理。《除夕有感》曰："除旧更新又一年，霜帷雪径尚依然。邻家守岁喧儿女，始信人间别有天。"《蝶恋花·赏梅》曰："问尽阳和芳草歇，数点梅花，不共争炎热。馨馥香风寒凝雪，冰心恰向枝头结。影瘦横窗淡皎月，树底流莺，何望攀折？漫道枝红与粉白，对君应自无颜色。"词意凄惋。

《苔窗拾稿》二卷　　雍正三年刻本

吴永和　撰

吴永和（1655—1727），字文璧，元和人。生而淑慧，舅父母爱之，抚以为女。勤习女红，读诵经史，悉通大义。父母器重之，不欲嫁凡子，后适董之璜为继室。董氏少孤，连遭内外丧，贫甚至于鬻所居之半，人多非笑之。璜内自伤，发愤力学，思振家声，连试不售，郁郁不得志。成婚一月，出游燕，未至燕而病，病而归，不数月旋卒。临终与永和曰："吾有三事未了：先大夫墓碑未立；前室吴氏未葬；子幼未成立。"永和嫁时妆奁颇厚，以生病久，斥卖且尽，丧毕而室无余赀，然念孤儿不可一日废学，节缩衣食，延师教之；具礼币，求名人为舅作碑铭，勒诸墓上；又卜居善地，举夫与前室之柩合葬。子自学有成，为之娶妇，数年而诸大事毕。性度凝重，遇可喜事未尝露齿，极拂意不闻怨怒声，措置从容，巨细合节，家政肃然，去夫殁二十余年，撑拄家政，葬埋祭祀，教育婚娶，凡所以成先君子未竟之志者，皆次第为之，俾无遗憾。因早年丧父，念母老而贫，赎所鬻故居之半，迎母居，殁而葬之。使幼弟与己子同学，饮食教诲之如子，待前室子如其母，视其兄弟如兄弟。克承夫志，训子义方，与古之贤母节妇亦不多让。所著《苔窗拾稿》，有雍正三年（1725）刊本。

此集收《诗》一卷，《词》一卷。集前有孙说、邵坡、沈德潜、徐永宣四《序》；潘耒《传》及储大文《序》。邵坡《序》曰："清新隽逸，闻见相符，固不仅枫落吴江一语耳。未亡人数十载，克承夫志，训子义方，嗣君已声躁儒坛，以视古之贤母节妇，何多让焉！此岂山川清淑之气所钟者哉！""以冰雪自矢之志，发为词章，温雅而不流于软媚，其凄婉处正如辟纑夜月之咏，字字酸辛。才可珍，节尤足重哉。"首录《苔窗赋》一篇，文下《序》曰："余有故居，今来新主，蔽此风雨。虚狡兔之三窟，托兹晨夕，藉鷦鹩之一枝，爰求隙壤，因成小筑，坐卧止此。丈室景物，揽乎四时。蠮螉吟管，岂闺中擅林下之风？颠当守门亦俗，外适闲居之乐。偶多快语，不乏侈辞云。"《雨后》曰："隐隐轻雷夕照中，薰风送暖入帘栊。芭蕉著雨抽新绿，芳草和烟衬落红。小榻梦回消茗碗，虚窗人静检诗筒。残莺渐老添雏燕，却讶年光似转篷。"《雨窗夜坐赠外子玉苍》曰："不惜黄金尽，何妨白眼看。但留吾道在，且遣百忧宽。雨过茶烟湿，风多烛影寒。微吟聊慰藉，残月上阑干。"《语外子玉苍》曰："他年偕隐卜幽居，流水空山一草庐。风外鸟啼移晚竹，雨中客至剪春蔬。疏窗茗碗随棋局，小榻炉香读道书。安竟此心贫亦好，眼前漂泊欲如何。"其他如《至后一日同外子玉苍联句》《赠外子北上》《外子玉苍以是书见寄书此答之》《为外子玉苍扫墓》等皆凄恻缠绵。《虞姬》曰："大王真英雄，美人奇女子。惜哉太史公，乃不纪其死。"《缇萦》曰："随父西上书，天子悯其语。能令为父心，不复悔生女。"《寄示翼儿》曰："绛帐争怜最少年，下帷幸藉主人贤。休贪觅句朝慵起，莫为思家夜减眠。辛苦三迁知记取，料量万卷在磨研。加餐事□宜珍重，勿倚娇态似膝前。"《感旧》曰："愁心脉脉向谁论，诉与苍苍昼亦昏。左辖门楣非旧主（家方伯第已售他姓），东山歌舞换新恩（外家女乐亦俱散去）。谢连池上空成梦（长弟见衡早夭），董相坟边总断魂（近迁外子冢祔于祖茔）。四十年来俱是幻，欲追寻处了无痕。"《礼佛》曰："碌碌浮生三十年，繁华梦幻岂牢坚。愿长稽首莲台下，沧海桑田任变迁。"《诵楞严》曰："年来愁病苦相攻，读罢楞严万虑空。始信禅机实消息，镜花水月有无中。"词录十八阕。《如梦令·立秋后一日》曰："一夜西风穿牖，枕簟轻寒初透。片雨隔疏帘，零落海棠铺绣。僝愁僝愁，又近黄昏时候。"《蝶恋花·病起揽镜》曰："强起临妆开匣镜，减尽容光，羞睹团圆影。有限情怀无限恨。伤心往事难重省。鬓弹鬟偏慵自整，记得前春，有个人同病。雨雨风风甘自困，凄凉滋味今谙尽。"《浣溪沙·秋夜》曰："击钵诗成墨气浓，相携花下试团龙，恼人无赖是疏钟。斜月半窗残梦后，数声初雁到帘栊，薄衾寒透夜来风。"

《宿花龛诗草》一卷　　清抄本

熊湄　撰

熊湄，字滁庵，号碧沧道人，昆山人。许潍妻。所著《宿花龛诗草》一卷，有道光七年南园古稀老人雪樵（徐鼎）抄本；《宿花龛集》一卷，有乾隆间周秉监易安书屋抄本；另有《映阁诗草》一卷，佛兰草堂抄本。

此集为道光抄本。《宿花龛诗草》共收录诗一百八十首，其中与妹寤庵唱和最多，如《春夜同寤庵妹集二母舅树下居听雨联句》《花朝归自鹿城寄怀寤庵妹》《寤庵以诗见怀因为韵成二十八首》《初夏感怀寤庵妹上下平三十韵》《寤庵妹以手书相慰赋此以寄》《纪梦寄寤庵》《古诗寄寤庵妹》《茉莉花下口占寄寤庵妹》《夏初与寤庵妹夜坐》《夜饮》《望夕适寤庵妹别去有感》《春日同寤妹游李氏园亭》《暮春村居喜寤庵妹见过分韵得西字》《又得思字》《有怀寤妹不至口占以诗》《屡定晤期俱以事阻不赴值寤妹以葛衣见惠赋此以谢》《古诗寄寤庵妹》等。《山中寄外》曰："尽有青山可结庐，不烦蹙额叹无居。遣愁不剩床头酒，待客君谋巨口鱼。种竹栽花生计足，焚香煮茗俗情除。闭门高枕忘秦汉，南面何如万卷书。"《夜饮》曰："音书两地嘱加餐，对食离情欲遣难。不觉相逢连夜醉，旁人应讶酒杯宽。""相思长咏寄来诗，此日惊看鬓有丝。未诉离情重订约，叮咛莫更负秋期。"《秋兴四首》曰："追忆当时如梦回，登临何事不堪哀。总因世态年年别，顿使雄心寸寸灰。吸露寒蛩鸣咽哽，辞巢老燕影徘徊。地幽惟听松涛沸，寂寂孤蟾照绿台。""万木惊秋叶尽飘，疏烟花柳带鸣蜩。芙蓉着雨颜犹改，松柏临霜识后凋。月映清溪光皓皓，砧来隔浦夜迢迢。柴扉静掩悬蛛网，半榻琴书共寂寥。”又有组诗《夏日村居偶题三十首》等。

又，另有《碧沧道人集》，有道光七年丁亥南园古稀老人雪樵手抄本。张䌽女史《碧沧道人集序》曰：“高者如孤云离岫，素鹤凌空；丽者如春葩竞秀，秋月呈辉；远者如叔度千顷，汪洋莫测；逸者如穆王八骏，驰骋无穷。虽变化百端，纵横万状，莫不缘情随事，因物赋形，而亦本性情，岂得以香奁小技目之？”《寄远》曰：“几回闻雁意连然，天末遥将锦字传。万里飘流羁远客，十年迢递阻迴船。浮云目断苍山外，落月魂消洱海边。何日刀镮遂初约，免教暗卜掷金钱。”

《络纬吟》一卷　　光绪七年《大亭山馆丛书》本

曹葶真　撰

曹葶真，字绿华，江阴人。杨文言妻，文言著有《南兰纪事诗钞》。葶真婚后勤俭持门三十余载，绝口不道文字，以为此非妇人所宜。家贫亲老，文言糊口四方，屡经忧患，葶真频年索居，纬萧茹荼，督课子女。夫妻历艰辛，但琴瑟和鸣，集中多有记述。《惜别》曰：“绕枕离情锁翠蛾，愁深无奈夜如何。临行不语匆匆别，去后思量话较多。”《送外》曰：“欢笑才谐易别离，画梁双燕只差池。天涯莫便牵花柳，妾梦随君君不知。”《题南兰杜诗钞并引》曰：“余操作贫苦，未暇事翰墨，属南兰间关忧患，途梗数千里，邮筒都绝者三年，形影相吊，无以自讬。小儿女啁啾膝前，日课数字，用虞伯生注杜子美七言近体诗，简而易晓。抑以子美遭世乱，飘零楚蜀，其辞多忧思愁苦之声，孤帏寒夜，篝灯读之，感人尤深焉。私以意略去取，别录为一帙。南兰归，殊讶其不缪，乃复南走闽瓯，北之燕赵，十余年来曾无宁晷，以为携之行箧甚便，而余方借为寒闺之伴，弗肯，因请而手抄，许之。顷归自玉山，宛然成帙，又别选五言诗足之。余深喜其业之勤，而欲其长毋忘此，以庶几有成也。为书其后。”诗曰：“花下斑骓拂柳丝，隐囊书簏到门迟。月斜拥髻才相问，便唤银灯看杜诗。”所著《络纬吟》一卷，杨葆彝将其附刻于《毗陵杨氏诗存五种》之后，辑入光绪七年（1881）《大亭山馆丛书》。

此集前有夫南兰外史杨文言《序》、子祖祥《跋》。祖祥《跋》曰："母氏频年索居，纬萧茹荼，督课子女，偶有感慨，托诸吟谣，又随手焚弃。大人归，发笥中存若干首，而后不惟不示人，亦不复更作。年过四十，早衰善病，大人悯其劳苦，命男裒录为一帙，而请名，名之曰《络纬吟》。窃见范夫人集名适相同，请更之。母曰：'昔夫人生长富贵而以是名，谦辞也。吾恤纬之不遑，溢于笔墨，志实也。我之诗不敢袭夫人，而诗之名，夫人宜不我夺。况或耳其名而忘其诗，或存其诗而并忘其我，不更幸欤？'"集中收录《听雨》《开窗见花》《试妆》《烟溪中秋》《玩月》《闷坐》《春来》《忆别》《悲》《寒更》《出门》《南村》《入城》《饥寒》《花开》《月》《感怀》《赠别》《梦君归》《梦到君旁》《寒食》《春闺》《送外》《苦雨》《病起》《中秋寄远》《题南兰杜诗钞并引》《和咏同心并蒂莲》《惜别》《清明见风雨》等诗。《听雨》曰："鸳枕难温未肯眠，一窗风雨度韶年。谁将点滴离人泪，洒入江中送客船。"《月》曰："桐荫摇曳上闲阶，玉漏敲残落凤钗。只影敢教明月伴，恐将愁思照天涯。"清丽婉转。

《霜筠集》一卷　　清道光二十年《金陵朱氏家集》本

朱玉芝　撰

朱玉芝，顺康间金陵人。朱圻女，袁芳林妻。芳林早逝，遂守志抚子女，治家严肃，篝灯吟咏。所撰《霜筠集》一卷，有道光二十年《金陵朱氏家集》本。

此集卷末有侄曾孙朱绪曾《跋》曰："临殁，手碎其稿曰：'此非妇人事。'婿端木正礼存旧时抄录者数章。正礼之孙从恒犹藏之。袁氏后人在利济巷，其孙妇陈氏守节。年八十余，能言其先世。"存诗十三首：《登再一层楼》《咏菊》《夏日》《忆旧园》《闲咏》《秋感》《乡村》《梦先慈》《见先兄师晦文集》《示儿》《秋夜》《闲居》《山居春晓》。《示儿》曰："常存本念是天真，稍有支离便不仁。一点性灵须不昧，但将慎独日书绅。"教诲谆谆。《闲居》曰："慕道甘贫陋巷居，箪瓢蔬食竟舒徐。潜心涤虑原无事，明月来时便读书。"可见其高洁志向。

《蠹窗诗集》十二卷、《诗余》一卷、《文集》一卷　　雍正二年刻本

张令仪　撰

张令仪（1668—1752），字柔嘉，自号蠹窗主人，安徽桐城人。大学士张英三女，大学士张廷玉姊。生而聪慧，工织纫组紃，性嗜学。母姚氏，龙泉学博孙森女，生平于《毛诗》《通鉴》悉能淹贯，旁及医药、方术、相卜之学，尤好禅学。令仪少侍母氏读书京邸，简帙盈案，无不披览，其父退食时，尝试之，则应对了然。所为诗文，折衷前人法度，论古有识，用典故精当。及笄，归吴兴姚士封。士封字玉笥，号湘门，为康熙丁未进士、陕西阶州知州姚文熊三子。士封为人清正，闺门相属和，然世家清宦，室无长物，壁立萧然。令仪居棠花馆时，张廷玉与诸弟先后受室，归里门，常令仪夫士封阄题角艺，令仪亦时时出其所为诗歌、古文辞，每酒阑灯灺，辨析古今，事不少休。后其父与母南还，棠花咫尺，时亲色笑，问起居。父母暇日，与子孙征引掌故，背诵古人诗篇，令仪援笔歌赋，动辄数十言，所以娱父母于衰年，尤为曲至。后因夫子怀才不遇，糊口于四方几四十载，令仪索居穷巷，形影相依，草熏风暖，夏簟冬缸，触事兴怀，间发于长章短句。后夫以屡蹈蹶锁闱，赍志而没；子銮、铉衣食奔走，令仪寂寞孤帏，风雨之悲，门闾之望，无可抒发，或歌以当哭，或诗以代书。自作《蠹窗主人传》述其生平："生于华胄，早事梁鸿，颇厌纷华，能甘淡薄。当其钟鸣鼎食之际，歌珠舞翠之场，主人视之蔑如也。唯爱焚香默坐，独处一室，左琴右书，湘帘棐几，古玉尊彝之属，贫不能致。然雅爱图史，有未见之书，虽鬻簪珥，必构方得之。或见其室中牙签插架，缥带盈床，遂目为蠹窗主人云。间为吟咏，只自道其离愁积抱，秘不示人。而性又酷花木，居室前地盈丈，嘉木参差，杂花掩映，

几无置足处。主人顾而乐之，不以为隘也。与世无求，寄情草木，亦灌园氏之俦欤!”其兄赞曰：“吾妹聪颖嗜学，使为男子，必为伟人。”所著《蠹窗诗集》十四卷，有雍正二年刊本。

此集卷首有父张英《蠹窗学诗题辞》、姚士封姐夫方正玉、令仪二弟张廷玉《序》、令仪《自叙》。《自叙》曰：“侄女仲芝，乃长姊之次女也，高怀散朗，具林下风。素工吟咏，著有《畹香阁诗集》成帙。性癖嗜痂，怜予衰老多病，恐一旦溘然，先草木湮没无闻，乃为收拾残篇，捐资付枣梨。予愧不可当，亦不能却也。”此集诗共十二卷：卷一收录古体诗六十一首；卷二收录古体诗三十七首；卷三收录近体诗八十七首；卷四收录近体诗一百十九首；卷五收录近体诗九十七首；卷六收录近体诗八十六首；卷七收录近体诗八十五首；卷八收录近体诗九十五首；卷九收录近体诗一百二十九首；卷十收录近体诗七十四首；卷十一收录近体诗八十九首；卷十二收录近体诗六十九首；卷十三收录词八十九阕；卷十四收录古文杂述十二篇：《瑞莲赋》《秋海棠赋》《锦囊冰鉴序》《蠹窗小记》《澄碧楼记》《春晖亭记》《游浮山日记》《越游纪事》《蠹窗主人传》《〈乾坤圈〉题辞》《〈梦觉关〉题辞》《女蒙训略》。令仪诗论古有识，用典故精当，识解卓荦，学问渊通。《行路难》曰：“云中之鸟能高骞，侧身宇宙愁茫然。我生斯世乏双翼，何能奋发绝苍烟。蜀道蚕丛高接天，复有黄河当其前。毒蛇猛兽伺山谷，鱼龙出没临深渊。行路难，难如此，安能稳作沙棠舟，片帆一瞬达千里。”《子夜四时歌》曰：“兼葭何苍苍，美人隔秋水。天长望不极，相思从此始。”“宿昔本无心，翻为梦所绕。黄粱无熟时，不如为梦好。”“初日照芙蕖，明妆映南浦。人言莲子甜，不识莲心苦。”“闲花满路芳，碧草连天远。一寸芭蕉心，临风独辗转。”《拟古诗十九首》《拟子美七歌》《灯下读放翁诗》《拟东坡四时词》等诗，才情高标。《晚秋夜坐》曰：“兀兀愁心与日新，寒闺只有影相亲。酸风苦卷离枝叶，皓月偏窥失意人。虫坐荒榛延细语，鸦栖秃树露全身。萧萧败菊浑如我，尽耐凄凉不受春。”《岁暮有感》曰：“空斋尘土锁书签，兀坐无心掩镜奁。釀雪冷云恒碍屋，斗风干叶乱敲帘。人从百虑堆中老，寒向单衫破处严。短景萧条催岁暮，可堪愁病更相兼。”《秋桐》曰：“一叶飘零后，西风不暂宽。银床秋色冷，金井夜声残。疏落难藏月，孤高易著寒。无为樵斧得，末世赏音难。”《读史》曰：“开卷千秋恨事多，动人孤愤唤如何。秦车恰误沙中击，楚帐偏闻垓下歌。白帝丧师重卧病，黄龙直取诏停戈。拊膺更有伤心泪，憔悴江潭吊汨罗。”《蠹窗》曰：“沉木香中夜漏余，月痕冷浸一床书。百城未敢夸南面，且乞闲身作壁鱼。”《感怀》曰：“四十过头鬓欲摧，何时方许两眉开。米盐更比官租急，婚嫁翻从歉岁催。晚节敷荣唯羡菊，先春标格久输梅。萋萋芳草逢膏雨，绿遍郊原不用媒。”亦有清颖之作，时出新意。《泛舟》曰：“扁舟轻棹浪花圆，拂面垂杨百尺牵。行过小桥回望处，春笼红杏一林烟。”《梅花诗三十首》极具特色。“重睹冰容在隔年，繁华终不掩清妍。樽开官阁香生酒，棹返山阴雪满船。淡写芳魂三径月，低笼寒玉一溪烟。枝头翠羽休惆怅，唤醒空山觉后禅。”“春风秾艳不关情，岁岁冲寒守旧盟。流水断桥人绝响，冻云远浦鹊无声。唯将孤韵酬何逊，正以冰心动广平。薄暝疏帘吹柳絮，谢家诗句愧难成。”《题桃花扇传奇后》之一曰：“南朝江令本诗豪，玉帐居然拥节旄。细雨春灯飞燕子，袖中一卷是戎韬。”《读史廿四首》之一曰：“地下何堪对泰陵，离宫东作复西兴。国中尚有衣者林，树木何须被彩缯。”《秋兴八首·步少陵韵》曰：“霜信微微著远林，风声起处觉萧森。平沙纵击雕盘草，清夜和鸣鹤在阴。孤愤似为贤者过，二毛因见古人心。砌虫啼碎高楼月，更杂深闺梦里砧。”《课子》曰：“一经唯课子，黾勉惜分阴。益友原难得，先贤尚可寻。恩仇虽快意，忠厚在存心。积善有余庆，斯言足宝箴。”

令仪《蠹窗诗余》为徐乃昌《小檀栾室汇刻闺秀词》收录，共八十六阕。其作品前期温柔灵慧，后期则古朴悲凉。《浣溪纱·杏花》曰：“小砌残梅雪未消，暖风催放杏花梢。几枝斜傍绿杨腰。薄衬晴光疑半醉，淡笼烟雨不胜娇。只愁深巷到明朝。”《秋花·风入松》曰：“秋花绰约傍苔阴，微雨薄寒侵。斑斑几点相思泪。知何许，一往情深。幻出生前遗照，翩然洛浦初临。淡黄衫子映葵心，疏淡是知音。盈盈翠袖娇无那，添丰韵。白玉斜簪，独抱一腔幽怨。啼螀代尔悲吟。”《惜余春慢·秋日元峰亭感旧》曰：“丛桂香岩，海棠睡足。

亭院秋光如水。双亲画锦，棠棣敷荣。雏燕成行花底，也学刻烛分题。翠管牙签，硬黄摹字。但妆成画阁，炉爇芸烟。衬裁杏子。回首处，墓木云封，沙堤月冷。隔四十年前事。池塘梦远，雁序风高。天外鱼书难寄。独我泥途轗轲，病鹤催颓。孤鸾憔悴，步苍苔景物依然。往事山河邈矣。”

《蠹窗二集》六卷　乾隆年间刻本

张令仪　撰

乾隆年间又续补刊《蠹窗二集》六卷。卷首有张廷玉、张廷璐《序》。廷玉《序》曰：“甲辰之岁，曾裒其前后所作都为一集，名曰《蠹窗诗集》。一时思亲念弟流连光景之词皆在焉，余为序而授之梓”，“今年春，姊氏颐养里门，子侄请读其全集，因发其未刻之作数千余篇，属方君贞观及亲戚中善诗者严加别择，得若干首，釐为六卷”。廷璐《序》曰：“叔姊既刻其二十年前之诗为《蠹窗一集》，已行于世矣”，“顷复汇其二十年以来之诗，共若干首为《蠹窗二集》，而授之梓”。《蠹窗二集》收令仪晚年诗作，计四百余首。以编年为序。《独居感怀》曰：“独居鲜欢趣，郁郁抱愁思。严霜被草木，新寒入衣袂。仰睹浮云驰，北雁又南至。倚阎盼斜晖，游子在何地。叶下洞庭波，猿应羁人泪。菽水费经营，弹铗非长计。半载绝音耗，尺素无从寄。复有娇稚子，迢迢作秦赘。远客黄金台，抱书依赐第。别我三年中，思之不能置。书来苦思归，报言多勉励。衰病日相催，岂不爱欢聚。家贫生计拙，饔飧常不继。虽有两男儿，饥驱各远系。吊影对空房，疾痛谁省视。徘徊荒径侧，临风时雪涕。悲来翻强歌，古人得此意。”《抵都门》曰：“幼侍双亲作宦游，风光历历记皇州，余生有子沾微禄，今日重来雪满头。双鬟初绾出青门，旅舍应无故老存。四十七年重到此，雁行欢聚感君恩。”《寓居澄怀园记》一文即记叙此事。《次男铳遣使迎养予不欲往书此示之》曰：“穷猿野鹤爱徜徉，最怕樊笼谨闭藏。轩冕何如瓜圃乐，鼎烹争及菜羹香。衰年康泰邀天幸，心地清凉仗佛光。寄语儿曹休念切，乘时努力事岩廊。”

又，张令仪还创作戏曲《乾坤圈》《梦觉关》，今不传，但《蠹窗诗集》

载有令仪撰《〈乾坤圈〉题辞》《〈梦觉关〉题辞》二文。另有蒙学书《锦囊冰鉴》，集中《锦囊冰鉴序》曰："针黹之余，稍涉书史，以为古人嘉言懿行，可备取资者不少。吾桐阳古度先生著有《龙文鞭影》一书，窃谓尚多遗漏，不揣固陋，以暇时所见，编次成书，名曰《锦囊冰鉴》。"又云："盖欲以劝诱童蒙，非敢以质诸当世也。"有日本内阁文库藏康熙五十四年刻本，分上、下卷，前有张廷玉、张廷璐、鲁之裕《序》及张令仪《自序》（中科院图书馆藏抄本，但不分卷，无序跋）。

又，姚含章撰《含章阁诗草》一卷。含章，姚孙森女，张英妻。含章精通《毛诗》《通鉴》，旁及医药、方术、相卜之书，尤好禅学。张英《含章阁诗集·行实》曰："家世鼎盛，而夫人愈自谦退，事母方太夫人至性纯孝。"张英教子家训为"戒嬉戏，慎威仪，谨言语，温经书，精举业，学楷书，谨起居，慎寒暑，节用度，谢酬应，省燕集，寡交游"等，但"张廷玉兄弟，母教之有素，不独父训也"。含章有子六人，以张廷玉、张廷瓒、张廷璐、女张令仪最有才。

《蕉云遗诗》一卷　　民国二十四年《乙亥丛编》排印本

汤朝　撰

汤朝（1674—1723），字蕉云，号樵榓，又号华严女子，金坛人。诸生沈无咎妻。赵怀玉《书沈无咎》曰："沈无咎字子慕，浙之乌程人。少工诗，性疏傲，不谐于俗。尝以鬻鱼为业，所居有渔庄亩许，得鱼后跣足入市，所需值不二言，人不识为诗人也。又善结彩珠为灯，挟灯赴广陵求售。一日过某商之门，商人素闻无咎名，使仆询之，果然，乃还其灯，以白金一镒赠无咎，无咎大怒，委金于地，曰：'若较贾值，吾勿怪。牧猪奴何知，而令我受此腥膻物耶？'毁其灯，不顾而去。无咎客武进，一时士大夫多与之交。其诗劖刻造化，脱去笔墨畦径，尤工乐府，鲸吐鳌掷，足以骇人心魄，而生平忧愁抑郁，一寓于诗焉，然不易作。著有《梦华集》。女子汤朝字蕉云，吾乡吕氏侍儿，亦能诗。见无咎所为《梦华集》，好之。因题四律，主人以示无咎。无咎时尚未娶，因聘为妻。于是朝诗益进，遂以酬唱者，合刻之曰《笙磬同音》

行世。”婚后蕉云夫妇避地宜兴，所居一亩之室，流水环绕，隙地皆植梅菊，唱酬相得。蕉云卒葬黄龙山，子慕为筑埋诗亭于墓侧。所著《蕉云遗诗》一卷，有钱振锽民国二十四年《乙亥丛编》排印本。

此本卷首题补辛卯前所作之诗三十二首：《病鹤怨》、《皇塘舟中》、《杜鹃》三首、《孤萤》、《因王氏女自刎作》二首、《夏夜》、《痛心》、《吴荆夫人》、《病坐》、《客窗风雪》、《枕上》、《对镜》、《烧香偈》、《山居吟赠陈处士》、《西宫七夕》、《檐冰》、《七月十五日夜闻梵》、《宫柳和韵》、《秋海棠和韵》、《腊梅》、《紬一首课泽郎阳羡读书》、《咏画眉》、《初夏作》、《水阁登眺》、《独坐偶成》、《代人悼亡》、《初夏即景次韵》、、《蹇驴》、《古铎》、《自题》。中有云溪王序东《跋》曰：“增补诸诗，余于辛卯前在周君楚山处曾阅过，且曰：此女史汤蕉云作业。因得知名。越二载，闻归我友梦华。诗益进，一脱稿，窃为人传诵，幸已付梓。不意雍正癸卯秋，忽焉谢世。后梦华穷搜敝簏，得零星旧稿，墨在人亡，不无余慨。余追叙前事，劝刊入集，庶连城得全璧之观，而合浦无遗珠之叹矣。纵云影难留，蕉心终不死也。”钱振锽据《国朝闺秀正始集》补入二首《秋夜病坐》《蚕妇辞》及《小传》，录赵怀玉《书沈无咎》一文。卷末有钱振锽《跋》曰：“蕉云居士诗残刻，友人董剑厂见之滬上，不详其人。书贾居奇，未购也。归而叩诸赵丈少芬。少芬曰：急追之。蕉云始末于吾家味辛先生文集见之矣。剑厂如其言，终得之。又别得吾邑恽珠《国朝闺秀正始集》内二诗录于后，并附《正始集·汤朝小传》及味辛《书沈无咎》以示振锽。读之颇有唐法，为难能也。惟此本首行署云：补辛卯前诗，盖未适沈时作，于本集只鼎之一脔耳。又味辛书无咎著有《梦华集》与蕉云酬唱者曰《笙磬同音集》，皆未见，不审尚在人间乎?”《自题》曰：“心事依稀莫问天，一腔诗思被名牵。鸳鸯绣出凭谁看，燕子楼空死自怜。寸折藕根丝未断，碎磨灵石性还坚。却教何处耽佳句，赚得声称到百年。”《秋海棠和韵》曰：“依然春色小琼枝，淡淡红生玉晕奇。野蝶寻香惊醉魄，寒蛩抱影泣芳姿。一腔幽怨中肠事，无限风情寸骨支。也为当年无杜句，隔窗长似听吟诗。”

《红雪轩稿》六卷　康熙五十八年刻本

高景芳　撰

高景芳，字远芬，康熙年间汉军正红旗人。浙闽总督高琦女。幼聪慧，母授以诗书，端坐诵读，不异诸生，以是父母独钟爱之。归江宁张宗元，其婚时妆阁多唐宋名人诗集，往往组紃之暇，拈笔伸纸，俯首沉思，似有所作。夫妻偕游云间，宗元更留意古学，商榷声调，推敲字句，篇章相质，皆文采斐然，故而每花前月下，互相唱和。因夫张宗元善病，精神既弱，情绪更劣，故景芳独操持家政，过于劳瘁，染恙未痊，此后数年，药庐经卷，枯坐一室，其于笔砚亦荒落。所著《红雪轩稿》六卷，有康熙五十八年（1719）刊本。

此集前题景芳高氏著、弟钦评阅、弟钰、镕校阅字样。集前有张宗仁、弟高钦二《序》及景芳《自序》；卷末有弟钰《跋》。集中共六卷：卷一录赋三十六篇，文一篇：《百花赋》《梅花赋》《牡丹赋》《层楼晚霞赋》《昇平烟火赋》《秋水芙蓉赋》《登滕王阁赋》《涉江赋》《乡屏赋》《乞巧赋》《江帆赋》《灯月交辉赋》《美人临镜赋》《孔雀开屏赋》《双弹赋》《莲花赋》《菊赋》《远山赋》《慈训辛苦赋》《田家赋》《月华赋》《万光灯赋》《纨扇赋》《胡琴赋》《碧梧西风赋》《枉劳赋》《报恩赋》《彩云聚散赋》《鲜脱赋》《剪彩供亲赋》《芭蕉夜雨赋》《刺绣赋》《手剪丛兰赋》《梧桐落叶赋》《金鱼赋》《明河赋》及《祭母夫人文》，诸赋题材广阔，意蕴丰富。《美人临镜赋》曰："若夫金屋深沉，绮窗闲雅，香尽鸭炉，霜消鸳瓦，繖帐低垂，帘衣密下。梦迷离而半醒，灯明灭以将灺。晓钟已停，玉漏罢泻，于是绣被不温，晨光渐暾，星星倦眼，渺渺春魂。衣将披而未起，声欲发而还吞。架上裙拖，命双环之徐整，枕函钗坠，令小玉以潜扪。发晞膏沐，脸余睡痕。眉山蹙翠，鞋弓褪跟。爰搴帏以下床，亦拥髻而临轩。则有青衣捧盆，绿珠执帨，口脂面药，以供澡靧。理玉进金，以献环佩。妆阁既启，侍御成队。乃奉簪珥，乃陈粉黛。扰扰绿云，煌煌珠翠。匣镜初开，月光露脐。清辉忽满，魄圆水汇。有美一人，俨然相对。爰见眸澄点漆，腕现凝酥。青丝理发，白雪呈肤。先之以犀篦，继之以牙梳。载掠载刷，不疾不徐。妆成回顾，容华烨如。芳心未慊，引镜踟蹰。乍窥鬓影，旋抹唇朱。既上整乎花钿，复中饰其衣褥，背照才明鉴，看双举肩斜，似雜袖或单舒，夷光之坐映，耶溪未归吴国，甄后之行来洛浦。独怆陈思，藉不律之采藻，为临镜之瑰词，乃为之歌曰：镜中之人兮台畔之姝，外与内兮无殊行。对影而欲呼兮，口将言而嗫嚅，恐无情之不我应兮，终以礼自持。”采藻瑰词，柔情婉转。深闺晓景，巧思入神。卷二收录四言诗六首；五言古诗四十七首。多组诗，如《咏月》七首、《芳兰》七首、《七思》七首、《秋怀》九首、《怀古》十首以及《遣人往普陀进香敬书以呈大士》《赠邓峰女禅师》《麒麟送子图》《寒号虫》《思亲》《松涛》《银河》《阱虎》等诗。七言古诗如《织绢画南极老人为双亲添寿》《四时闺词》《公无渡河》《结交行》《黄雀行》《牧牛图》《上留田》《黔之驴》《绿珠歌》《渔父》《输租行》《秦筝歌》《燕雏行》《将进酒》《小桃源》《河豚歌》《从军行》《行路难》《秋胡行》《木兰篇》《伤清照》《辨淑真》《悼小青》《采菱行》《尹邢相见篇》《金谷叹仿八音体》《十二时辰诗》等。袁枚《随园诗话》曰：“闺秀能文，终竟出于大家。张侯家高太夫人著《红雪轩稿》，七古、排律至数十首，盛矣哉！其本朝之曹大家乎！”沈善宝《名媛诗话》曰：“古诗闺阁擅场者虽不甚少，而畅论时事，恍如目睹者甚难多得。汉军高景芳……笔力雄健，闺阁中巨擘也。”《结交行》曰：“骈阗车马喧朝暾，主人金多位亦尊。广筵清歌夜继日，日中酒醒犹惛惛。此时看君重意气，千金一掷不惜费。捧槃执耳皆时髦，促膝倾心尽朝贵。忽然失势家渐贫，朱门昼闭无一人。邻翁借问当年客，趋炎又向金张宅。”《输租行》曰：“驴驼口袋牛挽车，天阴防雨宜重遮。农人惜米如珠宝，官府视米同泥沙。不辞淋尖与加耗，早赐收取容归家。愿存升斗买粗布，聊与妻儿补破裤。尽情倾倒实堪怜，羞涩反遭仓吏怒。驱牛出城口吻干，无钱沽酒挡风寒。辛苦回来夜将半，细嚼筐中草头饭。”洞悉民艰，真情流露。卷三录五言排律与七言排律。五言排律如《赋得东风解冻》《随家严赴任江右恭侍母夫人登滕王阁看龙舟》《手调羹汤以奉舅姑》《康熙四十年春恭迎圣驾于云间行在蒙赐龙缎十二联纪恩八韵》《谒见妃娘娘仰蒙握手温谕恩礼有加恭纪》《谒见公主礼亦优渥赋》

《圣驾再幸云间次日朝贺蒙赐五爪龙团皮衣二袭东珠耳环一对洋金丝盘龙云肩一枚敬赋十二韵》《盆梅》《望西岳》《高竿》《菊花初放娟秀可喜率成六韵》《命家人放鱼江中》《对牡丹有感》《御书楼落成》《母夫人凶信来自韶州惊闻之次哭赋七韵》《寿邓峰女禅师七十》《先母二周年哀痛之余追悼大兄灭性之惨谨赋四十韵》《中元》《病愈后述病中诸苦以自警亦古人安不忘危之意》《感甄效建除体》《问月仿数目体》《寿女禅师妙体三十韵》《赠燕》《赋得戏卷粉盒葬花魂》《送春》《端午》《赋得照流看落钗》等；七言排律如《家严劝农归闻述田家风景》《拟早朝应制》《拟雪后早朝应制》《人日感含章故事》《寄王氏大姊》《君姑赵太夫人见背赋以志哀》《送大兄之任韶州》《小园花发积疴初愈赋此》《闻二弟侍从喜信》《赋得家在江南黄叶村》《哭大兄十一韵》《皇太后升遐恭赋挽诗八韵》等。《高竿》曰："十丈撑空木，周围千尺绳。八方皆系橛，绝顶逞奇能。解带和裙束，轻身逐步登。手攀兼足踏，腰曲肩复升。整袂翔风燕，旋裾脱臂鹰。菓擎猱侧立，跟挂狖飞腾。震撼如将坠，枝吾若弗胜。已惊形渺小，忽见鬓蓬鬙。捷下原无恙，声呼若有凭。看场虽广阔，圆压一层层。"描摹酷肖，妙喻解颐，夺人心魄。卷四五言律诗多咏物，如《樱桃花》《丁香》《绣球花》《闻雷》《晓星》等；七言律诗如《女宜男年甫七龄颇知孝敬因予诗二首》《谦儿五岁亦能随姊定省诗以嘉之》《宜男就内塾》《闻三弟甲榜失意寄慰》《良人有请缨之意诗以阻之》《食指甚众月需口粮顷因点金无术偶尔过期而一二老成反多怨咨之语赋二律以志感》等。《课小婢学琴》曰："红闺多暇日，绿绮购名琴。入手弦相和，成声泒细寻。蜀桐秋岭木，古调正人心。妙处原难授，成连海上音。"《恭阅上赐耕织图敬赋》曰："土膏欲动柳毵毵，春社将兴酒满坛。好鸟连朝催布谷，春花盈幅乞分蚕。井桃有信初舒蕊，溪水多情早放蓝。圣世恩光沾率土，不分江北与江南。"庄重中具流丽之妙。"村村烟树景低迷，斜板桥通小港西。少女风来初浸种，社翁雨过各扶犁。苗鱼浮动成群去，秧马分行逐队齐。信是春郊东作始，欣看田畯醉如泥。"风人之旨，豳雅遗音。卷五录七言绝句。《杏花》曰："二月韶光半已空，玉梅花谢杏花红。天涯处处生芳草，人在江南细雨中。"

《柳花》曰："谁遣杨花到绣帏？轻粘蛛网碎沾衣。年年三月浑如梦，一阵随风远近飞。"语有神助。《红菱》曰："葑田低下种根荄，绿叶团团水面排。洵是江南风景早，红菱五月满长街。"描摹如画，水乡宛见。《蓼花》曰："汀州一片红丝毯，苦蓼秋来尽作花。信是化工宽雨露，不遗一物在天涯。"意境浩荡。《白鸟》曰："形骸眇小喙偏长，略不周防已中伤。鸣则成雷聚成市，怪伊声势太猖狂。"生动形象。卷六收小令《江南好》五首、《南歌子》四首、《荷叶杯》三首等；中调《诉衷情》、《上西楼》、《鼻烟壶》、《蝶梦》四首、《投壶》、《蜻蜓》、《莫愁湖》、《病起》十首等，长调如《苦雨》《金山》《酹江月》《燕子楼》《梅花》等。《南歌子》曰："宝鼎沉香细，珠帘福字深。独坐自沉吟，不如归画阁，理瑶琴。"深情无限。《春暮》曰："莺已啼，日渐西。红雨纷纷染燕泥。天涯芳草齐。杨花高，菜花低，易去春光莫再提。东风吹酒旗。"意皆未经人语道破。《醉公子·鼻烟壶》曰："西洋药妙巧。透鼻先熏脑。略吸窍齐通。味辛能去风。腻香匀玉屑，小盖和铫揭。一寸琢玻璃。随身便取携。"《寄调应天长·自寿》曰："年年子月光华足，刚是此身离母腹。劳顾复，思芳躅。不及养亲空碌碌。篆烟香馥郁，共庆海筹添屋。一派笙歌奏曲。佛前私自祝。"《检衣》曰："雪儿开取缕金箱。刚闻迷迭奇香。细分颜色，旋别衣裳。纷纷罗绮成双。总时妆。不论单夹，花分四季，翠蹙金镶。坐来无语自思量。剧怜绣带加长。旧时宽窄，未必相当。漫劳层叠重装。付家常。纫工裁剪，薰笼烘焙，满架红黄。"工整华丽。

《绣余诗稿》一卷　　胡文楷抄本

纳兰氏　撰

纳兰氏（1675—?），明珠幼女，未嫁而亡。赋性幽闲，甫及龀髫，已能闺闱师友唱和。所撰《绣余诗稿》一卷，有谦牧堂精刻本；胡文楷抄本。

此集为胡文楷抄本。揆叙为之付梓，前有揆叙之嗣子永寿《识》。卷后有胡文楷《跋》曰："是书谦牧堂精刻本，全书凡三十六页，每页六行十六字，序文残损，正诗装裱幸无缺字，现在旧书店中旧本不易得，书架精刻本更不易寓目。欲得一书，惟赖抄写。此竭两日之力从北京图书馆善本阅览室抄出，归而誊正，以为留京纪念。”集中录诗一百二十首。《春风》曰：“冉冉吹花径，微微入柳丛。最怜薄暮后，引雨透玲珑。”《泛舟看荷花》曰：“一望芳塘远，参差尽芰荷。亭亭幽色静，冉冉暗香多。丽日浮红锦，清风拂绿波。顿忘游泳处，只是听笙歌。”《寒树》曰：“庭前落木数枝斜，日影凄凄带晚鸦。留待春风喧暖后，又看满径发秾花。”《晨起》曰：“绣阁人初起，庭前天渐明。钟残孤月在，漏尽众星倾。昨夜香犹剩，今朝雪未成。欲看帘外景，畏冷近廊行。”《暖阁》曰：“纱窗寒色映，坐对一灯青。呵手收诗帙，分毡裹砚铭。不憎霜近砌，却似日浮高。气暖盆花放，清香欲绕庭。”清丽娟秀。《田家即事》曰：“春风何处觅桃源，正是山家鸟雀喧。村叟归来天欲暮，沉沉孤月照柴关。”“垂柳依依拂岸低，柴门寂寞鸟空啼。无端一夜风兼雨，满地落花踏作泥。”《孟尝君》曰：“幸舍空闻说好贤，画堂食客满三千。鸡鸣狗盗皆能用，只少高人鲁仲连。”《漂母》曰：“憔悴王孙钓水滨，英雄未遇落风尘。淮阴市上多年少，俊眼惟逢一妇人。”《如姬》曰：“去秦救赵奏奇勋，暗窃兵符夺魏军。能使美人知报德，古今只有信陵君。”《张子房》曰：“山中游逐赤松子，桥上书传黄石公。隆准悬知似鸟喙，免教鸟尽怨弓藏。”《四皓》曰：“商山四皓复何求，羽翼空为老雉谋。产禄尚存如意死，只成安吕未安刘。”《苏武》曰：“奉使单于十九年，节旄落尽未能还。玉关万里音尘断，幸有属书雁足传。”亦见解不凡。

《兰居吟草》一卷　　乾隆十一年《介石堂集》附录本

陈玉瑛　撰

陈玉瑛，字兰居，号左芬侍史，康熙间福建侯官人。安徽舒城知县郭应运妻。幼读书聪敏，循母教，敦内则，未习诗。婚后四十年，躬自作苦，蘋蘩鱼芼以供孝养。年七十后，男子卓然成立，冢妇介妇亦兢兢服家政，细大毕修，中外具臧，于是含饴弄孙，优游厌饫于属声比律之中。所撰《兰居吟草》一卷，有乾隆十一年（1746）《介石堂集》附录本。

此集卷前题“兰居吟草，三山左芬侍史陈玉瑛稿，夫侄书禅郭雍校定”字样。集前有郭雍《序》，卷末有芙蓉江上女子吴芝田《跋》。集中录诗四十一首。郭雍《序》曰：“皆有感而鸣，平正通达，视乎香奁纤秾靡曼之音，远有间矣。”《题画美人》曰：“阿谁独立锁双眉，倚遍朱栏月到迟。暗数落花春欲去，拟随戏蝶步将移。芳心脉脉能无语，愁思盈盈想自知。何处相逢曾记得，柳塘惆怅暮烟时。”《忆亡女》曰：“空闺寂寂月溶溶，恍惚魂归独夜钟。何事幽贞偏赋薄，一堆玉骨白云封。”《秋晚寄怀八首》之一曰：“重楼对月倚栏杆，秋色横空洒泪看。野寺疏钟催露早，遥村红叶拥霜寒。拂笺托意诗添瘦，当槛还愁菊易残。忽见飞鸿向东去，声声倩寄报平安。”《涌泉寺》曰：“夹道松林独鸟喧，碧山相对共忘言。回看断岭惊人险，历遍巉岩见佛尊。极目察天云入谷，安禅初地石为门。高怀延伫频西望，月色溶溶一水痕。”《白云洞》曰：“卧云深处散花天，山径崎嵚杖策前。十笏蒲团传法戒，三垂贝叶悟真玄。窔中龙象长驯扰，空里松筠觉丽妍。人事升沉类蓬转，欲寻真谛学参禅。”领解真空，超然无着。《自题小影》曰：“敢道寻常欲格天，自怜曾历岁寒坚。十年夜织随篝火，几度朝饥奉豆饘。夙志依然忘髩雪，丹青岂易写心田。黄花入眼秋风老，闲督儿曹希古贤。”《勉子》曰：“黄卷研心迴不磨，青云飞足总无他。英华销歇随年去，枯落嗟伤奈汝何。”《雪》曰：“欻忽乾坤合，寒光彻绣帷。庭前珠作树，帘外玉为墀。冻鸟飞皆尽，残梅望欲迷。凭栏思燕市，孤幌拥裘时。”《台警》曰：“瘴海兵初弄，台城忽已迁。仓皇征马乱，凄切羽书传。杀气惊栖鸟，忠魂惨暮烟。伫看烽火息，还见太平年。”《梅》曰：“群花萧瑟独凝芳，落落幽姿傲晓霜。浅漏春光香欲澹，生侵雪色味何长。清笳吹彻关山月，粉额飞添汉苑妆。相对含情正无限，岭头知断几人肠。”

《澄香阁吟》二卷　　道光十八年《螺斋诗钞》附录本

郭蕙　撰

郭蕙，字素娴，仁和人。诸生郭汾女，傅廷标继妻。幼能读父书，与兄姊辈俱工韵语。廷标原配陈氏即世，闻其贤而聘。于归后，联吟分韵，唱和极谐。兼善丹青花鸟，皆生动有致。然务自韬晦，不轻以示人。尝自言女子言德不言才，而仅以诗画名。勤习女红，克襄家事，八口所恃，有时仰给于十指，故廷标终年客游于外，无内顾之忧，以家有贤妇故。所著《澄香阁吟》二卷，有道光十八年（1838）《螺斋诗钞》附录本。

此集分上、下二卷，前有金竑序《跋》。卷上录诗九十三首，卷下录诗八十三首。卷上首录甲辰十二月所作《立春后一日喜雪》曰："昨看斗柄又东回，六出同吹葭管灰。燕胜已教妆鬓试，鱼潜犹喜跃冰开。春风有意先飞絮，花信才通早放梅。瑞应不须占太史，椒盘好进万年杯。"《送半村》曰："昨夜灯前话别离，不堪回首各天涯。遥怜今日孤帆发，一片乡心有梦知。"《初夏对月寄半村》曰："惜春好景几时还，独坐愁城但掩关。曲沼影摇杨柳碧，画阑香染鹧鸪斑。时光碌碌闲中度，世事茫茫梦里艰。惟有赏心银汉月，可怜圆夜照关山。"《与半村闲话》曰："春到少佳境，空教换岁华。无诗题柳絮，有意问梅花。多病全非酒，深愁半为家。儒冠嗟误士，悔不学桑麻。"《即景》曰："白沙流水绕柴门，何处菱歌度远村。几片断霞收暮雨，半奁新月破黄昏。"《寒夜读书有感》曰："青檠挑尽尚敲诗，三叹幽窗有所思。傲态不因贫病减，素心岂为利名驰。半床翡翠炉烟冷，一枕珊瑚蝶梦迟。猩色画屏长袖倚，此情惟有絮蛩知。"《遣怀》曰："落尽残红子压枝，琐窗深掩日迟迟。生憎双燕梁间语，不管愁人午梦时。""满目芳菲已作尘，新愁重叠翠眉颦。榆钱积径浑无用，难疗诗家一日贫。"《闲吟》曰："树色经霜减，寒辉彻夜清。西窗刀尺冷，满地是秋声。"《有感》曰："家计艰难只自知，俭妆懒与世相宜。输他狡兔营三窟，愧我鹪鹩寄一枝。尝向静中惟绣佛，得寻闲处且敲诗。东邻女伴休轻薄，贤者曾居陋巷时。"《书太真外传后》曰："初闻钗盒荷殊恩，从此诸姨奉至尊。莫道生男不如女，千秋谁吊马嵬魂。""力士趋承鬓已丝，龟年瓢泊竟何之。伤心人去西宫冷，尽在梧桐夜雨时。"《新年竹枝词》曰："饮罢糕汤试晓妆，漫调支粉助容光。新翻时样观音髻，犹有幽兰插鬓香。""开箱检点好衣裙，兰麝香浓细细薰。穿着罢时频顾影，料来标格自然文。”“花鼓声中笑语妍，妆成无事立门前。东家姊姊西家妹，明日烧香趁好天。”集中和乩仙诗甚多，且附乩仙原韵。《梅影和乩仙》小序曰：“寒夜与半村作请乩故事，几上供瓶梅一枝，因求咏梅影，即书云：溪山清浅月朦胧，冉冉余姿映碧空。一桁绿窗灯影里，萼华风韵画难工。”和诗曰：“疏疏落落影濛濛，深夜冰魂望若空。清减一枝横瘦骨，半窗月淡有无中。”《题乩仙墨梅》曰：“绿华原是玉清儿，不许红尘折一枝。半幅藤笺传妙绘，琼芳留与世人知。”《赋得十二楼》组诗后附录《乩仙十二楼诗》原韵，《小序》曰：“雍正戊申上元夜，设酒果香灯于澄香阁上，俄玉真君降，信笔而成。”又《十二花诗》组诗后附《乩仙和诗》，《和乩仙四季诗原韵》亦附乩仙诗四首。

《清芬阁诗草》二卷　　清刻本

蒋季锡　撰

蒋季锡，字蘋南，蒋伊女，蒋廷锡之妹，户部郎中娄县王图炜妻。季锡绘事娟秀，善书法，花鸟法马、恽两家，又工诗、工书、精弈。曾从丽中先生学诗，集中有《虞山宗老丽中先生余受业师也寿跻八帙敬赋祝》曰：“岿然道范是吾师，提命难忘请业时。矍铄风标跻皓首，萧闲暮景属厖眉。聊将蔟锦衣双袭，待进流霞酒一卮。冉冉百年容易事，灵光无恙健题诗。”所著《清芬阁诗草》二卷，有清刻本；有抄本，署款为归华亭王氏虞山蒋季锡著，男兴吾抄录，兴仁、兴乾校字。另还绘有《清芬阁花谱五百种》《清芬阁鸟谱一百种》。

此集为清刻本，卷首题《清芬阁诗草》，归华亭王氏虞山蒋季锡著，男兴吾抄录，兴仁、兴乾校字。此集共二卷：卷一录诗一百四十五首；卷二录诗一百三十三首。卷末附赋两篇：《流莺赋》《舞蝶赋》。集中古体诗，直逼古人堂奥。《拟古四首》之一曰：“摘花莲有香，养花莲有子。人爱莲花好，忘却莲根美。物固各有本，依依常念此。缝衣思线涩，啮齿知心连。三春晖一寸，应抵黄金千。”《折柳词》曰：“晴空飞絮似轻尘，眉黛微颦属暮春。枝上莺啼千声啭，声声如唤远行人。”《淮上乞儿歌》曰：“风足布帆好，轻舟已觙淮阴道。淮阴烟火半茆檐，中有一人形枯槁。琅玕数尺担筠笼，自言有母今已老。莫笑儿衣单，衣单母不寒。莫嫌儿身瘦，儿瘦母加餐。千门供菽水，终岁此盘桓。采得椁花可自给，长将羞洁承母欢。呼儿与食不敢食，跪近母前愉婉色。母食儿歌，母饮儿舞，母忘忧兮儿不知苦。贫贱何愁报本难，瓮牖之旁即天宇。君不见王孙一饭重施报，区区恃有千金赀。行营高厂竟何补，滩前空认漂母祠。不如淮阴乞食儿，噫吁戏不如淮阴乞食儿!”《苏台怀古》曰：“茂苑广营三百里，五年高筑九层台。但携西子凌云上，不顾东门捲甲来。珠串歇时山鸟啭，金钿落处野花开。残山剩水分明是，总付昆明劫后灰。”《悟后有作》曰：“日丽窗纱暖，阶前爆炭声。砉然狮子吼，一片日华明。”“天地原无物，无生说有生。不随光景转，立处是横行。”“云净碧天在，风清月影明。千岩环坐下，两岸正潮平。”《读书声》：“文章得失古人心，密咏恬吟仔细寻。吟到笔花璀璨处，顿叫声韵似敲金。”《论诗》曰：“诗思本人情，诗情须放活。夜坐一沉吟，谈诗烛见短。”又《里中闺秀有拈七事者戏和其韵》之《柴》《米》《油》《盐》《酱》《醋》《茶》诗，生趣盎然。《丁卯九月至大儿兴吾豫藩署中》曰：“双丸跳掷隙光杳，少壮不觉成衰老。忆昔九龄出大梁，是为康熙岁丁卯。及余复至大梁城，丁卯重逢人事巧。中奉姑嫜达帝京，却自帝京归苴城。家山荏苒十五载，携儿旋向长安行。大儿归娶方有妇，小儿又复随亲迎。前年看儿至济北，今年看儿赴梁国。南北奔驰六十年，碌碌尘途如转毂。当时曾见夷门市，民物殷繁人乐业。朝廷无事吏人闲，重叠恩膏肌髓浃。今闻三郡被水灾，征鸿满野嗁声哀。汝为方伯实司命，努力抚绥毋务财。”

又，季锡曾为闺秀陈素《花角楼吟稿》、曹锡淑《晚晴楼诗集》作《序》。《花角楼吟稿序》曰：“云有陈君本海昌望族，为汝南查公子砚北德配，秉性柔顺，夙娴姆训。既归于查，门以内肃肃雍雍，乡党之言妇道者首推焉。忆昔相国文简公以爱女继于余，后归司农蒋侄，因得频聚京华。每于暇日，道古论今，间事酬唱。曾语云有之才为不可及。盖慧智天成，复好经史于风雅源流，探之有素，得其指归。故其所著实能登古作者堂，殆与徐贤妃、谢道韫有堪先后辉映者也。予未识其面，而心乎爱之。今年春寄示《花角楼吟稿》，并乞弁言。爰卒读其诗，托兴成章，咸本乎性情，以抒怀抱，全无纤刻之弊，亦无饾饤之习，斐居大雅，即题鸟品花，要皆有深意于其间，非苟焉而作温柔敦厚。流连三复，不禁为之叹绝，有德者必有言，于以徵云有之德，直媲美于《关雎》《葛覃》，世勿以彤管芳徽等诸傅粉薰香之余事耳。他日者得相把晤，结吟坛于香阁，使余继声其中，以慰兼葭之思，不大愉快哉。用缀数语以塞其请，且为诵诗者先导云尔。”

又，蒋季锡女王之珊，许字平湖高岱，未嫁卒。著有《露香楼集》。

《梯仙阁余课》一卷　　乾隆十三年曹锡黼刻本

陆凤池　撰

陆凤池（1680—1711），字元宵，自号秀林山士。上海人，陆振芬女，少时从族叔祖受四子书、《毛诗》，迨长，熟《离骚》。曾梦中得句，因学为之，日闭阁讽唐人句及宋人词不休，下笔辄有风致。年二十七归曹一士为继妻。一士赠句曰：“幽意闲情不自知，碧窗吟遍楚人词。添香侍女听来惯，笑说书声似旧时。”凤池亦为刺绣名手，婚后旋率婢设机张绣，曾绣博古图衫。夫妻和睦恩爱，中馈事井井有条，与夫言曰：“君一意读书，家事无以累君。”家贫，夫以宦游益贫，凤池恬然安之。婚后间有作，懒收拾，喜阅李九我《纲鉴》，复不能终卷。自谓每事未了，意辄阑珊，当非久于世者。病亟，日念母氏，思一见，不可得。从容谓一士曰：“箱中所存博古图衫，一针一线，皆我心血。最生平所自爱，他日以示两女，残纸数十幅，在西房几上，善藏之，如见我也。”结缡六年卒。三女曹锡圭、曹锡淑、曹锡堃皆有诗名。所著《梯仙阁余课》一卷，有康熙五十一年刻本；有乾隆十三年曹锡黼刻本；有乾隆十四年曹氏五亩园重刻《石仓世纂》本附《梯仙阁余课》一卷；有乾隆十五年《四焉斋集》本附《梯仙阁余课》一卷；清宣统二年新阳赵氏《石仓世纂》木活字本。

此为乾隆十三年曹锡黼刻本。前有焦袁熹、陈鹏年、储大文三《序》，曹一士《引》，卷末有曹锡黼《序》。集中录诗五十五首，词十一阕。多是寄外、思亲、姊妹唱酬之作。《夜坐待归》曰："隐隐花间漏，沉沉隔院闻。梅梢新挂月，松干半对云。呵冻毫频染，拈香手自焚。归来茶正熟，好为解微醺。"《寄外》曰："忽见灯花落，更阑人乍眠。小窗风雨急，吹梦到君边。"《冬日寄外》曰："烟水迢迢泛木兰，寒风残雪怯衣单。客裘自着江边雨，莫作临行泪点看。"《雨夜思亲》曰："去年犹记侍慈亲，花影横窗月色新。今夜雨声和泪滴，雨珠争似泪珠频。"《梦中》曰："梦中说梦话离思，问道亲心知不知。醒后杜鹃声未绝，呼灯写寄断肠诗。"《寄陶氏姊》曰："白日金闺促，黄昏玉漏迟。无端愁我处，有梦见君时。明月涵清影，残灯敛恨眉。何因共携手，一为说相思。"《园中即事》曰："小园雅与画争奇，曲曲方塘矮矮篱。一片白云迷绿径，数声残雨和新诗。舞狂粉蝶翻花蕊，啭滑黄鹂隐树枝。自是幽居饶胜景，读书刺绣总相宜。"

《晚晴楼诗稿》四卷、《诗余》一卷、《附录》一卷清抄本

曹锡淑　撰

曹锡淑（1709—1743），初名延龄，字采荇，上海人。曹一士次女，同里举人陆秉笏妻，陆锡熊之母。三岁失恃，祖母赵太宜人抚育，八岁入家塾读《四子书》《毛诗》《孝经》《列女传》，辄通晓大义。父奇之，示以汉魏唐宋诗学源流，即能心解，下笔如夙构，作诗自此始。其父曾有"谁言生女不如儿"之语。年十四，母朱孺人教以女红，习家政，厥后综理一切，措置咸宜。庭训之余，缝绩之暇，著作甚夥，侍讲顾小厓先生见其诗，诧为异才。婚后食贫佐馈，井臼亲参，暇即以吟咏。内外雍肃，人无间言。其子陆锡熊于髫龀，锡淑即教诵汉魏古逸及唐人五七言诗，皆能上口；六岁每日退塾则援一诗为讲解甚具，锡熊童蒙之训得之母氏者为多。其《灯下课熊儿古诗拈示一绝》曰："夜长灯火莫贪眠，喜汝翻诗绕膝前。汉魏遗风还近古，休教堕入野狐禅。"黄本骥《皇朝经籍志》中《著书人物考》收录女作家五名，其中就

包括曹锡淑，余则为徐昭华、华浣芳、陈佩、季娴四人。所著《晚晴楼诗稿》四卷，《诗余》一卷，附录《行略》一卷，有清抄本。

此集前有梁国治、蒋季锡《序》，陆秉笏、黄之隽题辞；后有弟曹锡端《跋》，归懋仪题诗。集中录诗二百四十首。陆秉笏曰："亡内幼颇聪慧，性好读书，尤熟习《昭明文选》及《徐孝穆文集》。女红之暇，专事吟咏，积稿甚夥，后有自定缮本，删存四百余首。宫允黄唐堂先生序其端，而宗伯沈归愚先生亦称叹之。"《四库全书总目提要》曰："锡淑承其家学，具有规模，大致以性情深至为主，不沾沾于偶俪声律之间。梁文庄谓五言冲淡和雅，直入古人堂奥。"《秋夜赋怀》曰："风冷薄罗裳，虫吟夜感伤。愁多思浅率，病久梦荒唐。凉月难胜坐，清秋不可望。扶疏一株桂，岁岁占幽芳。"《兰花》曰："空谷何人采，芳丛满一丘。仍来高士径，且上玉人楼。素影回灯侧，清香入梦留。诗成费斟酌，应似此花幽。"《半泾园赏桂感赋》曰："花发重寻一径莎，东山佳话付流波。当年觞咏渺难再，满壁珠玑剩几多。台阁文章今尚在，鼎钟事业竟如何。白云红日频回首，吟向秋风调未和。"《秋夜不寐》《大人信至》等诗被时人赞誉。《哭表妹赵弗云》曰："流水高山记昔年，不堪重结听琴缘。与君同踏西楼月，今夜冰轮依旧圆。"

又，曹锡堃字采藻，亦归陆秉笏为继室。能诗如姊，时锡熊官京师，家寒如故，锡堃料理子女婚嫁，抚育诸孙，心力俱瘁者五十年。后姊妹皆以子贵赠夫人。《龙华诗》曰："寺古钟声断，墙高落照阴。有僧掩关坐，避世涤尘心。塔出当窗影，铃吹隔院音。河桥如画里，归乌噪空林。"

《芸书阁剩稿》一卷　　民国二十一年天津金氏重刻本

金至元　撰

金至元（1697—1721），字载振，一字含英，直隶河间人。诸生金大中女，宛平解元查为仁妻。少习《孝经》《论语》《内则》《女诫》诸书，无不通晓；稍长诵唐贤诗，遂工韵语，颖慧绝人。女红之外，书算琴管，无不精擅，尤工于诗。娴内则，不苟訾笑，性极孝。查金两姓交最厚，因申以婚姻之好，至元甫笄，为仁以事陷于狱，越九年，获释，始成嘉礼。已而两人追溯往时，破啼为笑，各出诗卷相慰藉，此唱彼赓，评花赌茗，闻者艳之。婚后不到一年，至元卒。事父母及舅姑皆得其欢，平素诗秘不示人，既没，世争诵之。所著《芸书阁剩稿》一卷，有雍正间刊本；有乾隆八年癸亥刊本，附于为仁《蔗塘未定稿》后；另有民国十七年、二十一年金氏刻本。

此集为民国二十一年天津金氏重刻本，前有赵执信、王时鸿、胡捷、查为仁四《序》。赵执信《序》曰："少娴母训，织纴之外，博习诸书；长工声韵之学，清丽孤秀，无绿窗绮靡诸病。其嫔于心谷也未期而没，心谷不忍听其湮没无传，裒其剩稿若干首。"查为仁《序》曰："工韵语，然不轻作之，作亦匿不示人。既归予，索视至三，偶出数首，旋复毁去，曰吟咏非妇人所宜，聊以抒一时之怀抱耳。""从丛帙中检得零缣断楮，凡若干首，亟录以附予《蔗塘稿》后。"陈鹏年《金孺人小传》曰："清拔孤秀，不染粉黛习气。"胡捷《序》曰："心谷既作悼亡诗若干首，情深语苦，若鹃鸟啼春，冷猿啸月，使人难以卒读。寻复裒其含英夫人前后所作并唱和诸诗为一集。迹其集中所载，大都哀楚之致多而愉乐之声少，岂诗之果为人谶与？抑自知其慧福不能兼而豫为是无涯之戚与？"此集中录诗二十三首：除《春日》《朝来》《古意》《过草亭作》《春尽日》《重过郊外园林》《弹琴》《夜坐》《雨中感怀》《问雁》《庭花》《闻燕语有作》《初夏》《礼斗》《自述》外，都是与查为仁（字莲坡）唱和之作。《夜合花》曰："朝来红艳尽教看，底事灯前欲见难。应是名花深自爱，五更风雨怕摧残。"莲坡次韵曰："向夕凭栏仔细看，欲蠲小忿不愁难。卷舒未必花无意，银烛何人照夜残。"《水仙花》曰："凌波微步当风立，似向芝田馆里来。堪与梅花竞标格，冲寒也向雪中开。"莲坡次韵曰："雪貌冰心夸绝世，分明解佩汉皋来。翠绡衣薄偏宜冷，不与凡葩一例开。"《夜坐寄莲坡主人时客都下》曰："潇潇细雨暗阶除，坐倚屏山慵检书。如豆一灯明欲灭，最伤怀是别离初。"莲坡《答内子见寄原韵》曰："离情无计可消除，三百邮程一纸书。寄语昨宵孤馆夜，不堪雨滴酒初醒。"《偶成》曰："愔愔庭馆不飞花，如幕垂杨一桁遮。自是今年春较晚，红栏才茁牡丹芽。”附莲坡同作曰：“百啭莺阑点柳花，懒将旧卷眼中遮。苦吟只恐枯诗吻，乞检红囊沦茗芽。”《中秋分月》曰：“人间天上分盈阙，每负冰轮着意明。此夕团圆人共月，只愁云影掩三更。”附莲坡同作曰：“年年见月多愁思，今夕秋光泼眼明。纵使云鬟香雾湿，倚阑要看到三更。”《催妆诗次韵》曰：“好句如仙绝点尘，青莲原是谪来身。诗传彩扇歌偕老，籍记丹台署侍晨。四照花开融瑞色，九微灯颭缔良因。牵萝补屋休嫌陋，得贮珠玑敢道贫。”“百合香浓结绮筵，云璈如奏大罗天。龙泉那肯丰城掩，冰彩依然桂殿圆。此日授绥休论晚，他时委畚计当先。试看欧碧鞓红种，留取春光分外妍。”莲坡《催妆诗》曰：“十年香霭搅情尘，留得霜华百炼身。此夕星光盈锦幄，向来春色阻花晨。谁知蔗境甘无比，久识莲心苦有因。差喜高堂称具庆，鹿门偕隐莫辞贫。”“红烛双行照玳筵，凤箫吹彻下瑶天。璧存敢诩连城贵，珠在还欣合浦圆。赋就《桃夭》期觉后，迎来鹊驾路争先。梦中欲乞生花管，待写春山满镜妍。”《夜话和莲坡主人》曰：“人生大抵游仙枕，已出邯郸君莫疑。世事浮沉无定著，流光劫火漫寻思。试香午院宜煎茗，斗墨晴窗好赋诗。终卧牛衣吾不悔，只凭清课惬心期。”附莲坡《与内子夜话》：“此生已分难重见，今日相看转自疑。噩梦十年谁唤醒，离愁两地渺相思。冬釭夏簟通宵泪，闷翠慵红满箧诗。整重与君栖晚岁，莫将清赏负幽期。”《题花影庵诗集》曰：“清词丽句难为比，愁似秋猿巴峡啼。多谢十年相忆苦，口衔石阙寄无题。”莲坡《和内子为予题花影诗稿依韵答之》曰：“抽丝已比原蚕老，聒耳还憎杜宇啼。留得袖中诗本在，挑灯和泪藉君题。”

《闺房集》一卷、《附录》一卷　　清刻本

陈珮　撰

陈珮（1707—1728），字怀玉，安徽天长人。太守陈于豫三女，诸生江昱字宾谷室。生成慧性，天性孝爱，聪明能读书，父母绝怜之。五岁母教以《内则》并大母江恭人手校《女诫》；七岁熟毛诗，识声韵；十岁有诗云：“惜花有梦疑春雨，爱月多情怕晚云。”长毓兰心，耽吟好古，善文章，人皆

呼为栉士。年十八归江宾谷，居常端敬柔婉，事舅姑尤谨，克成堂上欢。织纫盥濯必躬自率作，曰：“子妇之职乌可尽委婢仆。”妇行无不中礼法，无有不当堂上意者。事物俱细，及进退容止，咸感仪则。性寡然好静，遇人独冷，而人乐亲近之。精茗馔，工组绣，而不自为口体，笃嗜吟咏，殚思出之，究不以示人。夫妻琴瑟和鸣，宾谷读书务栖逸坐处，焚香扫地，与之相敬无谐谑。曾一日读《世说》，至谢公捉鼻语刘夫人，乃曰：“惜哉!”至郝隆答桓公，又曰：“良然。”宾谷心折之。年二十二卒。梁瑛有《集句诗》曰：“可怜明月复团圆，想象精灵欲见难。艳骨已成兰麝土，箧中遗草是琅轩。一自香魂招不得，落花流水怨离琴。欲知此恨无穷处，微月生檐夜夜心。”所著《闺房集》一卷，《附录》一卷，有清刻本。

此集前有徐德音《序》，卷末附唐建中《江宾谷原配陈孺人传》、方求愉《江宾谷原配陈大人诔》、江昱《亡妻陈君墓碣》，另附徐德音、方敷、易慕昭、方青、梁瑛诸名媛挽诗。集中录诗四十首，词十阕。与程夫人唱和诗最多，如《将归呈两夫人》《春日晓起寄程夫人》《冬日柬程夫人》《哭程夫人》等。《讯程夫人病》曰：“病魔奄忽到春深，闺阁相关意不禁。半榻烟茶人寂寂，一帘花雨昼沉沉。难言憔悴非诗累，最感参苓费橐金。绿绮尘生知久闭，拂弦聊与破烦襟。”夫妻唱和诗亦多，如《答夫子》曰：“闺阁相依气味同，三生密缔百年中。虽无曼倩官厨遗，却有候光庑下风。曲奏双飞声自好，情深一往句偏工。宵来明月堪偕饮，更拔金钗付小红。”《题宾谷味兰图小像》曰：“君子宜幽兰，幽兰宜君子。于以结同心，真味穆如水。”《秋夜怀宾谷客真州》曰：“君子远天末，空闺一片情。西风干木叶，凉月湿帘旌。转以寐难着，因之愁更生。萧萧孤客意，清漏满江城。”《七夕同宾谷作》《同宾谷坐月》皆缠绵悱恻，知音和鸣之感。《晓起见梅一枝》曰：“一卷楞严读已终，晓天雨意尚空濛。凭栏冷笑梅花热，昨夜偷春试小红。”幽艳似晚唐诗。《瘦菊为某婢作》曰：“瘦菊依阶砌，檐深承露难。莫言根蒂弱，翻足耐秋寒。”最为时人称赞。

卷　二

《挹翠阁诗钞》一卷　清刻本

顾英　撰

顾英，字若宪，号兰谷，青浦人。毕沅外祖母。性笃孝，父疾，焚香诵经，彻昼夜不倦。父疾革，刲其臂糜汤以进；逮母疾，再刲之。英年十九归同邑张之顼。之顼字笠亭，官常山知县，后改印江。顾氏本素封，园林宾客以豪侈相尚，而之顼家中竟致爨烟阒然，而英屏繁饰，椎髻练裙，凡酒浆醯醢，必躬饬而后献。姑喜曰："此真吾家妇也。"后数年，舅德纯罢常山令，英倾嫁时赀以偿数千金。雪夜凝沍，则与新妇女孙三世共拥一絮，抱二火瓮，了不闻其嗟叹之声。后之顼以事牵累，遭不测之祸，英遣子凤孙赴朝代父受过。所著《挹翠阁诗钞》一卷，有清刻本。

集中所录诗作均淡远流逸。《春阴》云："恻恻春寒透袷衣，东风料峭雨霏微。淡烟远护黄金缕，薄雾低笼锦带围。无可奈何残梦醒，谁能遣此落花飞。多情不放帘垂地，为有梁间燕未归。"《哭娣妇幼芳》云："丽句新词信手裁，蚕眠小楷绝尘埃。思君便欲翻芳讯，把向风前读几回。""云笺玉研怜谁共，寒雨幽窗只独听。欲睹眉峰何处好，远山微逗一痕青。"《病后》云："昨苦旧疾作，几至神不守。今朝霍然愈，痛楚一无有。足知忧与喜，泡幻俱非久。何如适心志，闭门探二酉。倦来酒数杯，兴至诗一首。况得同心人，疑义相与剖。传经有佳儿，笃实异侪偶。贫乃士之常，荣禄不可苟。委心以任运，毋为外物诱。"《初夏送夫子北上》："杜鹃唤春归，和风吹芳芷。何堪对斯景，把酒送吾子。分手即天涯，惜此须臾晷。别绪如茧丝，柔情似潭水。离怀寄孤鸿，相思托双鲤。征途勉加餐，努力拾青紫。上慰高堂亲，下酬贤伯氏。君行既雅醇，君才复俊美。但保金石心，豪门勿投趾。桃李易凋残，松柏岂朝萎。行矣勿悲嗟，风云自此始。”

《培远堂诗集》四卷　乾隆间刻本

张藻　撰

张藻，字子湘，青浦人。印江知县张之顼与顾英女，毕沅母。藻生而淑惠，秉承家学，深谙经术、四六义，少以为学，长以为教。子毕沅未就傅时，藻尝绘《授诗图》以志训。毕沅名其室曰“经训堂”，其集题曰《经训堂集》。藻赋《咏梅》有“出身首荷东皇赐，点额亲添帝女装”句，后毕沅果高中。藻常告之勤政爱民，《察访沅儿政声喜赋三章》曰：“骖騑乍解路三千，风物琴川慰眼前。到处听来人语好，频年丰乐使君贤。连朝话旧到更深，不尽娄江望远心。莫怪老人添白发，儿童几辈换乡音。周遭竹屿与花潭，槛外云光映翠岚。尽有琐窗诗料在，不须回首忆江南。”及藻谢世，乾隆帝御赐书“经训克家”。袁枚《培远堂诗集题辞》曰：“当代钦陶母，中朝说敬姜。恩荣承北阙，离象著南方。系出清河族，家开绿野堂。闲情躭翰墨，妙咏富琳琅。我昔燕台住，恒多角逐场。未曾逢毕万，先已识张苍。气谊胶投漆，招游凤引皇。时闻夸谢妹，围可解王郎。听讲依纱幔（注云：太夫人从母受诗），拈题傍雁行。风骚心窃慕，佳话记能详。从此名臣业，都由母教彰。丸熊资仲郢，画荻启欧阳。身蹑金鳌顶，枝攀月桂香。主知邀特达，职守历封疆。陕右分符节，庭闱正寿康。才原兼福命，天更与聪强。处贵犹操约，施仁乃发祥。挥毫书训诫，驰传寄吟章。教把官箴励，毋将国事荒。眷隆期报称，任重亟周防。僚吏齐抄诵，军民尽仰望。慈云来覆照，赤子起痍伤。就养秦关道，欣看萱草芳。儿童争识认，旌旆更飘扬。韦曲花扶辇，西园夜举觞。鹣鸰仍唱和（少仪观察常至节署，太夫人喜晤作诗），桃李聚门墙。笔取珊瑚架，思抽锦绣肠。床前堆玉轴，膝下列银黄。此日荣华极，当年苦节偿。

俄惊归阆峤，未见督荆襄。屏掩金泥色，星沈宝婺光。泪虽弹孝水，阡已立泷岗。往岁尚书驾，蒙过野叟庄。忘形留棨戟，小住献壶浆。客贵邻惊问，谈深漏觉长。云泥今远隔，琼玖每贻将。赐我遗编读，倾心阃德臧。词源追四始，诗格驾三唐，共仰徽音播，真如广乐张。应留人世海，歌咏一千霜。”所著《培远堂诗集》四卷，有清乾隆间写刻本，另有抄本。又有《培远堂稿》一卷，有光绪间《河间诗集》本；《一叶斋诗钞》稿本。

此为乾隆间刊本。前有王昶、严长明二《序》，袁枚、褚廷璋、汪端光、张郝元等人题词。集中录诗三百五十五首。藻诗疏沦灵气，袁枚《随园诗话》云：“《培远堂集》中，美不胜收，摘其尤者。五古如《灵岩山馆夜坐》云：‘圆景下绝壁，山馆忽已暝。石磴静张琴，雪泉清沦茗。不知夜已深，月上青松顶。’五律如《正月十二夜》云：‘银釭暗画堂，坐数漏偏长。雁影半墙月，鸡声万瓦霜。夜吟多遣兴，春梦不离乡。庭下微风起，梅花入幕香。’《落叶》云：‘微霜零木叶，秋气乍萧森。乱逐西风下，多随凉雨深。纸窗延皎月，苔磴失层阴。偶尔凭栏立，平林露远岑。’七律如《小园》云：‘小园半亩寄西城，每到春深信有情。花里帘栊晴放燕，柳边楼阁晓闻莺。《汉书》旧读文犹熟，晋帖初临手尚生。自笑争心犹未忘，闲招邻女对棋枰。’七绝如《探梅》云：‘光福寺前日欲曛，上阳村外望细缊。千林万壑浩无际，不辨湖光与白云。’《春残》云：‘斐几熏炉百衲琴，绿阴门巷昼沉沉。春来小苑无人扫，花落窗前一寸深。’《松径》云：‘曲径弯环石级高，满亭山色绿周遭。松风似厌泉声小，自写云门百尺涛。’五排如《雁字》云：‘一片云蓝纸，鸿文绝点瑕。《禽经》殊古雅，羽檄等纷挐。每作缠联起，何曾叙次差？衔芦如运笔，游雾类涂鸦。凡鸟徒贻诮，家鸡讵用夸？缄情来塞北，传信向天涯。四出惊风急，低横远岫遮。谐声呼伴侣，破体遇弓靫。行断疑从缺，书空点不加。奇姿多缥缈，取势故欹斜。敛翰停摛藻，临池戏划沙。鹅群犹逊巧，凤策足联华。水映腾清稿，烟笼护碧纱。掞天才不愧，逸兴寄云霞。’五言绝如《雨夜》云：‘向晚花冥冥，独坐理琴谱。一缕茶烟生，疏帘散春雨。’六言绝如《夏日作》云：‘拨火炉香扬来，卷帘梁燕飞去。吴门六月犹寒，雨在江南何处？'皆有清微淡远之音，真合作也。其他名句，五言如《望华》云：'日生常夜半，云到只山腰。'《尝新茶》云：'未干春露气，犹带晓云香。'《虎丘》云：'隔花皆有阁，入寺始知山。'《江村寓目》云：'山吞将落日，风抵欲来潮。'七言如《梅花》云：'独与白云如有约，遥疑积雪亦生香。'《闻虫》云：'花径雨过苔乍冷，豆棚风定月初明。'《野望》云：'雨余霜叶红于染，风定炊烟白欲凝。'《灵岩怀古》云：'香径花开人去后，屟廊风响月明中。'《登澄观楼》云：'积雪明多能淡日，远山寒极不生烟。'"其训子诗颇可称道。李岳瑞《春冰室野乘》曰："尔雅深厚，粹然儒者之言，当为国朝闺秀诗第一。"又称其教子孙诗"推阐化源，弼成教本，居然雅颂之音，加于汉魏一等。其诗以贞诸教中丞，中丞复由教而施诸政。是由太夫人言之，则克家，自中丞言之，即为经国克家之训，以为女宪焉，可经国之谟，以为政经之谱焉"。《寄大儿沅关中》："读书裕经纶，学古法政治。功业与文章，斯道非有二。汝宦久秦中，洊膺封圻寄。仰沐圣主慈，宠命九重贲。日夕为汝祈，冰渊慎惕厉。譬诸欂栌材，斫小则恐敝。又如任载车，失诫则惧踬。扪心五夜惭，报答奚所自？我闻经纬才，持重戒轻易。勿以求焕苛，勿以察猥细。勿胶柱纠缠，勿模棱附丽。端己励清操，俭德风下位。大法则小廉，积诚以去伪。西土民气淳，质朴鲜糜费。丰镐有遗音，人文郁炳蔚。况逢郅治隆，钧陶综万类。闾阎守夏朝凿，馌亩土依媚。大田岁屡丰，多遗秉滞穗。鼓腹遍康衢，击缶乐酒饎。民力久普存，爱养在大吏。润泽因时宜，撙节善调剂。古人树声名，根柢性情地。一一践履真，实心贯实事。曩迹永不磨，昔贤庶可跂。千秋照汗青，今古合符契。不负生平学，不存温饱志。卓哉韩范贤，治绩前史备。事事规模之，其乃克有济。上酬高厚恩，下为家门庇。我家祖德诒，箕裘罔攸坠。痛汝早失怙，遗教幸勿弃。衰年逼桑榆，垂老筋力瘁。曳杖看飞云，目断秦山翠。睡起日高春，乾鹊噪新霁。披衣览镜匣，霜雪满鬓髻。惟馀望汝心，任大勤自毖。书此远寄汝，汝宜日诵记。勉旃矢弗渝，用作官箴肄。

又，张藻女毕汾撰《梅花绣佛斋草》一卷。汾字晋初，一字素溪，号绣佛女史。沈恭妻。凡诗四十三叶，前有息圃老人、诸世器《序》。诗风清隽雅洁，如《留别浣青原倡》曰："并向天公乞冷香，并依虚幌并迎凉。清缘有分裁诗补，别思无端倩画偿。收与罗衾添梦寐，散将瑶砌立风霜。云阶月地低徊处，肯信流光尔许长。"《简骆佩香夫人》云："东风无力柳毵毵，衬贴离愁水半潭。本拟逃情仍梦蝶，未除结习类书蟫。绿波萍叶难停港，白月梨花好共龛。极目徒增怀渺渺，顿忘彼此住江南。"

又，毕慧撰《远香阁吟草》一卷。慧字智珠，号莲汀，自号静怡主人。毕沅女，松江陈暻室。曾与母霞城夫人选订《三唐诗钞》，有别裁伪体之功。又善画折枝花卉，有恽寿平之风。玉躞金题，缥缃罗列，闺门韵事，世艳称之。作品灵犀自照，蜿蟺多思。《踏青词》曰："踏青时节草心柔，扑蝶人来结胜游。一样春风弄颜色，桃花含笑柳含愁。"《重到武昌节署书所见》曰："风吹鹤渚碧帆收，重到衙斋忆昔游。月榭仍通芳草径，负他花木满庭秋。""碧栏干外步迟迟，粉阁寻吟旧赋诗。惟有梅花如解意，迎人先放两三枝。"《鹦鹉洲怀古》曰："当年埋玉此江头，词客名缘鹦鹉留。岂但才高惊一赋，犹来命薄始千秋。萋萋芳草不胜绿，冉冉白云空自愁。今日我来春欲暮，烟波极目有沙鸥。"《哭环碧夫人》云："芝房桂馆隔重泉，青雀西飞信杳然。不忍经过几回读，红泥壁上旧霞笺。""列莳芳菲步绕廊，惜花常自为花忙。可怜一病三春雨，尚遣双鬟护海棠。"

《山舟纫兰集》二卷　　乾隆十八年四宜轩刻本

陈敬　撰

陈敬（1712—1737），字端宁，号髻儒，华亭人。陈虞在女，娄县周忠炘妻。幼而淑慎，至性过人，事父母退然静默而承顺意志，无不曲中，以故钟爱尤甚，不能一日离。父素善病，后乃转剧，髻儒偕其兄步清奉侍汤药，夜以继日，形神并瘁，虽亲得稍愈，而身患内伤。平时阅书籍，遇孝女节妇志行卓拔，辄为编辑，往复流连，巾帼有须眉之气，独至亲疾则恐惧忧伤，如不能终日，盖其天性笃挚，不自遏抑有如此。束发解吟咏，深自韬晦，未尝角胜于同堂姊妹间。所撰《山舟纫兰集》二卷，有乾隆十八年（1753）四宜轩刊本。

此集封页题陈少君纫兰集，周太史蔼峰先生选定，乾隆十八年春重镌，山舟堂藏版。卷首题陈敬号端宁字髻儒著，男周厚堉、周厚坤、周厚培同校订。集前有黄之隽、焦以敬、夫兄吉士周忠炘四《序》，汪宜耀《传》。周忠炘《序》曰："少君颇好吟咏，处室时所著有《绣余杂咏》；于归后有《山舟纫兰集》《倡随集》。丁巳病亡，余取《纫兰集》家太史霭峰大兄选定付梓。""于时《绣余杂咏》及《倡随集》皆托大兄次序评阅"，因"大兄尝言闺阁著述不必夸多，故所选甚少。《绣余》《倡随》二集，皆不能成编，因附刻于《纫兰集》中，分为上下二卷"。可知现存的此集为三集之合编。此外，沈善宝《名媛诗话》卷四曾载："髻儒尝辑《古今名媛考略》，裒然成帙，帙未竟业而卒。"《山舟纫兰集》共收诗词一百七十八首。诸体皆备，以律绝为多。上卷四言古体一首；五言古体一首；七言古体三首；五言律诗十二首；七言律诗二十八首；五言绝句十一首；六言绝句三首。下卷七言绝句九十一首；卷末附回文诗二首；条环回文四首；次夫子诚闲韵二首；连环体回文二首；集唐五律二首；集古七律二首；词八阕；集宋词五阕。汪宜耀《传》曰："既合卺，始略备诸体，大抵皆思其君子之作。亲党以其贤而夭也，竞欲一观其翰墨，以慰令德之思。"《有所思》曰："朝亦有所思，暮亦有所思。所思固非远，奈何同天涯。相思不相见，相见还相离。德徽良可慕，非伤离别私。秋风振疏林，寒蝉鸣枯枝。惊心看物侯，含愁莫我知。"《短吟》曰："闷对月明无意绪，回身自掩罗帷卧。今宵有梦到君边，拟把闲愁梦中诉。"《夏日同夫子诚闲作》曰："傍林池馆四时宜，入夏凉荫较可怡。风满雕檐骄铁马，雨侵石几润琴丝。玉笺分韵诗成后，金鸭添香月上时。清茗一杯书一卷，个中幽况更谁知。"《送夫子之紫隄书馆》曰："寻师远去寄淞南，月窟天根好遍探。温饱不为志士动，名利几见达人贪。康城门第君无忝，德曜家风我颇谙。莫为炊扊牵内顾，贫宜甘也学宜耽。"《十五夜有怀诸女兄及从女弟》曰："一片空明夜色幽，自惊孤影倚江楼。西窗听雨三更烛，南浦乘潮八月舟。闺阁有情天共远，弟兄无计月同游。悬知清露沾罗袜，只与蛩声互唱酬。”《湖亭夜坐》曰：“碧山静对无事，午夜凉生水轩。听露和松子落，看风入藕花翻。”《雨中暮春》曰：“花展嫣红扶架重，燕拖湿翠入帘迟。一春搁笔非忙误，不忍吟成黯淡诗。”《书绿满窗壁》曰：“阿翁理学古贤如，绿满窗前草不除。新妇入门翁已化，流连遗迹泪沾裾。”《游山寺示诸侍儿二首》之二曰：“辉煌金碧宝莲台，每占溪山佳处开。依自耽幽惟泉石，上山原不拜如来。”词亦清丽动人。《调画堂春·送春》曰：“呢喃双燕傍帘飞，绿荫摇曳成围。朝来便觉眼前非，初试罗衣。宝马香车人散，金铃彩幔花稀，年年此际对斜晖，可奈春归。”《调减字木兰花·春暮》曰：“深沉庭院细雨霏，微帘不卷，绿怨红颦。数点花飞减却春。怎禁愁绕，唤起临窗啼不了。酒困诗慵，愁味争如酒味浓。”

又，陈敬与袁寒篔交好。寒篔字青湘，华亭人，亦作娄县人，布衣袁玉屏女。所著《绿窗小草》一卷，有张应时《书三味楼丛书》刊本。少聪慧，有才思，诗名重一时。所字非偶，因誓不嫁侍父，食贫穷巷，抑郁以终。焦袁熹曾为其赋《娇女赋》，黄之隽、蔡显等皆赏其诗。《自遣》曰：“疗饥自有忘忧处，乐此衡门水一湾。漫讶家贫无四壁，家无四壁好看山。”

《课选楼遗诗》一卷　　民国六年补刻《京江鲍氏课选楼合稿》本

陈蕊珠　撰

陈蕊珠（1714—1778），字逸仙，丹徒人。鲍皋妻。戴燮元《序》曰：“吾乡鲍海门征君与余江干、张石帆，沈文悫尝称为京口三诗人。征君讳皋，字步江，号海门。由监生举乾隆丙辰博学鸿词，不就，著《海门诗钞》。征君夫妇皆能诗，故其子女多工诗。子讳之钟，字论山，号雅堂。由召举人内阁中书，登甲科，官户部典试。黔粤才名藉甚。其长女讳之兰，次女讳之蕙，三女讳之芬，皆以诗名一时。如王梦楼、程蘅帆诸君多重之，一门风雅，迄今犹首推鲍氏。”鲍氏一门风雅得益于蕊珠母教。蕊珠八九岁能诵其父书，久之通经、《文选》，幼娴诗礼，耽书成癖。稍暇即涉笔作小诗，率以蝇头纸片写之，置箱箧中，不轻以示人。年十五失怙，日佣针黹得钱，市糕糜抚弟妹，夜则左右挟之以寝，人皆贤之。归鲍皋后，孝事孀姑，兼抚幼叔，手持刀尺，授二子诗书，暇则诠定其夫鲍皋诗草，今世传《海门初集》由其编校居多。三女皆能诗，以长子之钟贵，封为恭人。所著有《课选楼遗诗》一卷，有民国六年补刻《京江鲍氏课选楼合稿》本。

此集前有《丹徒县志·列女传》，后有子鲍之钟、来孙鲍长叙二《跋》。鲍长叙《跋》曰：“先太高祖妣遗诗一册，为乾隆庚戌伯高祖农部公手录。《家传》称与三女诗都为一集，名《课选楼合刻》，盖农部公志也。今考三高祖姑诗集先后梓行，农部公皆未及见。光绪甲申戴少梅表伯推不匮之思，复汇刻于浙中，题曰《京江鲍氏三女史诗钞合刻》。顾家藏《课选楼遗诗》则缘百年以来，屡遭时难，迄未剞劂。丙辰秋，谨以付梓，请于诸叔父，咸蒙嘉许。昨复渡江谒慕侨表伯暨幼侨兄，获假浙中汇刻全版合并印行，用符全稿名义。初，册内《晓起》一律，旧抄各本均阙末韵，将开雕镌，栋弟偶检房族副册，内存太高祖妣传稿，后附是诗，独四韵俱全，遂成完璧。”集中录诗四十九首。《答所赠诗》曰：“绣腑香唇是也非，闺中林下总相宜。乍携谢朓惊人句，来和秦嘉赠妇诗。本色梅花和月澹，何曾柳絮着泥痴。题春只恨才华少，不恨东风不恨离。”《登木末楼晚眺》曰：“柳青桥畔柳烟轻，人士嬉春照水行。几树斜阳摇绝壁，半天归鸟落孤城。南山势接江涛阔，北固雄临海气平。六代销沉俱似梦，白云深锁古今情。”“烟波一片晚潮生，帆白沙明渺一泓。城郭远疑天上瓦，楼台高与海门平。南宫树隐吴山色，北固钟连楚水声。莫道风流沦落尽，千年铁塔卫公名。”《春寒》二首之一曰：“一声归雁一声叹，一阵淋铃一阵寒。镇日东风帘不卷，杏花能得几回看。”《新秋》曰：“幽鲜迷阶壁，轻荫覆井桐。薄凉来枕簟，细雨入帘栊。残暑辞纨素，新秋添雉红。悬知书馆客，剪烛听秋虫。”

《起云阁诗钞》四卷　光绪八年刻本

鲍之兰　撰

鲍之兰（1751—1812），字畹芬，又名畹芳，丹徒人。鲍皋长女，太学生何沣妻。其母陈蕊珠亦能诗，与妹鲍之蕙、鲍之芬姊妹唱和。之兰少时即以早慧闻名，髫龄中秋分韵，有“若非今夜月，虚度一年秋”之句，王梦楼、程衡帆诸名公皆传颂之。性至谨朴，勤于女红。结缡后，尤专事井臼，操作弗倦，克尽妇道，未尝以宴嬉自适。继而家道中落，其夫复北游燕代，之兰携子女五人流离转徙，僦屋三两楹，不蔽风雨，恃十指为存活，虽饥寒交迫而意气自若，毅然以振兴门第为己任。手勤针黹，口诵诗书，深夜一灯，督课诸子，不遗余力。后其子相继殖业，长子何通，一字若洲，号舫卿，国学生。次子何远，字剑云，郡增生。三子何遵，一字芷沉，太学生，候选府同知。之兰《五十感怀》诗前《小序》曰：“予幼学操觚，中年荒落，流离颠沛，廿载清贫。”与骆绮兰等才女交往，其《赠秋亭女史四十》诗曰：“好诗千载留佳句，名媛三吴祝瓣香。”所著《起云阁诗钞》四卷，有嘉庆戊寅刻本。内封题《起云阁遗稿》，嘉庆二十三年（1818）刻，双梧书屋；另有光绪八年刊本；民国六年补刻《京江鲍氏课选楼合稿》本。

此为光绪八年刊本。集前有戴燮元、兄鲍之钟、侄文逵三《序》。戴燮元《序》曰：“兰字畹芳，归我外曾王父何桂桥先生，著有《起云阁吟稿》，外王父昆仲刊行于世。蕙字茝香，归同里张舸斋先生，著有《清娱阁吟稿》，亦刊行。燮元幼时尝受而读之。芬字浣云，归同里徐秀亭先生，著有《三秀斋诗钞》，迄未刊行。迨吾郡两遭兵燹，书籍散佚，外家诸父及诸中表辗转迁徙，相继沦亡，诗板亦久已荡然无存。己巳，奉吾母命之粤，吾父于广州偶于市肆见有《起云阁吟稿》二帙，亟购归，以白吾母。吾母愀然曰：外曾王母之诗名载于郡邑，志列于《京江耆旧集》，其所为诗已采入《国朝闺秀集》及诸选本，固不必藉原刻稿以传，然吉光片羽，流在人间，得诸岭表，未始非鬼神呵护之灵以致之。且外王父读书未显达，诸舅不幸皆中年卒，汝当募手民重刊之，以贻何氏子孙，俾知宝贵。燮元谨受命。寻燮元南北奔驰，迄无定所。己卯官浙中，适舸斋先生之孙馨山通守延梁，亦官于浙，以《清娱阁全稿》见赠。明年庚辰，徐秀亭先生之孙韵生大令维城，由黔改官来浙，相见叙姻娅，乃知《三秀斋遗稿》至韵生官贵筑时始付刊，遂举以见赠，珠联璧合，此其中盖有天焉。燮元于是有合刻之议。辛巳，转曹潞河，便道归省，复请于母，母曰：汝既有志，其竟成之。迨燮元旋差，而韵生已以改省违例复去。今年夏，综榷嘉禾，馨山亦司榷新篁，遂与之谋付剞劂焉。”卷一录诗九十一首；卷二录诗七十九首；卷三录诗七十一首；卷四录诗七十九首。之兰诗清和婉丽，逼真细致，不名一家，时能书写性情，而无凭附摹拟之习。《春社辞五首》曰：“江南春社聚如云，花柳千村笑语闻。一幅太平图画景，桑麻鸡犬总欣欣。”“纸钱风里鼓冬冬，老瓦盆盛浊酒浓。白叟黄童都泥首，田家礼数也雍容。”“村姬此日停针线，比户携筐看阿娘。十里桑阴清似水，红裙绿褶出微行。”“淡云微雨一两点，山杏野棠三五枝。何处飞来新燕子，秋千门巷夕阳时。”“邻翁相见语依依，岌岌高冠大布衣。醉倒治聋一杯酒，日斜儿女送将归。”《新夏咏物二首》之《蚕豆》曰：“桑阴土暖绿初酣，珠颗停匀翠荚含。佐啜新茶烧晚笋，可人风味擅江南。”《题桐荫课子图》曰：“高梧月淡露华清，黄卷青灯坐五更。想见孤雏依玉案，柏舟诵到最伤情。”“画荻丸熊夜夜勤，女师苦心古今闻。谁言闺阁人才少，扇我清风已有君。”《梦游仙辞六首》之一曰：“稳御罡风鹤背高，碧城绛阙望迢迢。道逢月帔星冠者，趋赴通门侯早朝。”集中组诗颇多，《一草亭咏物诗十七首》之《素心兰》曰：“兰生涧底两三枝，香送东风出谷迟。花若有情应太息，素心一片少人知。”《白桃花》曰：“厌看妖客倚娇姿，冰雪容华不入时。杨柳楼台明月夜，更无人处独开迟。”另《秋日杂咏》十九首、《南郊纪游》十首、《消夏》八首、《和浣云妹咏梅》四首、《住自然庵咏物》五首等组诗亦可诵读。

《清娱阁诗钞》六卷　　光绪八年刻本

鲍之惠　撰

鲍之惠（1757—1810），字仲姒，又字茝香，丹徒人。鲍皋次女，同知张铉妻。与姊鲍之兰、妹鲍之芬皆工诗，擅家法。幼聪慧，善吟咏，卷帙纷披，杂罗于妆台奁具间，俨然弟子员。其夫性倜傥，工诗，喜游览，素淡宦情，而以闺门相属为乐，有秦嘉徐淑之风。中年以前，手不释卷，凡课选楼、清娱阁家藏书，翻阅殆遍，诚如昔人朝经暮史，昼子夜集，以自立课程者。四十以外，披览日疏，然阅历既深，则书卷之合同而化，见道极大，入理极深。其子皆成立，俱能诗，擅家法，每于酒阑灯灺，搓热掌，熨醉眸，才一篇成而和篇旋盈案。所著《清娱阁诗钞》六卷，有嘉庆十六年辛未刊本，前有鲍之钟、袁枚、吴锡麟、法式善、吴煊、李锡恭《序》及鲍桂星《后序》；后有袁枚、王文治、王嵩高、洪亮吉、法式善、王芑孙、陈朝曾、胡翔云、陆继辂、顾鹤庆、郭琦、茅桂芬、鲍之钟、鲍之兰、鲍之芬、鲍文逵及竹麟老人十七人《跋》，赵怀玉、刘嗣绾、陈燮、赵擢彤、李珍、钱之鼎、顾鹤庆、郭琦等八人题词。另有光绪八年壬午（1882）《京江鲍氏三女史诗钞》合刻本。

此为光绪八年刻本。前有袁枚、吴锡麟、法式善、吴烜、李锡恭、鲍之钟六《序》及侄桂星《后序》。卷一录诗六十七首；卷二录诗六十五首；卷三录诗六十九首；卷四录诗六十五首；卷五录诗六十四首；卷六录诗八十三首，共录诗四百一十三首。法式善《序》曰："《清娱阁》各体俱臻纯粹，七古尤合唐音，可以与《织云楼》媲美，余家多难抗手。"吴烜《序》曰："其旨隽，其词洁，其虑密，其藻芬。"李锡恭《序》曰："凡集中流连光景、凭眺山水诸作，无一语涉香奁体，无一字染脂粉气，和平浑雅，化雕镂之迹，而一归于自然，固已卓然名家矣。至于叙同气之情，悼长兄之逝，则语语从至性中流出，恺恻动人，虽古大家不是过。"鲍之钟《序》曰："此稿淡雅充和，深情逸致，具有六代三唐之韵，其必将传于后也奚疑。"《湖上杂诗》之一曰："假山高下幻云峦，间柳折梅欲画难。应识繁华藏静地，绮楼深处锁春寒。"《夜读自嘲》曰："浮生百岁只须臾，转眼颠毛黑白俱。婉娩未忘慈母训，龙钟忽倩阿孙扶。纵能学业三余足，难补诗肠一半枯。堪笑痴情同老骥，日斜犹自取长途。"《新柳》曰："何处春先泄化机，陌头江上自依依。笼烟弱未胜鸦队，障日黄难辨蝶衣。旖旎向人偷眼角，芊绵拂槛逞腰围。章台莫谓无消息，此日青青是也非。”《偶得雨余暂借早秋天之句足成一绝》曰：“绿荫如幄一楼悬，楼外奇峰半化烟。蕉叶有声荷气净，雨余暂借早秋天。”《将游摄山晚泊金山寺登塔》曰：“夕阳欲下江波紫，一棹沿江溯葭苇。舟人笑指摄山遥，咫尺鳌峰当面起。峰根江底插半天，一枝灵塔摇秋烟。绝顶孤高碍飞鸟，金铃自语风当颠。手携幼子忽冲举，江妃解佩冯夷鼓。翱翔真欲到扶桑，指点尤能辨吴楚。岷源万里下金陵，石城嶭嶭寒潮平。紫金牛首总培塿，弥漫一抹苍烟横。下方钟鱼晚相促，高吟且住凌云躅。海霞入袂乱飘红，空翠碍眉轻扫绿。御风忽复下蓬莱，绀殿兰堂次第开。临行更欲恣幽讨，青丝缆解孤帆催。舟人打鼓乘潮去，淡月横江浑欲曙。推篷四顾但漫漫，塔在银涛最高处。”《初夏即事寄舸斋》曰：“日长蠲俗虑，把卷适闲情。春去天无雨，阴成树有声。朱樱迎夏熟，斑笋绕阶生。检点新诗句，期君仔细评。”《话山亭示儿了沄》曰：“危亭俯众壑，万木高撑空。层崖叠飞浪，修桥眠彩虹。泉流漱深谷，竟日声淙淙。斜阳照金粟，香溢随天风。丹黄杂苍翠，点缀疑神工。呼儿事幽讨，一览开尘容。汝父癖烟霞，素与渔樵同。我年未半百，鬓发将如蓬。终当遂初心，共泛烟波中。尔曹年尚稚，学业宜力攻。穷达非所知，但求明德崇。试看古传人，何分士与农。”王文治曰：“情深意炼，骨重神清。诗学之深，近时所罕。沉稳中时露佳句，古体安章顿句，俱成章法。近时名家所难，不意于闺秀中得之，叹服。”又曰：“七言古最难在章法，如《登金山塔》一篇，前后匀均，虽大名家亦不多有。《七夕立秋》之作，清和细切，他人纵能运巧，不能有此韵度。”《七夕立秋用李玉溪辛未七夕韵》曰：“莫是黄姑恨别离，遂教白帝促佳期。人间一叶惊飞早，河畔双星待渡迟。良会却当初永夜，轻裾可怯乍凉时。应怜明日分携泪，尽作新秋细雨丝。”其姊鲍之兰评曰：“吾妹质性端谨，和平浑雅，故所为诗适以肖其为人。集中咏物诗，多有寄托，而文有内心，浑含不露，绝不以尖刻纤巧之语取胜。此养福之征也。诗本性情，所以可贵。近人多以华缛为富，堆垛为博，艰深为古，空廓为雄，谓清折者近于弱，淡远者近于浅，情韵胜者谓其声调不高，格律细者谓其町畦未化。持此论诗，而性情汩没多矣。集中贤夫妇相唱和，以及与兄、妹、从子辈赠答往来之作，俱从到情至性中自在流出，清而能腴，淡而弥旨，浑脱超妙，名贵高华。兼擅六代三唐之胜，为近今名家所难，盖其性情有过人者矣。《游摄山》《西湖》两集，为中年以后脱化之境。盖性灵中自具山水，而登高临深，仰取俯拾，耳目与山水相激荡，而性灵益以浚发，故能状难写之景于眼前，含不尽之意于言外。其诗可备志乘，其笔可当著书，勿作寻常游草读也。”其妹之芬云：“情真则其言有物，法老故圆转如环。可知胸中无所云云，而勉强以求佳构者，难矣。酝酿深醇，定推名手。联句诗，力均声同，珠联璧合。《栖霞》诸作，真乃洗尽铅华，天然风趣。《登金山》一首，尤为超绝古人。《经书宅》五律前半如话，后半如画。大历人得意之作。《清娱阁坐雨》诗，三四雄健，五六幽秀，兼而有之。寄芬五律一首，起句云：‘怡情观物化，触处转依依。’盖因触事生悲，所以怡情以观物化，乃观物如此，而仍多愁绪，其所遭者可知矣。二句紧相贯注，转字下得灵活而有力，是谓工于发端、情事兼尽，朴老矣，而又曲折，由发端之空阔也。俗工开口便尽，则无此纡徐矣。此等诗，断不在初唐以下。”

《三秀斋诗词钞》三卷　　光绪八年刻本

鲍之芬　撰

鲍之芬（1761—1808），字佩芳，又字浣云，丹徒人。鲍皋三女，刺史徐彬妻。彬一字乔生，号秀亭，乾隆四十二年举人，曾任靖江、句容教谕，擢直隶故城、河间知县，颇有政绩，后为通州书院山长。彬廉静寡欲，学宗濂洛，晚年以书法自娱，吟咏为乐。八十五岁卒，著有《海天萍寄草》一卷。之芬自幼聪慧，髫龄与仲姊鲍之蕙侍母居于其兄鲍之钟官邸一年，诗艺大增，所赋《帘钩》四律，传诵一时。“眉痕掩映雾峭空，曳影拖烟近绮丛。一角斜牵犀划水，半规疑堕月留弓。莫惊鱼钥伤春后，镇锁虾须病酒中。谁见后堂栏槛里，徘徊欲上怯东风。”所著《三秀斋诗词钞》三卷，有光绪四年戊寅（1878）刊本，封面题曰：“海天萍寄胜草三秀斋遗稿合刻”，后有“光绪四年赵鸿藻署”牌记。前有姚元之《序》，后有王文治、徐维城《跋》；又有光绪八年刊本。

此集为光绪八年刊本，前有姚元之《序》。集中录诗一百七十首，附试帖诗六首，词二十八阕。姚元之《序》曰："徐生韵生，余甲午主试京兆所得士也。其人翛然尘表，有鹤立鸡群之致，尝以诗赋就正，华实相宜，叹为超宗，殊有夙毛。生因奉其王父秀亭刺史、王母鲍宜人遗集，请为弁言。余展转览观，《海天萍寄草》格律谨严，声情温粹，雅近中唐，《三秀斋诗》庄雅清淑，梦楼侍讲评为'卓然成家，不独闺阁所难'，非溢美也。余尝往来京口，览山川之奇秀，宜其生斯土者人多瑰异。夫人有诗古文词一集以传，自不乏人，而求其伉俪多才、子孙嗣响者，盖鲜。抑又闻小山司空云：'刺史内行纯笃，晚官令牧，勤民事，励清节，循声卓著畿辅间。宜人孝敬淑慎，不以文字自衒，其德谊风尚，固有出于寻章摘句之外者。'生其嗣徽绳武，勉申不匮之孝思，有余力以学文也哉?"《虞美人》曰："翠叶离披绿罗薄，杂佩玲珑五云错。浓于芍药秀于兰，一缕柔茎吐奇萼。曾闻楚帐埋花钿，英魂化作花娟娟。临风怨态含朝雨，犹似当年垓下舞。美人遗恨空至今，太息英雄化尘土。"《闻笛》曰："风薄湘帘露气侵，碧云满地散桐阴。高楼倚月谁家笛，客馆惊秋此夜心。塞雁清音应共听，江梅旧韵不堪寻。中宵引领不成寐，逼近萧萧万井砧。"《答长姊》曰："去岁吟秋曾寄君，一年光景又秋分。怀人别梦惊凉雨，见雁归心逐远云。客邸经时频望信，西窗何日共论文。长安砧杵三更月，捣断愁肠不可闻。"《舟中感怀》曰："廿载光阴弹指间，何缘两度入长安。分明红日当头见，争奈青云置足难。客路辛勤徒往返，亲情聚散各悲欢。湖光山色依然在，枨触生平泪不干。"《潞水宁京邸道上作》曰："身是营巢燕子忙，春秋犹忆旧雕梁。风诗载咏非泉水，客邸归宁似故乡。人语鸡声离午店，鞭丝马影趁斜阳。前途喜见长安近，云际螭头捧日黄。"《菩萨蛮·寄长姊》曰："别君江上舒梅萼。思君旅邸秋萧索。雁又南飞，羁人何日归。愁心题不得，没个量愁尺。消瘦对黄花，应知我忆家。"《清平乐·炙砚》曰："窗南砚北，凛凛冰坚石。脆质难凭敲凿力，炉火温馨微炙。融融暖玉生烟，东风冻解春先。顷刻香腾墨海，何能荒我良田。"

《愁丛集》一卷　乾隆三十二年刻本

范贞仪　撰

范贞仪（1717—1767），字芳筠，号一柏，如皋人。范毅女，贡生高缀元妻。四岁识字，父心异之，授以《孝经》《女训》，上口即成诵。七岁能诗。既长，于书无所不读，又与两弟相师友，遂兼工诗词。年十九归高缀元，得舅姑欢，称为"女中颜闵"。未十年而舅姑、夫子相继殁，夫之庶母、夫之兄皆殁，遗夫弟三，皆幼。贞仪与二子共抚之，后皆读书有成，拮据将荼而事毕。督子桐椿与诸叔篝灯诵读，每自塾中归，环列身侧，所读经史，历历为之讲诵，朝夕馆课，必亲手批阅，稍有可观则喜动颜色，论者谓以嫂兼母，以母兼父与师，于古不多见，可谓节妇。所著《愁丛集》一卷，有乾隆三十二年（1767）江宁杜遵义绿雪山房刻本，卷末有"江宁杜遵义刻"字样；另有民国八年陈斋松抄本。

此为乾隆刻本。前有史鸣皋《序》、江大锐《传》；后有高纕《跋》。集名《愁丛》，乃"集吾辈之愁而丛之孺人者也，孺人之一生精诚即莫不在"。集中录诗二十五首，词四十五阕。诗词皆凄婉哀伤。《营葬逢雨》曰："飒飒西风旆影寒，将孤扶榇葬江干。苍天一似怜嫠妇，泪雨淋漓滴未干。"其临终《绝命词》曰："疾病缠身已再春，秣陵瘦骨半非人。悬崖撒手吾诚敢，谁补孤儿未了因。"《挽朱夫人》曰："佐读甘贫静闭门，辟纑夜夜学同论。清泉作镜梳蓬鬓，冷灶为炊煮菜根。有媳夜台扶瘦影，无儿苫块伴幽魂。三年夫妇同沦没，谁识城南隐士村。"既赞朱夫人，亦是自身写照。《书怀》曰："寂处空闺二十年，飞蓬久已弃花钿。银河洗出今宵月，好印予心对碧天。"《绿雪山房即事》曰："古槐枝上莺声促，庭院无人春草绿。欲将心事寄瑶琴，泪滴冰弦不成曲。"《读名媛诗》之《周羽步》曰："扬袂狂歌归去来，罘罳尘土旧妆台。重寻昔日裁诗处，寂寞东风扫绿苔。"《范洛仙》曰："闻道芳名唤洛仙，闺中秀杰侠中禅。而今把卷归何处，留得新诗任我怜。"《蒋冰心》曰："爱尔高标林下风，铅华洗尽美人红。湿云压雪临窗读，如在春风二月中。"《点绛唇·月夜哭如山妹》曰："娇小香闺，墨花同染瑶山翠。于归犹记，泣别吴江湄。闻说今秋，玉碎花残矣。如山妹，月明似水，环佩归来未？”《苏幕遮·感怀》曰：“恨如丝，心似水，恨结心牵，教我如何理。剔尽残灯仍不睡，有梦堪寻，魂也知来未？　履春冰，含血泪，历尽颠危，蜀道平如砥。瘦骨强支霜雪里，悄悄忧心，搅得常如碎。”《沁园春·己酉冬日扶舅姑及亡夫长子之榇葬于郊南抚儿顾叔血泪千行因占一阕》曰：“霜老疏林，水澄冰窟，冻合层云。有糟糠新妇，血珠和土，伶仃幼子，篑石成坟。瞻仰亲茔，如依膝下。笑语慈颜杳不闻。从今后，痛墓门悄闭，谁侍晨昏。十年屡断惊魂，纵百炼千磨，我代君叹。寒烟冷月，空闺人老，疾风暴雨，世事谁论。长子何辜，又遭短折，湘竹无多染泪痕。空肠断，看慈鸦万点，归绕江村。”

《晚翠轩遗稿》一卷　　嘉庆五年刻本

庄德芬　撰

庄德芬（1718—1774），字端人，武进人。祖父庄朝生，父庄定嘉，武进董倜妻，知府董思駉母。生而端慧，针黹之外，颇娴吟咏，兼通史事。未嫁丧母，抚两弟以长以教，戚党称之。婚后佐家政，黾勉有无，内外井井。子九岁时夫亡，守寡后家业凋零，常白昼断炊，严冬不能具纩，然以义命自安，未尝稍形怨尤。家贫亲自督课，学问纯粹，集中五言如“修名不早立，妻子寒无衾。人生知尽分，岂敢期不朽。六翮苟不齐，何以凌长风”，七言如“仰首青云数行泪，从来天道佑孤儿”等皆言抚孤之事。管世铭《序》曰：“冬无絮衣，昼无炊火，瘏口皴指，与姊氏针黹之暇授思駉，幼学诸书，旁及史事并古今人诗文，讲释大义，恒至夜分，必成诵而后已。”后董思駉于乾隆五十四年（1789）中进士，官至浔洲知府。德芬卒年五十七岁。所著《晚翠轩遗稿》一卷，有嘉庆五年（1800）刻本。

此集前有管世铭、洪亮吉《序》，赵怀玉《传》，庄观挽诗，后有孙董恒善、董敏善《跋》。《跋》曰：“先大母毕生茹苦艰辛之况，往往形诸笔墨，然脱稿辄弃去，曰：此非吾事也。零章碎简，先君子掇拾所存仅此。或请以先君子文稿付梓，先君子辄泫然曰：吾母所著尚未及刊刻，吾敢先诸？戊午春汇集遗编，祈序传于管韫山、赵味辛两先生，将付剞劂，旋出守粤西卒。卒少暇，不幸甫抵浔江，遽捐馆舍。梓行遗稿之志，遂成长赍，痛何如也！恒善、敏善哀毁余生，谨以校正之本仰承先志，锓诸梨枣，尚有遗句数联，先君子尝举示恒善辈，五言如‘朱光驰素节，白露肃清秋’；‘姜桂中年味，琴书太古情’。七言如‘檐头蛛网银丝密，墙角蜗涎玉篆明’；‘天边燕剪裁云锦，池面鱼梭织浪花’；‘石蹭似虎心先怯，树暗如人马易惊’；‘六朝人物归诗卷，三郡吴山列画屏’。全诗不可得见，附识于此。”集中录赋二篇：《哀季赋》《文鱼赋》，连珠十首，五言古近体诗八十五首、七言古近体诗一百四十五首，词十七阕。洪亮吉《序》曰：“太夫人遗稿一卷，诗及杂著若干首，上者无愧汉魏间人，次者亦不做寻常闺阁语，虽一编寥寥，其传于后已无疑义。”管世铭《序》曰：“向所钦重于太恭人者，盖犹仅以寻常节母视太恭人，而未进窥其尽已，安命卓识远鉴，以慈母为良师，以列女备士大夫之志，事根于至性，发于毫端，如是其纯粹而光明，和平而恺恻也。集中五言如‘修名不早立，妻子寒无衾’；‘人生知尽分，岂敢希不朽’；‘白日忽已中，夏绿陨其黄’；‘六翮苟不齐，何以凌长风’。七言如‘雪重窗寒剪声小，官河水干日一尺’等句，于感逝受遗，衔辛茹蘖，触绪纷来，而音节苍凉，词意凄恻，古人何以过！尤可异者，惨沮之中绝无衰飒气。如《辛卯感怀》：‘白头织履怜衰病，紫禁含香恐后时。仰首青云数行泪，从来天道佑孤儿。’盖闻心牧乡试报罢，寄诗慰安之也。”集中教子之诗尤其值得关注。《秋夜课读》曰：“秋窗刀尺对陈编，几度兰膏烬复燃。尝胆辛苦过丙夜，立身勋业贵丁年。文参两汉金归冶，诗诵三唐玉在悬。望尔笔花开五色，好风吹上大罗天。”《丁丑春日述怀》曰：“黄鹄孤飞第四年，谁将愤泪达重泉。莺花岁月供多病，冰雪襟怀只自怜。丹穴未逢悲屡空，青毡犹在慕三迁。清斋半偈消磨障，心在莲花绣佛前。”《有感》曰：“樽前风味忆苏州，橘釀初成泻玉舟。细滑钗茎烹雉尾，匀圆珠颗剥鸡头。一窗疏影梅花月，两鬓生香桂子秋。三十年来乡国梦，每随江水向东流。”《交城作》曰：“碧嶂崚嶒势插天，弹丸城郭簇人烟。刘家冠剑遗邛垄，狐氏英灵肃豆笾。风起尘沙迷去路，雨余琴筑听飞泉。爻峰佳气常葱郁，古柏苍苍不记年。”《田家词》曰：“江南五月杨梅熟，高田下田梅雨足。割尽黄云麦陇虚，参差出水秧针绿。长养风来稻叶肥，家家乳燕拍帘飞。沿村日暮缫车歇，少妇梳头换葛衣。”《读十六国史》之《前赵》曰：“不武讥随陆，无文笑绛侯。君王非藻鉴，误拟日磾俦。”《后赵》曰：“世龙原磊落，唾手据神州。固足轻曹马，那堪并二刘。”《前燕》曰：“伐北鲜卑部，乘时六玺归。英才皆子姓，不解邺城围。”《前秦》曰：“青青五丈蒲，天意欲兴苻。散尽千金后，华夷襁负趋。”《后秦》曰：“赳赳赤亭羌，遗命归江左。诸子竞称尊，庸庸无一可。”《蜀》曰：“应谶开宝运，寻戈四十年。须知不在险，何独笑刘禅。”皆有见地。

《素文女子遗稿》一卷　　乾隆间袁枚《三妹合稿》本

袁机　撰

袁机（1720—1759），字素文，仁和人。袁枚女弟。幼好读书，皙而长，端丽为袁氏姊妹冠。既长，益习于诵，针衽之旁，缥缃庋积。不满周岁与高八之子定亲，高八殁后，其兄子继祖来告知高八子有禽兽行，应悔婚，袁机不允。婚后高氏子对机手掐足蹊，烧灼之毒毕具，后因高氏子欲卖机，不得已返家。归家后袁机长斋，衣不纯采，不髮鬄，不闻乐，有病不治，遇到风晨花夕，辄背人而泣，一生多坎坷，少福泽。袁枚《传》曰：“枚第三妹曰机，字素文，皙而长，端丽为女兄弟冠。幼好读书，既长，益习于诵，针衽之旁，缥缃庋积。雍正元年，先君客吴中，闻衡阳令高君清卒，库亏，妻子狱系，叹曰：‘我，高公幕下客也，非我往则难不解。’遂治装，历洞庭而南，告其弟高八曰：‘曩而兄倾库供上官，吾尝止之，而兄不可，则劝其簿籍而加印焉，亦知正为今日计乎？’高大悟，检箧，得印簿，诉制军。制军者，大学士迈柱也，素善先君，兼知高公之冤枉，为平其事。当是时，簿中贵人隐探高氏孤稚无能为，使人具三千金啖先君。先君怒而叱之。高八益感谢，临别泣曰：无以报。闻先生第三女未婚，某妻方妊，幸而男也，愿为公婿。已而果然。因寄金锁为礼。时妹未周晬。枚长妹四岁，代系金锁饰项者数年。高故如皋人，而先君自楚归复之粤之滇之闽，与高氏音问遂绝。乾隆七年，高八执讯来曰：某子病，不可以昏，愿以前言为戏。先君犹豫。妹侍侧，持金锁而泣，不食。先君亦泣，亦不食。以其意复高氏。高之族人惊欢，传高氏得贞妇。高八殁，其兄子继祖来，曰：婿非疾也，有禽兽行，叔杖死而苏，恐以怨报德，故饔言辞昏，贤女无自苦。妹闻如不闻，竟适高氏。高渺小，偻而斜视，躁戾佻险，非人所为。见书卷怒，妹自此不作诗。见女红又怒，妹自此不持针黹。索奁具为狎邪费，不得，则手掐足踆，烧灼之毒毕具。姑救之，殴姑折齿。输博者钱，将负妹而鬻。妹见耳目非是，告先君。先君大怒，讼之官而绝之。妹归侍母。母体微不适，妹彻夜立持粥锲而匕箸进之。又能记稗官杂史、国家治乱、名臣言行、神仙鬼怪可喜可愕者，数称说歌呼为老人娱。枚入定省，闻所未闻，学为之博。自离婚后长斋，衣不纯彩，不髲剃，不闻乐，病不治。遇风辰花朝，辄背人而泣。如皋人至，必出问堂上姑安否，寄赠服食甚谨。前一年，高氏子死，妹亦病，以乾隆二十四年十一月死，年四十。枚在扬州，闻病奔归，气已绝，一目犹愷也，抚之乃瞑。女阿印，病人喑，一切人事器物不能音而能书，指形摹意，皆母教也，想见妹之苦志云。检箧得手编《列女传》三卷，诗若干。”弟香亭《挽诗》曰：“少守三从太认真，读书误尽一生春。无家枉说曾招婿，有影终年只傍亲。荡子已亡方掩涕，慈姑犹在更伤神。灵前空剩痴顽女，也著麻衣学谢人。”所著《素文女子遗稿》一卷，有乾隆间《三妹合稿》刊本。

此集前有袁枚《女弟素文传》，后有袁枚《跋》及《哭妹五十韵》、弟袁香亭《哭三姊四首》、陆建《哭从母》一首。袁枚《跋》曰：“妹少时吟咏极多，陈烛门先生《国朝诗品》中存十之七。嫁后良人戒诗，稿亦散失。兹检其归宁以来之作，付之开雕，粗存梗概，聊志哀痛云尔。”集中录诗三十五首。《闲情》曰：“欲卷湘帘问岁华，不知春在几人家。一双燕子殷勤甚，衔到窗前尽落花。”《得香亭步蟾两弟家信作此寄之》曰：“经年离别怅何如，渔弟樵兄两索居。每恐峰高无过雁，偶因潮落有双鱼。关山风月情何似，乡国琴书味有余。只为家贫归未得，江南江北各踌躇。”《寄姑》曰：“欲寄姑恩曲，盈盈一水长。江流到门口，中有双泪行。”《感怀》曰：“兰熏粉泽久飘流，落叶哀蝉独倚楼。奁具久为游子费，书香空与此身留。梦中明镜开还合，水上飞云断不收。回首夕阳芳草路，那堪重忆恨悠悠。”《追悼》曰：“燕去空梁晚，帘虚素月流。轻罗冷团扇，明镜掩妆楼。有女怜孤雁，无书问远游。谁知白杨树，萧瑟墓门秋。”“寂寂疏帘里，飞霜下碧空。残花啼晓露，病发落秋风。牉合三生幻，双飞一梦终。凭棺犹未得，泪尽大江东。”“死别今方觉，生存已少缘。结缡过十载，聚首只经年。旧事浑如昨，伤心总问天。萧萧风雨际，长短落花烟。”卷末陆建诗曰：“当年恋爱阿甥孤，曾记床前竹马扶。白雪裁诗陪道蕴，青灯说史侍班姑。贤明岂但称闺秀，儒雅难逢此士夫。应识幽贞犹有恨，不曾将泪到苍梧。”

《楼居小草》一卷　　乾隆刻本

袁杼　撰

袁杼，字静宜，号绮文，袁枚女弟，松江韩思永妻。早寡，依袁枚居，有一儿早夭。杼《哭儿》诗下《小序》曰：“儿名执玉，九岁能诗，十二岁入学，十五岁秋试毕病。病危，目且瞑矣，忽强视问：‘唐诗“举头望明月”下句若何？’余曰：‘低头思故乡。’曰：‘是也。’一笑而逝。”所著《楼居小草》一卷，有乾隆刊本。

此集前有严长明题诗八首曰：“谢氏庭余蕙草芳，秋来一夕萎玄霜。心香剩得无多子，欲赚清愁万斛偿。”“书堂石散竟虚论，历劫终难悟夙因。断纸零缣数行字，也教了却一生人。”“为还灵榇傍湖隈，自镜明流自写哀。莫讶愁肠成九曲，柏舟亲溯武夷来。”“移住平泉岁月长，自怜身世小沧桑。歌成黄竹怡王母，谁料翻添两鬓霜。”“掌上珠堪抵月光，无端飞去堕青霜。伤心再世重相见，直认泉台作故乡。”“娇女韶龄似左家，春风独活影交加。零星母教都能记，一朵时簪白柰花。”“三尺秋坟寄一棺，属君筑取傍阳山。他时寒食梨花夜，定有吟魂数往还。”“小字斜行刻意搜，纸窗灯火付吟求。竹枝惨戚梅梢冷，并作残年一段愁。”集中录诗六十五首，语言平浅，构思别致。《春燕》曰：“窗外呢喃语，迎风宛转身。营巢芸阁上，觅友杏园春。带雨香泥湿，穿花毛羽新。势低因舞倦，不是为依人。”《荷花》曰：“薰风忽起白蘋开，红白娇姿水面来。到底青莲尘不染，不教花叶落苍苔。”《秋斋闲咏》曰：“闲庭扫落叶，秋意上林梢。竹老穿山径，槐稀露鹊巢。描花嫌纸窄，学字借书钞。拟制玫瑰酱，频呼小婢敲。”“秋气多萧瑟，蝉鸣老树梢。寻花惟有菊，问燕久离巢。线乱因风起，诗成命女钞。难胜惆怅处，故把玉钗敲。”《哭儿》曰：“容易兰芝膝下生？一朝缘尽夜三更。阿娘知汝《离骚》熟，苦诵《招魂》坐到明。”“顷刻书堂变影堂，举头明月望如霜。伤心拟拍灵床问，儿往何乡是故乡。”《悼亡》曰：“曾记当年赋别情，眉窗分手说归程。三秋有雁空怀想，两载辞家隔死生。旧仆已随新主去，征衣分散客囊轻。欲圆梦里模糊见，惨雨凄风梦不成。”《咏怀》曰：“虚设菱花镜，从今怕理妆。预防秋后病，多点佛前香。耿耿心中事，凄凄鬓上霜。空抛无益泪，流不到钱唐。”

《绣余吟稿》一卷　　乾隆间刻本

袁棠　撰

袁棠（1734—1771），字云扶，一字秋卿，仁和人，袁枚堂妹。年十三失怙，随兄枚居于南京随园。耳濡目染，发口成音。袁枚读棠《中秋》《七夕》等作，爱其清绝，色然而骇，亟饷一钗，以劼毖之。棠窃喜，自负益奋。从此以诗名噪于时。年十九归仪征汪梦翊（楷亭）为继室。既婚汪氏，得尊章欢，恩前室孤如实出己，治家循整，暇则咿唔声与针衽间作。汪氏巨族，人或来窥观，或寄卷册丐题，或呈所作求唱喁削改，棠推奁具坐，肆意酬答，藻思坌涌，靡不锁颐伏叹，有林下之风。诗之有益于妇道，而夫妻二人如秦嘉徐淑唱和，内助得人，兼得闺中文字友。袁棠曾参加方婉仪、徐德音、罗聘之嫂孙净友、罗聘之妹罗秋英等人的九九消寒诗会，结社唱和。后因难产而亡。所著《绣余吟稿》一卷，有乾隆间刻本。

此集前有袁枚《序》曰：“集号《绣余》，私附针神末座；歌成郎罢，庶几女史同箴。乱众芳于五风，比华星于一字。可谓扫眉之才人，不栉之进士矣。”集中录诗一百三十六首。《偶成》曰：“雨声欲断风声接，芙蓉阁下飞黄蝶。木遭秋意不成林，遍向闲庭扫落叶。”《夜过姑苏》曰：“繁华初认阖闾城，隐隐亭台月色升。两岸吴歌平岸水，红楼高映满江灯。”《春闺》曰：“半卷珠帘日未斜，窗前细雨发梨花。蝶飞芳草惊团扇，燕啄新泥觅旧家。往事徘徊如梦里，春风披拂满天涯。深闺绣罢情无限，回首慈亲两鬓华。”《秋夜怀兄》曰：“寂寂秋声思不禁，绣帘微动晚风侵。阑干影转千家月，砧杵声移两地心。手足情怀频怅望，诗书灯火费追寻。红笺欲寄何由达，千里江南少雁音。”《对月呈香亭二兄》曰：“明河高映一轮圆，苑柳依依万缕烟。数点疏星云散夜，一声长唳鹤穿天。瓶花弄影香生砚，池水分波月照莲。剪烛与兄歌此夜，紫微窗下和新篇。”《送步蟾三兄入蜀》曰：“离人惜别恨悠悠，况复遥天值素秋。兄马未辞乡国路，侬心先到木兰舟。弃繻好壮终军志，投笔休忘定远侯。闻说西川程路远，风亭水驿莫淹留。”《舟中再送赛英大姊步蟾三兄》曰：“离筵把酒对青山，未定行踪几日还。吩咐离亭好秋水，为侬流梦入西川。”《新秋雨夜伴五弟读书》曰：“雨洗清秋夜，孤灯冷画屏。暗云笼淡月，深竹隐流萤。针影起寒色，书声耐久听。共君当此际，身事等浮萍。”《题二姊哭儿诗后》曰：“字字题来染杜鹃，如君生命太堪怜。一春梦断同姜女，百首诗翻哭闵骞。风急未能回柳絮，魂归应只宿花笺。膝前且慢悲孤寂，尚有琼英一树鲜。”《明妃》曰：“一曲琵琶泪未收，犁眉骑上拥貂裘。不将心负南天月，那得魂归塞北秋。青冢路回云漠漠，紫台人去路悠悠。细君小女应回首，赢得千年碧草愁。”

《盈书阁遗稿》一卷　　乾隆间刻本

袁棠　撰

此集前有袁枚《序》，后有汪梦翊《跋》。袁枚《序》曰：“庚寅夏五，女弟秋卿以娩难亡于汪氏。两家以为大戚，凡姑姆余须扈养辈，亦俱走位哭三曲而偯。盖其居恒制行，字而敬，德而度，有以孚人之深也。逾年，妹婿楷亭属序其诗，余不禁累唏洵涕而为墨其前行曰：呜呼，吾忍序吾妹也夫？吾忍不序吾妹也夫？妹为叔父健磐公第四女，生长粤西。余归，叔丧于杭，始见妹。妹庄姝愔嫕，从礼而静，心雅怜之，不知其能诗也。居亡何，读《中秋》《七夕》等作，爱其清绝，色然而骇。亟饷一钗以劼毖之。妹窃喜，自负益奋，从此以诗名噪于时。既婚汪氏，得尊章欢，恩前室孤如实出己，治家循整，媵畜偪纵，罔或勿斸。暇则咿唔声与针衽间作。汪故巨族，人繁而嚣，闻妹贤且才，争来窥观；或寄卷册丐题，或呈所作求唱喁削改，妹推奁具坐，肆意酬答，藻思坌涌，靡不锁颐伏叹，有林下风。余过扬州视妹，妹事余谨甚。一浣濯，一膏馇，必躬办治。知余嗜淳糜，虽漏尽归，霜灯荧荧，犹蕴火盦盂以俟。探刺余少休，辄刿刿起屦，捧草稿出，拭几磨墨，眴余而笑。余戏曰：‘女弟子又索诊诗耶？’应声曰：‘阿兄之聪也。’呜呼！此情此景，曾几何时，而今不可再矣！妹诗渊雅，志洁而情深，缤乎其犹模绣也。因念遂古来哲人伟士，得一卷书传后，死犹不死。妹虽一女子，虽死有可传者存，夫复何悕！独是余年届大董，妹年才三十八耳。例以曹大家为孟坚续史故事，妹当序余，余不当序妹。乃忽其局以相将，天道茫昧，一至于此！呜呼，命矣夫！”汪孟翊《跋》曰：“内子秋卿归余者十四年。其为我事堂上也，生则尽养，死则尽礼。其为我抚子女也，既绵其鞠育，更完其婚嫁。至一切摒挡家务，黾勉有亡，助余之不逮者，不可更仆数。少有余闲，拈题分咏。其所为诗，皆发于至情至性，无香奁气。余窃喜内助得人，兼得闺中文字友，洵足乐也。不意以产厄而亡。呜呼！余衰且老，孑然而鳏。遗挂在壁，触目凄绝，不得已，辑其遗稿，伏而读之，读竟则痛，痛极复读。虽不得见秋卿，读其诗如见秋卿也。续付诸梓，以附于《绣余吟》之后。”集中录诗五十七首。《春柳》曰：“画桥春水碧如烟，十里晴沙软似棉。风过堤边嘶马路，影翻花外听莺天。修眉未解怜长恨，惜别何堪正少年？唤起红儿歌一曲，青楼遥映酒旗偏。”忆兄寄夫之作，情真意切。《别后寄简斋大兄》曰：“送君回首泪沾巾，脉脉寻思怅远神。一曲骊歌分雁影，满山黄叶冷车尘。菊留残蕊秋将淡，人到中年意倍亲。千里月明帆未远，照依清梦绕江滨。”《寄怀夫子》曰："万山木落冷江城，江上行人路几程。清夜不堪闲里坐，秋风多在树中生。一天月送孤篷影，两岸蛩催打桨声。恨煞隋堤轻薄柳，年来那管别离情。"《寄怀夫子》曰："因君几度感行藏，惯向江湖老客装。秋逼画堂亲鬓老，霜飞荻港客舟凉。休憎蕊榜功名薄，且喜诗囊姓字香。何日湖山归计好，烟萝同醉菊花黄。"《寄怀夫子》曰："此去轻帆惜暮天，水明山碧又经年。照人清影月边梦，映柳碧波池上烟。隔岁燕回娇似昔，入春人病瘦如前。催花风雨声幽咽，知我江南有客船。"《寄怀夫子》曰："叶展新荷艳艳红，炎途遥念客行踪。云蒸赤日舟千里，帆向青山路几重。书案昼闲人影淡，晚窗风净月华浓。路旁名利何人足，江北江南憔悴容。""露滴桐花满一阶，轻云褪月过墙来。诗因笔健精神爽，人为愁多病骨衰。有恨终年常作别，无能枉自号多才。布衣愿效鹿车挽，何日园林共举杯。"悼亡诸作，凄婉感人，皆至情至性。《哭五弟》前《序》曰："淮浦情遥，中州别永；花残荆萼，信断鸿鳞。记手足之年，惟君最小；念友于之爱，独我偏深。乘竹马而戏童年，伴鸡窗而偕夜读。时则家庭寥落，惟余皓月清风；弟能性格清和，不羡鲜衣怒马。芸窗聚首，曾期并宅于他年；邗水分襟，岂料长辞于此日！枝头连理，空伤少妇之心；掌上明珠，更滴老亲之泪。伤心欲泣，不能洒向黄泉；开箧惊看，可奈空留素简。歌离吊梦，异国无依；执绋引披，家山何在？雁行已断，能无望月而啼？《薤露》歌成，还当吹埙之唱。泣成一律，微表寸心。"诗曰："家园魂返路悠悠，信断南天九月秋。宦邸独伤长逝梦，天涯剩有读书楼。荆花已谢连枝影，旅雁长含只影愁。莫讶蜀冈惊异地，昔年曾此作同游。"《秋夜追悼三兄五弟》曰："死别生离路几千，泉台手足应相怜。凋残庭树三秋色，冷落芙蓉满苑烟。梦里相逢空复尔，静中想像更徒然。暗将往事从头数，不信韶华负少年。"《春郊扫墓有感》曰："清明已过柳将丝，渐出林花几处枝。小港舒鳞鱼戏藻，野塘试影燕临池。亭台烟锁谁家院，松柏风吹古庙碑。今日墓田亲拜扫，感兄忆弟有谁知。"

《绣墨斋偶吟》一卷　　胡文楷抄本

张瑶娯　撰

张瑶娯，字巘舟，号绣墨斋。袁枚甥王健庵妻，随园女弟子之一。平生事迹不详。所撰《绣墨斋偶吟》一卷，有嘉庆年间刻本；又有胡文楷抄本。

此为胡文楷抄本。袁枚《序》曰："余已镌三妹诗行世久矣。亡何，王健庵甥袖一册来曰：此甥妇张瑶瑛作也。舅为理而存焉。余读之，才思清鲜，不在吾家三妹之下。因思闺阁多才，其淹没而未彰者，不知凡几。健庵虽不工诗，不远千里手录交余，视昔时天壤王郎固已贤矣。且三妹俱不永，遗稿仅存若干，瑶瑛则方届中年，其造诣尚无涯量。余为梓其尤者，附于吾家三妹之后，不几使三妹不孤，兼使瑶瑛知音有人，将勉而益进之也。"集中录诗五十九首。《绣墨斋》曰："绣墨斋中别洞天，裁云晕绿四时鲜。兴来酒醉诗狂甚，错被人呼女谪仙。"《闲吟》曰："绣罢出斋前，遥看晚霁天。短垣延月早，病叶得秋先。云去山无障，池宽水有烟。今宵风景好，剪烛理诗篇。"《与健庵纳凉》曰："罗衫羽扇出书斋，沽酒陪君上露台。啮叶虫多无绿树，扫阶童懒有青苔。半规斜日归山去，万点明星待月来。笑叠云笺挥彩笔，吟诗纪事不夸才。"《闻子规》云："小院春深绿树肥，闺人任尔自高飞。渡江休去歌新曲，尚有秦淮客未归。"又有句云："野店未过先见旆，茅庵将近便闻钟。"皆为袁枚赞赏。

《瑶华阁诗草》二卷、《词钞》一卷　　同治六年刊本

袁绶　撰

袁绶，字紫卿，钱塘人。袁枚孙女，河内知县袁通女，江宁诸生南平知县吴国俊妻。幼读祖父诗，即有所悟，能学为吟咏。后又研习词，其学渊源有自。夏恺《序》曰："盖安人为袁简斋先生之女孙，兰村先生之长女也。简斋先生高才博学，一代宗工，所著《小仓山房集》，海内珍如拱璧。兰村先生聪颖特达，世其家声，所著《捧月楼词》，予尝诵之，其绮丽绵

邈，较之南宋诸家，有过之无不及。安人赋性颖异，髫稚时读祖父诗，辄怡然意开，即能寄托韵事，研究倚声之学，盖得于过庭之教深矣。予昔游京师，与安人仲弟小村大令晨夕过从，试馆联床，挑灯话旧，侧闻安人同怀弟妹多工吟咏，携囊扣钵，殆无虚日，而所居小仓山房，园亭清逸，花木畅盛，四时之乐，不同晓暮，恣其玩赏。维时简斋先生早归道山，兰村先生方启陈芳之国，主骚雅之坛，曹仓邺架，卷轴纷披，孔尊郇厨，裙屐咸集。然则安人居游有林泉之美，披览多匮石之画，而又萃四方名下，丽句清词，供其考镜用能。探源于风雅，博依乎载籍，写至情以真挚，寄逸兴于清华。闻小村之言，益知安人诗词之所造，亦遭际有以成之也。”袁绶之夫吴国俊，官福建福清知县，丁绍仪《听秋声馆词话》卷十一载：“江宁吴伯镆大令国俊，为兰园大令子，袁兰村大令婿。学有师承，顾屡试不售，俯就盐策官，浮沉闽中久之，权福清令，旋卒。为人醇朴无城府，与余交垂十年，轻不以所著示人，人亦无知之者。殁后，其子师曾始以全稿见示。客中春感《祝英台近》云云；兴宜泉明府以自题《停琴待月图》见寄索和，依调奉答《金缕曲》云云。迹其意境，无异松涛梅影。”著有《知不足斋词》。袁绶所著《瑶华阁诗草》，有同治六年刊本。

此集包括《瑶华阁诗草》一卷、《闽南杂咏》一卷、《词钞》一卷。《诗草》前有胡元博、夏恺、吴师祁《序》。录诗二百零三首。吴师祁《序》曰：“自咸丰八年宰临汾，迎奉吾母由闽来晋，公余尝请以母所咏诗词付梓，吾母训曰：‘汝承乏冲要，当尽心民事，期信友获上，毋亟此。况我诗词皆性情触发，意到笔随，少时作无存者，中年草稿散失亦多。今老矣，亲友四散，无复兴致为此韵语，且不自信，恐贻当代知者讥。’屡请屡止。然师祁曾侍先君子诵吾母稿曰：‘胎息骚选，出入经史，不愧女宗。’顾谓师祁兄弟：‘他日有余资，亟应镌板，以传家乘，兼志汝母慧且贤，逮事重慈，敦亲睦族，教子承家，无似尔祖《兰园诗草》至今无存，为一生恨事。’呜呼！先君子言犹在耳，师祁等敢忘前训？今固请于吾母，谨编诗二卷，词一卷付刻。适兄师郊、弟师曾各以参校抄本寄晋。值四妹谨仪归宁，因相与校刊，惟师祁读书不多，未谙体例，拟请大雅方家阅订并赐序，弁之卷首，另装成帙焉。”夏恺《序》曰：“今观其集中怀古感时诸作，沉着痛快，无闺阁气习，即寻常赠答诗，亦不惮推敲，而务期研炼，杜陵所谓律细于老，不其然欤？至其寻声按拍，造语清腴，比之白石、屯田，何多让焉。”《于归后三日对镜》曰：“晓起窗前整鬓鬟，画眉深浅入时难。镜中似我疑非我，几度低回不忍看。”情致绝佳。《咏史》曰：“亡虏归来思报复，卧薪尝胆是英雄。五湖一棹烟波阔，如此功臣竟善终。”“四皓安刘非助吕，戚姬空自泪纵横。若教如意为天子，未必能如孝惠明。”“壮发初离宫女腹，绿绨收去使人疑。当时庸主昏难及，自杀娇儿媚宠姬。”“余荫成功何足羡，汾阳七子有谁贤。一军盔甲存何意，骄语还争贵主前。”《西邻女》曰：“西邻有好女，问年才十七。水波凝风神，冰玉琢肌骨。芙蓉裁衣裳，珊瑚盛妆饰。十一诵经史，十二学纺织，十三解吟咏，诗成拟金石。十四摹兰亭，刻画簪花格。十五十六余，桃李羞颜色。飘飘御仙风，皎皎照秋月。十七正盈盈，门庭媒妪集。阿母从旁言，谁是乘龙客。不求仪与貌，不争缣与帛，愿得同心人，生作鸳鸯匹。媒妪笑摇首，道此诚难必。不见东邻女，芳华越三十。”《秋夕》曰：“湿云吹不散，深院嫩凉生。绕砌虫吟急，当楼雁字横。微风撼桐影，疏雨助秋声。夜静人无寐，谁家笛韵清。”《题秦良玉遗照》曰：“十万黄巾拜下风，桃花马映绣旗红。玉容不画麒麟阁，可惜皇家气数终。”“巾帼空生大将才，国亡家破事堪哀。君王若是能专任，锦繖夫人又见来。”《山居》曰：“山居远市嚣，即目清且雅。幽鸟时一声，杂花开四野。飞瀑树杪落，鸣泉石窦泻。地僻人迹稀，意适真寡赏。盈盈酒一樽，月是同心者。容与涤尘襟，斟酌芳林下。”《夜读示两儿》曰：“男儿立志初，所贵乃孝悌。读书启其蒙，岂为博金紫。事君若事亲，忠臣必孝子。治国如治家，循吏必悌弟。尔曹中人姿，习俗易移徙。日读圣贤书，自然识大体。尔祖少食贫，笔耕贯薪米。拔萃举明经，一毡为贫仕。贤良擢令尹，循声著遐迩。五十归道山，宦囊清若水。汝父少失怙，孤立鲜依倚。独木支大厦，恐坠箕裘美。好学寡交游，一编惜寸晷。平生重然诺，所为慎终始。家贫食指繁，菽水无可恃。饥来驱其行，负米长安市。近迹依我翁，暮游恒自耻。来岁试北闱，但愿鱼烧尾。扬名即显亲，文章有知己。嗟我出名阀，颇亦习诗礼。结缡归汝父，井臼躬料理。大母发垂白，所乐在甘旨。羹汤洗手调，终岁惧毁訾。尔父昨来书，问尔近何似。青灯旧有味，慎无惜稚齿。嬉戏徒自弃，岁月去若驶。何时方成人，慰我顾复喜。未寒衣先裁，未饥食先俟。典钗供修脯，和丸偕卧起。枣梨莫攘夺，手目共指视。新诗当座铭，高山试仰止。"《有感》曰："人事多变迁，盛衰原不一。贫贱骨肉疏，富贵亲朋密。淮阴出胯下，谁复知俊逸。漂母具一餐，岂图后报德。区区高义心，不谓出巾帼。今人反古道，所好在谀刻。幸免冥报遗，耻乞嗟来食。义命苟自安，宠辱何由惑。"

《闽南杂咏》录诗七十三首，后附侄汪和《寿序》一篇。《金山怀古》曰："几队艨艟逐浪开，夫人督战鼓声催。细民敢献逃戎策，大将空嗟破敌才。楼阁尚从山顶峙，波涛仍自海门来。东流不尽英雄恨，十二金牌事更哀。"《钱塘怀古》曰："路出钱塘水更清，挂帆人在画中行。山如叠浪黏云碧，江欲浮天濯镜明。霸业已随灵迹冷，神威还逐怒潮生。霜寒一剑偏安局，犹胜孱王乞罢兵。"《闽南寓馆杂感》曰："石火光中阅岁华，不曾轻负好烟霞。云根坐暖山花落，竹院眠迟水月斜。变体工书惭卫烁，慰情酌句报秦嘉。过来韵事从头忆，清景难忘阿母家。""闽南蛮语译难通，入境都成有耳聋。俗陋民顽官似鼠，价高市小妇犹狨。闭门何异居空谷，面壁真同住梵宫。诗酒绿疏知己隔，故乡疑在五云中。"《闻道》曰："闻道夷烽警，江南已戒严。不知天下士，智勇是谁兼？""战守无长策，攻心乏将才。如何赵充国，此日欲怀来。""海禁无宽驰，谁能济米豚。悬军敢深入，向导有怀恩。""夷情同鬼域，妖草惑黔黎。不凛冰渊惧，能无悔噬脐？""物岂无相制，神机贵出奇。工师无利器，尸素愧男儿。"《时事》曰："两载夷氛扰，连营海上难。铁衣霜月冷，金柝晓风酸。不战军师遁，无功将相惭。妖星犹闪灼，露布几时看？"《秋日与大儿话旧》曰："有生忧患始，何况苦长贫。讵短英雄气，偏疏骨肉亲。谁贻千日酒，醉过百年春。莫叹朱颜改，愁多白发新。"《闽南竹枝词》曰："大耳环垂一滴金，四时衮服总元青。蛇头簪插田螺髻，乡下妆成别样形。”《杂咏》曰：“闽南气候异江南，才卸青裘便御单。凉暖阴晴朝夕变，莫将多雨怪春寒。”“蛏蚶蚌蛤西施舌，入馔甘鲜海味多。未到蚕时蚕豆上，遐方休笑命名讹。”《喜雨》曰：“一雨真如得宝珠，桔槔声歇老农娱。润生几席人心爽，泽遍沟塍地脉苏。击壤已看民有岁，打门不畏吏催租。江南犹困天吴厄，百万哀鸿泣路途。”《咏古》之《谢道蕴》曰：“咏絮清才迈等伦，可知伉俪有前因。若翻言行名臣录，天壤王郎亦可人。”《木兰》曰：“孝勇从君代父征，策勋不愿尚书荣。将雏匪易调羹苦，何不男装过一生。”《苏若兰》曰：“佳偶如何成怨偶，连波悔过遣阳台。回文悟得郎心转，毕竟才人始爱才。”《管夫人》曰：“一篇争唱我侬词，福慧双修羡仲姬。嫁得王孙同白首，多情原不讳情痴。”

集中录词八十四阕，补遗三十一阕。《高阳台·题严小秋词》曰：“摘粉搓酥，吹花嚼蕊，吟窗细写深情。款梦梅边，冷香吹入瓶笙。赌茶旧事空枨触，怕拈来、红豆零星。怨东风，谢了荼蘼，催老啼莺。传经我愧承家学，听河阳花满，小隔趋庭。见说仙才，瓣香曾证山灵。华年销尽轮蹄铁，剩新词、争唱旗亭。淡吟怀、一抹遥峰，冷晕螺青。”丁绍仪《听秋声馆词话》卷十一曰：“伯镂亦有题词，同倚是调，而风神转逊。余曾戏谓伯镂，就二词论，君合向妆台拜女先生也。”《谒金门》曰：“微雨歇，正是晚凉时节。午睡起来人寂寂，无聊闲伫立。柳外轻雷才息，花上夕阳明灭。独上小楼情脉脉，远山青欲滴。”《蝶恋花·感怀》曰：“记得常仪分手去，别恨萦怀，怕咏相思句。鹦鹉不知人意绪，聪明故故撩人语。一夜小楼沉细雨，吹尽嫣红，春又归何处？戏把榆钱千万数，可买得流光住。”

《缦华楼诗钞》一卷　　光绪十三年刻本

袁华　撰

袁华，字缦华，钱塘人。袁枚孙女，袁逊斋长女，嘉禾杨伯润妻。伯润有《亡室袁宜人传》曰：“宜人袁氏，字缦华，钱唐袁逊斋先生长女。自幼随父宦游公路浦，性淑慎，喜吟咏。归余生一子。庚申避兵梧桐乡，八月，余与先大夫同患病，宜人朝不栉沐，夜不解衣，逾月无懈色。九月初十日，先大夫捐馆舍，余扶疾视殓，赖宜人佐家慈襄理井井。辛酉，移寓铁沙，寇警又逼，余以买舟，故至沪渎。寇即以是夜猝至，时严寒大雪，宜人扶姑负子，夜行十余里至海滨，劳苦情形，见者酸鼻。余以兵阻不得返，未之知也，而宜人因之积劳成疾矣。次年春抵沪，相见各庆再生，乃不意于乙丑年十月旧疾复发，竟不起，十五日殁于沪城寓舍，年三十有四。回忆宜人归余九载，流离颠沛，艰苦备尝，而能孝事舅姑，安于忧患，内外无闲言。呜乎！可谓克尽妇道者矣。遗诗一卷，拟付手民，不忍听其湮没。为略书梗概如此。”所著《缦华楼诗钞》一卷，光绪十三年（1887）丁亥刊本。

此集前有葛其龙《序》、杨伯润《亡室袁宜人传》、袁祖志词辞；卷末有周绮女史《跋》。集中录诗九十六首。葛其龙《序》曰：“杨君佩甫，嘉禾名士也，所著《南湖草堂诗》若干卷，其友高邕之读而爱之，为付剞劂。予既题其简端矣，近复以《缦华楼诗钞》属序。缦华者，钱塘闺秀袁华之小字，而佩甫之德配也。自幼知书，工吟咏，性尤淑慎。于归后，克操内政，事翁姑，以孝闻。观佩甫所作《袁宜人传》，当遭乱避寇之际，翁与夫同患病，宜人朝不栉沐，夜不解衣，逾月无懈色，又于严寒风雪中扶姑负子，夜行十余里，因之积劳成疾，渐至不起。呜呼！若宜人之有贤德，即无诗亦足以传，何必以诗传，然其诗固亦足传者也。宜人生长湖山烟水之乡，得灵秀气最多，故所为诗清新流丽，不染尘氛，如梅花之立雪，瘦而不寒；如芙蓉之出水，妍而不俗；至于闺房唱和，宛转生情，则尤得国风遗意。佩甫何幸而有此佳偶乎。所惜者，天不永其年，殁之时，年仅三十有四，故得诗亦只一卷耳。夫禾郡自遭兵燹，旧时名胜，悉属荒凉，即所谓南湖、草堂、缦华楼者，亦已荡为烟云，化为蔓草矣。然诵缦华诗云：‘灯影忽明杨柳岸，笙歌隐隐画船来。’又云：‘接天菱叶铺凉翠，最好南湖烟雨中。’仿佛于柳阴深处，菱叶丛中，听柔橹一声，长笛数弄，不禁悠然神往。则其人其诗，当与南湖并永，而兴废存亡之事，特其迹也。”《缉雅堂诗话》曰：“《缦华楼诗》多雅音，闺阁唱和诸作，宛转生情，尤得国风遗意。”《晚坐水榭有怀弟妹》曰：“闲来小坐思迢迢，兜起离情一曲箫。秋水平添鸥梦稳，夕阳欲落雁声遥。清江花月常辜负，蜀道音书久寂寥。如此烟波好乘兴，莫教绿鬓为愁凋。”《挹翠楼看梨花》曰：“夕阳红不上帘钩，玉燕双飞入翠楼。莫怪东风吹不暖，尚留残雪压枝头。”《闲来》曰：“闲来小倚水边楼，楼外清溪曲曲流。离思不随双鲤去，夕阳乱点落花愁。”《初夏偶成》曰：“绿阴如水罥檐斜，独坐焚香护碧纱。春去好花偏妩媚，雨余乔木忽交加。夕阳庭院飞雏燕，芳草陂塘听暮蛙。近喜南湖分一角，几枝垂柳是吾家。”

《湘痕阁诗稿》二卷、词稿一卷　　民国十年《随园全集》本

袁嘉　撰

袁嘉，字柔吉，袁枚孙女，袁迟女，诸生崇颖妻。王笃生《崇节母传》曰：“节母袁氏名嘉，字柔吉，浙江钱塘人，为随园先生长孙女。幼端慧，父迟极钟爱。母沈本才媛，教以诗，神解独超，尤工倚声。长，归天长崇氏。崇巨族，多巍科硕学，所适云根茂长，名一颖，负才望，伉俪甚笃。早卒，遗子二女一，以奉姑抚幼，不得遂殉夫志。饮冰茹蘖，尽孝尽慈。无何，二子殇，姑亦逝，孑然独处，与孤女形影相吊。薄田数亩，岁值屡祲，不得已返随园，侍父母侧，代弟理家政，怡怡如也。会父母、次弟、三弟夫妇均殁，遗三孤，抚如己子。每当风宵雪夜，一灯课读，俨若严师。后合肥梁氏慕其才，请授女公子。后南汀于相山观察延入署，课诸女及爱妾，才名噪袁浦。壬子夏，余客浦上，蒙招往见，勉以亟归赴试，毋漂泊堕志，兼助资斧，至今感不能忘。是冬归随园。时粤逆已破楚东下，江省无战守备。余作书敦促出山，一再不报，似有默阻之者。癸丑春，贼破金陵，乃仰天太息，谓一生茕独守节，命也，即死节，亦命也。投池，水浅，不死；服阿芙蓉，喘二日，乃死。呜呼烈矣！同时随园眷属死者众，而节母为尤惨。仆妪辈感怀其慈，泣裹以衾，掩仓山下。越十二年，城复，尸已不可复殓。”所著《湘痕阁诗稿》二卷，词稿一卷，有同治五年《随园十种》刻本；光绪十八年《随园三十八种》勤裕堂刻本；有民国十年《随园全集》本。

此集前有袁祖志、李肇增《序》，王笃生《崇节母传》以及王荣曾等题词。集中录诗二百八十二首，词八十九阕。《落叶首用秋柳韵》之一曰：“参来荣悴总消魂，衰柳疏疏冷逼门。未道春风捎燕影，先传秋信破苔痕。翻飞蓟北斜阳道，妆点江南暮雨村。身世何堪悲聚散，芳华回首莫重论。”《采桑子·春暮》曰：“惜春春去留难住，愁里年华，病里韶华，消尽吟情枉自嗟。命杨花，底事伤心聚一家。”《沁园春·对镜》曰：“圆冰之中，似是疑非，端相欲惊。恁两眉恨锁，潜消蛾绿，双鬓愁拥，暗换鸦青。水翦瞳花抟颊艳，昔日怜伊此日憎。憔悴问，今吾故我，谁驻真形。晶莹。枉自通灵。只难卜、团圞过一生。叹凭人幻象，随悲随喜，泥人痴坐，如醉如醒。帘卷春风，奁开秋月，独舞吟鸾感不胜。重磨拭，照瑕疵无愧，心共澄清。

《适吾庐诗存》二卷　　嘉庆二十四年陆光宗刻本

陆瞻云　撰

陆瞻云（1720—1800），字蘅矶，海盐人。进士陆莹卿长女，举人沈麟振妻。少静慧，读书五行俱下，博观经史，通知其义，自汉魏而下，历代诗名家著述，无不浏览。婚后夫妻相敬如宾，砥砺如师友，遂白首相庄，得伉俪文字之乐。与嘉禾采芝山人交游密切，篇章往复，岁时靡间。集中有《寄汪映辉大姊》《和汪映辉世姊病中检书原韵》《采芝山人惠鲫鱼小诗报谢》等二十二首酬答诗。年八十一卒。所著《适吾庐诗存》二卷，有嘉庆二十四年（1819）乙卯敦复堂刊本。

此集前有吴昇《序》，后有其侄孙陆光宗《跋》。集中录诗五百七十四首。多为酬唱题赠、吊挽伤怀、体物言情、山水郊游之作。陆光宗《跋》曰：“为诗雅澹入古，无脂泽气。”《石濑山房诗话》曰：“诗笔质实中时带须眉气，其殆巾帼中之彭泽令。”《剑侠行》曰：“英雄襟抱无人识，气压凡庸神莫测。热肠耿耿凛秋霜，浩荡乾坤任南北。一怒能令万乘惊，白虹贯日无颜色。感恩被褐重泰山，不义王侯轻衮职。匣里吴钩时一鸣，模糊碧血镡花蚀。吁嗟乎太古淳风迴莫攀，纵横豺虎民恫瘝。忠肝义胆几郁抑，燕市悲歌想象间。”慷慨激昂。《寂寞行》曰：“寂寞更寂寞，四壁萧条竟何讬。少年意气痴绝顽，自谓蟭螟纵寂寥。身世崎岖那可道，谋生万事真草草。回头究竟一何成，桃李容颜暗中老。此日凝思黯自悲，吾悲又为世人哀。问谁先向迷途觉，拂袖青山归去来。”胸怀广阔。《盛夏寓斋纳凉用少陵韵》曰：“有生皆是寓，蜗庐止安膝。何必苦经营，高楼耀朝日。我性最懵然，痴顽故无匹。睹此泡电影，究竟无一实。坐困烦恼中，不疾亦自疾。违情逐世网，无乃类裈虱。所以甘冥心，尘累思捐毕。岂效趋竞辈，名利嗜胶漆。慨焉兴我怀，纵奇聊命笔。仰观苍龙宿，历历疏与密。凭槛独夷犹，清风时瑟瑟。飘飖放素怀，终觅壶中术。”《野兴》曰：“艳冶花香醉客，柳枝踠地丝长。荷笠贪看垂钓，生涯只在沧浪。”“野步相忘近远，渔樵闲话忘机。倚杖归来薄暮，清风习习吹衣。”《拟田园乐》曰：“青山自成环抱，溪水泠然泻音。茅屋任容寄傲，纷华绝不关心。”

《传书楼诗稿》一卷　　乾隆五十八年四勿斋刊本

金顺　撰

金顺（1721—1750），字德人，桐乡光禄寺署正金檀女。檀字星轺，诸生，经史图籍靡不徧览，好聚书，遇善本虽重价不吝，或假归手钞，积数十年，收藏之富，甲于一邑。著有《文瑞楼集》《消暑偶录》。顺承其家学，自幼能诗，兼善写生。年十九归于乌程汪曾裕。曾裕字德符，号云溪，任中书科中书舍人，诰赠奉直大夫、候选主事。著有《云溪诗钞》。婚后相夫以俭，事舅姑尽孝。乾隆乙丑，曾裕官京师既抱疾归，旬余而殁。曾裕体素强无疾，顺颇意外，哭屡死，念舅姑年高，暂延喘。逾年遭姑丧，舅亦迈甚，族有觊觎者狱起，顺吁官置之理而谋益肆。愤与毁交积，乃病，病甚痛，不能长奉舅甘旨，且悲夫姑未葬，子在弱龄，泪涔涔而下，于是族党咸叹息以为难。后金顺扃六岁子于楼上，去其梯，每饮食必先尝而后与之，始得免于毒害。故《病中感赋》有句云：“龙泉趋死易，虎尾立孤难。”孀居三载，卒于乾隆庚午，年甫三十。所著《传书楼诗稿》一卷，有乾隆五十八年癸丑四勿斋刊本；嘉庆二年丁巳重印本；咸丰八年《荔墙丛书》本，《荔墙丛书》本诗集封面题“传书楼诗稿四勿斋藏版”，卷末有“光绪四年戊寅夏六月曾孙曰桢重校刊于会稽学署”字样。前有郑沄、雷轮、曹文埴三《序》；卷末有其子汪尚仁《书后》、孙妇赵棻《跋》。

此为乾隆四勿斋刊本。诗集卷首题“乌程汪金顺德人男尚仁编次”，内封题“乾隆癸丑新镌四勿斋藏版”。集前有雷轮、郑沄二《序》，卷末有子汪尚仁《书后》、陈焯题词四首。集中录诗九十一首。郭麐《灵芬馆诗话》云：“夫人盛年矢志，又丧其君姑，更遭家难，辛苦支持。其境极人世之惨，故诗多悲忧愁苦之音，而冰霜之气凛然行墨间。”《洗砚》曰：“闺中春昼静，余情涉文史。古砚琢端溪，宝护琼玉似。贮以琉璃匣，一望云光紫。尔性爱雅洁，那受纤埃滓。偶因女红闲，涤向寒泉水。隐约青花润，的皪金星起。致虚守更坚，居默质逾美。拂拭自品尝，好侍黑松使。”《读孝经有感》曰：“百行先存孝，遗经万古崇。圣门由小学，天性本孩童。顾我惭为子，亲恩报未穷。十年感风树，展读不能终。”《梅花绝句》曰：“数点寒英雪外明，独传高格岁峥嵘。最宜铁石摹枝干，底事肠回宋广平。”《春日独坐》曰：“寒色堕庭空，春阴约画栊。蝶捎花外雨，莺妥柳边风。独坐神逾淡，清吟句未工。卷帘惊月上，犹是半朦胧。”《种菊》曰：“菊品本高洁，佳名署冷香。孤丛傲霜余，置我篱落旁。春雨时积润，发苗三寸强。携锄筑新泥，两两分成行。小叶既渐翠，灵苗亦复长。早晚勤灌溉，蠹蚀时周防。憔悴强扶持，勿使本性伤。我生酷爱菊，谓是凌寒芳。高人不复返，三径多荒凉。心清得味苦，瘦影存柴桑。羞彼桃李花，徒然媚春阳。惟君坚晚节，与我聊相羊。”不仅志向高洁，且关心农事，如《育蚕词十首》曰：“鸣鸠谷谷树头呼，护种人家禁忌拘。忽听邻娘相笑语，把蚕今岁又三姑。”“陌头桑叶茁芽条，谷雨晴来第几朝。门巷无声人迹断，柳阴闲锁碧溪桥。”“窗前黄纸贴蚕符，少妇携筐傍老姑。桃火炙残红日暖，绿槐檐底看摊乌。”“连朝愁雨又愁风，七里村中出火同。新妇莫愁宣夜短，一年生计在蚕功。”“青裙两两踏芳堤，桑树参差一色齐。日暮歌来人不见，绿阴闲倚采桑梯。”“风雨声喧食叶时，垂帘生怕晓风吹。吴蚕眠去桑姑醒，夜半挑灯见揽丝。”“清清苕霅小潆洄，婀娜柔桑到处栽。日暮满江飞四集，凌波塘外贩鲜来。”“茧满山头白雪盈，望中花竹格纵横。老翁看火壁边睡，林外灼山啼数声。”“缫车声里昼晴和，市上新丝重合罗。恰喜今年蚕室利，同功推出本无多。”“山头时听一声雷，几处陂田麦作堆。来日抱丝进城去，要防皂盖下乡来。”《课婢育蚕》曰：“吾乡号沃壤，所倚蚕丝利。阴阴桑柘繁，尺寸少闲地。女红勤比户，而更劝蚕事。汝辈独何为，饱食但嬉戏。不教谁之咎，念之有余愧。谷雨日正长，仓庚鸣鼓翅。护种预择吉，劳劳未攸遂。摊乌向微阳，纸上如发细。连朝风日暖，三眠三起次。叶少畏蚕饥，蚕多愁叶贵。鼠耗既须虑，雨湿亦复忌。箔上茧成堆，喜听缫车沸。新丝纳官税，余绵衣可备。妇人修蚕织，考古载周制。我生值艰虞，无斁恒自励。勤苦思用善，安逸心乃肆。谆谆为尔诫，力作何可废。民家一岁功，治生半此寄。”思亲忆赋诸作，情真意厚，夫亡后诗作悽惋哀伤，不忍卒读。《思亲二首》曰：“相随形影帐前尘，少小堂前听睹真。诫重一言归俭朴，礼钦三党尚和醇。绛纱课读传经旧，白雪聊吟琢句新。髣髴慈容来梦里，爱怜频与说酸辛。”“道远犹悲膝下离，泉台况复见无期。自怜朝菌生何补，欲报春晖恨已迟。掩泪忍教开手泽，招魂空尔赋骚词。只应绩火寒窗底，长把遗篇诵左思。”《寄夫子都门二首》曰：“西风江上急疏砧，手制征衣入夜深。渍有泪痕休浣去，相看犹见别时心。”“未可频年恋宦游，作忠移孝重贻谋。采兰好补南陔句，堂上双亲欲白头。”《哭夫子四首》曰：“京华三载为微名，书报犹言病尚轻。何意归来即长别，惨看梁木一时倾。”“三世相依只一人，我生独恨不逢辰。凭棺长恸声几绝，血泪模糊裹满巾。”“酸风苦雨集寒门，吊影茕茕少弟昆。痛绝高堂两白发，膝前惟此竹孙存。”“养性常携三尺琴，焚香静鼓忘宵深。伯牙去后金徽绝，肠断秋风别鹄吟。”《夫子大祥》曰：“愁心只许夜台知，寒暑俄更两载期。多病高堂垂暮日，单传门户就衰时。续将班史凭谁女，遗得韦经幸有儿。但抚微躬思尽瘁，千钧难引强支持。”《月下看梅有感》曰：“暗香微动一枝开，犹记当年踏月来。惆怅栽花人去后，夜深孤鹤独徘徊。”《孤雁》曰：“一点秋云外，飘零事已非。闺中惊落叶，江上捣征衣。风折行偏断，天高响渐稀。惟知恩义重，誓不作双飞。”《病中感赋四首》曰：“孤生元是寄，况复病缠绵。愁极难埋地，心痴欲问天。垂帘惟默坐，欹枕未安眠。滴尽衣边泪，何时到九泉。”“长夜难期旦，花开不当春。单门多难日，九死未亡人。世泽期贻后，高堂勉事亲。灯前形共影，谁与话酸辛。”“转觉身为累，多愁病易淹。衣加春昼冷，窗避晓风尖。弱腕停刀尺，劳心数米盐。肌肤消瘦尽，血泪渍犹添。”“茹檗味弥苦，饮冰心亦寒。龙泉趋死易，虎尾立孤难。宛转筹床笫，凄凉痛膈肝。恐伤老翁意，镇日报平安。”

《舟中吟草》一卷　　清刻本

郑翰专　撰

郑翰专，字秋蘘，福建建安人。承其父新虆令郑方城及叔父荔乡之教，以通诗礼名家，归山阴令林培根，以内政佐其循声。早寡，自课二子林樾亭（乔荫）、林香海（树藩），皆有令名称于世。其女林芳蕤、孙女林淑卿亦能诗。所著《舟中吟草》一卷，有清刻本。

此抄本前有《小传》。集中录诗四十七首。《过仙霞岭》曰：“岧峣涧道西复东，萦纡百折势巃嵸。天然设险界闽越，此关第一群称雄。晓行岚气客衣湿，晨光未启犹曚曚。啁啾虫鸟声相续，又闻涧水流潺湲。登高涉险临绝顶，苍松翠竹交郁葱。盘旋蚁磨落平坦，豁然举目烟霞空。顾我平居闺阁里，安知泰华恒衡高。今朝独见此幽邃，崖壑不与诸峰同。虽然涉历苦况瘁，旷观亦喜开愚蒙。胸中枨触忽有感，西望蜀道心忡忡。”吁嗟乎，西望蜀道心忡忡。《越中怀古》曰：“地每因人胜，右军谁与俦。兰亭慨陈迹，春水思悠悠。贺监风流歇，高名直至今。镜湖千顷绿，澄澈淡人心。”《送夫子入都谒选》之一曰：“阳关一曲写离声，万里前程自此行。馆绶新膺天子命，鸣琴预识使君名。彩衣暂寄征衣冷，闺梦长关旅梦萦。最是难销南国恨，月明何处片帆轻。”

又，据《闽川闺秀诗话》载：“（翰专）有《带草居诗集》《画荻编》诗集，尚未梓行。有《归舟次建安》二律云：‘风木有余恨，音容都渺茫。绿痕缘旧壁（绿痕书屋为先君宴息处，手书扁额犹存），墨沉胜残香。遗照三年泪，虚廊五夜霜。凄凉今日返，不见出扶将。’‘往事同棋局，吾生类聚萍。关山多阻隔，亲故半凋零。去棹波偏急，浇愁酒易醒。谁知别后意，哀雁落寒汀。’神韵苍凉，是玉台中别调。培根先生令山阴，不名一钱。去官后，家计萧条，但剩残书两簏而已，而太安人处之恬如。《暮春感怀》云：‘几有残书堪课读，家无长物不知贫。’又《送春》绝句云：‘残春委地恨无涯，狼藉谁怜旧绮霞。不忍看他零落尽，为伊细细护根芽。’如此襟期，林氏之兴，宜其未有艾矣。”故而其女及女孙皆能诗，有文名。

又，翰专女林芳蕤，归李开楚，刑部主事李彦彬、山东都转李彦章之祖母。有《小西湖泛舟诗三首》云：“迎仙门外波如镜，十里芙蓉花相映。凤飞长在水晶宫，转瞬繁华非旧姓。”“回船一绕水中山，恍如镜里看青鬟。游人那记乐游曲，扣舷自和渔歌闻。”“澄澜阁下梅花发，宛在堂中吟社歇。春水春风不可留，大梦山头上初月。”笔有远致，句有余妍，论者谓可入《西湖诗话》。又《送鸿瑞鸿诗鸿蓴三儿公车北上诗》云：“年来衰病叹支离，捧檄何时遂所期。万里燕关魂梦里，鱼书珍重莫教迟。”“庭闱欢聚知何日，南北分歧怅远天。一别洪桥风雪冷，故园从此一□悬。”

又，翰专孙女林淑卿，李澍蕃之女，归郭莲渚，早卒。有《红余仅存草》一册，乃莲渚从废簏故纸中检存者。《拟塞上曲》云：“塞上胡烟不知里，朔风扬沙迎面起。百万貔貅出汉关，手执乌号腰带矢。将军一令重如山，战士蝼躯敢惜死。最是苍凉日落时，胡笳四起客心悲。鬼火星星血凝碧，残蒿败棘嗥狐狸。忆昔军书下军府，从征猛士虓如虎。大旗危立黑云屯，石头城上惊鼙鼓。妻孥亲走送寒衣，欲诉离情语凄楚。汉家悬金购首急，骨肉婚姻顾不得。万户封侯且莫论，但愿玉关许生入。何日龙城远奏功，捷音万里飞春风。椎牛饮炙共慰劳，家家重庆太平同。”拟古便能近古，非描脂画粉者所能猝办。

《冰雪堂诗》一卷　乾隆三十九年刻本

陈氏　撰

陈氏，号归真道人，陈芸窗女。幼敏慧，未及笄已善诗文辞赋，可谓栉而不冠者。针黹而外，日唯诗词自娱。所著《冰雪堂诗》一卷，有乾隆三十九年刊本；道光二十年重刊本。

此集为乾隆间刊本。前有英和《序》，李廷均、张旭、刘涧芳、宋绍曾、赵似祖、蒋氏女、罗宝绥、安惠、荣金鼎等名士闺秀题赠，女弟子毓华《序》及子明长启题诗，卷末有克勤郡王承硕《跋》。英和《序》曰："道人惟日以诗词自娱，深得三百篇遗旨。是以其诗不假镂刻，不事苛求，惟自发其性灵，写其胸臆而已。"《跋》曰："道人性恬淡，尤工笔墨。凡所著作，靡不称善。余敬事之。偶舅氏携道人诗稿一卷示余，受而读之，觉树义之精，点染之雅，变换之妙，寄托之深，岂独学力深醇，抑且天资超迈。姑以诗论，所以道性情温柔之旨，悉本性真所流露。道人不事雕琢，而吻合自然。即所感触，皆理趣悠长，意味渊永，精神自不可磨灭。然则道人之诗见，道人之学见，即道人之立品、为人亦无不共见也。"集中录诗二百七十四首。《新月》曰："蛾眉新影月初三，素魄生明印蔚蓝。一线才从云际吐，二分先向柳梢含。霓裳掩恨应难舞，桂树埋香未许探。寄语蛟龙须避钓，玉钩斜挂在西南。"《和冷斋夫人对雪有感》曰："一片寒光映碧纱，丰年预兆景尤嘉。霏霏曲栏飘珠粉，点点遥空没早鸦。梅萼尚余香黯淡，竹枝难忍翠交加。闲中好取南华读，处顺安时莫嗟叹。"《游仙诗》二十首，奇思遐想。"上帝新将玉诏颁，兰香谁令返仙班。从今再有思凡女，贬在人间永不还。""昆仑山上望增城，十二楼中月正明。一曲云和天外响，吹笙应是董双成。"《春日杂咏》曰："浮生终属梦中身，静读楞严悟慧因。一点机锋浑不著，只将冷眼看时人。"集中咏菊诗多首，如《室中菊花》曰："冷艳寒英绕屋排，花光灿灿润书斋。只宜静对明诗眼，不许横枝上玉钗。"《咏菊三十首》才情纵横。"萧瑟西风雁影孤，东篱采采菊花铺。雨余秋色还浓淡，冷极寒香乍有无。饮兴正宜送人酒，诗情岂碍吏催租。凭谁寄谢丹青手，月荫灯涵总画图。""只有寒梅许与齐，众芳何用论高低。凌霜气度秋三径，傲雪精神月一溪。聊共渊明联作友，莫教和靖冒为妻。菊花归去梅花发，做殿居魁一样题。”《有感》曰：“离骚读罢动离忧，欲吊灵均转自愁。埋首砚田人似蠹，寄身逆旅客如囚。机锋险处惟痴应，慧业微时藉德修。我有感时千点泪，倩风吹与海同流。”《咄咄吟》曰：“苦节由来其道穷，何须咄咄更书空。苍天困我真如此，白发缘愁却未公。幻海无涯何日渡，夜台有路几时通。牛车多力能相载，应礼空王浩劫中。”《自笑》曰：“平生无见亦无闻，但觉朝晖又夕曛。已罢轻尘依弱草，且看流水送行云。谁怜一木支难稳，自笑孤身立不群。欲破愁城无计在，谩云颇牧最能军。”《自遣》云：“纷纷人事几曾休，静里闲看剩可愁。送尽死生天左转，消残古今水东流。寄身已自输棋局，处世何须叹赘疣。领取眼前风景好，碧云明月不胜秋。”

《畹香楼诗稿》二卷　　光绪二十一年石印本

梁兰漪　撰

梁兰漪（1728—1784），字素涵，号蓉溪，仪征人。扬州汪祉妻，太守汪端光母。结婚十年而寡，兰漪《哭夫》序曰：“彩云易散，比翼分飞。十载深情，一朝永诀。五龄幼女，罔知南北东西；八岁娇儿，未识诗书礼乐。”课子女读书，遍尝苦辛。《课端儿夜读》曰：“钗梳典尽购书篇，风雨声中夜不眠。”《课女》曰：“琐琐小儿女，窗前初训诂。乍啭如莺簧，低吟类鹦鹉。摹书笔犹涩，见人羞不语。识字聊免村，何须博古今。多少薄命人，尝尽诗书苦。四德与三从，殷殷勤教汝。婉顺习坤仪，其余皆不取。”《勉子》曰：“休羡豪华子，布衣足暖身。齑盐堪供粥，花鸟自亲人。税少方知福，书多莫厌贫。吾期尔上达，立志免酸辛。”汪中曾馈赠百钱，兰漪作《百钱歌赠族子庸夫》《返钱歌又赠庸夫》。汪中有《答叔母梁夫人》诗曰：“吾宗有母梁夫人，早年守义矢天只。朱门罗縠化为尘，闭户长饥乐文史。日操井臼夜诵诗，彤管高文见根柢。二南《小雅》无凡音，哀述先人勖其子。子兮为儒著儒衫，律身刻苦吾所惭。授书岁得十金入，对人气象何巉巉。夫人有子能养志，饿死事小求人大。弟兄尚苦黄金多，五反何曾受一介。高风岂独鲁仲连，百世之师伯夷隘。中也通家馈百钱，浃旬封却尚依然。作诗沾洒及吾母，曲尽人间骨肉恩。吾母寡居穷更剧，一门风义故相匹。叠更家祸多死心，得免凶年少人色。老来力尽疾疢生，五十衰容发已白。人生富贵无百年，苦节高名天所惜。两家孤子各成人，反使饥寒及身迫。呜呼！古之列女一节称才贤，岂似夫人得百全。石渠尚有刘中垒，应入儒林卓行编。”晚年学佛学仙，《废学吟》曰：“诗书尔何物，与我周旋久。淋漓三十年，坎壈百千受。令生总捐弃，尽付无何有。柔肠为尔羹，清泪作尔酒。挥手谢伊行，甘同瞶与瞍。”《小序》曰：“於戏，诗能穷人耶？抑穷而能工耶？昔昌黎已言之审矣。更女子知书，迭遭奇厄，古今屈指，代不乏人，非贫即夭，非夭即孤，未有一人能享文章之福者，盖信造化弄人。痛予自十三涂鸦，始每习诗习礼，日不暇食。迄今三十年来，历经坎坷，至己丑岁，衣食维艰，立锥无地，生人之苦，身遍尝之。决意弃砚废书，学仙学佛，毕此余生，一切文墨总付儿曹代之，因感成诗，永为绝笔。”所著《畹香楼诗稿》二卷，有光绪二十一年乙未上海飞鸿阁书林《汪氏家集》石印本。

此集前有孙星华、钱大昕二《序》。集中录诗二百九十二首。孙星华《序》曰：“得性情之正，兼才识之宏也。”诗有清丽之作，如《春雨》曰：“万物滋荣茂，呼耕畎亩新。绿添三径草，红滴一犁春。花落有余态，香飞无软尘。秋千深院静，归去踏青人。”《即事》曰：“柳耽花残春已三，因怜多病不曾探。梨云院落晚风静，读尽《周南》又《召南》。”亦多慷慨激昂之音，如《拟杜工部蜀中登楼作》曰：“莽莽乾坤百尺楼，登临有客思悠悠。半川落日吞江水，一片闲云锁益州。阿斗不垂亡国泪，卧龙空抱杞人忧。至今陵寝多磷火，白帝城荒蔓草愁。”《将进酒》曰：“金樽玉盏浮琥珀，盘有银鳞长一尺。花寒露冷不成欢，到头几个无愁客。春风吹暖郁金香，舞裙歌扇声徜徉。劝君终日醉千觞，何妨三万六千场。”《抛书歌》曰：“君不见，当年苏季子，落魄回家妻嫂耻。又不见，王章未遇时，夜泣牛衣悲欲死。丈夫有志终须吐，一朝得志气如虎。肘悬金印食千钟，光辉顿觉生门户。嗟吁乎！

金章紫绶非吾有，空抱奇书不离手。博综今古待如何，一室萧然大如斗。废书三叹不复看，慷慨悲歌独倚栏。掣出人间不平剑，泠泠光射斗牛寒。”《题观海图》曰：“海门日出海潮红，千峰草木争光融。银涛雪浪几万重，奔腾澎湃开心胸。有客有客感冥鸿，笔摇五岳气吞虹。三十未封吾道穷，海涯独立吟悲风。山头老松青葱茏，他年凌霄声摩空。补衮作霖何其雄，丈夫厄始荣其终。”亦多哀婉之音。《雨窗书怀》曰：“家贫逢馑岁，薪桂米如珠。案上空千卷，囊中少一铢。时艰羞论学，文贱懒称儒。减却灵明性，翻经学大跌。”《三十初度》曰：“未亡身世悲长镵，三十才过力已殚。吟管图成新活计，晨钟敲醒旧邯郸。欲回天地青山固，独啸乾坤白日寒。双鬓只闻能换酒，可怜截发易飧难。”《寒夜吟》四首曰：“颜子有箪瓢，饘粥不俯仰。我无隔宿炊，终日殊凄怆。有子能文章，难叨升斗养。甘心啖蕨薇，蕨薇山不长。”“昨日典琴书，今日卖衣裤。卖衣仍屡空，将何御寒冱。荧荧灯在台，皎皎月在树。搔首诉苍旻，苍旻不我顾。”“残月影坠地，落木声萧萧。红炉火一星，茶铛汤半瓢。寒风来天末，吹我鬓毛焦。终宵不成寐，起弄霜华高。”“古时屋梁月，炤人颜色好。今日皎月光，炤我色枯槁。枯槁色云何，八口仰饥饱。顾子莫酸心，摊书且讨论。”《结交行》曰：“翻手为云覆为雨，管鲍交情贱如土。东邻西舍贫贱交，车笠盟言铭肺腑。东邻一朝侍君侧，连驷结驷人争识。西邻之子衣悬鹑，可怜饥寒及身逼。窄路相逢马不下，指挥仆从加鞭勒。试问西邻何默默，话到交情心已塞。西邻一蹶腾骧起，高楼大厦连云倚。车如流水马如龙，恩光宠锡门如市。东邻失势仰西邻，频说交情似鱼水。西邻一怒天下浑，白眼看他皮相士。西邻西邻器休盈，翻覆炎凉正世情。君不见淮阴少年行，以德报怨古人心。”

又，兰漪女汪佩珩（1750—?）字季玉，王锡蕃妻。著有《桐华馆吟稿》一卷，附梁兰漪《畹香楼诗稿》后。录诗三十四首。《江行》曰：“风势中宵定，江流如许长。潮声千里月，灯影一帘霜。滩暗虫吟急，松高鹤梦凉。遥指泊船处，山色正青苍。”

《红鹤山庄诗》二卷、《二集》一卷、《红鹤词》一卷　　乾隆间刻本嘉庆三年补刻本

胡慎容　撰

胡慎容，字观止、玉亭，号卧云、红余，本山阴人，以祖迁直隶遂为大兴人。慎容与同怀姊慎淑字景素、堂姊慎仪字采齐俱有诗名，被称为胡氏三才女。早孤，简重寡言笑，虽生长阀阅，布裙椎髻，不肯艳装，恬然若将终身。负夙慧，方六七岁未识字，即能信口为韵，闻者皆奇之。稍长，伯父审言先生授以书，一过即成诵。岁余，乃自构经传及韩欧曾苏文，读之不倦，既而复取唐宋人诗涵泳之。夫冯氏，山阴人仕粤。慎容得两家宦游，历览名山大川，俯仰凭吊，所作动辄盈束，第不自珍惜，多随手散佚。其在岭南时，才名籍甚，几为戚党中忌者所窘。吟咏数载，然风雨一灯，拥残书数十卷，寝食其间，刻苦如书生，视人世华朊一切无所忻戚，及对江山清远处，又依依若有所系恋，低徊不能去。精工篆隶，丝绣剪彩、粘贴花卉，皆臻妙境。慎容母氏与夫家皆宦族而皆贫，乙亥丙子间，羁旅江右，颇窘，慎容善为堆帛屏景，以此资赡日用。年未四旬而卒。其诗词为铅山蒋士铨、江宁王金英等称赏。所著《红鹤山庄诗》二卷，有乾隆二十一年写刻本，此为慎容生前刊印。卷首有王金英、蒋士铨《序》，卷末有王槐植《跋》，集中王金英、蒋士铨点评。《玉亭女史红鹤山庄诗词合稿》二卷，有嘉庆三年冯澍刻本。《红鹤山庄诗》二卷、《二集》一卷、《红鹤词》一卷，有乾隆刻本嘉庆三年补刻本。

《红鹤山庄诗》二卷，卷首题红鹤山庄近体诗卷上，山阴女史冯氏胡慎容著，铅山蒋士铨苕生、江宁王金英澹人评点。集前有蒋士铨、王金英《序》，卷末有王槐植《跋》。王金英《序》曰："余友蒋苕生之母夫人得其所作《秋水丽人图》，且询知能诗，盖重焉。是时余偶冒寒，苕生来视余，未问疾，遽诵其古庙及吴元戎墓诗，曰：'子以为谁作?'余闻而霍然起曰：'目前能作是诗者，非子即辇云耳。'苕生以夫人告余。余大惊。"后"袁氏故来谒，携其

夫人红鹤山庄诗，嘱余校订，余展卷见茗生所诵诗，则又大惊”。集中先录五言律诗二十三首；次为七言律诗二十七首；再次为五言绝句二十八首；卷下为七言绝句一百零八首。此稿刻后坊间有售，胡慎容《踏莎行·拙稿刻成有感题奉菊庄》小注曰：“闻坊间印以售。”《望庐山》曰：“奇势环吴楚，崔嵬迥不群。峰从天上现，泉借日边曛。翠色浓堪摘，岚光秀可分。紫烟缥缈处，只许卧云层。”蒋士铨赞曰：“李杜光芒，其声欲满天地。”《云海》曰：“日丽天南水，光涵眼界宽。洪涛惊地动，白浪荡空寒。霞气昏潮影，风声壮海澜。望中何处极，云路共漫漫。”波澜壮阔。《帘月》曰：“帘挂遥空月，炉霏午夜熏。明明花入影，漠漠水生纹。丝映千痕镜，光浮一片云。清华沁诗骨，霜露白纷纷。”熨帖细致。《别景素四妹》曰：“姊妹相依久，情亲胜弟兄。忽惊南北别，不啻死生盟。春梦人千里，秋风雁一声。来宵楼上月，空似镜华明。”情真语工。《古庙》曰：“画壁藤萝岁月深，荒山云影覆层阴。空阶春草飞蝴蝶，古殿秋松宿暮禽。坏瓦消磨风雨暗，断碑零落鬼神吟。不知何代残香火，惟有斜阳日月侵。”萧瑟苍凉。《镜花》曰：“谁采芳英到镜边，春光荡漾影蹁跹。虽然有艳难为摘，纵使无心亦动怜。娇态分明空引蝶，露华点点不栖蝉。红颜未许风摇动，彩笔无工画更妍。”《秋柳》曰：“秋来何物最凄然，残柳西风落照前。几日绿阴憔悴尽，一声羌笛雁来天。”“高楼尽目费沉吟，一笛秋风万里心。远客莫伤秋色瘦，玉关哀怨不成音。”《戏赠采齐姊》曰：“碧池新浴玉无暇，皎皎临风月也遮。若使素绡帷下映，一团白雪罩梨花。”《秋夜寄远》曰：“疏灯摇影夜光浮，小雨寒生落叶秋。漫展素笺书别恨，瓶花憔悴向人愁。”《寄巽洋伯父》曰：“生小原无富贵心，愿同山水永作邻。空成三十余年想，翻作红尘碌碌人。”

《红鹤山庄二集》卷首题山阴冯室胡慎容著，菊庄居士评阅，弟胡广祁松溪校字。前有王金英《序》曰：“玉亭少喜为诗，有家后善病，时其祖为大埔令署，后山多柏，每晨就饮露，病差，遂废吟，旧稿多焚散。迨偕夫氏寓豫章，以姻戚故谒先太孺人，仅搜集若干诗就正于余。余为惊异，付剞劂氏，于是吴楚之间，莫不知有玉亭者。丁亥秋，予北上，玉亭亦之南粤，如云随风萍逐水，不可复聚。然有作则必寄余，益攻为词，前后共得若干首，余皆珍袭藏之。癸未，玉亭弃世，其姊采齐以挽章来报，痛好音之不再，恐美玉之终捐，爰汇为二编，更梓以行。”“玉亭诗苍秀雄丽，人温文如士。”又曰：“《红鹤山庄诗》，温而不狎，柔而不弱，秾而不纤，丽而不佻，有光明正大之情，无抑郁怨尤之意，使人钦其德，并忌其才；服其才，并忌其遇。盖庶几得二《南》之雅化者矣。”集中录诗一百二十二首。李调元《雨村诗话》曰：“乾隆中，闺媛诗以胡氏为最。”蒋士铨《序》曰：“余游海内三十年，所见妇人诗或有佳者，亦不过雕饰软美，秾丽纤巧而已。今诵冯夫人《红鹤山庄诗》，排奡纵横，凌空超旷，卓然有丈夫气，中间哀乐互形，皆以性情之正，所谓《国风》《小雅》之流者非耶?”《别采齐姊后寄蒋太夫人》曰：“我本烟霞野窟人，偶将微句惹红尘。于今独寄西江上，南北情牵一病身。”意蕴无穷。《送菊庄居士北上即用留别原韵》曰：“一泓长江水，东西各自归。容颜寒暖异，乡国信音稀。芳草连天碧，啼鹃带月飞。回头一怅望，能使素心违。”《梅》曰：“山村烟淡黄昏影，石径云横古树根。一段暗香飞去远，勾留明月到花魂。”《予爱好诗必长吟静处声韵凄然每吟罢如有所失随口占以自述》：“避俗常关竹下门，独吟永夜句常温。最深情处无人见，一笛梅花落远村。”《自咏》：“妾力不能耕，妾艺不能织。虽无耕织工，终岁无暇日。”描述逼真，仿佛亲见。《所思》曰：“松风石上清如水，花露枝头香不已。白云去住最高峰，横笛一声烟雾里。”《题渔洋善人秋柳图》曰：“流水飞鸦冷岸头，淡烟微雨绘清秋。已无青眼窥离恨，犹向西风挂别愁。”即一时名士亦未足与之颉颃。

《红鹤词》一卷，卷首题玉亭女史胡慎容填谱，菊庄居士王金英评阅。收录词四十阕。《渔家傲·山居》曰：“绕户青山围翠壁，一湾流水无穷迹。几间茅屋依松石，长年色，小桥横断云中碧。闲把药苗和露摘，草花香印游人屐。好鸟唤雏声啧啧，清泉隔，四时飞雪连天白。”绘影绘声，画家所不能到。《凤栖梧·寄采齐大姊》曰：“罗袂香微风暗度，佳节重逢，越自生愁绪。镜影懒窥消几许。一枝愁压榴花雨。岁月催人容易故，不是无情，故惹相思句。往事徒悲肠断处。双双燕子来还去。”尤为婉媚。《菩萨蛮·病后自嘲》

曰："人言我瘦形同鹤，朝朝览镜浑难觉，但见指尖长，罗衣褪粉香。若能吟有异，不管腰身细。清减肯如梅，凋零亦是魁。"尤见其自伤自负之情。

《绣余吟》六卷　乾隆四十九年刻本

冯思慧　撰

冯思慧（1749—1774），字睿之，会稽人。冯坦与胡慎容女。幼抚于姨母胡慎仪处，故改从骆姓。六七岁时，即解音韵。慎容授以经，兼及史事，朝夕手一编，吟咏弗辍。年十九归侍郎刘秉恬，后卒于京。所著《绣余吟》六卷，附《诗余》十三首，有乾隆四十九年（1784）刻本。

此集前有刘秉恬《序》曰："今夏儿子宝筏抄录全集，请订正。为删其半，将付剞劂。"共录诗二百九十五首，词十三阕。卷一录五言律诗四十四首；卷二录七言律诗四十四首；卷三录七言律诗四十三首；卷四录五言绝句十六首，七言绝句三十二首；卷五录七言绝句五十六首；卷六录七言绝句六十首。附词十三阕。思慧承母训，具夙因，卷轴辅其性灵，而五岭烽烟三江胜概，往来于扁舟帆影间，故有渺然于尘俗之外者。集中不乏澄思逸致之作，即放之文人学士卷帙中，实有不可磨灭者。《远眺》曰："岚光云气挂苍崖，满目山川一放怀。石径雨余迷竹影，深林风过落松钗。声声疏磬荒村外，两两沙鸥碧水涯。几度迟留花下立，欲题新句费安排。"《秋山暮雨》曰："愁云蔼蔼雨濛濛，烟锁秋山暗碧丛。残叶滋余微径绿，剩花沾及远林红。一声孤雁潇潇里，四野寒蛩漠漠中。冷逼罗衣添客思，不堪凄楚逐飘蓬。"《金陵怀古》曰："二百余年王气终，故宫禾黍但秋风。一朝俎豆同浮梗，几代衣冠类转蓬。帝业荒凉天报旧，鸿图萧索海门雄。渡边五马归何处，浩浩长江夕照中。"《西施》曰："会稽空保五千兵，不敌姑苏歌舞声。一曲留来勾践地，片纱浣去阖闾城。春山缥缈浮湖翠，秋水澄清射镜明。回首苧罗村际月，黄昏犹照旧台情。"《虞姬》曰："子弟生亡伯业空，美人烈性报英雄。魂销楚帐歌声里，骨冷乌江剑血中。鼓角残时秋月白，旌旗散后夕阳红。绝怜巾帼须眉气，草木知名拜下风。"《梅花》曰："冰肌玉骨绝纤尘，肯下瑶台寄此身。风逗暗香因破腊，月留疏影为传春。罗浮曾入诗人梦，庾岭常教处士珍。一种孤芳谁作侣，惟同霜雪斗精神。”《竹》曰：“翠竹攒云秀，疏竿逗月来。生成君子性，不许俗人栽。”《月》曰：“良宵休问夜如何，皓魂涵虚映碧波。万里腾空悬宝镜，长流清影照山河。”《梅花》曰：“开向瑶台避俗尘，素姿应与雪为邻。不同桃李争颜色，独占人间第一春。”《寒夜》曰：“风敲庭竹作寒声，挑尽青灯梦不成。漏转三更霜月冷，梅花瘦影小窗横。”《山居即事》曰：“乱山深处晚风微，门外疏林挂落晖。坐向溪边消俗虑，闲看鸥鹭自忘机。”《初秋偶成》曰：“满院梧阴秋漏声，沿阶黄叶乱蛩鸣。绿窗夜静风萧瑟，十二珠帘挂月明。”《忆诸姊弟》曰：“万水千山人两地，秋声萧瑟倍无聊。不堪日暮凭高望，黄叶西风去路遥。”《南乡子·夏杪雨后》曰：“荷败小池塘，飒飒西风冷。碧窗遥见。穿云鸿雁影成行。烟锁千山古树苍。枫叶染新霜，篱畔清幽菊蕊香。蝉咽疏林声韵切，凄凉满目，萧条秋思长。”

《在璞堂吟稿》一卷、《续稿》一卷　　乾隆间刻本

方芳佩　撰

方芳佩（1728—1808），字芷斋，号怀蓼，又号凤池，钱塘人。方宜照女，巡抚汪新妻。芳佩父相攸时，描文二首，一为吴颉云修撰，其一则汪新之作，意不能决，以示芷斋。时吴方为诸生，汪犹布衣。芷斋阅吴作曰：“是当早发，然英华太露，诚恐不寿。”阅汪作曰：“此大器也，然须晚成。”父遂舍吴而议汪，后卒如其言。芳佩父曾于乙卯岁为侄辈延师，令两侄女与芳佩同学，但期略知《内则》闺训，初不望其能文。丙辰后无力复延师，皆遂废去，独芳佩与书卷有缘，性喜涉猎，旁及稗官野史。戊午秋，迁居东城，同里胡且安经师课馆之余，邀至书斋为芳佩讲解四书，课诗礼，使晓然大义。庚申春，黄筠村来舍，传写先代遗像，见方芳佩好弄笔墨，始教以临帖作诗，甫半年，事竣谢去，不获卒业。是时翁照在中丞幕府，奖掖芳佩，然少暇，不能奉以为师，日受教益。癸亥夏，方氏移家凤山之麓，冬闲杭堇浦太史挈眷同居，素托通门，收芳佩为女弟子，然亲炙未久，即迁乔。戊辰，鹿田朱

太守自苏门归，以亲谊招致门墙，时相过从。此外，芷斋还与当时才媛如徐德音、杭澄、戴若瑛、沈兰如、苏兰谷、钱孟钿、许云清等为闺阁友，与福建闺秀许素心关系尤为密切。素心年及笄，有诗名，善画梅，有《寄石兰》诗云："诗思暗香和冷月，五更梦觉便思君。"归里后与闺秀廖淑筹、庄九畹、郑徽柔、黄淑畹、黄淑窈结社唱和，诗学益进，后素心家益落，饔飧不继。芷斋、李夫人筠心与福恭人宜鸾闻其名，结为文字知，皆厚资之，始得自给。方芳佩三女嗣徽、畹姝、静姝与二媳一门耽咏，皆以芳佩为师，学者相称为芷斋先生，被徐德音目为蕉园诗社传人。著有《在璞堂吟稿》一卷，《续稿》一卷，有乾隆间刻本。

《在璞堂吟稿》卷首有徐德音、王鸣盛、翁照、杭世骏、舒瞻五《序》，金志章、王鸣盛、洪简、陈崧、王昶、钱大昕、郑廷旸、孙谦、厉鹗、孙灏、周兆鼇等名士题词，卷末有其父方德发《跋》曰："妇道首重女红，余力方一握管，故历十载存稿止二百余篇，颇多题赠吊挽之作。概其发潜阐幽，本乎至性，不计工拙，咸录焉。夙闻绿净轩许太夫人负海内讵望，己巳春，藉友人寄呈一册，蒙赐弁言，遂稍出以就正有道，虽荷题咏揄扬，亦因弱龄闺阁，恕以待之，讵可灾梨问世哉。顾征君独切嗜痂之爱，间岁必买棹惠临，锡以百朋，厚加期许，谆切恳至，久而愈殷，携稿吴门，捐资付梓。庚午冬持一样本见示，系王凤喈孝廉选定，未暇校雠，尚有遗漏，业经刷送，无从增补，辛未三月征君携渤海相国奉跸来杭，又取去近稿数纸，复付金阊钞胥。钦奉召试驰赴江宁，适疾作，未及与考，归询梓人，已订就数百本，益多差讹倒置，承先后分送于燕赵齐鲁及大江南北，而梓里亲友来索，愧无以应。重九前，征君携板见掷，嘱将差讹者改正，遗漏者续编，倒置者工不能施，仍之。爰备述所由，并历述颠末，使览者知小女有志向学，余则无力栽培，师资不专，根底未厚，吟稿原不足存，而征君一片嘘植盛心，始终罔替，世所罕觏，岂惟愚父女永矢弗谖，即闻者亦应志感耳。堂名'在璞'，盖取未雕未琢之意，非敢拟之道韫之辉。"翁照《序》曰："方芷斋女史，余友宜照之爱女，咏絮之工，谢庭独擅，《在璞》一集，高阳太夫人为制弁言，爰许异日挥毫握椠，堪替左司。余因其严父之请，为录百十篇，付之剞劂。俾艺林知浙中风雅之盛，才媛之多，非复他郡可比也。”王鸣盛《序》曰：“庚午春薄游吴门，以诗就霁堂先生是正焉，辱先生有知己之言，过从甚欢。一日，出名媛方芷斋诗垂示，且谓吾曰：‘吾与方氏通家世讲，今芷斋年方待字，性耽佳句，有林下风。吾将为锓诸木子，其删定而序之。’予不敏，何敢定芷斋诗？然以先生怜才若渴，搜遗扬隐，旁及闺闱，何敢藏其陋固，虚先生之盛心？遂以意为决择，得尤雅者百十余篇，都为一卷。”又曰：“西陵向多女士，近代如柴氏静仪、顾氏若璞尤著，芷斋堪与后先争辉。”舒瞻《序》曰：“《在璞堂吟稿》者，钱塘方芷斋所作，胡君且安之女弟子也。且安为与庚午分房所荐士，制举外工为诗。芷斋承其师授，含英咀华，誉流彤管。窃谓诗以温柔敦厚为教，即在闺阁，亦未尝不就伦纪抒写其性情。若仅为妃青俪白，学为风云月露之辞，纵华缛勿取也。今阅芷斋集五律如《谒东岳庙诗》：‘晴霞围玉座，瑞霭腻松岗。’《岳鄂王墓诗》：‘镌背明臣节，衔须表丈夫。’《挽沈烈妇诗》：‘血应鸾刀落，脂凝翠袖鲜。’七律如《山居诗》：‘户外何知有鸡犬，闺中亦复乐箪瓢。’《菊枕诗》：‘空斋香满怜高卧，冷梦花深作晚秋。’《新秋夜诗》：‘砧杵敲残寒有梦，诗书读罢思无穷。’《除夕诗》：‘世事纷更嗟塞马，素心冷落感连枝。’皆能激发正声，扫除凡响，第其诗格，可与刘令娴、鲍令晖相颉颃。嗣是而益求精进，由近体以进于古歌，卓然成家不难矣。且安持稿索序，爰题数语，摘录其诗句，俾闺阁之学为操觚者所取法焉。”王鸣盛《序》曰：“剪刻明净，欲以幽好避群言。言志之篇，宛转而缠绵；体物之作，秀发而浏亮。譬如秋兰丛菊，嫣然风露之外。”徐德音《序》曰：“吾乡闺媛能诗者，惟蕉园五子，更倡迭和，名重一时。迄今六十年来，风雅浸衰，良可慨也。顷读方芷斋名媛《在璞堂吟稿》，其修辞琢句，清真沉郁，不类弱女子为之。加之博览群书，进而益上，则蕉园替人，舍芷斋其谁欤？”

《续稿》前有陈兆伦、孙灏、朱樟、朱佩莲、胡莘隆五《序》。朱佩莲《序》曰其诗：“气味冲和，议论醇雅，不涉玉台香奁。”《无米诗和董浦先生韵》曰：“无端风雨数惊人，莫谓从来惯处贫。到处空仓喧野雀，几经浅水剩穷鳞。惊波似岁随时减，芳草知愁逐日新。惟愿秋郊逢乐岁，肯将升斗累交亲。"《夏日偶病书以排闷四首》曰："病卧犹然爱咏诗，头衔应署女书痴。半窗花影闲欹枕，一院松风静掩帷。笔墨周旋疏旧好，药炉留恋结新知。何劳藉甚骚坛客，投赠偏多过许辞。""疏慵真与世相违，尽日衡门客到稀。猿鹤任渠夸变化，海翁自昔已忘机。闲阶雨过蜗牛健，小院风回菊虎飞。行乐偶然来竹圃，静听清籁憺忘归。""长夏无聊药饵亲，蛛丝网架匣留尘。人于病后争名懒，花为风来索笑频。敢以诗书夸慧业，拟参香穗证前因。晓来对镜徘徊久，山骨癯然认未真。""韶光莫作等闲过，绮岁其如哀乐多。沧海桑田今有几，江山风景近如何？香消篆字炉烟细，月冷帘衣清梦和。荣辱由来俱委命，从无身世到南柯。"《秋夜》曰："绣枕垂云梦乍醒，侍儿酣睡触银屏。搴帷欲问更深浅，露湿红蕉月半庭。"《题戴若瑛夫人凝香书屋近稿并酬见贻佳什》曰："帘垂微雨正阴阴，拨闷重将好句寻。五色茧原成异锦，九张机好抵兼金。独惭下里难为曲，何意高山得赏音。自顾小巫应却走，苦吟空负十年心。"《咏纸鸢》曰："剪纸为形骨相寒，常依稚子博悲欢。偶然得藉微风力，却要旁人仰面看。"《客有讥作诗非闺阁所宜者书此解嘲》曰："幸无绮语近香奁，险韵诗成秃笔拈。何事纷纭招物议，虚名自笑转多嫌。"《寄怀绿净轩夫人》曰："久奉南丰一瓣香，独怜弱质未升堂。姓名早入殷淳集，著述群推徐淑章。老去清标侪竹柏，闺中令望重珩璜。绛帷终拟从韦母，先托双鱼达八行。"

又，续集中最可注意者为卷末《附刻筠圃夫人诗并作小传赋长篇见寄次来韵奉答》诗及《小传》。《小传》曰："夫人名澄，字清之，更字筠圃。堇浦太守女弟，性贞静，嗜读书，太史邺架甚富，咸资其涉览。间为诗文，自然合矩，适同里上舍赵万暻，高才积学，蜚声艺林，闺房唱酬，诗学更进。然深自韬晦，从不出示人。即爱才如太史，未之知也。上舍文战不利，同怀弟世瑞外舅令新河，夫人因偕弟妇北上，闻上舍抱病垂危，亟往视。星驰数百里，值大风雨，衣装尽湿，比至署，上舍已逝。一恸几绝，勉为部署衾椁含殓，勺水不入口，死而复苏者五昼夜，复竭蹶扶柩，关河险阻，抱病支持，备极困苦，七易舟，三阅月始抵达里门。缘重受寒湿，加以辛劳，遂成风痹疾。夫人无子女，上舍故寒士，初嗣叔父，后叔父亦年迈，携一妾幼子以居，杜门不出。同怀兄万曦挈眷居淮阴，夫人无所倚藉，归母家依诸弟守志焉。然疾遂作，尚能步履，间一归省舅氏，修子妇礼。时赵氏三世八棺未营窀穸，夫人念舅老伯远，子姓凋替，恐淹露日久，竭力图维。丙寅春得地鸡笼山麓，书达伯氏，于是秋卜葬。悯老婢贞义，亦瘗于圹侧，劳瘁悲痛，疾益深固。矢志不欲居人世。因高堂恋恋，姑为迁延，兹则筋骨挛拘，发为流注，不能践地，惟坐卧呻吟语床笫间。间与余诗文往还。盖于癸亥岁太史奉太夫人寓居敝庐，夫人时来定省，承念通门之谊，诲导殷殷，相得无间。固请其著述，始出《女贞木歌》见示，余既不揣芜陋，次韵就正，并将原作附入诸稿，略述颠末，俾世人知夫人怀才不偶，而诗学渊微，固与太史文章并堪不朽云。”集中录杭澄诗十五首：《读方芷斋诗集内附拙句且作记略，不胜感佩，率赋长短句一志明德，余与芷斋为忘年交，芷斋才气卓越，固可与古人并驱，而余则驽骀之末幸得附骥，殊滋愧耳》、《女贞歌为老婢高秀作》、《闻芷斋抱恙旋喜勿药过后方知不得走使起居念而且愧诗以谢之》、《重阳日忆去岁此日芷斋见过对榻清谈忽又一载怅然有作》、《无题诗》（四首）、《承见贻和韵佳作复用前韵奉呈》（七首）。

又，杭澄所著有《卧雪轩吟稿》一卷、《伏枕吟》一卷。《卧雪轩吟稿自序》曰：“余不知诗，何敢言诗？第以一生境遇轗，其忧思抑郁、疾病悲哀之况，无可告语，爰不得已，而形诸楮墨，聊以抒写性情，存之箧中，以志苦心耳。”杭世骏《亡妹吟草序略》略记其生平，“妹甫毁齿，即知向学。未尝就傅，亦未尝问字于父兄，闻弱弟诵读经书，则默记，试效其声以识字。辨色而兴，洛主角琅琅，声殷户外。稍长，效余为制举之文。旋弃去，壹意为诗，风格苍朴，无脂韦之习，无金粉之气”，后归于赵万暻，“婿以几案才，参人幕事，恒他出。青灯苦雨，望远忆人，皆妹攒眉觅句时也。余赴召之京，妹寄诗有‘有金贾书不买田’，遂为吾一生实录”，后随万暻赴新河，转客庆都。万暻以痢疾，卒于官舍，妹挟一少婢、一老仆递其棺以归里，艰难险阻备尝矣。依母居，惊魂方定。“余被放还归，旧居不足以容，方君涤山割宅让余，涤山有女芳佩，有颂椒咏絮之才。妹来省母，辄相见甚欢，自是唱酬无虚日。家有女甥、女侄，妹亲指授诗律。俄而两母弃养，芳佩从其婿汪新远宦京师，甥、侄渐次出阁，亦复无聊，并不可药，卒于吾家”。

又，方芳佩三女嗣徽、畹姝、静姝、二媳皆以芳佩为师，有诗名。嗣徽名缵祖，曾参与湖楼诗会，汤燧妻，所著有《侍萱吟》《蕉雨轩吟稿》。《久雨》曰：“连朝风雨苦潇潇，静看茶烟扬绮寮。满院秋声无觅处，隔墙新透一林蕉。”畹姝名纫祖，有《香隐集》。《夏日即事》曰：“槐荫镂日午风凉，倦掩琴书蝶梦长。名利不关心似水，举头翻笑白云忙。”《振衣亭春望怀诸女友》曰：“陌头春老柳飞绵，旅客思乡倍黯然。花落吴宫红满地，水浮鄂渚碧连天。怀人有梦常千里，寄远无书又一年。薄暮山亭回首处，子规啼断绿杨烟。”静姝名绣祖，十二岁夭亡。九岁作《对镜》诗曰：“不受铅华染，梅花认旧身。一奁秋水冷，写出阿侬真。”方芳佩子汪绳祖妻程慰良著有《吾士轩稿》。其《杨柳词》曰：“几日春光到柳条，临流细学楚宫腰。西湖十里桃花路，又送莺花过六桥。”《随园诗话》曰：“《咏秧针》云：‘陌旁柳线穿难定，水面罗纹刺不禁。’可谓巧而不纤。又有句云：‘事从悟后言皆物，诗到工时心更虚。’真学者之言。有二女，皆能诗。长女妽，和母句云：‘松留石下千年药，雨引池中二寸鱼。’次女妽云：‘皓日穿窗飞野马，平池贮水数浮鱼。’”汪妽字巽为，号顺哉，其《折花寄外》曰：“手折花枝翠黛颦，殷勤欲寄远征人。明知到日应憔悴，即此梅花是妾身。”汪妽《和母过松涧韵》曰：“兰闺侍母晓妆徐，缓步闲庭意自如。皎日穿窗飞野马，平池贮水数游鱼。风回玉笛梅应放，句觅雕阑思转虚。几度帘前看草色，幽情管领笑谈余。”

《语凤巢吟稿》四卷　　嘉庆二十四年刻本

王德宜　撰

王德宜，字云芝，松江人。王绍曾女，方芳佩子汪农妻。幼时女红之暇，间习吟咏。迨于归后，得姑方芳佩指授，始稍稍窥见唐宋门户。嗣复侍宦黔楚，凡山川之经历，人事之变迁，随所历以诗纪之，诗之工固所当然。德宜《忆往七首》述生平曰："嗟予生不辰，幼遭家不造。椿庭殁王事，失怙在少小。持户无长兄，弱弟亦襁褓。摒挡赖慈亲，松节临霜矫。女兄将及笄，结缡怜嫁早。两度赋《葛覃》，戏彩开怀抱。恶风摧连枝，泣血呼苍昊。予时甫六龄，惟知索梨枣。辛勤哺两雏，母心惄如捣。画荻夜课严，姜案恣搜讨。十载共青灯，黄卷映缃缥。秋月与春晖，联吟失昏晓。"所著《语凤巢吟稿》四卷，有嘉庆二十四年刊本；另有《绿筠吟稿》一卷。

《语凤巢吟稿》集前有王鸣盛、沈飏、陈贞淑三《序》；后有子汪钧《跋》曰："戊寅之春，母宜人手一编示钧曰：'此予所作诗也，汝其都为四卷，为余抄之……先后三十余年，钞积浸多，盖无日敢忘太夫人、太恭人之殷殷训诲也。'翌日，钧早起即敬谨手录，阅五朝而始毕。因念母之诗，丙子岁王桂山内兄曾选钞一卷，刊于松浦，久而见赏宗工，传诵人口。今裒然成巨集，益将墨诸板以寿世。是集先经王西庄光禄、沈眉峰太守两尊丈鉴定有年，续得诗若干卷。母宜人复命钧录，请魏春崧世丈、方稚韦表叔商定之。"集中录诗四百七十三首。王鸣盛《序》曰："《黔中吟》者，云芝之君舅方伯汪公官于黔中，因偕夫婿侍奉以行，述道途所经、衙斋所感而作也。云间王氏奕叶貂蝉，人人有集。云芝所适又贵介，其姑则方太夫人芷斋氏，诗为当代闺秀第一。云芝为其子妇，得其指授，诗之工固当然欤。抑太夫人之未归汪也，方伯公一举子耳；自于归后，连取科第，扬历中外，位已二品。然则太夫人修慧而兼之以修福，诚为希有。今云芝相其夫子，亦当由科目进。云芝吟格之妙，象服之荣，为太夫人继，亦意中事哉！"沈飏《序》曰："云芝适竹饮驾部，为中丞芍坡先生之子妇，芷斋太夫人是其姑也。中丞远宦黔中，趋承膝下。凡山川所经历，古迹所凭吊，以及花鸟虫鱼，俱发为有韵之言。平昔酝酿，固由天资之灵秀，家学之渊源，而又未始不得力于君姑时雨之化，而相与有成也。观集中妍词络绎，雅意缠绵。如忆往诸作，格律均造自然；江上诸作，真力弥满，笔尤豪放；其余思亲、忆弟、咏怀、投赠，类皆凄清酸楚，声有余泪，宛然独运匠心，顿使须眉增愧，而如余者亦乌能读其诗而测其所至哉!”陈贞淑《序》曰：“彼其洗涤铅华，剪除雕饰。或感怀赠言，则曲写性真；或吊古凭今，则直抒胸次；或履山川而临眺，屺岵兴歌；或览草木以流连，蓼莪寄兴；或系心池畔，有怀原上鹡鸰；或即事闺中，不咏陌上杨柳。金徽绿绮，独抱雅音，玉柱朱弦，聿弹古调。是则花蕊百篇，徒工缛采；玉溪三卷，多近香奁。以此方之，夐乎异矣。”《昭君墓》曰：“芳草埋香骨，青青慰玉魂。可怜终异域，亦为报君恩。出塞云无色，临关月易昏。琵琶留韵语，千载曲中论。”《春草》曰：“江南草色又依然，万里萋迷夕照边。寒食踏青人处处，天涯送远客年年。池塘月锁谁家梦，庭院春含晚径烟。一任落花无意绪，相依肯与斗芳妍。”《秋江》曰：“高秋天万里，碧水共澄清。雨洗长空净，帆乘落照征。滔滔流日月，浩浩映江城。疑是乡书到，临波雁字横。”《忆母》曰：“岂惮艰辛道路赊，肠回九曲为萱花。飘萧白发愁将满，罔极深恩讵有涯。差幸承欢犹赖弟，那堪扶病尚持家。鱼沉雁滞书难达，目断云天正落霞。”《黔中吟》曰：“无端旅思入秋加，岁月常惊赴壑蛇。万里乡心关桂玉，三年鸿爪慨匏瓜。寻螺天漏山堆墨，绕郭岚迷雾隐花。幸盼程苏女兄弟，长泉为品故园茶。”“淹留每患酒中蛇，略记蛮风采物华。苗女扫妆垂辫发，黔山积铁哆晗砑。乡音渐失儿童语，情话频劳长者车（蒙东生舅氏日过存问）。还询鼎娥逢亥日，盘匜商略荐秋嘉。”“何年石磴蹑丹梯，遂使萍踪过五溪。松径鹤粮资鸽食，山衙画壁倩虫题。蜂腰云拥天低树，象鼻槎来涧饮霓。纵有丹砂谁弃剑，空饶鹦鹉证菩提。”“看云日日上层台，及取归鸦阵未回。猿啸三声邛竹裂，崖倾一线石花开。云根人语畬初斫，铜鼓龙鸣雨又来。我是五湖烟水客，暂将罗甸作蓬莱。”《途次和仰亭弟秋日感怀韵》曰：“秋老江南红豆枝，双鱼遗我惠连诗。拥衾梦湿牵裾泪，剪烛情钟话雨卮。木落沧江惊岁晚，鲈香笠浦怨归迟。几经泽畔寻芳意，采采芙蓉慰所思。”“举白浮黄醉复醒，故山理棹问榛荆。千盘晴巘秋无翳，万派寒涛夜有声。远道关河回雁字，天涯风雨晓钟情。艰难长路年如日，笑折茱萸遣酒兵。”“双封红泪寄萱堂，拂我当年络纬床。兰玉阶庭知共乐，梅矾兄弟未全荒。鸿关先递邮筒信，鹤骨难禁竹簟凉。最是恼人微雨过，浮天孤缆系斜阳。”《衢州道中》曰：“秋老江鲈思，寒生越舶中。波回滩泻白，日射峡流红。击汰歌相答，行厨酒不空。晴虹桥影外，岚翠压征篷。”

《职思斋学文稿》一卷　　乾隆五十九年刻本

徐叶昭　撰

徐叶昭（1729—？），字克昭，乌程人。徐绳甲女。叶昭母钱培，为朱彝尊外孙女，海宁许尧咨妻。幼时日承父兄绪论，博览文章史传，尤精通六经及理学，私以其意，作为古文，不屑吟咏。二十岁后以古文天语煌煌，大含细入，无所不包，天地事务，古今常变，洞微其所以然，举身心性命之理，日用行习之恒，体国经野之模，制治保邦之略，每分类引申，自然条贯，秋毫明晰，利弊灼然，古以来无此等识见，从无此等议论，是属于礼乐致太平之书、圣人之言也，故而一意为文。自言“惟是幼嗜苟安，不肯为学，且耽于二氏之说。既长而嫁，频年多事且多病。所幸昔者先大人乐讲文史，恒无虚刻，又吾兄读书必夜漏三四下。渐悟异端之语，每夜必旁观详听，至有所得处，兄必为余三复，由是得以稍开晓焉。顾余于古文习之也，至于诗制，则质地由不相近，且未尝从事也”，于是“非程朱不观，以为文以载道，文字徒工无益也”，乃取《茅氏文抄》朝吟夕哦，所论著如官职、兵制，赋役、催科、礼仪、丧服、贡举、刑书，偏私臆见，率意妄言，虽其中或间有可采者，而以草野议朝章，以妇人谈国典，以为不合古人之义。嫁当日婚配时，其父曰吾女所云才德亦浅浅者，奁资一贫如洗，荆钗布裙不能备也，容貌平平，殆乎无所取也。许君大悦曰：“吾愿毕矣，他非所知也。”乃相与倩媒而成礼。叶昭年三十七后，始学为诗。因女史陈莲慧之姑、张母梅孺人等索叶昭文，因赠昭二律，书于卷尾。昭欲酬之而不能，昼碌碌而无暇，时夜读苦吟，勉强续和诗去，而梅孺人已殁，未几，莲慧亦亡，遗稿恳叶昭为《序》且作《传》，并索挽诗。昭为之作《吟香阁诗序》《陈孺人传》二篇。叶昭曾为其父兄编辑文集。兄徐斐然工古文辞，尝选《今文偶见》《国朝二十四家文钞》，为世推重，叶昭为其编选《敬斋仅存稿》一卷。所著《职思居学文稿》

一卷，有乾隆五十九年甲寅刻本。

此集收录文三十五篇：《女道》《妇道》《妻道》《母道》《姑道》《继母之道》《正室之道》《主母之道》《妾道》《婢道》《先考事略》《先母事略》《烈女五姑母传》《大嫂沈贞女事序》《夫子鹤汀先生述》《节孝黄孺人述》《书烈妇雪姑事》《兰香事记》《婢女王静香小传》《母在称哀辨》《妇德论》《无鬼戒》《瑶仙闲话记》《陈宜人寿序》《赠夫子许君序》《松霭吟稿序》《吟香阁诗序》《与大妹书》《与兄敬斋书》《再与兄敬斋书》《与三姑娘书》《敬书唐宋文醇后》《书老泉辨奸论后》《书清谷先生亡妻行述后》《书诗文存稿后》。多有独特见解，如批判贞节观："雪姑，乡民某妻，明季时多土寇，有寇入姑室，姑不能脱，引刃自刺，血溅寇衣，刀夺去，不得死，竟为所辱。姑觇刀在旁，突取击寇，中其股，寇大恨，裸其衣，以刃透下体，穿没而死。姑既死，其家人皆以为耻，而不复多言。里人仿世修降表，李家例号曰穿臀。某家迄于今百三十四年矣，而其称不改。其家与所亲且惟恐道及而深讳之。"徐叶昭叹息曰："呜呼，愚不肖者不足道，至若长者之辈、明理之人，虽尚能原情而所辩论，亦止于此。何天理民彝销融泯灭至于若是之甚哉。噫，良可痛也。"批判佛家不遗余力，其《与大妹书》曰："夫二氏所以尊崇乎百世者，术亦深矣。而世之所以群归之者，盖有三说焉。其一，佛氏曰：'先斩万缘而静参真义，一朝顿悟，则众理俱明。'然其所谓明理者，不过曰'万象皆空，灵光常住'而已……曰性命，兼修内丹，炼体化身，如气聚气成，功至于此，则所谓万世长生而永远不灭者也。其次，则无仙佛之异。皆曰可以增福延年，且求无不遂。又其次曰，来生净土永不轮回。噫，惟此荒诞数言，已足以致人于罗网矣，可不畏欤。"徐叶昭认为"第一说足以动贪得无厌之人，与夫畏难苟安之辈，所以惑巧人者也。其第二说足以动侥幸妄想之人，所以惑庸人者也。其第三说足以动略无知识之人，所以惑愚人者也"。"如彼之所为，则惟切于利己，不思亲之生我无限辛勤，一日长成，弃家不返，此岂非盗人所生之身，而亦不顾年老无托，虽或若死，亦毫不关心，此不过狗于一己之私而已，又何说与？且其不耕而食、不织而衣，与世之盗贼比之，孰为更甚？”若人人为僧戒色则“必使人人至死无配，……则不及百年人已无类，又何佛之有哉”。又云：“如彼则虽遇杀父弑君之事，视之若牛犬相争然，是以邪正无分，贤愚莫辨，此真良心汩尽而天理消亡，无毫发之存者矣。”徐叶昭还把男性分为君子、中人、中人之下三类，不一概以柔顺为妻道准则。《妻道》曰：“夫夫君子也，则夫义妇顺，夫唱妇随，凡百相从而毋庸转计，此事之常、情之和而理之正也，所谓从夫是也；夫或中人，则日用常行亲疏取舍之际，不能皆是而无非。苟贤妻也，必将弥缝于其间，使之笃于亲亲之爱，而于诸事则是者益固，而非者渐改，此则所谓全夫也；设又其下者，则所为之事，将不免于大过矣。当其过之犯也，骤谏之，则徒逢怒而有激其成，缓言之，则莫之动而无所补。若此者，惟有于平时端庄正色以自守，卑顺敬慎以相接，和之以恩，笃之以义，恩义既行，则情谐心信，意化而言入矣。果能如是也，纵未得尽化其为人，抑将循循焉渐入于情理之中，是则所谓格夫也。”徐叶昭《吟香阁诗序》曰：“盖有如春风之和，秋露之润，珍禽之飞翔，名花之秀媚，体象圆融而气味宁谧，才思充洽而转折精微，真殊禀也，真佳构也！更有不可及者，其中忆父母、挽姑嫜、酬弟妹诸作，多有一片至情耿耿于其间，使读者亦泫然流涕而不能自已，以此评之，则是诗也岂特超乎寻常？虽曰超乎前辈，不为虚语矣。曰是言也毋乃太过欤？曰：非然也。要知写景物，渲染可观，则能者多矣。吊古伤心，慷慨自恣，则胜者有矣。若日用当行，偶然酬答，于亲亲之情如是其厚者，诗人中求之，其能多得乎？然是诗也，非宗理学者也，亦所谓诗人者之徒也，何独能至于此耶？於戏！诚之天性之至也甚矣。本深而末茂，孝友之人其言如是也。合而参之，直能写风云月露之神而全不失幽闲贞静之德，不事雕琢而自然出色，所以为淑女也，所以为殊禀佳构也。”认为“诗在情、在学问，辞章末耳”。其《松霭吟稿序》曰：“今之言诗者，辄藉口三唐，其是袭乎其貌而真意不存焉。弥望皆黄茅白苇，所谓唐者安存也。夫诗无唐宋之别，毋论眉山、渭南诸公大含细入，意到笔随，可卓然与李杜并驱中原，即孤僻如豫章，苦涩如彭城，亦自有耿耿不可磨灭者，此无他，真意存焉……周君之诗，不屑屑规行矩步以为能，心精所至，真意自流。盖其不可及者在性情、在学问，辞章抑末耳。”

《蝉鸣小草》一卷　　光绪十五年刻本

江瑞芝　撰

江瑞芝（1724—1802），字天香，甘肃静宁人。江自岷女，刘元妻。其家为关中世胄，父以诗礼名家，意气闲雅，磊落不羁。因瑞芝幼颇聪颖，父教之以小学、《孝经》、《四书》及《内则》、《列女传》诸书，瑞芝过目成诵，陶铸德行，冀将来能循妇道。后父官天津，瑞芝每偷闲即博览群书，常慕古才女往往以诗名世，遂潜心探索，日事吟咏。瑞芝有卓识，其父每听讼，瑞芝必先劝减刑罚。父曰：“此国法也，我何敢循私?”对曰：“儿闻功疑惟重，罪疑惟轻。恩所加，则思无因喜以谬赏；罚所及，则思无以怒而滥刑。可以赏，可以无赏，赏之过乎仁；可以罚，可以无罚，罚之过乎义。过乎仁，不失为君子；过乎义，而流入于忍人。故仁可过也，义不可过也。”父然之，由是每断一案，必详诘审慎，使无不平。归化一任，政绩尤著，瑞芝之弼辅为多，他人不知。于归之日，舅姑已前逝，而祖父母犹健在，叔妹皆冲弱，家境极为萧条，瑞芝处之若素，事祖父母曲尽孝道，相夫子以敬，与叔妹以和，且教习诗礼，次第授以室家，聘奁之物，无所薄厚，内外咸服其德。瑞芝遇诸仆妇甚善，时以衣物周恤，且不令人知。瑞芝在外一饮一食，必念祖母，常寄银家中，以为奉养之资。迨祖母年九旬，病在床褥，瑞芝日夜扶持，手涤厕牏，衣不解带者数十日，无怠容。及殁，哀痛几绝，丧葬举能尽礼。生子四：曰观、曰豫、曰復、曰萃。口授经传，训诲綦严，俱成通儒，而曰萃最知名。瑞芝尝言：“读圣贤书，当于身心上体察，方觉有味，方能收益。事父母果能竭其力，事君果能致其身，与朋友交，果能言而有信，兄弟果能翕，夫妇果能和，此即是学矣。世人竞以能文章、能诗赋为有学问，盖去圣贤之旨远矣。”其学有得如此。晚年与夫常以诗相唱和，且以书赌茶酒为戏，如宋李易安故事，里中人传为美谈。所著《蝉鸣小草》

一卷，有光绪十五年（1889）刻本。

此集署华西刘瑞芝天香氏著，黔阳章黎安世叔、弘化李虎臣年伯、甘谷李仲晦世叔鉴定。前有李星汉、李南晖、章世熹、其父陇溪主人江自岷四《序》、侄曾孙江树蕙《复刻蝉鸣小草记》。江自岷《序》曰："因质诸同人之善诗者，辄共相许可，且请付诸枣梨，以垂久远。余恐其贻笑大方也，故谢之。同人曰：'诗之为学固难，而在闺阁为尤难。是集根抵性真，法归先正，虽博士林下之风，无多让焉。苟令沿没不彰，何异寸金尺玉投之荒谷大野哉。'余用是重其请，并怜其苦心，汇为小草，题曰《蝉鸣》。刊定而什袭之，非敢出而问世，将以遗范后闺，亦可矫女子不读书之俗情云尔。"此板后为土匪焚毁，光绪乙丑侄曾孙江树蕙为之复刻。江树蕙《复刻蝉鸣小草记》曰："《蝉鸣小草》，余姑曾祖母瑞芝所著也。余高祖陇溪公初刻于乾隆壬申。行世已久，后因伊子孙书香继世，先严以板归刘氏收藏，孰意后嗣不谨，原板为土匪焚毁，余不忍沿没前人苦心，因复镌之。"此集共收录诗八十六首，均作于乾隆壬申年（1752）之前。章世熹《序》曰："念公远宦，感时触物以写爱慕之诚，音节凄清，婉转笃挚，有回风流雪，落花依草之致。""流连讽咏，圆取诸规，方不离矩，出奇丽于幽秀，发纤秾于简古，是宁特梨花带雨，杨柳凝烟，辟邪蛙绿，触目斑斓，蠲忿皱红，照人璀璨已耶。"李星汉《序》曰："至性所发，缠绵悱恻，才思所溢，清新敏妙，或格调超轶，或寄托高远，或象物写生，或比兴幽窅，谢庭之絮，何多让焉，班姑之香，且将可挂。真闺中才子，不可多觏者也。"其父陇溪主人江自岷《序》曰："披阅之，见其思亲述怀之什，出以至性缠绵；其咏物遣兴之章，出以慷慨恬雅，绝无女子脂粉态。"《柳》曰："一番风雨一番姿，半系春情半别离。陶令不知因甚事，门前也种两三枝。"《秋日远眺》曰："一天风色正萧萧，此日思亲万里遥。极目可怜相望处，白云红叶两飘飘。"《秋日思亲二首》曰："春去而今秋又临，蓼烟桐雨倍关心。离情自古人同有，别恨谁知我独深。一片斜晖连远树，数声啼鸟接清砧。书成欲向何人寄，泪洒西风望断岑。""忽惊塞雁报清秋，问母帛书肯寄不？云外长风吹六翮，一飞千里到沧州。"《六盘晓行》

曰：“薇垣一点曙光寒，带露驱车过六盘。云拥半山知马健，风来对岸怯衣单。千峰翠色平眸览，四野烟岚俯首观。此去天津何处是，举头遥望路漫漫。”《老龙头吊古》曰：“长城雄峙海东头，可奈秦封二世休。岸色未消前国恨，潮声犹带旧时愁。三千白骨何年瘗，万里征魂此地收。独有贞娘坔上草，青青不没自常秋。”《赠别》曰：“我辈生非圣与贤，讵能事事尽无愆。百行自古孝为首，五德从来仁占先。莫谓过微终不改，须知善小亦当迁。愿君重此千金语，勿作秋风过耳边。”《海阳道中》曰：“正是春风暮月天，韶光到处最堪怜。云开雁塞浮朝翠，日射鲸门带午烟。点点飞花迷远径，阴阴垂柳黯晴川。停车不尽流连意，欣诵南华第一编。”

《芳荪书屋存稿》四卷　　乾隆十八年刻本

吴瑛　撰

吴瑛（1735—1752），字若华，一字雪湄，平湖人。吏部右侍郎吴嗣爵女，江苏高邮州知州吴璵妹，兵部尚书昊瞰、候选通判吴珧姊，诸生屈恬波妻。瑛四岁丧母，依祖母居；八岁其父视学楚北，偕之就任，就傅受经于其伯父再襄，虽持论未精而大义昭然。十一岁，随父任之闽，浮长江，涉钱塘，逾仙霞岭，历波涛鱼龙之险，览瑰丽之奇，初学为诗文，遍诵六经，于《左氏春秋》《文选》诸书尤为精熟。十二作帖括之文，清真典雅，涵古茹今。十四能诗赋，多秀丽刻画语。年十六，不喜女红，酷嗜吟咏，为人不苟言笑，动循礼法，有贞静之风。年十八，归同里屈恬波，数月卒。其早夭似乎与其酷嗜吟咏有关，舅氏曰“以薄弱之躯专心考古，寝食几废，一旦疾作，青囊效寡”。随父官邗上时，曾从许太夫人徐德音游，“近日每成一诗，辄质之江都许太夫人，太夫人博综群雅，女中灵光，若华与之上下其议论，自必扩充才华，研精学问，他日追踪班昭、宣文、鲍令晖诸人为闺阁通儒者，必若华也”。陈文述赞曰：“前身应是婉凌华，娇女分明说左家。话到令晖悲鲍照，寄来徐淑答秦嘉。广陵机杼回文锦，淮浦楼台韵字纱。底事彩云容易散，琼花零落似昙花。”所著《芳荪书屋存稿》四卷，有乾隆十八年癸酉（1753）

刊本；另有民国红豆庵抄本。另有《制艺》一卷。

此集为乾隆刻本，乃若华卒后，其父因“痛其亡，不忍其无传，乃搜求遗稿”，“以所作之文受梓，以志不忘且志余（其父）之不忍”，为之付梓。《芳荪书屋存稿》前有长洲沈德潜、大兴邵泰、秀水徐临、韩江唐思、父嗣爵、兄瑍六《序》。此集卷一录诗一百三十四首；卷二录诗一百一十二首；卷三录赋四篇：《七夕对银河赋》《萤火》《月》《秋菊》；卷四录词二十二阕。其兄瑍《序》曰：“余妹最为警敏，操笔立书。雅宗先正，自成风骨。”沈德潜《序》曰：“若华诗脱凡化质，雅赡清华，一扫铅粉气。小词规抚浙西六家，赋亦流便，有唐贤风。嗟乎，若华具此才华而天偏厄以年，犹芳兰在谷，秋风摧之，良可慨也。又谈其所作制艺，织纫文史而理法不失，使得角胜文场，应不在名诸生下。”邵泰《序》曰：“帖括若干首，皆系十二三岁时所作，一无依傍，理极华生，英思壮采，涌现彩豪，无半点兔园册子中村气。其浑脱矫健处如游龙戏海，出没波涛间，隐隐有无数鳞爪。”《名媛绣针》曰：“‘若华制艺极工，小题镂刻近隆、万时人。’所著诗，工稳秀丽，时多刻画语。”《新磨镜》曰：“宝镜朦胧减旧清，一朝磨洗倍晶莹。云开夜月秋毫见，雨过菱花色相明。垂匣彩光知有气，辨人好丑总无声。玉台妆罢时时拂，莫使浮尘又暗生。”沈德潜《清诗别裁集》卷三十一评曰：“五语写古字巧，六语喻君子知人，不自矜其名也。对偶较胜。”《留别淮扬道署》曰：“三载依依玉镜前，旧梳妆处最相怜。不知今后红窗里，又是何人点翠钿。”《秋风》曰：“满耳萧骚寐不成，残云冷月夜凄清。等闲吹落长林叶，杂入千家捣练声。”句句写景，句句入情。《不见月》曰：“烟霏云敛锁秋晴，空待冰轮倚画楹。暗露沾衣疑细雨，流萤透树讶疏星。萧萧落叶迎风响，隐隐孤鸿破雾鸣。深院盘桓夜将半，月光不见但闻更。”《冬夜忆二妹》曰：“梦里相逢觉后惊，思君长夜倍凄清。吹残冷月风三径，滴尽余缸漏五更。霜色侵帘寒玉敛，泪痕透枕薄冰生。何时并倚阑干曲，却语今宵一段情。”《赋得诗人多穷愁》曰：“风人多薄命，今古有同悲。富贵才无分，饥寒书不知。五车贱子读，百结俗夫嗤。晒腹空多史，折腰向小儿。九重曾未达，八斗若称奇。佳句吟千首，穷途借一枝。囊空偏爱酒，身瘦为耽诗。白屋雨风逼，青衫涕泪滋。春花迷病眼，秋月照愁眉。辛苦生前受，声名死后垂。"《如梦令·嘉平遣兴》曰："帘外鸟啼人静，寂寂风摇梅影。闲步倚阑干，凭看日悬金井。红杏，红杏，枝断夜来霜冷。"《江城子·海棠》曰："暖风涂抹上新红，斗妆浓，耀帘栊。倦倚栏杆，斜掩月溶溶。汗试胭脂春露透，烧烛照，也朦胧。半含微雨似愁中，泪重重，拭难穷。乍染晴晖，欲占绛霞容。奈奈娇妍都易散，看色尽，一般空。"

又，吴瑛侄女吴芳珍，字韵卿，号清摩。长芦盐运使李世望孙媳，刑部河南司主事李以健子媳，中城兵马司副指挥李增厚妻，四川学政李德仪母。善抚琴，不辍吟咏。长于古风及五七言长排。著有《清廉阁吟草》一卷，未见。

又，另有女诗人名吴瑛，字雪嵋，吴柳亭长女，吴琇姊，席允成室。姑母许孺人为女孙师，后憔悴以死。著有《玉壶集》，未见。

《钱左才集》一卷　　光绪七年《大亭山馆丛书》本

钱芬　撰

钱芬（？—1761），字左才，武进人。钱枝起女，杨瑶妻。左才幼而慧，父授以毛诗，辄通晓大义，遂能诗，且工画。所居曰段庄，就其景物为江村图，题诗其上，以尺绢绣之诗，字绘绣皆佳，叹者为四绝。婚后，善事舅姑，三党咸称其贤，然体弱善病，中年后又劬于家事，井臼刀尺不假手婢媪，俄而父兄相继殁，益郁郁不得。未几母亦卒，朝欷暮喈，病遂不起，于乾隆二十六年十二月卒。所著《钱左才集》一卷，辑入光绪七年《大亭山馆丛书》集类《毗陵杨氏诗存》。

此集前附目录，目录后有杨昌勋《识》、俞越《传》。道光《武阳合志》卷三十三载钱芬著有《清晖窗草》二卷、《静香阁学吟草》一卷。此集包括《静香阁草》《清晖窗草》两种。昌勋《识》曰："高祖母钱太孺人遗稿，兵燹后已佚其半。族侄葆彝搜刻先人诗文，从弟景勋以此卷寄之，适昌勋来游浙江，因嘱亟付剞劂。以‘左才’名集者，盖高祖母昔所自号也。”集中录诗八十三首。《静香阁草》录《新月》《秋夜忆叔父》《过旧居有感》《冬夜玩月》《忆庄氏甥女》《哭均弟》《拜月词同庄氏甥女作》《月下与庄氏甥女各赋七律一首拈得赓字》《虞美人曲》《咏荷》《秋夜有怀亡姊》《水边梅》《中秋后三日送叔父游襄阳》《题画》《重阳》《初冬月夜有怀薛三表姨》《即事口占》秋海棠《木芙蓉》《柳絮吟》《夏日忆叔父》《晚眺即景》《重九后一日送别庄氏甥女》《初夏》《采莲诗》《春日即事》《题画》《寄远庄氏甥女苎衣》《新秋远眺》《送家大人》《西湖柳》《岁暮送别庄氏甥女》《元日远眺》《病起杂赋》《岁暮忆叔父》《络纬》等诗。《清晖窗草》录《晓起绣罄衣》《梅雨后侍叔父游山兼望太湖》《炎夜有怀段庄》《重阳即景》《除夕》《秋日段庄留别》《落叶》《自题小像》《七月十七日先严忌日有感》《除夕》《丁卯元旦》《除夕口占语凝儒儿》《早春》《元夜雨雪》《四月十三夜皈依沙祖礼斗即事》《春去写怀》《清秋杂感十首》《秋夜》《段庄晚眺》《段庄留别庄氏甥女》《拜新月词寄庄氏甥女》《舟行遇雨》《忆得》《秋夜舟行》《深秋夜坐》《病中口占》《病中作》《元旦病小愈阁中自咏》《叔父与弟妹等山居游因恙未往即寄一律》《二逸灯咏》《人日月下接薛大表姊书用入春才七日起句》《劝君酒辞》《邻妇》等诗。多是家庭唱和之作。《络纬》曰：“不随蟋蟀响东墙，稳坐芭蕉叶底凉。谩笑公私蛙鼓事，问伊夜织为谁忙。”《深秋夜坐》曰：“天碧暮云收，娟娟露玉钩。蟾光帘外映，霜气槛前浮。风里鸿长度，梁间燕不留。黄花憔悴尽，落叶已深秋。”《病中口占》曰：“阳春已卧又黄梅，强起呼鬟暂卷帏。病里怕餐先减饭，睡醒怯冷更添衣。帘前轻响新篁动，梁上低鸣乳燕飞。岁月暗移风景改，半年花草负芳菲。”

《绿窗吟稿》二卷　清抄本

佟佳氏　撰

佟佳氏（1737—1809），号天然主人、天然女史，睿亲王爱新觉罗·如松侧福晋。如松著有《怡情书室诗钞》。氏幼为父母所钟爱，以爱之切而训之备详，常不以女子而异视。九岁读书，从师林姓，逾年复易一杨姓，此二人俱不能诗。迨年十三，始问字于习幽女史，继又从雪楼讲授，稍通音韵，便尔耽吟。一自于归王邸，虽纸笔之好不减曩时，而物色诗人，了不可得，惟间从如松酬唱，学为鸡鸣戒旦之言，而时愧其未之能。迨后于乾隆丙申之岁，因课女而延得岭南女史梅轩，晨夕晤对，结习复萌，于喁间作，皆可谓一时之乐。婚后举案齐眉，鹣鲽情深。佟佳氏之子淳颖因其所作题红诗而早为红学界所重视，周汝昌撰文称佟佳氏母子为“《葬花吟》最早的读者”。所著《绿窗吟稿》一卷，有清抄本。

此本扉页上钤有四枚朱文印章，正文首页署名曰“多罗信恪郡王福晋佟佳氏著”，无序跋。《绿窗吟稿》上卷目录后佟佳氏自注曰：“右自乾隆十五年己巳余年十三时起，迄于丁丑，凡九年，计得诗二百四首。”下卷目录后亦自注曰：“右自乾隆二十三年戊寅余年二十二时起，迄于丁亥，凡十年，计得诗一百六首。”且将上下卷合计曰：“自乾隆己巳迄丁亥，凡十九年，统计得诗三百十首，分上下二卷，诗余另计。”所录词四阕。《续集》载《哭父诗八首》、《冬夜梦父四首》、《春日思父四首》、《哭母十首》（七律）《哭母十首》（五律）。《咏杏花》曰：“霞点红妆朵朵新，园林满放正宜春。寄言青帝须珍惜，好为诗人一解颦。”《柳梢新月》曰：“绿如眉黛曲如钩，淡扫春容不系愁。池畔柳丝亭畔月，一声清漏意悠悠。”《中秋夜月不明问月四首》之一曰：“浓云一片翳良宵，不放清光照九霄。问月月藏深不见，也应有恨到难消。”《秋夜闻雨》曰：“潇潇夜雨滴芭蕉，窗外蛩声动寂寥。枕上梦回难再续，挑灯得句写文绡。”《哭业师柏香老人》曰：“梁木摧乎逐逝波，为描清照事吟哦。温容在日诚如是，道貌颓时竟若何。五载蕉窗劳梦寐，三年海角欠酬和。及门姊妹伤情共，泪点偏予滴更多。”《哭父诗八首》曰：“伤心追忆送别时，教训言成永诀词。水米强沾犹恋母，悲号欲绝不由儿。未能送死天涯隔，惟愿轻生地下随。想见龙钟如在日，夜台谁可倩扶持。”“秋色萧条万木枯，西风吹泪湿衣襦。门楣通显儿何虑，家世单传弟最孤。平日话言听似有，夜来灵爽见还无。终天此恨成难赎，生我劬劳奚用乎？”《哭母诗十首》曰：“死别生离隔几时，十朝未见见无期。每当绕膝钟千爱，及至临终无一词。皓月悠悠凄瘦影，秋风飒飒助长噫。同胞姊妹谁无恸，怨悔交加独我知。”“血泪沾襟恨满腔，无聊欹枕对寒釭。人间不作归宁想，泉下难寻父母双。梦去如前书净几，魂飞依旧绣晴窗。伤心触目何时了，不比诗魔禅可降。”词四阕，《寄调苍梧谣》曰：“春，花柳芬芳正可人。园林内，粉蝶觅新枝。”“春，黄莺声巧唤游人。梨花雨，点点落芳尘。”“春，瞬息韶光已九旬。雕阑外，紫燕语频频。”“春，柳渐成围草作裀。纱窗畔，女伴斗花新。”

《虚窗雅课初集》一卷、《虚窗雅课二集》一卷　　嘉庆十年刻本

佟佳氏　撰

《初集》前有庆桂《叙》，《二集》卷末有翰林院掌院学士英和《跋》。庆桂《叙》曰：“偶因感发，辄寓讴吟，而忠孝节义之概，时露于楮墨行间。”英和《跋》曰：“诗者持也，所以持其性情终于礼义也。佟佳氏秉质醇懿，动循女箴，及笄，嫔于王。甫一纪而王薨，守节抚孤近四十年，积其冰雪之气，发而为金石之音，所作诗若干卷，读之深婉，皆足以明其志所存，可谓变而不失其正者矣。”《初集》录诗一百四十首。《二集》录诗七十二首。古、近体诗皆备，抒情、叙事皆工。《偶述》二首之一曰：“回头苦海感阎浮，世谛空华拟便休。愁绪新添千尺垒，欢场已破廿年沤。多情自属三生障，大义宁忘一死酬。寄语重泉应待我，此身肯为利名留。”《述怀》曰：“素妆倦理泪痕新，静对黄花冷夕曛。为问知音知得否，半思父母半思君。”《自叹》曰：“人生谁不惜余生，我惜余生忍负盟。半载艰辛谁与诉，千行兴庆但虚荣。孤飞影瘦真如鹤，愁绪心攻果似城。转眼中秋佳节至，起眠无那泪盈盈。”《偶成》曰：“长夜偏无寐，孤灯暗复明。云欺寒月淡，竹弄细风生。肠断愁难断，潮平意难平。惟余千点泪，欹枕若为情。”《对菊》曰：“静对黄花坐，吟哦兴欲狂。参差灯弄影，深浅座分香。佳色仍含露，孤根独冒霜。谁言花事了，耐久胜春芳。”《有感》曰：“正襟危坐几回肠，参透人间富贵场。除却定中三昧趣，不知极乐是何方。”《有感》曰：“最是销魂处，钟敲五夜心。

鸡鸣寒月落，衾薄晚凉侵。嚼蜡知滋味，茹荼畏苦吟。纲常多少事，巾帼一肩任。”《偶成》曰：“长夜偏无寐，孤灯暗复明。云欺寒月淡，竹弄细风生。肠断愁难断，潮平意未平。惟余千点泪，欹枕若无情。”《除夕》曰：“今岁今朝尽，明年明日来。浮生真迅速，往事总嗟哀。意共梅花冷，心同柏子灰。思君何以遣？揾泪句难成。”《杏林春雪》曰：“连日春寒睡起迟，淡云驱雪到花枝。已争梨蕊三分白，借得梅花一种姿。香在有无凝粉黛，色分浓淡湿胭脂。天开图画描春富，几欲吟哦句反思。”《自述歌》为叙事长诗，句句辛酸，字字血泪。

《问诗楼合选》一卷　　清稿本

佟佳氏　撰

此集前有天然居士佟佳氏《自序》。集中录诗二十二首。后附录习幽女史诗二首；雪楼女史诗八首。此为佟佳氏中年以后诗作，格调澹然敦厚。《自序》曰：“今忽忽数十年，雪楼、习幽先后凋谢，即梅轩亦舍我而去为古人矣。此三人所适不偶，其诗亦未能与唐宋名媛相追拟，而故人手迹在笥，于今昔去来之际，有足感者，因删取予诗数篇付刊，并以三人所作附存于后，庶几此三人吉光片羽留向人间。”《对镜》曰：“相对五十春，岁岁容颜换。色相本非真，况此幻中幻。”《述怀》曰：“拈笔漫题珠泪月，擎杯难洗寸心灰。此心宁似丁香结，费尽东风吹不开。”《偶句》其一曰：“知命之年今过四，老之将至欲何为？朝闻道夕死可矣，莫患人之不己知。”其二曰：“格物之学俱可知，谁言闺阁不能为。富不骄人贫不谄，此心端不让须眉。”《看经偶成》曰：“尽日愁千缕，看经制性情。心安除妄念，意静任浮名。荣辱身俱历，涵容气觉平。诗书严课子，以此度余生。”《见子课句喜而赋此》曰：“见汝课诗句，吾心少觉欢。文思新近境，武备已堪观。须续先人志，当知母教难。殷勤期努力，勿堕旧家传。”《见子长成喜而勉之》曰：“明岁已成童，须知孝与忠。诗书陶冶细，骑射熟娴功。责己心休暗，容人雅量宏。谦光兼谨慎，勉守世遗风。”

又，习幽女史与雪楼女史为佟佳氏老师，习幽女史母家杨氏，其母号淡亭，江南之扬州人，亦能诗，曾为贵家女塾师，有所刻合存诗钞行于世。雪楼沈姓，归于冯，苏州人，亦曾馆于慎郡王邸。梅轩徐氏，广东人。习幽女史《秋兴》曰："澹澹金风露渐华，彩云轻薄月横斜。含香丹桂舒纤蕊，醉水芙蓉卧晚霞。剑匣含威光更凛，莲房清霭色仍奢。休弹塞上悲笳曲，壮士功名那忆家。"雪楼女史《即事口占》曰："昼漏沉沉画阁东，香焚宝鸭雾空濛。闲评经典征王制，小述闺情诵国风。云母桐荫浮茗绿，虾须花影上书红。雕梁语燕应相笑，绛帐原非旧马融。"梅轩女史《秋兴》曰："枫气飘霜到上林，纷纷落叶草堂森。萤穿窗外风应急，蛛网门前日自阴。冀北浮云行客梦，岭南明月故园心。征衣力捣非无意，空听邻家夜夜砧。"《寄外》曰："灯花卜尽总无期，浪迹天涯到几时。黄口忍抛儿女小，白头应念舅姑衰。千行柳眼青谁盼，百结莲心苦自知。岁岁授衣人万里，断肠空谱鹧鸪词。"

《梅笑集》一卷　　嘉庆二十二年叶氏《织云楼诗合刻》本

周映清　撰

周映清（？—约1762），字皖湄，归安人。湖南布政使叶佩荪妻，佩荪字丹颖，号闻泣，又号辛麓，乾隆甲戌进士，历官湖南布政使。治古《易》，著有《易守》四十卷、《久慎余斋诗钞》。映清娴吟咏，训课子女有法。所撰《梅笑集》一卷，有嘉庆二十二年（1817）叶氏《织云楼诗合刻》本。

此集前有崔龙见、朱方增《序》。集中录诗一百二十三首。咏景物诗皆清丽自然。如《梅花三首》曰："古梅生疏香，幽致邈难写。临风濯寒秀，相对足闲雅。琼姿妙天然，未许粉黛假。譬如歌阳春，曲高和者寡。开轩涵明月，顾影自潇洒。惟应翠袖人，亭亭伴林下。""谓梅如宰相，调羹待异日。谓梅如高人，迥与枯槁别。谓梅如美女，不炫倾城色。谓梅如神仙，空羡罗浮蝶。鉴怀天地初，想象太始雪。此意明月知，可悟不可说。"《雪堂观红白梅》曰："傅粉施朱色未匀，繁华冷淡共为邻。西湖幽兴怜高士，南国残妆妒美人。锦幛偏宜纤缟映，雪窗忽抹落霞新。枝头曾得天公意，一半残冬一半春。"《王石谷山水》曰："清泉百丈飞幽壑，茅屋人家隔丛薄。白云在水树在空，漠漠晴烟下寥廓。断鸿几点去无迹，黄叶一林寒欲落。斜阳何处认前村，隐见危桥傍山郭。先生画笔冠当代，八尺生绡气磅礴。不须平远袭倪黄，能以清空见镵削。秋窗对此足清胜，瑟瑟轻寒生绣箔。掩图不敢挂虚堂，恐有红尘一分著。"诗中有画，画中有诗。亦有咏时事之作，如《甲戌闻捷口占》曰："双眉欲展意犹惊，起听铜钲屋外声。不惜雕梁驱燕婢，泥金帖子挂题名。""秦嘉上计动经年，闺梦何由向日边？今日离情暂抛却，知君身到大罗天。""蓬屋春回雨露滋，阶翻红药日华迟。挂颐底事劳频忆，野马窗棂拥鼻时。"《春蚕词》云："蚕生戢戢满庭隅，但愿蝇无鼠也无。大妇裹盐呼小妇，前村趁早聘狸奴。""典衣买叶不论钱，要趁晴明乍暖天。却似灵和殿前柳，春来三起又三眠。"《令阿细入学》云："低鬟怜阿姊，与汝亦齐肩。且令抛金线，相随理旧编。双行知宛转，坐咏爱清圆。试看俱成诵，今朝若个先？"《月夜怀外》曰："记送东风北郭船，满湖新水一溪烟。春来又见哉明月，愁绝休吟其雨篇。"《独坐书感》曰："明镜双眉皱不收，天涯旅思尚悠悠。帘垂清昼阴疑暮。雨送残春冷似秋。一别骆驼桥下水，三年鸿雁影边愁。羡他短棹江南路，缓缓花开唱陌头。"皆缠绵悱恻。

《蘩香诗草》一卷　　嘉庆二十二年叶氏《织云楼诗合刻》本

李含章　撰

李含章，字兰贞，云南晋宁人。李因培长女，归安叶佩荪继妻。因培为翰林院编修，官至湖北巡抚，被誉为"才高八斗李因培，字压两江马汝为"。含章幼随父任，多所游历，三兄弟李翊、李翱、李翃皆能诗。母为澄江太守常熟邵钧庭长女，通经史，文章渊懿，曾祖弟兄五，家贫不能延师。凡诗文俱自批改。所著《蘩香诗草》一卷，有嘉庆二十二年《织云楼诗合刻》本。

此集收录诗一百三十一首。含章关注诗论，其《论诗诗》曰："好诗如佳人，嫣然媚幽独。铅华屏不御，葆此无瑕玉。巧笑流瑳那，峨眉腾曼绿。一顾失倾城，何必炫奇服。又如闻好鸟，应节喧百族。引吭扬天和，喁于叶弦乐。春花仓庚歌，夜月杜鹃哭。微物讵有知，听者感衷曲。始知心之声，不在斗繁缛。笑啼根至性，风萧任枨触。勿使天籁乖，要令老妪觉。神充貌自腴，至味乃蕴蓄。自从齐梁来，藻缋眩凡目。土木饰金貂，珷玞荐文牍。旁观岂不好，所苦真意斫。兰苕集翡翠，无由起遐瞩。嗟余少耽吟，月露困雕琢。牢笼及光景，镂刻到草木。迩来喜平淡，绮语久阁束。悲欢不自禁，涉笔或累幅。色黜剪彩艳，声异叩缶俗。妇人职中馈，岂事勤著录？讵知风人志，性灵藉陶淑。发情止礼义，本自三百牍。至音谐宫商，六义有正鹄。吾言或非迂，试取反复读。"《题李白诗后》曰："千仞翔孤凤，高歌一代中。在天犹被谪，入世岂求通？胆落高骠骑，恩深郭令公。再回唐社稷，诸将莫言功。"《望桂儿不至》曰："济南秋八月，接汝数行书。报说重阳日，能回上谷车。已惊枫落后，又到雪飞初。何事归期误？临风一倚闾。"一气呵成，有唐人笔意。另有《读王孟诗偶赋》《秋夜读韦诗》等诗，亦轻清冲淡。《望岱》曰："岧峣屼崒峙神州，万壑风云在下头。海外天光明野马，寰中人影动蜉蝣。金银气涌楼台壮，琴筑声寒草木秋。欲拂穹碑问秦汉，苔封恐自有熊留。"还有如《陕州道中》《许州道中》《武昌舟次》《湘江道中》《常州道中口占》《渡江有感》《吴江舟行》《读晋史十四首》《黄陵庙怀古》《乌江项王庙》《秦始皇》，皆浑灏流转，各体兼善，卓然成家。《秦始皇》曰："金虎宫邻事可怜，漫疑鹑首赐钧天。终令六国还三户，空使诸生笑九泉。车载辒辌山有鬼，舟行缥缈海无仙。伤心万里长城在，依旧扶苏伏剑年。"《刺绣词》十首之五曰："朝绣长短桥，暮绣东西岭。生不识西湖，道是西湖景。"之九曰："罗稀不受针，缣密不容线。花好有人知，意苦无人见。"《夏昼》云："午楼风暖试轻纱，语燕声中日未斜。满地绿阴帘不卷，游丝飞上蜀葵花。"《万固寺》云："山寺不知路，忽闻流水声。溪随岩石转，塔与白云平。古木上无际，幽禽时一鸣。松根堪小憩，试汲碧泉清。"《棰棻两儿春闱下第诗以慰之》曰："得失由来露电如，老人为尔重踟蹰。不辞羽铩三年翮，可有光分十乘车。四海几人云得路，诸生多半壑潜鱼。当年蓬矢桑弧意，岂为科名始读书。"见解高超，风人之旨。

《绘声阁初稿》一卷、《续稿》一卷　清抄本

陈长生　撰

陈长生，字嫦笙，又字秋谷，叶佩荪长媳，琴柯太史叶绍桂妻，叶令仪嫂。陈长生尤善写景，幽雅娴静。

此集为清抄本。《初稿》录诗一百三十一首，《续稿》录诗八十六首。《春晓》曰："翠幕沉沉不上钩，晓来怕看落花稠。纸窗一线横斜裂，又放春风入画楼。"《太真春睡图》曰："秘殿春寒倚绣茵，君前底事效横陈？马嵬更有长眠处，也傍梨花一树春。"《寄外》其二曰："弱岁成名志已违，看花人又阻春闱（两上春官，以回避不得与试）。纵教裘敝黄金尽，敢道君来不下机？"其四曰："频年心事托冰纨，絮语烦君仔细看。莫道闺中儿女小，灯前也解忆长安。"《春日信笔》曰："软红无数欲成泥，庭草催春绿渐齐。窗外忽闻鹦鹉说，风筝吹落画檐西。"《春园偶赋》曰："卖饧声里日初长，春满闲庭花事忙。楼外软风莺梦暖，篱边疏雨蝶衣凉。碧桃重似垂头睡，红药残如半面妆。看尽韶光应不倦，题诗长倚小回廊。"《登州蓬莱阁观海二首恭和家大人韵》："地到青齐尽，开轩一望平。烟光迷远岛，海气入高城。蜃幻三千界，鹏飞九万程。闺中愧蠡测，对此足平生。"其佳句如《硖石道中》曰："树远作人立，山深疑雨来。"《春夜》："湿云压树暝烟重，淡月入帘花气幽。"《初夏即景》："雨滋苔藓移蜗舍，风送飞花系网丝。"《春园偶赋》："碧桃重似垂头睡，红药残如半面妆。"对仗工稳，描摹细致。《雨余漫兴》曰："晴鹊催残梧叶雨，乳莺啼涩杏花风。"《城南晚归》曰："树色鸦边暮，人家雁底秋。"《再登岳阳楼》曰："帆来远浦春潮外，人在重楼暮雨中。"《寄怀春田家姊》曰："惜别每嗟人异雁，重逢应待水如螺。"《夏日》曰："虚堂人静淡于秋，敲罢残棋局未收。槐荫一庭帘不卷，日长闲煞小银钩。"《漫成》曰："晓来晴色满窗纱，松雨声中听煮茶。燕子不来妆阁静，春风吹绽绣球花。"细腻真切。袁枚曰："余旧咏《西施》有云：'妾自承恩人报怨，捧心常觉不分明。'自道得题之间，加载集中。今读陈夫人《题〈捧心图〉》云：'眉锁春山敛黛痕，君王犹是解温存。捧心别有伤心处，只恐承恩却负恩。'

与余意不谋而合。”自出机杼，不拘格套。《除夜偶成》曰：“送寒时节俗缘稀，剥啄无多昼掩扉。只觉琴书宜淡泊，不须裘马斗轻肥。锦鳞雪粲先生馔，紫凤天吴稚子衣。赢得门庭清净乐，卖痴迎热两忘机。”用典而晓畅。

又，长生之妹名淡宜，亦工诗。《都中寄姊》云：“鸰原分手隔天涯，风雨联床愿尚赊。两地空烦诗代简，三春只有梦还家。病多渐识君臣药，别久愁看姊妹花。他日相思劳远望，五云深处是京华。”

又，周映清次媳周星薇，亦工吟咏，因早夭，以故诗多失传。其《悼鹦鹉》云：“羽毛才就惨奇霜，敲断银环恨渺茫。连日诵经知有意，昨宵说梦已非祥。绿衣原自藏金屋，丹诏何年下玉皇。应伴飞琼充鸟使，彩霞深处任回翔。”

《花南吟榭遗草》一卷　　清抄本

叶令仪　撰

叶令仪，字淑君，归安人。叶佩荪女，钱慎妻。周映清有《娇女诗为长女令仪作》曰：“我家娇女齐惠芳，媚如春月迴微光。终朝据案弄卷轴，清吟婉转调莺簧。今年十二解声韵，七字五字吟琅琅。亦知弱腕乏警策，颇有慧语余清锵。闺门尚德不尚艺，四诫初不夸词章。岂知陶冶有妙用，能使冰炭消中肠。温柔敦厚本诗教，幽闲贞静传闺房。但令至性得浚发，勿务浮艳鸣荒唐。我昔南楼强解事，力穷汉魏兼齐梁。即今所得尚无几，颇觉辛苦难为偿。怜汝娇憨亦不恶，岂必刘鲍争低昂。作诗因汝感畴昔，只恐明镜生秋霜。”所著《花南吟榭遗草》一卷，有嘉庆二十二年《织云楼合刻》本；又有清抄本。

此集为清抄本，录诗六十九首。诗笔深婉，善于言情。《春阴》曰：“碧窗人起怯春寒，小立闲庭露未干。墙外杏花阶下草，引人长倚碧阑干。”《舟夜》曰：“小艇低昂睡不成，夜深犹自促归程。满窗凉月白于雪，船底忽闻鱼篰声。”《初夏偶成》曰：“踯躅花开暮雨余，送春天气此幽居。棋枰半取残笺补，诗草时寻退笔书。节序关心殊苦乐，韶华过眼有乘除。年来怕上苏堤望，愁见垂杨绿映裾。”《村景》曰：“帆影多从窗隙过，溪光合向镜中看。”

《偶成》云：“多病阶前时晒药，畏寒窗外亦垂帘。”《病中为儿纳妇诗》曰：“劬劳赢得病中身，喜见华堂画烛新。祭醴敢忘先世泽，尝羹恐是暂时人。也知琴瑟能同调，莫对齑盐叹食贫。为尔问安添一笑，殷勤犹作北堂春。”

《树蕙轩诗钞》二卷　　道光三年刻本

虞友兰　撰

虞友兰（1738—1821），字蔼仙，金坛人。虞鸣球女，举人阳湖刘汝器妻。幼端庄明敏，其父教之如男儿，于针黹外通习古今，博综群籍，喜为诗，兄弟间多所唱酬，落笔辄翩翩有致。于归汝器后，伉俪娣姒间各遵礼法，里党称贤。汝器力学不问家事，一切琐悉之务，皆友兰身任之。暇即展玩书史，凡古人之事之可法者，每切究讲明，为儿辈勖。其子刘芙初词章之学海内知名，芙初弟藉山诗笔清醇，深于选体，女琬怀亦能诗，俱多得力于母训。其婉嫕淑慎之仪，慈和恭俭之教，为人所推重。伯仲承颜，孙曾绕膝，年近八十尚自心力不衰，篇章时作，知精神与福分二者可相因。所撰《树蕙轩诗钞》二卷，有道光三年（1823）刻本。

此集前有翁方纲、熊方受二《序》，沈维轿题词。卷上收录古体诗一百四十八首，卷下收录古近体诗一百五十六首。其诗志和音雅，不落轻纤。咏古之作，尤能洞彻源流，中其款会。《咏古三十首与女琬怀作》之一《续史》曰：“七诫谆谆足砭愚，才高一代比鸿儒。扫眉笔定皇王纪，良史何须羡董狐。”《读汉书作》之《张良》《张释之》《汲黯》《萧望之》《张禹》《蔡邕》《严光》及《读吴世家》《读通鉴后五代纪》等皆见识卓绝。思亲、忆弟、哭外、示儿女诸篇如《喜大儿举礼闱第一》《寄二嫂于宜人》《喜得曾孙》《悲季子》《哭外》等，悱恻缠绵，动关至性。长于咏物，刻琢工细，如《咏西湖十景》《金鱼》《秋风》《秋水》《秋月》《秋云》组诗，一以神韵出之，盖物聚于所好，所好之深，则操之熟，熟而后能命意遣词，应弦合节。《赠影》曰：“脉脉挑灯夜，寥寥对月时。苦衷千万绪，惟尔最深知。”《北上过黄河》曰：“白浪连天滚滚来，扁舟簸入乱云堆。昆仑何限仙家景，欲趁长风探一回。”气势豪迈。《闻雁四首次李佩金女史韵》《题红雪楼传奇》九首亦佳。

又，友兰女刘琬怀字韫如，一字撰芳，典史虞朗峰室。琬怀幼承母训，工诗善词，辞笔俊逸，颇多文采。有《问月楼补阑词》一卷。《自序》曰："昔年家园中有红药数十丛，台榭参差，阑干曲折，与诸昆仲及同堂姊妹常聚集其间，分题吟咏，填有长短调六十阕，名《红药阑词》。后置之架上，忽尔遗失，未知何人将覆瓿耶？每思及甚懊恼，仅得十数首，余竟茫然。今来京邸，闲窗独坐，枨触无聊，将所记录出，又成数十阕，为之补阙。续成前梦，亦不计其工拙，聊自一叹耳。"《浣溪沙·看花》曰："消遣闲愁百卉中，金铃小宕语丁冬。海棠红暖一帘风，漫学唐宫传鼓促。未烦隋院翦刀工，轻衫薄袖倚阑东。"《浣溪沙·听雨》曰："坐对银钮细细挑，停针忽听响萧萧。几声风骤打窗寮，多事檐前悬铁马。无端庭畔种红蕉。总拼不寐到明朝。"《金缕曲·竹影》曰："曲径停云黑。绕栏前几竿依约，助人凄切。裁得鹅溪三尺绢。难仿此中孤洁。又移上半庭明月。只合天寒来薄袖，倚西风弄翠摇晴碧。比清瘦，夜深立。凌虚自写凌霜节。展潇湘画图一幅，参差圆活。中有闲愁题不尽，点滴英皇啼血。都分付萧萧瑟瑟。莫道梅花枝干好，总输他怀抱亭亭直。尘不染，独幽绝。"

《浣清诗草》八卷、《续集》一卷、《诗余》一卷　清乾隆间刻本

钱孟钿　撰

钱孟钿（1739—1806），字冠之，号浣清，武进人。钱维城女，维城十岁能为诗，十二三岁为骚赋，古文斐然，著有《钱文敏公全集》三十卷。叔父钱维乔著有《竹初诗钞》《竹初文钞》《碧落缘》《鹦鹉媒》《乞食图》。母金安虽不以诗名，但亦有诗才，安年十一，母命赋《月中桂》，云："天上金枝原有种，人间玉露总无尘。"后以为吟咏非女子职，故虽读书淹雅，而不以才华著。孟钿生十数日能笑，甫能言，即解人意。性至孝，岁庚午，父大病，

私剪臂肉疗父，秘其创，其母察其色黄瘠，始知之。颇工诗词，幼读书，涉览不忘，其父为授《史记》《通鉴纪事本末》，遂能淹通故事；又授以《香山诗》一编，曰："此殊不难。"试为之，清言霏霏，如写露珠，冥搜悬解，已足方驾元和。孟钿最熟史事，闲窗煮茗，举某人、某事、某语，在某某传，互相赌胜，旁人辄不及。年十九归崔龙见，龙见字时则，号曼亭，进士出身，以才名世，婚后夫妻恩爱，相敬如宾。龙见放衙之余，举案暖茗，相与上下古今，旁及风雅，如嘉宾然。孟钿爱读随园诗，倾心企慕。严侍读从长安归，孟钿厚赠之。严问至江南，带何物奉酬。曰："无他求，只望寄袁太史诗集一部。"孟钿有识见，曾居于湖北危城中，烽火四逼，指挥若定，贼侦有备，旋即解去。临危处变，动合机宜，无论巾帼之所难能，即士大夫当之或不敢自信。袁枚评价曰："天为佳人破常例，清才浓福两无妨。"所著《浣清诗草》八卷、《续集》一卷、《诗余》一卷，有乾隆四十一年刻本。

此集前有外祖定涛老人、父钱维城、钱维乔、刘绍攽、管世铭、洪亮吉六《序》；钱维乔、杨庚、崔龙见、袁枚、钱琦、董达章、孙锡、金关关等人题词。孟钿诗宗唐贤，以浣花、青莲为归，故自号浣青。洪亮吉《北江诗话》赞其诗"如沙弥升座，灵警异常"。袁枚《随园诗话》曰："闺秀少工七古者，近惟浣青、碧梧两夫人耳。"《汉通天台铜人歌》曰："武皇岁起云阳宫，高台屹与云汉通。欲求真诀炼颜色，紫琼之露飞濛濛。青霄不下两皇子，十二仙人一夜死。文成五利不及一少翁，能使香魂望如水。凄凄茂陵月，玉碗埋苔碧。难闻舍人壶，空羡方朔戟。当涂代汉逾百年，铜人之泪流作铅。移经灞水亦伤别，回头立尽东关烟。君不见，古今兴废皆陈迹，金石有情悲过客，化为铜驼卧荆棘。"《华清宫怀古》曰："霓裳歌吹动华清，小辇曾催花底行。池上鸳鸯怜并宿，天边牛女笑长生。空悲此日金钗擘，何事当时白练轻？一曲霖铃传夜雨，寿王宫内月同明。"《始皇冢》云："骊山高复高，落日霾荒台。西风吹白道，下见幽宫开。秦政惜乱纪，刑杀如霆雷。鲸吞六国尽，声色非仙才。童女不复还，龙战飙轮摧。寄言镐池君，英武安在哉！千人竞讴唱，运石清渭隈。筑之崇三坟，下锢泉水来。黄金作天地，日月为樽罍。银海渟不流，人膏灿无灰。飞蚕三十箔，一一红玫瑰。知埋几皓齿，何论万匠衰。可怜闭衰草，虎视敛寸坏。虽令地成市，还买青阳回。宝玉不在土，死增毛骨灾。徒闻古丈夫，霞举登蓬莱。”语言精练，含蓄回味。孟钿夫妻唱和诗亦多，如《秋夜怀外子》《送外子》《揭晓日寄外子》《秋夜寄外子》《寄怀外子》《秋日寄怀曼亭》《又寄曼亭二首》《中秋不见月寄曼亭》《客中寄怀曼亭》《对雪怀曼亭》《再寄曼亭》《不寐寄曼亭》《重九寄曼亭得迟字》《月夜寄曼亭》《舟行寄曼亭》等。《重九寄曼亭得迟字》曰：“三年寥落对清卮，薄宦如萍任所之。露气渐凋林下叶，霜风暗渡鬓间丝。归从白浦鸿相侣，瘦尽黄花蝶未知。便遣南山多爽气，吴枫著眼惜春迟。”缠绵悱恻。与弟妇庄循之多有唱和，循之为庄培因长女，有《深柳堂诗钞》。其《寄怀弟妇庄循之代简》曰：“玉宇新晴银汉白，金风欲动高梧色。三年别泪染罗衣，五夜鸣蝉警瑶魄。人世暌违参与商，回头灞岸两茫茫。好梦不堪愁里短，清宵只为别时长。庭闱望远长安道，赖子承颜侍昏晓。闻说充闾幸及秋，试啼应许新雏好。兰芽初吐桂香清，报道郎君有盛名。已从汤饼征熊梦，更喜笙簧待鹿鸣（时大弟试京兆）。锦江木落迟归雁，天末迢遥云一片（谓二弟在蜀）。佳节重阳竹叶杯，异乡三地茱萸晏。嗟余卧病掩蓬门，疏雨斜风断客魂。西笑岂宜时世目，南云空覆故人樽。痴儿长大惟争栗，三载读书丁未识。阿馨娇小最堪怜，终日牵衣抱日眠。鹿门偕隐吾岂敢，向来欢乐随花减。断桥烟水木兰桡，长堤风柳芙蓉舰。催诗曾赌玉搔头，何处莺花不上楼。蔼蔼秋云伫凉月，涓涓春水记清游。清游盛事不常在，凉月冲波落西海。归燕差池故垒空，啼螀断续华年改。昨夜铜壶唤梦迟，见君颜色觉疑非。相思为寄西风道，楚竹千条知不知!”另有家常事务吟咏，直抒心意，为性灵佳作。如《长日多暇手制饼饵糕餐之属饷署中亲串辄缀小诗得绝句三十首》有《麦粥》《炊饼》《玫瑰糕》《腐羹》《薄荷汤丸》《芡实粥》《松子糕》《莲子茶》《菱角饺》《马蹄酥》《春卷》等作品。管世铭有和作，诗前《小序》曰：“丁酉夏日客刺史乾州官舍，刺史之配钱宜人常于晡后手作糕粢饼饵之类，以馈群从中外之主其邸者。每出一品，先送小诗一章，隶僻事，关险韵，以难坐者。食毕，辄各依韵奉酬。”

另有词作三十二阕，如《长亭慢·杨花》曰：“似花似雪浑无绪，过眼韶光，者般滋味。数点霏微，画檐飘尽向何许？断肠堪寄，更莫问、章台路，便折得长条，已不是、旧时眉妩。迟暮，望天涯漠漠，忍见乱红无数。池塘梦醒，倩莺儿、唤他重诉，却又被晓风吹去。更凄冷、一天烟雨，算只有灞桥，几曲绾愁千缕。”李佳《左庵词话》评曰“清虚婉约，词家正派”。

又，钱孟钿外祖母杨珊珊，字珮声，山阴人。布衣杨宾女，按察使金祖静室。著有《佩声诗稿》一卷。

又，钱孟钿外曾祖母方京，字彩林，亦有诗集《彩林集》二卷。钱维城有《方太恭人传》。其诗古体宗汉魏，近体宗盛唐。《示长媳杨珊珊》曰：“宛似举场科举士，妆成惟对古人书。”沈德潜《清诗别裁》评曰：“姑近儒者，妇近书生。闺中乐事，备于一家。”

又，钱孟钿侄女钱湘字季蒴，武进人，赵仁基继室。幼好读汉、魏、六朝、唐、宋诸诗，口诵心解，无所留滞，多至二千余首，间自为之，思致清逸。及归赵仁基，即喜填词。未一年，所诣远出诗上。然好为忧伤憔悴之语。著有《绿梦轩词》一卷。

《绿秋书屋诗钞》二卷　　嘉庆十三年扬州文轩楼刻本

张因　撰

张因（1741—1807），原名英，字净因，号淑华，又号净因道人，甘泉人。儒生张坚女，母徐氏为徐石麒孙女，黄文旸妻。文旸字秋平，著有《扫垢山房诗钞》十二卷。因幼读书识礼，知孝义，兼工绘事，夜观恒星，皆能指而名之。年二十五归黄秋平。成婚前秋平即慕张因之才，秋平《柳絮和韵序》曰：“一日，好友张丹崖以《柳絮》一诗（张因之诗）遍请塾中同学和诗，旸和诗云：‘梅实青黄春意微，吹来柳絮拂人衣。鸳鸯宿处多芳草，化作浮萍不肯飞。’张丹崖大为赞赏，因恳请座师王世锦主盟。王师索诗观后，欣然允诺，云：‘此诚佳话，吾当力成之。’”成婚日，业师王世锦作《双美行》，吴并山作《柳絮篇》和书一册相赠。秋平雄于文，为里中老宿，屡不第，家贫，以馆谷自给。其《自述》诗有“古今较穷境，我穷实无敌”，“所嗟谋太愚，碌碌事笔墨。文境与穷境，其苦无不历”句。然虽生活窘困，夫妻二人题咏联吟，琴瑟和鸣，传为美谈。因常典簪珥以为炊，或以画易米，与秋平相唱和；或赌记书籍、册数、典故以为乐。嘉庆五年因年六十，秋平作《寄寿净因》诗四首，后记云：“此诗因写家书，偶有余幅，遂走笔书寄，故坦率未及推敲也。乃山妻与大儿得而和之，长媳之兄焦君里堂又爱而刻之，遂致传播四方，纷纷投赠佳篇，得诗近三百首，次原韵者三十五人。遂成一时盛事。”张因尝执贽于袁枚门下，为“额外女弟子”，又曾收汪嫈、江素英等闺秀为女弟子。阮元《雅安书屋序》云：“今观诗中，知节母（汪嫈）为春侄女，早受诗于秋平，又从游于净因，渊源有自。”汪嫈集中有《读黄秋平诗文稿》《题黄师母张净因孺人绿秋书屋诗集》，《题江素英月娥望云图》诗小注曰：“素英工诗善画，性情纯淑，许字皖江文学张某，最为净因师所契。”可知张净因曾为闺塾师，教授女弟子。后曾馆于阮元家中，与阮元夫人孔经楼，刘书之、王凝香等名媛结扬州曲江亭诗社，时人艳之。阮元《净因道人传》曰：“曲阜衍圣公尚幼，余荐居士往为之师，道人与居士以六十自寿诗唱和，山左盛传之。居士长余二十七岁，余童时即见居士道人于扫垢山房。岁癸亥邀请二老来西湖，扁舟涉江，登虎阜、泛莺脰湖，皆有诗。余于署中别馆居之。每二老出游，竹舆小舫，秋衫白发，潇洒于湖光山色间。余内子孔亦以诗与道人相唱和。岁乙丑，画《扫垢山房联吟图》以寄意。名士多题者。岁丁卯，居士客于外，其弟暨长子妇死，道人经其丧，劳且哀。季冬居士归，道人以微病卒。”逝后，黄秋平有《哭静因闺友一百韵》，大儿黄金作《哭母诗八十韵》等。所著《绿秋书屋诗钞》二卷，有嘉庆十三年扬州文轩楼刻本。

此集前有金兆燕、黄文砀二《序》。黄秋平《序》曰：“净因善读书，性尤嗜诗。父解亭先生督之严，诫以笔墨非女子所宜，乃不敢多作。归予后唱和甚众，而米盐间之，又索画者多，乃至日不暇给，遂厌苦笔墨，守父诫，一意以女红易甘旨。中年后谓女史以阃范为重，未可有鹜门户之习，益绝口不言诗。有慕名来访者，辄以不识字峻辞。嘉庆甲子，净因已年六十三岁矣，予携之游西湖，阮云台中丞，予旧友也，其孔夫人亦世谊，并延入署，因得与夫人唱和，始稍稍料理旧业。予诗为孔上公所刊，今孔夫人因亦索刻净因之诗。予为之编次所作，仅得三百余首耳。”集中存诗一百八十三首，不足三百首之数，因未见其他版本，不知是否当时曾刻《绿秋书屋诗集》五卷或者今传世一卷本乃删减后刊印。

《绿秋书屋遗稿》一卷　　嘉庆十三年刻本

张因　撰

张因所著《绿秋书屋遗稿》一卷，有嘉庆十三年刻本。此集前有钱塘吴锡麟、阮亨仲二《序》；阮元《净因道人传》；王柳村、阮亨仲《诗话》；卷末有长子黄金《跋》及众闺秀孔璐华、刘文如、王燕生、鲍之蕙、熊琏、江秀琼、卢元素、谢素珍、王琼、王乃德、王乃容、季芳、季淑文等人挽章，附黄文旸《哭净因闺友一百韵》、黄金《哭母诗八十韵》、黄宝銮《除夕梦母诗五十韵》。集中存诗四十三首。阮亨仲《序》曰：“丁卯冬，道人卒，余吊以诗云：‘扫垢一生偕隐老，白圭五载说诗忙。’并属其嗣小秋、小坪等收拾遗诗，以他日枣梨之寿。戊戌夏，道人遗诗录成，予往杭州节署，携之以行。每当山光水色间，时一讽咏，辄有仙气。吾兄因为之作传，以付梓人，并刻其遗诗入《淮海英灵续集》云。”后有大儿黄金《跋》曰：“右先慈遗诗一卷，金于灵前泣血录成者也。音容如在，一灯黯然。回忆去岁，叔卒于春，妻卒于秋，先慈支持丧葬，精神劳瘁，遂至不起，哀禽叫啸，抱恨终天。此后哭母思妻，慰父怜弟，无往非伤心之境矣。《绿秋书屋前集》已经刻板，今遗集金与弟宝銮又共校梓之，冀勿湮没云尔。”可知《遗稿》当在净因逝后其子为之编次，阮元为之刊印。黄秋平《识》曰：“《绿秋书屋遗稿》一卷，净因殁后，儿辈所辑录者。予每检视，辄泪落盈襟，不忍卒读。戊戌阮梅叔上舍自杭州归，出示令兄云台中丞所撰《净因道人传》，并属刻其遗诗于《绿秋书屋诗钞》之后，予感中丞之意，乃忍泪重为校编刻之，冠以中丞之传、诸闺秀之挽章，而予所作悼亡百韵、二子哭母诗，亦附焉。俟刻成，以其印本与予《扫垢山房诗钞》装为一函，生之为伴，死以之为殉而已，哀哉!”《梧门诗话》卷十六曰：“予于张净因夫人《绿秋书屋集》中读其《闺中杂咏》数十首，句如《春树》云：‘接叶巢莺香更妙，分枝系马影初斜。’《春晴》云‘游丝无力依芳树，飞絮多情托绿波’等句皆工稳可诵。至《浇花》云：‘要借西湖泉水润，莫将北苑晚花残。’《秋阴》云：‘秋阴未必如春重，也覆江城十万家。’《慰熨衣》云：‘帘前一桁安排好，却念贫家织未成。’具此胸次，不得以巾帼中人语目之。”《题阮梅叔珠湖渔隐图》曰：“北湖清浅水连天，记是吾家老屋边。凉月一篷烟一笛，芦花深处钓鱼船。”《梦桃花》曰：“天上碧桃花，路旁杨柳树。同在春风中，遥看隔烟雾。”《春寒》曰：“昨日晴和今日凉，炎凉难定惜流光。桃花敛色不成艳，愁向窗前问海棠。”《自题诗集后》曰：“入世劳劳六十年，愧无史笔记书编。半生已毕亲庭事，白首联吟足感天。”“往事频思变幻多，春花秋月任消磨。浮云眼底纷纷过，闲倚南窗自咏歌。”“诗以言怀爱述真，多愁善感总伤神。平生怕作攒眉句，说与红闺漫笑人。”“看破浮生若水沤，茫茫天地欲何求。读诗爱读渊明句，只赋黄花不赋愁。”

《盼怡楼诗稿》　胡文楷抄本

项蘅　撰

项蘅（1743—1814），字香芷，钱塘人。河南灵宝县令项藻采女，年十九归临海张应彪。其舅观其《怀故乡》《忆西湖》等寄志于诗之作，见而喜之，曰：“妇饶有性灵，可以造就。”于是选唐诗中清新有蕴藉者，指示之，使朝夕讽咏，略知梗概，但未尝究心古体。时其长子颖元尚未冠，每夜挑灯课诗，出则冠军，蘅益肆力，言闺阁中女红之外，借以遣兴亦可教子，非无益也。应彪谋食远游，蘅于琐屑家书无不缀以诗句。《苦雨读方夫人芳佩诗》曰：“此时胜有耽吟癖，题得新诗自倚楼。女子善怀固有自，风人接迹自成家。”后得疾，卧床一载后卒。所著《盼怡楼诗稿》一卷，有嘉庆间刊本；胡文楷抄本。

此集为胡氏抄本。集前有霞城张灵江《序》，卷末有张应彪《跋》，二婿三子为之校订。集中录诗七十首。《寄外》曰："去年残雪渡钱塘，今日炎威又束装。碌碌总非关己事，问君辛苦为谁忙！"《附寄外信尾》曰："未接鱼笺一月余，客窗眠食近何如。只愁积券来催债，休愧空囊不寄书。孤馆凉生秋到后，乡关梦醒月明初。归家须信贫为福，抱瓮栽花计未疏。"《秋日偶成寄外》曰："风撼林稍叶渐稀，感时检点寄寒衣。笺长不诉家园事，好待征人缓缓归。"缠绵悱恻，情真意切。《夜坐闻虫鸣口占》曰："风露凉时任意鸣，空阶无处不秋声。翻怜尔有添愁意，伴我沉吟到五更。"另有颇富生活情趣的诗作，如《得武林麻酥糖》曰："玉屑盈盘远寄将，才欣入口已流芳。胡麻做饭非珍味，乳酪成酥别有方。堆处欲欺云子白，拈来疑带竹芝香。分尝一夕喧童稚，自别西湖又四霜。"《咏腌菜》曰："晚崧出土剧甘甜，腌就宁输玉版尖。老圃情怀敌冰雪，贫家况味在齑盐。不须鬲釜烹调力，但借瓷罂封贮严。寄语世人休肉食，菜根香里足安恬。"《艾把》曰："利喙攒人贵大攻，冰台采得束成丛。诛蚊不待三年畜，向暮全凭一炬功。藤簟梦迴烟正碧，纸窗风漏焰微红。如薪要是绸缪早，贩到纷纷五月中。"

《畹香阁诗钞》一卷　嘉庆十三年潜江熊氏惜余堂《赐墨堂家集合编》本

张淑　撰

张淑（1756—1808），字兰仲，号畹兰，安徽怀宁人，熊宝泰室。知府熊象阶、才女熊象慧母。张淑《自题诗稿后》曰："书本父传聊识字，诗从夫授不名家。"母早卒，"早岁慈亲失，扶持姊力多"。婚后与熊宝泰夫妻恩爱，因宝泰外出，与人同游，舆人辈争舁之，故而为之作"瘦尽腰围君莫恨，舆人争舁沈东阳"句。《同外子泛舟由石簰回潜山》中有"读罢青莲诗一卷，蓬窗相对长沙风"。教子读书，有《儿子象阶读尔雅寄王紫霞二首》《儿子聘妇十龄能作大字》等诗，其子象阶由河南知县历卫辉知府，纂修《浚县志》二十二卷、《金石》二卷。其女熊象慧亦有诗才。所著《畹香阁诗钞》一卷，有嘉庆十三年潜江熊氏惜余堂刊本，收入《赐墨堂家集合编》，附于熊宝泰《藕怡类稿》后。

此集前有嘉庆八年吴芳培《序》，男象阶、女象怡、象蕙、象忆、象慧校，华亭王毓曾紫霞为之点评。集中录诗五十五首，卷尾附录词二阕：《沁园春·遣嫁词为二侄女作》《步蟾宫·二姒好畜猫词以戏之》及《复张恭人启》文一篇。《读宋史》曰："楼畔无端歇六更，西湖湖水咽悲声。当年不用嘲花蕊，也有佥名谢道清。"《题白香山诗集后二首》曰："长庆诗篇高莫攀，阳春一曲和皆难。白诗解得谁吟得，都作他家老妪看。""人人学白真堪笑，遂与香山骨与皮。不及长街葛清勇，满身刺遍舍人诗。"《自题诗稿后》曰："妇人那欲见才华，偶尔闲吟闺阁间。书本父传聊识字，诗从夫授不名家。绣余却喜千般巧，笔底难云五色花。小集只须留覆瓿，免抄袍袄布天涯。"《呈外子》曰："仪狄一造酒，万古欢颜开。嗟吁好女子，创造真奇才。余性不能饮，日日治罇罍。夫子雅好客，一饮三百杯。斗酒不时需，倒尽拍案催。骂坐客尽散，瓮边玉山颓。妇人遗害大，狂药谁能裁。喃喃咒杜康，杜康岂受哉？"王紫霞评曰："明江阴周淑禧《杜康祠》诗云：'最怜苦相身为女，千载曾无仪狄祠。'以秀婉胜，此诗首四句以爽朗胜。"《池上作》曰："几树梨花淡似云，危阑独倚看斜曛。小池不欲留人影，一阵清风乱縠纹。"王紫霞评曰："水平忽起微浪，常景耳，写来静细如此，有顾影自惜之意。紫霞百读不厌也。"《题外竹林独坐图小照二首》之一曰："秋水为神玉作肤，萧疏竹树傍山居。只因妾亦无容貌，不画梁鸿举案图。"王紫霞评曰："熟事用来颇有生趣。"王紫霞为畹香闺友，集中有二人唱和诗作，诗评颇具女性特质。

又，女熊象慧字芝霞，吴栻妻。所著《芝霞阁学吟》一卷，有道光元年刻本。此集前有熊宝泰、吴世登《序》，翟慕庾题词。附词余十二阕、《无情子传》《哀猿吟》二文。何绍基《（光绪）重修安徽通志》曰："泾县吴栻妻熊象慧，字芝霞，潜山人，性聪颖，好佛。后读《封禅书》及楚诸王奉佛事，遂弃经卷不观。工吟咏，与夫自相唱和。著有《芝霞阁诗抄》四卷、《无情子》一卷、《哀猿吟》二卷。”其《外纳妾戏赠》曰：“我见犹怜发最长，目迷五色笑檀郎。从今洗耳听狮吼，卢扁难传止妒方。”另有《题汤母杨太夫人吟钗图五平五仄五十韵》长诗。

《咏雪楼稿》五卷　　道光十三年半偈斋刻本

甘立媃　撰

甘立媃（1743—1819），字如玉，奉新人。雍正举人甘禾女。幼颖慧，承父母教，娴内则，习经史，年二十一归徐曰吕。立媃性仁孝恭俭，奉先祀蘋藻必洁；见人困，施无稍吝。谙医卜，邻妇有疑，为占天罡六壬，辄奇中，凡问病者告之良方，或赠以药料俱验。御下严而有恩，婢女出嫁后夫家贫，仍赈恤之。婚后一年，徐父逝，佐治丧如礼。夫曰吕甲午肄业白鹿书院，旋赴省秋试，骤患暑疾，舁归，遂捐馆。立媃念姑老子幼，忍死摒挡丧事，悉鬻衣饰奁具奉姑甘旨，而自食蔬粥。每夜课二子读，督女针黹，漏下数十刻不绝。自子芸门为进士后，常以诗勖之。及芸门改官南陵，迎板舆至署，乃谓其子曰：“予此来非就若养，盖观若政也。”每决狱，必问所平反，亲捡食物棉席给禁囚。邑有水旱，辄斋戒手自为蔬，祷于内署。芸门出捕蝗，立媃诫务祛害安农，毋惮劳惜费。尝出缗钱抚孤贫、瘗露骸，邑人德之，记其事于志乘。长男卒，无子，以季父孙为嗣，立媃痛之，遂患目疾。后芸门以亲老乞养解官，立媃归里第，居二载，乃卒。生平喜吟咏，前后六十年所历艰苦，备形诸篇章。《七十生日自赋并谢赠诗诸君子》记述其一生境遇：“十三早学字，十七仲兄亡。十八姊氏殁，哀哉母复背。廿一归徐门，严君痛易箦。卅二遭蹇来，所天惊崩圹。睚眦门内生，委屈弥间隙。四十教益勤，两子游頖辟。五十驶流年，婚假事繁赜。六十看采衣，黄甲新通籍。玉堂克绳武，文章期报国。万苦与千辛，尝尽转安适。自今从头数，七十年历历。”所著《咏雪楼稿》五卷，有道光二十三年（1843）半偈斋刻本。

此集前署新吴女史徐氏甘立媃如玉著，男心田梓校。集前有长洲宋镕、王若闳二《序》、甘立媃《自序》。《自序》曰："幼从父受书，先大夫训词，以为妇德，首德，次即言。言非口舌出纳之谓，人各有心，在心为志，发言为诗，则诗即妇言之见端也。故诗无《关雎》，无以见姒妃之德；诗无《柏舟》，无以见共姜之义。孔圣删诗，列于《风》首，诗顾可以女子废乎？忆予自髦而笄而于归，由女而妇而为母，习姆教正内位，孳孳恐不及，奚暇工翰墨，第阅世久，其间送往事居，值骨肉变故，离别死丧，及身历险阻困迍危难，不敢告人，而实有不能已于言者，一一寄诸讴吟，写我心已尔，諓志己尔，诗云乎哉！今老矣且病，目昏。次儿辞官归养，因乘暇，葺予稿本，欲请付梓。予令于膝下逐首诵一通，半从芟削，可存则存，不过留贻后人开卷披读时，识吾志已尔，体吾心已尔。以问世使比诸咏絮颂椒，媲古才女之列，则非吾愿也。"卷一《绣余草》录古今体诗二百一十首；卷二《馈余草》录古今体诗二百四十八首；卷三《未亡草》录古今体诗一百八十七首；卷四《就养草》录古今体诗二百六十三首，附书疏记说；卷五诗余，共一百零七首。《归舟图诗》《像赞》《墓铭》并附。宋镕《序》曰："读集中《侍病》《哭母》等什，则孝女也；《答外》《忆外》及《写姑真容》诸作，则孝妇也。《梅花》各咏及'命薄分当殉，肩重义难死'之句，则贞节贤媛也。《示儿》各章暨《喜雪》《春兴》《祈雨》等篇，则又敬姜之勤，陶母之俭，欧母之训，迪隽母之平，反合古昔贤母而萃于一身也，而顾仅以诗鸣乎哉！虽然其人可传，其诗即可传矣。及其御内灾，捍外患，又谙医卜，济人利物，诸行事皆不见于诗，是又得乎先贤不伐善之意，盖其积于学者深也。""雪楼夫人生秉坤贞，矜内行，遇事能持大体，胸臆所抒，时形诸著述，其文章活人已锓梨枣，偕志乘不朽，行见道成德彰，足昭彤管而垂女范，兹编特其吉光片羽欤？夫人虽不欲以文自见，而为子者毅然梓行，亦不失显亲扬名之意，又何必拘于出告反面之虚文乎？"王若闳《序》曰："今观咏雪楼之诗，分列四集，自幼稚而老寿，女德母仪，无不聿臻醇，而且身历多艰，哀而不怨，荣膺禄养，自视欿然，是盖由于天性之纯粹，家学之渊源而言乎？其所不得不言，非有意求工，而欲博人知者也。而读是集者，亦可想见其志之卓越寻常，而且知有本之言，实足永垂不朽已！岂以诗名乎哉?”《绣余草》为其二十岁出嫁之前作品。首载七岁所作《咏圆月》诗，可知其早慧能诗。集多载述闺中生活诗作，如《恭和严亲鸿雁来宾排律得宾字》《和诸兄喜雨原韵》《元日偕诸兄妹侍两亲试笔》《夏夜同姊玩月联韵》《月夜理琴》《月季花》《杜鹃》，其中《哭姊》《送姊出殡感赋》《九日悼亡姊》《悼三嫂潘夫人》《雪夜侍母病》《哭母》《春晓哭母》《除夕哭母》等诗尤为真切感人。《述怀诗》可作自传。卷末《催妆》《升舆》则记录其婚事。《馈余草》为其婚后所作。载《初见姑舅》《姑领见祖姑封母赵太孺人》《入厨》《晓妆对镜口占》《春夜观夫子读书》《春晓忆外》《春夜忆外》《村居即景忆外却寄》《答外》《送夫子客外》《对月忆外》《雨夜忆外》《送夫子省试》《寄外》《雨夜答外见寄原韵》《答外和见寄之作》《秋夜闻雁忆外》《月夜答外》《秋夕伴读和夫子韵》《月夜忆外》《咏灯花寄外》《忆外》《暮春夜寄外》《仲秋雨夜答外》《中秋闻笛忆外》《和夫子见赠韵》《和夫子游百花洲原韵》《承夫子遗甘露一枚并缀以诗依韵奉答》《早梅和夫子原韵》《和夫子春日登滕王阁怀古原韵》《和夫子咏兰原韵》《晓妆偕夫子联韵》数首，卷末有《嫁婢》一首。《未亡草》为夫亡后作。首为《哭夫二首》、《哭夫》绝句六首、《忆昔十二首》、《追写夫子真容》、《检夫子遗篇》、《检夫子诗稿感吟》、《展夫子遗篇有感》、《口吟示二孤》、《九日寄示两儿》等。《次儿往省教书诗以示之》曰：“舌耕初事忍暌离，细写箴言嘱阿儿。书足三余无暇晷，座陈四友莫倾卮。砚田承祖勤其获，衣钵传人要勿欺。教学曾闻共相长，莫矜年少已为师。”《自嘲》曰：“惭愧少小时，酷爱涂吟稿。句拙笑大方，女子无诗好。待将弱管抛，争奈诗魔吵。催写转添愁，愁多字颠倒。血泪染紫笺，诸生哪知道。”《述怀》曰：“已遣诗魔学礼禅，任他花柳换流年。只因慰勉儿曹志，又写幽怀寄素笺。”《就养草》为其六十岁后之作，多行旅诗。《癸亥八月初九日起程赴南陵署》《舟行口号》《风夜挂江停舟》《秋晓放船》《中秋前一夜薄暮行鄱阳》《舟过南康望庐山》《泊大姑塘》《小姑山》《铜陵县泊舟》《泊荻港》《舟中对月书此先寄次儿》《凌晨登轿赴署途中即事》，均平和雍容，心境澄明，无悲苦之情。如《偶吟》曰："闲披牙轴启窗扉，捧卷临风对夕晖。放眼看来天地小，回头认到昨非今。理禅始觉心无垢，书叶方知笔有机。万籁寂时人意静，月移清影上屏帏。"另有《花中十友诗》《梅花绝句三十首》等，附录《幽闺赋》一文。

又，集中训子文可见其理家处事原则。《寄次儿书》曰："凡读书人自以为是，好说人短，乃第一毛病。既得功名，不必自夸笑人为骄。即作往来间稍露快意，积于中未满，形诸外，便是骄对失意人。尤宜谦损。若不谦损，在我不过自鸣得意，在彼实无以自容。"《寄次儿第二书》曰："汝途经扬州，稍有张罗，不须买衣料食物以献于我。务留意购一小鬟，须采正人家子女，相貌端正，不取娇艳，身价亦廉，携归备作庶妾。以汝妇身体欠调，胎孕恐难速就。"《慰次女书》曰："闻汝哀痛，毁伤至形头面，仅存微息，此亦贞烈之性使然，又以救急得不死。虽然死易耳，不死乃难。汝当为其难，是惟顺变忍逆，啮齿刺心，以图终养生慰死大事，但苦险吾已历尽，不料今汝而亦遭此，天也，命也。听天顺命，无他法。孀居只有奉姑兼尽子职，教子当全父严，续书香守先业，如是焉则可也。""汝夫妇原为奉养祭祀，不幸汝夫故，未见克终，子职责全付于汝，汝若能，乃成节孝；不能，虽节，不得为孝也。""汝当修身自重，操作弥加勤，日用弥加俭，谨闺壶，慎言语，切勿蚤夜悲啼，时叹时哭，启人讪笑，不似宦家闺媛，且恐因忧召疾。""幼子渐长大，教读不可姑息，心虽十分爱怜，口要十分严紧，能如此可陶养成人。"《寄次儿第三书》曰："今之人动曰：做官解穷。想解穷，必贪财，贪财必受赃，必扯亏空。受赃必枉屈百姓，扯空必贻累子孙。不知做官乃理民事以报国恩，乃扬名声以显父母。若如彼者，是殃民而误国也，是败名而辱亲也。""总之，汝做此官，家中度日，妻孥衣食，如未做官时一般。精神要比未做官时加倍保固，心思要比未做官时加倍精细，要比未做官时加倍谨慎，时刻兢惕恐惧，且勿稍稍孟浪糊涂。至立法除弊，鞫案慎刑各条，有吏治、悬镜、洗冤等书，为官者当自详览之，毋俟予之赘言。"《捐大祠祭田记》曰："因闻祠堂向乏公项，近年冬至元日祀事缺如，为官者清贫多累，苦无余俸，予用悫然焉。予将手置田业，除分拨子媳外，尚有存。予养田四十亩零，献于公祠，以助岁祀之资，区区之物，无足当数，想我族中必有好义君子，相率捐输，共成善举。俾岁时笾豆有供，永远弗废。”《改次子榜名说》《祈雨疏》《祭先夫文》《捕蝗诫》《次日又寄嘱》亦有见解。

《听月楼遗草》二卷　乾隆四十八年金氏行素堂刊本

汪韫玉　撰

汪韫玉（1743—1778），字潜辉，一字兰雪，安徽休宁人。归安诸生金潮妻。少聪颖，性耽翰墨，从季父学诗两月，即能吟咏；性端庄淑慎，内言不出，侍父母以孝谨闻。母殁，抚诸弟妹，诲养备至，巾帼中有须眉之目。年十八，归瓯西金若川子金潮。金故望族，簪缨阀阅，翟茀鱼轩，一堂之上，辉煌焜耀，韫玉处之恬如。教育二子，年俱幼已崭然见头角，其诗学之得于胎教。年三十六卒，其夫为之赋《悼亡诗》八章，委婉缠绵。所著《听月楼遗草》二卷，有乾隆四十八年（1783）癸卯金氏行素堂刊本。

此集为韫玉逝后，金氏捡其遗稿得诗若干首，不忍听其沦没于书虫竹蠹间，为之付梓。集前有陆锡熊、秦潮、金成琏、汪滋畹四《序》及汪沦原《兰雪诗人小传》，吴省兰、吴蔚光、王京、黄世墀、王浦、汪森祖、汪法、金棨、金翀等人题词；卷末有汪作霖、金鉴《跋》，金潮《悼亡诗》八首。上卷存古今体诗六十四首，下卷存古今体诗七十三首，且附时人点评。陆锡熊《序》曰“能远宗二南，近法三唐，得性情之正，极格律之精”，“咏物遣兴，亦必裁伪体、亲风雅，脂痕粉艳，一洗而空”。秦潮《序》曰：“女史诗无俗艳，无柔骨，无靡曼声，而端庄沉厚中自有一种温雅之致、婉丽之思，不失闺人本色，是真能自道其性情者。”金成琏《序》曰：“其辞正以醇，其音和以婉，其言情也肫，挚而不佻，典丽而有则，益徵夫人之精神凝注，堪与白首沉吟者辉映。”汪沦原《兰雪诗人小传》曰：“其为诗也，雅不喜香奁体，吮墨含毫，字字俱从灵府中流出，而一种兰芬桂馥之气，扑人眉宇。”《春昼》曰：“春昼阴阴绣懒拈，鹧鸪声里雨帘纤。多愁怕见东风面，一任花飞不卷帘。”清词络绎，楚楚有风致。《闻蛩》曰：“秋闺怜夜永，凄恻动鸣虫。已苦当窗月，还惊落叶风。似愁吟不定，如语絮难终。无限关山意，听来枕畔同。”如《促织》意蕴。《咏织布》曰：“寒灯永夜响咿哑，蜀锦吴绫且漫夸。生就木棉天畀汝，免教寒士衣芦花。”气魄宏阔。《读离骚书后》曰：“屈子当年悲放逐，满腔心事写离忧。美人香草关风雅，纸上都无一字愁。”《初夏送外》曰：“送远当初夏，江亭柳色深。孤舟千里客，别梦故园心。玉笛愁难诉，金樽醉不禁。山楼新月夜，怊怅独登临。”《落石台》曰：“奇石何年落，登临亦快哉。三山移欲合，五水汇初来。月色前村雪，松声大壑雷。悠然诸境外，即此是灵台。”雄健悟彻。《偶成》曰：“画楼银烛照金觥，紫袖成行奏玉笙。一样秋风与秋月，茅檐终夜听机声。”词艳意凄。

《静斋小稿》一卷　　乾隆间刻本

陈广逊　撰

陈广逊，字素恭，一字静斋，广东顺德人。海阳训导陈次文女，何勤良妻。幼时喜弄笔墨，读书声琅琅，稍长学拈韵为诗，母欣欣然指授诗法，于是解声律。十二岁后，益嗜书，父为之讲解经义及两汉文，听受之有所得然。于归后，其舅以诗学传家，间命赋，辄击钵而就，以故得之欢心。静斋事翁姑甚孝，与夫子闭户相唱和，有偕隐之风，暇则偕婿弹琴饲鹤，啸傲林泉。诗颇多一二名流索观者，或稍见推许。夫勤良以授徒为生，广逊为闺塾师，工梅竹。《顺德县志》曰：“其室陈广逊，字静斋，亦闺秀之杰出者，自有传。巨室延作女子师，岁暮并撤帐归，闭户讲唱随之乐。”所著《静斋小稿》一卷，有乾隆间刻本。

此集前有李文藻、父陈次文二《序》，后有张锦芳《跋》。陈次文《序》曰“七年冬潘君慨然谋付梓”，此时广逊年逾三十。录六十五首。李文藻《序》曰：“其古体纵横有支柱，近体清峭，绝不类妇人。”文中录诗《跛瘫行用王应奎先生箬包船纪事韵》（二首）、《寿何母劳安人》、《次韵寿罗丈雨三》、《先妣罗太孺人讳日》、《寄赠谢菩英》、《黄节妇歌》、《寿何宜人》、

《草书赠潘丈景最》、《漂母祠》、《寿欧阳丈慎思》、《洋桃树歌呈潘丈景最》、《梁丈一峰访外论文留诗而去因次元韵》、《谢欧阳丈慎思惠酒》、《题金钗换汉书图》、《答闺秀梅颜芳见寄》、《新筑落成二首》、《挽欧阳丈慎思》、《老将》、《老儒》、《老汉》、《卜居北郊》、《铁桥》、《秋日寄怀叶澧兰表姊》、《癸未秋移居莲塘次外韵三首》、《白鹤峰寻苏东坡故居》、《过惠州怀念吴顺恪旧事》、《端阳日归善学署中作》、《懒》、《绿珠》、《曹娥》、《木兰》、《缇萦》、《寄谢菩英四首》、《哭姒妇陈氏四首》、《春日外归自塾呈二绝句》、《秋日奉怀家大人海阳》、《寄题鸲矶灵泽夫人庙》、《谢潘丈景最五首》、《集唐句题煮字轩悼亡诗后次元韵八首》等，皆思幽旨远。

《寄生馆焚余稿》一卷　　光绪十年赵希文木活字本

赵秉清　撰

赵秉清（1746—1819），字若韫，常熟人。福宁知府赵贵栻女。幼钟爱于父母，九岁读书《战国策》至战国孝女事，即慕其为人。年十二，母病危，刲股杂药以进，病寻获疗。世族闻其贤，争纳彩，婉请于双亲曰：“父将擢，儿何忍远离，且儿素志固将学婴儿子也。”父母乃怜而中止，卒不可夺。随父官浙，若韫留外家，母殁未及见，痛不欲生，以父在自抑，自是遂长斋。父晚以瞽废家，甚贫，兄奔走于外，攻苦食淡，朝夕扶持，未常少懈。对庶出弟教育尤尽心力，不以遗父忧。及父殁，作《绝命词》，自经以殉，带绝不得死。后遇讳日，废栉沐浴，饮食弗御，历久如初丧。后依从弟居，仍为族党子女授经自给。性绝去雕饰，尝咏兰以自况。秉清不嫁以养亲，则贞以遂其孝，孝以全其贞，可谓奇女子。晚年漂泊，亦无限伤感。有两首《自叹》诗，况其境遇。所著《寄生馆焚余稿》一卷，有光绪十年（1884）赵希文木活字本。

此集前有赵翼、赵怀玉二《序》，曹毓德《赵孝女家传》；卷后有邵渊耀、族孙赵希文二《跋》。希文《跋》曰：“客岁修宗谱，搜辑先世遗著，得《保闲堂集》《入云编》《云海诗集》《蔚子诗集》，先后以聚珍版印行。近从宗君思柔处觅得抄本《寄生馆焚余稿》，芮君韵轩所持赠者也。此稿曾刊于道光年间，《宗谱》载有序文两篇，原刻遗失，无从考其全否。姑仍其次第。归君青士又出二首，缀于卷尾，用付手民，以附四集之后。此篇始属焚余，继归劫火，复出诸灰烬，虽片玉碎金，殆坚贞之操有默为呵护者欤?”《寄生馆焚余稿》共收古今体诗二百余首，按年编次。邵渊耀《跋》曰：“今读《寄生馆》诗，以肫笃之性，高逸之情，发而为言，故清劲醇厚，一如其为人，而丽句好词，又复间见叠出，不以理语以掩，才与行各处其最。”赵翼《序》曰：“格律老成，意理清切，虽老于诗学者又无以过之。则清不惟以贞孝传，而其才亦足传，益以见吾宗秉虞山之秀，习文毅之遗风，虽闺阁中亦卓荦不群也。”《咏兰》曰：“兰本藏空谷，倏然寄此生。临风传韵远，含露浥清香。独擅山川秀，不随桃李荣。孤芳惟自赏，无语抱幽贞。”“孤芳惟自赏，空谷本无人。蕴藉香称国，丰姿清绝尘。晨飧聊试采，秋佩合教纫。莫遣当门植，光风泛上春。”《对雪口占三首》之一曰：“非絮非棉下九霄，坐看平地积琼瑶。花开万树皆同色，天为诗人破寂寥。”《咏梅》曰：“万卉当春艳，寒梅迥不同。晨霜凝未散，夜雪积难融。瘦影标清格，幽香守素风。天生惟自洁，独立寂寥中。”咏物清丽隽永。集中多思亲怀友，寄物感怀之作，如《思乡》曰：“思乡独坐凭栏杆，忽接家书忍泪看。五载未归人寂寞，一年几见月团圞。江边莲子中心苦，雪里梅花彻骨寒。食蘖吞冰惟自励，寥寥孤雁唳云端。”《喜得小婢》曰：“课罢儿童静掩门，新添雏婢伴黄昏。金猊香爇浑无事，细嚼梅花和酒吞。”亦有自怜身世之作，如《病枕口占三绝句》曰：“皎色照幽窗，凉荫落半床。年年秋夜永，未似此宵长。”“绕砌一声声，秋来永夜鸣。无情是蟋蟀，只惯唤愁生。”“昨夜杳何所，扁舟秋水间。最怜鸡早唱，未到凤凰山。”《自叹再生》曰：“忽忽行年三十三，从亲不克转心惭。人情变幻真难测，天道微茫讵可参。疾病一身焉暇治，饥寒二字又谁堪。先民不死将何为，佛氏丹经总谬谈。”

《绿窗吟草》一卷　　旧抄本

杨琼华　撰

杨琼华（1750—1832），字瑞芝，甘肃西宁人，原籍辽海，汉军旗人。大学士杨应琚孙女，江苏按察使杨重英女，姚明新之妻。父重英（？—1788）于乾隆三十二年（1767）被遣出使缅甸，羁留达二十一年之久，守节不屈，归途中病卒，人比苏武。其父曾言有芝草十二茎，乃神仙所贻，故以瑞芝为字。《清稗类钞》“杨琼华爱弟”条载：“杨重英既被执于缅甸，其女琼华，当父在缅时，素服持斋，时遣人周恤其弟。”琼华教子甚严，每从塾中归，必课所业，训督甚勤，做官后，以诗示之曰：“应思将如情殷切，莫使贫士徙故乡。”命子曰：“汝所治仅一邑一时耳，若于亲身阅历有益于民生之事，著成一书，则所益者广且久也。”琼华子《洗冤录解》每成一篇，于体例未协者，亲为指示。秉性仁慈，务以息事安人为本，故常曰：“小民以力为食，一人在官，全家失养，宜勤为断结。”每赐手谕，不及家事，惟以爱民勤政，毋坠家声，殷殷教诫，本仁爱之心，垂为家训。琼华守寡后仅作《静中偶有所闻》《德豫之发两浙诗》二篇，后不复吟咏。著有《绿窗吟草》一卷，今存旧抄本。

此抄本前有凡例八条、《先妣太宜人行状》、袁枚《序》；集中有蒋心余、瑟菴等名士点评。《凡例》曰：“诗集序系袁简斋先生作成于乾隆五十三年，因太宜人不欲以诗名，是以迟至弃养日，始寿枣梨，今仍用原序。”《绿窗吟草》共录诗八十二首。袁枚《序》曰：“其笔秀，风格高整，洵闺中女士哉。当国家征缅甸时节，相秋水公大功不遂，山斋（琼华父）被虏，杨氏一门流离。夫人抱荀灌娘救父之心，慕李文姬抚弟之义，计无所出，尽托于诗。故其字里行间，深情纡郁。”“能不坠家风，可编入诗史。”《闻弟长龄蒙恩释狱》曰：“闻道金鸡下赦竿，廿年今始脱南冠。泪凝狴犴伤公冶，血洒弓衣愧木兰。绝域丹诚生马角，九重雷雨洗忠肝。遥知多病垂哀母，应为娇儿一进餐。”《戊申八月知缅甸送家严朝蒙温治褒奖恭纪》《恭读御制苏杨论学赋纪恩》等诗，瑟菴评曰：“忠孝之心溢于言表，气势汪洋，叙述清晰，允称诗史。”琼华诗文记录其家族盛衰浮沉，亦堪称诗史。如《凡例》所云：“凡言缅甸有关，先外大父前后事迹者，多未详明，尝命豫等恭查上谕奏章，核实恭记，豫恭查口授，丰笔记估，故录后记于卷尾，事皆核实。”《来爽亭》曰：

“虚窗开四面，夏木荫千重。蕉雨一帘碧，松风满坐凉。挥弦思解愠，高枕傲羲皇。不减清虚府，休夸绿野堂。”《最高亭》曰：“坐揽群山秀，还登云外亭。岚风生栋宇，树杪见窗棂。鸟影落空翠，人声来杳冥。尘埃空想望，隔断数峰青。”皆有盛唐之风。《德豫之官两浙诗以示之》曰：“马迹车尘总断肠，依依常念倚闾望。应思将如情殷切，莫教贫士徙故乡。”教孝教慈，蔼然言外。《夫子车使入都侍讲以诗赠别》之二曰：“白发高堂望，轻帆去莫迟。计来相别日，想到省亲时。同有乡国感，非关儿女私。庭帷知恋恋，不敢数归期。”章法谨严。《偶作》曰：“千金买骏马，百金买宝刀。瘴云浓似墨，昨梦到哀牢。杀气缠旄头，寒光剑铁浮。请缨如有路，愿雪戴天仇。”豪气纵横。《题戎装女子图》曰：“休疑玉镜画眉人，金甲霜寒宝剑新。娘子军中曾识面，按图莫错唤真真。”《题谢道韫青绫解围图》曰：“兰心蕙质原难状，亭亭玉貌天上人。佳句曾传咏絮词，解围早设青绫帐。谢娘才思冠江南，挥扇风前妙义含。多少乌衣佳子弟，却教闺阁擅清谈。”蕴藉隽永。《题女史吴正肃秋山读书小照》曰：“迟日红窗倦绣余，闲拈珊管写幽居。溪山奇绝尘寰隔，好读人间未见书。”

又，集中有《题小姑杏雨楼诗稿》曰：“阳春惭愧唱酬来，小阁焚香诵百回。怪道鲍照夸有妹，果然不亚左芬才。”杨琼华小姑姚素玉，著有《杏雨楼诗稿》。

《味雪楼诗草》一卷、《别稿》一卷　　乾隆五十六年刻本

宋鸣琼　撰

宋鸣琼（1750—1802），字婉仙，江西奉新人。九江教授宋五仁慕劬第三女，指挥宋鸣珂妹，涂建萱妻。五岁知书，十龄解赋，未尝就傅，不过问字于父兄之侧而已。年十五归涂建萱，黾勉为妇，操作不暇，不能治笔墨事。伉俪仅七载，夫殂世。尝取各朝诗体及各词曲等书藏之于楼，而颜其额曰“味雪”，暇日即登楼讽诵，或吟咏不辍，廿余载常如一日，其有所作，即以示诸子侄。稿出，人相传诵，一时诗名由梓里而迨及京都，雪楼

之声称远迩。所著《味雪楼诗草》一卷、《别稿》一卷，有乾隆五十六年（1791）刊本。

此集前有小叔涂莅轼、弟宋鸣璜《序》。《诗草》录诗一百五十三首；《别稿》录诗九十六首。涂莅轼《序》曰："至其笔多雄浑，绝无闺中习气，故嘲风弄月所不事，而明心见性之地恒多。"鸣琼多作组诗，如《春日四咏》《游仙诗八首》《新春杂咏四首》《岁暮杂咏四首》《秋夜感怀四首》《秋声和韵十二首》《叠前韵十二首》《女郎诗二十首》等。其《题红楼梦》四绝句为较早的闺秀咏《红楼梦》的作品，缠绵悱恻。"好梦惊回恶梦圆，个中包括大情天。罡风不顾痴儿女，吹向空花水月边。""病躯那惜泪如珠，镇日颦眉付敢吁。千载香魂随劫去，更无人觅葬花锄。""欲吐还茹恨与怜，随形逐影总非缘。自来独木无连理，甘露何曾洒大千。""幻境空空托幻身，彷徨无计渡迷津。断除只有鸳鸯剑，万缕千丝索解人。"《味雪楼独坐》曰："天空木落费沉吟，往事如烟不可寻。十笏危楼千里雪，半瓯清味廿年心。缁经岂定思成佛，得句无须问赏音。爱索梅花与同调，支窗一任苦寒侵。"《女郎诗二十首》之《对镜》曰："碧月涵清影，轻波隐洛神。幻成双玉貌，宜喜复宜嗔。"《醉酒》曰："一酌葡萄酿，醺斜解语花。沉沉欹玉枕，未退粉腮颊。"《检书》曰："坐拥缥缃案，纤尘尽扫除。蛾眉无淮士，香阁有图书。"《自感》曰："冰雪襟怀世味殊，哓哓枉自费工夫。本为天际骊龙颗，混作人间鱼目珠。识字已增天地劫，逃禅未有女即途。江南草长莺飞处，鸿雁关河迹在无。"《自警》曰："沧海桑田几变迁，循环因果想当然。寸长切勿量人短，得半何由恃久全。历劫三千参妙谛，行年五九悟真诠。忏除奚心开经卷，勤爇心香忍字前。"《自悟》曰："信是慈云坐下身，拈花即可悟前因。色香过处诸天杳，钟鼓惊回幻梦新。欲了偏多难了事，不完原是最完人。请看狡狯麻姑来，莫认丹砂粒粒真。"《自嘲》曰："魔不如斯命不奇，非天困我未亡时。谁当歌哭谁当哭，半误聪明半误痴。淡比寒梅尤嗜雪，形同羁鹤也舒眉。平生勘破华胥案，不待黄粱饭熟知。"《望庐山》曰："江楼高拱势排空，庐阜青归夕照浓。背倚五峰开佛掌，横拖一阵画天容。悬崖日射飞泉度，幽壑春留积雪对。欲访仙踪何处是，令人翘首六朝松。”《秋兴八首追和杜工部韵》曰：“金风已是剪琼林，无那深闺万象森。满苑秋光增客思，半庭梧影覆清阴。百年恨寄三更月，万古名悬一寸心。听彻哀蛩肠已断，何堪凄咽更闻砧。”“浔阳江畔日初斜，漫逐流光感物华。镜里有鸾伤对影，天边无路可乘槎。鸿声夜鼓湘妃瑟，蝉韵朝吹蔡女笳。极目行云多少恨，几行清泪湿黄花。”“珠帘十二卷晴晖，金鼎香消宝篆微。水阁阴浓禽独语，碧天云静鹭双飞。书余锦字心常碎，泪尽青灯志未违。莫道秋风太零落，松涛初泛菊初肥。”“世事浮云一局棋，沧浪回首总堪悲。但凭诗酒消长恨，敢拟文章重昔时。碧草鸣虫声唧唧，画帘归燕语迟迟。双眉岂为西风锁，清景撩人费所思。”“谁将彩笔画秋山，万丈烟岚落照间。紫府缘深终系念，红粉分薄苦相关。清霜解换繁华色，明镜能凋粉黛颜。户外流光当自惜，只愁青鬓易成斑。”“无端别绪压眉头，剩有啼痕泣九秋。碧沼芙蓉留晚艳，玉阶兰蕙感新愁。匡庐暮色归残照，溢浦朝烟隐睡鸥。从此云山成远忆，空余魂梦到江州。”“频闻促织夜催功，玉剪声寒绣户中。桐影萧疏宜淡月，柳丝憔悴困西风。更深宝鸭微烟绿，漏尽银釭小焰红。百折可能消慧劫，从此海上忆仙翁。”“闲寻晚翠步逶迤，荷盍临风飐绿陂。篱菊雅铺陶令色，盆兰香馥谢庭枝。金茎露向毫端写，玉漏声从笛里移。最是不堪回想处，紫荆花伴独低垂。”

《独吟楼诗钞》一卷　　道光十二年刻本

郭步韫　撰

郭步韫，号独吟，湘潭人。鄠县知县郭汪灿姑母，邵某妻。自幼熟读经史，号为女博士。初学诗，未解韵律，偶闻邻姆弄幼子，哑呕侧侍，遂顿悟。年十八归邵氏，家贫，布裙荆钗而晏如。生子三女二，夫亡，舅姑令改嫁，以死自誓，操井臼，尽侍奉，夜则纺织以资菽水，每漏五鼓下，机轧轧声不休，如是者有年。以忧劳成疾，家益窘，舅姑就养婿家。长子士怀甫十龄，因戚往岳州习贸易，步韫乃依弟以居。后二子及女皆殇，侄女郭友兰、郭佩兰等侍膝下以娱，故而郭氏三代才女，以步韫为诗学之权舆。步韫为人言语不苟，礼法甚严，令人望而起敬，而待人接下，则又一本宽厚，操持家政，门庭肃然。所著《独吟楼诗钞》一卷，有道光十二年刻本；道光十七年《湘潭郭氏闺秀集》本。

此集为道光十二年刻本。前有马敬之《序》、王继阀《传》；卷末有李大镛《跋》。道光十七年《湘潭郭氏闺秀集》本前有郭润玉《序》。集中录诗一百二十一首。郭润玉《序》曰："吾家诗事以姑祖母为先导，一传而至两姑母，再传而至诸姊妹，皆嗜诗若性成焉者。先是，姑祖母抚孤矢节，茹苦含辛，其时命之艰迍，境遇之蹙迫，郁无所告，胥发于诗，如秋天别鹤，长空哀鸣；如雪山老梅，寒香激烈。读者即其诗，可以悲其志矣。"王继阀《传》曰："诗如哀蝉秋鸣，如孤鹤夜警，悱恻悽惋，令人不可卒读。"《老松》曰："得气孤生碧涧外，耸枝欲入层云端。贞心不识风霜厉，一任朝朝是岁寒。"《梅花》曰："平生性癖爱梅花，玉骨冰容老岁华。只是夜来惊别梦，也劳和月上窗纱。"《梅花》曰："藐姑仙人谪几时，垂垂自发两三枝。频邀静赏送新句，那许纤尘蒙素姿。霁雪长亭鸦去远，寒天小院鹤归迟。春风二月多桃李，冷蕊疏香知未知?"《冬夜》曰："屋破风寒面面吹，停针凝望偶搴帷。严霜欲下星河淡，残月犹悬鼓角悲。伤别魂飞千里外，思儿肠断五更时。剖梨未必无奇梦，竟夕凄凉只自知。"《哭女文秀》曰："母女恩深一霎倾，彼苍何事太无情。哭声未放魂先断，怎叫重阍问死生。"《岁暮望莲儿》曰："朝朝寂寞守孤帏，儿在天涯归未归。湘浦水寒鱼伏早，洞庭风冷雁来稀。遥怜逆旅思亲意，应逐长空朔雪飞。岁序已残还不至，白头吟望几沾衣。"咏物写景，清雅含蓄。《早春》曰："迟步园中始觉春，闲阶雪后迥无尘。初滋草色青犹浅，乍长苔痕绿未匀。岁月自伤愁里过，风光漫向眼前新。凭栏细念浮生半，离合悲欢一梦身。"《自从》曰："自从残缺爱深居，岁月消磨两鬓疏。寂寂闲庭清昼永，茸茸芳草落花初。乾坤有意容吾老，冰雪无情独萃予。五十光阴愁里过，不堪回首泪沾裾。"

《咽雪山房诗》一卷　　道光十七年《湘潭郭氏闺秀集》刻本

郭友兰　撰

郭友兰，字素心，湘潭人。郭赞贤次女，苏州凤丹山室。幼时随姑母步韫学诗，二十七始归凤氏，未几而寡，依兄以居。椎髻布裙，躬亲操作，时藉歌咏强自陶写。因郭润玉姊妹早失恃，爱怜有加，每呼灯夜过，博引古贤女事，反复训勉，漏尽依依不忍去。发白老衰，犹时课徒授经，里门童子咸尊为老先生。所著《咽雪山房诗》一卷，有道光十七年《湘潭郭氏闺秀集》刻本。

此集前有郭润玉《序》，集中录诗五十一首。《湖南女士诗钞》曰："其风致所会，托情流韵，倚然清远，时复可观。若夫斧藻华耀，赞研渊奥，树干孤峻，迈迹康庄，则莫得准其所底矣。"《送碧泉侄女于归长沙》云："握手依依湘水西，桃夭赋就出深闺。相夫共坐三更月，问寝须听午夜鸡。自古长沙多胜迹，而今一路好留题。殷勤预订归宁约，记取雕梁燕垒泥。"《秋蝶》曰："一泓秋水悟前因，栩栩蘧蘧幻亦真。记否绿杨桥上过，山花红得极精神。"《秋意用尤展成先生韵》曰："秋意西来爽，晴岚淡远空。星流天汉外，月净露华中。萤火燃东壁，荷衣裂晚风。无端蛩振羽，唧唧满蒿蓬。"《寻梅》曰："老干花应著，支筇上岭巅。香浮孤屿外，路认竹林边。断岸留残雪，疏钟破晚烟。美人何处是，惆怅夕阳天。"《梅花月》曰："禁鼓初敲暮色昏，亭亭素影恰当门。庭前一片迷离境，知是花魂是月魂。"作诗虽多苦语，但亦有清丽灵动之作。

《贮月轩诗》一卷　　道光十七年《湘潭郭氏闺秀集》刻本

郭佩兰　撰

郭佩兰，字芳谷，贡生王德立之妻。端淑勤俭，能得其父欢心。琴帘静好，图史纵横，终日手一编，咿唔不辍，萧然如老师宿儒，间出论议，迥非巾帼所可及。教子若女，皆以能诗名，女即浣香王继藻。所著《贮月轩诗》

一卷，有道光十七年《湘潭郭氏闺秀集》刻本。

此集前有郭润玉《序》。集中录诗五十七首。《湖南女士诗钞》曰："发韵清婉，含旨温丽，不矜高格，亦无繁响。"郭润玉《序》曰："诗雅饬有唐法，标格如其为人。"《新月》曰："高楼小坐俯昭潭，新月初升远岫含。笑语邻家诸女伴，要描眉谱趁初三。"《新燕》曰："衔泥掠水绕回廊，叹尔营巢岁岁忙。记得去年相对语，碧桃花下湿泥香。"构思新巧，体物细腻。《花信风》曰："一春花事廿番风，点缀园林别样工。未识双鱼何处寄，昨宵又放小桃红。"《秋夜》曰："银河耿耿露华浓，极目云山思不穷。阶下寒虫吟夜月，灯前刀尺响西风。三年离绪凭乡梦，千里音书托塞鸿。屈指重阳秋又晚，黄花开遍短篱东。"思致深婉，含蓄蕴藉。《寒食日有感大姊》曰："天夺红颜命，伤心廿四年。那堪遗一子，今又伴重泉。杜宇声何切，棠梨花自妍。从兹浇麦饭，谁向墓门前。"

《敏求斋诗》一卷　　道光十七年《湘潭郭氏闺秀集》刻本

王继藻　撰

继藻字浣香，湘潭人。王德立与郭佩兰之女，长沙刘森妻。自垂髫始，即禀承母训，受读六经，旁涉子史，靡不过目成诵。学博才丽，清婉拔俗，楷法亦端秀。与润玉同长大，月夕花晨，诗笺重叠。所撰《敏求斋诗》一卷，有道光十七年《湘潭郭氏闺秀集》刻本。

此集前有郭润玉《序》。集中诗八十六首。《湖南女士诗钞》曰："才思华赡，纂组杼轴，郁乎其文，近时谈艺者尚焉。若其抗情资藉，遵蹈往轨，植干前哲，伐材艺林，则《团扇》《东征》，将缓步企之矣。"郭润玉论晚年之作曰："渐异往日，多愁苦侘傺之音，岂有所不得于中耶？抑非诗能穷人，穷者而后工耶？"《勖恒儿》曰："妇人能无为，所望夫与子。抚子得成立，私心窃自喜。希子修令名，书香继芳轨。尔质非愚顽，尔年虽稚齿。为学慎厥初，成人贵在始。高必以下基，洪必由纤起。慎毋贪嬉游，流光疾如驶。慎毋恃聪明，自作辽东豕。璞玉苟不琢，徒然负质美。所以古贤哲，竟此分寸晷。如彼艺南亩，及早勤耒耜。我力既殷殷，我黍必薿薿。积土成丘山，慎毋一篑止。心专功必成，志坚事不靡。我非孟氏贤，母教成三徙。又无积累德，敢冀拾青紫。惟念祖泽存，庶几免邪侈。男儿当自强，立志在经史。或可光门闾，得以承宗祀。负荷良非经，毋遗先人耻。力学不早图，悔之亦晚矣。”

《绣珠轩诗》一卷　　道光十七年《湘潭郭氏闺秀集》刻本

郭漱玉　撰

郭漱玉，字六芳，号琼泉，湘潭人。郭汪灿女，罗亨鼎妻。性明慧，幼随母治家事，磊落如成人。读书数行并下，尤工为诗，偶得句，必吟哦再四，诸弟妹听之，都能成诵，犹推敲不肯脱稿。所存诗不多，益不多作。然当姊妹促坐，刻烛分题，辄复袖手攒眉，不以能事让人，盖其负气好胜，天性使然。所著《绣珠轩诗》一卷，有道光十七年《湘潭郭氏闺秀集》刻本。

此集前有郭润玉《序》。《序》曰：“集旧名《绣余》，余尝《序》而归之，石梧为易今名。”共存诗一百一十八首。《沅湘耆旧集》卷一八七曰：“其诗绝去藻绘，时露风骨。《到家》《咏古》诸作，尤得乐府之遗，非寻常闺阁可比。”《到家》曰：“初六整行装，初七泊河侧。初八到湘阳，水天共一色。直从雨湖西，行过雨湖北。黄犬卧当门，吠我疑是客。报道远人来，笑声珠帘隔。女侄忽旋归，叔母欣然悦。兄弟俱长大，昂然美风格。相见叙离情，烛光如昼白。娇痴四妹小，鬓云才覆额。牵我薄罗衫，索我旧诗册。别久情愈亲，团坐屋嫌仄。阿爷自外回，若喜掌珠获。呼女问归程，化兼琐碎说。初六整行装，初七泊河侧。初八到湘阳，水天共一色。风尘果劳苦，鹧鸪行不得。阿爷闻之笑，区区里反白。男儿仗剑游，大功立沙碛。十年还故乡，两鬓雪不墨。我昔上长安，到处鸿留迹。归时杨柳青，去时荷叶碧。不知客路难，那知家居逸。女闻阿爷言，自愧还自惜。回头语弟妹，庭闱乐何极。”抑扬顿挫，音节浏亮。《小乐府四章为夫子作》之《君马黄》曰：“君马黄，善腾骧，騄耳紫骝空较量。珊瑚为鞭铁为骨，摇尾羞向穷途哭。伯乐未遇且雌伏，追风逐电往朔方。一战功成会未央，杏花踏遍君马黄。”《将进酒》曰：“将进酒，君莫辞，今日不饮明日迟。明日花较今日老，今日花非昨日好。为君满酌琉璃卮，劝君饮及少年时。君不见，劳劳尘世多热客，口干舌焦饮不得。”《行路难》曰：“行路难，君知否。前有鬼啸，后有虎吼。出门一步即天涯。人生何事轻分手。长安米虽贱，不如饭胡麻。洛阳酒虽好，不如饮流霞。君不见，黄金挥尽无心腹，夜半穷途有人哭。”《柳枝词》曰：“东风几日画初春，剪绿搓黄分外新。一样蛾眉偏逊汝，晓妆妒杀镜中人。”“湘江十里荡层蓝，旖旎春光月正三。知尔曾经离别恨，怕教人唱望江南。”《明妃》曰：“竟抱琵琶塞外行，非关图画误倾城。汉家议就和戎策，差胜防边十万兵。”《再咏明妃》曰：“问谁倡此和亲议，满面胡沙卷朔风。寄语君王休念妾，而今却似图画中。”《论诗》曰：“不用琴筝唱丽词，不须风雨骋才思。诗家一著高人处，初写黄庭恰好时。”“玉溪獭祭非偏论，长吉鬼才亦妙评。侬爱湘江江水好，有波澜处十分清。”“钿螺钗凤斗华妆，粉饰居然态欲狂。若果美人颜色好，乱头粗服也无妨。”“天教机杼各争新，何事拈毫便效颦。侬傍杜韩门户立，终嫌小婢学夫人。”“厨下调羹已六年，酸咸情性笑人偏。近来领略诗中味，百八珍馐总要鲜。”“鸿才印雪便留迹，絮不能飞为染尘。偶对菱花悟诗境，分明是我却无人。”“拈来针线度朝昏，蜀锦湘纨费比论。至竟裁缝让仙女，天衣灭尽剪刀痕。”“今古才人一例看，端庄流丽并兼难。桃花轻薄梅花冷，占尽春风是牡丹。”

《簪花阁诗》一卷　　道光十七年《湘潭郭氏闺秀集》刻本

郭润玉　撰

郭润玉（1818—1839），字昭华，号壶山女士，两江总督李星沅妻。十四岁失恃，遂膺痼疾，辗转床褥四五年，顾独喜诵诗，闻阿父论诗，则凝思寂听，若有所得，神志都爽，既而疾愈，益从两姑母卒业。时其父家居，督子女课诗，糊名易字第甲乙甚严。润玉少有《咏红梅》绝句云：“夕阳时节雪初晴，满院芳梅点缀工。要与春风斗颜色，百花头上一枝红。”父见之曰：“是儿福分特佳。”自归李星沅后，觞咏无虚日，得诗倍夥，极闺中唱和之乐。润玉嗜诗最笃，日手一帙，寝食与俱，相从宦游，阃以内部署井井，间有所作，必促和韵。所著《簪花阁诗》一卷，有道光十七年《湘潭郭氏闺秀集》刻本，同治二年《抑堂师友诗录初编》本。

此为道光本，集前有润玉《自序》曰：“比随宦入粤，官阁清闲，爰述父兄未竟之绪，汇选一门闺集，而以己作附后，虽不敢抗列才媛，然诗城偏裨，亦窃自负。所与石梧唱和诗别为《梧笙联吟集》，不重录。”集中录诗一百五十首。《和石梧清浦寄怀》曰：“昨得徐州信，生憎客路长。不如秋塞雁，同住水云乡。淮阴水汤汤，直下大江北。若过漂母台，谁进王孙食？京邑任遨游，春满长安道。请郎马上看，二月花开早。”《秋日书怀》曰：“几日西风拂女萝，萧萧凉意感人多。绿杨不系烟光住，红叶时随雁影过。细雨定添游子梦，乱云如涌洞庭波。清吟却上高楼望，何处渔舟发棹歌。”《冬夜》曰：“迢迢风雪路三千，回首离觞已一年。只有多情窗外月，照人清梦过东川。”《咏古十绝句》之《西施》曰：“藕丝衫子碧罗裙，采罢莲花日易曛。若论越吴成败事，美人功过只平分。”《息妫》曰：“细腰宫里绣帘斜，画出娥眉学楚娃。十二曲阑都倚遍，泪珠弹上碧桃花。”《明妃》曰：“漫道黄金误此身，朔风吹散马头尘。琵琶一曲干戈靖，论到边功是美人。”《杨妃》曰：“云鬓花颜绝代姿，华清池上晚风吹。满城雷动渔阳鼓，正是霓裳曲奏时。”《虞姬》曰：“鹿逐中原誓破秦，英雄气尽楚歌新。八千子弟都无恙，不负君恩仅美人。”《飞燕》曰：“腰肢窈窕入昭阳，玉带罗衫别样妆。若与肥环斗颜色，分明掌上胜霓裳。”《花蕊夫人》曰：“冰奁对影日吟哦，不管兴亡恨若何。绝似陈宫女学士，一生赢得丽词多。”《寿阳公主》曰：“艳粉香脂一例同，含章殿角画栏东。梅花也有修来福，点额妆成压六宫。”《红拂》曰：“曾夸俊眼阅人多，逆旅穷愁可奈何。不是赤髯真侠客，千金谁肯赠青娥。”《绿珠》曰：“珍珠不惜买芳姿，金谷豪华太觉痴。一曲明妃新制得，教成歌舞未多时。”

《簪花阁遗稿》一卷　　道光十九年刻本

郭润玉　撰

《簪花阁遗稿》一卷，为润玉殁后李星沅所辑。前有何淞、李星沅二《序》。李星沅《序》曰："此笙愉丁酉以后作也。是年夏六月，岭南使竣，裒联吟诗为初集。笙愉顾而乐之曰：'我两人吟事未艾，但视此刻续至第三集，乃可梨枣免灾尔。'曾几何时，而零章剩句，顿成绝响，前尘如梦，邈焉寡俦。天乎！天乎！非笙愉中年才尽，抑藐躬福薄，不克永唱酬之乐，有以阶之厉而蹙其算也。笙愉嗜诗最笃，日手一帙，寝食与俱，比相从宦游，阃以内部署井井，间有所作，必促和韵不少待。予方抗冗俗，几欲三舍避之。而今已矣，笙愉诗止于此矣。记昨岁笙愉入汴，尝梦吐丝如蚕，渐吐渐竭，以为不祥。何妖梦之践，若是其速。予既为辑遗诗，又叹笙愉长逝，无复索予诗者，予亦何忍复言诗耶！君苗笔砚，螺黛交焚，伯牙琴弦，山水凄断。闺房清课，回首惨然，惟掩卷呜咽而已。"润玉其诗风味绝佳，尤得温厚之旨。才思清婉，依情发韵，不尚刻镂，论者以为郭氏闺秀之隽。《留别环碧园》曰："仙湖清邃迥无尘，恰好园林点缀新。每对名花如采伴，时同幽鸟结芳邻。三年弹指团圆乐，千里关心去住因。为语亭亭小梅树，早开香雪送归人。"星沅和韵曰："征衣又扑软红尘，环碧留题字尚新。地辟烟霞宜冷宦，天生水竹与比邻。平持双管供清课，小住三年悟夙因。他日药洲重载酒，春风应识补花人。"《江行杂咏》曰："两岸峻岩翠接天，数间茅屋隐荒烟。鹭鸶飞破一溪水，白浪如珠争上船。""江水中流湾复湾，白云何处是乡关。推篷忽见风吹雪，舟在芦花浅渚间。""寒江依旧绿沄沄，前度人来倚夕曛。记否秋蓬黄叶落，雁声一半入江云。""绿树参差傍水涯，半江风月属渔家。夕阳一片迷离影，破网和衣晒晚霞。""江干风景认依稀，水竹萧疏白板扉。指点半山红树里，一肩明月采樵归。"星沅和韵曰："花埭衔杯怅远天，离心分付暮江烟。橙香酒熟不成寐，一曲琵琶月满船。""石气空濛绕碧湾，梵钟时复度禅关。重寻诗梦知何处，只在千崖万壑间。""浈阳峡口水泫泫，古寺留人日又曛。小坐蒲团还一笑，清歌曾入半山云。""短竹疏篱傍水涯，夕阳红处有人家。那能沽酒从君醉，随意探梅踏落霞。”“宦游长说雁书稀，又向湘江认故扉。争似老渔闲不觉，钓船徐载月明归。”

又，郭秉慧撰《红薇吟馆遗草》一卷。秉慧字智珠，湘潭人。郭汪璨孙女，郭润玉媳，湘阴李杭室。幼读书过目成诵，学为韵语，婉丽自然。年十六归李杭为妇。自祖姑以次，皆啧啧称智珠贤。其端静情嫣，根于天性，事舅姑如父母，舅姑亦以女畜之。既随侍北行，水驿山程，即景成句，时与李杭相唱和，一门韵事，人以为难。姑笙愉殁，智珠病已不胜丧，强起绩经，昼夜哀号。年十八卒。所著《红薇吟馆遗草》附刻于其姑郭润玉《簪花阁遗稿》后。《湖南女士诗钞》曰：“覃思幽邈，情寓闲旷，迈志往则，所臻未可域也。”《明妃》曰：“一曲琵琶泪若丝，蛾眉心事有谁知。雁门留得芳坟在，宿草青青没断碑。”

《澹香阁诗钞》一卷　　光绪四年刻本

李星池　撰

李星池（1801—1874），字淑仪，一字伴霞，号少霞，湖南湘阴人。博士李畴女，长沙杨诗鐏妻。少聪颖绝人，于诸弟妹行中剧为父钟爱，父尝以手抚之曰：“此掌珠也，吾门楣望汝矣。”受聘杨氏，未及笄而父殁，家道仳离，零丁辛苦，苫帷环泣，日不绝声。母课子女下帷绩学，星池勤操针黹，稍暇则令就兄李星沅受读，自《孝经》《论语》及《女诫》《列女传》，悉心识不忘，间以古诗歌授之，则反复背诵不去口。久之，试作韵语，芬芳悱恻，有一唱三叹之音。性善愁，赋愁无不工者。年十八归诗鐏，家室乡居，耕读相继，内外勤作，井臼亲操，执妇礼维谨，吟咏稍辍，诗事渐废。遇归省，犹伏几伸卷，手读旧诗，吟哦终日，以不竟所学为恨。杨诗鐏博学多闻，独古今体诗性若不近，故敬爱虽笃而唱和卒鲜。婚后七年，夫殁，抚二女书兰、书蕙，亲课女红之外，诵史习诗，书林谈论，吟哦为笑乐。所著《澹香阁诗钞》一卷，有光绪四年（1878）刻本。

此集为从子杨书霖编校，前有李星沅、王闿运、杨书霖三《序》。集中录诗五十首。王闿运《序》曰："《澹香阁诗》五十首，清微婉约，不让笙愉夫人。二女承训，并谙格律，其中佳者差追唐宋遗音。才不胜命，黻佩无荣，虽俱有篇章，多寄贞怨。顷者夫人夫兄子商农孝廉编刻遗集，因并采其二姊所作，附而存之。以余少习章句，属加叙次。方今时事更衰，风雅浸息，求如曩时弘诵清闲，邈不可得。则夫人及二女身之所逢，又为多幸！而清才逸韵，犹承平之嘉事也已。"《即事》曰："纱窗闲检小诗钞，日影迟迟上柳梢。还似去年春意绪，燕来仍觅旧时巢。"《花下独立》曰："秋千院落日初长，柳色青青荫曲廊。独向花荫深处立，满身衣带木兰香。"《月夜芙蓉花下小酌》曰："芙蓉花好夜深看，小酌花前酒未干。凉月一庭香一缕，引人清咏到更阑。"后骨肉仳离靡定，埙篪鼓角，慷慨苍凉，别具一体。《检先夫子遗稿惨赋》曰："蛛丝鼠迹满书帷，检点遗文泪暗挥。最是伤心听杜宇，送春归不送人归。"《哭先夫子》曰："九载兰闺共唱随，书声机影两相宜。谁知一夜天花落，竟折人间连理枝。""堂前白发恸亡珠，膝下娇啼幼女孤。强拭啼痕进甘旨，素帷还要抚双雏。"《早秋》曰："西风楸槭晚凉天，纨扇飘零又一年。深院无人秋信早，两三黄叶落吟边。"

《浣月楼遗诗》二卷　　光绪《东洲草堂集》附录本

李楣　撰

李楣（1819—1883），字月裳，湘阴人。李星沅女，才女李星池侄女，道州何庆涵妻。少而明慧，幼秉承家学，禀赋颖悟，富于文才，能为文赋，涉笔便佳。于归后，多随侍其舅辗转秦中、蜀中、南粤等地，后侨寓金陵钓鱼台钱氏寓园。所著《浣月楼遗诗》二卷，与何庆涵《眠琴阁遗诗》并附刻于清光绪间《东洲草堂集》后。

此集卷末有何维棣《先母行略》《先府君行略》，存诗一百二十一首。语出性灵，笔意超隽。《夜坐》曰："竹径清如水，萧然暑不知。弹琴闲对月，煮茗静敲诗。绿影横虚牖，朱华护碧池。夜来凉露下，鹤梦最高枝。"《晚香玉》曰："香风吹到卷帘时，玉蕊亭亭放几枝。摘向妆台伴朝夕，清吟端为写幽姿。”《月夜闻笛》曰：“一帘梅影月华明，风送谁家玉笛声。惊醒兰闺离别梦，披衣起坐怯寒生。”《新秋》曰：“梧桐一叶报新秋，冰簟生凉暑气收。忽讶幽香吹梦醒，黄花摇影上帘钩。”《柳枝词》曰：“流莺百啭黛初匀，婀娜腰肢曲水滨。一种缠绵多少恨，依依犹为六朝春。”清雅性灵，笔意超隽。行旅诗亦有特色，如《舟次汉口》曰：“小泊汉江口，烟波一望幽。残阳明远树，急水逐行舟。黄鹤不复返，白云时在楼。今宵邀月坐，酌酒待更筹。”《舟发长沙》曰：“垂杨两岸绿依依，唱罢骊歌泪暗挥。万缕离情抛未得，魂梦夜夜到重闱。”《裕洲道中》曰：“寒风瑟瑟暮鸦喧，大漠荒凉野色昏。泥滑莫愁行不得，疏林缺处酒旗翻。”《大堡阻风》曰：“野梅初放破溪烟，绕树鸦啼欲雪天。不识故园何日到，思归梦泊橘洲船。”时事怀古诗，有淑世情怀。《望岁行》曰：“年年春浪泻江渎，漫入农田漂嘉谷。哀鸿嗷嗷靡所依，悬耜嗟叹空仰屋。四方谋食苦流离，异国何日复邦族。皇天爱民沛恩膏，春阳迅发和风燠。好雨频符十日期，晴久得阴更滋育。休征已兆岁丰穰，灾黎元气今可复。太平有象寰海清，兕觥献寿朋酒热。”《盼浙中消息》曰：“浙海动烽烟，绵绵日月久。兵弱屡迁延，竟失四明守。犬羊性不驯，荼毒为民咎。士卒莫同仇，元戎亦束手。何时战功成，红旗扬浦口。寰宇颂太平，其沾仁泽厚。”

《红蕖吟馆诗钞》一卷　　光绪四年《澹香阁诗钞》附录本

杨书兰　撰

杨书兰，字畹兰，湖南长沙人。才女李星池女，周翰本妻。少时失怙，母课女红之外，教之诵史习诗，畹兰才思敏捷，为诗不加锻炼，脱口如生。所著《红蕖吟馆诗钞》一卷，附于其母李星池光绪四年（1878）《澹香阁诗钞》刻本后。

此集中录诗七十五首。《秋夜曲》曰：“秋灯耿耿凉宵永，玉露无声湿金井。空山野鹤忽飞来，踏碎庭前松月影。”《西施》曰：“采菱歌唱曲江滨，吴越兴亡陌上尘。漫羡美人眉黛好，一生只合解含颦。”《杨妃》曰：“长生殿前秋月明，华清池上晓风清。渔阳鼙鼓声催日，曲奏霓裳第几声。”《梅花诗与社中分咏二首》曰："萧疏纸帐闲寻梦，梦入罗浮路又昏。一径淡烟迷野岸，半林寒月失孤村。缟衣缥缈都无影，翠羽啁啾欲断魂。香雪满身留不得，觉来空觅袖边痕。"《送春》曰："廿四番风次第吹，光阴又届送春时。只愁烟雨留难住，似恋云山去较迟。一院落花飞白蝶，千林密叶啭黄鹂。殷勤更订来年约，柳外梅边莫误期。"《贼退喜次商农弟韵》曰："烽烟销尽楚江东，劫后仓皇感慨同。近郭田庐余落日，高楼鼓角尚秋风。也知兔走邻疆急，且乐鸟啼野幕空。喜与阿连同酌酒，新诗犹带杀声雄。"《送夫子从军秦中》曰："春风湘上送行舟，万里从军赋壮游。只为饥寒驱骏骨，非关名爵慕羊头。河山远历秦关险，鼓角新添楚塞愁。遮莫临歧频洒泪，强斟别酒赠吴钩。"《寄夫子》曰："一枕恹恹睡起迟，懒开鸾镜画双眉。昨宵梦入长安路，犹与征人话别离。""寻常小别尚神伤，况复烽烟莽战场。欲寄征衣转惆怅，可怜无路达咸阳。""故里深秋草木枯，中宵人与月同孤。遥怜西塞风霜苦，九月严寒已栗肤。"《哭先夫子》曰："凶耗传来万念灰，妆楼化作望夫台。三千里路浮云变，四十年华急箭催。金玦那堪成死别，玉关无复冀生回。当初悔作封侯想，书剑飘零剧可哀。""迢迢輤棱返湘滨，丹旐犹飘陇上尘。万劫难逃前定数，九原应念未亡人。亲朋惨淡都无色，儿女悲啼倍怆神。检点行囊惟痛哭，家书还认墨痕新。"

《幽篁吟馆诗钞》一卷　光绪四年《澹香阁诗钞》附录本

杨书蕙　撰

杨书蕙，字纫仙，湖南长沙人。才女李星池女，刘俊章妻。少时失怙，母课女红之外，教之诵史习诗，书蕙沉吟往复，语必求工。所著《幽篁吟馆诗钞》一卷，附于光绪四年（1878）戊寅母李星池《澹香阁诗钞》后。

此集为从弟杨书霖编校，录诗一百十八首。书蕙诗清真刻峭，骎骎窥谢鲍堂奥。《秋夜曲》曰："幽梦初醒人倚枕，起听络纬鸣金井。西风一阵生微寒，槛外枯荷无定影。"《江天暮雪》曰："朔风吹老彤云结，荒山古道行人绝。独有江边垂钓翁，满身香带梅花雪。黄昏剪水散平林，乾坤一望白沉沉。

洞庭化作水银海，不辨君山何处寻。”《昭君》曰：“绝代花容出汉宫，黄沙扑面鬓如蓬。君王自定和亲议，千载何须怨画工。”《虞姬》曰：“一曲虞兮愤莫伸，八千弟子委沙尘。英雄末路多情甚，帐下悲歌别美人。”时世诗则如诗史。如《避兵沩宁寄怀袭芬弟妇》曰：“动地干戈起，疮痍满目悲。羽书纷北走，军马尽南驰。月冷元戎幕，风鸣大将旗。天涯当此夜，搔首泪如丝。”“异地久为客，故园何日归。乾坤双泪下，亲戚几人违。大地莽榛棘，荒山饱蕨薇。思君不相见，况乃忆庭闱。”《兵乱喜晤商农》曰：“潢池扰扰正连兵，忽接音尘当再生。惊定翻疑人是梦，悲来只觉泣无声。家贫况值流离日，世乱弥增手足情。今夜月明同酌酒，不堪翘首望湘城。”《送戢成弟从军浙东》曰：“短衣孤剑赋长征，万马萧萧落日鸣。骨肉那堪千里别，功名何止一身荣。西江烽火连荆渚，东浙妖云莽越城。此去定伸投笔志，关山须念倚闾情。”《送商农弟入都》曰：“我惭金闺媛，竟无千秋想。少小受母训，绛幔即函丈。读诗三百篇，所见恨未广。汉魏迄唐宋，涉猎如搔痒。十八适刘郎，素琴幸相赏。举案影必双，联吟声亦两。一旦钗凤分，忧思空怅惘。笔砚久欲焚，蛛丝网书幌。阿弟幼耽吟，索诗每相强。我诗一出手，击节复鼓掌。匆匆十年间，埙篪增逸响。今弟忽远行，昂首青霄上。黄河九曲横，燕云万里莽。临别歌数章，深情输一往。明晨扁舟发，雨雪飞双桨。”

《小红蕖馆附刻》一卷　　光绪四年《澹香阁诗钞》附录本

周传镜　撰

周传镜（1844—1874），字蓉裳，湖南长沙人。才女杨书兰与周翰本女，适长沙郑氏。卒年三十一岁。所著《小红蕖馆附刻》一卷，附于母杨书兰《红蕖馆诗钞》后。

此集存诗二十八首。《采莲曲》曰：“双双兰桨泛清波，出水红蕖带露多。一路香风吹不断，隔花人唱采莲歌。”《即事》曰：“流莺百啭最高枝，啼遍东风二月时。花影一帘春昼水，小窗闲读杜陵诗。”《秋夜》曰：“珠帘斜卷夜迢迢，隔院人吹碧玉箫。余韵渐收凉渐重，中天明月一轮高。”《秋夜雨》曰：

“竟夜风兼雨，金闺梦不成。芭蕉三两叶，点点作秋声。”《月夜有怀兄妹》曰：“一庭花影上阑干，明月团圞未忍看。却忆同怀千里客，思亲应是泪难干。”《病起寄外》曰：“病起浑无力，晚妆临镜慵。微霜侵薄鬓，落月想清容。句向愁中得，情于别后浓。音书迟未寄，飞雁隔遥峰。”《夫子久客岳阳却寄》曰：“空阶落叶动离愁，河汉无声云自流。惟祝西风送归客，一帆飞向洞庭秋。”“不归转念客衣单，枕上鸡声报夜阑。记得昨宵曾入梦，梦中犹自劝加餐。”

《小幽篁馆附刻》一卷　　光绪四年《澹香阁诗钞》附录本

刘德仪　撰

刘德仪（1841—1875），字云衣，湖南湘阴人。才女杨书蕙与刘俊章女，长沙周氏妻。受业于母，遂能诗文。卒年三十五岁。所著《小幽篁馆附刻》一卷，附于李星沅光绪四年（1878）《澹香阁诗钞》刻本后。

此集后有杨树霖《跋》曰：“余续刻叔母暨两姊诗甫竣，两姊复邮寄二甥女诗稿，属附于后。余惟甥女诗功虽逊其母，而天然秀韵，亦足识所由来，且先后早逝，幺弦弱管，忍令销沉？因原两姊所删润者，各刊若干首，以存其人，即以摅姊心，志悲云尔。”集中录诗二十四首。《七夕》曰：“茫茫一水隔银河，毕竟填桥事若何。解识天孙欢会少，人间莫恨别离多。”《秋夕》曰：“白杨衰草淡烟横，万景萧然晚更清。槛外流萤低落照，林间脱叶助秋声。砧敲冷月心俱碎，星入微云影不明。我欲凭栏望乡信，忽听嘹唳雁南征。”《木兰》曰：“军帖传呼大点兵，女儿辛苦赋长征。黄河黑水呜呜咽，犹似爷娘唤女声。”《红拂》曰：“世乱英雄起草莱，安危谁识济时才。岂知执拂杨家妓，也入虬髯卷里来。”

《蠹余草》一卷　　乾隆五十六年李氏刻《二余诗集》本

李心敬　撰

李心敬（1738—1765），字一铭，上海人。知府李宗袁女，浙江布政使常熟归朝煦妻。少聪颖异常，从外伯祖陆柳村先生学诗。于归后夫妻恩爱。女归佩珊为著名才女，《读先慈遗编》诗曰："怀古重残编，况自生我者。青灯数行墨，雒诵不能舍。吾母慧而贤，清誉传闺姹。金针度鸳鸾，银管追风雅。十八赋于归，中馈工菹鲊。芝庭修壶仪，兰闺启诗社。阅历计生平，舟车半天下。悠悠黄金台，历历苍梧野（外大父由部曹出守梧州）。山川供吟眺，烟月资挥洒。有时弦自操（兼善弦管），无日笔停把。才丰质苦脆，命啬年难假。为妇十年耳，遗女一人也。伶俜顾影单，落寞欢悰寡。转眼发加笄，回头墓成槚。心幸垂琳琅，宝之重彝斝。岂料朽蠹灾，不殊烬蜡灺。文湮岣山碑，字剥郿宫瓦。断璧费雕锼，碎锦伤捋扯。行谊荷宠褒，文采谁倾写。掩卷坐三叹，泪落浩如泻。"年二十九卒。所著《蠹余草》一卷，有乾隆五十六年李氏《二余诗集》刻本。

此集前有曹锡宝、李心耕《序》。李心耕《序》曰："余幼偕一铭长姊同师外伯祖陆柳村先生，余姊嗜吟咏，先生每嘉其颖异。后与余室人迭相酬唱，鸿宝诗刻中曾屡述之。余姊殁后十五年，女甥懋仪来归。懋仪亦善吟咏，从姑讲论声律，余喜其有一堂授受之乐，而转悲余姊之不及见也。庚戌春，姊婿归梅坡欲刊余姊《蠹余》遗草，寥寥数纸，不复成帙。因择懋仪作中粗可者附其后。余重悲余姊之早世，而又喜懋仪之善继母志，汇而编之，亦何啻母女之授受一堂耶？夫修短不可必，而渊源之绍，初不尽系乎存亡。余于是且转悲而为庆也。"曹锡宝《序》曰："《蠹余》诗中规合矩，情深文明，尤喜其无巾帼气，惜早世所传篇什无多。"集中共录诗五十三首。《春日晚眺》曰："垂柳斜阳外，如眉媚态生。因怜双黛薄，羞对远山横。""斜月已悬钩，长空薄霭浮。暮云千里碧，春色一庭幽。"《晓发金山》曰："青山红树晓莺啼，帆影中流入望迷。遥指海门通一线，白云千叠大江西。"《秋日登眺》曰："云山渺渺思依依，萧飒疏林叶乱飞。正是客心愁绝处，一声孤雁向南飞。"《送外入都》曰："执手难为别，歌骊欲断肠。病中还送远，不语泪沾裳。""匹马桑干路，闻鸡夜不眠。四方弧矢志，努力著先鞭。"《寄外》曰："客路三千里，相思一寸心。帆随春浪驶，情寄海云深。未遂青山约，聊题红豆吟。征途慎寒燠，双鲤慰佳音。”“秋山春树几晴阴，病思离情两不禁。好景每从愁里度，新诗半向梦中吟。曾无闲绪添青黛，剩有遥情托素琴。极目燕台云缥缈，药炉茗碗伴宵深。”《春景连环诗》曰：“小山连翠柳含烟，翠柳含烟粉蝶穿。粉蝶穿花飞曲径，花飞曲径小山连。”《四时回文连环诗》曰：“轻云晓树乱啼莺，树乱啼莺春日晴。晴日春莺啼乱树，莺啼乱树晓云轻。”“纱窗漏影舞飞花，影舞飞花落月斜。斜月落花飞舞影，花飞舞影漏窗纱。”“枫林远岫晚飞鸿，岫晚飞鸿秋叶红。红叶秋鸿飞晚岫，鸿飞晚岫远林枫。”“疏林玉舞雪窗虚，舞雪窗虚影小庐。庐小影虚窗雪舞，虚窗雪舞玉林疏。”饶有情趣。

《鸿宝楼诗钞》一卷　　道光间刻本

杨凤姝　撰

杨凤姝，字蘋香，号葺城女史，吴县人。农部杨大琛女，上海知府李心耕妻。《上海县志》曰：“心耕由部曹历官湖南诸府，皆赖以襄内政，及罢归，氏处之夷然，不介意也。”所著《鸿宝楼诗钞》一卷，有道光间刻本。

此集前有退士老人、柳泾老人《序》，卷末有裴直方、狄如焕、汪旭、朱光乘《识》；秦锡揆、张嘉会、李心衡、李心泰、李心钰、陈汝琏、陆一濂、子李学璜、侄李学坚题词，后有李心耕《跋》。凤姝曾随夫游宦湘中，遍游胜迹，开张心胸，故诗格豪放俊爽，不类闺阁。汪旭《识》曰：“杨恭人赋性聪慧，博览群书，于奥旨微言，实有心得。故能削除脂粉，独照精微，凡一吟一咏，无非三百遗音，洵乎有德之言。”《杏》曰：“园柳阴垂美夕妍，小楼听雨句争传。数枝红罨青林外，画出江南二月天。”《四时杂咏》曰：“亭亭修竹倚帘栊，小院荷香纳晚风。半启绿窗延夜月，数声清漏隔花丛。”“莲幕生寒玉漏催，炉围小阁泛新醅。冻梅点破空庭月，为助吟情着意栽。”《登烟雨楼》曰：“岧峣孤观接离宫，晚色苍茫一望中。十里芰荷长绕郭，半江烟雨欲浮空。画船归系堤边树，绮阁凉招水际风。几点寒鸦横古渡，暮钟声起百花丛。”诗中有画。《柳枝词》曰：“绕岸柔条翠色鲜，一枝攀折灞桥边。东风不把离情绾，无限春愁托暮烟。”寄情绵邈，嗣响龙标。《长城歌》曰：

"君不见涂山定鼎四百年，敬敷文命姒祚延。又不见华阳归马干戈息，卜年七百开姬域。自来大业奠金汤，不恃武功恃文德。祖龙乘势帝阕中，坐拥西陲气象雄。奋击苍头号全盛，旌旗百万驱长空。破韩走赵诸藩毕，蚕食鲸吞秦统一。六国消亡转瞬间，睥睨一世称无匹。特建阿房贮美人，画屏簇拥管弦新。翠华难遍金门幸，歌舞长留上苑春。当时改玉膺神器，便为子孙万世计。普天本尽隶皇舆，偏筑长城分外地。东西度地竟函关，紫殿遥将尺诏颁。欲使金瓯成巩固，肯教铁骑度燕山。横亘如虹势峥屼，筑城边卒多埋骨。千秋怨魄土花对，化作青磷夜啼血。燔书坑士天人怒，日夜防边竟何补。海中仙史未来秦，垓下坚兵已发楚。狙客拳空搏浪锥，金人身满咸阳火。本虞失鹿在边关，谁知沸鼎由中土。万世基业二世亡，落月长城自千古。"

《绣余小草》一卷　　乾隆五十六年李心耕辑刻《二余诗集》本

归懋仪　撰

归懋仪（1762—1833），字佩珊，号虞山女史、绣余，常熟人。巡道归朝煦与才女李心敬女，上海监生李学璜妻。学璜学问渊博，所著有《筹测》《枕善居诗剩》。佩珊少耽吟咏，其父以佩珊母因工吟致疾，殁时仅二十九龄，不喜佩珊为诗，故而日渐废弛。于归后，舅性喜词章，乃复稍稍从事，藉以承欢。夫妇俱工诗词，闺中唱和，为里闾所艳称。陈銮曰："学璜之文如幽燕老将，气韵沉郁，卓然为东南名宿。女士则天才焕张，萧萧跨俗，襟灵飘发，笔舌争妙。"所著《绣余小草》一卷，有乾隆五十六年李心耕辑刻《二余诗集》本；张应时辑《书三味楼丛书》本。

此集为乾隆刊本。《二余诗集》为归懋仪《绣余小草》与其母李心敬《蠹余草》合刻，收录归懋仪三十岁之前作品。前有曹锡宝、李心耕二《序》，后有李心蕙、杨凤姝、李学廉题词。张应时辑《书三味楼丛书》本，前有徐祖鎏序，后无题词，此本与《二余诗集》本收录诗歌相同，仅《忆外之金陵》后《附外和韵》一诗，《书三味楼丛书》本注明“李学璜”所作。曹锡宝《序》曰：“《绣余》则天才超越，加以沉酣六义，五七各体无美不臻。”《题小青焚余草后》曰：“素质翩翩丽，遗珠颗颗圆。江梅争冷艳，白雪竞清妍。敛怨犹安命，全贞不负天。孤山留胜迹，凭吊一凄然。”《次焚余草十绝句韵》曰：“凭将奇句与天争，独占风流千古名。莫以妒才憎造物，人间无地着卿卿。”“一曲凄清不忍听，幽窗肠断牡丹亭。粲花玉茗才如海，撩得情痴留简青。”“东郊车马已辚辚，开尽棠梨正早春。为问西泠松柏下，更谁凭吊踏青人。”“新妆雅淡簇宫纱，试写真容嘱画家。何事颦眉无一语，空将幽怨托梅花。”“罗衫叠叠见啼痕，寂寞三春昼掩门。玉貌已随花信杳，满山明月伴香魂。”“拟托昆仑计亦高，慈航北渡好音遥。伤心千古琵琶恨，不逐浔阳上下潮。”“余霞散绮映澄波，顾影徘徊意若何。日暮东风啼杜宇，落花争似泪痕多。”“一瓣心香礼佛前，几人生得大罗天。芳魂不共梨云散，化作峰头万朵莲。”“深院无人冷画阑，漫将词藻竞文鸾。春风任闭葳蕤锁，不向天衢振羽翰。”“香尘逐彩坠楼头，为吊繁华一夕收。留得夜珠千颗在，绿珠端合让风流。”《白菊》曰：“烟霞笑傲几重阳，逸态偏宜浅淡妆。不藉铅华标晚节，肯将颜色媚秋光。月明老圃枝逾瘦，霜压疏篱叶未黄。恰称素衣人送酒，陶家三径好倾觞。”

《绣余续草》一卷、《听雪词》一卷　　道光三年刻本

归懋仪　撰

此集前有戈载、段骧二《序》，吴其泰题词。集中录诗一百三十六首，词二十阕。段骧《序》曰：“调逸而辞纯，其至处卓然称风人之旨。”《舟行即事》曰：“雾卷千山净，风生两桨轻。晚霞无定态，杂树不知名。行客殊今昔，江潮自送迎。销魂烟坞外，残笛两三声。”《落叶和韵》曰：“片片寒云度远关，乍传霜信到林间。凄清汉武哀蝉曲，黯淡倪迂枯墨山。红蓼风多人欲别，白蘋波冷雁初还。最怜不改乔松色，苍蔚还分翠嶂斑。”“化机荣落本无停，梦断三生酒易醒。高阁风清流玉磬，画楼人静杂金铃。青山顿觉迷荒

径，明月平添照广庭。却怪渚禽毛转密，惯披烟雾下寒汀。”“几许丹黄堕地轻，庾家枯树赋初成。林空鸟梦寒无影，风峭霜弦静有声。巫峡不堪频极目，榆关况是值孤征。小窗蕉绿偏供赏，点笔秋阑绘远情。”“金戈铁马势相撞，老干凌空意未降。萧飒乍教添远思，槎丫仍自伴吟窗。悲秋有客还思宋，赋别何人更拟江。自是名流花管艳，依然万树粲华釭。”《水部汪讱庵先生撷芳集中蒙选拙刻赋谢》曰：“三百冠以风人诗，宫中彤管先扬徽。由来婉娈静女姿，尤与温柔诗教宜。本朝雅化追麟雎，咏歌闺闼靡或遗。惜哉全豹不得窥，珊网漏此一段奇。讱庵先生才不羁，酷嗜书味沦肝脾。慨然搜罗遍闺帏，卅年精力不惮疲。偶然名流集敦匜，谈及佳句眉辄飞。山之颠崖水之埼，延访未尝顷刻离。投囊不独少女丝，或一两句褒亦施。旁及仙鬼无津涯，广大教主讵有私。果然群芳斗叶枝，千汇万状纷云蕤。广陵芍药春风吹，三湘畹兰玉露滋。九州婵娟聚一时，名山旷典无遗訾。岂唯足供抵掌资，扶轮大雅其庶几。先生读书慕有为，壮年题柱名交推。水曹著作等琼瑰（先生著《水曹清话》，纸贵一时）。明廷荐引同皋夔（先生历户、工二部，均为上游倚重）。忽然掉头归江湄，江风海月供酣嬉。百城南面况足怡（先生献家藏书数千种，蒙赐《图书集成》），尤爱篆隶心孜孜。旁探雀篆并鼠碑，远轶阳冰与籀斯（先生考订篆隶成集，并手编印谱，极古今之大观）。名人作事非常规，千秋二绝谁能追。惭予弇陋昧所师，谬蒙甄赏无刺讥。一家篇什宛相随（懋仪祖姑并姑暨母诗，俱蒙集中选录），佳话喜足垂然脂。长谣抒见无瑰词，却同芥子酬须弥。”《袁太史简斋先生续诗话中采及拙刻赋谢》曰：“大雅皇风辔，名山峻望悬。学原富烟海，身是老神仙。早岁辞簪绂，千秋溯简编。风华多跌宕，见地绝拘牵。才大斯能变，心精足细研。遂新韩杜垒，爰执鉴衡权。宏奖情何已，网罗量不捐。松筠高百尺，桃李遍三千。屡启珠槃会，兼收彤管篇。西湖传雅集，艺苑诵瑶笺。自顾拘墟陋，偏于刻鹜缘。流萤徒自照，小草不成妍。派细同趋海，窥微那测天。何期蒙赏鉴，弥复愧陶甄。柳絮名难拟，龙门地自专。终期乘画舫，问字绛帷前。”《论诗八章》曰：“春花如笑，秋山疑颦。宇宙皆诗，本乎天真。灵机妙悟，无陈非新。不物于物，斯能感人。”“太上立德，无意于文。其次立言，亶惟多闻。诗止一艺，原道则尊。根本不厚，枝叶徒纷。”“元功代运，大化迭周。江河之东，无复西流。金玉既制，椎轮奚求。诗唯日新，道与神谋。”“上下千载，泛滥百家。派分河济，光辨云霞。各有精神，流传无涯。士贵独立，餔糟徒嗟。”“良医用药，亦考古方。名将行师，亦戒陈行。要其神妙，不主故常。夫唯善学，鸿文聿彰。”“诗境甚宽，诗律甚严。十年非迟，三思岂嫌。如味谏果，得苦中甜。不能研精，空惭詹詹。”“句一落纸，已滞于形。存乎诗先，灵台荧荧。鞭挞山岳，奔走风霆。素养克裕，奇功斯成。”“成连已去，空张玉琴。师旷不来，谁赏雅音。品崇希古，技薄谐今。式循正轨，以俟同心。”

又，《绣余续草》有稿本。南京图书馆藏本集前有席佩兰、孙原湘、饶庆捷、康恺、褚华、悍晋三、屈廷镇、杨文炳、李学坚、沈珏、席炜、祝悦霖、杨钟宝、桂海、何世义、沈静、姜贻绩、方世平、龚元缓、陈基、王倩、钱孟钿、陈廷庆、刘泗道、周庆承、汤以晋诸名士女史题词。题名下有“嘉庆三年五月十七、十八日，止堂手校。嘉庆壬戌之秋，林镜拜读”字样，后附诸名士（袁枚、李廷敬、王文治、康惜、张嘉会、龚元绥、刘泗道、周庆承、刘元恺）题《兰皋觅句图》、陈文述《跋》。集中有评语，评阅者不详，诗作内容与别集多有不同。上海图书馆所藏前无席佩兰、孙原湘卷首题词、止堂手校、林领拜读字样。

《绣余续草》五卷　　道光十二年刻本

归懋仪　撰

懋仪有《绣余续草》五卷，道光十二年刻本。集前有陶澍、陈銮、魏文瀛《序》。魏文瀛《序》曰：“簿书之暇，去其重复，厘为五卷。观察吴公、大令温君，先后助资，因付剞劂。”《绣余续草》五卷刻本系统较为复杂，由《绣余续草》《绣余再续草》《三续草》《四续草》《绣余近草》《绣余草》诸本综合而成。袁枚《随园诗话补遗》曰：“雄伟绝不似闺阁语。”沈善宝《名媛诗话》曰：“咏古诸诗气韵深沉。”

《春雨楼集》十四卷　　乾隆间刻本

沈彩　撰

沈彩，字虹屏，号青要山人、胥山蚕妾、梅谷侍史、庆云侍史、芷汀散人，长兴人。年十三归平湖庠生陆烜为妾。陆烜夫人彭贞隐（字玉嵌）赠以释智永书春雨帖真迹为贽，彩遂易楼名为“春雨”。于归后，彭夫人授唐诗，教《女诫》，学右军书，故而沈彩书、诗皆能入格，小文亦有佳致。沈彩最值得注意者为其抄书之事。除《春雨楼集》为其手抄上板外，《斜川集》《尚书义》亦为其手抄。叶昌炽《缘督庐日记》载《尚书义》篇末多题“侍史沈彩书”“沈彩缮写”“沈彩书”“女史沈彩虹屏钞”“女史沈彩写”“沈彩手书”等，叶氏有“玉台佳话，镇库尤物”之语。《尧典》后有沈彩题识云：“主君作《书义》，皆命彩手抄，故尝赠彩诗有‘传经可有粲花舌，诘屈聱牙记伏生’，又‘妙笔簪花非玩物，藉传皇极答苍生’之句。此三易稿也，始写于乾隆丙午十二月十七日，为立春日，时连朝雨雪，江梅初苞，天寒手颤，仅免呵冻云。胥山蚕妾沈彩识。”彭夫人玉嵌曾认为手书《尚书》为不敬，谓曰：“妇人之事，精五饭、募酒浆、缝衣裳而已，今尔乃如此，虽属难得，终为废业。且煌煌大典，出簪裾膏沐手，毋乃近亵乎?”彩因告陆烜。陆烜即呼夫人，谓曰：“《关雎》化本，始于房中。尧舜大典，亦先釐降。道本夫妇与能也。天象紫微垣北极帝星后，即为尚书五星，其星主天下，道明则见，道不明则晦。《尚书》之名，圣人盖取义于此。非先有《书》而后有星也。至后代以‘尚书’命官，则又在其后，皆以星为朔也。其尚书星左即为女史星，故今文二十八篇，亦以伏胜女传。若无今文，则古文亦无由考而传也。今謄校之役以授虹屏，是亦天道也。”彭夫人诺之。陆烜《梅谷集十种》之《梦影词》三卷，末有“乾隆丁亥浴佛前日庆云侍史手写于春雨楼，重付剞劂，计增十阕，校正十一字”。沈彩楷书古雅娟秀，圆熟妍美，曾作《有日本人索余书者戏作》诗记日本人湛如求书事。蒋生沐《东湖丛录》中曾说闺阁究版本者，始于沈彩。所著《春雨楼集》十四卷，有乾隆四十七年刻本。国家图书馆藏乾隆刻本有郑振铎《跋》曰：“得《春雨楼集》二本，乾隆四十七年刊本，尤罕见，卷一为赋，卷二至七为诗，卷八至九为《采香词》，卷十至十一为文，卷十二至十四为题跋，都为彩手书上板者。”《春雨楼集》另有民国陆氏求是轩抄本。抄本尚有《春雨楼集》三卷，清罗庄辑诗附录并跋；《春雨楼诗集》五卷，存卷三至卷五三卷，有民国罗振常跋。沈彩另有《春雨楼书画目》一种，有民国雪映庐抄本。

此集为乾隆间刊本。前有汪辉祖、陆烜二《序》及图赞。卷末有彭嵌玉、顾介、秦崑、赖良、陈朗、徐志鼎、方元、金式珪、林羽、屈凤辉、方霭、沙杓等名士闺秀题词。卷一录赋七篇：《书带草赋》《鹦湖渔灯赋》《盆荷赋》《七夕赋》《芙蓉堤赋》《菊影赋》《骂赋》；卷二录诗四十一首；卷三录诗四十二首；卷四录诗四十三首；卷五录诗五十九首；卷六录诗三十七首；卷七录诗四十六首；卷八录词三十六阕；卷九录词三十阕；卷十录文五篇；卷十一录文五篇；卷十二录题跋二十五则；卷十三录题跋十八则；卷十四录题跋十八则。《新柳》曰：“鹅黄初染晓窗前，欲与佳人斗丽娟。弱线不牵千里梦，长条疑带六朝烟。柔情如睡莺儿唤，翠眼难开燕子穿。任尔百花都殿后，独占春色媚芳年。”《春日小园独游》曰：“桃李无言处，微风拂短蹊。人从花里去，春在袖中携。栩栩双飞蝶。嘤嘤百啭鹂。采香兼拾句，红日不知低。”《山居秋夕次主君韵》曰：“夜气深如此，秋衣冷袭襟。微风生竹韵，纤火逗花阴。坐久苔滋露，诗成月满林。欲令山谷响，石上更鸣琴。”附原作曰：“高斋一回坐，爽气溢幽襟。竹外流泉泻，窗中明月阴。平生恋丘壑，微尚爱山林。忽听冰弦响，松风夜入琴。”《梅花》曰：“梅花高格淡而闲，懒入东风桃李班。共羡翠禽枝上宿，不知春隔万重山。”《秋夜对新月》曰：“秋兰叶上露华滋，门掩吟虫独坐时。月里嫦娥有何恨，向人弯得一痕眉。”《咏染指甲三首》曰：“麻姑忽降蔡经家，一夜春红茁露芽。曾拨蓬莱丹鼎火，玉纤都染紫流霞。”“翠袖翻翻独抚琴，朱弦疏越有遗音。却如几个鹦哥嘴，乱啄桃花红雨深。”“犹是深闺乞巧风，凤花细捣染来工。低徊怕与檀郎见，要把猩红谑守宫。”《题自写兰》曰：“入春十日雨兼风，兰叶香迟未破丛。差喜砚田初解冻，墨花争发翠毫中。”《南乡子·戏咏浴》曰：“纤手试兰汤，粉汗融融卸薄妆。料得更无人到处，深防，鹦鹉偷窥说短长。丝雨湿流光，花雾濛濛晕海棠，只有红莲斜出水，双双。雪藕梢头两瓣香。”皆是闺阁人语，清丽缠绵。如其《与汪映辉夫人论诗书》中所言：“乃辱蒙过奖，谓闺阁仅见，且谓不惟隽永，抑且博洽，令彩愧汗无地，而彩更颏动目轩，欲伸一说于夫人之前者。则来札谓再得苍老高古，一洗绮罗香泽之习，则竿头更进矣。窃以为此语犹有可商也。夫诗者，道性情也。性情者，依乎所居之位也。身既为绮罗香泽之人，乃欲脱绮罗香泽之习，是其辞皆不根乎性情。不根乎性情，又安能以作诗哉！故《关雎》之淑女和悦，不能为《终风》《绿衣》之怨也；《谷风》之思妇愁苦，不能为《桃夭》《草虫》之乐也。故君子居廊庙则有《鹿鸣》《振鹭》之音，居山林则有《考槃》《伐檀》之音，居兵戎则有《车邻》《驷驖》之音，是皆所谓苍老高古者也。如使其出于采蘩之夫人、抱衾之众妾之口，则为怪与诞孰甚？圣人必无取尔也，必取夫若所谓‘于以采蘩，南涧之滨’、‘嘒彼小星，三五在东’者也。且如‘手如柔荑，肤如凝脂’、‘副笄六珈’、‘鬒发如云’、‘衣锦褧衣’、‘裳锦褧裳’、‘角枕粲兮，锦衾烂兮’，是莫非绮罗香泽之言也。惟其言之称，圣人且有取，而又恶可尽洗也？夫诗至三百篇足矣，乃欲求多于圣人之经，不亦过乎？彩闻之矣，禅学贵脱而不贵粘，贵空花而不贵素位。故自唐以来，尽有名公巨卿可以赓雅歌颂者，乃逃于鬓丝禅榻，所言皆绮罗香泽。此如饰须眉以巾帼，傅脂粉之优伶，是则可尽洗其丑者也。乃于文人学士，则以为有口无心；于妇人女子，反欲其改头换面，是亦阴阳易位之一端也。顾今之评妇人诗者，不曰是分少陵一席，则曰是绝无脂粉气。洵如是，以偎红曳翠之姝，而唱铁板大江东，此与翰音登天、牝鸡司晨何异？其为诞且怪，孰甚？尚安得谓之诗哉！三春桃杏，红艳为妍，乃责桃杏曰：尔胡不为松柏之青苍？是不能也。言为心声，犹自写照。用自写照而顾揣摹他人之面目，不亦可笑矣乎！故彩窃以为诗者，惟本乎性情，必思无邪。素其时位，求声成文，有兴观群怨之风，而不失乎温柔敦厚之旨，斯可矣。他则非彩所知也。恃其恩私，尽言无隐，惟夫人优容而更有以教诲之。”言闺秀诗学之道，见解独特。

《玉芳诗草》二卷　　乾隆三十五年覃光暐南衙署刻本

覃光瑶　撰

覃光瑶（1751—?），字玉芳，武陵人。山东莒县覃志京女，江夏崔拙圃孙媳。玉芳九龄已能染翰墨，操觚作惊人语，每拈韵令赋，击钵成篇，读之如出水芙蓉，倚风自笑。九岁作《题画鹦鹉》云："已无言语慧，只有羽毛奇。镇日轻绡里，鹰鹯那得知。"命意不凡。迨随父任历浙闽，藻采愈振，其兄为之刊诗集置嫁妆中，艺林传为佳话。年二十卒。所著《玉芳诗草》六卷，有乾隆三十五年（1770）刻本。

此集前有姚其旋、罗德霖、覃光暐三《序》，集中附罗德霖点评。集中录诗一百二十七首，词七阕。《读史》曰："奋起除秦暴，生民皆鼓舞。约法入关时，势已分龙虎。天心归仁爱，汹汹徒自苦。太息重瞳子，拔山终为虏。"评曰："二十七史都可作如是观，不是寻常韵语。"《昭君怨》曰："此去玉关道，望恩何日归。愁心对汉月，顾影空歔欷。红颜变黄土，环佩无光辉。乃知旧图画，好丑未全非。天子重和亲，妾身诚细微。不惜妾身远，但伤违君心。谁能生羽翼，高逐秋鸿飞。"评曰："温厚平和，复不落前人窠臼。披吟数过，觉'当时枉杀毛延寿'之句，未免嚼蜡。"《送梅》曰："芳菲春正好，谁与促归期。香雾曾留处，美人欲去时。有情应缱绻，无语自凄其。怅望溪山里，东风一夜吹。"评曰："'美人欲去时'五字足千古矣。看来唐人咏梅诗、'月明林下美人来'，只替此语作注脚，其在文本反未能免俗也。至其属对活相，深得草堂三昧，一结更复不凡，可谓泠然希音矣。"《赋得云泉透户飞》曰："层峦连画栋，透户洒云泉。意象含风雨，音声入管弦。珠光排绣闼，练色挂修椽。为爱宸游处，银河落九天。"雄浑精湛。《残菊》曰："黄花如远客，欲去动人怜。浊酒聊相对，东篱念尔贤。重开须再世，此别又经年。欲问归何处，秋风一惘然。"评曰："通体浑灏流转，可谓毫发无痕。"《美人学书》曰："绿窗妆罢翠眉颦，古帖临摹字逼真。最是闺门家数好，学书只学卫夫人。"自然熨帖。《边词》之一曰："夜来化蝶入乡关，水暖花香春未残。却怪妆台人不见，旁人笑指望夫山。"用意深厚，厥词温雅。之三曰："玉露凋残木叶黄，几年肌骨饱风霜。男儿不合疆场老，誓杀单于归故乡。"评曰："其气壮，其情苦，其词顺。刘长卿谓李季兰为女中诗豪，予谓玉芳亦云。"《榆钱》曰："再洗风磨个个圆，青蚨无数沈郎钱。若能买得春光住，何惜轻抛碧草边。"清新俊逸。《春雁》曰："百尺楼头听雁回，数声和雨带春来。凭君欲问南中信，同此飘零莫浪猜。"深婉动人。《秋深》曰："晚风吹起孤城角，木叶潇潇下急川。几点饥禽啼古驿，一村渔火见江船。黄花有恨人同瘦，青女无愁夜不眠。宾雁满空秋又老，山长水远一年年。"情景兼容。《望岳》曰："岱宗雄列岳，极望破层云。矗起乾坤小，横陈日月分。星辰千气象，齐鲁接氛氲。欲笑茂陵客，遗书赚汉君。"气象雄浑。《山中》曰："隔水看春山，云里闻樵响。暂作山中人，尘静心神爽。冉冉双白鹤，飞落青松上。"无烟火气。《对酒》曰："处世固不易，人生各有志。达者保其真，焉能为俗累。寂寞翻自得，亦不贵苟异。怡然对樽酒，浩歌在一醉。"评曰："晋人惟陶渊明有此襟怀，嵇阮辈便着痕迹。"《灯花》曰："灵心资火德，妙蕊发天藏。刺眼先传喜，侵书欲带香。玉虫生顷刻，金粟辨微芒。风静花偏好，飞蛾学蝶忙。"巧不伤纤，丽不伤繁。《赋得隔千里兮共明月》曰："有美关山外，鳞鸿隔远音。可怜一片月，双照百年心。圆缺应相似，清光不可任。离多移晦朔，即事有升沉。极望情何尽，无言思更深。永怀终不见，虚费短长吟。"精刻如古人。其词《忆秦娥·晓妆》曰："开华屋，垂杨阴里纱窗绿。纱窗绿，云鬟初整兰汤新浴。卷帘贪看樱桃熟，纷纷侍女频催促。频催促，后园歌舞早排丝竹。"富贵语中可置一座。《一叶落·秋闺》曰："画阁晓，闻啼鸟，妆成插朵秋花小。倚窗玉腕寒，幽思知多少。知多少，黄叶西风扫。"

《有此庐诗钞》一卷　　道光间刻本

金孝维　撰

金孝维（1752—1849），字仲芬，嘉兴人。金德瑛孙女，金洁次女，钱汝恭长子媳，钱豫章妻。性清严，寡言笑。处事宽而有制，寿高而无子。卒年九十七岁。所著《有此庐诗钞》一卷，有嘉庆间刻本；道光间刻本；清末刻本；另有抄本。

此集为道光间刻本。前有顾太清《序》曰："名臣家范，学有渊源。""发于言也，和平庄雅，性蕴必宣。卷中述事抒怀诸作，孝慈恺悌之风，蔼乎如见；时而抚景怡情，即目抒写，远度清襟，又洒然尘埃之外。展读累日，几神往于鸳湖鹤渚间矣。"《六旬初度书怀》诗后，钱仪吉评曰："是诗叙三四十年间始衰中盛，又凋谢，三百言中情事略备。而吾农部公未遇时，乐道安贫，及宦未成名，立鉴知止之义，急流勇退，以致孝友之德，没齿不渝，一一具见篇中，是一家诗史也。乃知玉台花蕊诸篇，徒为夸丽，固无当六义之旨尔。"《读德风亭集》曰："宏才茂学兼多艺，闺阁应传绝代名。若使斯人今尚在，不辞苍鬓拜先生。"《谢送紫藤糕二绝》其一曰："紫艳蒙茸一架香，晓来和露掇盈筐。清芬好伴桃花粥，不是幽人不与尝。"《看荷二绝》其一曰："小缸菡萏乍舒花，白似晶盘红似霞。笑倚栏杆吟短句，香风冉冉袭轻纱。"《东方曼倩》曰："三冬学足非虚誉，司马枚皋未可衡。辟戟曾争宣室宴，如何只擅滑稽名。"《九日作》曰："淡烟疏雨又深秋，笑折黄花插满头。不用登临劳远眺，古来触景易生愁。"《山行遇雨》曰："焚香只合深闺坐，那更年来类转蓬。黄叶黄花秋欲晚，凄凄风雨乱山中。"《戏为夫子拨闷二首》曰："闲居无俗事，眉案喜双清。琢句时分韵，围棋每对枰。药阑看舞蝶，花圃听莺啼。莫作多愁客，徒令白发生。""处世原如寄，休为俗事萦。无儿同伯道，有酒胜渊明。书遣奚奴曝，茶教稚婢烹。春花与秋月，好景足怡情。"

《长离阁集》一卷　　嘉庆二十三年《芳茂山人诗录》附录本

王采薇　撰

王采薇（1753—1776），初名薇玉，字玉瑛，后名采薇，字玉珍。宜光知县王光燮女。其生母方妊时，梦月旁星光熠熠，或告之曰："此四女星也。"欲手摘之，倏不见矣。貌端丽，性柔婉，尤为父所钟爱。耽文史，手不释卷，尤工小楷，好吟咏。雅好洁净，每窗明几净，读书临帖，煮茗供花，倏然物外。性至孝，得嫡母白孺人欢心。待人接物，和顺恭敬。少时，时翻道家书志神仙，夙根灵慧，时有出尘之想。生平尤嗜山水，风露之夕，藐然遐思，有稚川移家之念。八岁许同邑孙星衍，年十九，成婚于甥馆。帏房静好，人皆羡之。既婚数日，采薇属星衍填词，并约围棋，星衍皆未学，颇心愧之。星衍后遂为小词，而卒不能对弈。采薇终日持一编书，在室教其幼妹。时时临帖，好虞永兴楷法，或为星衍录诗。尝言唐五代词率可倚声，被之箫管。春余夜静，辄取李后主《帘外雨潺潺》词，按笛吹之。星衍每陈书满案而出，比入室，则采薇为整齐之。偶得许氏《说文》，与星衍约日识数十字，久之，二人皆通小学。生二女。婚后六年，乾隆四十一年以疾归宁，年二十四岁卒。殓时颜貌如生，手足温软，似解脱者。人比之叶天寥之两女昭齐、琼章，皆有才夭，其乩仙事，又相类。采薇亡后，星衍将其栖止之所，署名长离阁，绘遗像悬之，终日焚香对坐，誓不再娶。所著《长离阁集》一卷，嘉庆年间有三刻本：一附孙星衍刻《平津馆丛书》中，一列孙星衍从子婿龚庆辑《芳茂山人诗录》中，一选入毕沅辑《吴会英才集》中。又有光绪八年江苏靡芜吟馆本；光绪成都翻刻江苏蘼芜吟馆本；光绪十年如不及斋刻本；光绪十年冒俊《林下雅音集》本；光绪十一年吴县朱氏槐庐家塾刻《平津馆丛书》本。

此集为嘉庆二十三年《芳茂山人诗录》本。前有孔广森、叶观国二《序》，何森林弁言；卷末有龚庆《跋》、王光燮《小传》、孙星衍《事状》、袁枚《墓志铭》。集中共录诗七十六首，词一阕。龚庆《跋》曰："曾刊《薇阁存稿》一卷，得诗词杂著三十八首。毕秋帆尚书刊《吴会英才集》，复于伯舅《雨粟楼诗》后附录夫人诗，名《长离阁集》，较旧本增损不同，盖选时各有取耳。今年春，庆为伯舅搜集遗集，自春徂秋，编成付梓。将有中州之行：外舅南麓先生更属编次《长离阁集》，乃以《薇阁存稿》及《吴会英才集》所选者互为校订，合为一编，凡诗词杂著七十八首，附刊《冶城遗集》之后。袁简斋太史为夫人作《墓志》，称其诗哀感顽艳，丁当清逸。王葑山先生《小传》，并摘佳句。"法式善《梧门诗话》曰："兰陵闺秀王采薇（玉瑛），孙渊如观察之室，著《长离阁诗集》，幽香冷艳，合长吉、飞卿为一体，真闺阁奇才也，尝见其手书古诗四首，《昆灵曲》云：‘宫槐昽昽向清曙，蠹粉梁空燕无主。玉筦不动踏堂尘，帘底菱花学眉语。蝉丝细帐虫织成，秋簟夜碧啼潜英。翻翻小蝶随裙幅，迹迹衰梧作履声。’《华清曲》云：‘玉鱼如冰冷犀齿，雪色灵禽作仙使。石扇龙环守别魂，不似蟾宫敞千里。蓬莱山高无落虹，钗盒夜泣翡裯空。雨零石磴荒夫草，网暗宫门缢女虫。’《兰芝曲》云：‘啼鬟垂云粉黄落，夜半严妆起幽阁。已分单楼似伯劳，剧怜薄命逢姑恶。红桐掩坟秋骨灰，阿母泪落心当回。莫随怨魄填波去，合化幽魂促织来。’虽长爪生锦囊佳句，何以过之。”洪亮吉《北江诗话》曰：“孙兵备星衍配王恭人，善诗，所著有《长离阁集》，兵备曾嘱余为之序。盖余次子盼孙，曾聘恭人所生次女。然两家子女，不久并殇，恭人亦年二十四即卒。其闺房唱和诗，虽半经兵备裁定，然其幽奇惝恍处，兵备亦不能为。如‘青山独归处，花暗一层楼’，‘一院露光团作雨，四山花影下如潮’，此类数十联，皆未经人道语。”袁枚《随园诗话》曰：“毗陵王菽山明府女玉瑛字采薇，嫁孙星衍秀才，伉俪甚笃，年二十四而夭。秀才求予志墓。其《舟过丹徒》云：‘幽行已百里，村落半柴扉。只鸟时依树，孤萤不上衣。月平人影小，潮定槽声稀。沿水星星火，归惊宿鹭飞。’其他佳句如‘户低交叶暗，径小受花深’，‘研墨污罗袖，看鱼落翠钿’，‘虫依香影垂帘网，蛾怯晨光坠帐纱’，‘一院露光团作雨，四山花影下如潮’，皆绝妙也。”沈善宝《名媛诗话》曰：“武进王采薇（薇玉）号玉珍，知县光燮女，观察孙星衍室，有《长离阁集》，采薇爱读道书，时有出尘想，假年仅二十四。诗亦清超。”王蕴章《燃脂余韵》曰：“集中佳句如《咏木兰》云‘男儿封侯妾何有，要取黄金自悬肘’，《步月》云‘只鸟时依树，孤萤不上衣’，《秋夜》云‘五更霜月欺灯影，一树风鸦续雁声’，《春阴》云‘离愁作雾疑沉水，晓病如烟尽著山’，《悼姊》云‘把书寻泪色，掩幔想衣声’，《有感》一律云‘不见画钗处，惊看过月痕。帘斜生鸟影，屏小贴花魂。凤瑟埋尘冷，蛟绡湿泪温。石床苔掩鬓，黄蝶欲栖门’。皆清迈超俗，无愧作家。女史尤工小楷，能为虞永兴书。尝为其夫孙星衍手录诗稿一册，孙之侄婿龚庆题其后云‘手写新诗墨细研，永兴楷法尚依然。名山各有千秋叶，偕老何须说百年’。”钱钟书《谈艺录》曾举龚自珍《梦中作四截句》、陈云伯《月底海上观潮》、孙子潇《落花和仲瞿》、黄公度《樱花歌》诗中语句，皆本于王采薇，可见其诗词造诣之高。

《饮冰集》一卷　　嘉庆七年刻本

吴静　撰

吴静（1753—1778），字定生，昭文人。诸生吴励堂女，项肇基妻。静六岁即能读《孝经》《论语》，知其大义。稍长，习吟咏，母授之近体唐诗数百首，稍通意旨。久之，握管若有所得，喜览《通鉴》。年十八归项肇基，夫妻诗词酬唱。三年而寡，无子自经，其姑救之，晓以大义。越二年，姑殁，绝粒七昼夜不死，复自缢，后叔母觉之解其悬，族亲长者咸谕之曰：“儿丧未葬，小姑幼，叔未婚嫁，今何不顾。”于是静乃强起理家事。及为仲完婚，为季聘妇，二姑均许字，鬻产葬舅姑与夫，后泣曰：“可以下报吾夫矣。”卒年二十六岁。所著《饮冰集》一卷，有嘉庆七年（1802）刊本；另有抄本。

此为嘉庆刊本，前有史蔚光、顾王霖、鲍份、陈撰四《序》，《随园诗话》一则，齐熊《哀辞并序》，吴蔚光《项烈妇传》，陈用光《项节妇墓志铭》，鲍伟《书项烈妇传后》以及冯伟、赵基、孙原湘、王家相、归懋仪、席佩兰等名士闺秀题词，有吴静《自识》；卷末有《先姊节烈事略》。吴静《自识》曰：“题曰‘饮冰’，要皆有为而言，非无病呻吟也。”《舍弟录予诗集成自题四绝句》：“平生聊解声和韵，未向骚坛学问津。感得君家劳笔墨，一编为我略存真。”“风花雪月非吾事，困苦艰难是我诗。一瓣清香何所得，敢夸真率不夸奇。四载孤灯惨复凄，惊心怯胆命如鸡。从今绝笔无留恋，不作人间乌夜啼。”“他年流落阿谁边，共有红颜实可怜。生世不谐无我若，千秋心事在斯编。”顾王霖《序》曰：“孺人嫠居，有忧伤愤懑之意，悉发之于诗。其为诗也，咏史而已，读《通鉴》而已。借古人之事以抒己之怨。”归懋仪《题词》曰：“守身惟秉礼，卓识在论史。”史蔚光《序》曰：“其旨严，其词庄。”“其《读高唐赋》及《游侠传》，识解高超，皆老生宿儒所未能道。”《读高堂赋》曰：“身难遂烈烈其情，两度捐躯一室惊。自恨此生终后死，不争来世少芳名。冰心只许同金镜，仙骨应知返玉京。痛绝两年歌当哭，一编工拙任人评。”“弄月吟风一扫空，饮冰常在玉壶中。心香一瓣归司马，目炬千秋驳史公。托病呻吟知有为，看花叹息悟无终。男儿尽有输君处，争艳高唐赋手工。”《读高唐赋》曰：“文人弄笔太轻狂，神女何来梦楚王。误杀风流轻薄子，纷纷借口说高唐。”其诗清丽艳发，激情苍凉，咏史之作，具有卓识。《咏史十二首》之一曰：“绛侯事业在安刘，厚重先经高祖筹。到底不能容贾谊，长沙千古憾悠悠。”之二曰：“不学何须诋霍光，托孤寄命报先王。匡张孔马多经术，青史于今若个芳。”之三曰：“汉室名儒莽大夫，紫阳书法胜南狐。当年奇字人争问，曾识纲常二字无。”之四曰：“有才无识蔡中郎，王允诛之罪亦当。剩有文姬传怨曲，慧心何足植纲常。”《读资治通鉴四首》曰：“魏斯赵籍与韩虔，书法森严果凛然。四皓功高扶惠帝，原来立党自私便。”“雕虫小技诚何用，屈子离骚尚未奇。若是杜陵无史笔，姓名亦恐少人知。”“啬夫捷给原无取，苏子纵横岂足称。并入此编皆不废，始知利口必须惩。”“千古兴亡在此书，赐名资治洵非虚。只嫌帝魏相传误，何事温公尚未除。”《读史记游侠传》曰：“游侠原来是乱民，龙门立传太无因。后生习见成浮薄，风俗何时得返淳。”《读紫阳纲目》曰：“直接麟经圣笔修，紫阳书法果无俦。统归汉室奸雄斥，帝在房洲公论留。征士特标元亮节，大夫聊系子云羞。整襟读罢凭栏坐，始信真儒学识优。”《咏秦良玉》曰：“桃花马上请长缨，宸翰亲褒千古荣。愧杀须眉冠冕子，纷纷屈膝望尘迎。”《题许在璞梅花百咏》曰：“半咏梅花半自哀，百篇佳句洵清才。小窗兀坐才舒卷，一种幽香纸上来。”《读梅村圆圆曲》曰：“金戈铁马自边还，共道勤王山海关。读得梅村新乐府，冲冠一怒为红颜。”《针余偶吟》曰：“篝灯独坐数寒更，针线工完自忖评。一点清光尘不染，千秋心事月同明。”《训小婢》曰：“嗟尔亦人子，饥寒逼尔来。切须自努力，莫尚学痴孩。”

《听秋轩诗集》四卷、赠言三卷、来书一卷、《闺中同人集》一卷乾隆间刻本

骆绮兰 撰

骆绮兰（1756—?），字佩香，号秋亭，江苏句容人。金陵龚世治妻。绮兰自幼从父学诗，垂发时即解声律。及长适金陵龚世治，值龚氏家道中落，与夫子辍吟咏，谋生计，继又以孀居持门户，从扬州僦居丹徒之西，老屋数椽，秋灯课女，以笔墨代蚕织，厥后索诗者甚众。然虽家贫，常能以财贿缓急人，扶危济困，有烈士风。集中有《侍女文琴嫁某郎一载闻为大妇所锢且虐使太甚以金赎回作诗二首示之》诗曰："调粉熏香十二春，无端别去最伤神。谁知身似梁间燕，一载重依旧主人。""旧衣还称小身材，清晓依然侍镜台。从此尘缘须自忏，好随妆阁绣如来。"绮兰交游极广，与一时名流闺阁唱和甚夥。曾从袁枚、王文治、王昶等名士学诗，《随园谒袁简斋师二首》之一曰："闺阁闻名二十秋，今朝才得识荆州。匆匆问字书窗下，权把新诗当束脩。"从师之由则因人或见佩香之诗而疑之，谓听秋轩稿皆倩代之作。佩香素性粗豪，自言世人谓己于诗不能工，则诚歉然自惭，谓于诗不能作，则颇奋然不服，故而间出而与大江南北名流宿学觌面分韵，以雪倩代之冤，以杜妄人之口。间师事随园、梦楼两先生，出旧稿求其指示差缪，为两先生所许可，世之以耳为目者敢于不信绮兰，断不敢不信随园、梦楼两先生。与毕汾、鲍之蕙、左畹乡、江珠、鲍之兰、鲍之芬、周澧兰、卢元素、张少蕴、潘耀贞、侯如芝、王琼、王倩、王怀杏、许德馨、秦淑荣、叶毓珍、李餐英、王玳梁、席佩兰、吴琼仙、屈秉筠等二十余位闺秀交往唱和。又工画，其《芍药三朵花》图卷，观者谓"入瓯香之室"。早寡，抚养一女，尝作《秋灯课女图》，《自题秋灯课女图》曰："江南木落雁飞初，月色朦胧透绮疏。老屋半间灯一盏，夜深亲课女儿书。"一时名家题咏甚多。年四十，归心禅悦。《四十感怀》曰："人生百年间，世事若朝露。修短尽在天，穷通总随遇。况受女子身，尺寸谨跬步。苦乐由他人，

已复何所与。我今已四十，元发欲化素。自念髫龄时，偏解爱词赋。上窥秦汉文，下读唐宋句。穷年徒矻矻，颇似一韦布。远游虽莫遂，吴越适几度。泛月西子湖，探梅邓尉路。情随山水遥，疾中烟霞痼。绣阁富家女，自幼习娇妒。鲜鲤脍金盘，华服垂宝璐。贪睡绿窗中，日高曾未寤。我生贫薄相，尚得清净趣。啬我金满籯，富我书盈库。老屋三椽余，欹斜依野渡。身如旅雁孤，心与闲鸥往。所欣女幼小，识字犹敏悟。随我来佛前，焚香学礼数。一笑万缘空，翘首视乌兔。”又有《自题归道图四首余少时即有学道之愿，往往形诸梦寐，尘务蹉跎，忽忽逾四十年矣，今嘉庆元年六月朔日，誓将屏弃人事，悉心归道，写图见志，并系以诗》曰：“今年春去更匆匆，越见繁华眼越空。绝艳名花偏著雨，无云明月不愁风。百年尘梦随时觉，万里仙源有路通。试向碧山深处望，玉桃香雾正濛濛。”所著《听秋轩诗集》，有乾隆六十年（1795）金陵龚氏三卷、四卷刻本及嘉庆六卷本。绮兰辑诸家题咏、酬赠为《听秋轩赠言》三卷，闺秀酬唱之作为《听秋轩闺中同人集》一卷，附刻《听秋轩诗集》后。北京图书馆藏六卷本附录《赠言》中无上图藏四卷本后附录《赠言》中的袁枚、王文治、王昶等人书信。

此《听秋轩诗集》为乾隆间四卷本。前有袁枚、王文治、曾燠三《序》。卷一收录古今体诗七十六首；卷二收录古今体诗六十五首；卷三收录古今体诗七十七首；卷四收录古今体诗九十四首。绮兰诗才清妙，寓情于景，寄托遥深。祝德麟曰：“清微澹远，佳处直逼王孟，佳句亦颇近王仲初，当为近日闺秀之冠。”《倩山楼对雪》曰：“登楼对雪懒吟诗，闲倚阑干有所思。怪底世间人易老，青山还有白头时。”《暮春月夜感怀》曰：“江南杨柳又成荫，弱骨年来病易侵。千古多情唯月色，一春所得是花心。”《游西湖》曰：“渺渺平湖漠漠烟，酒楼斜倚绿杨前。南屏五百西方佛，散尽天花总是莲。”《春闺》曰：“春寒料峭乍晴时，睡起纱窗日影移。何处风筝吹断线，飘来落在杏花枝。”《云根山馆题壁》曰：“寂寂园林日未斜，一庭红影上窗纱。主人难免花枝笑，如此开时不在家。”还有记载闺秀生活诗作，如《女伴中有以香奁杂咏诗见示者戏为广之得十六首》之《钗》《钏》《耳环》《指环》《粉》《脂》《黛》《香》《髻》《帕》《鞋》《裙》《针》《线》《绣床》《镜》。《题周湘花女史绣吴兰雪夫妇石溪看花唱和诗卷》曰："千树桃开近水枝，石溪三月看花时。试凭一幅天孙锦，绣出金闺倡和诗。"《吴素雪女史写秋芳图寄其仲兄兰雪法时帆学士见而宝之以曹墨琴女史所书十三行素册易去墨琴复题二十八字并嘱题卷尾率成一绝》曰："偶将妙笔染秋红，换得簪花楷法工。他日名传书画史，才人佳话尽闺中。"《女游仙诗二十首》尤有特色，其《序》曰："神仙之事，稽叔夜以为必有，韩昌黎以为必无。自书契以来，人之与仙接者多矣。至于女仙，世人尤艳称之。余虽为女子，而凡胎陋质，谅无仙分。顾冲举之念时系于怀，读曹尧宾《小游仙诗》，辄飘飘有凌云之意。自愧才地浅薄，弗能如尧宾之落笔千言，拟作仅二十章，皆述女子仙游之事，亦聊以志私心之景向云尔。""谁悬明镜画楼前，一片清光万古圆。不是姮娥甘独处，何人领袖广寒天。""星文斗篆烂如银，懒学天章役鬼神。犹有旧时余习在，簪花爱仿卫夫人。""彩鸾性爱谪贫家，羞与诸姬斗丽华。归到瑶宫唯闭户，依然写韵作生涯。"袁枚亟赏之，赞曰："骆佩香孀居后，《咏月》云：'不是嫦娥甘独处，有谁领袖广寒宫。'余喜其自命不凡，大为少妇守寡者生色。"其《自嘲》诗亦是抒发己志："少年性格爱豪粗，惹得人称女丈夫。若戴兜鍪向边塞，恐教麟阁把形图。"

《听秋轩赠言》三卷，前有绮兰《自序》《秋灯课女图序》。《自序》曰："自念无奇才异节可以称述，猥蒙当代先生大人投赠诗篇，谬加褒许。历年以来，或白首耆英，高轩亲过；或玉堂宿彦，千里贻书，余读而藏之，卷如束笋，虽珠玉连篇，语多溢美，而用意之厚，亦何可忘。顷者寄意空元，罕事吟咏，每风雨之晨，皎月之夜，取名流卷轴，裒而辑之，付之剞劂，以诗之先后为次序，俾药炉经卷之旁，日手一编，幸才人巨笔，略得窥见一斑。"卷末附录士人来书，录袁枚二十四篇书札、王文治十七篇书札；王兰泉、伊滁亭、陆谨庭、三伯舅云若等各一篇。

《闺中同人集》一卷，前有绮兰自《序》曰："兰年四十有二矣，近日浏览内典，游心虚无，作《归道图》以自勖。毁誉之来颇澹然于胸中，深悔向者好名太过，适以自招口实。但积习未除，每当凉月侵帘，焚香默坐时，于远近闺秀投赠之什，犹记忆不能忘，披诵一遍，深情厚意，溢于声韵之外，宛然如对其人，因裒而辑之，以付梓人。使蚩蚩者知巾帼中未尝无才子，而其传则倍难焉。”如集中记载闺秀许德馨字如兰，号仙霞，“许氏诗清丽，风致佳绝，名噪江南”，有为闺阁才女立传之意。

卷　三

《信芳阁诗草》五卷　《诗余》一卷　咸丰九年刻本

陈蕴莲　撰

陈蕴莲，字慕青，号蓉江女史，江阴人。阳湖左晨妻。姿性明慧绝伦，韶秀端丽，兄陈祖望举业之暇，课之如弟。后随父官旌阳，与兄共闻过庭之训，每拈一韵语，辄蒙父许可。吟咏之暇，犹有余力为花鸟写生。迨于归后，侍宦远游，经西泠，历楚南，揽圣湖花月与潇湘洞庭之胜，遇赏心处辄为诗以咏叹之。间亦以所作呈舅翁，辄蒙许可。中岁随夫婿官津门，津门地当畿辅，闲官清况，吏隐恒兼，夫妻以诗画相切磋，一时有管、赵之誉。家清贫，慕青乃以诗画易资，砚田之润，转胜于折腰五斗，由是公卿延誉，遐迩传闻，自台省封圻，以至僚友，征诗求画者，纷至沓来。慕青口诵手挥，得潇洒倜傥之概。去家益远，阿母且八秩，眷念慈闱，亦惟藉吟咏以抒写其乌鸟之情。所著《信芳阁诗草》五卷，《诗余》一卷，附图跋八首，有咸丰元年四卷刻本，后咸丰九年增刻为五卷。

此集前有方廷瑚、潘素心、萧德宣、陈祖望《序》及陈蕴莲《自序》，卷末附图跋八首，沈湘佩赠和诗四题七首，词一阕。陈蕴莲《自序》曰："由是分力于绘事，而诗学几致荒芜。体又羸弱，饮膳或失宜，乃悄焉生病。迩年乞画者益众，惭无兼全之力如王右丞、赵松雪辈，而又勿忍弃毕生真性以黝于冥漠无知之乡。爰取数十年来所存诗，厘为四卷。以画易资，付诸梨枣。

非敢妄冀永传，其或以此存吾之志，而留吾情性于天壤间，是亦此心之不容已者欤。或谓词章非闺阁所宜，则古作充栋汗牛，未尝弃巾帼而悉取冠裳也，则无待余之置辨矣。”卷一录诗一百零九首；卷二录诗一百零五首；卷三录诗一百一十二首；卷四录诗一百零八首；卷五录诗一百四十首。附词二十三阕。陈祖望《序》曰：“慕青之诗，天分既胜，而又专精致力，博洽群书，其一种缠绵悱恻之致，大都发于树萱草、慨杕杜、咏草虫，而吟风弄月，流连光景之作，特其绪余，洵乎得温柔敦厚之教者矣。”方廷瑚《序》曰：“余就此三四十年中奉为闺阁大家者，向惟心折钱塘方芷斋、虞山李纫兰两家，谓其天才亮特，一时无与颉颃。今读信芳阁诗词诸作，则天分人功，铸辞命意，实已兼有众长。卢前王后，几不敢定其位置，瓣香之奉，兹乃鼎足而三。呜呼，盛矣！夫人绘事绝人，昨于向庭参军箧头得见一斑，则固兼有孙汉阳、恽正叔赋色写生之妙。其手录吟稿，全帙楷法清劲流丽，深得文衡山太史丰神，诸君子未有赞颂及此者。瑚于用笔之道，略窥门径，窃为三绝能兼，固未肯远让李唐、郑广文者。”集中首录蕴莲十二岁作《月中梅》诗：“铅华不染任天真，雪压霜欺倍有神。莫道几生修得到，此身原是月中人。”《拟宫怨》曰：“减却春光早闭门，梨花满地月黄昏。含情欲向君王诉，团扇犹存也是恩。”《旌阳道中早发》曰：“疏星欲没雾昏昏，犹见山头落月痕。清切邻钟敲不住，人家多半未开门。”《秋怀》曰：“晨风归北林，鸿雁皆南征。羁人当此际，枨触不胜情。无将大车驱，驱车尘满轴。尘满犹可拂，衣单不可服。飘风发发来，穿墉复破屋。饱闻好消息，车裘不可鬻。旷哉陶渊明，不作穷途哭。怡然酒一壶，独对篱边菊。我家芙蓉村，数亩环水竹。曷月余还归，金钱灯下卜。”《归宁将次里门舟中闲眺答外》曰：“乡近翻嫌路转赊，篷窗指点答秦嘉。一湾流水桃花绕，几叠青山云锦遮。让畔农夫勤黍稷，携筐蚕妇治桑麻。不须更向长年问，绿暗红稠是我家。”《程夫人从军图》曰：“男儿生世间，功业封王侯。女儿处闺阁，有志不得酬。读书空是破万卷，焉能簪笔登瀛洲。胸怀韬略复何用，焉能帷幄参军谋。千载仅闻木兰事，代父从征弃簪珥。同侪不复辨雄雌，忠孝坚贞勇且智。夫人有志亦相同，画作从军佩剑容。

但求圣代无征战，莫叹蛾眉老此中。”集中咏时世诗极有特色。《雁字》言及广东英军滋事；《苦雨行》记载鸦片战争事；《闻定海复陷》《旅夜抒怀》记载“津门夷警，避居保阳”事；《津门剿匪纪事》记太平军攻占天津塘沽事；《河北凯歌》赞美僧格林沁获胜事；《阅邸抄镇江瓜州同时克复喜赋二律》《海口纪事》《闻僧邸海口之捷诗以志喜》《满江红》记载战事情势。《闻宁波警》曰：“可能擒贼便擒王，转战经年缺斧斨。诸将承恩兵用命，威弧指日落天狼。”“传来消息浙川东，闻道楼船一炬空。果使逆夷真破胆，也应韩范在军中。”“风月从来属四明，可怜烽火似边城。三千安得钱王弩，不射江潮射贼兵。”《闻京口警》曰：“羽书驿使日纷然，楼橹惊闻北固传。浮玉山头开壁垒，无诸台畔接烽烟。神能褫贼三千弩，民不知兵二百年。可惜衣冠文物地，犬羊蹂躏更堪怜。”《阅邸报抄镇江瓜州同时克复喜赋二律》诗亦记载京口战事，又在小注中赞扬取胜将领功绩。“时钦差大臣和公春、翁公同书、德公兴阿、鞠公殿华、张公国梁等和众破敌得成巨功，一时俱得旨褒奖。”蕴莲《自序》言其诗学观，“诗固非漫然苟作，发乎人之情”，“遇赏心处辄为诗以咏叹之”，“藉吟咏以抒写其乌鸟之情”，“诗之为用，诚大矣哉”！故而蕴莲《海口纪事》小注曰：“以余癸丑曾赋《津门剿匪记事诗》，咸谓表扬伊等忠勇，虽死亦足流芳千古，因共矢诚报国，踊跃从事。孰谓闺阁中词章末学，无激劝之力耶?”

《餐霞楼轶稿》一卷、附诗余　　光绪三十四年排印《言氏家集》本

左白玉　撰

左白玉（1820—1856），字小莲，江苏阳湖人。左晨与陈蕴莲女，虞山大令言鋆妻。自幼随祖父读书于湖南节署，上禀祖训，内湔母教。尝割臂以疗母疾，十岁后即楮墨丹青横列几榻。于归言氏，家中聚族而居，食者恒以数十计，仰事尊嫜，禀家政于米盐凌杂中，料理井井。操作余闲，委怀毫素，

望云增感，时或沉吟，凡大江南北三党六亲闻风者，交口以誉，陈乞者接踵而至，争以得片纸寸缣为贵。好读史，谓龙门之笔可以树骨；晋书芜杂，固非史裁，然属辞比事足资獭祭。画仿徐熙、恽寿平。道光末年，江南水灾，子女相继夭折，处艰难困苦之境，口未尝言，一寓于诗。年三十七卒。所著《餐霞楼轶稿》诗一卷，词一卷，有光绪三十四年戊申《言氏家集》排印本。

此集前有同治五年上谕，秦树声、孙葆田、谢愃、阮忠枢、任道镕《序》，宗婉、宗粲、姚若蘅等闺秀题词，卷末有言家驹《跋》。集中录诗九十四首，词二阕。家驹《跋》曰："诗法渔洋、梅村，泛滥至于少陵、义山。"谢愃《序》曰："其志正，其音雅，虽遭颠沛，而悉出以浑厚和平。"《杨花用渔洋秋柳韵》曰："如烟如雨欲沾衣，九十韶光惜渐非。长笛声中闻宛转，斜阳影里认依稀。潆洄绮陌游丝飏，点缀花枝薄霰飞。回忆故园诸姊妹，同心同折久相违。"《咏蝉》曰："托身高洁有谁同，与世无争饮露风。最爱初晴新月上，余音袅袅碧梧中。"《春日》曰："朝来对镜懒梳头，啼鸟新林叫不休。两点春山清入鬓，替侬担得几分愁。"《并头菊》曰："平分秋色到疏窗，傲骨清标两未降。为惜卷帘人影瘦，西风有意放成双。"《落花》曰："飘裀落溷总伤神，开到酴醾了却春。似玉轻抛宁论价，如珠投暗不沾尘。浓阴结翠红飞雨，高柳吹绵雪点蘋。莫为荣枯增怅惘，瑶台好去证前因。"《听雨》曰："满庭秋雨听潇潇，滴碎乡心客思遥。悄对疏灯眠不得，却疑窗外有芭蕉。"

《琼楼吟稿》一卷、《后录》一卷　　乾隆四十八年刻本

陶善　撰

陶善（1756—1780），字庆余，号月溪，常州人。贡生陶寄轩女，进士彭希洛妻。母冯氏，奉佛甚虔。善幼聪颖，好读书。年十余岁，从吴江任纯仁学，颖敏善强记，为诗语多秀出。年十四，成《百花诗》，即见赏耆宿。与妹仁同塾，晨夕酬唱。妹仁，字无锡嵇氏，婿夭，复许他氏。仁闻，怫郁久之，得羸疾以殁。善痛妹之逝，益薄世味，辍诗不复为。读《大报恩经》，感如来

往昔苦行因缘，遂发大愿，愿证无生法忍，手书《报恩》《金刚》《弥陀》诸经，楷法端整。侍庭闱，婉愉承志，曲尽仪节。年十六，与希洛缔姻。越八年，年二十三嫁。婚后修妇道，治生产；事婆母，甚得欢心；与妯娌处，无间言；驭婢奴，宽严合度，自奉尤俭朴。既有身孕，晨兴仍课净业，以次阅《法华》《楞严》《华严》诸大乘经，信解益利。翌年冬十二月，娩生得一男，已而感疾，自知不起，时诵西方佛名。殁之前，请母为别，朗诵佛号数声及《往生咒》曰："大和尚自西而来，吾当去矣。"曾助彭希洛编选《净土圣贤录》。所著《琼楼吟稿》一卷，有乾隆四十八年刊本；道光元年《简缘诗草》附录本；同治十年盛朝彦刻本；光绪九年《简缘诗草》附录本。

此集为乾隆刊本，前有弟璋、彭绍升《序》，张锡祚、周准题词，卷末《后录》有香山老人《三房希洛妇陶氏为苇斋孙女好学工诗兼修净业年二十五而夭诗以伤之》四首、彭绍升《祭侄妇陶氏文》、彭希洛《亡妻陶孺人事略》。彭绍升《序》曰："乃尽发其平生所为诗，凡数帙，删而存之，得九十余首。仍其旧题曰《琼楼吟稿》。琼楼始为诗，寓意风花，陶情山水，吐属清远，不染尘垢。稍长，读圣贤佛祖书，渐知刊落词华，鞭迫近里。其有意于古之为己之学者与？至十首之作，通达法源，净诸疑惑，多生根力，迸露毫端，非犹夫浅智小根所能测识者矣。读琼楼诗，一以为才子，一以为高士，一以为道人；而琼楼者，如空中花，如水中月，不一不异，非我非渠。作如是观，谓琼楼今长住可也。"《野步》曰："风光眨眼岂长留，野外扶筇步步幽。晓屿梅和残雪落，春江云带断冰流。数家林壑采樵斧，一幅丹青卖酒楼。别有闲情何处著？非今非古任优游。"《登穹窿山》曰："方外乾坤别，山中世界清。松根盘石出，竹笋带云生。"《登天平山》："山峻千峰立，泉深一水通。徘徊寻古路，小径落花红。"《听泉》曰："老鹤唳偏苦，孤猿吟更愁。何如一条涧，洒落万山秋。"《蜡梅》曰："时值三冬晚，庭前簇淡黄。寒风吹不落，暖日照还香。玉蕊千枝吐，冰心一点藏。翛然空谷里，休拟汉宫妆。"《李花》曰："倾城倾国更谁伦，晓镜妆来别有春。却笑夭桃千万树，不干清淡见丰神。"《秋日即事》曰："偶步池塘草尽黄，一天爽气午风凉。

病余犹厌绵衣薄，睡起方知秋日长。流水小桥杨柳老，白云深院桂花香。隔邻机杼谁家女，辛苦寒窗伴夕阳。”《登楼晚眺》曰：“天地竟何穷，人生只如此。长风吹断霞，西落吴江水。古贤今不留，谁复省克己。回首暮烟横，远寺钟声起。”

又，有《惭愧吟》三十首，别具特色。《小序》曰：“长夏闲居，俯仰身世，扪心自问，欲作何等人耶？今为女流，无以振拔身心，仍流浪于生死，其为后身，将不可问矣，危乎危乎！幸而真心未泯，稍知惭愧。意有所触，情见乎词，得七绝若干首。《释经》云：人无惭者，与诸禽兽无相异也。《道经》云：为此惭愧，不离心中。孔子云：行己有耻，亦惭愧义耳。夫三教圣贤，度人度己，皆不外乎惭愧以为基。庶民去之，君子存之，在此几微之间而已。篇章有尽，惭愧无穷，因命曰《惭愧吟》。”“惭愧前生德未修，报身五障有因由。然而幸得人身在，岂可还嫌是女流。”“三牲五鼎亦非奇，惭愧如何说孝思。幸得人身在天地，报恩何必尽男儿。”“哀哀父母大劬劳，正法心传岂易遭。指点提撕终未契，自怜惭愧作儿曹。”“亲恩天地本相同，惭愧吾生道未充。只要自心明彻了，四恩圆满证真空。”“晨兴每过日高时，拂镜开帘倩侍儿。汤水殷勤代梳沐，此身惭愧坐如尸。”“夜眠最喜小棕床，洁净何须杂异香。惭愧睡魔消不得，还凭梦里主人强。”“乌啼日落乞人愁，露坐长林溪水头。惭愧吾居安乐国，好生知足在勤修。”“当暑轻绡又薄罗，冬来翠被暖如何。自然供养难消受，惭愧何曾学一梭。”“比邻亦有叹无衣，圭窦寒冲雨雪霏。惭愧吾无万箱帛，尽教暖气入柴扉。”“贫家升合犹艰办，惭愧呼庚泣路隅。安得摩尼如意宝，空中遍雨米如珠。”“百谷诸英及果蔬，种成人用苦工夫。吾今惭愧虚充腹，知得尼山味字无。”“三教经书满天地，阿谁认得路头真。童颜皓首都惭愧，出世原须世上人。”“仁是人心语意深，时夸辞艺失真心。觅心惭愧无从觅，拟向颜回问处寻。”“戒定始能生智慧，等闲惭愧说多能。伐毛洗髓缘何事，悟后矜夸也未应。”“坚强念力好修行，惭愧偏多懦弱情。宁可髑髅俱粉碎，无生法忍誓终成。”“执虚如满心方敛，恭敬亦从智慧来。惭愧起居常自懈，既知悔悟勉之哉。”“博施济众尧犹病，立达何曾与世违。惭愧不妨时在念，圣人原是学人师。”“身根清净元非易，惭愧先离杀盗邪。三业因缘最微细，直教触处不生芽。”“识透举心即错处，意根清净反真源。须知万法皆非法，惭愧无端又赘言。”“六根清净乃为佳，碌碌风人漫与侪。惭愧在心无所恋，白云修竹写幽怀。”“相将游屐百花芳，雅集琴棋泛夜光。惭愧在心何所事，闲窗净几不添香。”“急须打破利名关，紫绶黄金亦等闲。惭愧在心无所慕，清风朗月坐空山。”“真修人自要安贫，人不安贫便乱真。惭愧在心无所苦，由来学道本艰辛。”“世缘少著即消愆，拂逆频来意自便。惭愧在心无所怒，任从热铁顶头旋。”“世态偏忧无事时，损之又损绝人知。近来识得损之妙，惭愧亡羊叹路岐。”“闺阁风流脂粉妆，绮罗染得麝兰香。吾心惭愧难从众，椎髻青衫学孟光。”“哀哀生命苦烹炮，血染刀砧日作肴。惭愧不能相救护，冤魂何处肯离抛。”“忍辱仙人大布施，挑睛苦行欲谁知。而今悲愿无边量，惭愧虚劳金手垂。”“虚垂金手不知疲，慈覆人天遇者稀。最是此生惭愧处，未同大众尽皈依。”“怜昙弥愿广无边，度尽阎浮妇女缘。惭愧夙生多障业，输他灵照悟机先。”另有《和二林主人戊戌春日闭关作十首即次原韵》亦为传道而作。

《女书痴存稿》一卷　　道光五年陈乙刻本

钱蕙纕　撰

钱蕙纕（1756？—1790），嘉定人。江宁教授钱塘女，陈振孟妻。蕙纕之名取自《楚辞》“既替余以蕙纕兮”。承家传，幼耽章句之学。随父赴江宁任，时平阳陈振孟父华斋任同省别驾，因指为婚配。于归后，旋失怙，翁姑亦相继殁，振孟不能治生，游学他郡。蕙纕哀死念生，伤离别怨，往往寄于声诗，以忧愁遘疾卒。人唤之女书痴，尝作《闺友戏呼余为女书痴，偶成一绝，聊以见志》云：“几回惆怅叹娥眉，寂处深闺未有师。但使一朝通妙义，不妨人唤女书痴。”所著《女书痴存稿》一卷，有道光五年陈乙刻本，福鼎林滋秀选定付梓。

此集前有同里叶嘉棆、孙仁崇、林芳三《序》。集中收文三篇：《慕古赋》

《离愁赋》《叹逝文》；录古今体诗九十二首；词八阕。叶嘉棆《序》曰："钱氏之作，即其思亲、哭父诸篇，何其言思悱恻，词韵沉腿，不失其正如此也。"孙仁𡶶《序》曰："诗能穷人，非诗能穷人，正诗之显其名也。否则如钱孺人者孝于亲矣，爱于弟矣，敬于夫，慈于子，其贤备矣。然不过称之时人，垂之家乘已耳，又安能博世之文人学士读其诗以想见其人哉！"蕙纕诗古体似六朝，近体近唐音。《新秋午睡初起》曰："屋角斜阳欲坠时，帘前花影乱交枝。绿云缓掠慵无力，一枕新凉睡起迟。"《闲居》曰："闲居深巷静，与世不相闻。苔径埋行迹，荆屏掩夕曛。浮生惊若梦，往事去如云。嗜古从吾癖，游心在典坟。"《读诗有感》曰："贤豪自昔叹漂流，迹往还凭翰墨留。塞外李陵惟赋别，天涯杜甫只工愁。幻身不独为蝴蝶，吊古空悲似水沤。想到世间无住着，佛灯禅榻好依投。"《自题诗稿后二首》云："柳子飘零瘴海边，李陵忧患托诗篇。悲深拟赋思乡曲，感切翻成滴泪编。精卫衔时山木尽，杜鹃啼处血痕鲜。明知似病应无药，遣恨唯凭一幅笺。""托迹殊方倍黯然，遥吟俯唱乱山边。廿年泪洒临江树，午夜魂迷隔浦烟。蝉噪偶舒齐女怨，鸿飞欲奏伯牙弦。引宫刻羽成何事，留与骚坛作话传。"《读吴中女子江珠诗偶成三绝》："浮生无计脱烦襟，愁似春蚕作茧深。吴地交情知己少，闺中犹自觅同心。""吟坛传颂姓名香，漫托微词写断肠。自古才华妨福命，红颜那更擅文章。""吟来一字一酸辛，感动天涯别恨新。愧我芜词闲遣兴，谁言同是会中人。"其咏史诗亦有见地。《木兰》曰："百战归来奉老亲，戎衣脱去粉重匀。莫言忠孝难兼得，须信闺中别有人。"《卓文君》曰："偶然一曲寄瑶琴，未必终身其一心。自是易离缘易合，不须寄怨白头吟。"《关盼盼》曰："燕子楼空暗积尘，当年孤寂度青春。莫将红粉等闲看，志在心头不在身。"其词作哀婉清丽。《木兰花慢·暮春雨中》曰："剔残灯听雨，暮春时似深秋。奈切切凄凄、暗风吹刮，乱触帘钩。乡心岂真灰死，但牵连又上翠眉头。往事如云易散，旧游似梦难留。何由绝境类羁囚，此恨几时休？枉登高望远，故园绵邈，满目烟浮。怎如昭君昔日，便飘零异域也风流。遗得青青一冢，长留与、后人愁。"

《晚香居诗钞》四卷、《词》二卷　　嘉庆八年刻本

张玉珍　撰

张玉珍（1757—?），字蓝生，又字清河、华亭人。张梦喈三女，金翃妻。梦喈字凤于，号玉垒，又号知止居士、逊亭，夙承家学，英英玉立。为人夷犹坦宕，性情和易，信然诺，笃内行，工文章，诗尤雅澹，出入汉魏三唐，掇其精英，自臻佳境，始而才华，继而冲淡，并工词，云间能文之士莫不敛手推服。家有塔射园，岩石参差，池水环其下，中年后，遂专意园居，种竹浇花，读书养静，襟抱洒然。工篮法，本之从叔张梁，传哲嗣张兴载，年七十四卒。著有《塔射园诗稿》。玉珍少时课余与其弟悔堂学为诗，梦喈尝见而点定其稿。弟兴镛时甫七龄，亦效为五言，与之拈题检韵。及笄，习女红，宵分必约兄弟、姊妹剪烛赋诗。玉珍诗敏而工，每舅氏姚友砚至，玉珍则录稿以正，戚党夸之。岁戊戌，归娄东金绮园翃。绮园雅嗜诗，由是唱和殆无虚日。娄东距松江百里，一月不得玉珍书信，兄弟必寄诗相问，计自戊戌迄壬寅，此五年中，玉珍时居娄东，时归松江，其遇惟是最闲，诗故此时最多。后绮园以随父赴京五年不归，丁未，因父去世，绮园哀毁卒。玉珍侍姑孝谨，抚孤辛苦，因幼故多病，至是复得咯血疾，岁必发疾。变卖嫁时衣饰，襄两世葬。老屋一区，亦听夫弟售去，而奉母以迁，不得已携子熙泰依其三弟张兴镛家。子熙泰昼则从诸舅读书，夜则从母学。稍长，究心声律，玉珍稍慰，始检书稿授之。遇有试题，手制以试。辛酉秋，熙泰报浙闱罢而病，遽卒。玉珍恸不欲生，一夕命婢取所著诗词稿悉投爨下。所著《晚香居诗钞》四卷，词二卷，有嘉庆八年癸亥刊本。

此集前有吴蔚光、张兴镛二《序》，席佩兰、屈秉筠、归懋仪三闺秀题词；词集前有吴蔚光《序》。张兴镛《序》曰："今（嘉庆七年）春秋四十有六矣，守节抚孤垂十余年，未食其报，既贫而多病，子复才而夭，子妇汪贤而早寡，幸举遗腹，他日苟克成立，欲识其大母食荼茹蘖之苦心，舍诗词奚考焉？爰删存为《晚香居诗》四卷，词二卷，谋付梓。"吴蔚光《晚香居词序》曰："不当烈日，不知篁竹之猗森也；不陨疾风，不知苍松之劲谡也；不

历严霜，不知黄华之卓杰也。秋容虽淡，晚节弥香。取其名者，副其实焉。”归懋仪题词曰：“晚香声价冠群英，林下闺中各擅名。”集中录诗二百三十二首：卷一录五十六首；卷二录四十八首；卷三录六十五首；卷四录六十三首。张兴镛《序》曰：“其诗作婉而深，丽而正，有言外之音。耆硕如袁简斋、沈沃田、王述庵、钱竹汀、吴白华、竹桥诸先生见其所作，论东南闺秀必推焉。”《夜坐》曰：“帘开夜气凉，庭院雨初足。蛩声一何悲，幽咽鸣墙曲。轻风荡远林，微月淡深竹。心清境自闲，身暇意不俗。寂坐此灯前，复理残书读。”《读缪雪庄先生诗集》曰：“晶莹珠走夜光寒，珍重遗编三复看。莫怅青袍淹一世，古来名士不须官。”“分明玉洞仙霞起，飞向人间落彩笺。别具奇才谁得似，清平绝调李青莲。”《寄怀悔堂母弟》曰：“凉侵帘栊湿翠浮，秦淮目断渺行舟。斜风细雨离人恨，浅碧疏红野径秋。独雁穿云怜索莫，双鱼慰我倍绸缪。不知谁弄凄清笛，并作深宵一段愁。”《岁暮书怀》曰：“流光荏苒客心惊，柏酒椒盘入座新。屏俗闲参黄面佛，增年苦忆白头亲。寒梅香发疏檐雨，好鸟声催隔院春。检点旧吟无一册，被人误唤作诗人。”《楼望怀友砚舅氏》曰：“高阁登临处，秋光一望通。孤烟袅寒碧，残叶舞愁红。云净千峰出，心闲万虑空。东篱花欲绽，对酒忆诗翁。”《早春寄外》曰：“碧莲花发送君行，如矢年华岁又更。久客但期眠食健，远书难尽短长情。诗成翠管新愁积，梦断红蕉宿雨倾。负却庭梅春意好，一枝瘦影夜窗横。”《寄怀外子》曰：“一身多病意难舒，寂寂深闺感索居。忆别三年频短句，关心五月断来书。壁间焦尾生蛛网，架上芸编走蠹鱼。料是天涯无羽翼，名缰利锁定何如。”《检外子遗札》曰：“墨色犹新那忍开，一生落魄负奇才。怀中岁岁相思字，竟化红炉小劫灰。”“书来百度道离愁，今日重看血泪流。母渐白头儿尚幼，替君担尽一肩愁。”《静夜独酌》曰：“斗室萧然得自由，烛残香灺数更筹。酒能引梦聊频酌，诗不求工暂遣愁。远道音书违一月，同心伴侣隔三秋。举杯对影相酬酢，顿放胸前万虑休。”《雨窗示泰儿》曰：“寒雨灯窗畔，开编百感生。更谁怜苦节，愿尔博微名。志气须超越，文章要浑成。砚田方寸地，春暖待深耕。”

《晚香居词》录词一百一十五阕。卷一五十七阕，卷二五十八阕。吴蔚光《序》曰："若韫山之守节，即韫山之德矣；韫山之抚孤，即韫山之功矣。而诗与词，即其言也。观其言而知其德，而可以知其功，则一举而三善备焉。"《满江红·壬寅春暮王述庵先生偕同人展禊檀园分韵属赋得九字》曰："宾主风流，占尽了、山川英秀。携屐处、苔痕重印，春韶依旧。花片红飞莺语滑，柳丝碧蘸波纹绉。算前期禊饮未成旬，才过九。寻异境，闲仙绶。临曲岸，联吟袖。更才飞鸿藻，晶盘珠走。益友同盟三径竹，深情那厌千樽酒。羡兰亭、佳话古来传，今还又。"《金缕曲》附《小序》曰："余自九岁学诗词，迄今二十余载。近得咯血疾，强或一吟，辄不成寐，遂尔戒作。岁云莫矣，忧从中来，偶填此解，不复计工拙也。""灯下闲寻忆，记髫年，便学哦诗，吟情偏适。一自琴调香阁里，题匾花时月夕。浑未许、光阴轻掷。讵料瑶京人去后。望垂杨，路断重泉隔。凄绝也，镜鸾只。事随云散空陈迹，最难禁，百病攒身，千愁交集。搜索枯肠成一字，顿使魂梦欹侧。纵信手，涂鸦难黑。墨笔清缘犹少福。叹余生，毕竟成何益。相对处，药烟碧。"其《西子妆·题蕊宫花史图》记当时闺秀文学生活。《蕊宫花史图》凡十二幅，写四时花卉。诸女史就其性所爱者，各指一花为记，亦佳话也。袁枚为之作跋，吴竹桥为之征诗。

又，汪佛珍，娄县人。张梦喈继室。幼颖慧，九岁与妹独处家中，智退小偷。年十五，归附贡生张梦喈，能诗文而有干才。娟婉柔顺，然不识字。十七生子兴载，兴载四岁，父课以字，氏在旁，一过目辄不忘，甫两月，点画尽娴，并晓文义。后朝夕研究，能观经书，务明大义，最爱读唐宋人诗，渐能属辞，遂工诗，然不欲以词翰炫美。孝奉姑，善事嫡。儿女未就塾，先自课，师不在，亦代为约束之，并教以保家之道、处世之方。子兴载、兴济入庠，兴镛领乡荐，常勖无染纨绔习。女亦知书算，主持家务，井然秩然，周恤困乏如不及，亲串间每服其有过人之量。后积劳成疾，乾隆四十八年九月卒，年四十三。生三子四女。张梦喈有《汪佛珍小传》。所著《贻孙阁诗草》一卷，王鸣盛《序》而梓行之。《不寐》曰："欹枕闲吟梦境空，残灯闪闪影蒙胧。梧桐不管人惆怅，翻尽银塘一夜风。"

《聊思居诗钞》二卷　乾隆三十二年刻本

张佛绣　撰

张佛绣，字抱珠，江苏青浦人。行人司张粱女，金山姚惟迈妻。佛绣五岁就傅，受《孝经》《内则》，矢口成诵，解叩字义，举止不苟。少长偕姊氏习女红，相爱甚笃。祖父张大木工琴，佛绣从祖父授指法，因受琴数阕，遂善鼓琴。曾手挥《鹤舞洞天》之曲，忽有二鹤从空中来，飞鸣应节，人咸异焉。年二十归姚惟迈，姚病肺，时时卧床，抱珠亦善病，夫妇相敬复相怜。奉姑以孝，相夫以顺，处人以厚，御下以宽，族党交称之。女红之余则披文史，收录汉魏三唐诗成帙。常呼小姑拈题分韵，相与赋诗，每一篇成便授其夫。重王孝简（永祺）先生品学，尝质以诗。教子有方，幼子二，未就外傅，即教句读，端习气；教二女，如教子法。抱珠好佛，诵经累万遍，为亲祈福。疾革时，神明不乱，无一语及家事，喃喃诵《心经》而逝。年三十三卒。王永祺《吴兴张孺人传》曰："以其敏淑性成，溢为温柔敦厚之遗，故非为凡闺秀比也。"所著《聊思居诗钞》二卷，有乾隆三十二年（1767）丁亥刻本。

此集为佛绣亡后，姚惟迈偶检左右旧箧，见针黹与故纸犹丛杂宛然，其漫灭不全，或蠹侵，题字不可辨忆者，抄得二卷，为重校一过，并为之书《序》而付之剞劂。杨锺羲《雪桥诗话》曰："诗境亦近大木。"《夏日池上》曰："小亭凉气多，一榻扫烦燠。四面环清流，闲坐豁心目。曲径转危桥，古藤蟠老木。山光当昼寒，竹色上衣绿。时有熏风来，荷气自芬馥。幽鸟啼深林，疏花落棋局。终日远尘氛，萧然似空谷。"《寄怀爱庭四兄》曰："端居寡物后，遥夜屏纷虑。罢琴坐西轩，朗月出高树。念我同生亲，迢遥隔云路。谁禁慕远怀，偏与清景遇。关山无穷极，沧波安可渡。喜接良书音，春风三月暮。离思落花前，纷纷已无数。瞥眼又残秋，芳草委繁露。寒蛩床下鸣，鸿雁云端度。良会岂无期，岁月不肯驻。俛仰何所言，怳然伤幽素。"《白桃花》曰："洞口仙人曳素裳，临风无语粉生光。春从淡处偏多态，艳到浓时却改妆。靧面奚烦调白雪，助娇终觉胜红芳。晓来露井殷勤看，只恐晴熏欲化霜。"《秋暮偕妹游游横云山庄》曰："地僻松杉古，寥寥人迹稀。秋花含宿雨，霜叶舞斜晖。山鸟闲催句，溪风冷透衣。笑言深树底，相对懵忘归。”“一径穿林入，双扉面水开。有山都抱屋，无砌不封苔。云气萦衫袖，岚光落酒杯。到来尘境隔，何必问蓬莱。”“不觉徘徊久，遥峦起夕阴。桂香传道气，梵呗印禅心。远寺寒灯小，虚窗皓月深。一篙秋水阔，何日重相寻。”

又，佛绣小姑姚允迪（1740—1780）字蕴生，巡道姚培和次女，知县戴鸣球继室。允迪在室时，从佛绣弹琴学诗，尤喜读周易，晓星数，夜分窥星占风雨，无不应验。姑与丈夫卒于任上，奉两柩还，奔驰六千里。所著《秋琴阁诗钞》二卷。《元日同诸兄分韵得洁字》曰：“朝阳破云翳，朔气变华节。帘栊鸟语新，石鼎香初爇。堂前拜嘉庆，长幼咸欣悦。柏酒次第斟，盘蔬随意设。风暖景物佳，檐梅柝晴雪。过午山斋静，琴书自闲洁。相将茶一瓯，拈韵擘彩缬。诸兄富文藻，顾我惭薄劣。兴到亦长吟，遑计工与拙。且遂今日欢，岁月任更迭。”《苦热》曰：“碧空高高火云厚，溽暑着人如中酒。斗室浑同深甑蒸，当檐恨不栽榆柳。竹床莞簟卧不得，长箑何曾暂离手。况逢久旱禾苗干，桔槔戽水鸣前滩。农家妇子汗流血，足茧皮焦力已殚。我庐正与田畴接，默坐思之心恻恻。安居尚畏炎威逼，天生烝民皆食力。勤者辛劳惰者逸。愿得飙风驱雨来，比屋俱变清凉域。”《春雨》曰：“织烟凝雾一丝丝，洒遍东风绿野滋。弱柳萦愁低翠黛，落花无力湿燕支。凉生深院燕归早，润逼熏笼香散迟。苔色满阶帘不卷，午余销倦独吟诗。”《纳凉》曰：“流憩竹林中，翠影浓于幛。幽禽不见人，飞过低枝上。”《雨后》曰：“飞雨飒然至，一峰天外青。荷花香不已，凉透水心亭。”《定边杂感》曰：“久知边地冷，仲夏似秋深。水绝平和味，天迟长养心。塞长疲骏马，云拥失归禽。唐汉先贤碣，茫茫何处寻。”

《莲溪诗集》一卷　　道光十一年王氏家刻本

窦莲溪　撰

窦莲溪（？—1796），号莲溪居士，直隶丰润人。守备窦文魁长女，其弟征榴、毓麟皆能诗，闺中与妹窦兰轩唱和，有“窦氏二才女”之称。莲溪性温惠，幼喜读书，未经师授，通《鲁论》《周易》二经，诵唐律三百余首，间与次妹兰轩互相讲贯，多有题咏。《即景》有“春光看不尽，短句记芳华”之语，记其日常生活。集中有《三月送夫子之淮上》诗曰：“满酌杯中酒，送君淮上游。四方男子志，不必起离愁。”《饯夫子饮河干园中》曰：“离情翻恨长流水，不为留人为送人。”夫妻恩爱。莲溪对毛诗颇关注，《自寿》诗有“过目风光未可思，年来注意在毛诗”句。所著《莲溪诗集》一卷，有道光十一年王氏家刻本；另有胡文楷抄本。

道光十一年侄王庚刊其母窦兰轩著作时，亦刊行莲溪之诗。此集前有弟征榴《序》曰：“与余及次姊兰轩互相讲贯，多有题咏，年积月累，篇目渐夥，虽高文华册未之能及，而其清丽挺拔，亦有不可磨灭者。余在岳卫署中，曾择其佳者，与兰轩之作汇为一册。嗣去岁北归，则姊黯然病矣。二竖为患，八月有凶，遂至不起。残缣断纸，零落不收，余恻然以悲，悄然以忧，乃悉取而藏之。今岁（嘉庆二年）四月，自古北平岁校归，孟夏之日，长斋多暇，乃悉取而简阅之。去其芜累，撷其菁华，都为上下二卷，凡近体二百余首，无古体者，君未之学也。”集中录诗三十四首。《闻砧》曰：“憔悴不堪夜色阑，无眠倚枕起长叹。忽闻冷杵凄凄韵，似觉深闺切切寒。寂寞秋色鸿雁度，萧条暮雨碧梧残。披衣欲到中庭坐，烟月愁人只自看。”低回婉转，本色蕴藉。《吊刘瑞娘》诗前《小序》曰：“刘氏女，浙闽总制兆麒公之裔，才色俱美，年十九，未适人卒。”诗中有“玉貌归黄土，尘封宝镜台。美人泉下去，触景更堪哀”句。《挽瑞妹》诗前有《小序》曰：“字馨芝，十一岁通毛诗、四子书及唐人诗矣。尝有句云‘花明红照院，蝶弱粉萦人’，先辈称之。得羸疾，以花朝卒。”有为才女立传之意。《即景》曰：“天净暮归鸦，风清雁影斜。窗前翻旧卷，竹里煮茗茶。酒色分新柳，衣香染落花。春光看不尽，短句记芳华。”《雨后》曰：“澍雨新晴侯，风光是处鲜。山山生叠翠，树树锁晴烟。鸟躁音偏媚，花开笑更妍。波涛千里静，景物十分妍。红日天中现，阴云岭外迁。赏心惟此际，把酒傲登仙。”《三月送夫子之淮上》曰：“满酌杯中酒，送君淮上游。四方男子志，不必起离愁。”《饯夫子饮河干园中》曰："烂漫桃花满苑春，河边饮饯及芳晨。离情翻恨长流水，不为留人为送人。"

《兰轩未定稿》二卷　　道光十一年平乐王氏家刻本

窦兰轩　撰

窦兰轩，直隶丰润人。窦文魁次女，王廷勋（陛臣）继妻。王廷勋虽业骑射，而恂恂谨饬，绰有儒风。大弟征榴，号桂园，入县学，任私塾先生；二弟毓麟，号紫墅，爱好骑射，亦能诗。兰轩素贤明，人不知其能诗。其子王庚字申之，道光五年乙酉举人，曾任山东费张知县。所著《兰轩未定稿》二卷，有道光十一年平乐王氏本；另有胡文楷抄本。

此集前有宗叔素心堂老人王昌梦斋《序》。后有其子王庚《跋》曰："吾母固不欲以诗见也，然吾母往矣，苟非今诠次以传，或在散失，庚罪滋甚。用敢泣请父命，照依旧本恭录百有余首，付梓以志不忘。"王昌《序》曰："嘉庆己巳，余以无孙故，欲为贱子承吉办置侧室，陛臣笃念宗谊，谋诸内，慷慨赠之。既于归，解其装，得《送嫁诗》三绝句，始知其能诗且工也。壬申冬，余小女来归宁，袖出《兰轩诗》二卷，言陛臣嫂请父安并求《序》。盖小女于兰轩，固同里姻家也。余阅之，瞻博得未曾有，摘其粹者，字追句琢间寓空谷幽兰、孤芳自赏之意。余乃拊髀而叹，谓儿承吉曰：'如汝陛臣嫂者，余愧之，汝更宜勉之！'夫文翰一事，谁或相强者而造诣如此？观其诗，则所学可知矣！抑余有感焉。假令兰轩出所学，岂第以诗见乎？"《兰轩未定稿》一卷，录诗八十二首；《二集》一卷，录诗六十四首。《闺怨》曰："春病恹恹睡起迟，春愁瘦损小腰肢。可怜三五如花貌，不似当年镜里时。"《秋夜》曰："怅望银河浅，遥闻玉漏残。回栏风露冷，伫立不胜寒。"《春晓》曰："好鸟啼春晓，湘帘卷落花。那堪惊蝶梦，鹦鹉唤新茶。"《月夜》曰："独倚栏杆泪欲流，几重山路远悠悠。多情惟有今宵月，一派清光两地愁。"《秋闺》曰："宛转深闺里，秋来恨更多。灯花余断梦，夜雨响残荷。坐久闻哀雁，情深损翠娥。他乡经岁客，消息近如何。"《偶感》曰："偶迹江亭欲探春，感时伤别泪盈巾。旧游满目皆相远，惟有青山似故人。”婉转清丽。《洞庭晚秋》曰：“长江无际接天流，独泊扁舟暮霭浮。一雁翅拖湘楚月，小虫声近枕函秋。黄花亦解留吟客，玉笛偏能赋别离。幸有清樽可相赏，何妨醉后一登楼。”《晚秋》曰：“柳枝暗淡最堪怜，无限哀鸿度远天。满径黄花金欲绽，一林绛叶火初燃。坐看弓势初三月，拨尽云和廿五弦。爱惜良宵犹未卧，砧声偏向玉楼传。”大气豁达。《题桃花扇传奇》曰：“由来名士重倾城，一段相思笔下成。南国佳人推李妹，中原才子念侯生。珠帘月下飞娇燕，檀板风前唤乳鹦。金粉几多零落尽，桃花扇底寄余情。”《里有无赖娶知书女子棰楚不堪而赴水者感赋》曰：“忍将弱质赴清流，文字缘休业未休。开卷自知怜薄命，拈毫也解赋穷愁。摧残玉化风前蝶，漂泊花如水上鸥。自昔佳人多寂寞，至今青冢怨滞留。”《小息皇菴瞻某大师遗像》曰：“瞻罢慈云思黯然，风流真是散花仙。空门也有沧桑感，半壁琉璃剩老禅。”

《澹仙诗文集》十卷　嘉庆二年金陵杜新甫刻本

熊琏　撰

熊琏（1758—?），字商珍，号澹仙，又号茹雪山人。澹仙少失怙，事母至孝，弱龄受书，作诗赋，即有惊人句，能文章，可胜男子。既长，学益进。古文楷书均其优长。弟熊瑚以姊为师，诗词唱酬。后许字同里陈遵，未几，遵得废疾，遵父请毁婚至再，琏坚持不可，卒归陈遵。里称其贤。后夫早逝，舅姑既下世，乃常归依其母，晨夕侍养，如未出室。课弟，甘清苦，时时以吟咏自娱。性情旷达，近仙释之旨，故诗词多了悟语，然弥见母女相依之乐。母卒，澹仙和泪以血述母生平为哀挽词十首。王蕴章《然脂余韵》曰：“苦节一生，老而好学。”曾拜诗人江片石为师，琏有《题江片石先生集》诗，江亦为《澹仙诗钞》题词。顾希昭《书熊澹仙诗后》曰：“无情天亦妒娥眉，博得才名不疗饥。莫怪红闺诸女伴，只工刺绣不工诗。”所著《澹仙诗文集》十卷，其中《澹仙诗钞》四卷、《词钞》四卷、《赋钞》一卷、《文钞》一卷，有嘉庆二年（1797）金陵杜新甫刻本。

此集卷首题澹仙诗钞，如皋熊琏澹仙著，同怀弟瑚镜湖校。前有徐观政、曹龙树二《序》；翁方纲、法式善、罗聘、宋长溶、黄洙、胡长龄、徐观政、冒国柱、江干、黄理、乔普、孙翔、于泗、秦鼎云、朱雨田、杨景奎、黄钟、姜培基、冯云鹏、陈邦栋、吴煊、李懿曾等名士题词。卷后黄洙《跋》曰："右澹仙诗赋词钞若干首，大尹曹星湖先生叙而梓之，学博两先生暨徐君湘浦赞成之，选录付剞劂者则江君片石、黄艮男也，而洙亦与订正之事。将竣，澹仙之弟瑚来请跋于洙。"集中录诗一百三十八首；词一百三十阕；赋六篇：《草堂赋》《怨赋》《月夜闻笛赋》《水仙赋》《愁赋》《月赋》。文一篇：《黄艮男先生宫闺词序》。钱泳曰："澹仙诗词俱妙，出于性灵。"曹星湖《序》曰："思幽深而笔秀逸，有唐人音，多感且愁，殆所遇之非偶耶。"潘英《国朝诗萃初集》曰："澹仙才奇命薄，苦吟终生。读其诗，神凄骨悲，如闻其声，如见其人。"所作皆思深骨秀。《题幽居》曰："何嫌屋矮与篱疏，但近烟霞便可居。门柳绿环池面水，檐花红映案头书。一帘淡月停樽待，五亩荒田戴笠锄。茶熟香清诗思健，游仙枕上梦回初。"《梅花》曰："林下幽栖只澹妆，偏将孤艳压群芳。罗浮觉后魂何在，玉笛吹残恨正长。自遇雪霜甘冷落，可堪烟月正昏黄。一春偃蹇空山里，谁信冰清别有香。"《夕阳和闺友黄心石》曰："余红澹染绿烟痕，风送归鸦过别村。花影半窗人独倚，水晶帘下怯黄昏。"《读阮嗣宗》曰："落拓应知有旷怀，钟情厚处免疑猜。醉眠花馆非迷色，哭弔红颜是爱才。翻以猖狂全气节，不妨游戏混尘埃。一双白眼千杯酒，失路悠悠恸几回。"《自叹》曰："异乡沦没感离居，最是残钟梦醒初。回首半窗灯影下，三年不检旧时书。"《和荷香茶社惜荷诗四首》曰："一夜风雷水满地，浣纱人去系相思。玉箫声咽罗衣薄，南浦凄凉月上时。""茶烟袅处合伤神，闭户无劳过客频。向日花时题咏少，花残那得惜花人。""仍抱水心彻底清，未同荇藻逐波横。如来指点空中色，参到莲花悟死生。""应与西方结净因，清涟濯濯忆丰神。珠沉玉折寻常事，毕竟漂流不染尘。"《礼佛》曰："前因昧却俗情牵，长顾焚香礼众天。入世都无人可语，澄心恐有佛相怜。黄粱曾指三生梦，碧海常开五色莲。回首迷途如不远，好皈清净度余年。”《题黄月溪乞食图》曰：“田园荡尽故交稀，舞榭歌楚一梦非。未必相逢皆白眼，凭他黄犬吠鹤衣。”《感旧》曰：“刺绣余闲就塾时，也从花里谒名师。贪看夜月憎眠早，倦挽春云上学迟。琴案屡吟秋柳句，锦溪频写落花诗。而今回忆皆成梦，怅望当年旧董帷。叹我浮生不自由，娇疼未惯早知愁。弱龄已醒繁华梦，薄命先分骨肉忧。亲老偏逢多病日，家贫常值不登秋。眼前俱是伤心事，几度临风泪暗流。”《书薛晴浦穷感诗后》曰：“落魄乾坤许赋诗，天教肉食少文辞。炎凉世态酸寒味，不是才人了不知。”《哭母》曰：“鹤骨鸡皮满面愁，儿家命薄志难酬。萱堂第一堪哀处，半世饥寒到白头。”“生平世味久相忘，只爱蒲团一柱香。卧病月余尘滓净，可怜清水涤枯肠。”《铜雀台》曰：“汉代河山归掌握，征歌选舞一时新。奸雄末路驰声色，锦绣屏中贮美人。”“多谋身后无长策，卖履分香语自温。穗帐一空红粉散，谁凭栏槛望归魂。”《书杨太真传后》曰：“贪看温泉浴后妆，楼东谁与慰凄凉。海棠自向春风笑，偏让梅花雪里香。”“中原烽火为婵娟，葬玉埋花亦可怜。若果蓬莱宫里去，千秋倾国尽神仙。”《和颜鉴塘使君百美新咏并序》充满淑世情怀。《小序》曰：“尝思蕙心纨质，艳著当时；玉貌绛唇，名标绝代。惊彩云于天际，应从瑶岛飞来；现仙蕊于人间，恐被狂风吹去。珠无匿采，岂遗世之为高；璧不轻联，亦乘时而间出。独是造化偏钟，红颜薄命，倾城一笑，有限年华，落魄三生，无边怫郁。或怀芳履洁，凛若冰霜；或适远伤离，飘同飞絮；或以姿容见嫉，或因文采罹殃；或歌舞擅长，红豆度相思之曲；或才情流露，绿窗传绝妙之词；或向月殿而遥奔，或傍星桥而独往；或巫山入梦；或洛水留踪。斯皆佳话争传，靡不瑶编共载。兹者蕙草香消，蓝田日冷。花飞古冢，知埋多少胭脂。风咽黄昏，谁见往来环佩。爰有多情才子，慧业名流，绘冉冉之仙姿，招魂纸上；赋翩翩之丽句，集艳毫端。恍登群玉之林，如阅众芳之谱。于是仆本恨人，抗怀往昔，溯兴亡于六代，凭吊无端；缅佳丽于千秋，留连不尽。岂若阳春迭奏，聊成下里之吟；亦同邻女效颦，难免东施之诮。”《阴后》曰：“天生娇贵出南阳，国色偏能动汉皇。正位宫中虽不愧，中兴天子弃糟糠。”《昭君》曰：“马上琵琶出塞时，至今烟月有余悲。当年若向深宫老，青冢黄昏却吊谁。”《吴绛仙》曰：“妆成染黛画春山，别有风情秀可餐。误却早朝都不觉，君王正在倚楼看。”《徐月英》曰：“偏是多情有别离，桥头人去独归时。斜晖照影风萧瑟，吹断临流两鬓丝。”《管夫人》曰：“王孙不学文丞相，枉向秋风赋黍离。雪里寒香霜里节，夫人着意写琼枝。”《莺莺》曰：“夜深明月映萧斋，环佩无声立玉阶。惆怅墙东人不见，濛濛花露湿弓鞋。”

熊琏词清奇悲凄，幽峭枯寂，冷峻哀绝。况周颐《玉栖述雅》曰：“清疏之笔，雅正之音，自是专家格调。视小慧为词者，何止上下楼之别。”钱泳曰：“澹仙又有《感悼词》数十首，集曰《长恨编》，类皆为闺中薄命者作也，未能全录，兹仅记其题辞。”《金缕曲》曰：“薄命千般苦，极堪哀生生死死，情痴何补？多少幽贞人未识，兰蕙香消荒圃，埋不了茫茫黄土。花落鸦啼凄欲绝，剪轻缚那招魂处，静里把芳名数。同声一哭三生误，想无端聪明磨折，无分今古。色怜才凭吊里，望断天风海雾，未全入江郎恨赋。我为红颜频吐气，拂霜毫填尽凄凉谱。闺中怨，从谁诉？”《满江红·明妃词》曰：“万里尘沙，谁不叹，红颜零落。须知道、无多绝代，同兹命薄。金屋繁华能几日，秋风纨扇凉先觉。问何如，青冢自年年，春犹昨。关塞远，云垂漠。毳帐冷，霜侵角。想琵琶一曲，愁中悟却。倾国都因红粉误，画图岂怨丹青错。况浮生，到处是南柯，空裁酌。”《金缕曲·咏西施梦花》曰：“黄土埋金粉。想吴宫何异南柯，欢场俄顷。断送江山颦笑里，梧叶秋深风紧。更谁问屧廊香后。过眼烟花原幻迹，现花身后还留影。依旧是，娇如病。当时占断繁华境。一任取歌甜舞倦，君王醉领。生怕春宵容易度，多少迷离光景。竟付与五湖萍梗，听到子规凄绝处，感沧桑千载芳魂冷。唤不得，红颜醒。”《酬江月·虞美人花》曰：“亭亭艳秀，纵托根垓下，飘零谁主。记否当年亡国恨，绝似低鬟不语。岂恋残春，况逢啼鸩，凄断黄昏雨。繁华幻境，何妨开近环堵。休说倾国倾城，青青冢上，只许明妃伍。多少红颜都是梦，谁吊纷纷黄土。一代贞魂，千秋薄命，仍向风前舞。汉宫何在，此花依旧属楚。”《百字令·忆母》曰：“惊心触目，记去年此际，高堂痛苦。别后凄惶多少事，更与何人细数。大梦醒时，爱缘断否？竟忍飘然去。图画空挂，依依相对无语。便是海北天南，追寻有路，泉下知何许！血泪一笺，谁与寄，风送纸灰如雨。望影摹声，疑踪问迹，梦里浑难据。魂招不返，五更凄断钟鼓。"《百字令·题黄芝桥先生读书秋树根图》曰："凝神独坐，听西风落叶，萧萧簌簌。处士名山期不朽，肯向红尘歌哭。石上开函，林间抱膝，万卷千回读，古人堪质，丝纶应自满腹。曾记馆对斜阳，园留春色，总是藏书塾。冷却骚场管弦歇。往事依依心目。三径虽荒，遗经自守，一脉书香续。知音何处，一任声出空谷。"《更漏子·雪窗夜课》曰："夜窗虚，严训督，膝畔依依课读。添活火，袅炉烟，宵深未许眠。竹频敲，风乍咽，阁外乱飘琼屑，灯影碧，纸声酸，翻书呵手寒。"《浣溪沙·纂修应聘》曰："学识才兼始擅长，风云月露总寻常，乾坤大义付文章。为念重泉埋烈魂，更搜潜德发幽光，千秋笔底姓名香。"《百字令·有感》："无端世事，把两眉愁锁，寸肠悲裂。焚砚烧书原不错，省却三生慧业。彩笔空挥，瑶琴漫抚，都是鹃啼血。加餐高卧，随缘便抵佳节。任他騃女痴儿，欢场惯占，天不加磨折。试问繁华春梦里，几个风流人物？花月凄凉，文章歌哭，今古无分别。英雄眼冷，等闲白了华发。"《百字令·题平山女史诗卷》曰："清才慧性，是碧翁、亲付蕊珠仙子。玉手蔷薇花露涴，净洗脂浓粉腻。笔落珠圆，诗成锦灿，一种幽芬气。平山不远，菁华钟自邗水。堪敬梁孟丰标。闺房师友，千载金兰契。夜月高楼香雾湿，秋在凤箫声里。愧我微才，瑶编幸接，展卷惊还喜。一词莫赞，惟知拜读而已。"偶有清丽娟秀之作。《重叠金·美人》曰："芳姿皎若梅花雪，幽情淡若梨花月。小立玉珊珊，春风鬓影闲。画栏人静处，宛转调鹦鹉，笑语隔瑶阶，轻纨遮面来。"《满庭芳·雨后月》曰："蕉叶无声，桐荫犹湿，长空洗净尘埃。素华千里，一色彻清淮，应是姮娥新浴，晚妆罢海上飞来。云鬟动，轻风披拂，香雾满天街。玉箫何处是，隔花庭院，临水楼台，怕良宵易度，着意徘徊。十二珠帘乍卷，松梢鹤，梦觉还猜。问谁向，浮云深处，弦管试吹开。"立意新颖，状物细腻，格调俊逸高雅，颇有北宋风格。光绪十二年徐乃昌刻《小檀栾室汇刻闺秀词》收录熊琏词一百四十三首。《愁赋》

曰："异哉！愁之为物也？推之不去，探之无踪。猛萦心曲，惯锁眉峰。随梦魂而辗转，逐形影而西东。遂使吟风泣雨，惨绿摧红。骚客无端之寄托，诗人不尽其形容。默默如痴，非丝桐之可解；恹恹若疾，岂药石所能攻。于是白昼嫌哗，黄昏厌静，倚柱方歌，褰帷乍醒。聪明自误，情何事而多；寤寐无常，夜因之而永。花落鹃啼，霜高月冷，任玉案其欹斜，却醇醪之酩酊。恒搔首而问天，时临风而顾影。爰有孤臣海表，羁客天涯，万里关山，河梁泣别，孤舟风雪。晚岁离家，寂寂高楼，望远则天连芳草；溶溶深院，怀人则月上梨花。秋到离宫，班女诗题纨扇；云垂大漠，明妃泪湿黄沙。樊通德灯前拥髻，蔡文姬帐内闻笳。其愁若此，至矣无加。况夫落魄余生，穷途弱息，抱漆室之凄惶，同灵均之冤抑。几烁骨而消魂，为忧谗而畏逼。牵梦空谷，夜雨灯昏。逝水流年，高堂日昃。户掩蓬茅，阶生荆棘。落叶萧萧，寒蛩唧唧。枕上钟声，窗前月色。藏愁有窟，却愁无方。蓬山浩渺，瀛海苍茫。登彼岸其无航兮，望天汉其无梁。安得从赤松而逍遥兮，乘白云而翱翔。制芰荷以为衣兮，饮王母之琼浆。招鸾鹤以为骖兮，听广寒之霓裳。化庄生之蝴蝶兮，采阆苑之芬芳。苟神仙之可学兮，又何必留滞乎愁乡？"

又，熊琏另著《茹雪山房诗钞》二卷，有《秋声馆国朝女史合抄本》。

又，《澹仙诗话》四卷，有清道光二十五年重刻本。熊琏《澹仙诗话》曰："予读查初白太史诗，爱其每句有几层意思。"并举"诗贪记忆关心读，话到苍凉掣泪听""阅世人来棋散后，出山蚕淡雨晴初""芦花枫叶残秋路，不听琵琶赤黯然"等数联，赞曰"言有息而意无穷，有味外味"。刘声木《苌楚斋五笔》卷一曰："与（沈善宝）同时如皋熊澹仙女史琏，亦撰《澹仙诗话》四卷，嘉庆丙寅夏五月，见南山居自刊袖珍本。与沈女史所撰异曲同工，皆已著录于《苌楚斋书目》中。"钱泳《履园丛话》曰："诗本性情，如松间之风，石上之泉，触之成声，自然天籁。"况周颐《玉栖雅述》曰："宋诗别开生面，着笔过重，少风致；元诗极鲜丽，未免流于纤；明诗清隽近唐音，其味稍薄；国朝诗清醇健朗，佳处当在宋元之上。"《苌楚斋五笔》卷八"女史熊琏论诗"条曰："诗本性灵，如松间之风，石上之泉，触之成声，自成天籁。古人用笔，各有佳处，不可别执一见，弃此尚彼。或云法宋元，或云宗三唐，究竟摹仿不来，空失本来面目。”陆念尔云：“诗主性灵，以人工累之，犹太虚着浮云，此论极妙。归愚谓开废学之渐，恐其流于薄。余谓有性灵者，可以加人工，有人工愈以养性灵。譬如碧空澄彻，霁日晴云，明霞朗月，点缀更佳。”“凡诗有情无景，如村翁谈家常，有景无情，如绣女描花样，景不雅则无致，情不深亦无味。写景须点缀幽峭，使人起兴，写情必真绵激切，令人下泪，情中有景不俗，景中有情乃活。”

《芸晖小阁吟草》一卷　　乾隆间味初堂刻本

顾韫玉　撰

顾韫玉（1759—1787），字绛霞，昆山人。翰林院待诏学士顾芥亭女。幼明悟，从姆教女红之外，最喜哦诗，端重若成人，诸父昆姊妹皆啧啧称羡。八龄就傅，辰而入塾，酉而退，授书背诵习字俱毕无失。时年十二，塾师为岁进士朱子静先生，尤鉴赏之，谓女子岂必读万卷书为女学士耶？谛观手纹纤指，最宜学书。其父尽力教之，晨起课书毕，即令熟习唐人法七十二笔，月余尽得其秘，结字遒整，酷肖其师，师喜。后馆他氏，仍岁一至，必戒曰：学书慎勿辍。谓韫玉父曰：“吾授女徒及见亲属女子辈，如斯举止品格，吾目中无两。”迨蓄发专习女红，暇即静坐，时或手一编。其父尝诵白傅《琵琶行》《长恨歌》等篇数过，他日则韫玉记忆不遗一字。父问之曰：“汝未尝诵，何以有此？”韫玉曰：“吾耳熟故也。”父偶与同人唱和，戏问韫玉能学吟否？韫玉则端坐凝神，数刻后脱稿，则清新稳惬，乃如惯家。后韫玉常赋物写怀，有触辄成咏。十龄失恃，时时掩泣，既长，有《忆母诗》，犹声泪俱下。琉璃砚匣，翡翠笔床，未尝一日释手，盖性之所近，乐此不疲。后于归彭希涑，孝于舅姑，和于妯娌，主中馈，井井有条理，贤声达于里党。篝灯佐读之余，咿哦不辍，博览群书，并通内典，业日以进，篇什亦日以富。年未三十而逝，临殁犹朗诵佛号数声，一无挂碍。所著《芸晖小阁吟草》一卷，有乾隆五十九年甲寅（1794）味初堂本，与其夫彭希涑《兰台遗稿》合刻；

另有光绪二年丙子（1876）惠州郡斋重刻本。

此集前有蒋元益、父芥亭二《序》。集中录诗六十四首。蒋元益《序》曰："温柔敦厚之意呈露于笔墨间，深有合乎风人之旨，所谓脂粉气一洗而空之，语或涉禅机，乃慧业夙因有不期然而然者。孝廉忆事、怀人、悼亡诸什，情文相生，足增伉俪之重，而扬彤管之芬。"《白燕》云："银剪轻风送晓寒，穿来飞絮讶春残。那知暂向林间宿，犹作枝头霁雪看。"《山斋》曰："地僻通幽处，闲居多逸情。溪流风弄碧，山色夕逾清。静看白云起，时听春鸟鸣。忽惊花影乱，烟外一轮明。"《舟中》曰："曲水宵征路，孤桡转岸隈。鸟啼知月上，犬吠报村来。风露清秋迥，江湖远梦回。轻程行处熟，鸥鹭不相猜。"《忆母》曰："苦念庭闱笑语亲，年年霜露黯伤神。闺中只影悲何恃，梦里温颜见未真。衣线乍离慈母手，萱枝空植北堂春。为吟十忆添余恨，望断天涯泪洒频。"《登虞山作》曰："逶迤秦川春色好，海虞山翠堆襟抱。几折嶙峋入杳冥，石屏千仞神工巧。我欲抠衣攀绝颠，天风朗朗鸣流泉。"《赋得秋雨梧桐夜读书》曰："桐荫连幌静，疏雨点窗幽。藜火三余思，虫声四壁秋。高风下残滴，清韵满高楼。耽益还忘倦，心随万籁悠。"

《荻庐诗钞》　道光间刻本

朱澄　撰

朱澄，字听秋，号荻庐，嘉善人。直隶总督朱一蜚女孙，金持衡妻，金文沙弟妇。年二十寡，抚子成名。好风雅吟咏。钱樾序其诗作云："从来才女不必节妇，节妇不必令母，若听秋可谓兼之矣。"所著《荻庐诗钞》一卷，有道光间刻本；《荻庐吟草》稿本不分卷。

此集前有张嵩年、查弈照、钱樾三《序》；又有魏正锜、吴锡麟、黎世序、郭麐、周樽元、朱镐昌、朱尚铨、唐壎、钱清履、车持谦等名士题词。钱樾《序》云："一字一句，皆历尽艰辛磨练而出之。"听秋诗学唐人，所作近体清稳。《孤山》曰："高高放鹤已荒凉，一角山犹艳夕阳。处士不存封禅稿，梅花千古占孤芳。"《菊花八首》其六曰："不附炎蒸不畏寒，闲常抱瓮日西竿。无人写照临秋水，见我修容映玉盘。一月笋香沦骨髓，十年陶集浣心肝。癯形只自惭相对，莫笑生涯冷处宽。”《红梅花》曰：“林下风清不染尘，丹霞点缀岁时新。未空色相还留艳，便着繁华也见真。终雪寒枝怜瘦影，空山月冷倍精神。果然绝代高人格，浓淡均占第一春。”《唁女兄金文沙大姐五首》其五曰：“世事都如此，惊看逝水流。归期当在夏，悲思不因秋。忽忽经年别，茫茫大地愁。叮咛唯一语，萱草可忘忧。”《寒砧》曰：“迢递敲残白帝秋，声随画角暮烟浮。离人凄动三更月，戍妇平分万里愁。梦断辽阳催木叶，寒惊雁阵过江楼。征衣检点吴绵软，绝塞霜威敌得不。”《寒灯》曰：“西风凄紧月昏黄，寒锁重门夜未央。入户香浮梅影瘦，拥衾秋听漏声长。绨袍旧雨西窗话，机杼牵云东壁光。漫拨炉烟犹未烬，一花已见灿红芳。”《登禹王台用铨儿韵》曰：“吼风老木郁苍苍，流水空惊岁月忙。欲拓襟怀凭旷快，偏从城市得清凉。近郊村落饶秋色，古寺钟声又夕阳。鸿雁联翩鸥鹭稳，登临逸兴寄他乡。”

又，金文沙名淑，字纯一，号慎史，嘉兴人，娄县文学沈锡章妻。锡章字士恭，号白村。屡试北闱不售。善隶书，工画山水，能诗。所著有《云间诗》。文沙早寡，以诗画名于当世。著有《得树楼集》一卷。《芸台中丞辑两浙輶轩录例选已故淑以未亡人谬预此选赋二章》曰：“未忍焚如未暇删，便教一字落人寰。羞生谢女班姬后，垂老芦帘纸阁间。题画偶然亲翰墨，停针聊复寄幽闲。批云抹月今休矣，开卷无端泪自潸。”“合组居然汇一编，求珠乃尔到深渊。未亡人得从宽例，文选台应被误传。谁道聪明多自惜，试看福慧几人全。就中差胜诸名媛，眼见青瑶字字镌。”《自题山水》曰：“尺素烟霞起，孤峰户外斜。隔溪翠微时，犹有几人家。”隽永如画。

《长真阁集》七卷、《诗余》一卷　　嘉庆十七年刻本

席佩兰　撰

席佩兰（1760—?），字蕊珠，一字月襟，又字韵芬，常熟人。中翰席宝箴女孙。初生之日，床前忽长灵芝数茎，故小名瑞芝，又善画兰，自号佩兰。

幼承父教，学为诗。《表兄屈元安手书先姑母绿窗遗稿不下数十本，择其书之工者连缀成卷，遍索题咏，谨识其后》曰："余生八九龄，初读《毛诗》竟。先君授以编，题曰绿窗咏。为言汝仲姑，少时最宛顺。汝祖竹香公，教之善辞令。于归临澥氏，琴弹瑟能应。慧根痛先零，襁褓遗孤仅。余时闻父言，展卷动微吟。词旨清而和，得乎性情正。从兹稍知识，咿唔辨声病。"年十六归孙原湘，原湘字子潇，一字长真，晚号心青，自署姑射仙人侍者。嘉庆十年进士，翰林院庶吉士，充武英殿协修。归乡后主持玉山、毓文、紫琅、娄东、游文等书院讲席，又工骈、散文，兼善书法，精画梅兰、水仙，与王昙、舒位并称"江左三君"，著有《天真阁集》。夫妻伉俪情笃，诗词唱和，为一时韵事。孙原湘《天真阁集自序》曰："原湘十二三时不知何谓诗也，自丙申冬佩兰归予，始学为诗。"《叠韵示内》云："闺中一笑两忘贫，歌啸能全冻馁身。赤手为炊才见巧，白头同梦总为新。图书渐富钗环减，针黹偏疏笔砚亲。还恐不穷工未绝，开尊劝我典衣频。"《赠妇》有句曰："一月不梳头，今晨镜奁揭。顾我身束紫，累君鬓添雪。何以酬君贤，作诗播芳烈。惟期日与月，相照永不缺。"倪鸿《桐阴清话》载："昭文孙子潇太史，与德配席佩兰俱能诗，唱和甚夥。其《示内》句云'赖有闺房如学舍，一编横放两人看'。"佩兰又与一时名流如袁枚、陈文述、吴竹桥、李宁圃、李松云、陈古华、陆璞堂、王述庵、凤台青、谢竹桥、王元章、杜梅溪、唐陶山、汪淤云、杨蓉裳、张南湘、吴松厓、蒋伯生、金莲荪等唱和；又与闺秀谢翠霞（席氏侄妇）、屈宛仙、言彩凤、鲍遵古、屈婉清、叶苕芳、李餐花、归懋仪、赵若冰、蒋蜀馨、陶菱卿、冰壶女史、骆绮兰、王梅卿、罗云夫人、陈宝月夫人、张玉珍、萧山汪楷妻王氏及妾徐氏、心芝夫人、赵淑人、李因、胡智珠等人诗词往来。佩兰尝从袁枚学诗，沾溉性灵之说。袁枚深叹其才，称之为一朝闺阁诗人之冠。所著《长真阁集》七卷、《诗余》一卷，有嘉庆十七年（1812）壬申刻本；光绪十七年南皋草庐重刻本；民国九年扫叶山房石印本；民国十四年石印本。民国间，储菊人编集《长真阁艳体诗集》，有民国二十四年排印本，收诗四百余首、词十七阕，卷首有袁枚诗评。

此集为嘉庆刊本。集前有袁枚《序》、佩兰《自识》。集中共录诗七百四十九首，词十八阕。包括五言绝句、五言律诗、五言古诗、五言排律、七言绝句、七言律诗、七言古诗、七言联句、杂言诗、乐府诗等，其中七绝、七律最多，其次为五律、五绝。袁枚《序》曰："字字出于性灵，不拾古人牙慧。而能天机清妙，音节琮琤，似此诗才，不独闺阁中罕有其俪也。其佳处总在先有作意而后有诗，今之号称诗家者愧矣。"佩兰诗清新明丽，情致婉约。《暮春》曰："十树花开九树空，一番疏雨一番风。蜘蛛也解留春住，宛转抽丝网落红。"咏景写情，浑融合一。《寄衣曲》曰："欲制寒衣下剪难，几回冰泪洒霜纨。去时宽窄难凭准，梦里寻君作样看。"构思新巧，清新秀雅。《送外之沈阳》曰："策马竟投东，深闺未许从。君行无万里，妾意有千重。话到临歧絮，情缘惜别浓。晓窗还对镜，膏沐为谁容。"《送外之京兆》曰："思家休戚戚，文战仗精神。蚕叶声须快，机花样要新。愿君攀桂子，免妾受齑辛。莫笑闺中质，犹能代奉亲。"《夏夜示外》曰："夜深衣薄露华凝，屡欲催眠恐未应。恰有天风解人意，窗前吹灭读书灯。"《夫子报罢归诗以慰之》曰："君不见杜陵野老诗中豪，谪仙才子声价高，能为骚坛千古推巨手，不得制科一代名为标。夫子学诗杜与李，不雄即超无绮靡。高唱时时破碧云，深情渺渺如春水。有时放笔悲愤声，腕下疑有工部鬼。或逞挥毫逸兴飞，太白至今犹未死。丰兹啬彼理或然，不合天才有如此。今春束装上长安，自言如芥拾青紫。飘然几阵鲤鱼风，归来依旧青衫耳。囊中行卷锦绣堆，呼灯展读纱窗底。燕晋山河赴眼前，春秋风月藏诗里。人间试官不敢收，让与李杜为弟子。有唐重诗遗二公，况今不以诗取士。作君之诗守君学，有才如此足传矣。闺中虽无卓识存，颇知乞怜为可耻。功名最足累学业，当时则荣殁则已。君不见古来圣贤贫贱起！"《答夫子病中作》曰："贤如夫子岂长贫，贫也何为病及身。鸳被早防秋气冷，牛衣休认泪痕新。耦耕久分为荆妇，中馈犹能奉老亲。强起好寻春日伴，青山红树唱酬频。"《送外入都》曰："打叠轻装一月迟，今朝真是送行时。风花有句凭谁赏，寒暖无人要自知。情重料应非久别，名成翻恐误归期。养亲课子君休念，若寄家书只寄诗。"《同外作》

曰："水沉添取博山温，一院梨花深闭门。燕子不来风正静，小楼人语月黄昏。"委婉含蓄。《以指甲赠外》曰："掺掺指爪脆珊瑚，金剪修圆露雪肤。付与檀奴收拾好，不须背痒倩麻姑。"《春夜月》曰："小鬟夜半推窗看，报道中庭积雪盈。晓起更无余屑在，始知残月昨宵明。"《梅花》曰："玉是肌肤铁是肠，孤山岑寂艳孤芳。君才岂借春为力，天意应惭雪不香。色相空诸明月里，神仙宛在白云乡。便令开入稚华队，桃杏原非姊妹行。"咏物传情，寓有寄托。佩兰咏史诗亦颇具识见，如《题美人册子·王嫱》曰："丹青失意窜殊乡，朔雪边风减玉光。塞外琵琶宫里舞，一般辛苦为君王。"诗论亦轨迹性灵。《与侄妇谢翠霞论诗》曰："吾家有道韫，明慧世无匹。为我题素扇，清辞丽而逸。有如瑶台树，皎皎映寒月。又如芙蓉花，亭亭透初日。读之齿颊芬，胜嚼梅与雪。非关雕饰工，其秀乃在骨。虚中不自满，殷勤来请质。理以求益精，法以讲渐密。汝性爱植花，即以花事说。性情具本根，辞意属枝节。本根如不厚，芬葩讵能结？枝节如太繁，生理转不实。直体贵有曲，曲始味愈出。内美贵有含，不含易衰竭。积理在读书，精粗要分晰。葩经三百篇，一一贞淫别。种树取芬芳，壅培必高洁。世俗见迂拘，谓妇宜守拙。余曰理不明，究于礼多缺。请观周南诗，谁非淑女笔。"《论诗绝句》曰："枵腹何曾会吐珠，诊痴又恐作书厨。游蜂酿蜜衔花去，到得成时一朵无。""沉思冥索苦吟哦，忽听儿童踏臂歌。字字入人心坎里，原来好景眼前多。""风吹铁马响轻圆，听去宫商协自然。有意敲来浑不似，始知人籁不如天。""清思自觉出新裁，又被前人道过来。却便借他翻转说，居然生面独能开。"倡导性灵诗学，天然去雕饰。

《写韵轩小稿》二卷　　嘉庆九年刻本

曹贞秀　撰

曹贞秀（1762—1822），字墨琴，安徽休宁人，侨居长州。曹锐女，年二十三归王芑孙为继妻。贞秀少读书，无金粉之好，所好惟作诗写字。于归后，有诗作，芑孙则为之修改代作。墨琴夫妇居京师九年，芑孙以诸生从事公卿间，在家日少，又性耿介，岁入不足以资朝夕，而墨琴居恒扫一间屋，纸阁芦帘，篝灯缝纫，能自刻苦，不以贫故扰芑孙。墨琴子殇一存二，皆自保抱，搰搰作劳，贬损衣食。墨琴擅书法，气静神闲，娟秀在骨，被赞为本朝闺阁第一。所著《写韵轩小稿》二卷，有乾隆五十六年刊本；嘉庆九年刊本；嘉庆二十年王氏渊雅堂全集本附。

此集为嘉庆九年刊本。前有王芑孙《序》。集中卷一录诗一百二十二首，续增录诗四十七首。《南归舟次》曰："卸帆依约暮潮平，鼓打谯楼欲二更。两岸荻花喧急雨，一林枫叶带秋声。星光堕水云初散，山色临江月渐明。沙雁伴人同不寐，残灯篷底数归程。"《舟过南阳阻水》曰："积水浑无地，波流接大荒。阴风掀白浪，落日度危樯。树杪烟痕断，山腰雾气长。暮天空阔处，征雁独南翔。"《初冬晓发》曰："千里归心系短篷，云随帆影度遥空。半江碧水流残月，一寺青松吟晓风。荒驿草衰霜信里，他乡秋尽雁声中。人烟树色苍茫极，鸡唱晨钟处处同。"《发瓜步》曰："系缆寒潮落，开帆巨浪惊。江声翻远树，海气撼孤城。山涌波心出，灯悬塔顶明。东流空日夜，阅尽古今情。"集中题画诗最多，《题兰陵女史恽端水墨花卉二首》曰："风乍摇枝露乍芽，未须丹粉烂云霞。神仙自洒金壶墨，吹作人间满意花。""家法瓯香近几传，砚田翻作艺花田。珊瑚笔底生春早，不买新丝绣妙莲。"《洪稚存太史求题寒檠永慕图四首》曰："披图想象旧钟桓，手爪辛勤办晓餐。记取廿年机上月，玉梭寒甚玉堂寒。""横卷装来七载余，红绫宴下拜新除。凄凉一穗寒檠焰，已作藜光照秘书。""红腊双枝水漏沉，乌啼墙角鹤鸣阴。欧阳夜读秋声里，犹为当时画荻心。""雪叶霜花不待春，珠幢玉节早朝真。谁为无量灯明佛，重护银釭付后人。"《题横波夫人画秋色鸡雏》曰："徐娘殊未老，江令那知愁。空有将雏意，含毫画早秋。"《题横波夫人画桃花》曰："画里情深缓缓归，画如人面尚依稀。异时真化鹣鹣鸟，只向桃花源外飞。"卷二录文二十七篇：《荷花赋》《眉匠赋有序》《达摩像赞》《戏鸿堂帖赞有序》《问诗楼合刻后序》《香远斋诗序》《从妹琼娟诗序》《书段容西楼遗稿》《书文端容小像》《跋自临兰亭十则》《跋自临砖塔铭十五则》《跋自书蜀花蕊夫人宫词八则》《跋自书管夫人墨竹谱》《跋自书卫夫人笔阵图说》《题玉版十三行二则》《跋自书幽兰赋》《跋合杏楼诗册》《书花蕊夫人宫词百首题辞》《又题》《自题书卫夫人笔阵图后》《自题书管夫人墨竹谱后》《题自书玉台新咏序》《题自书千字文》《题自书吴彩鸾写韵事后》《自题临张文敏画梅小楷》《跋先考临文待诏石湖图》《黄宜人家传》，又续增文九篇：《桂石室主人小像题辞》《张训导夫人小像题辞》《梅孝廉夫人像赞有序》《沈姬姚宝香遗像赞》《书宝香遗事》《季妹澧香遗像赞》《题沈绮云刻双兰图谱》《题沈姬藕香团扇》《唐荔图赋有序》等。《诗序》诸篇论闺秀文学始末，颇可读。《问诗楼合刻后序》曰："贞秀失学，少无保姆之训，初不知诗，亦不敢与当世诸名媛一通珮环之好。伏闻睿太福晋淑问嘉仪，夙亲风雅，年来复承垂访之殷，拜瞻玉度，屡诵新篇。性灵所发，终温且惠。又未尝不因其言而服其德容功之咸备，为弗可及也。太福晋藏稿甚富，而谦不自是，不欲刊行。今第选取若干篇，而其后则附以习幽、雪楼、梅轩三女史之遗诗以见示，而属贞秀序诸其后。此三女史者，或以授经，或尝同砚。溘先朝露，没没无闻，得太福晋刻而传之，俾单门寒女，咸得附青云而偕之不朽。此其忠厚悱恻，眷焉怀旧，日笃不忘之谊，真古诗人之遗也。《葛覃》之三章曰：'言告师氏。'《泉水》之二章曰：'问我诸姑。'以今方古，窃谓过之。此书出，天下闺房之秀必有闻风雪涕者，而诗之可称，乃其余事矣。"《香远斋诗序》曰："遂宁张亥白孝廉，有贤配曰陈夫人，卒十年矣，孝廉悼之，若始丧者，因出其所著《香远斋诗集》属予为序。《香远诗》虽不能遽如班、蔡者流直追风始，与古之列女相方驾，而孤章断句，往往多雅令可诵。睹其诗，知其为温恭淑善人也。夫人佐孝廉窭艰中，乃不能偕孝廉于白首，以竟其志业，斯固天道之憾、人事之穷，而顾能使其夫皙皙目存，过时而哀，自非生平实有其当于舅姑、宜于家室，以致乎不可弭忘者而能然乎？是使其人虽椎鲁无文，但有一簪一履留贻未泯，犹当宝贵，而况其风神吐属之寄存于烟楮间者，可爱而传又如是也？孝廉诚裒录其致佳者行世，安知异日不有搜扬彤管者，以《香远》一编与《香茗》诸集等诵齐称，又且因其言而想见其德、容、功之皆备也。夫人名慧姝，海宁人。”《从妹琼娟诗序》曰：“《诗》十五国风，妇女之作居多，而嫠之诗独《柏舟》一篇。岂古之嫠固不欲表见于语言文字，故传之者少，抑言之而能工者，虽古亦少耶？余从妹琼娟，少未读书，天资淑挺，女红紃组，靡所不娴。余既北行，闻琼娟许字归有日矣，已而所天遽陨，遂矢志守贞，往终其节。呜呼！此岂复乐以语言文字自闻者耶？元年，余归自京师，见琼娟已髽然为冰蘖中人，顾自言针指之余，颇以纸墨自遣。因出其诗观之，虽于声律意度未皆协节，单词孤句，信心适口，其言哀以思，婉而多风，可因之以想见其人。读者固未宜以工拙求之也已。”《书段容西楼遗稿》曰：“容字杏烟，苏州人，段奕之女。生九岁而孤，十六而归于里中蒋文学世锜为别室。容善女红，兼好为诗，能画水仙、兰、菊。以乾隆五十二年二月十五日哭其子，遽卒，年十九，葬吴县石湖之上。容在时，有里女未嫁，而为无赖子所窘辱，义不受污，濒死者数矣，其夫客关中，不之知也。容出奇计脱之，以归其夫关中。其开朗有识如是。卒后十年，文学出遗稿示余，因为手录绝句十首，俾文学刻之以行于世。年来海内闺秀之以诗文来质者多矣，然皆倚所归学士大夫，其词真赝未可知。余亦无辞以拒之也。今文学所持遗稿，残煤断纸，细字蛛丝，有可信者。余虽欲不为之表章不能矣。”《书花蕊夫人宫词百首题辞》曰：“蜀有两花蕊夫人，其一在王建时，号小徐妃。庄宗平蜀后，随王衍归中国而亡。及孟氏再有蜀，传至昶，则又有一花蕊夫人，即作《宫词》者是也。宋兴蜀降，花蕊夫人又随昶归中国，入宋掖庭。未几昶死，昌陵后亦惑之，尝造毒，屡为患不能遂。太宗在晋邸，数谏去之，不听，一日从上猎苑中，花蕊在侧，晋邸伪为引弓拟走兽者，而射夫人，中之，乃死。此事见宋蔡絛《铁围山丛谭》。然则两花蕊者，其号同、其遇同，而其志有大不侔者矣。此作《宫词》之花蕊夫人，虽事二君，实有假手复仇以报所天之义，其节不贞而其用心为尤苦，非小徐妃比也。所作《宫词》多宫中行乐事，不知其为蜀言之？为宋言之？独其词欢欣和悦，当皆西蜀时事，必非入宋后语也。世传张仙即孟昶挟弹像，花蕊夫人既入宋宫，不忘故主，托言宜子供之卧内。若斯事有征，则蔡絛之言为可信，而《宫词》百首且当与《柏舟》

诸诗比烈矣。”《又题》曰：“花蕊《宫词》以东坡手书盛传于世，夫人以才色亡人之国，曾与潘妃、孔嫔无异。而东坡独肯手写其诗，当非漫然，必有所取。或者蔡絛所载，竟不诬也。东坡书本非全帙，又累经翻刻失真；近世查声山先生亦以小楷书一通。然皆士大夫书之，恐非夫人所乐闻也。贞秀学书十年，书此屡矣。顾或十首而止，或二十、三十，未有全写百篇者。今岁养疴京邸，于乳抱之暇日，遂书之，遂终此册，并为考其缘起，详识于后。不独慕夫人之才，亦欲阐幽表微，而因以彰夫人之志云尔。”《题自书玉台新咏序》曰：“观孝穆此序，似《玉台》一集乃纂辑从来闺闱篇咏。即不然，亦当是文人学士所作无题、古意，如三百篇中秾李、《硕人》诸什，而后可也。乃今世所传《玉台新咏》，则杂取汉魏名篇，既非彤管之遗，又非文人拟为闺思之作。序与诗两不相叶，说者曲为之解，多不可通。窃意孝穆所纂新咏，别是一书，其书中绝不传，后人因取他诗附会成编，而冠以此序。非复青睛手订之旧矣。偶书此序，并附论之。”

《蓬室偶吟》一卷　道光十九年宛林书屋刻本

汤瑶卿　撰

汤瑶卿（1763—1831），阳湖人。汤修业女，同邑张琦妻。幼敏慧，父授以《四子》书、《毛诗》、女诫，能通大义，且工绣事，尤善剪彩，能于方寸地作山水楼阁人物鱼鸟数十事。归张琦后，瑶卿造次必以礼，欢欣和易，虽愁苦艰困不形于色，绝不以贫难告人。亲族来者，必款留，无空坐者。虽仆婢必温语问讯，故外人每不知其家之艰难，闻人之急辄以典质钱与之，夕无以炊不计。又好施与，居近园时，寄食者日常数人，俭岁升米五十钱，贯贷供之，久久无厌倦。又时时节俸入以润夫子之族亲交游，老病则加以衣裘，恩旧更为长久。瑶卿食贫操作，使张琦不以家累身，能求其志，从宦不事簪珥居积，使张琦不以家累官，能成其政。育二子四女，皆自乳，慈爱特甚，然教必以礼，少有失，辄呵责不少姑息。督课子女，能使皆有学行，知自立，瑶卿以母教闻名。家贫，率二女纺织以为食，而课二子读书，口授《四子》

《毛诗》，为之讲解，有疑义，取笔记，俟伯叔父至就质焉。或谓瑶卿："家至贫，令儿习他业，可以糊口。今使之读，读未成，饿死矣。"瑶卿曰："自吾翁而上，五世为文儒，吾夫继之，至吾子而泽斩，吾不可以见吾翁。"卒命之学。三子皆以文行有声；女子皆有名，晓文艺能诗。所著《蓬室偶吟》一卷，有道光十九年宛林书屋刻本，附张琦《宛邻集》后；又有光绪十七年重刻本；有宣统二年盛宣怀刻《常州先哲遗书》本。

此为道光间刻本，后有张曜孙《跋》曰："先妣固无意为诗，而亦不以诗自见者也。然生平所处多艰苦困厄之境，而独以诗抒其平和自适之怀，而终以艰苦困厄之故，夺其为诗之力，则诗虽不多，固先妣性情所归也。"《蓬室偶吟》共录诗三十二首，多为即事感怀之作，清婉可诵。《送大女缗英之京师》曰："膝下依依四十年，可怜青鬓已苍然。濒行忍泪无多嘱，莫忘班姬女诫篇。"《寄夫子京师二首》曰："十载饥驱未得归，艰难独自泣牛衣。伤心莫上层楼望，一片平芜衬落晖。""独立空阶日渐曛，凝眸惟见万重云。忍将别后千行泪，弹向征鸿说与君。"《风雪日至岁行尽矣，夫子未来，感兴四首》曰："四壁萧萧风暗吹，阶前却看雪成堆。可怜异地还轻别，空听楼头鹊噪来。""浪说声华事贵游，于今衰病志难酬。青山自古难称老，一夜花飞也白头。""日望君归君不归，檐风苦雨日相催。谁怜绣倦灯昏后，又听声声残柝来。""残年犹自送君行，挑尽灯花梦不成。记得去年当此日，萧萧风雪忆邗城。"哀婉缠绵。

《澹菊轩诗初稿》四卷、附词一卷　　道光二十年宛林书屋刻本

张缗英　撰

张缗英（1791—1842?），字孟缇，阳湖人。张琦长女，吴廷钤妻。孟缇幼时即向学，六七岁即能分劳。年及笄，治中馈井井有法。母极爱之，苦家贫且无暇，未能使读书。母偶授唐人诗，辄好之，然不能时授。乃与妹纬青私取唐人诗、宋人词读之，初不能辨识文字，数日则恍然如宿习，又数日则豁然通其义，于是尽读家藏书。凡汲炊烹饪、洒扫浣濯、针线刀尺，皆置书

其旁，且读且作。尽治一日事，俟母寝乃读书达旦，明日治事如故，虽呵禁之勿辍。后以过劳，且多疾病，恒经月处床褥，然益伏枕读书，故镜台妆匣衾枕之畔，皆简册堆积以为常。孟缇尝言读书不得其解，思之竟日夜；倦极酣睡，晨起辄能解，不自知其所由。尝得句以为词也，而不知于调何属，遍检旧词得一调适合，则大喜，因作成之。初学为诗，数日乃成一篇，后则一日可成数篇。言凡读诗则如心游身外，身所未历之境，心能历之；言所未达之情，心能会之，故其为诗，多有得之于梦寐者。年二十三，已积稿成帙。后父归家，因为讲说大义，学亦日进。道光甲申（1824）父官山东，诸女皆随侍；定省之际，常论说今古，评骘诗词以为乐。婚后仍居膝下，以歌咏娱亲，所作较富，洋洒为之。北上后长安居未久，叠遭从外祖父母大故，既奔赴而南，复随宦而北，又生平手足之谊重，舅氏南北聚散，或生死契阔，或远隔不得见，人事感触，辄托诸篇什，以写郁陶。夫遇燕休之际，亦往往举案唱酬，于是所作愈多。如沈善宝《序》中所言“拔金钗而沽酒，相敬如宾；置红袖以添香，终温且惠”。与当时名媛沈善宝、顾太清等人交往最密。朝鲜诗人金正喜《阮堂集》中亦有《题张曜孙四姊绿槐书屋图》及《澹菊轩诗后》。所著《澹菊轩诗初稿》四卷，有道光二十年庚子宛林书屋刻本；道光三十年编入《阳湖张氏四女集》；《澹菊轩诗初稿》清抄本。

此集为道光二十年刻本，为孟缇五十初度之际，弟仲远取所为诗，删为四卷、词一卷而刊之。集前有刘晓华、沈善宝《序》；薛子恒、吴德旋、周贻朴、周仪玮、孔宪彝、章沛、李昌荫、吴敬、吴汝庚、董思诚、方骏谟、杨金监、庄受祺、洪䕷孙、包世臣、郑宪铨、任泰等名士题跋；陆黼恩、章简芝、邵渊耀等五十五位名士题词。附录他人作品二十七首。卷末有张纨英《后序》。卷一录古今体诗五十一首；卷二录古今体诗五十六首；卷三录古今体诗六十六首；卷四录古今体诗六十四首；词一卷，录词三十二阕。章沛曰：“大抵多与仲远赓和之作，朴直真挚，所以激励慰勉其弟备至，乃叹其有真性情斯有真诗。”吴汝庚曰：“夫人幼秉庭训，长习篇章，故其所作皆冲融大雅，夷犹涣汗。上规苏李，下撷唐宋。赠答之篇，怀远之什，仰慕劬劳，黾勉弟妹，勤相夫子，恩教儿女，真挚醇厚。虽学士大夫尚不数数，况闺阁之清才哉！”杨金监曰：“孟缇之诗，有为而为，言不妄发，意尽而止，辞不害志。集中与诸姊弟酬唱之什居多，言简意远，情深文明。诵其诗而知其人。”郑宪铨曰：“其诗格正而调和，境真而味清，词亦静细谐畅，无噍杀音。”庄受祺曰：“《澹菊轩集》原本性情，出入风雅，其言舒以详，其音和以静，其节清以亮，其色丽以明。”缃英集中与弟妹及丈夫同作、唱和及互相思念之作多达百首。《夜梦还家》曰：“梦里关山近，休歌《行路难》。五更频涉远，千里独冲寒。绕膝欣重聚，牵衣不尽欢。钟声忽惊断，攲枕泪阑干。”《上巳日家母寿辰不克归祝因寄弟妹》曰：“此日趋庭乐，应怜人未归。堂开金母宴，觞舞老莱衣。白发春逾健，青山梦欲飞。浑忘修禊事，怅望莫烟霏。”《春日书怀》曰：“寂寞迟迟日，离怀可奈何。鸟声当户细，人语隔墙多。青镜惊华发，春花艳绮罗。怕听归去雁，偏向静中过。”《清明》曰：“新火初传候，轻烟甲第飞。薄寒花潋滟，侵晓雨霏微。带减一围小，愁深双鬓稀。何因觅萱草，结伴踏青归。”《口占代柬答夫子》曰：“失恃悲何极，沾巾渍血痕。当时悔轻别，一度一销魂。”“此日难为别，伤心异昔时。椿庭迟暮景，忍见泪如丝。”《新秋柬夫子》曰：“凉风拂庭树，初月静帘帷。新绿抽书带，轻黄坼露葵。康成兼课婢，德曜愧齐眉。偕隐他年愿，耕耘乐共随。”《哭从姊孟倩》曰：“十载劳魂梦，情亲最忆君。已伤离别久，复作死生分。礼式贻彤管，孤儿哭白云。无由奠尊酒，一恸对斜曛。”

孟缇词笔秀逸，得碧山、白云之遗。闺友沈善宝尝过其澹菊轩，时孟缇初病起，因论夷务未平，养痈成患，相对扼腕。出其近作《念奴娇》半阕云：“良辰易误，尽风风雨雨，送将春去。兰蕙忍教摧折尽，剩有漫空飞絮。塞雁惊弦，蜀鹃啼血，总是伤心处。已悲衰谢，那堪更听鼙鼓。”善宝援笔续云：“闻说照海妖氛，沿江毒雾，战舰横瓜步，铜炮铁轮虽猛捷，岂少水师强弩。壮士冲冠，书生投笔，谈笑平夷虏。妙高台畔，娥眉曾佐神武。”前半阕以幽秀胜，后半阕以雄壮胜。《卖花声》曰：“病怯晚寒严，休卷重帘。穿窗无奈朔风尖。人与梅花同瘦损，一晌恹恹。新月上茅檐，眉影纤纤。闲愁暗逐漏声添。回首岳云千里外，清泪空粘。”“身世等浮鸥，欲住无由。天涯几见月如钩。想得新来帘不卷，一样凝愁。雁字过重楼，归思悠悠，春来准拟趁归舟。终日寻春春不见，何事迟留。”

《邻云友月之居诗初稿》四卷、《餐枫馆文集》二卷　　道光三十年宛林书屋刻本

张纨英　撰

张纨英（1800—1881），字若绮，阳湖人。张琦第四女，太仓王曦妻。王曦出身太仓画学世家，所著《鹿门词》中题画之作甚多，流传亦甚广。纨英幼少好学，尝与诸姊共读书，书无别本，率以一人诵，姊妹共听之，手治他事不辍，听一二过辄能强记。七龄即辨音声，十岁咏海棠。操行淳挚，尝割臂疗亲疾。于归太仓王曦，事夫子敬而和。曦亦敦行积学之士，相得如良友。曦常客游，躬理中馈门户米盐之事，不事华饰，风神愉淡，性情和易。杂然劳瘁，所作益少，年四十，复为古文辞。又学父琦笔法为篆书。若绮性淳柔，处事一以宽和，而亦不失之姑息。若绮之子曰臣弼，又篷出之子曰臣谅、臣荩、臣恺。女曰采蘋、采蘩、采藻，篷出之女曰采绿，并读书淳谨，皆工诗词书画。张曜孙《寿序》论一生遭遇：“若绮拮据劳苦以佐夫子，及中年而皆寡，其遇可谓屯矣。”“吾女兄幼承先大夫、宜人之训，凡妇职之宜尽者无勿能也，无勿尽也。其事先大夫、宜人之疾，刲股疗治，不期而同。其持家以勤俭，逮下以恩，教子女以诗书礼义，世之为妇得一足称者无弗具焉。而又并工诗文、书法，则亦庶几有以自得，不复以贫贱富贵撄其心者也。”年八十二卒。所著《邻云友月之居诗初稿》四卷，有道光五年棣华堂馆刻本；《邻云友月之居诗初稿》四卷、《餐枫馆文集》二卷，有道光三十年宛林书屋《阳湖张氏四女集》本。

此集为宛林书屋刻本。集前有庄煜、王柏心、章岳镇《序》，女王采藻校对。集中卷一录古近体诗五十九首；卷二录古近体诗五十九首；卷三录古近

体诗四十三首；卷四录古近体诗五十二首。附录七十一首。王柏心《序》曰："五古导源四始，植体黄初，陈义渊懿，述情悱恻。其《岁暮感怀》一篇，议论叙事，步武少陵，尤集中冠冕也。他体亦和雅可诵，乐府清微绵永，在草窗、玉田之间。"《秋日偶成》曰："秋雨连宵涨野塘，藕花憔悴作啼妆。梧桐院落闲明月，鹦鹉帘栊冷夕阳。病里年华常戚戚，天涯愁思总茫茫。不堪更上层楼望，一片浓云暝色苍。"《秋夜偶成》曰："秋雨苦朝夕，清商老芰荷。关山乡梦远，砧杵别情多。永漏催银烛，轻寒怯素罗。年华嗟逝水，莫问夜如何。"《舟行即事》曰："小桥斜日柳丝风，碧草如茵点落红。十里鸭头新涨绿，水花细逐橹声中。"《舟中晚眺》曰："一色长空迥，群峰泻翠螺。暮烟寒水气，落日弄晴波。远浦归帆急，遥林宿鸟过。故庐回首近，天半白云多。"《昭君》曰："莫怨丹青误此身，天教艳质着边尘。请看万古轮台月，照尽长门绝代人。"

又，纨英有《餐枫馆文集》二卷，前有张曜孙、吴谨《序》，录文六十六篇。章岳镇曰："夫人既为诗，又为古文辞，法律盖出自宜兴吴仲伦先生，而质古醇懿，气体与令世父皋文先生为近。"吴谨《序》曰："嗣后代有才媛，率皆以吟咏见长，而治古文者绝少。良以古文一道必才而兼学，求诸闺阁中殊不易得。国朝桐城张令仪柔嘉工诗古文，为人端本殖学，时论比于韦逞母之授经。今又得阳湖张若绮夫人，与柔嘉后先辉映，不尤为本朝之盛事乎？夫人内行纯懿，持论中正，尝举后妃以示戒。读夫人文，可以想见夫人之志，而知夫人之才学兼优矣。""是世之名能古文者，不出桐城、昆陵，乃女子之治古文者，亦只在两邑，此岂偶然也邪？生斯地者可不知所兴起者乎？"纨英《棣华馆诗课书后》曰："余幼好诗书，窃愧不学，流览经史，不能尽通其义。慨班氏教男不教女之说，念女子不读书，终不获明义理之精，习俗易摇，而性情易纵，因命长女采蘋、次女采蘩入家塾读书。及笄出塾，仲远弟复教之，遂粗能诗画。及来武昌，闻者多索观，自以为未工，恐贻姗笑，乃肆力为之。官舍闲静，女红事简，偶有佳作，仲远辄加奖借，以故益好之不倦。采蘋、采蘩齿最长，凡学一事，皆先受习之熟，以次授少者。读一书，求一义，少者以问长者，长者不知，而后质之师。嗣徽、采藻暨侄女祥珍，多采蘋所授。李姬紫畦年十七归仲远，采蘋授之读三年，亦能为诗。而诸女所为诗各肖其人，未尝相袭。采蘋性柔和，诗之佳者深细熨贴，而不能浑厚；采蘩性朴素，诗沉着淳质，而不能精微；祥珍宅心厚重，诗多安闲之致，而未臻警拔；嗣徽当机英敏，诗有高朗之概，而未至和平；采藻宽闲而少骨力；紫畦柔婉而乏精深，知其所短而务去之，以全其性之所近。学虽浅小，未尝不可底于成，诸女勉之矣。且吾闻之：女子之学其入也易，其成也难。故班左诸贤数百年而一见。盖教之者既难得其人，从而间之者复多其途径，以为不急而姑置之，以为无益而遂弃之，或恶其胜己而抑之，嫉其形己而禁之，苟非入之深，好之笃，未有不辍于一旦者。今诸女既得师矣，而又无从而间之者，其可不益致其力以求其成乎？且盍思师之所以教诸女者，果何谓乎？凡所以求义理之精，而欲各得其性情之正，以治身而治事者也。《诗》曰：'女子有行，远父母兄弟。'诸女其能长处膝下，姊妹欢聚如今日而不变乎？他日思之，必有戚然生感者，其将何以治身而治事乎？抑岂能忘今日之教乎？否乎？诸女自知之，自勉之矣！此仲远刻是诗之意也。"简质雅洁，天然隽永。《章母孙太孺人家传》曰："尝读班昭《女诫》，以和叔妹为事舅姑夫子之要，岂不以叔妹分疏而迹近，相轧也易，相爱也难？后之为妇者往往忽之，故门内之乖违多起于此。若孺人者，可不谓之难乎？余闻孺人平生无疾言遽色，虽有拂逆，若罔闻知。则夫同居数十年，而无忤，固亦其姑之贤有以成之，而孺人之处之必有道也明矣。若竭诚尽敬以成夫子之孝，则谚所云'子孝不如妇孝'者也。"《王太恭人传》曰："自汉以来，贤人君子大抵得于贤母之教为多。《孟子》曰：'古者易子而教之，父子不责善，责善则离。'然则教以义方者，以身帅之而已，非日提命而督责之也。母亲于父而情最昵，虽日提命督责，严肃甚于父而不虞其过。《易》曰：'家人有严君焉，父母之谓也。'况幼孤之以母兼师者哉？太恭人者可以法矣！"《潘贞女传》曰："古无所谓贞女也。《礼》取女有吉日，而女死，婿齐衰往吊，既葬而除，夫死亦如之。自宋以来，节义之风盛，奇节苦行不绝于天下，论者或以为过情。然吾闻之《易》曰：‘地道也，妻道也，臣道也。’人臣有未膺一命而蹈白刃、凌万死，甘心授命而不悔者，是岂致身之义宜然？不此之过，而独于女子之未嫁守贞者过之，何也？若潘贞女者，惓惓以不得终事舅姑为恨，尤有合于代终之义也欤？”

《纬青遗稿》一卷　　道光九年宛林书屋刻本

张缃英　撰

张缃英（1795—1824），字纬青，阳湖人。张琦次女。年十二三即学为诗，十四岁作《点绛唇》词。年二十嫁江阴章政平。于归后，以襄佐家政，吟咏遂罕，故稿中皆乙亥以前所作居多。年三十作《梅花曲》寄示其弟张曜孙后，不久即卒。沈善宝《名媛诗话》曰：“孟缇姊妹四人，皆能诗词。姊弟同居一宅，友爱最笃。姊妹姑娣临池倡和，极天伦之乐事。”《闺秀词话》卷二曰：“张仲远观察有《比屋联吟图》，钱塘沈湘佩女史善宝题《壶中天词》，有序云：‘仲远大令暨德配孟仪、夫人令媞，性均孝友。与叔姊婉紃、季姊若绮两夫人，伉俪同居，家政悉咨叔姊，遵尊甫翰风先生遗命也。两夫人善诗、古文、词。婉紃夫人尤喜作擘窠大字。孟仪夫人嗜文学，工汉隶。姑娣切磋，交相爱敬。姊婿孙叔献、王季旭两先生，皆抱经济文章之士。大令才兼三绝，相与商榷古今，啸歌风月，情义如昆弟焉。其中表妹汤碧痕女史嘉名，为绘《比屋联吟图》。’词云：‘兰姨琼姊，喜仙乡共住，团圆骨肉。阿弟多才夫婿雅，万卷奇书同读。秋月宵澄，春花晨艳，消受清闲福。刘樊赵管，人间无此雍睦。更怜绕屋扶疏，树皆交让，玉笋抽丛竹。相约临池邀觅句，无问雨风寒燠。花萼交辉，鸳鸯比翼，乐事天伦足。重逢官舍，伤心偏少徐淑。’”所著《纬青遗稿》一卷，有道光九年宛林书屋刻本；道光三十年宛林书屋《阳湖张氏四女集》本；金武祥又辑入《栗香室丛书》，集前有金氏《序》。

此集为道光九年本，前有张琦《序》，后有张曜孙《跋》。集中录诗词五十二首。张琦《序》曰：“其诗多哀怨之音，时有疵颣，欲存其真，故不加删润。惧其久而散佚，刻而归之政平，俾授其子，使知母氏之泽焉。”张曜孙《跋》曰：“因念所存诸篇皆幼年，未能尽善，又以性情所系，不忍废弃。爰依年编次，分注甲乙，请于家君，序而刻之，俾观者察其年而悲其志焉。”《梦至深山》曰：“一片烟霞里，群峰映碧天。轻舟度层壑，飞鸟度前川。野草迎春发，山猿傍树眠。青松迷古道，系棹竹林边。”“曙色催啼鸟，晨霞隐隐红。白云笼曲岸，翠柏倚遥峰。依约清池月，飘摇远寺钟。野花春满地，蜂舞绿阴中。”《又绝句一首》曰：“点点归鸦带夕曛，晚峰高倚万重云。暝烟笼树千层湿，新月垂钩一曲银。”《秋雨》曰：“花寒帘不卷，枝冷鸟犹栖。蝶倦寻芳翅，荷凋浥露衣。石池新涨满，小径湿红稀。无事教鹦鹉，闲庭昼掩扉。”《月夜歌》曰：“冷月皎皎兮映回廊，白云淡淡兮雁南翔。高飞且鸣兮声凄凉，微风渐起兮侵罗裳。疏星摇落兮凝清光，却下重帘兮隔严霜。”灵幻幽邈，感慨悱恻。

《绿槐书屋诗稿》三卷　　同治七年刻本

张纶英　撰

张纶英（1798—1844），字婉纠，阳湖人。张琦三女，同邑监生孙劼妻。幼随诸姊诵唐人诗，不肯轻作。三十后好读《文选》，遂为五言诗。父谓有古意，授以所著《古诗录》，命宗阮、陶而参以颜、谢。四十后始作五七言近体。诗词外，纶英以书法名家，张曜孙《肄书图题辞》载“姊幼时默而弱，伯姊孟缇、仲姊纬青方刻意勤苦，学为诗词，姊亦相与讽咏，而独好识文字，常取《康熙字典》读之，多能记其音训。然为书下笔拙濇，略解作家书记簿册而已。道光乙酉，从先府君宦山东。越岁，殇二女，悲悼几废寝食。乃复读书习字，乞父书方寸正书百字，日模一二纸以自遣。父见其运笔有古意，更书方二寸者与之”。“授以执笔转换运用诸法，以宋拓《张猛龙》《李仲璇》二碑，令习之。数日而手法娴熟，笔势洞达。复授以《刁惠公志》《郑文公碑》《郑中岳题名观海诗》《始平公象赞》。三年，遂作擘窠大字，出以示宾客，见者多言似父书。”后又以其法习八分，由北碑上溯西晋，归于汉人，包慎伯、吴先生、周子坚、陆邵文、刘廉方等人并叹赏之，由是书名渐播，乞书者无虚日。自言曰："世多尊右军，然右军之书世无传石，汇帖所载，与古法多不合者，盖转转钩摹，失其真意，不足据也。北朝碑刻，皆本分篆之法，古刻石类书丹，无钩摹失真之弊。又南朝石刻，如《侍中石阙》《瘗鹤铭》，皆与世所传右军书不同，而与北朝辄合。然则古法仅存，乃在北碑耳。"纶英性婉柔，体瘦弱若不胜衣，而下笔辄刚健沉毅，不可控制。为二三寸正书，神彩奕奕，端严遒丽；为分书，格势峭逸，笔力沉厚。是以书法为世人所赏。李慈铭誉为"笔力超劲，备篆隶之法"，日本、高丽诸贡使皆购其书以归。张纨英《书叔姊婉纠四十征诗启后》叙述纶英事迹甚详："道光丙申，叔姊婉纠四十初度，伯姊孟缇征诗于京师。一时名媛若汪太夫人潘虚白、潘少夫人陆琇卿、狄夫人王甥桐、程夫人焦学漪、徐夫人张祥，皆邮寄诗画为寿，姊甚乐之。日月如驶，忽忽九年，明年姊已五十矣。姊自道光癸巳与仲弟回居，弟妇包孟仪相得甚，以家事属姊。初先馆陶君尝买宅令余姊妹侍居，及临卒，又命姊佐弟理家事，于是姊不获辞，遂为持家。家甚贫，弟奔走谋食，日用恒不给。弟喜接宾客，又勇于任事，见善必为。族戚缓急竭力以赴，以故家益贫。然姊持之数年，擘画有法，百事井井，未尝有竭蹶之态。凡庖厨、井臼、酒浆、洒扫之细，必躬亲督之。事无巨细，必与弟妇共筹而后行。驭仆婢明肃，均劳逸，恤饥寒。有劳绩，必属弟妇赏之，有过则自斥责，不避嫌怨。仆婢多谨畏，里党闻者，咸以为难。姊婿孙子叔献，前山西临县令访山先生子也。性狷洁，不谐于俗，十应乡举不售，遂弃去。访山先生为廉吏十数年，身后无余资。孙子里居困甚，尝一谒当事钜公不遇，遂怫然归，誓不再出，以医术自给，安贫处贱，怡怡然。然于其间，营吉壤葬亲，抚孤侄三人，为从师读书，长为授室，节啬衣食，以时周给。又引掖群从，以亲以睦，皆姊赞画之力居多。姊好读书习字，又喜为诗。既自理家事，又为弟持家，苦无暇，然每日必作书数百字，有求书者必应之。稍闲，辄手一编，卧室之内簿籍、筹算、刀尺、杂物与笔墨、书册相错。尝作五言诗，有曰'讲艺米盐中，挥毫井臼旁'，皆实事也。姊读书能得大义，工计画，善处事，亿而能中。弟有所疑难，必就姊剖决。尝数千里走书商榷，时人比之魏辛宪英。凡弟所为，多出于姊。甲辰，弟赴礼部试，旋谒选吏部。冬十月，弟妇包孟仪病卒，姊哭之恸。理其丧，抚其子女三人。余有兄早卒，嫂氏未婚守贞，弟之子宜后兄，至是有异议者，有谓宜兼祧者，姊持不可。曰：'先兄虽未授室，然嫂氏守贞，岂可无后？弟方中年，当更生子，何兼祧之可云？'卒从降服，父老多是之，其决事明敏类如此。姊生二女皆不育，抚从子为子，又抚余幼女为女，并自教之。余与姊同居相守，未尝一日离，窃见姊遇之屯、境之蹇、艰难劳苦、拮据困厄，有人所不能堪者，而姊处之裕如。盖其襟怀识力非寻常所能及，而亦非余所能具言。偶检伯姊所作《征诗启》，漫书其后，邮寄京师以质诸当代名媛，或亦有怜其遇而赏其才者，姊之意其少慰乎？"所著《绿槐书屋诗稿》三卷，有同治七年（1868）刻本；《阳湖张氏四女集》收《绿槐》尾卷《附录》五卷。

此集前有张曜孙《序》及《肄书图题辞》，卷末有妹纨英，甥王臣弼、王采蘋、王采蘩、张祥珍题词，又增刻闽中林寿图、吕俊孙题词，杨金监《跋》。杨金监《跋》曰："《绿槐书屋诗》者，吾师张翰风先生女婉紃夫人之所著也。原编二卷，道光之季，介弟仲远为刻于武昌，咸丰初年毁于兵火，罕有存者。同治戊辰，吕曼叔廉访陕中，觅得刊本，为重刻之。益以近作一卷，为三卷，而续所题诸词附焉。"集中录诗一百七十七首。王蕴章《然脂余韵》曰："诗亦探源选楼，宗阮陶而参颜谢。五七言近体，尤清老简质，不为绮丽。"张曜孙《寿辞》曰："三十后始学诗。善五言，学阮、陶而近。长于治事，有机警，善决断。"《记梦》曰："忽传羽檄事遄征，宝勒花聪拥翠旌。浩荡军威惊海屿，手挥长剑斩蛟鲸。""木兰红线尽从军，凤舞鸾回结阵云。十万楼船齐破浪，海天如镜净无氛。""凯歌同唱金铙曲，露布亲挥盾鼻文。一夕功成酬壮志，归来重著旧罗裙。""千古战争都是梦，九重恩泽正如膏。釜鱼螳臂终何益，安得游魂贷尔曹。"忧民爱国，言之慨然。嫠纬凄凉，不减云鬓花黄之句。《秋夜怀夫子四首》曰："老去心情异昔时，晓风残月总相思。廿年忧患无穷恨，剩有萧萧两鬓丝。""寒潮萧瑟皖江秋，枫落乌啼感旧游。

独客不知何处宿，荻花风里送扁舟。”“连宵苦雨难成寐，莫道秋窗不肯明。半月帘栊慵不卷，隔林惯听晓鸦声。”“君怀慷慨轻离别，久厌秦徐酬赠诗。忽忆少陵垂老句，薄裳单枕独吟时。”《题澹鞠轩诗稿即寿孟缇姊五十》曰：“《国风》传正声，汉晋乃其嗣。五言只数家，妇人居其二。藻丽多浮夸，所贵求厥志。善怀杂悱怨，《小雅》有微意。后来竟喁于，谁复究大义。千秋澹鞠轩，窃欲继斯谊。筥筐业惟勤，莪蓼感不匮。鸣鸠窈窕怀，秣马江汉治。无邪蔽三百，抱一众长备。镜鸾写离情，纨扇寄秋思。流徽倘相媲，接武庶无愧。抗怀正始音，宗风犹未坠。”“文辞非妇言，班氏贵庸行。岂知擅风教，本以淑明性。昭质苟不渝，繁华讵相胜。英英连城宝，光彩互晖映。吾姊希古贤，纯美冰雪净。金璧厉永修，巾槃守戒敬。立诚以修辞，盛业付歌咏。以兹迓诸福，燕喜宜有庆。缅此览揆辰，摛颂遍群姓。令闻在人口，门内庶相应。述德非贡谀，无惭远道赠。”

《读选楼诗稿》十卷　光绪二十年东河都督府刻本

王采蘋　撰

采蘋（1827—1893），字润香，太仓人。王曦与才女张纨英女，年二十五归河南禹州孝廉程伯厚。夫妻笙磬同音，唱和无间，乃相庄未几而所天告殂，先后仰药，未遂所志。于是揞拄衰门，养生送死，以青裙白发之身，课女弟子，谋食赡家。其遇愈穷，其诗益工，屹然为同光闺媛中一大作手。年七十卒。所著《读选楼诗稿》十卷，有道光三十年宛林书屋张晋礼辑《棣华馆诗课》本；光绪二十年（1894）东河都督府刻本；另有《读选楼诗稿》抄本。

此集为光绪刊本。集前有许振祎《序》，后有许振祎附《记》。集中录古近体诗二百九十首，起庚子，讫癸巳，每卷记载写作年份，有张仲远评语及圈点。王蕴章《然脂余韵》曰：“《读选楼诗》十卷，卷二多怀古之作，卷三、卷四多拟古之作。探原汉制，托体唐音，玉海珠尘，飞英耀采，世有识者，当韪余言。雄浑如咏《宝剑》云：‘秋水横三尺，长虹倚九天。一挥开绝域，万里静烽烟。结佩心徒壮，衔杯最可怜。延津不变化，何处问龙泉？’隽永如《纳凉》云：‘细雨送夕凉，乍晴深院洁。花光浥微润，露气生虚白。虫吟良夜永，坐久心逾寂。萧萧太古秋，诗怀似明月。’深刻如《庞德公故居》云：‘景升碌碌安能致，元直悠悠未识真。汉上青山容大隐，隆中茅屋是芳邻。卧龙已为苍生起，尺蠖堪存浊世身。三顾倘烦先主降，也应鱼水契君臣。’豪爽如《鹦鹉洲》云：‘荒洲孤冢著才名，凭吊苍茫百感生。千古江声犹激壮，一时意气剧纵横。当筵挝鼓情难遏，即席挥毫赋亦精。炙手严威付平视，庸庸愧煞汉簪缨。’幽秀如《春草》云：‘千里绵绵故国思，春风吹绿到天涯。平原拱木江淹恨，楚泽芳蘅屈子辞。一碧遥知新雨后，寸心空恋夕阳迟。萋萋海畔松楸路，寒食愁吟上冢词。’至拟古诸作，具乐府之清新，兼参军之俊逸。高、岑、温、李、李、杜、王、韦，所拟无不神似，为集中最精炼之作。”此外，《述哀》诗悽惋悱恻。“缅怀属纩时，死丧叠相继。舅老白盈颠，年来病惊悸。大药苦难求，骑箕竟长逝。叔也二竖侵，和缓费疗治。兀兀簿书间，食少形已瘁。一朝构闵凶，灭性难守戒。姑也体素羸，神伤益憔悴。抚兹杞妇悲，复洒西河泪。全归庶无憾，遗痛曷有既。嗟哉薄宦贫，棺衾未预置。斯时夏正中，炎热如火炽。瓦盘浥水多，葵扇招凉至。三日殓始成，惴惴胡敢懈。甓踊一号啕，惨惨日阴曀。天道其宁论，胡为酷如是。”“宦游客中州，飘零余八口。清风传奕世，囊橐无所有。官逋及私负，累累积如阜。典鬻易米薪，操持到井臼。幸有娣妇贤，艰难互相守。风雨何飘摇，谁与保户牖？苫居失昏旦，愦愦如中酒。刻木空肖形，英灵俨座右。遗物少奇珍，故衣杂佩玖。缄封未忍开，奚必竞分剖。岂无萋菲言，利害切肤受。信我皎日怀，中表谊尤厚。伯氏篆固陵，禄米分升斗。日给仅可敷，忧来独搔首。安贫本吾分，内省亦何咎？媢时宁有方，取舍忍无苟。生意何寥寥，微躯当速朽。”《比屋联吟图》题诗曰：“画中清景依然在，转眼沧桑人事改。回首欢悰不可寻，把卷流连动遐慨。忆昔兰陵比屋时，棣华荆树喜骈枝。百篇斗酒青莲兴，一卷忧时杜老诗。班左才华亦殊绝，玉台各擅生花笔。联吟镇日掩柴扉，身外浮云忘得失。最惜饥驱事远游，天涯憔悴倦登楼。征鸿千里书难达，春草池塘梦亦愁。已恨频年唱离别，那堪杜宇还啼血。宝瑟声寒湘水云，玉笙吹冷缑山月。尽室从官到武昌，匆匆哀乐最神伤。江山胜迹宜图画，华馆春风护碧床。陶令高怀最清逸，分阴共惜深宵月。一样联吟似昔时，梦中清泪常呜咽。变徵歌成泣鬼神，离骚九辩意同论。征才欲续申情赋，顾影难为失怙人。婵娟环佩纱帷侧，弄墨燃脂永朝夕。觞咏风流又一时，高堂明镜星星白。京国栖迟忆大姑，云山目断正愁予。何当一棹归帆稳，便写联吟第二图。"《种菜》颇有陶诗之风："蔓草盈中庭，荒秽不遑理。晨兴课老妪，辟径携耒耜。薀除绝其根，萌蘖庶可止。隙地颇有余，众芳惜已萎。园蔬随意栽，御冬谋蓄旨。翠甲喜渐肥，黄芽美无比。霜严能耐冷，雨过净如洗。亦有岁寒心，青青常不改。地僻无珍馐，官贫少俸米。佐我菽水欢，足以充簠簋。朱门厌粱肉，沟壑多冻馁。山陕犹用兵，萑苻苦难已。空留诸葛名，莫有奇人起。浮生丧乱余，一饱亦已矣。国计难与谋，世事何足齿！抚兹学圃心，贤者亦乐此。毋辞灌溉劳，抱瓮时汲水。聊当秋花看，一碧亦堪喜。骚客去已遥，凭谁艺兰芷?"《秋窗夜读》叙述其日常生活，真实感人。"斗室绝尘嚣，淡然清百虑。一卷读未终，暝色起庭树。焚膏用三余，中馈毕群务。惜此良夜长，疏灯耿兰炷。明月静罗帷，流辉照简素。澄怀得微会，知新在温故。清幽庾信诗，绮丽相如赋。朗诵恍有神，流连得真趣。渐闻林鸟啼，疏帘透风露。"

《慕伏师班之室诗集》一卷　　道光三十年《棣华馆诗课》本

王采蘩　撰

王采蘩，字筥香，适武进魏骥。师事姨母张纶英。能诗文，工隶书，尽得其传。又善丹青，宗恽南田。早寡，曾应聘为女子师，后与姐采蘋同依胞兄臣弼于鄂，以书画自给。所著有《慕伏师班之室诗集》一卷，有道光三十年宛林书屋张晋礼辑《棣华馆诗课》本。

此集中录诗一百七十五首。《古剑》曰："百炼纯钩照眼明，寒光乍掣鬼神惊。匣中宝气沉埋久，月黑宵深作意鸣。"《古琴》曰："松涛万壑入遥林，一曲冰弦海客心。独坐焚香写幽意，白云明月最知音。"

《清晖草堂诗》一卷　　道光三十年《棣华馆诗课》本

王采蓝　撰

王采蓝，字少婉，由孙劼抚为女，后改名孙嗣徽，归安知县武进吕懋荣。采蓝早亡。所著《清晖草堂诗》一卷，有道光三十年宛林书屋张晋礼辑《棣华馆诗课》本。

集中录诗一百七十九首。《苏子瞻》曰："上书空抱贾生忧，剩有雄文百代留。已识奇才何不用，力争新法竟成仇。风尘远道悲迁客，明月秋江忆旧游。韩富勋名宁有命，遭逢一例付浮沤。"

《仪宋斋诗存》一卷　　道光三十年《棣华馆诗课》本

王采藻　撰

王采藻，字锜香，归安知县吕懋荣继妻。擅诗、书、画，所画花卉，分枝布叶，自得异致，不以妩媚为工。所著《仪宋斋诗存》一卷，有道光三十年宛林书屋张晋礼辑《棣华馆诗课》本。

此集中录诗一百二十五首。《怀孟缇从母》曰："牵衣话别感三秋，梦里云山无限愁。一片滔滔东去水，不知何日载归舟。"

《灌香草堂诗稿》一卷　　同治五年刻本

吴兰畹　撰

吴兰畹，字宛之，常熟人。员外郎吴廷鈖与才女张绢英女孙，山东巡抚宜兴任道镕继妻。幼时姿性颇敏，母授之读书，凡经史诸书，过目辄能记忆，及诵汉魏六朝诸家诗，皆能心领神会。每深夜朗吟不辍，暇时兼习分隶，并南田画本。所著《灌香草堂诗稿》一卷，《灌香草堂诗》，有同治五年丙寅刊本。与任道镕著作合刻为《浣兰词》，有咸丰十一年刊本。

此集为同治刊本，前有熊文烺、张曜孙徐宗襄、周家楣、陈元禄、苏性六《序》，熊文瀚、孔宪勋、莫均、郑宗岱、朱锷、潘家钰、崔嘉霱、张光藻、谢学元、游观第、徐家杰、崔迺翚、汤有仁、傅纶、吴兰颐等人题词，录诗一百六十首。张曜孙《序》曰："其格调好学少陵，俯仰身世，情见乎词，悱恻深挚，言尽而意有余，与浪作咿哑者迥别。夫班姬谢女，渺矣难追，如宛之者，庶几为《淡菊轩》嗣响欤?"《寒寺》曰："萧疏枫叶护云林，萝壁荒凉朔气侵。几杵霜钟惊客梦，一龛灯火照禅心。西风鹤唳空坛冷，残月乌啼曲径深。雪满山中无蜡屐，掩关寂寂夕阳沉。"《秋兴》曰："风劲千林瘦，清寒促敝裘。霜华荒古径，秋色豁吟眸。不尽沧桑感，何堪漆室愁。情怀惟黯黯，憔悴懒登楼。"《金陵怀古》曰："虎踞龙蟠古帝都，三分事业属孙吴。江沉铁索悲降帜，地尽金精瘗霸图。桃叶已无人间渡，荒陵剩有蛩吟芜。可怜歌咏南朝地，回首垂杨集夜乌。"《将至武昌》曰："沧桑身世异，城郭又经秋。烽火催羁绪，江山对客愁。匆匆离故国，戚戚恋松楸。难觅趋庭乐，伤心此度游。"《捣衣》曰："塞上霜威早，闺中促暮砧。露华罗袖冷，天阔别愁深。远韵飘秋籁，微波鉴素心。刀环果何日，辛苦朔风侵。"《拟杜工部秋兴八首原韵》曰："惨淡尘沙失故山，千林橘柚夕阳间。九天鹏鸟初舒翼，百尺龙媒未入关。长夜琴樽空旧梦，寒窗风雨黯离颜。不堪更问渊明宅，身世飘飘鹭一班。"

《职思居姑存草》一卷　　光绪二十五年洪都致知书局排印本

吴兰泽　撰

吴兰泽，字慧娟，常熟人。员外郎吴廷鉁与才女张缙英女孙，吴兰畹妹。所著《职思居姑存草》一卷，有光绪二十五年（1899）洪都致知书局排印本；民国十八年虞山戴君亚抄本。

此集为光绪刊本，前有庄受祺《序》。集中录诗一百九十二首，散曲一套。庄受祺《序》曰："统读诸作，美不胜收。拟杜四十律，眉评已写倾倒。盖由挚性笃厚，意识超人，故结调慷慨，润辞清韵，卓然可以成家。其余写怀寄远诸篇，落想更无浅语，而出之妙极自然。"《秋柳》曰："西风斜日冷秋光，是处轻烟散野塘。罢舞蛮腰秋转细，吟成谢句雪飞香。一奁明镜怜青眼，十样眉图忆旧妆。月落酒醒人别后，乱鸦啼破半林霜。”《庚申避寇到楚呈诸尊长》曰：“兵甲无宁岁，乾坤战血流。烽烟千里接，身世百年愁。鹤唳江城月，磷飞白下秋。中吴逢浩劫，弧矢几时休。”《捣衣》曰：“六师疲战甲，万骨卧秋坟。酒尽深闺泪，空劳永夜勤。秋风急双杵，清响彻重云。识路无魂梦，遥天何处闻。”《抵汉口》曰：“日暮风帆利，云山过眼中。江声吹岸转，树影落天空。归鸟栖林黑，渔舟泛火红。榜人畅怀抱，高浪破长风。”

《绣余吟课》一卷　　清刻本

赵德珍　撰

赵德珍（1764—1796），字兰素，德清人。监生赵岐凤女，彭水知县平湖杨于高妻。于高字振岩，号蘋香，嘉庆十四年进士。归班选授四川彭水知县，除暴安良，盗贼屏息，尝患士风不振，重建摩云书院，延师训诲之。于高身长玉立，倜傥风流，下笔千言立就，著有《蘋香诗钞》《退笔山馆文钞》。德珍幼即柔嘉，生而贞淑，髫龄失恃，至性过人。十四五岁学诗，《宿云栖楼即事》是日常生活写照，“玉女疏窗未许窥，终朝山色扑帘帷。夜凉风雨人无寐，自爇名香读《楚辞》”。年二十三岁归杨氏，婚后伉俪情深，卒年三十有三。所著《得月楼存稿》十卷，今存《绣余吟课》一卷，清刻本。

此集卷前有杨于高《为内子赵孺人征挽诗启》、徐熊飞《赵孺人传》，卷后有杨于高《跋》。卷首录《得月楼存稿总目》：卷一《绣余吟课》、卷二《班门初弄》、卷三《应声集》、卷四《管城龙奏》、卷五《兰闺韵语》上、卷六《兰闺韵语》下、卷七《读史管窥》、卷八《鱼雁吟》、卷九《侯鲭新编》、卷十《红窗杂识》。杨于高《跋》曰：“《绣余吟课》一卷，余内子未笄时所作也。盖自十四五始学为诗，迨归予而存稿已盈箧矣。嗣后从课儿之暇，手自删削，抄录成帙，兹为选存若干首付梓，聊志其幼时大概尔。”《绣余吟课》存诗四十八首：《雨霁晚眺》、《游徐氏园亭》、《独立》、《春草》（四首）、《春泛》、《上柏山展墓作》、《春暮》、《忆父》、《拟储光羲蔷薇篇》、《拟李贺春昼》、《拟王建簇蚕辞》、《拟李商隐烧香曲》、《晓起》、《雪中寄呈绿萍伯父》、《春日次蔡妹禄珍韵》、《即目》、《海棠》、《临溪春望》、《梅花》、《萱花》、《西施梦》、《景琰大兄归自杭州为言南宋事迹亹亹不尽因作长句纪之》、《蚕词》（四首）、《中秋夜偕诸姊妹步月》、《宿栖云楼即事》、《雪后谈姊婉珍招赏绿萼梅》、《余北溪》、《春游》、《闺中偶题》（二首）、《纳凉》、《咏桂》、《秋日晓起》、《短歌行》、《拂镜》、《理发》、《剔梳》、《簪花》、《晚凉独坐适蔡妹禄珍至》、《拜别祖母大人》、《别高姨暨诸姊妹》（二首）等。《雨霁晚眺》曰："一雨生众绿，微风吹纤茸。檐声已阒寂，涧响犹琤淙。开帘缅晚山，朵朵青芙蓉。浓云归绝壑，一缕时相从。幽禽忽飞来，绵蛮语庭松。松影翠侵衣，禽声清入耳。落日下帘钩，徘徊曷能已。"《独立》曰："东风习习破春温，深院沉沉掩静门。独立闲阶无限意，樱桃花落月黄昏。"诗笔韶秀。《拜别祖母大人》曰："十年慈母殁，抚养尽鸿恩。学绣晨开阁，教诗月上轩。此行违定省，远梦隔晨昏。不敢多垂泪，高年易断魂。"情深意挚。

《湘筠馆诗》一卷、词二卷、骈体文一卷　　嘉庆十九年刻本

孙云凤　撰

孙云凤（1764—1814），字碧梧，仁和人。按察使孙嘉乐女，程懋庭妻。云凤生而端庄，颖悟过人。八岁读书，客出对曰"关关雎鸠"，即应声曰"嗈嗈鸣雁"。其父大奇之。长工辞翰，兼解音律，尝从父宦滇蜀间。此时云凤妹云鹤初授《毛诗》，姊为口授，自此之粤之蜀，两姊妹闺中无事，戏弄笔墨。所至斐然成咏，多清新可诵。云凤之夫程懋庭见笔砚辄憎，最终反目，后云凤归家。拜袁枚为师，参与组织两次湖楼诗会，并作《湖楼请业图序》。吴照衡《莲子居词话》赞曰："能诗文、工画、擅南北词，女中名士也。"陈文述曰："工诗善画，受业随园，逸情高致，旷世无俦，若吾门辛瑟婵矣。"所著《湘筠馆诗》二卷，词二卷，骈体文一卷，有嘉庆十九年（1814）杭州爱日轩刻本。

此集诗前有许宗彦《序》，词前有郭麐《序》，卷末有孙灏元《跋》曰：

“右《湘筠馆诗》《词》各二卷，骈体文二首，先从兄春岩廉访长女碧梧著。碧梧生而端淑，颖悟过人，既长工辞翰，兼解音律，尝从父宦游滇蜀间，所至斐然成咏，多清新可诵。自先从兄解组归里，碧梧长依膝下，花晨月夕，与其妹仙品相酬和以为乐。后仙品之岭南，郑重言离，百端交集，故卷中忆妹之作居其半焉。碧梧词愈于诗，佳者绝似南唐北宋人语，而音多凄婉。其所遇然也。频年善病，不废吟咏，间及绘事，亦楚楚有致。予每一过从，必出近作相质其虚衷，好学有足称者。今秋九月二十一日卒，年五十一，其弟广宇谋刊其遗稿。予怆然为之编次，而缀数语于末。”集中录诗一百二十一首。沈善宝《名媛诗话》曰：“诗笔苍老，为随园弟子之翘楚。”袁枚《随园诗话》曰：“闺秀少工七古者，近惟浣清、碧梧两夫人耳。”《媚香楼》曰：“秦淮烟月板桥春，宿粉残脂腻水滨。翠黛红裙竞妆裹，垂杨勾惹看花人。香君生长貌无双，新筑红楼唤媚香。春影乱时花弄月，风帘开处燕归梁。盈盈十五春无主，阿母偏怜小儿女。弄玉虽居引凤台，萧郎未遇吹箫侣。公子侯生求燕好，输金欲买红儿笑。桃花春水引渔人，门前系住游仙棹。奄党纤儿想纳交，缠头故遣狡童招。那知西子含颦拒，更比东林结社高。楼中刚耀双星色，无奈风波生顷刻。易服悲离阿软行，重房难把台卿匿。天涯从此别情浓，锦字书凭若个通。桐树已曾栖彩凤，绣帏争肯放游蜂。因愁久已抛歌扇，教坊忽报君王选。啼眉拥髻下妆楼，从今风月凭谁管。柘枝旧谱唱当筵，部曲新翻燕子笺。总为圣情怜腼觍，桃花宫扇赐帘前。天子不知征战苦，风前且击催花鼓。阿监潜传铁锁开，美人犹在琼台舞。银箭声残火尚温，君王匹马出宫门。西陵空见宫人泣，南内谁招帝子魂。最是秦淮古渡头，伤心无复媚香楼。可怜一片清溪水，犹向门前呜咽流。”向被人称道。《巫峡道中四首》其一云：“蜀门西望处，直是上青天。路出重云里，人来夕照边。秋风三峡水，暮雨百蛮烟。丞相空祠庙，千秋一黯然。”其四曰：“秋江木叶下，客子独徘徊。瘴起浓云合，滩鸣骤雨来。凄凉庾信赋，寂寞楚王台。俯仰乾坤里，悲歌亦壮哉。”《入峡》曰：“风急暮云起，水寒残照沉。插天双壁峭，入峡一江深。见雁多秋思，闻猿动客心。巫山霜信晚，木叶尚森森。”《出峡》曰：

“两岸猿啼厌客闻，西风霜叶晓纷纷。橹声一夜出巫峡，十二碧峰空白云。”意境壮阔，笔调苍凉。

词集二卷，共录词九十五阕。郭麐《序》曰：“清新婉美，盖二十年中裴回身世，与家门之荣落，骨肉之聚散，人事之变异，轸纡结轖，一寓于词。盖其词益工，其遇益穷，欧阳子之言，征诸闺阁而犹信，其亦可感矣。虽然二十年来游于随园之门者，声华销谢，翳然在亡，而女士就如此，则遇未为不幸。”《两浙輶轩录》曰：“碧梧倚声之学，著称于时，佳者绝似北宋人语，通音律，兼工点染花卉。”《闺秀词话》曰：“女史小令单词，固绝似《花间》，长调亦殊有宋人意境。”《水龙吟·游丝》曰：“雨晴乍暖犹寒，清明时节闲庭院。飞花帘幙，轻烟池馆，绣床针线。曲曲回肠，悠悠愁绪，随伊萦转。飏芳郊翠陌，流云去水。浑无著，教谁管。九十韶华都过半。记南园、踏青归晚。红香影里，绿阴疏处，飘扬近远。摇漾吟魂，懵腾午梦，顿成春懒。但垂垂斜日，小阑人静，昼长风软。”摇曳缠绵，秀雅深挚，读之令人意软心销。《浪淘沙》曰：“风静绣帘闲，燕语梁间。小楼诗酒忆当年。今日西窗重剪烛，细雨轻寒。花事正阑珊，又唱阳关。夕阳春水木兰船。斜立画屏烟篆冷，月到阑干。”情韵动人，自然清妙。《水龙吟》曰：“日斜微雨初晴，薄寒天气清明矣。重门半掩，疏帘低捲，单罗衫子。芳草池塘，落花庭院，黄昏独自袅。纱窗篆缕，东风乍暖，栏杆外，春过二。回首旧时游处。问年来几番桃李。浮云一别，暮烟孤棹，晓霜征辔。雁字无凭，秋声又起，鱼沉江水。但团圞今夜，小楼明月，照人千里。”《清平乐·次花海数湖上韵》曰：“晴丝风乱，花里红墙短。一抹柳烟疏欲断，春色六桥重见。衣香鬓影轻舟，金尊檀板层楼。独向小窗闲坐，满庭细草生愁。”

又，云凤妹云鹤、云鸾、云鸿、云鹄、云鹇并工诗画。云鹤最有名。云鹤字兰友，一字仙品，金玮妻。云鹤《宝剑篇》曰：“宝剑遗篇在，挑灯击节吟。恩仇千古事，湖海一生心。气逼秋霜冷，光腾夜月沉。从军应有愿，慷慨答知音。”笔力遒劲，豪宕纵横，风格雄健，别具一格，为后人称道。《壬寅九日重庆阁送伯兄东归》曰：“登高兼送远，客泪一沾裳。归棹随流水，乡心带夕阳。秋高山落木，风急雁分行。丛菊何情绪，篱边依旧黄。”《清代闺阁诗人征略》曰：“取法南宋，风韵萧然，而所适皆不偶，故多幽怨语。”有《听雨楼词》二卷，光绪二十二年丙申（1896）徐乃昌刊本。云鹤《自序》曰：“此词上卷半属儿时所为，藏之箧中十余稔矣。次卷庚申后作，多伤离忆远，抚今追昔之言，录为自遣之计。”《闺秀词话》曰：“兰友小词，时有潇洒出尘之概。”《齐天乐·落荷花寄碧梧姊》曰：“天涯又是清秋节，莲衣乍，周轻粉。待雁书成，采香人远，逗起一襟离恨。擘策分韵。怕旧日吟怀，别来销尽。月晓风清，练塘烟景有谁问。乡园犹记往事。田田钱样小，初荐樱笋。帘影归凉，簟纹回润，风色先传雨信。流光箭紧。念客里看花，几番红褪。归去江南，梦中无远近。”《绮罗香》曰：“小扇挥萤，轻绡笼雾，犹记年时庭宇。风露阑干，坐听小楼人语。道此际、枕簟生凉，又谁信、西风残暑。料如今，对月临风，绿窗不似旧情绪。天涯知否倦旅。多少离愁往恨，红笺难诉。千里关山，梦绕白云乡树。奈秋来，雁带书遥，但落叶，打窗无数。正潇潇，思入烟波，夜江篷背雨。”词前《小序》曰：“客中秋晚，乡信杳然，窗外叶声风落如雨。忆昔新秋夜霁，侍家大人寝后，与碧梧姊坐南廊月色中，听文翰、宾南两妹楼头笑语时，不禁黯然魂销。词以纪之，兼寄碧梧姊。”《青玉案》曰：“丹台石槛芙蓉顶，秋气爽，罗衣冷。别有幽怀谁共领。天涯风景，故园霜露，难遣登临兴。林峦三竺应堪并，回首烟霞旧游境。何处尘襟都洗净。青山眼界，白云身世，一片斜阳磬。”疏阔隽逸。

又，云鹤妹孙云鹇撰《停琴馆吟草》。《两浙輶轩续录》载：“娴卿女士藻思绮韵，吐属闲远，无铅粉气，善草书，纵逸秀劲，得魏晋人遗则。尝作《停云伫月图》，征咏遍诸名宿，雅人高致，亦闺阁佳话也。”

《兰韫诗草》四卷　乾隆五十六年刻本

徐裕馨　撰

徐裕馨（1765—1791），字兰韫，号西泠女史，钱塘人。大学士徐本孙女，诸生程焕妻。曾拜袁枚为师，为随园女弟子之一。幼颖慧，性端静，女红之余，涉猎文史，间搦管作有韵语，寸晷立就，兼习绘事，皆母教也。丙午归诸生程焕。事舅姑惟谨，处事和厚，无疾言遽色。念母独处，终岁往来。程焕有清溪之游，每以诗寄之，期慰良切。举子殇，生女后体弱得病。裕馨疾革时，程焕为之摹小影，倚枕作长短句题之。夜闻风声瑟瑟，起坐长叹，忽曰："尘缘尽矣，我将归也。"喃喃诵《辞世诗》二章而逝。卒年二十七。所著《兰韫诗草》四卷，有乾隆间刊本；常熟丁氏抄本。

此为乾隆间刊本。卷下有"梧阁女士参读"字样，集前有关涵、万福、邵志纯、吴瓒、陈鸿寿、万照、李登甲、施镐、周定芳、关文慧、朱陈华、陈煦、冯蕙、潘素心等名士闺秀题词；卷末附其夫程焕哀辞。程焕曰："遗诗六百余首，今删存四卷，付之剞劂。非敢明孺人之能诗，亦聊以志余情之不能已也。"集中诗词混杂，录诗三百二十五首、词七十一阕。裕馨诗学中晚唐，清丽悱恻。《中秋》曰："桂影自婆娑，风光有几何。秋当今夕半，月在此宵多。未辨霓裳曲，犹将白纻歌。欲为赊皓色，把盏问姮娥。"《立秋》曰："一叶西风吹昨梦，晓妆鸾镜带秋容。推窗小玉回鬟语，今日云山瘦几重。"《花下美人》曰："晕绿鬟红半度新，嫣香庭院媚芳春。惜花宁遣花输色，却笑东风妒太真。"《绿萼梅》曰："也号江南第一花，淡中有色玉无暇。相逢何必惊奇艳，君是仙人绿萼华。"《画眉》曰："柳梢枝上晓风柔，梦醒雕阑语未休。莫向碧纱窗畔唤，美人犹是未梳头。"《即景》曰："读罢黄庭卷懒开，静中消息费推裁。吹灯欲禁花留影，刚卷珠帘月又来。"《暮秋偶成》曰："寒蝶低飞月满枝，海棠红冷桂凋时。笑侬竟比黄花瘦，青女多情知未知？"《暮春》曰："夜雨小窗多少？春唤子规去了。起来收拾余花，又是五更风扰。"《暮春》曰："残红片片卸檐前，树有余香蝶尚怜。士女不来芳草外，秋千犹系绿杨边。中庭风静游丝落，绣户帘垂紫燕穿。恰好送春诗未毕，瑶台有美赠云笺。"《新柳》曰："燕舞莺啼春色融，新枝柔拂画桥东。眉弯似挂纤纤月，腰细将扶怯怯风。花下飘扬情自得，楼头袅娜思何穷。游人若个邀青眼，不羡夭桃映面红。"《西湖杨柳枝词十绝句》之二曰："湖上春风著意吹，细笼烟雨绿垂垂。寂寥苏白风流旧，此日新词倩阿谁。”其五曰：“如丝如缕腻情迷，一片桃花芳草堤。百尺楼头烟雨密，美人魂断晓莺啼。”其九曰：“秋来摇落黯销魂，露滴清梢续泪痕。惆怅平湖残照里，何人立马到黄昏。”其十曰：“晓风残月剧怜清，低拂寒波影自惊。短笛一声秋思远，为谁吹入玉关情。”《明妃二首》曰：“图画不省貌如花，独向龙关泣暮笳。欲说断肠千古恨，只怜北雁解琵琶。”“塞外春风不返魂，汉宫秋草易黄昏。和藩未必留长策，明月空教照故村。”《梦扬州·送春》曰：“晓烟浓，昨宵雨压断桥红。杜宇数声，燕雏莺老春风。海棠庭院余香梦，更无闻佩玉玲珑。秋千冷，芳草远，云停蝴蝶幽丛。初睡起，画楼中。觉情绪清和，风景何慵。小玉低言，落英飞絮濛濛。猛思量送春险韵，问花魂若个输侬。消遣得水晶帘下，一曲焦桐。”《千秋岁·题近蓬外太叔祖六十寿图》曰：“春山春艳，灼灼桃开遍。芝田秀，莎茵蒨，好娱情风景。任筹添鹤算，尘机化霞觞，云液何劳劝。幽逸成高愿，授南华一卷。水月映，烟霞染，看兰枝方茂，试金丹欲转。逍遥处，仙踪那许人争羡。”

《韫玉楼诗》四卷，《词钞》一卷　　嘉庆十六年刻本

屈秉筠　撰

屈秉筠（1767—1810），字婉仙，常熟人。屈保钧妹，常熟赵同钰妻，同钰字子梁，工诗、古文，与席世昌、席煜、孙原湘并称“虞山四才子”。秉筠生三岁而母鲍安人殁；越一载，父又殁。兄弟俱幼，依祖母蒋太安人及叔母曹太孺人居。生有夙敏，授诸经史，皆能通大义，略皆上口，兼工吟咏。所传《柳枝词》十五章，盖髫髾时作，且女红针黹，靡弗精敏。迨归于同钰，承侍姑嫜，得其欢心，亲躬操作，不自骄逸，佐理家政，井井有条，抚侧出之女逾所生，中外咸推贤孝。夫同钰负逸才，有声誉，时与诸名流敲诗论文，秉筠供具精腆，善承夫意，有杂佩投报之风。闺房之内，琴鸣瑟应，雍雍静好，绿窗唱和，漱玉镂冰，以是诗益工，而人比之明诚与清照。婉仙《韫玉楼集》中唱和之作颇多，如《月夜和子梁》《冬夕子梁得诗四句属余续成》

《灯花联句再叠前韵》《寒夜联句四叠前韵》等。婉仙问学袁枚，曾招十二位女史宴于韫玉楼，谋作雅集图，“爰选古名姬，按月为花史，……分隶既定，作十二阄，各拈得之。自正月至十二月，为谢彩霞、屈婉仙、言彩凤、鲍遵古、屈宛清、叶茞芳、李餐花、归佩珊、赵若冰、蒋蜀馨、陶菱卿、席佩兰。长幼间出，不以齿也。爰命画工以古之装写令之貌，号《蕊宫花史图》”。所著《韫玉楼诗》四卷，《词钞》一卷，有嘉庆十六年（1811）刻本；《韫玉楼诗集》不分卷，屈见复辑《虞山屈氏丛书》本。

此集为嘉庆十六年刻本。前有吴蔚光、鲍伟、陈文述三《序》，袁枚、□廷墀、席世昌、邵渊耀、席佩兰、赵贵珴、徐恭、赵秉清、归懋仪、季瑞贞、鲍印等名士闺秀题词，孙原湘、鲍叔野撰《传》；闺秀鲍印、屈静堃及其夫赵同钰哀辞。诗集末有姊屈静堃《跋》，词集末有鲍印《跋》。静堃《跋》曰：“子梁神伤于既往，哀逝于靡穷，检其遗稿，得若干首，厘为四卷，并附词一卷，付之剞劂氏。”集中录诗四百三十八首，词六十阕。集中诗末有吴蔚光、袁枚、席佩兰、鲍尊古、归懋仪、孙原湘、陈文述等人点评。袁枚评曰：“婉仙之诗，能一空依傍，不拾古人牙慧。”孙原湘《传》曰：“词翰靡所不能，最工白描花鸟，毫柔捥劲，神韵超致，于李因、陈书外别出以奇。顾所专志笃好者，尤在于诗，与唐宋诸名家瓣香，尤在义山。”《传》中又载婉仙与闺秀席佩兰论诗之语：“诗之为道，以不著议论，自抒性情为工。顾言情必先练识，练识必先立志，摆落世事，抗心羲皇，濯魄咸池，晞发银潢，诗人之志也。”又曰：“少陵如大海回澜，鱼龙博戏，不敢学也；太白如朱霞天半，绝人梯接，亦不能学也。乃所愿则在玉溪耳。”鲍印《跋》曰：“婉仙之诗，骨清而思隽，戛戛乎不染脂粉之习，固以标举性灵，无能不新矣。”《秋露》曰：“老鹤半空语，夜深秋更清。泻荷圆有致，湿桂冷无声。凉气沾衣觉，微光映月生。不愁苔径滑，直是少人行。”清丽圆稳，巧于发端。《绿珠》曰：“七尺珊瑚锦帐开，季伦原自解怜才。坠楼肯向君前死，不是明珠买得来。”《柳》曰：“如眠如怨复如愁，一树风前态自柔。不是纤腰扶不起，羞与红杏出墙头。”神韵欲出。《自感》曰：“纸窗红日冻痕干，几折房栊透晓寒。身病方知名是累，家贫只觉事多难。菊花看过诗同瘦，愁味尝来酒样酸。手拂雕签先自感，微霜莫上鬓云端。”缠绵悱恻，动人心弦。《珠兰》曰：“不从湘水结芳邻，爱向纱橱伴美人。簪上云鬟珠一朵，始知空谷未全贫。”托意高婉。《落梅》曰：“影乱不可数，香来无处寻。古今同此怨，天地是何心。历历楼中笛，凄凄壁上琴。一场幽梦醒，落月更横参。”格高、调高、意高。《哭陆蕙香》曰：“去年送汝画楼前，不到楼中几一年。自入秋来形梦寐，每逢人至问餐眠。唾壶惊化红成玉，遗笔空余墨似烟。早识别时无后会，肯教归计竟翩然。”袁枚赞曰：“情真语至，一字一泪，若在唐时，必压倒元白。”《绝句》曰：“小梦和梅落，新诗托鸟寻。一阑春日满，红到画帘心。”鲜妍秀逸。婉仙词芬芳悱恻，鲍印《跋》曰“乃其词又有深者焉。微独会意巧而遣词妍，抑有以达其芬芳悱恻之怀”，有“南唐之遗韵也”。“词之工也如是，是能使无传于后耶？自古文之工者，大抵中有所抑而协之，音律尤足动人。今婉仙之词，绵丽中时有凄婉之致”，“婉仙近岁多病，往往以填词自排遣。”《采桑子·画兰》曰：“佳人空谷年三五，体也芬芳，影也芬芳。一点贞心却自藏。画中枝叶前身是，意也潇湘，梦也潇湘。独伴离骚九畹香。”语调高逸。《蝶恋花·寒夕与徐姬莲卿闲坐》曰：“纸阁梅花寒不冻。身坐花前，香在心头动。辟却炉熏无可用，几枝艳雪春人拥。语笑移时杯茗共。烛外霜钟，又把昏黄送。今夜余情应入梦，天高月瘦诗魂纵。”语意奇警。《鹊桥仙·闰六月七夕》曰：“虚窗掩雨，疏檠耿漏，此夕心情闲甚。偶然想起鹊桥仙，莫误向银湾痴等。缠绵针缕，玲珑钿合，岁岁年年管领。不须惆怅缓，佳期留下，佳期转胜。”痴情无限。

又，屈凝（1794—1816）字茝湘，江苏常熟人。屈竹田女，杨希镛妻。所撰《心闲阁小草》一卷，与屈敏《松风阁合稿》合刊，有道光十年刻本；有《虞山屈氏丛书》本。集中存诗二十八首，词三阕。《春日杂咏》曰：“姊妹花间姊妹禽，花开并蒂鸟同心。阿依自有红闺侣，共谱松风一曲琴。”

又，屈敏字梦蟾，屈凝妹，秀才陶尚贤聘妻。所著《松风阁诗》一卷，与屈凝《心闲阁小草》合刊，道光十年刻；《虞山屈氏丛书》本。存诗十二首。《合江亭》曰：“波纹如练雨如丝，鼓棹中流任所之。忽听画眉啼不住，合江亭畔卸帆时。”

《德风亭初集》十三卷　　民国三年蒋氏慎修书屋《金陵丛书》本

王贞仪　撰

王贞仪（1769—1797），字德卿，自号江宁女史，原籍安徽天长，年幼时随祖父迁居到金陵。王锡琛长女。幼习内训，父教之诵读，并学为诗古文章，以故女红之暇，辄肄及呫哔。年十二，随父远游胜地名境，所阅历间，遇宇内才媛闺秀，朝千诗暮百艺，一时投赠答和，诸篇什且盈囊箧。后又随父出塞省视吉林，学射于蒙古阿将军之夫人，发必中的，跨马如飞，兼精壬遁星象，最嗜算书，夜观天星，言晴雨丰歉辄验，且知医。诗文皆质实说理，不为藻采，于浮屠辟之甚力。年二十五适宣城詹枚，虽日与夫子相唱和，然分职中馈，遂半废笔墨。年三十病卒。朱述之《德风亭初集跋》曰：“自古才女如谢道蕴、左芬之属，能为诗矣，未闻其文章也。”钱仪吉《术算简存序》曰：“班惠姬后，一人而已。”金孝维《读德风亭集》曰：“宏才茂学兼多艺，闺阁应传绝代名。若使斯人今尚在，不辞苍鬓拜先生。”蒋国榜《跋》曰：“德卿于书，无所不窥，工诗古文辞，尤精天算，贯通中西。自古才女谢道韫、左芬之属，能诗矣，未闻能文章也；曹大家续《汉史》矣，宋宣文传《周官》矣，未闻其通天算也；德卿以一人兼之，可不谓彤管之杓魁，青闺之收弁乎！”所著《德风亭初集》十三卷，有民国三年蒋氏慎修书屋排印《金陵丛书》本。

此本前有王贞仪《自序》《小传》，卷后有朱述之、蒋国榜二《跋》。贞仪自言婚后“分职中馈，遂半废笔墨，夫子往往代惜之，嘱仪自集从前及今所作，而又不克如志。去春，值夏子乐山自浙中回宣，暇日乃学诗于仪，每请仪诗及文稿，欲缮写为完帙，意诚而未可以谢。因同夫子理奁具中杂稿，既删且焚，得少可存者，十之二三。大抵多未经绳墨，难中体裁，上不知取法于古，下不知求肖于今，非矧以自高，盖禀质既鲁，不屑拘拘以工拙相计耳”。朱述之《跋》曰：“其卒也，以书托于吴江蒯氏之侄。”蒋国榜详述之曰：“无子，所著托之吴江蒯氏，以与嘉兴钱箨石（仪吉）侍御，侍御以归朱述之先生，是本则铁梅丈钞之朱氏也。”卷一收录《序》十一篇：《谦斋印集序》《读史偶序》《葬经辟异序》《韵学正讹序》《周夫人诗集序》《陈宛玉女史吟香楼诗集序》《刘药畦夫人遗诗序》《送兰畹女史随宦粤东序》《送白夫人归大兴序》《象数窥余自序》《筹算易知自序》《历算简存自序》。卷二收录《传》五篇：《姚母张太夫人传》《孙节妇传》《两贞女传》《昌邑两义士传》《韩园公传》。卷三收录《记》九篇：《岱岳游记》《重修鳌峰关庙碑记》《舫寄记》《听月亭记》《虚室记》《薇花记》《裕圃记》《江上草堂记》《刘氏义猫记》。卷四收录《书》十七篇：《上卜太夫人书》《寄周夫人》《答许燕珍夫人》《答白夫人》《与刘季容妹》《答陈宛玉姨》《答表伯某》《答胡慎容夫人》《七夕答周夫人》《上徐静雍夫人书》《与刘宗伯夫人章书》《答青岩先生》《答方夫人第一书》《再答方夫人书》《奉家父书》《答大姊书》《与夏生乐山论诗书》。卷五收录《辨》四篇：《就差日至辨疑》《盈缩高卑辨》《经星辨》《黄赤二道辨》。卷六收录《论》六篇：《地圆论》《地球比九重天论》《岁轮定于地心论》《日月五星随天左旋转论一》《日月五星随天左旋转论二》《日月五星随天左旋转论三》。卷七收录《解》二篇：《勾股三角解》《月食解》。卷八收录《书后》三篇、《跋》二篇、《文》二篇、《铭》一篇：《敬书先大父惺斋公读书记事后》《书虎口余生录后》《敬书家大人医方验钞后》《许飞云女史读诗私笺跋》《幻情缘传奇跋》《祭诰封淑人陈母卜太夫人文》《二妹祖奠文》《题外紫云研铭》。卷九收录《赋》七篇：《浙江潮赋》《怨晓月赋》《春柳赋》《吉林春感赋》《秦淮五日竞渡赋》《七夕赋》《秋鞠赋》。卷十收录诗一百二十五首；卷十一收录诗九十七首；卷十二首收录诗四十一首。卷十三收录词四十二阕。诗皆有章法，近体佳句亦多可采。《吉林途中作》曰：“风雨客思家，征途感岁华。青山连木叶，黑水涨松花。古渡冰犹结，长川日易斜。故乡回首处，相望各天涯。”“辽海逢春暮，东风换物华。小舟迷渡阔，远树映山斜。尚有漫天雪，而无过眼花。韶光等闲掷，乡梦竟靡涯。”《清口驿》曰：“小驿贫官无马骑，徒步来稽行客赀，讵知客比官贫甚，画卷诗囊任检携。”《德州道中观伎走马》曰：“骏马难为力，佳人不胜情。龙驹夸异种，燕女斗身轻。乍看攀绳上，旋疑逐电行。争驰刚欲堕，卖险故留惊。体弱愁翀举，鞭移虑下轻。汗沾双鬓湿，风入四蹄平。拨叱形何迅，翻腾解莫名。忽然飞立地，含笑倚银镫。”《过庾岭见早梅数枝偶成一绝》曰：“不知花到何时盛，已觉香从天外来。身在梅花香国里，沁脾真已绝氛埃。”《舟行过庐山不得泊游怅然赋此》曰：“匡庐名胜天下无，珠宫贝阙凌高区。银河倒向九天落，千丈瀑布飞香炉。平生有志不得遂，卧游往往空踯躅。今年买棹值于役，中流隐见浮金芙。咫尺欣看石梁在，相从直欲随云徂。登临穷眺陟高旷，山椒历览轻双凫。水帘之岩任探异，铁船之岫还追趋。讵知山灵不我遇，篷窗络日嗟模糊。石犹劝驾鼓长柁，孟婆促客催轻蒲。十幅驱扬过飞羽，迅遄猎猎如奔驹。江流激湍不可住，徒令怅望无良图。吁嗟乎登舟难得值风便，每每阻间留江湖。今觉乘风反怏悒，使我游兴终迴纡。何曾面目得真见，风景遂尔输樵渔。面目不在此山内，东坡之论无乃迂。缅怀意尽倏已远，临流三叹思攀逾。庐乎庐乎默相祝，回舟他日游嵚岖。”《过鄱阳湖》曰：“一棹历风波，潮声吼怒鼍。远涯人迹少，晚日盗船多。云锁高帆断，天粘野树罗。客途惊未已，空阔奈愁何。”《石钟山阻风不得上游》曰：“舟行四月未踏地，客心览胜殊不同。奇山每每倏经眼，石尤转叹何昏懵。推篷终日但兀坐，忧来百端还相攻。偶尔一吟遣烦闷，细声真似号寒虫。前此泝流九江楫，欣然望见庐山容。虽已过眼睹真面，峰岚未陟心难穷。花宫五百付想象，何曾一一凌崆峒。后来乘风渡京口，又随疟病侵身侗。金焦在目不可上，但看突兀撑晴峰。生平恨事此其二，至今耿耿常留衷。朅来一棹过彭蠡，五更起碇安樯栊。飕飕饱送片帆去，身忽已向湖口东。遥望石钟数余里，今朝快拟相追从。急呼榜人落蒲叶，好觅小艇循山踪。岂意湖飙忽狂发，退飞十里如鹢翀。船头有缆不得系，打头掠尾吹颠风。瞬时风烈转前促，片刻已远青芙蓉。是时五月正喧热，炎威顿觉皆飘空。雨师助力亦狡狯，雷声电影腾蛟龙。大点飒飒下如霰，跳如打浪看横纵。窾坎镗鞳大响作，噌吰澎湃相迴冲。江豚逆波拱鬐鬣，众人失诧看篙工。苍鹰钩脱马羁溜，回旋湖面难为功。逝波力劲不可竞，有如猛箭初离弓。震涛万叠巨鲸吼，峭壁千尺洪钟汹。悔不豫事买缳瓠，或可缚膊存微躬。相顾共笑比鹣鲽，何为狼狈同飞蓬。一息不知几百里，轻舟掀簸浮惊鸿。向午偶遇浅沙阁，恍惚生气方回融。拭舱理柁整乱篷，抵涯立柱支危篷。舟子仰面指天末，十丈烂漫垂长虹。转顾湖口杳莫辨，石钟山影皆迷濛。吁嗟乎，山灵与我似相忌，兹游又使行匆匆。他时再买过湖棹，驱箕真欲笺天公。"《咏怀》曰："老柏历后凋，寒竹翠晚坞。卓卓幽兰花，凡卉不敢伍。读书贵适用，浮词亦何补。盘根实成才，固穷乃玉女。睠言守诚意，逊志知所取。奉身如奉璧，畏名如畏虎。展卷对圣贤，为徒尚与古。"其诗劲洁苍老，无闺阁气。王贞仪《答胡慎容夫人》一文论说己之诗学观："《三百篇》无非皆本来面目……魏晋而下为缘情之作，专事绮艳，出于儿女之私，大远乎不淫不乱之遗……唐以来诗称极盛，然自数十家而外，工于赋景者多，深于言志者卒少…迄于时下，言诗者多漫无所志，惟专用攻苦之心于酬酢往来。中或有吾辈巾帼能工翰墨者，又喜斗竞于香奁浮艳……有赋而无比，有颂而失风雅。"

又，王贞仪著作存目颇多，据《小传》载，另有《星象图释》二卷、《筹算易知》一卷、《重订筹算正讹》一卷、《西洋筹算增删》一卷、《女蒙拾诵》一卷、《沈疴呓语》一卷、《象数窥余》四卷、《文选诗赋参评》十卷、《绣余笺》十卷、《德风亭集》十八卷等著述。今只传《德风亭初集》十三卷，梁乙真《清代妇女文学史》赞曰："以一弱女子，而著述之夥若此，在清代妇女中，当首屈一指矣。"

《写韵楼诗集》五卷　　光绪二十二年乌程庞氏刻本

吴琼仙　撰

吴琼仙（1768—1803），字子佩，又字珊珊，吴江人。幼有玉德，长多瑶情。世俗女子剪彩缕结，文绣之事，铅黛之饰，琼仙罔不能，罔不工，而一不以屑意，独好为诗，精思眇虑，本于性。年二十，归翰林院待诏徐达源山民。性婉淑，能得翁姑欢。翁卒，哭泣尽礼，所以事两姑者益谨。徐君耽读书，不甚问家人生产，凡会计出入者，皆琼仙主之，规划井井。暇辄助徐君校书，或分韵，至漏三下乃息。夫妻恩爱，惟京师半年相别，琼仙日弹琴赋诗，焚香读画，此半年中，从邮筒寄诗，前后至二十余首，伉俪之情笃厚。所居黎里，俗尚华奢，以财货相高，山民独好雅游，多长者交，四方知名士能为文章者，必招致之。夫人饬中厨，具丰膳，猛烛或继，柔翰斯染，一笺传至，四座色然。袁枚自吴中过访，见琼仙诗，击节称叹，以为徐淑之才，在秦嘉之上。山民益自喜获师友之助，偕游太平山，题诗绝壁，见者以为神仙。薜萝之志，静好之乐，虽有尊官厚禄，知无足以易此者。琼仙体弱善病，又叠遭父母忧，益哀毁骨立，忽患痢疾不止，竟以是疾卒，年甫三十六。生平事迹见洪亮吉《徐君妻吴安人墓志铭》、郭麐《吴珊珊夫人小传》、徐达源《安人珊珊行状》。所著《写韵楼诗集》五卷，有光绪二十二年（1896）乌程庞氏刻本。

此集前有吴锡麒《序》、郭麐《小传》、洪亮吉《墓志铭》、彭兆荪《诔》，以及吴江汪玉轸、山阴范玉、钱塘许琼思、元和高篃等闺秀题挽，徐达源撰《行状》。卷一录古今体诗五十六首；卷二录古今体诗六十首；卷三录古今体诗四十九首；卷四录古今体诗五十八首；卷五录古今体诗九十二首，附词五阕：《梧桐影·迟外子不至》《南乡子·题廖织云女士画》《菩萨蛮》《唐多令·题竹荫美人画扇》《清平乐·题冯月夜听箫图》。卷末附男晋镕《先母写韵楼遗集刻竣感赋》："吾诗母所授，少小解六义。当母见背时，吾年仅十二。遗诗五卷余，先后自编次。吾父不忍睹，扃钥付芸笥。副本弟手抄，一字一掩涕。弟殁已七年，地下倘欢侍。吾读吾母诗，开卷辄酸鼻。非徒恋春晖，鸰原起悲思。"又顺次录袁棠、郭麐、朱春生、魏标、丘岡、彭兆荪、赵翼、洪亮吉、郭凤、顾昀、叶树枚、严炳、潘眉、徐云路、乐钧、唐仲冕、李福、邱璋、袁棠、张若采、郭麐、郭凤、郑镄、冯珍、孙原湘、黄安涛、张彭年、宋葆淳、张若采、许蔚、郭麐、郑镄、陶樑、彭兆荪、顾元熙、黄若济、郭麐、陈佐猷、殷寿彭、孙晋灏、赵筠、贾荣怀、朱绶、沈亮、蒋如洛等人题词，及乌程庞元澄、闺秀何明生二《跋》。朱春生说琼仙："越尾吴头一角天，词坛某某说诸贤。而今方信陈惊座，只拜高楼写韵仙。"吴锡麒说琼仙诗："清音迭更，胜趣弥远。"庞元澄《跋》曰："绮丽工妍，一尚晚唐风格。笔花一飞，与瓶兰并馥，美人香草之思，夫人已占尽之矣。惜诗旨略失敦厚，即可见其未能永年，此洪君所以谓女子不可有才也。读集中金纤纤病中题写韵楼诗有'才多漫说千秋易，吟苦方知一字难'，亦非世俗之所能。"琼仙在当时声名远播，卷末庞元澄夫人闺秀何明生《跋》曰："明生幼随诸弟入家塾，塾师课以四子书及《孝经》《内则》诸篇，韵语未及之也。而心窃好之。每以不得与古之才女若苏氏若兰、谢氏道韫辈同时，得亲炙其言论丰采以为憾。及长随母氏学女红，遂并向之所习四子等书，亦复摒弃。迨归始平，操习妇事，益不敢以吟咏事质夫子，日者偶于夫子案头得《写韵楼诗集》，携归读之，不甚解，偶以为可解而益触昔之所好。噫，我不知古才女之诗其流传于今者何若？独怪珊珊夫人亦一女子耳，而得当世之文人学士推重如此，何其幸也。明生不敏，愿私淑之。夫子其许我否？今夫子将遗集印行，爰缀数语于后，以志向往。"《新月》曰："寂寂昏黄深院秋，花扶月影上帘钩。怜伊未识团圞意，先画眉梢一段愁。"《思亲》曰："东风恻恻水罗罗，渡梦无舟怨绿波。春去偶来湖上望，落花不似别愁多。"《晚眺》曰："炊烟一片起前村，几只渔船傍岸根，昨夜平添三尺水。今朝撑不进桥门。"一片诗情画意。《病起寄呈随园先生》曰："山塘揽胜记吾曾，五十三参拾级登。想见满山红叶里，白头人上最高层。"《自君之出矣》曰："自君之出矣，不复对菱花。相思似春草，一路到天涯。"《寄外子山民》曰："只隔一湖水，连宵渡梦难。因怜花骨瘦，转忆蝶衣单。寂寂春无那，恹恹病有端。侍儿不解事，来报紫薇残。"《夏夜寄外子》曰："高楼竹树夜阴阴，十里相思几许深。露重不知蝉鬓湿，星明渐觉月华沉。风来莺脰无波起，人住梨花有梦寻。屈指归期浑未卜，先裁侧理寄新吟。"《对月次外子韵》曰："杨柳毵毵拂画檐，中间容得玉纤纤。薄寒如此春三月，残夜分明水一帘。肩并相怜人影瘦，花明始觉露痕添。怪他婢子催眠数，特地还将险韵拈。”《秋夜寄怀外子郡城》曰：“倚栏倦更绕回廊，绣榻寒熏豆蔻香。小院深秋虫语乱，空阶月落叶痕凉。闲情难讳憎鹦鹉，薄病无端负海棠。百里迢迢太湖水，误人晓梦去来忙。”

又，吴琼仙《写韵楼诗》另有石刻本。卷末附录唐仲冕《石刻写韵楼诗跋》曰：“写韵楼诗，徐山民待诏室人所作也。题咏相庄，幽芳自赏，即竹外一枝，知为罗浮仙品，宜其早返瑶台矣。待诏友人陆鹤臞勒石以传，余为之跋。”郭麐《跋》曰：“右珊珊夫人诗三十三首，为平望陆君鹤臞所书并为刻石置樱桃湖之平波台，其风雅好事如此。余闻陆君学道有得，岂屑屑语言文字间，然其书固已倏然笔墨畦径之外，足以写玉台瑶室之词，非五云阁吏所可比伦矣。珊珊仙逝，为哀诔碑序者，凡数十家，而陆君为最后供养，永之贞石，尤可尚也。”

《瘦吟楼诗稿》四卷　　嘉庆间刻本

金逸　撰

金逸（1769—1794），字纤纤，长洲人。生而明慧端丽，读书能辨四声，一过辄了了上口，能举大义，诸兄弟或不及。及长，喜为韵语，缀五七字，皆有远致。诗囊砚匣，罗列玉台绣床间，唾绒脂盏，杂以丹墨，耽吟嗜学，出于天性，识者知为班昭、左芬之亚。性嗜茶，喜自煎，每贮清泉水瓷瓮中，以石瓢洒至千数，曰水润下，非此则轻清之气不升。尤善弈，女兄某亦工此，两人相对，可竟日不终一局，曾手批《弈理指归》一书，五色笔作蚕头书，四边皆满。年甫及笄，归同里陈生竹士，结缡之夕，新妇烟视媚行，一小婢手研红笺，出索郎诗催妆，竹士适适然惊，幸素所习。即赋诗十章索和，从此琴鸣瑟应，奁具旁烟墨分铺，不数日闺房变为学舍。月生花落，香暖茶温，鼓宫宫应，鼓商商应，酬唱日多，而竹士诗学亦日进。纤纤事尊章谨，不以文翰自矜。吴门故多闺秀，纤纤与沈散花、王玉轸、江碧珠数人尤友善，一日邂逅虎丘剑池石上，纵谈《越绝书》《吴越春秋》，吊紫玉埋香之迹，雪西子泛舟之诬，缅缅千言，见者咸心骇目瞠，疑真灵会集。得袁枚集，伏而诵之，尽四昼夜毕，寄书谆谆乞为弟子。袁枚弟子中，瓣香随园，称都讲者二十余人，无出纤纤右者。顾体弱善病，忽抱不永年之戚，一夕病中恍惚至一园亭画栏，修竹隐隐，闻咏诗声，寤而得诗三首。翌日竹士自吴江买药归，言昨夕同人为扶乩之戏，有称女仙胡桂娥者赠三诗，出示之，与纤纤所作韵悉同。纤纤有诗记载此事。先时与竹士婚未匝月，尝同梦至一处，浪花无际，楼台隐烟，仿佛有人告知此为秋水渡，二人因联句。醒后纤纤只忆“秋水楼台碧近天”七字，各心异之。岁甲寅，纤纤病母家，竹士日往视疾。一日竹士方就山长试，适病小间，属是日弗往，及试毕则纤纤已归。询之曰：侬殆不起矣。昨夜梦女伴数人，邀登一舟，若有所待。曰：九日解缆也。问所往，曰：秋水渡。梦兆若此，侬殆不起矣。阅十二日而卒。所著《瘦吟楼诗稿》四卷，有嘉庆间刊本；又有与王倩《问花楼诗钞》合刻本。

此本为嘉庆间单行本，前有杨芳灿《序》、李元垲《跋》、陈文述《小传》、王文治《序》、袁枚《墓志铭》。集中录诗二百七十六首。李元垲《跋》曰：“缠绵悱恻，温厚和平，寒潭古月不足为其清也，晨霞暮云不足为其超也，嚼蕊吹花不足为其韵也，歌离弔梦不足为其凄也，鸿衣羽裳不足为其空灵幽渺也。”“女兄纫兰读而爱之，惧其散佚，因与陈雪兰、杨蕊渊两女士校订，寿诸枣梨。”《吴门诗话》曰：“纤纤诗空灵幽淡，美不胜收，不止世所传诵‘夜凉弹醒水仙花，蝴蝶逢秋瘦一分’数语也。豪宕如‘愁来天地容身窄，秋老湖山放眼空’；沉着如‘家近不归知梦远，花寒未放识秋迟’；温雅如‘瘦到梅花须有骨，倚来修竹更无人’；清峭如‘树头残月白堕水，湖上晓山青入船’，皆有凌云之气。”此外，集中与竹士唱和诗甚多。如《寒夜待竹士不归，读红楼梦传奇有作》云：“轻阴酿雪逼人寒，宛转香消玛瑙盘。待尔未来抛梦起，遣愁无计借书看。情惟一往深如许，魂不胜销死也拚。弹尽泪珠犹道少，细思与我甚相干！”纤纤论诗于唐宋名家靡不宣究，尤酷嗜袁枚诗。袁枚《随园诗话补遗》曰：“金纤纤女士诗才既佳，而神解尤超。或问曰：‘当今诗人推两大家，袁、蒋并称，何以袁诗远至海外，近至闺门，俱喜读之，而读蒋诗者寥寥?’纤纤答：‘乐有八音，金、石、丝、竹、匏、土、革、木。人爱听金、石、丝、竹，而不甚喜听匏、土、革、木。子试操此意，以读两家之诗，则任沈之是非，即邢魏之优劣矣。’人以为知言。纤纤又语其郎君竹士云：‘圣人曰：“诗三百，一言以蔽之，曰思无邪。”余读袁公诗，取《左传》三字以蔽之，曰：“必以情。”’”《和竹士晓游邓尉作》曰：“一声笛破晴空烟，欲明不明五更天。树头残月白堕水，湖上晓山青入船。风梵飘香落云外，波光拥棹来门前。四围皆雪失天地，徜徉绝顶疑游仙。”《和竹士横塘归途之作》曰：“落落晴宵眼界空，横塘西去石湖东。酒寻十月梅花外，人在双堤枫叶中。远水分烟秋气白，乱山出树夕阳红。何当卜筑溪南北，淳朴依然太古风。”《灵岩秋望》曰：“终古苏台霸业雄，乱峰压树抱吴宫。愁来天地容身窄，秋老湖山放眼空。野水鸭头疏雨绿，晚村鸦背夕阳红。不须此日悲禾黍，人在昇平图画中。”《得月泉母舅书奉寄》曰：“一雁背南征，犹闻滞驿程。晓寒欺树色，秋梦咽江声。落叶吴门酒，西风官渡城。家书知已达，应动望乡情。”《西湖竹枝词》曰：“湖山如此信无愁，檀板金樽旧酒楼。杨柳六桥风廿四，飞花不上别离舟。”《酬朱铁门茂才见赠之作》曰：“春兰秋菊费平量，手录教君著意忙。只有性灵无格律，任他人笑十分狂。”“已分菲材老散樗，药铛花谱意如如。人间哪有痴于我，病到无聊转读书。”《得郭君频伽赠诗并读近作一册赋此答之》曰：“谁吹兰气画秋烟，得此风流骨亦仙。世上有情春似梦，病来无睡夜如年。活依经卷愁难忏，修到梅花瘦可怜。我惭谢家吟絮格，漫劳刻烛擘蛮笺。”《寄怀汪宜秋》曰：“佳人远住碧云端，总隔相逢不隔欢。昨夜狂歌今夜病，三分秋思二分寒。空教仙慕双吟福，岂有诗成百炼丹。望到垂虹桥畔月，玉钗敲折倚阑干。”其二曰：“落叶生空响，西风著意吹。三分新酒病，一卷故人诗。晓梦残灯觉，秋怀老树知。吴淞卅里水，流不尽相思。”《闺中杂咏》曰：“当楼杨柳拂檐斜，涴雨梳风绿放芽。草草春归人不惜，流莺衔住半残花。”“西风瘦柳柳无绵，病累愁磨负少年。输与伶俜小蝴蝶，一庭凉露报花眠。”《牛坳吹笛》曰：“无端杨柳折东风，牛背安眠忆牧童。凉散松阴溪上晚，两三声笛夕阳中。”

又，王倩字雅三，一字梅卿，山阴人。昊县陈基妻。所著《问花楼诗钞》一卷，《洞箫楼词钞》一卷，有嘉庆十五年与金逸《瘦吟楼诗稿》合刻本。

《五真阁吟稿》一卷　　光绪四年刻《崇百药斋文集》附录本

钱惠尊　撰

钱惠尊（1769—1846），字诜宜，阳湖人。惠尊早丧母，既嫁陆继辂为妻，事姑谨。姑怜之，时时节其动止之劳佚，衣被之寒燠，饮食之过不及而均之。是欣欣然始知其膝下之为乐。陆继辂以负米出游，每岁暮一归省，发春数日，又治装行。柳丝帆影，黯然神伤，或霜重月寒，虫声一庭，孤影徘徊，讽咏间作。次女采胜、三女兑贞皆擅书能诗。继辂有“花貌应披一品衣”之句，其风致可想而知。所著《五真阁吟稿》一卷，有道光四年合肥学舍刊本；光绪四年（1878）《崇百药斋文集》本。

此集为光绪刊本，前有陆继辂《序》曰：“嘉庆丙子秋冬间，余杜门养疴，无所事事，始自删定其诗，既竟，复取诜宜之诗去三分之二，命兑贞重录一帙，题曰《五真阁吟稿》。”集中录诗九十二首。陆氏一生奔走衣食，自言自母去世后，惠尊“动止之劳佚，衣被之寒燠，饮食之过不及，益无有能念之者。又屡丧其子若女，其忧愁幽思有较甚于八年之前者，后此之所作，将益多而不可禁”，故而所为诗多悽惋哀伤之感。《不寐》曰：“偏是新凉梦不成，虫声铃语总关情。怪他多事梧桐叶，一片飘来百感生。”《即事口占》曰：“樨香三面护幽斋，如此秋光亦复佳。难得琐窗人共倚，不辞沽酒拔金钗。”惠尊亦有识见，如《平原君传书后》曰：“公等碌碌皆因人，平原枉有三千宾。囊大曾无一锥贮，见遂不识来何许？邯郸城门昼不开，此时局促真驽骀。不闻公子画奇策，乃至以姊要人哉！吁嗟乎，美人一笑何大罪？特借卿头为士贿。矫情待士士不取，有客飘然向东海。”

《澹宜书屋诗草》二卷　道光二十七年刻本

高凤楼　撰

高凤楼（？—1847），字五云，晚自号澹宜老人，仁和人。高崇文次女，胡敬妻。凤楼于世事无所嗜，独嗜书，诸子百家，率皆成诵。独好内典及宋儒《西铭》《通书》，骈四俪六晕金裁碧之文，概摒勿寓目。好诗则不求人知，惟与姊友兰女史及其从子妇畹香女史相与唱和。与胡敬婚后，则与子妇辈推敲字句，赏奇析疑，或以图帧索诗，概勿应，曰："诗以写意，岂以沽名。"所著《澹宜书屋诗草》二卷，有道光二十七年（1847）刻本。

此本前有同里女史黄履《序》、金舜仪题词；卷末高学元《跋》曰："姑母诗不事刻厉，一以温厚为宗，而出之以清丽。"黄履《序》曰："其为诗也，未尝刻意为工，即景流连，与为委蛇，疏瀹性灵，纯真而无饰。读其咏史诸作，则器识之渊深可知；读其感逝之作，则骨肉之情挚可知；读其病中诸作，则其胸襟之旷达可知。"集中录诗三百十七首。《古意》曰："古有旷达者，不喜亦不怒。啸傲云水间，苦乐凭天付。善恶两无干，彭亨了无趣。""黄鹤鸣九皋，其声震千里。黄鸟啼春枝，浓艳催桃李。络纬闹清秋，凄咽秋风里。万物尽通灵，亦各知悲喜。钳口独无辞，何其不如彼。我本性疏慵，巴渝不辞俚。"《冻雨》曰："冻雨新收嫩日来，偶然庭畔小徘徊。欲寻春信不知处，一朵寒梅花半开。"《北窗玩月》曰："万籁静无声，二十五更永。不许对嫦娥，只许看花影。"《古欢书屋咏秋海棠》曰："浑如倩女南楼梦，恰似明妃北塞魂。数尽秋花最哀艳，淡烟斜月伴黄昏。"《卧吟》曰："卧吟消遣病形骸，帘幕东风细雨来。燕子未归春寂寂，绮窗惟见玉梅开。"《五月二十日大风雨作》曰："天上浮云似苍狗，须臾电起金蛇走。惊慌稚子急牵衣，邂逅行人各回首。洒遍园林树树斜，吹将茅屋声声吼。绳床漏痕又沾湿，蓬蒿古墙怕衰朽。但教浃日兆和甘，莫使兼旬浸田亩。也知旱潦总天工，赏雨聊倾一尊酒。"《霜风》曰："渐渐透重帏，处处凋芳草。萧萧落叶中，暗暗催人老。"《独坐》曰："闲窗吟咏自推敲，灯下裁笺兴独豪。坐久漏深风似剪，一痕新月上梅梢。"《丹徒道中作》曰：

"半轮月色照江波，一片渔歌唱晚多。此去高堂虚定省，白云天边奈愁何。"《山东道中》曰："落落晨星催夙驾，萧萧车马动行旌。思乡每恨无南信，到耳频闻有北声。万叠云山愁里过，百年惆怅梦中生。风霜匝月辞梳洗，犹是迢迢隔凤城。"《病起登树朴堂北楼》曰："禁寒怯风久不出，萦愁萦病消清骨。不曾携酒赏梅花，年年孤负春庭月。"《自遣》曰："黄金不足贵，白日良为宝。举世少人知，浮生常草草。"《病起》曰："读史稍知千古事，看花消得几分愁。平生万事惭疏懒，略识之无已白头。"《忆母》曰："高阁无人赏，闲庭遍落花。子规声莫唤，有客正思家。""江水千里远，双鱼芳信缓。思亲日已深，泪向南云满。"《病中示儿辈》曰："富贵繁华梦久疏，爱于寂静用工夫。从今检点生平事，可有欺心在世无。"《病中寄琳儿兼示琨琮》曰："勿为习俗累，勿使谀言亲。手足能相爱，何妨菽水贫。""立志须坚定，齐家贵善持。闺房当勉励，甘苦各相知。"《题纺灯课读图》曰："北风凛凛天雨雪，贫闺有人灯下织。茅屋书生夜读书，十年宰相无人知。"集中咏史诗亦多，《咏史二十首》之一曰："一篇青史最分明，得失贤愚总不平。灯炧酒阑浑寂寞，美人名将莫长生。"《昭君怨》曰："浮云蔽白日，不得近天容。断肠辞故里，伤心出汉宫。蛾眉遭众妒，雁碛去和戎。琵琶杂胡语，胭脂凋朔风。却登金城上，回望玉关重。漠漠沙草白，依依边柳红。生还妾念绝，魂归君倘逢。凄凉关塞月，如听未央钟。"《过阖闾城》曰："阖闾城外记行踪，文物山川入望中。莫向苏台询往事，野花荒草遍吴宫。"《题吴蘋香女史饮酒读骚图》曰："一卷离骚伴酒边，扫眉才子最堪怜。开卷细认黄崇嘏，合是豪门作婿年。"

又，凤楼姊凤阁（？—1844）字佩文，号友兰，高崇文长女，叶文谦室。所著《一琴一鹤轩诗草》，有道光间刻本。

《小秋兰馆诗草》一卷　　道光十年经畬堂刻本

储廷英　撰

储廷英（？—1828），字松友，宜兴人。储润书三女，长洲韩霞轩妻。幼时针黹之余，即事吟咏，父亟赏之。长而弥笃。姊妹四人皆工诗，集中有《暮春留别竹轩芷香两姊暨韵轩妹》。及笄，适长洲韩霞轩，母韩孺人之侄。在室尽女道，于归尽妇道，暇则拈毫遣兴，虽不刻意求工，自得风人之趣。年逾五十，因母病逝，心内长戚戚，如不欲生。戊子之冬得疾不起，遽尔逝世。所著《小秋兰馆诗草》一卷，附于其父润书《秋阑馆烬余剩稿》后，有道光十年（1830）刻本；有《小秋兰馆诗草》一卷，稿本。

此集为道光间刻本，前有储宪良《序》，卷末有侄恩熙《跋》。宪良《序》曰："因从弟刊叔祖遗稿，伤姑母之力于诗而弗获永其年，思附此以传之也，余为择其醇雅者得四十篇授梓人。"恩熙《跋》曰："临殁尤惓惓大父剩稿，以不获见付梓为恨。于此知姑母之志有在也。今恩熙索遗诗于中表，属从兄丽江选定若干首，质诸尊辈，佥曰可。因为略述梗概，侧于先大父稿末焉。"集中录诗四十首。多时与父兄姊妹唱和之作，如《画溪春泛图家大人命题》、《冬日同竹轩伯姊游平山堂口占》、《送竹轩姊归武林》、《初春偶成兼怀竹轩伯姊芷香仲姊》、《寄芷香姊》、《社日用唐人张寅韵》、《送云溪弟之吴应试》、《仲春月夜怀竹轩芷香两姊暨韵仙季妹》、《惜别》、《秋雨晚霁》、《得韵仙妹书》、《秋郊晚眺》、《原田闲步》、《登望海楼》、《霞轩夫子馆泰兴信至即以待柬》二首、《送霞轩夫子入都》、《哭重儿》三首、《庚辰仲夏归宁邗上过扬子江》、《题小青抱病图》、《将归姑苏》、《过京口共芷香姊艾衲亭夜话》、《题友林嫂氏顾涵蟾遗册》、《题云溪弟登岱图》、《为星如甥女作梨花雪燕图并题》、《晨帘刺绣》、《后园小摘》、《春草》、《新柳》、《花间饮酒》、《新月窥帘》、《访菊》、《春阴感怀和丽江侄原韵》、《暮春留别竹轩芷香两姊暨韵轩妹》、《仲秋得韵轩妹书知有汉上之行感寄二律》、《子嘉侄至喜赋》、《饮子嘉侄》等。《后园小摘》曰："诸般风味出家园，春到篱边绿正繁。嫩叶一筐和雨摘，胜他晏客割鸡豚。"清新自然。《霞轩夫子馆泰兴信至即以待柬》曰："更将家事为君安，亲健如常境少宽。嫂已归宁三月近，儿才课理四书完。粉垣倾圮时将葺，菊种分栽刻未闲。莫为居贫忧内顾，犹余败絮护春云。"情意真挚感人。《登望海楼》

曰："一片桑麻地，临虚只此楼。树高堪避暑，山静早生秋。莽莽瞻沧海，迢迢俯碧流。芜城深不见，古渡有渔舟。"颇有气韵。

《红香馆诗草》一卷　附诗余　民国十七年武进陶氏涉园石印本

恽珠　撰

恽珠（1771—1833），字星联，又字珍浦，晚号蓉湖道人、蓉湖散人、昆陵女史，阳湖人。父毓秀，由方略馆议叙任直隶肥乡县典史，母庄氏，累赠淑人。恽珠将生时，祖母唐氏梦老妪授以大珠，有异光，遂以命名，长乃字以星联，别字珍浦。珠少时梦至海中一孤屿，上有莲花，遇人告以前身为红香岛妙莲大士侍者，掌司秘籍，偶谪人世，又尝自绘《红岛护书图》，且以"红香"名馆，晚年自号蓉湖道人，盖一生定慧由夙授。幼时读四子书、《孝经》《毛诗》《尔雅》；稍长，父授以诗学，画学受之于宗老恽宅仁与族姑恽冰，故恽珠作画深得瓯香馆笔意。年十八归完颜廷璐。廷璐诗词皆清婉可诵。生子三人：麟庆、麟昌、麟书。子麟庆官兵部侍郎都察院右副都御使，总督江南河道，提督军务，恽珠以子麟庆晋封为一品太夫人。蔡之定《墓表铭》曰："余闻于恽氏长老言太夫人志行高洁，幼读《辽史》，慕太师适鲁之妹耶律常哥之为人，思读书论道终其身。"恽珠编《国朝闺秀正始集》，以传闺秀文名于天下。所著《红香馆诗草》一卷，附诗余，有嘉庆十九年刻本；同治五年重印本；民国十七年武进涉园石印本。

此为武进涉园石印本，卷前有蔡之定、林培厚、高鄂三《序》，后有崇硕、郑汝楫二《跋》。集中录诗七十七首，其中有八首为步太夫人韵诗。廷璐母索绰罗太夫人曾器重珠才且贤，甚见亲爱，一日以锦鸡诗试之，恽珠援笔立就："闲对清波照彩衣，遍身金锦世应稀。一朝脱却樊笼去，好向朝阳学凤飞。"蔡之定《序》曰："爽气逼人，《玉兰》《菊》等篇，字里流珠，行间散馥，一洗脂粉气之习，小令弥复清绮。"林培厚《序》曰："逸思雕华，无双无对。”郑汝楫《跋》曰：“气清词华，志和音雅。”高鄂《序》曰：“事亲以孝，教子有方。贞静幽娴，无惭四德，至善画工诗，乃其余事也。”“集中如《除夜》诸作，孝思肫挚；《示儿》一律，议论深纯；其他即景抒情，征题赋物，丽而能清，华而不缛。”《玉簪花》曰：“金风披拂态偏柔，雪貌冰肌耐九秋。折得一枝云鬓插，几回疑是玉搔头。”《种菊次外韵》曰：“主人幽兴学陶潜，植向东篱露未干。花事一年从此尽，等闲莫作众芳看。”《乙亥春三月牡丹花放时夫子扃闱校士爰题四绝》其四曰：“日来轻暖又轻寒，为爱春光倚画栏。寄语雅人须护惜，此花莫作等闲看。”《除夕作》曰：“爆竹频频响，思亲意转深。一年将尽夜，三地各悬心。恩泽军民感，机钤将士钦。文臣兼武事，赖此展忠忱。”《喜大儿麟庆连捷南宫诗以勖之》曰：“乍见泥金喜复惊，祖宗慈荫汝身荣。功名虽并春风发，心性须如秋水平。处世毋忘修德业，立身慎莫坠家声。言中告诫休轻忽，持此他年事圣明。”《接家书》曰：“书寄平安慰远人，那知对此倍思亲。高堂真否身康健，雁字分飞已四春。”《雨过》曰：“雨过中庭万象清，绿阴深处晚凉生。自移竹榻来幽院，坐听枝头好鸟鸣。”《过津门》曰：“轻桡荡漾碧波新，两岸垂杨绿未匀。烟树一村帆一面，画船今日过天津。”《钱塘渡江》曰：“潮头不怕险，飞棹逐潮行。风力一帆饱，山光两岸明。南来出涧壑，东望达蓬瀛。直破怒涛去，壮怀无限情。”《悼侍姬袁氏秋儿》曰：“芳魂何处任栖迟，一日思乡十二时。妆阁尘封衣箧乱，无人对镜理青丝。”《哭长媳瓜尔佳氏二绝》曰：“聪明性格更温存，五载真同母女恩（妇自己已来归）。只道蘋蘩今有托，谁知风雨送黄昏。”“年来两度失明珠（去年长女亡），堪叹摧残运不殊。自是云仙双返驾，空教老眼泪模糊。”《美人杂咏四首》亦有识度。《虞姬》曰：“相从羞复见江东，一剑酬恩楚帐中。芳草至今犹脉脉，胭脂无语泣重瞳。”《飞燕》曰：“纤腰掌上舞翩翩，红玉丰姿我亦怜。早识王孙悲燕啄，随风裙带悔留仙。”《绿珠》曰：“那许赀财作好速，为君一死亦风流。明珠百解寻常事，难得卿卿便坠楼。”《红拂》曰：“紫衣乌帽幻神通，乔木甘心托李公。天子无愁丞相老，几人慧眼识英雄。”

又，恽珠作品颇丰，除《红香馆诗草》外，尚有《兰闺宝录》六卷，道光十一年辛卯（1831）红香馆刊本；《国朝闺秀正始集》二十卷，道光十一年辛卯（1831）红香馆刊本；《续集》十二卷，道光十六年（1836）红香馆刊本。另有《鹤背青囊》《闺鉴》，《琅嬛妙境藏书目录》“完颜氏家集及选刻书目”条载恽珠还撰有《续闺中韵事》及《探花新谱》。

《古春轩诗钞》二卷　附词钞、文钞　咸丰二年重刻本

梁德绳　撰

梁德绳（1771—1854），字楚生，钱塘人。工部侍郎梁敦书女，兵部主事德清许宗彦妻。宗彦以经学冠其曹，家事悉弗问，皆德绳主之，益得覃研经史疑义，兼精天文算法，杜门读书，优游林泉。德绳明敏有决断，能识大体，虽出于簪缨贵族，而不骄不奢，能以礼法自持。上事姑舅，下襄夫子，九族之人无间言。德绳侍其舅于粤东任所，重姑蔡太夫人在堂，性严厉，颇得其欢心，舅姑尤爱怜之。后舅告养居杭，不十年，舅姑先后俱弃养，经营丧葬，半出德绳赞襄之力。戊寅宗彦不禄时，侧室子孟与叔早出继，命与仲三人分居德清旧宅，曰先人庐墓之所在，子若孙安可违。所生子延敬、延穀与侧室子延润均未逮成童，延名士以教之，所与交必通名于德绳，察其器识文艺者，而后命与之交。吴薇客太史入泮，德绳觉其不凡，招与伴诸子读，又申之以婚姻，识鉴诚加人一等。诸子咸克自成立，虽食指日繁，家计渐不给，因德绳综理之井井有条。遇义举无不赞成，亲戚有急告者，恒捐簪珥以助之。延敬屡踬于场屋，援例以府同知赴闽，迎德绳就养，未及一载，殁于官。德绳抚遗孤善长，挈归杭，复如所以教其子者教孙。处富贵若贫贱，安不忘危，积劳数十年。养育其姊之女汪端，其《小韫甥女于归吴门以其爱诗为吟五百八十字送之即书明湖饮饯图后》曰：“汝母失养年，遗汝在婴孺。虽非握手托，默然相委付。汝随严亲游，飘摇亦云屡……我闻迎汝来，相依一年住。团圞小姊妹，提挈共朝暮……但从意匠营，颇合风雅趣。拟古揽荃桂，体物妙风絮。夫子论诗苛，瘢垢好磨镳。纷纶辨真伪，许汝得参预。”汪端有和作

《辛未春日返棹武林赋呈楚生姨母即用赐题明湖饮饯图原韵》曰："端也幼失怙，飘摇忍悉数。寒林鹊可依，废沼鱼相呴。长兄殁锦城，衰门运舛互。次兄滞功名，蓬荜嗟不遇……十六失椿庭，悲怀孰堪诉。从兹依纱幔，画楼容小住。新晴绮阁春，华月南园暮……若昭与令娴，婉娩耽竹素。胜境共留连，词华各丰嫭……年来成篇章，不解自琢镳。舅嫜擅风雅，问字时容预。妙理为剖析，绣谱金针度。"汪端有《明三十家诗选》之作，梁德绳为其撰《序》，阮元称汪端有此成就，"亦恭人（梁德绳）之教也"。汪端的《重过鉴园吊许周生姨丈并呈楚生姨母》有"十年绛帐听论文"之句。德绳又曾续陈端生《再生缘》三卷。所著《古春轩诗稿》二卷，有道光二十七年丁未（1847）刊本；咸丰元年潮州本；咸丰二年重刻本；同治二年刻本。

此为咸丰二年重刻本，上下两卷，前有阮元《传》、潘素心《序》；卷末有侄许乃安《跋》及"己酉夏日，芷渌、子双两弟校勘古春轩遗稿成"之语。卷上录诗一百五十三首，佳者如《即景呈夫子》曰："袅袅疏林几抹烟，青阳湾转小村前。薄云漏日明孤塔，新水涵秋澹远天。静坐可无清课遣，举头便结看山缘。凭君妙悟能拈出，画意诗情在者边。"《紫牡丹》曰："烟光不动晓霞高，薇省传呼试彩毫。国色转疑千载化，王封合受五花褒。阑前香染昭容袖，帘外春添宰相袍。犹有唐宫余韵在，东来仙气满兰皋。"《吊项王》曰："中宵四面楚歌声，百战山河一旦倾。能使美人先殉难，大王毕竟是多情。"卷下收录诗一百四十二首。许乃安《跋》曰："甲午以后诸作，率多凄恻之音，盖君修殁而太夫人之心伤矣。"集中《哭四儿》十首、《哭四媳》四首、《乙卯冬卜葬四儿夫妇于玉泉山麓诗以哭之》皆悽惋哀伤。《四儿殁已年余感而赋之》曰："苟活经年心已灰，勉从人事暂徘徊。不堪回首西风里，懒举黄花旧酒杯。"《病中感怀》曰："苟延七十已为痴，人世心酸尽受之。一旦脱离尘网去，平生心迹月明知。"《邗江返棹舟次口占》曰："离歌唱罢酒初酣，秋老霜浓掩翠岚。丛菊满篱空自好，仍携明月返江南。"《榜后示六儿》曰："莫因名落孙山感，可否还从月旦评。且得相依聊戏彩，读书何必定成名。"《题烹茶佐读图》曰："小阁垂帘尽日思，生绡三尺写风姿。可知奉倩销魂处，正在残灯酒渴时。”潘素心《序》曰：“德绳之诗和平温厚，得风人之遗。自幼随尊甫于粤、于闽、于荆楚，又随宗彦复游粤，晚年就养四公子所，复游闽，山川灵物荡涤性灵，烟墨所染，自成馨逸。”行旅诗如《游海幢寺》、《飞来寺》、《十八滩》组诗、《滕王阁吊王子安》，皆豪迈阔达。《送接山四兄之粤西任》云：“新岁团圉慰别忧，送兄重作岭西游。江山胜处诗尤健，儿女多时宦亦愁。梅雪有香停五马，风帆无恙驻扁舟。六旬初度明湖曲，准拟金卮互劝酬。”《题吴蘋香饮酒读骚图》曰：“天生幸作女儿身，多少须眉愧此人。纵使空山环佩杳，斯图千裁足传神。”《七十生辰》曰：“堪笑劳劳年七十，世情变幻若浮云。有朝撒手归山去，惜我曾无警世文。”《家书后示四儿》曰：“须知不是宰官身，小住京华可杜门。两载风霜怜尔受，半生心血向谁论。诗书饱饫成经济，文字提撕赖弟昆。倘得朱衣能点首，衰年聊以慰晨昏。”

《词》一卷，收录词二十五阕。《卜算子》曰：“永夜绣屏孤，香烬金猊冷。薄帏寒透五更风。霜月欺灯影。落叶断魂惊短梦，仍无定。窗外鸦声续雁声。不管愁人听。”《南乡子・寄四儿邵武》曰：“迢递阻关山，辗转柔肠去住难。便是华堂开夜宴，愁看，柏酒虽浓未解颜。寄语且心宽，春水生时好放船。此夕衙斋清绝处。遥怜，爆竹声中又一年。”《南乡子・元宵赋别》曰：“去住别离同，此日心情似转篷。勉向烛龙看斗舞，玲珑，香雾空濛灯晕红。病怯柳丝风，才唱骊歌意绪慵。骨肉江乡千里梦，惺忪，回首云山隔几重。”词后附录文《列女传序》《明三十家诗选序》《乙未纪事》三篇。

又，陈端生字云贞，钱塘人。陈兆仑孙女，陈玉敦女，秀水范璨子媳，范菼妻。范菼因科场事而谪戍边塞。著《再生缘》至十七卷绝笔，梁德绳续后三卷。端生曰：“芸窗笔纸知多贵，秘室词章诗久遗。不愿付刊惊俗眼，惟将存稿见闺仪。”梁德绳则曰：“终朝握管意何为？藉以消闲玩意儿。每到忙时常搁笔，得逢暇日便编词。”端生另有《绘影阁诗》不分卷。

《秋红丈室遗诗》一卷　　道光间《春晖堂丛书》本

金礼嬴　撰

金礼嬴（1772—1807），字云门，号五云、东桥、云门女史、昭明阁女史，山阴人。王昙继妻。王昙《墓志铭》曰："受经书于大家，借笔砚为博士。织锦写太平五言之颂，回文书天宝八百之诗。"《墨林今话》卷十二载："幼娴翰墨，著淑行。自归仲瞿，益以诗文书画相商榷，志趣高远，两人亦自以为非凡夫妇也。性喜佳山水，吴越幽胜之区，同舟并幰，探索殆尽，故其画得游览之助为多。仲瞿寄家吴中时，忽遘飞语，虽平日素交，咸不敢与往还。云门佣笔自给，备历艰辛，求者踵至，而画益工。凡人物、仕女、山水、花卉，悉能师心独运，妙夺古人，尤精画佛，庄严妙丽，得者宝之。尝并礼天竺，云门以手制观音圆通二十五像，为仲瞿祈佑，并呈诗曰：'神仙堕落为名士，菩萨慈悲念女身。'后居西湖红柏山庄，得呕血疾，皈心净土，趺坐二百五十余日，丁卯四月化去。遗令以《维摩诘经》殉，年三十有六。仲瞿诗云：'撒手悬崖我不如，居然龙女证明珠。净居会散维摩老，闲煞明朝香积厨。'铁云为志其墓石。"其画作《建安七子图》《谢芳姿秋风小影》《梅月双清图》亦有名。书法晋唐，兼工汉隶。陈文述《序》曰："精绘诗，工山水人物，近刘松年、赵千里、仇实父诸家，为海内大宗，非止闺房中巨擘也。"文述有诗赞曰："山绕红楼水绕门，玉壶班管写黄昏。建安七子图还在，此时金钗画状元。"所著《秋红丈室遗诗》一卷，有道光间刻本，附于王昙《仲瞿诗录》，列入《春晖堂丛书》。

此集前有陈文述、女史文静玉二《序》。文静玉曰："《烟霞万古楼诗》中附夫人诗甚多，颐道又从他画中录十余首，嘱余收藏，因并录而存之，曰《秋红丈室遗诗》。丈室在钱塘武林门外西马塍，南宋姜白石故居也。曰丈室，夫人中年笔墨之暇耽禅诵也。今来春谷，适颐道夫子为刻孝廉诗，因并付梓。"收录《岳王坟》、《舟泊莫泾拓东坡三过堂诗》、《寓居武林门外红柏山庄云山如画诗以写之》、《桃花庵诗》（三首）、《自题梅月双清图》、《泛舟东郭》（二首）、《松台墓祭》、《钏影录》、《移舟泊岛门山下奴子拾松卵烹茶》、

《琴台探梅》、《礼天竺呈观音大士》（二首）、《雷锋夕照》、《移居》、《种木槿花诗》、《病中题雁山图后》、《蝴蝶厅后》、《奁中遗诗》等诗。诗多清灵悽惋之致。《寓居武林门外红柏山庄云山如画诗以写之》曰："梅妻鹤子林君复，泛宅浮家张志和。如此溪山留不得，五湖归计又如何。"《自题梅月双清图》曰："三分鼻功德，一个月聪明。约我西溪住，梅花可有情。"《奁中遗诗》曰："梅子酸心树，桃花短命枝。可怜马塍月，孤负我来时。自觉惊魂不得留，梅花开散月辞楼。断肠只有梅花树，种好梅花不白头。"《缉雅堂诗话》曰："云门《回文诗》至佳，几欲夺苏若兰之席。"

《秋水轩诗选》一卷　　光绪二年思补楼木活字本

庄盘珠　撰

庄盘珠（1772—1796），字莲佩，阳湖人。庄有钧女，同邑吴轼室。母梦珠而生，故名盘珠。幼颖慧，好读书，有钧故善说诗，莲佩听之不倦，每谓父曰："愿闻正风，不愿闻变风。"有钧授以汉唐诸家诗，讽咏终日，遂耽吟，女红精巧，然辄手一编不辍。又从其兄受汉魏六朝唐人诗，因仿为之，辄工。后于归中表吴轼为妻，翁远宦，姑早丧，仍依母家。育子女，兼操家政，吟诗稍辍，时填小词，亦新隽可爱。体弱多病，值清明，填《柳梢青》云："风声鸟声，者番病起，不似前春。苔绿门闲，蜂喧窗静，剩个愁人。隔帘几日浓阴，才放出些儿嫩晴。薄命桃花，多情杨柳，依旧清明。"其父见之，惊谓不祥。对曰："伤幼弟耳。"盖有弟甚慧，方数龄，昨岁殇也。是秋，莲佩竟患瘵疾夭亡。垂绝复苏，谓其家人曰："余顷见神女数辈抗手相迎，云：'须往侍天后，无所苦也。'"言迄遂卒，年二十五。吴仲伦《莲佩小传》比之于李长吉、叶小鸾，曰："余读唐李义山所为《李长吉小传》，载长吉死时，事甚奇而明。工部郎中叶绍袁女小鸾歿为月府侍女，时传其与乩仙天台泐师相问答，游戏精敏，泐师惊曰：'汝但有绮语罪耳。天上人间，智慧第一，吾不敢以神仙待汝也！'爰命名绝际，摄入无叶堂中密修四仪。无叶者，无枝叶而纯真实之义。上根之人，应以女人身得度者入焉。噫！异矣！夫神仙之事，儒者所不道，然人之有慧业者，其于去来死生之际，必异乎人人。人观莲佩殁时对家人语，宜可信。予与莲佩母家有连，故悉其事而传之也。”所著《秋水轩集》，最初名《秋水轩集》《紫薇轩集》《莲佩诗草》，以抄本形式流传，后《紫薇轩集》《莲佩诗草》佚失，《秋水轩集》诗词分刻或合刊流传至今。盘珠存世刻本最早当为李兆洛于道光九年（1829）编辑《旧言集》时录庄盘珠诗六十六首，此集未收词作，前有吴德旋《庄莲佩小传》，皆附于其父著作之后。李兆洛曰：“莲佩诗钞二百余首，词钞百余首。”另有光绪二年（1876）思补楼聚珍本《秋水轩集》，此为木活字诗词合刻本。扉页题“光绪丙子嘉平月《秋水轩集》，思补楼校印”。盛宣怀《序》曰：“庄莲佩名盘珠，阳湖庄有钧女，同邑孝廉吴轼妻，颖慧好读书，幼从兄芬佩学诗，出笔凄丽，词尤幽怨，入漱玉之室，毗陵女史能乐府者，莫之先也。嘉庆间，病绝复苏，谓家人曰：‘顷见神女数辈，迎侍天后，无苦也。’卒年二十有五。吴德旋《初月楼稿》、李兆洛《旧言集》俱有传。阳湖盛宣怀识。”此集有《秋水轩诗选》《秋水轩词》，录诗五十七首、词八十八阕。光绪乙未可月楼《秋水轩词》刻本为词集单刻本，录词八十八阕，附补遗一卷，词十一阕。书后有无闷居士《跋》云：“吾郡庄莲佩女史《秋水轩词》，哀感独绝，脍炙人口，惜抄录流传，不免讹脱，道光中费氏刊本仅止二十阕。光绪初，思补楼聚珍本诗词并刻，而词得八十八阕，亦未能悉为校正。兹以诸家所藏抄本参校盛氏本，改其讹涣，补其缺逸，付诸手民，以广其传焉。”另有冒俊刻光绪十年如不及斋本刊本。冒俊字碧纕，如皋人，广东候补知州钱塘陈坤妻，著《福禄鸳鸯阁遗稿》。陈坤曰：“坤前欲刊鹿州女学读本，蘔簪珥赞成之，尝拟辑古今名媛诗未果，只校刊王玉瑛、汪允庄、吴藾香、庄盘珠四集，其爱才如此，工书能咏，特绪余耳。”

此集为思补楼活字本，集中录诗五十七首、词八十八阕。金武祥曾补盘珠遗诗八首、词十一阕。《江苏艺文志·常州卷》曰：“（盘珠）诗多幽怨凄楚之音，人以比之李贺。”《夜坐》曰：“香气暗笼衣，空庭桂花发。湿萤坠微风，栖鸟惊落叶。疏窗锁苦雾，空帘摇病月。人影淡秋光，吟蛩坐来歇。”

亦有清新自然之作，如《小住青霄里浃月得诗四首》其一曰：“倚棹随波去，人烟出郭稀。水连平野阔，路入远村微。父老论新社，鸡豚聚落晖。此来秋未老，正值蟹螯肥。”其二曰：“啼鸟催人起，天西晓月斜。吟蛩依乱草，寒蝶恋疏花。网集鱼争市，砻香稻满家。扶筇白头叟，对坐话桑麻。”《养蚕词》《牧牛词》《打麦词》三首，则有淑世情怀。

盘珠词最有名，李佳《左庵词话》曰：“庄盘珠莲佩女史《秋水词》，娣视易安，非寻常闺秀所能。”“江南闺秀为词，盖多瓣香秋水云”。雷瑨《闺秀词话》曰：“武陵王梦湘于近代闺秀中独好庄盘珠《秋水词》，尝手录一过，推为清世第一。谓其馨逸不减断肠，高迈处骎骎入漱玉之室内。至谭复堂选《箧中词》，仅录四首。或谓王君所称或逾其量，而谭选则有未尽。”徐珂《近词丛话》曰：“毗陵多闺秀，世家大族，彤管贻芬。若庄氏、若恽氏、若左氏、若张氏、若杨氏，固皆以工诗词著称于世者也。今以庄氏言之，……自康熙以迄同治，凡得二十二人，皆以诗词名于时，而盘珠尤著。”《粟香随笔》云：“常州才媛首推庄莲佩，名盘珠，有《秋水轩词》，一时传诵，逼真漱玉遗音。”王蕴章《然脂余韵》曰：“盘珠尤词著。有清中叶以后，闺阁倚声，不得不推苏之庄、浙之吴为眉目。《秋水》一编，艺林传播……兼金双玉，美不胜收。”《苏幕遮·柳絮》曰：“早抽条，迟作絮。不见花开，只见花飞处。绕砌萦帘刚欲住。打个盘旋，又被风吹去。野塘村，荒草渡。离却枝头，总是伤心路。待趁残春春不顾。葬尔空池，恨结萍无数。”《探芳讯·络纬》曰：“冷消息。到晓露墙根，晚烟篱隙。正绣衾梦断，豆花又风急。残灯窗里明还暗，月在窗前白。忽惊猜、巷北街西，那家宵绩。何日便成匹。怪响引丝长，缓怜丝涩。静夜寒闺，幽韵杂刀尺。乱愁谁漾千千缕，争把秋心织。便无愁，也自听他不得。”李佳《左庵词话》赞曰：“咏物妙在不即不离，自无呆相。”王蕴章亦称赞道：“末句如率更得意书，铁画银钩，力透纸背。”《多丽·春日怀七姑母》曰：“又恹恹，过了清明时节。忆西园、杏花落后，昔年于此曾别。见无情、绣帆挂也，到黄昏、断泪凝睫。万种离愁，飞鸿难寄，拟携罗袖，剪灯细说。恨当日、旧栽杨柳，飞絮已如雪。长条尽，何时待得玉腕轻折。几多遍柔肠宛转，隔云山万千叠。步香阁、一钩罗袜，梦里行来也生怯。划地相逢，碧纱窗外，无端啼断数声鸩。乍惊起、画帘垂地，何处更寻觅。檐铃响，红雨飘愁，再没休歇。”

《澹香楼诗草》二卷、《词草》一卷　　乾隆五十七年春新草堂刻本

葛秀英　撰

葛秀英（1773—1791），字玉贞，句容人，父贾吴门，遂家于此。无锡秦鳌侧室。母梦吞梅花，而后生秀英，幼时有老尼见而惊曰：“此清元宫贞女也，若色戒不破，可复证前因，否当夭折。”乞为女弟子，父母怒叱之去。稍长，敏悟过人，工诗善弈，遭父丧，家中落，诸姊或嫁或夭，惟四姊元秀与秀英未字。秀英独以养母自任，居平尤不苟言笑，以礼自持，有以千金将聘之。秀英曰：“铜臭儿敢犯我耶！”秦鳌妻善病，欲纳妾为嗣。徐近斋为之访求，初以元秀年长有宜男相，遂定元秀。其母嫌秦氏家贫，秀英劝姊曰：“人生贵识人，夫也岂长贫贱者，与其虽纨绔子入梦乡，何如捧砚司花，消受文人清福。”力赞其母以成之。未婚而元秀暴病卒。元秀病笃，泣谓秀英曰：“汝言郎君非长贫贱者，其如我命薄何？我当嘱母效欧九故事，以报汝。”既卒，母不忍违，秀英年十九归秦鳌。婚后，鳌屡困场屋，因从事簿牒间，落拓自放。秀英曰：“穷苦者奋发之基，君即不得志于功名，正宜深自诤励，何以竟以难得之岁月，倏忽置之耶？”鳌敛容以畏友目之。会有以非理事，挟势相干者，且曰：“不尔，当中伤之。”秀英曰：“事必审乎理，理苟正，势可惧焉。彼以势挟郎君，郎君惧其势，竟如所求，设彼复以理之必不可行者，更用其势以挟郎君，郎君能尽如所求乎？尽如所求，君先自处于非理，不尽如所求，苟终不免于中伤，如何以理自持之为得耶。”鳌善其言，事遂解。秀英暇坐则小楼焚香读书，间作诗，时出新颖，自题其楼曰“澹香”，以其梦梅而生，性又爱梅。庚戌秋，夫妻游西湖，中秋夜泛小艇，荡桨湖心，是时游舫

尽归，人声寂然，唯见皓月当空，浸入水底，与诸峰浮翠出没于非烟非雾之中。秦鳌四顾，叹此境未曾有，因谓秀英曰："天下大矣，汝试思闺阁中，或远离，或死别，或遭祸患，因之对月生悲，不知凡几，即金屋名姬亦止从绮罗丛耽痴福耳。如我二人之载酒名山，当此月地云阶、清光万顷，绝无挂碍者，不知天地间尚有几人？古人云浮生若梦，安得常如今夕乎！"辛亥有孕，后竟以肝疾不起。秀英此前曾梦游大海虚无缥缈间，见楼阁参差，榜曰"清元之宫"。空中忽闻人唤曰："儿何久住红尘，儿宜归矣。"自以为不久人世。秦鳌当日曾诫秀英曰："妖梦不足凭借。"后思之为死谶。死之日，空际时闻异香，尸经再宿不变。秦鳌赞曰："姬归余未满三载，其中侍巾栉躬井臼，固妇人之常；即拈韵校书，亦闺媛中所时有也。至其独具卓识，辩论是非，于闺房静好之时箴言规劝，无一不出于正，非惟巾帼所难能，即良友亦不数觏也！"故而死后为之作传、画像、征诗、刊刻诗集。钱塘张增曰："余友秦君澹园丧姬葛氏，哀悼不已，自为作传，辑其诗、其词刻之，嘱工画者杌其像，又为启，征士大夫词以挽之。"《征亡姬葛秀英哀辞启》云："色界天中，幻出一枝花影；华胥梦里，演成半部南柯。皓魂不常圆，青天有恨，佳人难再得……美人黄土，已向碧桃花下，添三尺孤坟。名士青灯，尚希彤管词中，增一重公案，或弹古调，或寄新声，或倚马万言，或雕龙七步，庶几闺中小草，得随大稿以流传，更使地下幽魂，不与朱颜而泯灭。"所著《澹香楼诗草》二卷，《词草》一卷，附有《澹香楼诗钞题辞》一卷，有乾隆五十七年（1792）春新草堂刻本。另有《澹香楼小草》一卷，乾隆间刻本。

此为乾隆五十七年春新草堂刻本，前有尤维熊、吴纯、朱鉴三《序》，关岚画像并题词，秦鳌《传》；卷末附朱鉴、张增《跋》，秦鳌《征诗启》。卷上录诗五十八首；卷下录诗八十七首。其诗清灵宛转，如《送春》曰："梦余芳草绊池塘，嫩绿初肥日渐长。燕子不知春已去，衔泥犹带落花香。"《新月》曰："雨过云浮卵色天，一钩新月挂窗前。嫦娥何事妆台懒，淡扫春山剩半边。"《对菊》曰："九日黄花瘦，三秋白露寒。幽芳谁采掇，未许俗人餐。"怀古诗有识见，如《吊刘碧鬟》曰："倾国本来薄福债，千秋冤狱几时伸。人间尽是离忧地，除去蓬莱莫寄身。”《题明妃出塞图》曰：“绝塞扬兵赋大风，旌旗依旧过云中。他年重画麒麟阁，应让蛾眉第一功。”《观潮》曰：“隐约中亹匹练来，驾山横海雪成堆。委输一气回风掣，始信韩苏天下才。”卷三收录词二十六阕，亦清丽缠绵，如《减字木兰花·杨花》曰：“柳棉如许，搅碎春魂漂泊去。风约萍开，一半相逢在水隈。漫天飞舞，帘外斜阳黏忽住，咏絮无才，孤负东风为送来。”《蝶恋花·落花》曰：“帘外飞花愁挂树，柳线搓烟，欲绾春难住。蛱蝶成团慵对舞，宿花香梦寻无处。几度问花花不语，瘦尽嫣红，散落胭脂雨。踏作春泥香满路，多情燕子衔将去。”

《萝月轩诗集》八卷　　道光十五年刻本

史筠　撰

史筠，字湘霞，号石门女史，桐乡人。史松雨女，浙江镇海余耀妻。据《昔柳摭谈》载“桐乡史松雨长女适张士锦”，可知其至少有姊妹二人。筠三岁而孤，赖母氏鞠养以迄成立。幼攻书翰，夙擅词章，德言工貌，戚里著称。其人淡妆雅饰，秀骨天成，端严体度，德容兼备，有隐士家风。结缡之日，余耀见湘霞灵明静婉，举止有林下风，乃赋诗四章以示之。湘霞俯首微吟，索笺酬和，烛未及寸，步韵已成。余耀始惊其敏捷，而叹传闻者未尽湘霞之才。自是朝夕唱和，喜闺中得此良友。后余耀以母老家贫，虑缺堂上甘旨，遂弃帖括，幕游于外。湘霞躬操井臼，得舅姑欢心。举三子，亲自教诲，不事姑息。生平既喜笔砚，虽抱沉疴，亦不暂时相舍。每当兴致所至，凡愁苦欢愉，可歌可泣之事，一皆发于诗。湘霞吟咏性情，谐于律吕，清而婉，丽而不靡，约言之可思，长言之可歌，被赞为可与武林方芳佩之《在璞堂吟稿》、吴中骆琴风之《绣余学吟》、徐若冰之《南楼诗稿》、归佩珊之《绣余诗草》等闺秀诗相媲美。所著《萝月轩诗集》八卷，有道光十五年（1835）刻本；另有清抄本存世。

此为道光十五年刻本，集前有耿应宸、黄洙、卢毓嵩、金布、周郁滨、吴江月、史襄龄、余耀八《序》及《自序》；蒋梦尾、鄂恒《赞》，善禧、蒋庸、顾缙、夏祖炜、殳庆源、王师铉、沈钦华、赵对征、屠履坦、徐钤、丁宗洛、王蕙滋、钱均、王长卿、萧以霈、杜清和、张敦壎、陈兆观、戴鏧、沈芝芳等名士及闺秀女史松石老人、女史沁梅王明、妹氏瑶卿题诗。集中录诗四百七十七首。耿应宸《序》曰："善病工愁，且嗜博览，偶有所构，辄喁喁小语，竟日苦吟。盖其意致缠绵，思深郁结，落花飞絮，已不胜其暮雨朝云之感。""病中思亲诸咏，则铅华洗尽，积健为雄，迥殊乎雕风镂月之章。"黄洙《序》曰："至性至情之感发，而非风云月露。草木鱼虫，写景状物，非徒夸词藻、习声调已也。""学诗自出机杼，独写性灵。"《七夕》曰："月出西南玉露清，针楼不寐数更声。明知聚散原无定，天上人间总是情。"《寄外》曰："结发为夫妻，钟鼓乐绸缪。对弈灯花落，敲诗素月流。晓妆商眉样，鱼水正相投。牛衣妾甘守，壮士岂忘忧。高堂菽水乏，谋食四方游。挥手长亭别，山川隔中州。高岗树郁郁，南浦水悠悠。我心何以降，飞梦去无由。思君肠九折，一日胜三秋。妾颜承君悦，君去掩妆楼。及至君归来，妾颜老已休。忆从分镜后，妾泪何曾收。相思无说处，只在寸心头。"《春雨连朝寄外》曰："池水粼粼漾浅深，病余不敢立花阴。连朝杏雨风如剪，寒到春衫要小心。""漠漠阴云二月天，读书欲倦倚书眠。隔帘细雨催诗兴，吟到梅花瘦可怜。"《春日送别春晖之柘城》曰："不愁庚癸日频呼，陋巷清贫却自娱。惟苦吟坛人去后，推敲无伴一孤灯。"情之所至，缠绵悱恻。《春日怀大弟湘帆》曰："春共相思两地分，落花飞絮恨难禁。别来若问情多少，量尽湘江水浅深。"《见残菊忆三弟》曰："东篱残菊已凋零，剩有余香绕梦清。嘱咐侍儿花莫采，今无词客爱餐英。"《寄三妹瑶卿》曰："少小欢娱共雁群，玉箫吹月酒初醺。敲诗红剪西窗烛，赌绣青描南浦云。之子春来愁万斛，阿侬秋老病三分。自从各赋催妆后，花落花开总忆君。"《赠别瑶仙仁妹至江南》曰："祖帐高张竟别耶，行踪转眼隔天涯。明年春至尤堪忆，怕见庭前姊妹花。"《赠别王秋宜夫人之侍儿玉春》曰："江风夜泊近沙滩，茶酒休教失暖寒。只恐离愁消瘦甚，主人替我劝加餐。"《初春即事》曰："舌涩黄鹂语尚难，迟迟日影透回栏。绣帘不捲花无信，只减腰肢不减寒。"《题美人春睡图》曰："为谁憔悴懒梳头，半躯轻衫腕力柔。枝上黄莺休弄语，三分春睡二分愁。"

《题美人观书图》曰："雾髻云鬟巧样妆，藕花裳衬杏花裳。应知执卷沉吟处，定是周南卷耳章。"《示大儿新妇》曰："新妇三朝在异乡，不须厨下作羹汤。丝牵彩缦三生结，玉种蓝田五世昌。采得蘋蘩同德耀，织成锦绣胜苏娘。和鸣永效关雎好，为诵周南第一章。"

《月蕖轩诗草》一卷、《诗余》一卷　　道光二十八年刻本

袁镜蓉　撰

袁镜蓉，字月蕖，华亭人。吴杰妻。幼时随父学，即能诗文。居母氏家，已尊为女宗。年十七，赘会稽吴杰于嘉湖道署。月渠于道光甲辰《自述》载其生平："乙丑岁，始偕夫子归越，行庙见礼。居三月，仍回道署。嗣余祖陈臬闽中，余以方娠不能远行，乃与夫子旋里。家居年余，瓶罄囊空，余质嫁衣以供菽水。丁卯冬，夫子入都，而余侍舅在家，无米之炊，几濒于殆。己巳，余祖任江右方伯乃奉舅之豫章。迨庚午岁，夫举于顺天。壬申秋，卸昌化县教谕，始由江右随夫子之任。次年癸酉，卸昌化篆，余又复之余祖藩署。甲戌，夫子成进士。丁丑，留词馆，授翰林院编修。冬，余乃奉先舅入京师。此十五年中，计余在绍，仅三年耳。家中本无长物，先舅管理家政，有事请命而行，不敢详询。先舅亦不我告也。居京师五年，布衣椎髻，中馈勤修，数米量柴，不遑暇食。壬午冬，之夫子四川学署。又三年，复回京。又三年戊子，夫子简湖南岳、常、澧道，余始回绍郡。居数月，夫子已调湖南粮道，余即奉先舅赴楚。庚寅，夫子调四川川北道，余侍先舅言旋，而复之蜀。癸巳，夫子简粤东运司，余归绍省舅。不数月，而夫子拜陈臬黔中之命，旋即授京兆尹。余又奉先舅入都。甲午冬，先舅先归越。乙未，先舅来召两孙，夫子即嘱余携子回里侍舅。不及一载，而夫子卒于少司空任。余又奔丧入都。此十九年中，山川跋涉，不遑宁处。即归家四次而先后不及二年。虽家道渐康，田产稍置，皆先舅独自主裁，族姓仗势把持。余虽欲顾问，而不敢也。即在夫子任所，会计出入，悉归先舅经理。余惟尽妇职以侍奉而已。先夫子殁后，两袖清风，京寓一无遗蓄。生前于妻孥无私给，幸赖中外门人多方佽

助，以资养赡，如直隶、四川两省共集腋成裘，得银六千余两。或置房产，或权子母。其契券均在现任天津道彭门人玉雯处。丙申科传胪张门人锡庚首先倡举，集是科门人共得银六百两，置诸钱肆，月得利以供薪水。嗣又为余取归而置产。每遇年节，京中门人均皆馈赠，外省门人亦都有寄将。余始得安留京邸，延此残生以抚孤子。癸卯岁先舅弃养，余乃自京携孤归里，竭力经营安葬先舅。询及家务，族人皆诿为不知。问所存衣服什物，并祖遗珍玩，则已均为先舅侧室陈氏毁卖，荡焉无存。又问先舅在时管理家务之人，索其出入簿记，则答云‘无有’。再四稽查，仅存田山契券租簿亦皆紊乱遗失。余力为清理，剧费周章，始得麇目。于是悉数捐入祭田，以供先舅暨先夫子之祀事。即查岁时祭祀章程，自七世祖以上有事则归宗祠祭祀；自七世祖以下至十世祖，则有老大房、三房、五房之子孙承值，而名‘老当年’。册中间有参差错误者，余为更正而重订之。至十一世祖、十二世祖祭祀则归礼斋公、渼陂公两房子姓轮值，而名‘小当年’，兹则有其祀事而祭册无矣。余乃为之手订新册，而详记之，并为先舅渼陂公、先夫子梅梁公一支祭祀捐置祭田，立祭册曰‘梅房祭祀簿’，逐细记载事业，以便后嗣传守。呜呼，慎终追远之道，余敢不尽心焉！自惟巾帼庸才，肩此重任，深虞陨越，以贻先人之羞。今大事已竣，私心窃幸，现为先夫子修葺坟茔，不日告成，更可自慰。然而余今兹回绍，数月以来，奠安窀穸，清厘家政，虽不敢自惮烦劳，而积弊已滋，独力仔肩，时形棘手。所幸绍兴守杨门人钜源古道热肠，尤笃于师生之谊。其居官蜚声卓著，固已乡愚皆知，而师门赖以维持照拂之事，不胜枚举，亦足感矣。绍郡无以糊口，余将携子入都，以课其成立，则余之事始毕。”故而庄仲方《序》赞曰：“博学多识，能治家政，其立言行事，皆足以垂教后人。”所著《月蕖轩诗草》一卷，《诗余》一卷，有道光二十八年（1848）刻本。

此集前有沈兆霖、袁克家、庄仲方、闺秀罗本周四《序》，卷后有庄敩、蔡振武二《跋》。沈兆霖《序》曰：“《月蕖轩诗草》者，师母袁夫人所著也。夫人夙耽讽咏，前后所作，殆牣藤箧，是编手自删定，计若干首。意约而长，词静而婉，盖庶几《风》《雅》《骚》《选》之遗焉。”“闺阁之以诗名者，大都图绘烟景，模范风云，多缘情体物之辞，少沉郁顿挫之致。是编则声参正变，语杂悲欢。海燕何为而依人，鹦鹉何为而慧舌？牡丹移植，遽索去于比邻；瓜蔓丛生，幸传来夫吉兆。则读是编者，可以识夫人之苦心，而即夫人编是诗之意也。”《贫居异乡斗米无从赊取岁除故无索逋者入门转觉悠然戏占反送穷一章》曰：“天下无人不送穷，独我款留君且住。只为贫交不忍离，柳车草船故不具。疗饥尚有饭疏粝，御冷何妨衣粗布。放胆犬眠夜不惊，关心鸡乳冬将暮。入室清风似故人，破窗明月索新句。蜗庐虽小贫亦乐，劝君何必往他处。休管黄金论结交，任凭白眼频相顾。与君朝夕好盘桓，无是无非得真趣。”《腊月舟次扬子江为风雪所阻腊八日金山寺僧以佛粥泉水山蔬相馈诗以记之》曰：“腊月风寒雨雪飘，欲行不得阻征桡。江上茫茫添粉本，起视金山高复高。忽来小艇疾于矢，中有老僧不纪齿。馈我佛粥七宝香，媵以山蔬及泉水。可知饮啄皆前定，行役之间犹如此。吾闻古人制佛粥，食之祛邪而膺福。今之馈粥无乃是，况泉自清蔬不俗。”高情豪迈。集中行旅诗极有特色，因随任宦游，一至楚，再至蜀，道经数万里，奔走二十年。凡名山大川，以及虫鱼草木、风云鸟兽之状类，人情喜怒哀乐之变态，无不蕴于中而发于诗，其言或幽吟俯唱，或慷慨悲歌，类皆本于性情，见于阅历者。《登吴山》曰：“城郭凭临正夕阳，万松顶上飒秋凉。海门一线潮生白，越岸千螺雨洗苍。绰有霸图钱氏拥，了无王气宋宫荒。含愁却俯西湖水，满浸芙蓉落夜霜。”《渡扬子江》曰：“破浪快扬舲，风帆去不停。潮吞瓜步白，山隐秣陵青。战伐名空在，鱼龙气自腥。羡他陆鸿渐，汲水辨南泠。”《望泰山》曰：“岳势出天表，层云压尽低。独怜瞻嵂崒，未得一攀跻。仰止心徒切，流连望转迷。何当凌绝顶，眼底小全齐。”《露筋祠》曰：“古木昏鸦噪寺门，俨然庙貌对江村。伤心惟有长淮月，冷照悠悠万古魂。”

词二阕，前有俞承德《序》。《高阳台·题伯康二弟梅花条幅》曰：“袅袅寒香、亭亭疏影，描来冷艳幽葩。曾记前游，当檐一树杈枒。翠禽素女前宵梦，更谁知、身隔天涯。但欣然、几回索笑，几处攀花。神仙品格超凡俗，况风摧雪拥、独独自横斜。见说孤清，等闲也是繁华。水边篱落黄昏候，占春光、好共流霞。莫凭栏，吟成逸句、寄远情赊。”《齐天乐·寄贺黄比部妹倩新婚》曰：“层峦叠涧山阴路，秦楼快逢簪组。翠幰雕轮、松舟桧楫，添得蓬门媚妩。笙箫咽处，想画烛辉凝，金猊香吐。乍到家书，紫鸳比翼归去。痴云漫烟堕渚。正残雪融时，春回绣户。玉琯飞葭，椒盘献瑞，镜听几回容与。道来好语，许我小姑，神仙伴侣。记取明年，折宫花分汝。”

又，镜蓉尚有《晚香联咏》一卷，前有自《序》一篇，录《重阳前二日张年嫂姻家惠菊花诗以谢之》二首、《对菊书怀即叠前韵》二首、《对菊遣兴再叠前韵》二首、《菊梦即叠前韵》二首、《残菊再叠前韵》二首、《菊花十六咏》；附弟袁瓒澄甫、弟袁瓛廉叔、女韫锦问琴、子婿庄敩迪卿、侄嘉淦湘浦、侄嘉树橘岩、外孙庄益孙嵋仙、外孙张恩霖泽之、外孙庄翼孙星甫等人和诗。卷末附录咸丰九年（1859）七十岁时为闺秀劳镜香遗稿所作《序》一篇。

又，所著《月蕖轩传述略》一卷，前有庄仲方《序》，后有杨钜源《跋》。录文二十二篇：《重修祠堂记》、《老当年祭祀簿序》、《小当年祭祀簿序》、《梅房祭祀簿序》、《先舅渼陂公传》、《先姑钱太夫人传》、《徐宜人传》、《王孺人传》、《先夫子梅梁公传》、《前配袁夫人传》、《四姑传》、《三姑五姑十一姑合传》、《杏梁儒士传》、《文熙童子传》、《慧生童子传》在dℓ（附钱仪吉撰《吴童子圹铭》，并《悼慧词》）、《先伯舅礼斋公传》、《外姻姜孺人传》、《奴仆纪略》、《媪甘孙氏传》、《梅房收租簿序》、《自述》、《风水论》等。

《兰陂剩稿》一卷　　清抄本

吴荔娘　撰

吴荔娘，字绛卿，福建莆田人，青阳陈蔚侧室。陈蔚为嘉庆廪贡，道光年间保举孝廉方正，取二等，曾编修《安徽通志》《九华纪胜》《齐山岩洞志》，著《九华考异》《梅缘诗草》。洪亮吉《陈姬吴荔娘圹志铭》曰：“归明经甫一岁而卒，明经伤之，乞余为志圹。仓猝未果。壬戌九月雨夜，偶检案头，得荔娘所作《兰陂剩稿》，读竟怃然曰：是其慧业或可传矣，因据明经所作传略为之志。荔娘，福建莆田人。父农家，粗识书义，荔娘幼即喜从父读，年八九岁，学作五七言诗，漆室之智可云无师，椒盘之词是曰夙慧。然性绝爱洁，每独处一室，其窗棂几榻之属，光可鉴也。香焚笃耨，日必数周；米饭桃花，晨无半合。尤异者，闽俗尚鬼，荔娘独不然。岁时自展敬祖先外，无所拜也。姚江幼女不事娑婆之神，清源小家尤严‘腊之祀’，其智识有过人者焉。年十四问名者踵于庭，无适从也。明经独以后至，得之。迨结缡之夕，却扇之辰，明经方赋诗催妆，而荔娘答诗，即有‘嫁得江南词伯’之句，可云识所归者矣。时明经以将军之残客，得仙游之丽，人慕之者既多，妒之者亦众，于是遂挈以归江南。度仙霞之岭，则娇鸟助其清音；泛严陵之溪，则潜鳞讶其明艳。望凤山而吊古，过虎阜以联吟，乐事赏心，于斯为极。归青阳数日，明经即有秣陵之行，而荔娘构疾遽卒。年仅十六，未及与明经握手诀。”卒后葬之于九华山侧。所著《兰陂剩稿》一卷，嘉庆七年旌邑汤氏刻陈氏联珠集附于陈蔚《梅缘诗钞》；有清抄本。

此集为清抄本，集中收录《园居》《闲窗》《秋日有怀》《种竹》《落花》《途中暮雨》《滩行》《春日偶成》《郊行》《幽轩》《题携囊闽峤图》《观灯》《镜中美人》《建兰》《夹竹桃》《蜘蛛》《纺织娘》《随大人郊行》《题画》《对镜》《吴兴九龄幼女严静工书兼善画竹（三首）》《竹窗闲咏》《睡起》《夏日偶咏》《冬日偶成》《牡丹》《晓过延平》《过岭》《望华亭》《忆莆阳（二首）》。诗后偶附名家评语，如《过岭》曰：“千峰如剑插云间，保障南闽第一关。从此思家心更切，回头不得见乡山。”鲁星村曰：“语浅情深，令人欲泪。”《冬日偶成》曰：“融融淑景近嘉平，帘幕风和雨又晴。深院不知春色早，怪他墙头卖花声。”赵瓯北曰：“韶秀绝伦。”《竹窗闲咏》曰：“门前一任落花声，翠竹亭亭寄此心。嫁得江南老诗伯，闲窗无事日联吟。”王春台曰：“想见高致。”《幽轩》曰：“幽轩十笏俯清渠，檐影波光漾碧虚。石竹丛边狸扑蝶，水芝花底鹭窥鱼。迎凉试演弹棋谱，销夏闲抄博物书。坐久不须葵扇拂，微风时透葛衣裙。”洪北江曰：“颔联摹描精细，宛若宋人写生。”

《春日偶成》曰："曈曈旭日映窗疏，荏苒韶光一枕余。深巷卖花新雨后，闲门插柳嫩寒初。莺儿有语迁乔木，燕子多情觅旧庐。那用踏青郊外去，芊芊草色上阶除。"袁简斋曰："晚唐佳句。"《闲窗》曰："残腊绣初成，闲窗最可人。诗吟陶靖节，谱阅蔡端明。有火炉香细，无冰砚水清。平生未见雪，也写快时晴。"徐洞明曰："词句秀逸，殊有自适之致。"另有《题竹画》诗曰："绣阁遥邻墨妙亭，开帘煤麝动芳馨。晴窗书破洪儿纸，谁识金銮未十龄。琅玕袅袅影纵横，千尺寒梢一笔成。愧我未能工水墨，此君风韵却输卿。"

《静香楼诗草》二卷　　道光十二年刻本

吴蕙　撰

吴蕙（1777—1832），字静香，吴县人。蒋锡琳妻。父疾刲骨，后旌孝行。善文能画，《过幼时授经书室》诗记其幼时学习之景："曾记春风侍昔贤，裁笺弄笔事年年。重来绛帐谭经处，回首前尘一惘然。"婚后夫妻分笺唱和，咿唔声达户外，士人艳称之。青浦邵堂采其诗入《小学庵诗话》。王绮思题词曰："内则遗风勖女频，谆谆母教美无伦。于归听遍夸佳妇，羡煞闺房有替人。"所著《静香楼诗草》二卷，有道光四年刻本；道光十二年刻本。

此为道光十二年刻本，前有阳湖赵申嘉《序》、邵堂《跋》，以及元和尤世楠蔼谷、吴县高翔麟绂堂、长洲王凤韶南垞、吴县吴周钤竹轩、吴县张茂勋石樵、元和顾震苍竹、吴县范华缃芸、吴县陈彬华小松、嘉定陆珣卯君、云间女史王昆藻绮思等名士闺秀题词。集中录诗二百八十六首。词婉旨约，无戾方家，古近体皆有神韵流淌楮墨之外。五律如《登楼》曰："乘兴晚登楼，凭高接素秋。雨余斜日澹，天迥暮云收。树宿知旋鸟，溪横不系舟。山光如泼翠，添得小窗幽。"《苦雨》曰："春随檐溜尽，入夏复连绵。花径苔侵屐，琴窗雨润弦。峰头迷湿雾，林隙锁炊烟。悔种芭蕉叶，清宵为不眠。"《寒鸦》曰："木落郊原冷，哑哑躁晚晴。几行斜照淡，一带暮云横。阵压空江黑，翎翻败叶轻。沉吟思乐府，闲谱夜乌声。"七律《婢去》曰："兰闺数载侍琴书，弄粉调脂意自如。五夜诗篇常伴咏，一庭花竹每携锄。炉因香尽闲思汝，砚为尘侵误唤渠。满院西风吹落叶，更无人与扫阶除。”《春阴》曰：“余寒料峭放花迟，杨柳轻阴阁嫩丝。漠漠浓云高树重，霏霏细雨暗苔滋。风流杜牧伤春病，放达刘伶中酒痴。寂寞萧斋吟兴懒，摊书闲对拥炉时。”《游钱氏息园登妙严台》曰：“韶春烟景正暄和，裙屐人来胜地过。三月莺花新翰墨，六朝金粉旧山河。琼裾玉佩空陈迹，水榭风轩倚短歌。试上崇台横落日，漫思往事觉愁多。”七绝如《消夏杂诗》之三曰：“柳外新蝉送落晖，荷香清暑晚凉归。数竿修竹如人意，随月横斜欲上衣。”《山馆晚成》曰：“日斜西岭乱烟霞，松影摇窗黯碧纱。院静香消无个事，吟余掩卷自烹茶。”《清明日口占》之一曰：“秋风袅袅峭寒天，滞迹江城又一年。惆怅踏青好时节，野棠梨外雨如烟。”《新月》曰：“窗前摇挂一钩银，素女修眉半未匀。最是蟾宫仙笔巧，写来留与晚妆人。”其他亦有风致。如《留别马沙学舍》曰：“马洲五载薄吟中，领略江山兴不同。今日归囊无他物，半肩行李一诗筒。”《夜课四儿口占》曰：“挑灯课读且吟哦，无底诗囊可奈何。惜及分阴原不易，等闲岁月莫蹉跎。”

卷　四

《唐宋旧经楼诗稿》七卷　　清道光间刻本

孔璐华　撰

孔璐华（1777—1832），字经楼，曲阜人。孔庆镕女兄，阮元继室。幼年读《毛诗》，不能颖悟，兼又多疾，其文怜之曰："愿汝能学礼，不必定有才。吾家世传诗礼，能知其大义即可矣。"故而通诗礼。于归后，阮元喜言诗，始复时时为之。又因宦游浙江，景物佳美，故而得诗较多。持家居丧，多引阙里礼法，以贤孝称。闺中唱和甚夥，其《拟元人梅花百咏之十七首·序》曰："《四库》未收唐宋遗书不少，夫子采访一百余种进呈御览。乙亥夏在吴中抄得元版元韦珪《梅花百咏》一卷，前有杨铁笛《序》，读之甚为可喜。但其诗皆是七绝。官斋清暇，约同闺友三人暨大儿妇、六女共六人，依次分题各咏五律十余首，成百咏诗。又互相商量改正抄写排成一卷。较之元人未知能否相拟也。时安女学诗初能吟咏，请名其书斋，即名之曰'百梅吟馆'焉。"与闺友张静因唱和频繁，曾结曲江亭倡和诗社，集中有《和黄净因夫人韵》《甲子二月同静因黄夫人泛舟过半山看花》《忆曲江亭寄答翠屏洲诸女士》等。所著《唐宋旧经楼诗稿》六卷，有嘉庆二十年乙亥刊本，卷后有嘉庆二十一年自识，卷末有古霞唐庆云校字一行；有《唐宋旧经楼诗稿》七卷，道光间刊本。

此集为道光年间刻本，首目录；卷一录各体诗八十余首；卷二录各体诗六十余首；卷三录各体诗七十余首；卷四录各体诗七十余首；卷五录各体诗八十余首；卷六录各体诗约九十首。不以体别，亦不以年编。《续修四库全书总目提要》曰："《唐宋旧经楼诗稿》盖璐华手自删订者也。按是编所收咏事、咏物、即景、抒怀之作，兼而有之，收集之富，实为闺阁罕见者。璐华系出阙里，复为贵妇，其境遇之优裕，固有非常人所及者。故其诗格豪放，气魄亦殊浑厚，信笔纵横，颇得天真自然之趣。""惟其诗大抵随意所造，殊少剪裁之功，直抒胸臆，几如有韵之文，言尽意尽，颇不耐人寻味。就诗而言，学问修养，似尚有未逮耳。"集中佳者，如《画牡丹奉堂上》曰："闲将彩笔写精神，第一春风赋色新。漫道人间称富贵，堂前长庆十分春。"此诗被赞为"富丽之气，溢于言词"。《哭父》亦情真意挚，亦颇足动人。《渡江》曰："长江如练洗云烟，北固风光接楚天。今过金焦才一霎，古来征战几千年。日斜林树藏山寺，水暖桃花送客船。我自挂帆瓜步去，不知天堑即舟边。"《闻雁》曰："烛冷霜清最有情，又闻楼外雁声声。数行已遏岭云远，一字应横湖水平。忽去忽来连夜柝，相呼相应过寒城。谁怜千里殷勤意，枉自劳劳带月征。"旷达高古。璐华诗佳处不在于此，阮亨《瀛洲笔谈》曰："孔夫人待庶以惠，谓之闺中诗友唱和甚多，予请于嫂乞录数诗。嫂持养蚕图卷谓予曰：'风云月露非妇人所重也，予尝自浙江携蚕种归扬州，蚕之甚繁盛，可见水土颇宜。扬州不乏桑叶，惜人家不知习养，因命月庄绘为卷共题之，叔录此可也。'"《江北不养蚕，因从越中取蚕种来，采桑饲之，得茧甚多，诗以纪事》曰："静思吴越中，民妇实可怜。每到春夏交，育蚕胜力田。采桑不辞劳，陌上破晓天。江北蚕独少，求之尚艰难。我取越蚕子，育于楼榭间。北郊多柔桑，买来不费钱。越中旧仆妇，养蚕已多年。率彼怀其种，如蚁生蠉蠉。每日亲视之，桑叶何攒攒。将成色明洁，分箔上蔟山。如雨食叶声，三起还三眠。吐丝皆成缕，作茧皆成团。缫丝可为帛，剥茧可为绵。我思淮南人，耕稼业已专。何不教民妇，采桑满阡陌。民风既可厚，民力亦少宽。为语儿女辈，物力当知艰。几树桑青青，千个茧团团。贫女一月工，织成绮与纨。绮纨在尔身，忍令污且穿。所以莱公妾，讽谏咏诗篇。"阮元妾刘文如、谢雪、唐庆云皆有和诗。唐庆云诗曰："看遍眠三又起三，问来蚕婢共诗谈。若将此事传村妇，十里人家尽养蚕。多少工夫做茧成，缫丝闲视最关情。闺人若解蚕桑苦，不把绫罗看太轻。"《夫子在台州剿净夷寇闻捷志喜》曰："安南夷匪寇宁台，炮火风涛一战摧。从此海疆民不扰，那教番舶再能来。"亦有淑世情怀。《读长恨歌》曰："侭可宫中宠太真，但须将相用贤臣。君王误在渔阳事，空把倾城咎妇人。""假使绵绵恨早成，殿中妃子未长生。安杨将相仍如旧，未必渔阳不反兵。"卓有识见。另外，阮孔厚《行状》曰："先妣读史有识，有杂文数十篇，今亦录《项羽论》《金日磾论》等四篇。"

《女萝亭诗稿》六卷　　嘉庆十九年扬州阮元刻本

唐庆云　撰

唐庆云，字古霞，吴县人。阮元妾。生长吴中，性慧知书，其《自述》诗曰："诗书满架足清娱，镇日闲吟俗事无。贫女书香安乐惯，生平不珥一真珠。"工花卉虫鱼，用笔沈细，赋色妍妙，深得恽寿平之真谛。曾拜张静因为师，孔璐华《序》曰："闺中得此良友，何乐如之。随余数十载，每吟旧篇，常得佳句。在浙江节署时，余尝延同里净因张夫人驾舟来杭，夫人即余弟袭公之师黄秋平先生之室也。夫人能诗善画，杭署有别馆。夫妇同居于此。夫人为庆云之师，益习书史，女史之诗学益成。"所著《女萝亭诗稿》一卷，有嘉庆十九年甲戌刊扬州阮元刻本；道光十一年扬州文选楼续刻本。

此集为嘉庆刻本，前有孔璐华《序》，次目录，后有庆云《自识》。集中录诗四百四十八首。写景清婉。《初夏夜》曰："夜坐楼前思悄然，清和时候二更天。风从嫩竹梢头软，月向新桐叶底圆。觅句心闲拈句写，看书眼倦抱书眠。偶然一梦如仙境，醒后香烟满袖边。"《冬日书斋》曰："冬日书斋不觉寒，读书余暇倚栏杆。案前一片玻璃镜，背后瓶花对面看。"《湖光山色楼远眺》曰："小楼薄暮野风清，远树成林似翠屏。闲倚阑干看山色，落霞低处一螺青。"《清晏楼闲眺》曰："午梦初回香篆浮，东风几度拂帘钩。登楼最是斜阳好，一见青山一解愁。"《梅花》曰："一树精神静，横斜小院中。阑前春澹荡，窗外玉玲珑。待月添诗兴，分香借画工。巡檐休点额，莫与寿阳同。”《过赵北口》曰：“长桥冰泮暖风吹，杨柳千条夹坼垂。赵北燕南新雨后，燕来鸿去早春时。几湾曲淀帆痕远，三里平堤马足迟。西望浮云多古意，诗情惟有夕阳知。”多与孔璐华、谢雪、刘文如等人唱和之作，唱和璐华《题养蚕图绝句》十二首，语虽浅近，写蚕事辛苦，历历如绘。《与月庄姊斗草》曰：“闲花冶叶尽诗怀，却为青茵步小阶。聊把芳名相对数，不须真个赌金钗。”《和夫人戊寅除夕原韵》曰：“同到羊城冬又残，喜逢佳节坐团圞。几番风送春无赖，第一阳回腊渐阑。宝炬影开金镜朗，梅花香重玉瓶安。今宵暖与中秋似，桂馥桃红竟未寒。”皆清隽可诵。

《咏絮亭诗草》四卷　　嘉庆二十三年刻本

谢雪　撰

谢雪（1782—1836），字月庄，号蓉庄，长洲人。嘉庆二年归阮元为妾，六年生子阮福。工画，手绘《孔夫人养蚕图》，且题诗，皆有风致。所著《咏絮亭诗草》四卷，有嘉庆二十三年（1818）刻本。

此集前有孔璐华《序》曰：“月庄本无锡人，迁于吴县，随余廿余年矣。性情幽静，从黄净因夫人学诗，画折枝小幅，颇得恽家风格。闺中唱和之作，宦迹游览之篇，得诗数百首。”集中录诗三百五十余首。《梅花》曰：“小山玉蕊漏春光，长伴青松近北堂。窗隔玻璃窥素艳，只看淡绿不闻香。”《题秋窗夜读图》曰：“古树秋声夜月迟，藤床诗客坐吟诗。多应深得书中味，方喜青灯自照时。”《梅柳渡江春课福儿作》曰：“隔江春意早，梅柳一齐催。北岸花光到，扁舟淑景开。香随帆影动，青共雁行回。渐觉分新色，谁人渡得来。”《江行杂咏》曰：“风吹白浪打船头，正是清秋送我舟。闲倚篷窗看山色，群峰俯仰共江流。”《过黄河》曰：“洪河千古意，此日复乘槎。浩荡遥通海，苍黄乱走沙。扁舟驰竹箭，浊浪泛桃花。回首愁秋水，惊波更忆家。”《雨后》曰：“雨后新凉透碧纱，绿阴深处夕阳斜。暮禽宛转呼群去，不管诗人坐煮茶。”《忆夫子》曰：“依旧黄花在选楼，归来不觉已深秋。邻墙笛韵添幽闷，城堞鸿声动远愁。坐处慵将书卷理，卧来惟展画图游。昨闻小谪深生感，仍住蓬瀛天上洲。”《送夫人归宁曲阜》曰：“行辰检定早春时，为送兰舟共赋诗。流水桃花愁欲别，暮云江树暂相离。百篇锦字吟应满，一路鳞书寄莫迟。此去泗滨留不住，秋来瞻望说归期。”

又，阮元妾刘文如（1777—1847），字书之，号静香居士，仪征人。本阮元妻江氏侍女，江氏病故后为阮元妾。文如擅长诗文，兼工绘画，惜不多作。卒年七十一。曾与阮元合著《四史疑年录》七卷：《汉书》一卷、《后汉书》一卷、《三国志》一卷、《晋书》二卷，有嘉庆二十三年戊寅（1818）刊本；宣统元年己酉《榆园丛书》本。

《慈晖馆诗词》二卷　　咸丰四年刻本

阮恩滦　撰

阮恩滦（1831—1854），字媚川。阮常生女，生员沈麟元妻。恩滦生时，父常生方官永平守，城外河为古滦水，故名之。三岁丧母，能诗善画，尤嗜琴。阮元呼为“琴女孙”，偶至文选楼，必一弹再鼓，且手书楹联：“古琴百衲弹清散，名帖双钩搨硬黄。”咸丰二年恩滦归沈麟元，婚后三年，因战乱卒于杭州。所著《慈晖馆诗词》二卷，有咸丰四年癸丑武林沈氏刊本；咸丰十八年重刻本。

此集为咸丰四年刊本，前有阮恩海《传》，张景祁、沈子莱、沈麟元三《序》；闺秀吴藻、鲍靓、沈允镇、高茹等题词；卷末有沈元彤《跋》。录诗六十五首，词十九阕。诗作大多清丽幽秀。《立秋日作》曰：“水槛凉生雨脚微，青篱络角豆花肥。前宵已听新蛩语，不待梧桐一叶飞。”《初春游云楼》曰：“笋舆破晓到云栖，万个琅玕夹道齐。笕路曲盘山磴窄，松阴深锁寺楼低。疏钟顿令尘心远，古壁应无俗客题。却喜寻春来较早，杏花微雨故凄迷。”《暮春晚晴》曰：“西湖暮春天，连绵雨不歇。草色浓如烟，柳丝重欲折。今兹睹新晴，寻芳闹蜂蝶。归云意迟迟，斜阳半明灭。倚槛澹忘言，悠然自怡悦。晚花散余香，帘卷一钩月。”《和宋白玉蟾弹琴诗韵》曰：“湛然抱琴癖，闲弹送夕阳。云和不可作，一曲一回肠。"《接家书有感》曰："东风又到短长亭，惆怅珠湖柳色青。安得蒲帆悬十幅，随潮直下广陵城。""红桥回首路茫茫，雁足书来每断肠。惟愿烽烟渐平息，归篷影里白蘋香。"

又，阮安撰《百梅吟馆诗》一卷。安（1802—1821），字孔静，阮元次女，江都张熙妻。安自幼聪颖，曾从钱塘来厚民读书，从奉新刘蒙谷学画，从父母、哥嫂学诗，十岁即能诗能画。所著《百梅吟馆诗》一卷。阮元《跋》曰："宋范石湖谱梅至十五种，元冯子振、韦德珪咏梅各百首。予从吴下钞得韦诗，乃至正五年杨铁笛所序七言截句，内子嫌其未工，用五律分咏之。幼女安时方十余岁，初能诗画，于百题中亦分咏得十六首。乙亥长夏少闲，予又随意写出梅花百题，命安次第咏之，积成一卷，遂名。其读书之室为'百梅吟馆'。"

又，阮常生妻刘蘩荣撰《青藜阁诗集》。蘩荣（1791—1805），字涧芳，宝应人。刘台拱女，阮常生妻。幼承庭训，工诗词，娴礼教。于归后与姑孔经楼夫人等唱和。尤善绘事，逼近宋人。曾摘取研经室诗句分写十六帧，所绘清疏浓厚，各极其能；细沈粗文，分称其句，各极其妙。所著《青藜阁诗集》一卷，从兄刘宝楠为辑其集。五言诗如"欲别情偏密，临行话转移""月明啼鸟歇，风细落花迟""倚桂思千里，回廊度一萤""木落万山瘦，天高一雁斜""曲榭多临水，高山半倚楼"，七言诗如"十里晓钟三竺外，半轮残月六桥西""鱼吹细浪浮池面，蝶趁飞花到袖边""一片云翻明镜里，半湖香散夕阳边""春满西湖人别后，草生南浦燕来天""红雨栏边诗袖倚，绿杨阴下钓丝长""东风也解留春住，故遣蛛丝网落花"，皆清丽可诵。

又，许延锦字云姜，钱塘人，著有《鱼听轩诗钞》。许宗彦与梁德绳女，阮福妻。精于鼓琴、篆刻；擅绘画、能诗，曾与沈善宝等人结"秋红吟社"。

《绿梅影楼诗词存》二卷　　光绪十四年杨志濂刻本

顾翎　撰

顾翎（1778—1849），字羽素，无锡人。顾敏恒女，杨敏勋妻。幼娴庭训，弟翰、筠、蕙生，从弟翃皆擅才藻，以诗古文词相颉颃。羽素习诗，善为长短句，族党称以谢庭风絮。婚后中馈余闲，不废吟咏。性爱梅，颜所居曰“绿梅影楼”，作填词图，征题咏，一时名公才媛应者甚夥。时家计中落，羽素上奉甘旨，下计米盐，一室怡然，旷然自若。夫敏勋好推解，羽素辄摒挡相助，虽值家无宿粮，不吝与人，乐易平和，无疾言遽色，而风规自肃，见者无不起敬。寿至七十二，意兴不衰。所著《绿梅影楼诗词存》二卷，有光绪十四年（1888）杨志濂刻本。

此集前有金坛冯煦、会稽杨福璋二《序》，卷前附《绿梅影楼填词图题词》，除《高阳台·自题》外，有春樵、顾皋、顾翰、顾翃、张公璠、王嘉禄、刘嗣绾、陈裴之、曹三选、陶本忠、葛庆曾、许乃穀、董国华、杜堮、林则徐、王成璐、邵广铨、吴藻、吕季安、陆鑅、杨芸、归懋仪、杨琬、秦梴等名士闺秀题词。陈文述亦有题词。卷末羽素曾孙杨志濂《跋》曰：“幼时所作，随手散佚，中年稍稍存录，兼塘公（顾翰）曾选辑系序，未及梓行。庚申，赭寇陷邑，先世著述悉付灰烬，是稿独以先伯母嵇太宜人手抄本从仓促中携出，幸而获存。然非兼塘公鉴定原本，缺佚殆不能免。且原序不可复得，先伯父曜西公常引以为恨，遗命志濂详校付刊。志濂以频年橐笔，未皇卒业。今年夏息影家居，率弟志瀛敬谨校录，分诗词为上下卷，共二百三十七首，其《绿梅影楼填词图》画卷，寇至时适为先叔祖砚农公收藏，亦得护持无恙。披图庄诵，手泽犹新，乃并次其题词为录置卷首，用付手民。太安人殁三十五年矣。志濂不获逮事，即夙昔所闻于先伯父者亦仅得其大概，有庸疏无似，无能阐扬，差幸此稿尚存，俾后世子孙循诵追思，仰溯遗型于万一，而阃内之稍识字义者，亦一归于温柔和平之教，不以华藻称才，是则太安人之志也。”集中录诗一百五十五首，词八十四阕。杨福璋《序》曰：“如《吊下玉京》诸歌行，于唐私淑香山，于国朝逼肖梅村；今体则工熨而旷怡，规模晚唐；诗余则幽艳而疏越，颉颃北宋。古香异彩，纷陈寸册，而要皆原情以抒景，一衷平和中正之旨，发为清丽芊绵之词，故无景非情，而亦无景无情弗达，大岂寻常调脂弄粉，沾沾于诗中求工拙者，所可同日而语乎？”

《锦树村吊卞玉京》曰：“龙山绣岭迷云树，绮罗余香艳春坞。肠断残碑幼妇词，犹记黄尘葬眉妩。晓来飞雨织苔钱，郁郁埋愁经几年。草色裙腰依旧绿，就中疑染六朝烟。六朝韵事人争话，洗净铅华冷泉泻。游女寻将翡翠翘，村人耕出鸳鸯瓦。有谁杯酒酹春厓，幽恨难消玉匣埋。七里镜塘连越苑，二分璧月照清淮。谁知山下蘼芜路，不识香车几回度。蛱蝶仙裙已去时，尚传苏小西泠墓。三尺春坟落日中，杜鹃血涴泪花红。青山想见春魂影，一树榕阴盖殡宫。”诗多凄清哀婉之思。《晓起》曰：“庭院凉无边，暗蛩栖露叶。缺月挂林梢，一丝堕残白。”《白菊》曰：“蛾眉淡扫出群葩，瘦损中庭绿萼华。一点冰心应有恨，十分冷艳本无暇。樊川夜月迷残雪，彭泽秋风梦素霞。堪笑幽香人不爱，但知把酒对黄花。”《春闺》曰：“水晶帘映玉钩斜，门掩蘼芜曲径遮。最是红闺凄断处，漫天丝雨葬梨花。”《小游仙》奇丽浪漫，“鸩鹊明星织女家，碧天如海上浮槎。七襄机冷金梭倦，笑入银河采藕花”。《有感》曰：“夜明帘影水沉熏，为买新书典画裙。我爱谢家吟絮好，奇才何必羡参军。”

其词清冷低沉，善用白描，语言精练。《金缕曲·题黄仲则先生词稿后，即和集中原韵》曰：“展卷吟怀放。叹斯人、文章歌哭，古今同望。岂止才华倾八斗，应是闲愁无量。休更似、落梅凄怅。鹤背风高仙骨冷，胜人间、尘土诗魂葬。星欲坠，月痕荡。玉笙寒彻琼筵上。记当时、金徽按拍，狂吟清况。是否嫏嬛曾有约，归去琳宫无恙。听砧度、良宵深巷。静掩鲛纹秋梦瘦，峭西风、雪涴茱萸帐。谁击碎，珊瑚响。”《齐天乐·残梅》曰：“湘风飘落林梢月，归来鹤声凄苦。短阁埋香，破篱围玉，不是牵萝眉妩。酒醒何处，对碧涧烟新，苍崖雪古。瘦竹携将，江城吹人断肠谱。当时醉眠初倦，记胆瓶亲折，簪上钗股。暖翠酣魂，痴云抱梦，愁听画廊鹦鹉。春痕谁主。怅苔老孤岑，蘋荒远浦。拂晓重寻，一襟凉似雨。”《浣溪沙·忆琴清阁》曰：“新绿飘烟约画叉，一丝凉雨冷苔花。浅芜幽暗隔窗纱。湘梦惊抛兰信远，絮痕影擘柳风斜。双鱼依旧渺天涯。”

《珠楼遗稿》一卷　　嘉庆八年《拜经楼丛书》本

徐贞　撰

徐贞（1779—1809），字兰贞，平湖北墅堂人。母徐妪孪生得一男一女，男早殇，故特钟爱之。天性婉顺，习女红，家贫母老，愿委身箧室以偿父债，年十九归吴骞。贞归吴家，事无巨细，如素习然，上下胥安。骞性喜图史，案头典籍纵横，辄为整比，香炉茗碗，位置务极楚楚。骞间授以唐人小律，书亦娟秀无俗态。吴骞尝赋《湖堤春步诗》，偶得"有愁堪买地"五字，未属，应声曰：何不云"无雨不晴天"。骞喜吴中山水之游，襆被请游，遂相与棹松陵，渡石湖，登灵岩高处，一望太湖。贞方夙疴初愈，不以攀陟为劳，既而复转至武林，遍寻诸古迹，时日已向曛，与山谷相应答，沉吟良久，萧寥有遗世之想，促之至再，始徐步还舟。自是以后，恒喜绣佛，间日或持斋，吴骞亦不究其所以。又尝偕登万苍山，观所治寿藏，指梅花深处曰："是间大，可置一席同行。"贞平居恒不喜效时世妆，荆钗练裙，一似未嫁时。其于文艺，以为吟咏非妇人事，故常事隐晦，仅尝题吴骞《荆溪载石图》《绉云便面诗》流于外，海盐张芑堂征士、武进董均叔茂才、闺秀黄香冰、横山张贻令，并有和章。得之，虽零篇断句，必爱惜珍弆，又若不胜自喜。闺秀张步萱《奉酬珠楼女史》曰："浙西风雅仰儒宗，绮阁赓酬逸兴同。千首新诗劳远寄，绿窗展诵发颛蒙。"所著《珠楼遗稿》一卷，有嘉庆八年《拜经楼丛书》本。

此本前有吴骞《徐姬小传》，卷后附录秦瀛、周春、朱文治、俞思谦、任安上、陈近勇、陈敬璋、陈鳣、魏钰、马国伟、屈为章、马用俊、苏士枢、许懋堇、吴玉球、许纯仁、黄兰雪等人随到随刻之题词，吴骞《哀兰绝句十九首》。集中收录诗十三首：《竹下书堂画绉云便面》（二首）、《董茂才见和题扇诗》、《笠泽道中望灵岩诸山》、《奉和石湖道中绝句》、《荆南闺媛笪芝田为写小照黄香冰题词赋谢》、《水仙》、《题归佩珊惜花小憩照》、《题嗣香楼初稿》、《贺钱塘魏夫人得女》、《寄怀四姊》（二首）、《题任茂才本来面目图》，后收录秦瀛、唐仲冕、陈鳣、闺秀胡坤、黄兰雪《题珠楼小影》（八首）、横山女史张步萱《奉酬珠楼女史》（二首）、任安《奉酬兰贞女史惠题小照》（一首）。其《竹下书堂画绉云便面》之一曰："片石本非云，千金酬未遇。移将扇上来，莫被风吹去。"其二曰："飞来海上绿云鬟，卧雪人归几度攀。自是延陵恩谊重，要留风骨在人间。"《寄怀四姊》其曰："梦里迢迢路不真，天涯寒食倍思亲。垂杨总有丝千尺，不系风前两叶蘋。"

《凝香阁诗钞》一卷　　同治三年刻本

黄芝台　撰

黄芝台（1784—1863?），广东新会人。其弟黄洛川亦能诗，而隐于医，姊弟时有壎篪赓和之作。适庐江何六湖为妻。六湖状貌魁梧，熟贯鉴史，每相过从，高谈诸史，间及韵语，令人忘倦。芝台年逾八旬，耳聪目明，尚能刺绣，把卷恒至夜分不辍。所著《凝香阁诗钞》一卷，有同治三年刻本。

此集为芝台三子何其竣编，孙振武、绳武、允武校订。卷前有伍有庸、罗天池、何朝昌三《序》以及关培钧、李锦芳、李周京、冯彰美、冯其逢等名士题词。集中录七律诗四十七首；七绝诗六十二首；试帖诗拟作十二首；七律回文体诗七十首。伍有庸《序》曰："其志和音雅，蕴藉有余，令人爱玩不置。"罗天池《序》曰："以回文为最，而《瓶梅》各诗亦复清婉。"《赠娣姒金氏》曰："奇才雅度远传闻，内助贤良有俭勤。披线细挑花衬字，弄丝轻织锦回文。脂凝肤嫩肌凝雪，柳似眉舒鬓似云。嬉笑巧言能辨理，时妆翠黛著香薰。"《瓶梅》之一曰："分得罗浮春一枝，玉屏素萼共清奇。水边折取横斜影，竹外移来淡宕姿。东案焚香人读易，西窗击钵客催诗。珠帘垂掩妆台畔，隔断红尘蝶不知。"《醉西施菊》曰："馆娃山畔辟名园，秋色梧宫落叶繁。三径尚留香国树，一枝如醉美人魂。娇姿不让群芳艳，媚态偏为异种存。自古冶容每阶祸，独留花品淡无言。"《理花》曰："朝朝抱瓮溉根中，得水含滋蕊渐红。怜爱芳姿是侬意，轻轻指甲拨花虫。"《夜泊》曰："今宵喜泊对秋林，信手推窗夜已深。凉意满船人不寐，一钩明月上波心。"《夜兰》曰："探篱编架夏檐傍，碧剡成毬变嫩黄。向晚采归人未觉，五更香气满银床。”《中秋赏月》曰：“围坐中庭待月升，长空如洗玉壶冰。偏宜霜色偏宜雪，不见星辉不见灯。云母屏前童子侍，木犀阑畔女儿凭。漫言世上人间乐，玉宇琼楼尚许登。”《仲冬随外赴海口协任渡海》曰：“辽清海舶宦游同，爽气冬晴趁顺风。遥望四边云接水，近窥斜际浪连空。飘扬旆影寒侵坐，险涉舟时半掩蓬。喓得便安平稳处，尧如帝德感恩洪。”

《瑶草珠华阁诗钞》五卷、《镂冰词》一卷　道光年间刻本

席慧文　撰

席慧文，字怡珊，号印沧，河南渑池人。乾隆进士席椿女，梧州知县石同福继室。慧文工书善画，能琴，通音律，尤善隶书，初从其翁石韫玉受笔法，能作径尺大字。与闺友唱和较多，集中有《岁暮怀人》四首，为曹墨琴、汤湘绿、汪克庄、郁兰卿而作；另有《感旧吟四首》，为闺友汪纫清、杨古雪、江琅书、费淑婉而作。怡珊能而贤，待前两室母家与己之母家无异视，夫妻琴瑟和鸣，集中多有唱和之作，如《秋日寄怀夫子》《和夫子除夕韵》等。所著《瑶草珠华阁诗钞》五卷，《镂冰词》一卷，有道光间刻本。

此集前有道光元年曹贞秀《序》。集中录诗二百五十六首，诗止于道光三年；词二十阕。曹贞秀《序》曰：“读其诗，气体雅洁，神味婉约，上者出入中晚，下亦时近元人。”《夜坐有作》曰：“疏星淡月小红楼，浅醉闲吟自遣愁。好景几人能领略，三分夜色一分秋。”《舟夜听雨寄怀淑真姪》曰：“逆旅思乡仗梦寻，水窗久坐晚寒侵。孤篷淅淅听疏雨，深夜潇潇助短吟。江上芦花吹客路，云中雁语诉愁心。几多病酒怀人意，不为悲秋也不禁。”《庚申除夕书意》其三曰：“中年岁月掷如梭，白日将随野马过。官舍清贫亲故少，乡心琐屑梦魂多。慰情女自耽吟咏，成器儿应受琢磨。爆竹声中催饯岁，且将樽酒伴诗魔。”词哀婉幽怨。如《诉衷情》曰：“助愁梅雨近黄昏，楼角放新晴。漫向玉阶闲步，屐印苔痕。人寂寂漏沉沉，最难禁一帘明月。数竿疏竹，冷冷清清。”

《芝润山房诗草》一卷、《词稿》一卷　道光十一年刻本

丁采芝　撰

丁采芝，字芝润，无锡人。陕西候补知县丁阆洲女。母张问端为张问陶堂姊，著有《淑征诗草》。问端有《阅红楼梦偶和女采芝》曰："奇才有意惜风流，色界原空终有尽。良缘仍恨钗分股，真假分明笔自由。情魔不住本无愁，妙谛应教石点头。"《喜接二女诗》曰："老拙无才有凤雏，诗情笔意仗亲扶。思归乞巧皆能切，始信吾家有慧珠。"采芝幼随外祖母及母读书，及笄，适溪县丞邹廷扬。夫妻恩爱，采芝《戏赠》诗曰："十数年来伉俪深，同甘共苦绿成荫。痴心女子情依旧，可得君心似我心。"所著《芝润山房诗草》一卷、《词稿》一卷，有道光十一年（1831）刻本。

此集前有李宗传、黄鲁溪、章藩三《序》，前有吴秀良、杨英灿、张问端、赵桂生、范锴、杨承湛、张湜、宋邦泰、邹福鸿等名士闺秀题词。李宗传《序》曰："读其诗，绵绵悽惋，情深而不伤，其词亦清丽鲜妍，雅而不靡。"私淑家学。"随父于陇右，及归，又从宦剑南，凡辙迹所经，俯仰于玉垒锦江、雪山火井诸胜，取材富而闻见宏，所由得抗衡于才士乎?"黄鲁溪《序》曰："五言之'山翠衣边落，涛声足底浮''山川余旧恨，风雨酿新寒''知交星落落，往事水悠悠''陋室无人住，寒灯有梦还'；七言之'十载思家愁见月，一身多病怕逢秋''赊来药饵医无补，典到琴书计已穷''加餐稍慰慈亲意，讳病愁防爱婿知''鸡唱五更残月白，车行一路晓灯红''药有君臣期却病，官如鸥鹭笑迷津'，处景寓怀别具深致，皆有一唱三叹之音。"其他诗亦有情致。《蝉》曰："居高声自远，摇曳韵偏清。爱尔有仙骨，吟风无俗情。"《将至云阳风雨大作》："不涉江湖险，谁知道路艰。山川余旧恨，风雨酿新寒。船小行多捷，装轻梦亦安。夔门欣不远，且自勉加餐。"《浣花草堂》曰："万里桥西路，乾坤一草堂。无家寻弟妹，报国在文章。春暖梅争孕，风和竹有香。仰公吟兴健，端肃拜诗王。"《夏夜阅红楼梦偶作》曰："焚香开卷月波流，替尔酸心不自由。魂到难消空洒泪，情原无种却生愁。潇湘馆阁悲妃子，金玉因缘误石头。自古繁华皆是梦，何须惆怅说红楼。"《临

潼县贵妃池》曰："江山情重美人轻，我服随园论最平。当日骊宫仙去后，至今应怪负前盟。"《思亲》曰："思亲独坐泪痕多，天末封题信易讹，怅望云山何处是，夜深灯炧唤如何。"

《词稿》前有范锴《序》曰："诗既清新，词益幽婉。女史为船山太守甥女，昆陵著族，诸姑伯姊皆娴吟咏，家庭雍肃，自中馈外时多翰墨之欢，嗣人事牵率，聚散之思，哀乐之感，悉抒写于引、犯、慢、令，优能知止，怨而无愤。"黄鲁溪《芝润山房诗草序》曰："至词之'路长梦短正难凭，又被蛩声催醒''问我韶光何处，空付与莺啼燕语''曲谱伊凉稀过雁，望断翠亭红驿''小窗忽破淡闺梦，却是雨声敲砌''一弯月堕穿窗影，似相怜别离心苦''灵飞墨妙，那知成粉愁香怨'诸句，又乐府警句也。"《金缕曲》曰："记得离乡日，到衙斋、椿萱并茂，芝兰绕膝。瞥眼韶光三月过，诉尽离情千日。偏薄宦、累人行役。却恨当初难自主。向临歧，一语无从说。欢聚少，悔轻别。而今愁绪纷如织，念同胞、闽山粤海，几回凄迫。曲谱伊凉稀过雁，望断翠亭红驿。竟四地、万金书隔。何日连枝重聚首。泛西湖，彩舞莱衣席。悲咏处，咽风笛。"词前小序云："灵州官舍随侍亲庭，时两兄皆志于学。余与诸姊妹亦蒙训以诗词，月地花天，颇极人伦乐事。自先大夫逝世，北堂心爱家居，远隔八千里。伯兄官于钱塘，仲弟官于伊凉，长妹、三妹随夫婿宦游闽粤，听幽鸟之求侣，揽春翘以寄思。言念同胞，风流云散。回忆戊辰岁，假道归省，重聚山丹县署，此境盖不可多得矣。情怆于怀，形之于笔，殊未计其工拙也。"

《绮云春阁诗钞》二卷　咸丰六年歙县程氏家刻本

方芬　撰

方芬，号采芝，方氏为皖江望族，父方维翰文学甲于一乡，筮仕金华郡司马。芬为父钟爱，幼时即教诵读，年长，于书无所不窥，尤好吟咏。十一龄时阻风，曾有句云："江间白浪青山动。"后叔父方维祺知处州府事，芬随之任，闺阁针黹之余，益肆力于诗。幕中全椒金棕亭、宜兴储玉琴两先生皆为一时名宿，为吟坛主伯，芬从之学。年十七，归安徽歙县程晋芳子、陕西成宁县丞程瀚为妻。程瀚习举子业，频困场屋，后以县佐分发陕西，授咸宁县丞，道光八年卒。芬于嘉庆乙丑年以疫疾不起，时其子如棣甫七龄。所著《绮云春阁诗钞》二卷，有咸丰六年歙县程氏家刻本；有嘉庆至咸丰刻《勉行堂诗文集》本附。

此为咸丰六年刻本，前有端州司徒照《序》；枳六居士、金兆燕、李树谷、王初桐题词；子如棣《识》。集中录诗三百四十九首。如棣曰："太孺人于嘉庆乙丑年以疫疾不起，时如棣甫七龄，今倏忽五十载。贫无所资，从事于笔砚为生活计，自恨不能扬名声以显母，每念劬劳恩，终夜彷徨，抚心自咎。恒念家君临危时谕如棣曰：'汝母诗稿藏箧已久，检出待刊，即瞑目，黄泉见汝母亦无憾矣。'如棣谨敬收藏。暇时捧读，手泽如新，音容永隔，伤心惨目，悔不可追。乃积岁修所入，梓而行之。庶几赎愆于万一耳。"司徒照《序》曰："孺人遗稿，清词丽句，咀雅含风，绮云春阁几与纫兰、清芬二阁后先辉映，其传于后无疑也。"枳六居士曰："思清格老。"如《邢台道中》曰："点地黄花乱，依城碧水清。西风动罗袖，入目总关情。"《晚行过昭山》曰："长沙西去水驿长，季冬不觉江风凉。昭山对面挹秀色，龙口飞渡波茫茫。斜阳缥缈入林去，岸风吹送梅花香。山头古寺鸣钟起，噌吰镗鞳和鸣榔。松声摵摵复入耳，须臾明月浮清光。眼前景物动吟兴，千态万变非寻常。"《南行见竹》曰："山前忽见千竿竹，高影猗猗最可人。自别此君双眼俗，相逢为我涤征尘。"《红拂墓》曰："巾帼怜才独赏音，征衣常对战云深。芳魂缈缈依何处，孤墓凄凄傍翠岑。千载残碑传旧恨，多情湘水识初心。可堪青冢埋香处，古树参差鸟满林。"《约泉夫子归白门应试赠行二首》之一曰："囊中锥处颖能穿，自古功名非偶然。此去萱堂知快慰，饮水心迹赖君传。"《春日赠约泉夫子二首》之一曰："春来兰蕙喜同心，伴我吟哦意更深。良日芳辰莫轻度，光阴须省寸如金。"

《味梅吟草》四卷　　咸丰九年刻《玉山连珠集》本

余希婴　撰

余希婴（1780—?），字筠雪，号澹如，昆山人。茂才余孜益孙女，余梦星次女。生而聪颖，有至性，读《孝经》《列女传》，即思效学。随父侨居昭文，广涉经史，尤嗜诗，与妹朗仙相商证。弟希煌尚幼，从问业，希婴训勉辅翼备至。有奇志，自恨生不为男子，以从人为耻。幼许字常熟朱子钦茂才，立誓不嫁，父母不能强，嘱媒婉转却其聘。事亲孝，抚弟妹慈，慨然借砚食分任瀡，且肆力于古文词，而诗为最。僦居阳湖之西，每当村境闲寂，波光潋滟时，访从弟希焯、希煌，剪烛论诗画及古人事，漏辄五下，犹闻谭噱声。父母殁后，为女傅，教针黹及诗画。希煌殁，家贫子幼。希婴为徐镜秋子学金师，以馆谷抚侄，买地葬亲，暇辄为诗，多孝悌之言。白发萧然，花前命酒，雨后寻诗，雅怀逸致，未尽消歇。常手一编不置如老儒，门弟子疏其事，上官为请于朝，例旌贞孝。年逾八旬，仍作女傅，教绣课经。时复顾犹子而泣曰："先人手泽，坐令湮没不彰，非孝也。"爰乃罄其所蓄，检其祖父、弟妹遗诗，寿之枣梨。学宪毛式郇赠"孝竹贞松"额。所著《味梅吟草》四卷，有咸丰九年刻《玉山连珠集》本。

此集前有赵同钧《玉山连刻集序》，朱尚宾、余希焯、希煌《味梅吟草序》；同邑潘钟、锡山华奎照、吴县张运颐、常熟龚缙熙等名士题词；王希廉《传》。卷末有徐镜秋、余墀兰《跋》。集中录诗一百一十八首。余希煌《序》曰："其初为诗，多妍丽；嗣朗仙姊不禄，姊哀甚，遂渐为清劲，如冷梅着雨，亭亭玉挺；越三载，北堂遽见背，姊又哀甚，以其幽愁发其苦思，如远皋雁唳，芦苇皆立，夜笛胡笳，悲音四集；又三载，先君子捐馆舍，姊益哀甚，更为不平之声，如寒风秋啼，奔砂坐惊，如曼声之歌，林樾寂历，伏枥之骥，昂首而长鸣。回思家庭聚首，时怙恃咸在，鹡鸰共枝，燃灯教读，怡怡讲帷，宛然昨日，能勿涕洟，况二十年播迁琐尾，仰食异地，旅心独悬，茕影如寄，盖其境愈困，心愈坚，而诗愈挚矣。"徐镜秋《跋》曰："古来名媛诗即有旷达之致，而黛影衣香，终不离女人口吻，似此脱落凡蹊，萧然町畦之外，另具一等身份，另具一种笔墨，予何知有瓣香奉之云尔。”如《甲子岁予馆徐氏课淞泉昆季其伯父珠亭主焉，今阅二纪，复课其子，觉曩时风景宛然在目，而薄帷鉴月，旧恨纷来，孤镜横窗，衰颜将逝矣，抚今追昔，聊赋短章》曰：“惆怅春如昔岁还，几多枨触泪潸潸。扶栏花讶曾相识，窥镜月怜非故颜。瘦骨尚容孤榻小，愁吟仍伴一灯间。伤心弱柳黄初半，不得当时人再攀。”《雁影》曰：“日衔西岭暮烟收，送目遥天人倚楼。蒹葭雨余帆影外，白云红树一江秋。”《有羡余诗欲来见访者感而赋此》曰：“幽栖萍踪寄湖乡，吟咏谁云出锦囊。露冷蜩声凄晓月，春残莺语老斜阳。孤云每共机心寂，细草终嫌屐齿妨。帘卷帘垂人默坐，牙签静理日初长。”《区区》曰：“古今一薄命，蓬梗此浮生。怨觉兼天迥，心惟俪月清。鸟翻淹末羽，蝉响识虚声。徒尔区区意，临流忆屈平。”《拟行路难》曰：“浮生若梦何所安，茫茫世路嗟盘桓。远盼华屋心惴惴，仰视乌雀翔云寒。贫富殊途交情见，怀金乃贵怀德贱。以财为网势为罗，白眼看人趋走多。驱之左右惟其欲，骄矜意气谁如何。胁肩之辈亦危殆，转瞬事移情安在。谁知人无金石年，且效昔贤蹈东海。”

又，《玉山连珠集》又名《余氏五稿》，包括余应魁撰《冗余草》一卷、余梦星撰《吉羽草》一卷、余希婴撰《味梅吟草》四卷、余希芬撰《朗仙吟稿》一卷、余希煌撰《憨石山房诗钞》四卷。赵同钧《序》曰：“《余氏五稿》者，昆山贞孝余筠雪女史汇其祖、父、弟、妹及己合刻之诗也。筠雪名希婴，号淡如，孜益茂才孙女，西岩广文之女。广文生女三，筠雪居次，生而聪颖，喜书史，有奇志，自恨不为男子而以从人为耻。幼许字常熟朱子钦茂才，立誓不嫁，父母不能强其志，嘱媒婉转却其聘。筠雪事亲孝，抚弟妹慈，父母殁后为女傅，教针黹及诗画，迨其弟讱斋（希煌）茂才殁，家贫子幼，以馆谷抚侄，买地葬亲，暇辄为诗，多孝弟之言，迄今八十，白发萧然，手一编不置，如老儒，门弟子疏其事，上官为请于朝，例旌贞孝。今春辑其祖父弟妹诗附以己稿，将付诸梓。”

《朗仙吟稿》一卷　　咸丰九年刻《玉山连珠集》本

余希芬　撰

余希芬（1790—1809），字朗仙，昆山人。生而静婉，自幼以礼法自持，观书辄不忘，经史外旁及稗官野乘无不览，作小诗不加点窜，秀折自然。长姊适吴邑沈芸斋，旋卒，父许希芬为继室，未嫁而芸斋亡。希芬誓不再字，随姊希婴效北宫。后病，年二十卒。卒后葑门扶乩有降坛者，自署其名，言前生乃蓬莱侍香女，因微谴谪人间二十年，是希芬亦有慧根。所著《朗仙吟稿》一卷，有咸丰九年（1859）刻《玉山连珠集》本。

此集前有父酉岩《序》，潘钟、龚缙熙题诗；卷末有弟希煌、姊希婴二《跋》。集中录诗二十一首，多与希婴唱和之作。《寄怀仲姊》（二首）、《家姊赴馆后作》、《病中怀姊》、《和姊咏雁原韵》（二首）、《和仲姊见怀原韵》（二首）、《病中和姊梅花》、《夏日别家人》等。诗多哀婉凄凉之音，如《元宵惜别》曰："一番烟景一番新，最是今宵惜别频。却恨柳条黄未半，不堪攀折赠离人。"《草》曰："一片遥青衬暮天，东风吹处影芊绵。疏帘人坐空斋雨，远道马嘶南浦烟。绿到裙腰春似海，碧生池上梦经年。香车一去归何日，满目萋萋倍黯然。"《柳枝词》曰："千丝万缕总成春，烟草凄迷一色新。向晚依依南陌上，欲将青眼盼何人。"《病中绝句》曰："独卧深闺已二春，此心落落淡红尘。鼠儿亦有炎凉意，故向床头聒病人。"《卧病二律》曰："卧久悲岑寂，悠悠岁序新。病多人共弃，心静月相亲。暑逼愁长夏，风酸畏早春。却看明镜里，憔悴减精神。""无奈偏生弱，三年受折磨。堪悲穷病久，每恨此身多。醒后和谁语，愁来强独歌。虫飞如有意，朝夕几回过。"

《雅安书屋文集》二卷、《诗集》四卷、《赠言录》一卷　　道光二十四年程氏家刻本

汪嫈　撰

汪嫈（1781—1842），字铁生，号雅安，歙县人。汪锡维长女，诰赠奉直

大夫程鼎调继室，工部主事葆之母。程与汪皆歙之望族，侨居扬州，父锡维以文学知名于时。母郑夫人梦游蓬莱有童女出迎，翌日雅安生，幼即聪颖，经传过目成诵，未笄已能赋诗，事父母得其欢心，戚党咸谓至孝。年二十一归程鼎调，以未及见舅姑为憾，每遇忌日，必斋肃奉祀。逾年生子，长子葰慧而早殇，雅安深悼惜之。越三载而葆生，慈爱倍至，然训之最严。每自塾归，坐下灯课以昼所诵读，且为讲解大义。后程鼎调挈家返歙，而复就馆于扬，猝遇疾，卒，其时葆年甫十一，雅安闻讣至痛不欲生，诸娣姒勉以抚孤事重，乃饮泣而止。程氏家本素封，因好施中落，至是困厄益甚，恃针黹以给朝夕。亲族或劝葆弃书习贾，雅安执不许，命负笈来扬，依舅氏近垣从师请业。道光癸未以寄籍试仪征入学，戊子乡试中，癸巳成进士，迎养雅安入都。雅安乃示以居官之要曰：凡事据理准情，总期无愧于己，有利于物。事在虚心省察，不可偏听，不可轻举。葆奉教准谨，在郎署间卓然负清望，一时贤大夫佥谓葆以孤露之身，克自树立，因由其父程公鼎之绩学砥行，启佑其后人，而实则其母雅安丸熊画荻，更百苦以成之者也。性好读书，尤留意于前人遗迹，汪氏远祖贞明公遗书残缺，择其首尾完具者，手录成册，程氏先祠乐善堂岁久渐圮，以从侄学溥有志重修，为文以嘉其志。程公鼎诸有家训，命子侄详校而付诸梓。婴卒年六十二岁。所著《雅安书屋文集》二卷、《诗集》四卷、《赠言录》一卷，有清道光二十四年（1844）程氏家刻本。

诗集前有阮元、黄爵滋二《序》，卷后有子葆《跋》曰“太宜人生平著作甚富，辛巳徽州蛟水为患，书籍藏稿沦没实多。太宜人有《出蛟记》及《出蛟叹》五言古诗二十韵以纪其事。兹仅存诗集四卷，共古今体诗二百八十一首。又文集二卷，共古文五十篇”，“于《秋灯课子图》题咏暨太宜人身后戚族赠言录统付剞劂，用质当世有道正焉”。阮元《序》曰：“其五言古近体风格，大抵与有唐初盛为近，辞气温厚和平，质而不陋，清而不织，粹然几于儒者之言。至于七言长句及咏史诸律，则放笔为之，雄豪跌宕，迥非寒俭家所能望见。”黄爵滋《序》曰：“其《闺训》一篇，盖仿张茂先《女史箴》、曹大家《女诫》七篇而作，知非风云月露之辞矣。遂遍读之，见其《呈叔黼平》古诗三首，《呈赠君》五首，义理淳实，如箴如铭，一种真朴冲淡之气，穆然初唐高岑诸君之遗，令人忘其为闺阁中人也。观其《自哀吟》《示儿》《送儿》诸篇，《劝学篇》《励志篇》《寄侄》《示儿》《与诸从孙》等作，想见志趣所尚，而又能委屈尽情，不为过激，恐儒冠儒服不能若是平正通达也。其咏史事古迹《谒岳墓》《铜雀台瓦》《代题瀓潭尽节图》诗，则议论严正，书写淋漓，能令顽者警，懦者奋，不徒以雄直胜，比铜弦铁绰唱大江东去也。近体诗句如‘天理全从虚处领，人情须向实中求’，纯似程朱二子语录。《西湖晓望》云：‘杨柳梅花千万树，不知何处种桑麻。’《咏菜花》云：‘清香吾与根同爱，更爱人家此色无。’又宛然范文正、邵康节先忧后乐之襟胸也。闺秀中诗若此，异矣。至晚景，殇其爱孙作为长篇，以当痛哭，而一语千回，意兴衰飒。自是之后，遂无复多作。临终自题绝句云：‘秋风一落叶，余亦归荒虚。’当死生俄顷，恬然不惊，犹仿佛陶公《归去来辞》景况，此非平生有得于道者之深，不能也。”全集冲和淡雅，专务实工不恃妙悟。其论诗云：“人非有真性情不能得诗之本原，学之既深，即性天内亦自有怡然涣然之乐。”《示儿》八首之一曰：“读书能养气，乃为善读书。矜躁不平释，高位终难居。近道莫如静，静坐神安舒。何事营尘缘，逐逐追锋车。处世心和平，自反乐有余。敬斋两箴铭，朱张旨弗殊。一念常惺惺，毕生无忧虞。”《闺训篇》曰：“男儿希圣贤，女亦贵自立。礼义与廉耻，四维毋缺一。千秋传女宗，在德不在色。德厚才自正，才华本经术。无德才曷取，衾影先难质。我诵三百篇多出妇人笔。王化起闺门，性情贵醇壹。柏舟矢靡它，之死身罔恤。男忠偕女节，要各用其极。人生顺境少，处顺宜自识。家范森以严，主馈修内则。富贵戒骄奢，贫贱忘抑郁。古人乐天命，无往不自得。容貌肃端庄，笑颦气安辑。长舌维厉阶，多言不如默。勤慎采藻蘋，静好御琴瑟。舅姑比父母，孝养情汲汲。曲折体慈怀，乃能尽其力。善处骨肉间，和气生一室。不幸失所天，无言自悲泣。生死权重轻，抚孤先务亟。冰霜百苦辛，败絮行荆棘。坤道利永贞，言动众矜式。循分侍女红，固穷志不惑。避嫌严瓜李，防微谨门阈。保始更慎终，姓名香可裒。教子有义方，父师皆母职。一朝能显扬，芳烈欧阳匹。常变守此心；纲常力能植。女子赖师教，考亭言足述。蒙养自少时，定性严所习。三从有定典，女诫恒栗栗。熟读四子书，义理都洞悉。经史苟旁通，万卷盈胸臆。偶尔歌咏志，无邪协诗律。敦厚而温柔，朴雅去雕饰。亦足抒性真，匪求名誉溢。不则缮名言，终身守勿失。有女养闺中，莫使耽安逸。施衿结缡时，欲学嗟无及。”

《文集》前有王翼凤《雅安书屋诗文集总序》，卷上收录《秋水赋》《荷花塘赋》《蔺相如完璧归赵论》《事君论》《医与政通论》《处事论》《文论示四侄学庠侄孙国楷》《诸葛公传》《林烈女传》《与儿妇夏玉珍言诗》《原葬》《祀文昌帝君文代葆儿改作》《呈黼平三叔父书》《与夫子书》《复夫子书》《复近垣大弟书》《复江素英世妹月娥书》《答门人徐玉卿书》《复葆儿书》《诫葆儿书》《畏雷说示葆儿》《医说》《敬惜字纸说》《设义田义学议》《习医五事》《居官十则》；卷下收录《江素英世妹刲臂疗亲记》《答本仁堂族人记》《脩乐善堂记》《受采堂记》《答侄孙世铨问味经书屋记》《闻蔚如大嫂曹孺人谈兵记》《复设文会记》《出蛟记》《喜闻禁鸦片烟记》《耕圃族伯元配鲍太恭人五代同堂记》《逸俊族叔姑胡太孺人七十寿序》《黼平三叔父六十寿序》《书定武本兰亭后》《书远祖贞明公残稿后》《书名医李振声先生金匮补注后》《书李先生辨疫瑮言清气饮方后》《跋先舅奉直公日记后》《跋晴山四叔父遗稿后》《跋有诚堂稿后》《书马贞女事》《述梦》《与之姪孙士铨札》《遗言附刊》等文章。汪嫈古文持论悉有根据，可垂范后世。其《复近垣大弟书》云“人苟洁清自好，固已迈越恒流。然或过情，矫矫于义，所当得一介不取，反令后人相继勉强从事，不得不为分外之求，是防弊适增弊也。又有忠厚长者，成就后学，一节之长，赞不容口”，“而薄俗非之，必以直言要誉，致起攻讦之端，不予自新之路，所谓人而不仁疾之已甚乱也。是皆好名累之也”。又《诫葆儿书》云：“易曰：节以制度，不伤财，不害民古人俭以养廉，本此也。人昧此，穷而在下，不过仰事俯育，鲜克裕如。达而在上，遂竭民膏，侵库贮，无所不至，皆不节故，岂必声色之缘，饮食之奉，穷泰极侈，即慷慨不量力，罄己有限之资，供人无厌之求，所谓节者安在。”“儿善体母心，即节之一言，终身守之，处己处人，两得之矣。”又《江素英世妹刲臂疗亲记》云：“先王教民，无以死伤生，有毁不灭性之训议之是也。然而孝子之心，不忍亲死，从求万一，一生一身毁伤，不暇计也。情之所迫，圣人亦听，人自尽而无所是非。”皆平正通达有功世教之言，其余杂文亦古质可诵。

《巢云吟馆诗稿》四卷　嘉庆间刻本

赵凤　撰

赵凤，字凌霄，号巢云，镇江人。随父宦游，历铜梁玉垒之险，览天彭井络之奇，慨英贤之芜没，悲陵谷之迁贸，故其所作无绮罗之习，得江山之助。于归后，佐外子为政，学识益充，篇章日富，可与张藻《经训堂集》、周映清《织云楼集》并传。卒年三十七岁。所著《巢云吟馆诗稿》四卷，有嘉庆间刻本。

此集前有孙韶《三峡归云曲》，张允乘、杨芳灿二《序》；卷末有张兴镛、张问陶、杨揩、陈文述题词。录诗二百六十九首。杨芳灿《序》曰：“读凌霄女史诗稿，见其《惠陵》《武侯祠》《草堂寺》诸作，沉郁顿挫，原本少陵。上下千古渊怀达识，有非文人所能及者，不意闺阁中有此奇笔也。至于《思亲》《寄外》诸什，意旨缠绵，情文恺恻。”《惠陵》曰：“赫赫汉宗亲，恢弘帝业新。江山开胜地，将相得贤臣。藓古封陵碣，云深护石麟。盛朝崇正统，岁远尚明禋。”《武侯祠》曰：“开济两朝功，伊周大节同。心期恢汉室，策早定隆中。帝业伤分鼎，臣忠瘁鞠躬。星芒如斗陨，千古泣英雄。”《草堂寺》曰：“墟落带星堂，秋花匝地黄。晴烟迷石郭，春水涨林塘。诗骨伤埋塚，苔碑看傍墙。文章千古在，万丈仰光芒。”《闻寇渐近资州偶作》曰：“烽火愁闻话月山，莱衣莫慰老亲颜。何时得遂纶竿乐，稳坐西津绿一湾。”《征人怨》曰：“一片笳声鬓欲斑，风尘大漠倦开颜。空将苜蓿肥宛马，看捲旌旗出汉关。极塞霜寒披铁甲，空闺月满卜刀环。功成莫问从戎事，愿话桑麻十亩间。”行旅诗多得江山之助，如《彭山道中》曰：“轻帆剪水浪生花，溪人黄龙一径斜。白塔红灯渔艇外，绿萝深处两三家。”《三岩峡》曰：“行出三岩峡，茫茫两岸宽。雨添蓬背冷，霜重橹腰寒。极目秋山淡，迎眸落叶干。船窗飞翠过，终日对清澜。”尤其是《舟泊嘉州翌日拟作凌云山游雨阻不果漫作长歌》诗五百余字，规模宏大，闺阁诗中不多见。集中多组诗，如《春吟十二律》《秋吟十七律》《哭兄六十八韵》《哭叔父三十韵》《四时闺词》《梦游仙诗》（八首）等。姊妹唱酬、夫妻应答之诗则情意缠绵。《家书后漫题长句》曰：“自别家山已廿年，乡书细写浣花笺。难从异地临风去，几度高堂望月圆。北固帆墙江渚上，西津钟鼓海门边。遥知稳渡金焦岸，正是秋深八月天。”《秋日忆外》曰：“碧花红叶晚风愁，一片秋声满树头。挑遍兰釭银穗冷，计程人正宿山邮。”《赠砚山弟新莲》曰：“亭亭初透一枝枝，摇荡新波绿满地。风露高寒香隽永，问君诗品可相宜。”《春日偕浣兰嫂云芝妹游宝莲菴》曰：“女伴郊门选胜游，宝莲佳景豁双眸。四围晴岭堆青黛，一路清溪泻绿油。芳草舒香频印屐，琅玕飞翠恰当楼。最怜雁去人初定，鸟语声声唤不休。”张问陶题赞誉赵凤曰：“英雄逸气破空来，凭吊三川一举杯。人拟须眉夸健笔，我惊闺阁遇奇才。只从骨肉书怀抱，也许莺花入化裁。不有仙音存大雅，那知凡艳是舆佁。”甚为公允。

《贻砚斋诗稿》四卷、《衍波词》一卷　　嘉庆二十四年萧山高氏额粉盦刻本

孙荪意　撰

孙荪意（1782—?），字秀芬，号苕玉，仁和人。孙震元之女，萧山高第继妻。幼而失母，其父爱之不离掌膝，年未及笄，即有《贻砚斋诗》若干卷。秀芬虽在绮年，具有闲静之德，辞章乃其余事。高第亦为江浙名士，婚后闺房酬唱，彼此各称畏友。二人择居山水胜地，闲饮清江之水，暇餐越岭之秀，每以评量花鸟、描绘溪谷为乐，同心同德，同学相长，和谐怡乐。雷瑨《闺秀词话》载：“婚姻嘉礼，以合两姓之欢，而女子适人者，必流涕登车，否则

人将笑之，非其情也。偶见仁和孙秀芬有《洞仙歌》自述婚事云：‘画堂银烛，照氤氲瑞气。吉日良时是谁筮。看门阑、喜聚冰上人来，人争羡，两座辎轩太史。晓妆云鬓掠，玉镜台前，试点青螺晕梅翠。偷检彩罗箱，条脱双金，循环意、袖中私系。怪无语、人前镇含羞，算只有、菱花知侬心喜。’末语可谓曲尽隐微。又定情后作《菩萨蛮》云：‘沉沉漏箭催清晓，鸭炉犹剩余袅。吹灭小银灯，半窗斜月明。绣衾金压凤，好梦同郎共。含笑语檀郎，何须更断肠。’风流缱绻，令人意消。”吴衡照《莲子居词话》曰：“周生先生序《苕玉词》云：‘天边问姓，盈盈水畔之人。花里征名，灼灼莲中之的。胎瑶情于生小，地占湖山；驰风想于古今，家多载籍。’又云：‘红丝一缕，倩冷月为良媒；白玉交卮，羡洞仙之艳福。’皆用苕玉本事。”苏意性爱猫，常饲之。所著《贻砚斋诗稿》四卷、《衍波词》一卷，有嘉庆二十四年萧山高氏额粉盦刻本；《衍波词》另有《灵鹣阁丛书》本；所著《衔蝉小录》八卷本，未见。

此为嘉庆刊本，《贻砚斋诗稿》前有洪亮吉、曹斯栋二《序》，《衍波词》前有许宗彦《序》。洪亮吉《序》曰：“抵钱清镇，颖楼明经坚留之，宴坐半，秀芬以诗出，谒执礼甚恭，曰：某自成童时，即始为诗，十余年矣，自觉于古人门径稍有窥见，生平重先生之为人，诗非先生序之不可，余诺之。逼曙渡江舟次，取所为贻砚斋诗读之，其词致之婉约，意境之深邃，于六朝、三唐诸诗人实有神会处，非仅闺阁中之能事也。”苏意之诗如清泉流石，明澈晶莹，琮琤有声，良多趣味。卷首《喜晴》为其十岁所作，曰：“高馆雨初霁，一番景色新。树繁莺递语，花妥蝶相亲。煮茗燃松火，临池拂砚尘。湔裙佳节近，湖上好探春。”《夕阳》曰：“闪闪翻鸦背，遥天一线留。钟声孤寺暝，帆影半江秋。流水杳然去，乱山相向愁。虽怜无限好，行客莫夷犹。”《听莺》曰：“空庭过雨晓烟新，恰恰莺啼杨柳春。如语如簧须自惜，世间识曲已无人。”《清明》曰：“家家插柳绿生烟，节物今朝更喜晴。笑语微风过上巳，桃花春水又清明。粘天草色看盘马，隔巷箫声听卖饧。杏子衫轻罗袜浅，笑呼女伴踏青行。”《对月同颖楼夫子作》曰：“风卷浮云尽，长空皓魄悬。雁随秋共到，人与月俱圆。双照怜今夕，题诗忆隔年。清吟浑不寐，花影一庭烟。”《寄颖楼》曰：“别来容易惹相思，长记扁舟听雨时。弹指东风能几日，暖烟搓绿柳千丝。”“倦游总为勤呫毕，知尔青编午夜开。孤负西湖花柳意，苦留春色待郎来。”“多谢檀郎郑重词，劝侬将息过花时。春来笔墨多疏懒，不为思郎不作诗。”《江中遇风》曰：“晨朝渡西兴，挂帆出江右。一棹方中流，大风忽雷吼。群山欲东来，潮势却西走。兼天巨浪涌，壁立若冈阜。连樯类凫鹥，颠簸困箕口。长年骇相顾，生理付之偶。我身非男儿，立志颇不苟。乘风破浪心，平生亦常有。岂知当此时，惊魂难抖擞。出险心始安，到家日已酉。却对玉梅花，一笑倾春酒。”《孝烈将军歌》曰：“挟弓刀，跨鞍马，宛宛去边城，妾是从征者。昨夜可汗来征兵，户有三丁抽一丁。阿爷年衰小弟弱，妾替爷征死亦乐。戎装结束慷慨行，万里驰驱入沙漠。黄河东去黑水西，愁云惨惨阴山低。故乡一片深闺月，夜夜沙场照铁衣。狡兔雌雄那可辨，伙伴同行空习见。不画蛾眉十二年，归来依旧芙蓉面。吁嗟乎，英雄何必皆男儿，须眉纷纷徒尔为。君不见孝烈双兼古莫比，乃在区区一女子。”

许宗彦《衍波词·序》曰：“五百年来，闺阁之音尤雅。《断肠》《漱玉》既响振于曩朝，海虞吴江复誉闻于当代。是则诗人之余事，实为女士所专门。屈指近时，盱衡秀淑，若尊古发藻虞山，佩珊扬华歇浦，季湘朗润，琴瑟之律一均；碧梧清新，巽兑之爻兢爽。其他四姓五陵之媛，不少六幺三叠之传。任长短而皆工，会句意于两得，则《衍波词》又其最焉。”《水调歌头·登六和塔》曰：“到眼忽金碧，塔影挂晴空。问谁为此窣堵，卓笔写苍穹？最好凭栏长望，隔岸越山如笑，揖我白云中。城郭渺茫际，铃语堕天风。登临兴，怀古意，两何穷！是处江山洵美，韶景惜匆匆。莫话钱王旧事，惟有无情潮水，日夜自流东。欲去更回首，落日一江红。”《高阳台·题李香君小影》曰：“曼脸匀红，修蛾晕碧，内家装束轻盈。长板桥头，最怜歌管逢迎。无端鼙鼓惊鸳梦，怅仓皇云鬓飘零。黯销凝，旧院春风，芳草还生。桃花扇子携罗袖，问天涯何处，寄与多情。廿四楼空，白门明月凄清。江山半壁成何事，但苍茫一片芜城。莫伤心，金粉南朝，犹剩娉婷。”尤其《题红楼梦传奇》一词影响巨大，日本汉学家曾与之隔空唱和。《三借庐笔谈》卷十一“贻砚斋诗删”条《贺新凉·题红楼梦传奇》曰：“情到深于此，竟甘心，为他肠断，为他身死。梦醒红楼人不见，帘影摇风惊起。漫赢得，新愁如水。知有前身因果在，愿今生，滴尽相思泪。频唤取，颦儿字。潇湘馆外春余几。衬苔衣，残痕一片，断红零紫。漂泊东风怜薄命，多少惜花心事。忍重忆，葬侬句子。归去瑶台尘境杳，又争知此恨能消未？怕依旧，锁蛾翠。”日本汉学家森槐南（1863—1911）于1890年作《贺新凉·读红楼梦用孙苕玉女史韵》和之曰：“情者痴如此，最伤心，迷花蝶化，吐丝蚕死。犹记屏山眉黛蹙，懒把娇鬟拢起。空绘了盈盈秋水。梦见分明醒恍惚，只风前，湘竹吹斑泪。将影写，个人字。今生受尽凄凉儿。算知心，鹦哥雪白，侍儿紫鹃。氤薄难翻前定数，信道人间世事。离不脱玉埋香瘗。悔煞前盟联木石，便灵河岸上相逢未。谁长养，恨芽翠。”

《早花集》一卷　　同治六年刻本

吴筠　撰

吴筠（1783—1808），字湘萍，号畹芬，嘉兴人。上虞训导吴基女，举人李贻德妻。幼颖悟，容止端丽，六岁时侍奉祖母侧，听讽诵内典，曰：是固儿宿所习者。父异之，授以《孝经》《论语》诸书，即琅然成诵。十岁后殚力于诗，由汉魏至近时名集，靡不采揽，插架书常四五百卷，昕夕细绎，未尝释手。贻德母闻之，为子请婚。年十八于归，即以诗义相质难，姻党艳为韵事。姑以吟咏非闺人所宜，稍课以女红，遂寂口不敢言。侍寝后，始篝灯对坐，分笺擘韵，间至达曙，比窗肃理妆，已高堂晨省。姑苦节卅年，筠婉笃恳勤，曲承慈志。侍奉不假婢妪，暇则说稗史瞽词以资谐适。姑病疾时，则侍床闼不解带者匝月，居丧哀泣逾节。承内政，自祭祀馈问暨米薪盐豉之事，咸以身理，又昼夕勤针黹以补不足，不以内顾扰累贻德，使贻德专志经籍。后筠病亦不告贻德，攻苦如常，心耗神竭。逝前促家人掖起，呼镜理鬟毕，款贻德手曰：妾恃才慧，欲妄以女子志不朽业，宜彼苍之靳我年也。愿君砥行绩学，以毋负先志。儿女辈善训之，泉下人瞑目矣。筠卒年二十六。所著《早花集》一卷，有同治六年刻本，附于李贻德《揽青阁诗钞》后。

此集前有程兆和、张瑞墀、马洵、钱保塘、吴康霖、族侄孙遇孙、素书、潘焕荣等名士闺秀题词；李贻德《传》。集中录诗一百七十一首。李贻德《传》曰："妇性闲雅，遇族党燕会，隅坐稠众间，蔼容婉语，应酬必周，诸女伴亦以接謦欬为乐。卒之日，咸为诧惜，甚有啼泣失声者。处室中，微露峻冷，论诗艺，不合则诘屈辨质以护其前；读史传，遇忠义节烈事，必慷慨悲泣。闻者疑谌谇致然，不知实闺中谈艺余也。诗学摧豪折角，剖析古今，不屑以闺秀自命，故造句俊永，而意足以达之，惟本色未汰，脂痕粉影时绕楮墨间。"长诗雄健，如《述怀》曰："来生作女不作男，我当奋哭天皇前。孤松完柏有劲节，旨与桃李斗芳妍。几年生长香闺里，画眉之笔香生矣。宫中纵唤好女儿，已是开花不成子。我欲参经疑，扶风高弟摇手訾。各家健儿竖赤帜，何人肯拜曹家师。我欲修国史，绮阁不封女学士。兰台表志妹补之，刊书未曾列名氏。我欲从军征鸱张，立功异域驱天狼，木兰荀灌相颉颃。昨闻军中下严令，妇人在营气勿扬。蛾眉不用将军妆，幡然云袂归紫房。碧玉箫孔无人弄，桃花万树艳珠洞。白云乡在上清间，依然未醒红尘梦。谢女絮、苏姬图，古今传者能有几。纵传何足当有无，苍天使我不丈夫，娟然面目何为乎。持铁如意击唾壶，今生已矣来生殊。吾若作男生不虚，此愿天或终偿吾。"《除夕自题稿后二首》曰："人逢除夕奈愁何，偏我闲身对酒歌。一世功名知绝望，百年岁月怕轻过。香闺有稿传原易，俊意无诗债尚多。惭愧海棠花太艳，笔情应受杜陵诃。""清思浓香尽偶然，不图贾岛竟终篇。但逢好景多无负，能道真情始可传。和曲竟难工白雪，诗才差喜近青莲。兴来落墨无余想，随意书残一寸笺。"《秋眺》曰："荒原近日增暮愁，烟外寒蛩鸣啾啾。废叶满堤有落响，闲云过树时回头。雁声向北墨横塞，日影平西红满楼。三十六陂没莎草，马蹄烟外长途秋。"《书钓叟》曰："白日不到处，寒溪水自流。松楸远飞落，一簇浓阴浮。板桥长三尺，横跨通层幽。桥外依野渡，树根系孤舟。一翁坐舷际，欹笠垂钓钩。水清鱼可数，花鲈宜深秋。柳条贯双尾，入林忽句留。林间露青旆，酒帘书高邮。一鱼换盎酒，暂作醉乡侯。陶然扶残醉，拳宿前溪头。酒醒忽归去，歌声绕萍州。”《题文丞相传后》曰：“天人策自冠群言，内志先窥一寸丹。只手独扶残社稷，三年终著旧衣冠。血飞柴市燕云黯，魂恋江潮夜月寒。寂寞半闲堂外路，春花秋草共谁看。”《读南史杂咏》四首，皆有识见。亦有清丽缠绵之作，如《月夜寄杏村时读书半斋》曰：“长天洗碧云，淡月笼翠竹。何处倚楼人，笛弄吴宫曲。永夕正三更，春丛鸟群宿。遥想蓬莱仙，摊书犹夜读。夜色淡襟怀，荧然一灯绿。”《即事呈杏村》曰：“郎竟不来来便去，来时欢笑去时悽。落花庭院闲如水，听惯孤枝杜宇啼。”《子夜四时歌四首》曰：“春上红桃枝，垂杨织作丝。翠楼独怆望，永怀去年时。卷幕酌春碧，曾唱花间词。”“薰风一夜散，菡萏馥横塘。小溪月初上，烟艇趁新凉。歌声人不见，惊起双鸳鸯。”“砧杵起遥夜，秋色满青帏。玉关人未返，思罢长唏嘘。长城飞早雪，壮士犹单衣。”“重院闭红帘，深闺泪自雨。去年渺春波，折柳送南浦。今日雪霏霏，何处君归路。”集中多有读诗集而感怀之作，如《前后读古人及当代巨公全集必缀以绝句集之共得六十余首汰后存二十二首》《题杏村稿》《题小仓山房诗集》《秋夜读汤卿谋湘中草》《读家大人竹溪诸稿》《再题家大人遗稿》《题王倩诗后》等。最可称道者为《落花诗二十首》，缠绵蕴藉，雍容有致。诗前《小序》曰：“名花美人俱同千古，筠飞蓬陋质，何敢唐突花神，而当妒风相逼，花片齐飞，一缕愁丝顿成九结，作《落花诗》二十首，哀语沓来，不复检制，第不知我生以后悼花而更以悼筠者复有何人？阅是诗者可以感矣！”《落花诗》其一曰：“初闭重门委翠钿，落花诗在送春先。锦如短梦刚三月，人断柔肠又一年。摇落即今悲少长，低徊无计挽婵娟。故宫脂粉仍如昨，妍笑居然识小怜。”其四曰：“此身如梦亦如霞，惯对青铜感岁华。生有痴缘怜薄命，眼经短劫悟空花。湘妃传恨香留骨，蔡媛回头玉有瑕。鬓影应为摇落改，不须城角听寒笳。”其十二曰：“每从去后惜红儿，惭愧罗郎百首诗。桃叶嫁初常独宿，杨花飞罢正相思。三生香海双蓬鬓，满眼烟波一酒卮。只恨痴情空爱护，不曾分艳到军持。”

《写韵楼诗钞》一卷　　同治十年京江榷署刻本

王瑶芬　撰

王瑶芬，字云蓝，婺源人。两淮盐运使王凤生女，严廷珏妻，才女严昭华、严永华、严澂华之母。幼失恃，随父学诗，常与妹玉芬唱和。喜读性理书，不苟言笑，兢兢以礼法自持。年十八归于严廷珏，奉舅姑至孝，得欢心。主持家事，持之以俭，一如寒素，尽矫世俗豪华之习。乐善好施，劝行育婴、恤寡、施药、施棺、施衣诸善举，乡里号严氏为“善门”。晚年归里又以千金助赈，奉旨建乐善好施坊于门。同治乙丑时乱，官署后有池，广半亩，闻贼至，女永华负瑶芬逾垣投池，池水浅，不得死。贼退，郡之妇女来救瑶芬及全家出。一儿亡，挈柩归，率细弱跋涉数千里南旋。归里后，终日危坐，手不释卷。后夫丧，瑶芬绝笔不作诗。咸丰己未，二儿成进士，读书中秘，瑶芬痛夫不及见之，作诗六章勉之。自黔归，舟次汉口夜话，示女永华一律，后遂不复作。所著《写韵楼诗钞》一卷，有同治十年辛未（1871）京江榷署重刻本；同治十二年（1873）癸酉严廷珏《小琅玕山馆诗钞》附录本。

此集为同治十年刊本，前有道光己亥陆以湉《序》，女史孔昭蕙、郑贞华题词。卷末女严永华《识》曰：“《写韵楼诗钞》刻于黔，已付劫火，永华于里门搜得旧本，增入七首，重付手民。诗不敢赘述，谨述我母性情、心术及数十年踪迹如此。”集中录诗二百一十九首。陆以湉《序》曰：“吾友比玉司马豪于诗，所著《小琅玕山馆集》久已行世。自宦滇后作诗益多，且益工。今年春，以入都之役乞假言旋，相见于里门，握手论诗，积日忘倦。谈次，复出诗一轶相示，则其配王云蓝夫人《写韵楼集》也。读之，思沉而骨峻，神幽而味超。如芙蕖之出水，亭亭特立，而凡卉莫敢与之并。所谓体素储洁者，殆无愧焉。尝论闺媛之诗，大率缘饰为工。不复衷之理要，以固其体；求之性灵，以咏其致。虽篇章华缛，足炫人目，而浮辞既胜，真意泯没，其诗终不可以传。若夫人之诗，岂非度越流辈者欤?”王蕴章《然脂余韵》卷三曰：“近从友人胡寄尘处借得《写韵楼诗钞》一册，则正云蓝夫人所作也。因得尽览其词翰，《平山堂夜归》云：‘双堤垂柳碧毵毵，万柄残荷一镜涵。添个吴娃香里住，满湖风露唱江南。苇花茭叶扑渔儿，路转红桥树影稀。夜静不闻歌吹闹，一天凉月放船归。’令人想见邗江全盛时风景。”《雁字》曰：“西风影落楚江头，极目萧条木叶秋。万里青天一行字，年年风雪到南州。”《新凉》曰：“深院月如钩，新凉几处留。凄清花外坞，萧瑟竹边楼。捐弃悲团扇，经营到敝裘。西风更无赖，竟夕为鸣秋。”《春日感怀》曰：“春风如剪雨如丝，一片乡心有梦知。记得去年花里别，今朝又值落花去。”皆恬静雅致。亦有苍秀旷达之作，如《巫峡道中》曰：“闻说巫山到，峰峰峭插天。江吞三峡水，树拥百蛮烟。绝壁猿啼紧，寒波雁影连。西风吹木叶，客思倍缠绵。”《出峡感怀》曰：“滟滪堆前放棹行，蜀江流入楚江平。轻舟已过黄牛峡，斜日遥悬白帝城。四面云山添远景，无边风木作悲声。得归今日归犹晚，愁向家园问去程。”《登黄鹤楼》曰：“鹤去楼空在，登临万景收。山连荆口远，水带洞庭秋。烟树千家暝，风帆积叶抽。乡关何处是，东望思悠悠。”《寄外》曰：“落木敲窗响不休，潇潇秋雨逗人愁。征车今夜知何处，又听砧声入画楼。”“寒衣欲寄路迢迢，盼断遥天雁寂寥。万里长安迟远梦，一庭明月伴深宵。”《蒲门秋日二儿下第书来寄此慰之》曰：“从来遭际有前因，万事输人一字贫。历尽艰辛抛骨肉，功名是假别离真。”《辛亥仲秋送五女昭华于归金陵赋此志别》曰：“《内则》能牢记，宜家乃庶几。姑恩同罔极，妇道在无违。定省晨昏外，调和酒食微。贤声传远道，方可慰庭闱。”《奉和蕉卿夫人寄怀原韵》曰：“句不惊人不肯休，还从妙咏见深情。和声鸾管方吹彻，新样鸳机乍织成。学步无才徒刻鹄，扪心多怯类惩羹。寒闺一例寻诗梦，那得奇花笔底生。”

又，王瑶芬之妹玉芬字华芸，至孝，继母疾，尝刲股疗之。婚后，相夫教子，内政修举，夙耽吟咏。所著《江声帆影阁诗稿》一卷，未见。现存诗歌作品，如《春郊晚眺》曰：“陌头缓缓著归鞭，山外苍然起暮烟。衬取斜阳好颜色，桃花林间菜花田。”《寒鸦》曰：“一树鸦如墨，漫天雪似银。输他生耐冷，不比鸟鸣春。”《丁亥正月弟生志喜》曰：“频年菽水强承欢，长念亲衰泪暗弹。喜剧啼声试雏凤，从今慈竹总平安。”《戊子春暮随侍南归留别安昌道署》曰：“三年辛苦种名花，游宦由来便当家。惆怅轻装归白下，春风相忆各天涯。”《思亲》曰：“官阁沉沉夜漏迟，白头亲远最萦思。凭阑为语庭前竹，待报平安入梦知。”思亲之作，至性中流出，足以使人增天伦之重。

《紫佩轩诗稿》二卷　　光绪二十二年吴门刻本

严昭华　撰

严昭华，字小云，桐乡人。严永华长姊，李景福妻。一生悲苦，夫死，长女淑、长子源相继早夭。集中《读从嫂陶太淑人行述》诗不啻自传。曰：“忆我来归日，征途万里长（余幼随先严云南顺宁府任，由顺宁至江宁，水陆计程一万二千里）。一身悲远嫁，同室赖胥匡。破镜怜何早，孤鸾泣未央（君赋《柏舟》时，年甫二十有二）。居常慎言笑（君平居言笑不苟），服御戒时装（君衣饰陈设皆从古朴）。钦佩冰霜操，欣联娣姒行。欢犹未期岁（余来归一载即遭发逆之乱），祸忽起封疆（发逆起事于广西，犯长江顺流而东，直窜江宁）。烽火连天赤，征云匝地黄。举家怜遽散，劳燕各分张（贼逼城时，举家奔散各不相顾）。风鹤频惊惕，山林漫隐藏（出城后，初犹避居近地，迨风信日紧，远走溧阳阳羡山及徽之黄山，迁徙无定）。君游燕北地（君只身携孤转徙至直隶保定府），我泛粤东航（余随先夫子宦游广东）。姑氏悲长逝，慈云永绝望（先姑王太夫人卒于夫兄小涵郎官任所）。良人遭毁瘠，造物降灾殃（先夫子宦粤十四载，补授连平州知州时，方督勇剿吴家堡土匪，闻讣后哀痛致疾，卒于粤省，未及奔丧）。集腋扶归榇（先夫子操守素严，缺亦瘠苦，同僚集资始克归丧），居苕无宿粮（余流寓乌程之苕溪，有在陈之厄）。偶然来白下，相共话沧桑（余携源儿两赴江宁料理家事，并应秋试）。归棹霜残菊，思君月满梁。致身悲女孝（淑女为余病刲臂，风入经络，病死），化鹤痛儿亡

（源儿于淑女死未三年亦继夭）。愤欲归蒿里，恩犹恋北堂（时先慈寿已八十二龄）。纪年值壬午，比屋卜金阊（余应少蓝妹之招来苏州，适君亦携子妇孙男女寓此，遂与君赁屋同门而居）。承慰只身苦，堪怜两鬓苍。承欢有子妇，循职进羹汤（古余侄天性孝，侄妇尤能助夫尽孝）。侍我尤申敬，分甘每馈尝（侄因余遭逢逆境，居恒寡欢，每进言劝慰，偶出门必携甘鲜，奉母兼以馈余）。吟梅题石壁（余与侄曾探梅邓尉），访古陟高冈（君携子邀余游天平山）。聚首刚三月，分襟各一方（余赴湖州云樵山拜扫先夫子墓，君亦就养赴浙江）。音书希问讯（数年以来因乏便人，各未通信），睽隔感参商。我命遭奇厄，遗孙又惨伤（余孙真嗣，年十六，冬闲拟完姻，六月七日猝殇，悲哉！悲哉）。独居吊形影，触处总凄凉。阔别遭尤苦，重逢愿冀偿。忽焉见小阮，疑是梦黄粱。欲诉余怀苦，惊闻尔母丧（余与君别十数年，彼此居址皆不悉，近始闻君已返，真侄起复后，仍仕浙，眷属尚寓苏州，然亦未知其里巷，作一书遣老苍头偏觅得之。适侄方海运差旋尚未去浙），一抔悲宿草（君卒已四载余），中寿返仙乡（君卒年七十有六）。言行呈条记，文章最密详（侄奉行述来见）。展观未竟帙，掩泪结愁肠。训后推贤母，治家饬大纲（君主家政者，四十余年，独立门户，辛苦备尝，凡事一本祖宗法度）。女孙刲臂肉，稚弱识纲常（君七十二岁时曾病痢，长女孙增刲臂肉煎汤而进，遂立愈。增年甫十二也）。侍疾甘愚孝（君病时侄、侄妇均割臂），遗言莫恋娘（君遗言节哀，不可一味恋娘云云）。入棺遵古敛，受服制衰裳。朝夕亲承奠，寒温自拂床。与人无庆吊，足迹禁闺房（丧礼悉本大清通礼，参合士丧礼行事）。三载情堪悯，终天恨莫忘。为文陈苦节，奉诏表幽光（去年三月奉旨旌节妇）。绰楔恩荣焕，春秋俎豆香（去年八月栗主入祀节孝祠）。姓名昭史册，闾里播芬芳。我谊应歌挽，垂型厥后昌。”所著《紫佩轩诗稿》二卷，有光绪二十二年吴门刊刻本。

此集封页有“光绪二十有二季岁在柔兆涒滩壮月刊于吴门”字样。集前有兄严锡康题词，卷末有子婿陈恩澍题诗、侄滨《跋》。《紫佩轩诗稿》为上下两卷，上卷录诗一百五十六首，下卷录诗九十五首。《菊》曰：“西风飒飒雨生凉，篱畔花开晚节香。不羡三春桃李艳，独留瘦影傲清霜。”《秋风》曰：“昨夜西风起，招来小阁凉。林枫敲败叶，篱菊散清香，隔院砧声急。谁家笛韵长。莼鲈方系念，依旧客他乡。”《秋夜咏月》曰：“有客停琴待，相邀共酒樽。古今情不老，大地影常存。碧海翻银浪，金波涌玉盆。绳梯如可借，矫首叩晶门。”《奉和慈亲初秋感怀元韵》曰：“井梧窗竹作新秋，枨触慈怀动别愁。凉夜苦无消遣计，卷帘延月上西楼。”《九日偕妹少蓝作并寄仲兄芝僧》曰：“又是茱萸会，秋光堕酒杯。天涯兄弟远，佳节雨风催。红叶当帘舞，黄花夹径开。离情正无限，怕上最高台。”《题蕙风嫂砚香阁诗草二首》曰：“箫声吹出凤凰台，闺阁争夸咏絮才。一卷砚香吟草在，焚香不厌读千回。”“幽情逸兴寄词章，不咏梅花句亦香。莫讶令晖才调好，家传学业有青箱。”《花朝偶咏索蕙风嫂少蓝妹和》曰：“天涯滞迹又芳朝，廿四番风已半消。杨柳梢头莺语滑，樱桃花底燕声娇。谁携绿酒酬佳节，争向红闺剪彩绡。遥忆西湖风景好，春波浩渺泛兰桡。”咏史之作，亦有新意。《明妃》曰：“汉家失策是和戎，手抱琵琶别故宫。青冢一抔千古恨，雁门关外泣春风。”《陈皇后》曰：“阿娇金屋竟忘情，自古君恩旦夕更。赖有黄金能买赋，回天妙手感长卿。”《西施》曰：“苎萝村女颜如玉，吴苑承恩转负吴。鹿走苏台亡国后，捧心应亦费踌躇。”《班婕妤》曰：“君恩虽重敢忘规，辞辇端言仰令仪。自是贤人遭谤易，秋风团扇唱哀词。”《杨妃》曰：“华清浴罢承恩重，谁料渔阳动鼓鼙。惆怅曲终人不见，马嵬坡下子规啼。”《绿珠》曰：“绝代姿容一旦摧，可怜金谷竟成灰。美人拼向楼头死，十斛明珠换不回。”《蔡文姬》曰：“绝塞飘零翠黛残，只凭曲里诉辛酸。当时不少知音士，何事怜才让阿瞒。”《过岳阳楼》曰：“万里离家赋远游，扁舟重泛洞庭秋。霜飞木落村常见，风定潮平岸欲浮。湘水南来归一派，君山西望恰当楼。徘徊大有登临想，又挂蒲帆出岳州。”《黄鹤楼题壁》曰：“高楼金碧夕阳明，楼下波涛势不平。骑鹤仙人何处去，梅花一笛感江城。”

《含芳馆诗草》一卷　　同治六年刻本

严澂华　撰

严澂华，字穉芗，王瑶芬幼女。因父适权澂江郡篆，故名以澂。生性和婉，能诗善画。澂华至孝，为母刲股和药，以求身代。先在滇黔时，母以边地乏才，相攸宜慎，故长而未字。年十三，父病，昼夜侍汤药，衣不解带者累月，及殁，哀毁尽礼如成人。母年七十，病痢甚剧，则炷香祷神，请以身代复，潜刲臂肉和药以进，不数日，母病骤愈。后感微疾，暴卒，年三十，尚未字人。次兄严辰题诗赞曰："独我七姑事，可喜弥可荣。刲股救吾母，母病庆更生。母生而妹死，格天本天性。众为请于朝，褒旌出帝命。春秋列祀典，绰楔诗可留。牵连一家人，附名传千秋。"严永华题诗赞扬曰："爱我若同产，赁庑经三霜。刲股人不知，独我侍其傍。君死岂沽名，借为家乘光。殉国事不遂，代亲愿竟偿。兄忠与妹孝，两事同流芳。"严昭华有诗《挽穉芗妹二首》，《小序》曰："余与穉芗妹别廿年矣，山川间阻，会面无由，月夕花辰徒增惆怅。辛未冬，扶先夫子柩由粤东归里，满拟雁行，重聚怅诉离情。不意客秋因慈亲患痢血甚剧，医皆束手，妹割股煎汤以进，祷天愿以身代，母疾果愈。而妹竟于是日得疾，百药不效，竟而仙逝。余闻耗，哀痛几绝。辄欲为文悼之，辛酸不能落笔而止。妹旌孝女，建坊入祀节孝祠，叔和兄昔年殉难贵州石阡府任所，奉旨旌恤，亦于是日入祀昭忠祠，兄等属往送，余因患疟不能诣祠，感赋二首。""兰闺底事竟分襟，雁影凄凉感不禁。祷向苍穹真有验，名标青史本无心。廿年踪隔天涯远，一恸情关手足深。寂寞空庭愁独立，月明恍若佩环临。""姊妹花残已怆神，孤鸾况复镜生尘。朱门一梦成弹指，苕水三迁为择邻。写韵我犹才子癖，盖棺君是女儿身。堂堂莫漫夸忠孝，福慧双修尚有人。"所著《含芳馆诗草》一卷，有同治六年刻本，附于次兄严谨《清啸楼诗钞》后。

此集为妹严永华为之刊刻，卷后附《新辑桐乡县志孝女传》、严辰《幼妹穉芗小传》《幼妹穉芗墓志铭》，另有《孝女坊刻礼部原奏稿》《孝女坊刻传略》《孝女坊题诗》及严锡康、严辰、严永华、严钿、沈秉成等人题诗、联语。《先大夫忌日感赋》曰："不省音容已十年，每逢令节倍凄然。伤心多少思亲泪，何日方能洒墓前。"《秋夜》曰："宝鸭香消尽，兰闺人未眠。夜凉风淡淡，云净露娟娟。砌下虫吟切，窗前月影偏。银壶催漏急，诗思奈缠绵。"《巫峡》曰："青峰高插白云边，搔首惟看一线天。闻说巫山今已过，奈何神女见无缘。"《岳忠武王墓》曰："忽下班师诏，朱仙战绩空。君心轻社稷，天意阨英雄。狱竟成三字，人谁计两宫。至今余宰木，南向表其忠。"《明妃》曰："一曲琵琶泪暗垂，天教绝域作阏氏。寄声女伴承恩者，买赋还留买画赀。""堂堂君命遣和亲，万里长城属此身。堪笑史官多曲笔，却推卫霍作功臣。"《暮春即事》曰："懒向窗前理绣丝，拈毫闲赋送春词。牡丹含蕊芳兰老，正是杨花得意时。""夕阳影里一凭栏，乍试罗衣怯晚寒。不识春光何处去，落花蝴蝶舞成团。"《偶成》曰："善病连朝废女工，韶光九十算将终。枝头杨柳仍含碧，水面桃花半落红。愿逐杜鹃栖故树，不随蝴蝶恋春风。小鬟忽地来相报，一曲新歌出院东。"《送少蓝姊之京师》前有《小序》曰："澂与少蓝六姊随宦滇黔，形影相依二十余年，不知有离别之苦。自去冬姊赋于归，甫离膝下。兹于戊辰闰夏挽鹿北行，一生离绪，千里相思，从此始矣。因赋俚句四章，奉送锦程，聊当阳关三叠云。"诗曰："官阁相依日，兰闺乐事长。看花同觅句，拜月共焚香。游戏填新曲（曾与姊谱琴玉缘弹词），欢娱奉寿觞。那堪离别后，独坐镇思量。""此别真难舍，重逢未可知。白云劳远望，红豆寄相思。夜雨听何处，春风坐昔时（澂幼时从姊授读）。怕伤慈母意，有泪背人垂。""有姊天涯隔，相思入梦萦。频年无一字，远水阻千程（小云五姊随宦岭南已三年无消息）。复此送君去，能无伤我情。宵来梅雨涨，呜咽作离声。""雁字分飞去，何时得再亲。将离重把袂，惜别共沾巾。旧句风前絮，新愁水上萍。临歧惟一语，莫厌寄书频。"

《宜琴楼遗稿》一卷　　光绪二十二年刻本

严针　撰

严针，字指坤，严永华从姊，严廷琛季女，周善宝妻。严锦赞曰："幼侍慈亲偕妹读，长随夫婿挈儿归。自惭未得江山助，一赋芜城让令晖（妹曾避兵之扬州）。慈乌失哺痛诸甥，文豹留皮属阿兄。不负呕心吟刻苦（妹素患咯血），百篇诗换百年名。”所著《宜琴楼遗稿》，有光绪二十二年刻本，另有《红鹅阁诗稿》，未见。

此集为其长兄严锦为之刊刻，卷首有严锦题词，集中录诗九十二首。《读桃花源记题后》曰：“一入桃源里，红尘谢俗缘。但闻鸡犬韵，不识汉秦年。此外疑无路，其中别有天。问津终渺渺，徒羡老渔船。”《集迪周兄梦罗浮室分得松声》曰：“疑是寒涛海上生，高松谡谡夜闻声。半山苍雪飞空下，一枕秋风撼梦清。和人琴心更幽畅，听来泉韵不分明。何人拄杖深林里，洗尽红尘俗客情。”《咏篱豆花》曰：“柴门静对竹篱修，野豆花开处处稠。低覆绿藤遮卧犬，平分红影杂牵牛。一天小雨新含蕊，四面斜阳澹入秋。临水人家最清绝，畴瓜园栗想同收。”《秋虫》曰：“何来唧唧韵凄清，蟋蟀频催四壁声。孤馆静挑灯一点，空阶细诉月三更。夜深砌畔吟难稳，秋冷帘前话不平。莫怯小庭风露重，几回侧耳倚窗楹。”《咏渔火》曰：“连天秋水碧于油，向晚渔翁网未收。两岸芦花遮不住，一星红出钓鱼舟。”《红叶》曰：“无边寒信逼江枫，一夕清霜万树红。画境忽开秋水外，诗情多在夕阳中。长门落后愁班女，短句题成忆汉宫。莫道风光最萧瑟，白萍相映画桥东。”《春日偶成》曰：“重帘镇日下双钩，为怕东风入画楼。细语梁间初到燕，新晴墙角不闻鸠。绿垂园柳轻烟护，红映庭花夕照留。绣罢手裁笺一幅，偷闲小字学蝇头。”《咏秋海棠》曰：“斜搭阑干睡起时，婷婷娇态胜西施。怜他春色无从伴，背着秋风冷不知。”《有感》曰：“如水年华去不留，回思往事总悠悠。流离已散书千卷，磊魄难消酒一瓯。虾菜肥鲜忆乡味，鹦花烦乱惹春愁。是谁学画蛾眉样，试看窗前月半钩。”《七夕》曰：“今宵乞巧兴偏浓，休道罗云护几重。若不天荒并地老，一年总有一回逢。”“最怕金风作晓凉，鹊桥依旧上河梁。碧翁若有垂怜意，此夕须教分外长。”《舟中晚眺》曰：“天际鸟归尽，远山如雾中。凉波无月白，老树未霜红。警夜孤村犬，吟秋两岸虫。柁楼催晚饭，翦烛掩疏篷。”《送灶词》曰：“莱芜冷落甑生尘，金谷豪奢蜡代薪。我但平心祝司命，不求富亦不忧贫。”《新燕二首避乱时旧作》曰：“红树梢头才别去，碧桃花底又飞还。此来应笑无家客，仍住黄茅屋半间。”“千里乘风结队游，定抛老燕在汀洲。输他反哺乌情急，雨雪巢中伴白头。”《感怀》曰：“懒解琴囊懒抚琴，只因世上少知音。从今不使愁城困，自古难填恨海深。堪笑人情多险计，可知天道岂私心。回看但觉归期近，须惜光阴似寸金。”《丁卯暮春夜发桐溪舟次有作》曰：“春风吹送片帆悬，无数垂杨锁暮烟。一片寒涛春枕上，半钩明月堕窗前。隔溪僧寺钟声动，沿岸渔舟灯影连。万斛离愁今渐释，明朝骨肉话缠绵。”《感怀》曰：“夜深但听漏声声，使我愁怀百倍生。每忆椿萱悲莫解，惯因风雨梦难成。人情更比秋云薄，世事浑同浊水倾。觅得桃源堪避俗，免教常抱不平鸣。”

又，严钿（？—1894），字也秋，自号吹笙楼主人。严廷琛长女，海宁马兰香妻。所著《返魂香室诗稿》一卷。工诗善画，严辰赞曰：“也秋工诗，为吾乡闺秀之冠。”曾题许夔梅画兰四绝，诗笔隽秀。

《澹香吟馆诗摘抄》一卷　　光绪三十四年抄本

严颂萱　撰

严颂萱，字玫君，桐乡人。严永华侄女，李某妻。所著《澹香吟馆诗摘抄》一卷，有光绪三十四年戊申抄本。

此集首页有“严女士名颂萱，字玫君，浙江桐乡人，适江苏上元李，能书画，善弹琴，著有《澹香吟馆诗草》。陈一鹗制”字样。集中录诗十七首。清丽娴雅，如《写墨梅自题》：“毫端不许一尘侵，晴雪空山有梦寻。小谪神仙余瘦骨，耐寒月姊是知心。欲藏疏影宜笼帐，爱弄清香自谱琴。缟袂相逢空结想，横斜画罢又长吟。”《沪江旅夜思慈亲于吴门口占二律》曰：“残月堕窗明，思亲梦不成。心驰来去路，指屈短长更。避劫全家寄（时吾乡客民起衅，因迁避焉），承欢两地争（颂萱与大姊居沪，而少弟与二姊居吴，彼此争迎）。天涯秋意满，白发几丝生。”“世缘都悟彻，只恋北堂慈。性僻惟亲谅，思偏任女痴。穷愁诗卷诉，净业佛灯知。明日家书至，潘舆返有期。”

《得少蓝姑母自都门来书以一诗志念》曰："千里家书到海滨，菊花天气雁来新。昨偕阿母灯前话，寒近长安病里人。"《丙午秋八月三日鄂都张孝达宫保七旬赐寿时颂萱在节署为诸女公子伴读敬赋四章以当台莱之祝》曰："万斯年为国家谋，天下文明始鄂州。公望峻偕衡岳老，臣心清鉴汉江秋。九霄先睹初三月，百派都宗第一流。寿鹤南飞新谱曲，笛声迎上庾公楼。""曲江风度冠朝臣，七十春秋砥柱身。敌国皆惊司马相，名儒谁肖卧龙神。合连中外车书便，旋转乾坤日月新。不数耆英图盛会，丹青正欲上麒麟。""鸣珂有里望京华，使节年年八月槎。偶话前身金粟果，重簪少日上林花。留侯仙骨应千岁，燕国文名是一家。雏凤声清半才女，玉台著作听人夸。""龙门依托感恩深，沆瀣渊源数世寻（公于吾家文字缘最深）。只对经书惭绛幔，也凭绣谱乞金针。传家定有班昭史，怀旧犹存蔡女琴（公为父执，以犹女视颂萱也）。生与千秋佳节近，长持金鉴格君心。"《丁未中秋写墨梅题赠同砚张随卿女公子即庆其二十初度也》曰："生初得气最清华，为写瑶台第一花。闺彦也知调鼎事，千秋金鉴在君家。""霓裳舞曲月中看，冰雪聪明画亦难。生就梅花仙骨格，琼楼玉宇不知寒。"

《茗华阁诗稿》一卷　　光绪二十二年李源《冷香楼诗稿》附录本

李淑　撰

李淑（1856—1878），字蕴卿，嘉兴人。严昭华与李景福长女。淑善箫，并工吟咏，归蕲水陈年长。赋性贞淑，与弟梦梅奉事母严氏尤谨。流寓乌程之茗溪时，母病，医治日久不愈，则祷天割臂投药中，饮之顿愈。光绪四年冬，母病又大作，与弟梦梅日夜侍疾，辛苦焦灼致呕血，再割臂煎汤以进，果再获愈。后因创重袭风，卧病数日，不起而卒。所著《茗华阁诗稿》一卷，光绪二十二年（1896）丙申李源《冷香楼诗稿》附录本。

此集录诗作三十首，后有陈恩澍题诗十二首，曰："更阑烛尽夜沉沉，检点遗笺泪满襟。一卷莲华成慧业，十年荻画瘁萱心（蕴卿女红诗学皆承母教）。离魂空讶惊鸿影，赋恨长为牧犊吟。海上仙山知远近，人间何处觅青禽。”《咏竹四首》曰：“清风劲节最心钦，一径潇潇满绿阴。独许高人青眼顾，未容俗士擅相侵。”“虚心独抱玉无瑕，不作寻常堕混花。任是凌霜甘寂寞，阿谁倚袖夕阳斜。”“一帘清影梦潇湘，相对竿竿俗虑忘。千古高风君子节，岂同凡卉斗芬芳。”“六月凉生绿满林，此君端底绝尘心。千竿不厌窗前种，准备宵来皓月临。”《流萤》曰：“零星腐草闪青光，飞入帘栊点客裳。记否当年传韵事，隋隄曾助美人妆。”《秋柳》曰：“青青客舍几人归，汉苑三眠是也非。絮化萍踪犹缱绻，眉描翠黛尚依稀。长堤暮雨疏枝冷，古道秋风落叶飞。流水一湾嫌寂寞，风流消歇吊斜晖。”《秋花》曰：“西风飒飒透罗衣，寂寞闲庭客到稀。瘦蝶枝头犹恋恋，残萤叶底尚依依。秋容淡泊诗情远，暮雨萧疏酒兴非。砌畔海棠篱畔菊，不同春卉斗芳菲。”《梅花》曰：“冲寒不畏雪霜欺，位置天然自合宜。花气入帘香漠漠，春风度岭意迟迟。孤高别擅神仙格，冷淡难求俗世知。证取前身向何处，空山人静月明时。”《春暮偶成》曰：“妒花风雨又相催，姹紫嫣红点碧苔。闲爇名香读秋水，任他春色去还来。”《初夏晚成》曰：“虾须帘卷玉钩斜，庭院深深噪晚鸦。屈指朱明时节近，隔墙红出石榴花。”

《纫兰室诗钞》三卷　　光绪十七年刻本

严永华　撰

严永华（1838—1890），字少蓝，桐乡人。云南顺宁府知府严廷珏女，安徽巡抚归安沈秉成继妻。秉成字仲复，自号耦园主人，归安人。秉成雅爱金石、书画，所收蓄皆精绝，手自考识，多散落人间。秉成始在京师得汧阳石，剖之有鱼形，因以“鲽砚”名庐，参编《顺天府志》《沈氏家乘》。永华幼有至性，通书史大义，十余龄即娴吟咏，尝刲股疗亲疾。父殁，随兄谨石阡府任，兄谨御叛夷巷战死。永华仓促负母逾垣避，获免，旋归里。沈秉成德政多资内助，光绪十六年畿辅水，永华制棉衣以施皖南北；久不雨，永华躬自祈祷。后因劳剧遽卒，年五十五。所著《纫兰室诗钞》三卷，有光绪十七年刻本；光绪二十二年吴中刊本；民国八年刊本。

此集为光绪十七年刻本，封面有宝熙题字样，前有张之万、龚易图、严辰、朱福诜四《序》。集中录诗二百零六首，此集为严永华十一至三十岁婚前所作。龚易图《序》："乃于问安视膳之余，不减补黍循兰之乐。缥缃既富，巾帙斯盈。此《纫兰室》之集所由作也。"张之万《序》曰："夫人远降鱼轩，出随羽葆，所过湘峰九疑，桂林独秀，得名迹之胜助，发思古之幽情。造端微言，感兴嘉咏，蔚成诗史，无愧大家。方之国朝闺彦《长离阁》《芸香馆》诸编，其怀寄之深，标会之夐，不是过也。"严辰《序》："昔人谓闺秀之诗，得名易而传世亦易。盖以士夫诗者多苛责，论闺秀诗多恕辞也。然此特为寻常闺秀言之，若夫天授诗学，人结诗缘，地历诗境，而为闺秀者，则与寻常闺秀不同，而诗迥异。因是得生以诗名，没以诗传，此其中实有诗福存焉。惟吾妹少蓝夫人足以当之。""大凡女子有才，难求佳偶，谢道韫所以有天壤王郎之叹也。今吾妹得配仲复前辈，以鲽砚之祥，为鸾胶之续。倡随既洽，黻佩增荣。前辈本翰苑宏才，讲求诗法，宗右丞以追老杜。举案之余，时承指授。故妹自东床作合，而诗格一变。自东山复出，而诗格再变。名与位高，学随年进，而特秦嘉、徐淑之有才无命者，不可同日而语，即孟頫道昇鸥波韵事，亦有过之无不及。所尤奇者，因缘之起，即兆于诗。方咸丰申酉间，余与前辈在京，同居馆职，时相过从。适妹自黔南寄手绘花鸟四帧，并加题句。余即张之客座，为前辈所见，归述于前配姚夫人，深加叹羡。姚夫人笑曰：'君既慕此才女，他日可求为继室。'不意一时之戏言，遂成百年之佳谶。所谓人结诗缘者，此也。""若吾妹生长滇黔，随父兄宦辙所至，于滇之三迤，黔之上下游，跋涉几遍。搜奇抉险，悉发于诗。自叔弟殉节，侍母南归。易洞壑幽深之境，为江湖浩渼之观。时与兄妹篷底联吟，以供笑色，今皆具见集中。迨于归后，随轺四出，东则曾经沧海，北则亲睹皇居，西则远及炎荒，南则溯洄天堑。出处廿四年，往还数万里。到处双旌揽胜，双管留题，以巾帼而获江山之助。""地历诗境者，此也。然世间闺秀，岂无抱诗学、缔诗缘、游诗境者乎？而卒至生无名，没无传者，由无诗福也。若吾妹订三生之契，膺一品之封，而伉俪情深，游扬意切。故焦山吸江楼之诗、桂林叠彩山之诗，前辈皆为大书深刻，泐石摩崖，传播四方，与山俱古。今又心伤遗挂，特将刊所遗《纫兰室诗钞》三卷、《鲽砚斋》三卷，寿诸枣梨，以垂不朽，可不谓之诗福也哉?”永华十一岁奉亲命作《送缁生兄应试北上》：“破浪乘风壮此游，雁行分手意悠悠。相期早啖红绫饼，聊慰门闾朝暮愁。”时有清丽之作，《取雪煎茶戏作二首》曰：“蛮奴缚帚不须忙，留取中庭白一方。学得仙人餐玉法，重楼十二转神浆。”“蟹眼初翻颗颗珠，斟来香色味皆殊。茶经但著人间品，识得天河一派无。”行旅诗得江山之助之作，亦可诵。《石虬亭》曰：“滇山看已遍，来上石虬亭。嵌壁碑文绿，盈阶草色青。相逢原旧识，此别可重经。倚柱闲吟句，神龙漫出听。”另有送亲忆家诗，温柔敦厚。《送叔和兄归试》曰：“今朝分袂去，两地鹡鸰愁。浙水怅离别，华山怀唱酬。莺花动西笑，风雨壮南游。遥指滇池路，行鞭去不留。”《送缁生兄赴黔》曰：“聚首既云乐，肯复分两地。今朝忽临歧，此别殊非意。忆我垂髫年，曾向绛帷侍。三月坐春风，居然动诗思。擘笺送君行，耽吟自此始。君生有夙慧，笔挟风云气。抟扶期直上，胡为艰一第。科名不在文，我早识此义。先君虽久宦，为政称廉吏。身后竟萧然，至遗慈母累。饥来驱君行，出门一挥泪。黔中君旧游，云天有高谊。使君况友善，愿拜麦舟赐。炎飙正酷烈，珍重慎寝馈。计程无一月，尺书勤寄慰。沿途揽名胜，佳句收灵异。境穷诗益工，斯言良可味。相顾增太息，会难别何易。”《次韵绚霞嫂行次泾南见怀》曰：“人间最苦是别离，一别如何遂二期。天边鸿雁忽飞至，新诗慰我长相思。既言怀才如谢女，又言佩德同班姬。感君期望意良厚，初七下九徒荒嬉。忆自五华一挥手，无复领略书画诗。惜哉相思不相见，长夜魂梦空奔驰。我居蒲门已二载，山城地僻多蛮夷。今忽闻君赋行役，蒲帆日挂河之湄。暮云春树望不极，恍从落月窥芳仪。见何难兮别何易，珍重迢迢双鲤贻。”《武侯祠》曰：“丞相祠堂吊夕晖，森森翠柏俨成围。百蛮风俗留铜鼓，一代勋名本布衣。北伐未能恢帝业，南人终古慑天威。当年将略难轻议，长有风云听指挥。”《乙丑五月十四日叛苗陷石阡叔兄巷战死节余亟负母逾垣出余人从之既闻贼将至全家投署后荷池中贼相谓曰严太守清官眷属不可犯也遂得免贼退后奉母旋里途中纪事得诗四首》曰：“边城从古叹孤悬，忽见军烽照义泉。狭巷短兵相接战，亲闱永诀敢图全。衔须温序忠魂在，食肉班超壮志捐。恨乏兰台修史笔，国殇犹待杀青编。”“早办靴刀一死轻，全家蕉萃困围城。已拼沉水从先络，谁使逾垣作吕荣。天意欲全黄口嗣，时危竟弛赤眉兵。惊魂定后还思痛，自是明祇感至诚。”“吏才经术久闻名，东海争夸万石荣。毕竟家声传义勇，早知天道极神明。白头供养心余恋，朱鸟归来泪共倾。最是联床思旧约，中宵风雨怆离情。”“瘴雾蛮烟路欲迷，荒村野店听鸣鸡。只知当道横罴虎，又说严城急鼓鼙。饥鼠夜深背灯出，怪禽日落向人啼。加餐还祝慈闱健，早晚归程指浙西。”

《鲽砚庐诗抄》二卷　　光绪二十二年耦园刻本

严永华　撰

此集共收录诗作一百一十七首。缘婚后所作。《外子侨吴十年矣甲申冬以京兆诏起感述一首》曰：“伯鸾高士未受职，五忆长谣去京国。运期姓氏无人知，汉皇悲伤求不得。我佩子绂逢清时，左飧右粥皆帝力。赁庑聊复充偕隐，灭灶何尝希悻直。往者巨屏防蔽贤，坐耗太仓自投劾。本非汲黯薄淮阳，敢望樊英应坛席。忽闻征辟到东山，便办严装趋北阙。黄图三辅古称雄，赤县九门今更剧。自从近畿更水旱，未免穷檐有饥溺。要令襦袴遍拊循，庶几桴鼓少衰息。东望瀛海通析津，北游空桐戴斗极。鹿车对挽夙所慕，油幢共引愿岂及。画眉未敢被轻惰，蓬头幸复知礼则。京秩从来策旧勋，夙夜寅清励明德。”《题焦山吸江楼》曰：“到此游踪倦，山椒旧有亭。一椽聊可憩，四达不为扃。石佛低眉坐，云君招手停。老龙听诗处，清韵发中泠。”“绝顶临高阁，苍茫入望收。山含太古意，月照大江秋。云水通呼吸，帆樯自去留。何须扫浓翠，面面豁吟眸。”《随宦桂林未遂揽胜之愿匆匆去阻雨愆期因挈马甥瑞熙女寿慈两儿瑞琳瑞麟登叠彩山盘桓竟日赋此留题》曰：“桂林山水窟，名甲寰宇中。天教廓诗境，宦迹留泥鸿。未遑事幽讨，尘俗空填胸。携雏欲先去，归棹寻吴淞。仆马已在御，歌骊行匆匆。阳侯若有知，恍惚梦里逢。为言名胜地，自古无异同。胡为淏溪游，长歌诗兴浓。兹境不一顾，毋乃情不钟。因之小作虐，澎湃横流冲。颠风已断渡，偷闲访灵踪。山城无百里，詄荡多奇峰。层峦叠锦彩，佳气郁葱茏。飞阁出岭表，清赏溯元公。古堞隐崇雉，深涧饮长虹。坐久心颜开，瑟瑟来清风。雨余空翠滴，洞古白云封。豁然忽开朗，异境探不穷。老佛坐岩际，天半闻清钟。青山寿太古，底事首尽童。俯仰忽有悟，山性与人通。此邦人质直，山亦无修容。参差如束笋，夭矫若游龙。山下多沃土，潆洄水一泓。种荷能逭暑，种桑倍农功。民瘠久必乱，民裕国乃丰。愿民登衽席，蚕织毋疏慵。漓江波似镜，倒影青芙蓉。小艇自来去，荡漾双桨红。清景俨图画，拙笔摹难工。凭眺不忍去，夕照辉长空。何当携绿绮，一鼓风入松。"《春日偶成二首》曰："鹊噪晴枝傍绮栊，东风吹放小桃红。暂开帘押迎归燕，偶擘云笺寄远鸿。春事今朝花影里，诗魂昨夜雨声中。寻芳双蝶过墙去，绣陌新添绿几丛。""菜花风过又清明，深巷箫声记卖饧。画好终须摹古意，才疏每愧负时名。居凭楼阁神先旷，案有琴书气自清。更欲移家远城市，五湖烟月不胜情。"《杂兴十四首》曰："班惠传家学，岂惟富文词。和熹实受业，景耀铺来兹。元兴延平间，功德何巍巍。定策采人誉，群公协畴咨。损膳赡黎苗，流化加华夷。长乐有记注，典训归母师。官箴最清静，女诫垂令仪。彤管表风烈，愿言告所司。""昆仑与玄圃，实惟王母台。云和扬妙音，容成进玉杯。双材悲不纳，抗歌一何哀。戴胜愁既欢，蛾眉皠已摧。幸有三青鸟，为我衔书来。阿环总真籍，五岳秀骨开。元气亘不死，与之久徘徊。神仙济万世，蜉蝣安在哉。""济南儒家子，实授《尚书》传。木眚与金祥，五行善推衍。水旱各有征，天意不虚谴。自从新法行，罕复论灾变。阴阳互消息，精义于兹见。请陈繁露戒，聊代百工谏。""汉译四万里，博望开其源。遂建都护号，复设戊己屯。黎軒多善幻，荒诞难具论。舟车行千里，权舆实椎轮。堑山而堙谷，欲穷造化根。滔滔尽西逝，狂澜日崩奔。汉阴老抱瓮，亦复赡一身。九阊傥可叫，吾欲窒巧门。"

"杞人虑天倾，鲁女忧园葵。漆室倚柱啸，岂复中顾私。微生饰笃陋，亦荷造物慈。况复借光宠，出入有羽仪。暬诗及夜诵，良意有所规。虫蚁示赤心，言故不足施。""桓氏传经学，文林有志介。愧非五更后，累世见宗派。诵芬守儒素，敢忘清约诫。操行良所奇，贞忮要当戒。骢马行步工，门间会将大。"如《泛舟横塘》曰："垂柳阴中一苇杭，篷窗瑟瑟水风凉。横塘西曲闲鸥少，输与冰莲十里香。"

《琴韵楼诗》二卷　　嘉庆十三年刻本

胡缘　撰

胡缘（1785—1808），字香轮，号碧窗，平湖人。胡星禄女，许景钟室。生具夙慧，善解人意，语言隽妙，父母特钟爱之。母尝教针黹纺纴，一日能尽数日程。心悦翰墨，暇辄窃缗架上书，数问难字。听父兄朝夕谭四声六义，辄欣然有得。翻阅简册，禁之不能。十三四，见叔兄金法画，即调丹粉，学徐黄写生，颇鲜润有致。学书画成，去而学诗对弈，日与两兄一弟角艺为嬉戏。因其在家时，终日横一几北窗下，弄柔翰，拂素纸以为戏，故自称碧窗女史。年十九，嫁许景钟。戊辰得男。后病剧，邀画师写照，曰：儿长如见我也。卒时口占一绝："收拾行装赴夜台，灯花何喜向人开。三年幽怨终朝泪，听唱黄鸡解脱来。"年二十四卒。许景钟撰《悼亡》、父胡星禄撰《亡女缘小传》、所著《琴韵楼诗》二卷，有嘉庆十三年戊辰（1808）刻本。

此集前有郭麐、徐雄飞、瑶潭叟正基三《序》；父胡星禄撰《亡女缘小传》、蕉花盦主朱为弼作《碧窗女史诔》、兄金胜题《女弟香轮遗像赞》。《琴韵楼诗钞》前有题诗者七十一人；题词者十二人；闺秀题词者十五人：朱澄、廖云锦、查昌鹓、蒋清、张步蘐、陈宝钿、吴恒、宋贞秀、宋贞佩、宋贞球、宋贞琬、孙梦月、姚汭、姚雯、孙湘畹；孙云凤题词一阕。卷末有许景钟《琴韵楼诗后》及瑶潭叟正基、金胜题词以及许景钟《悼亡》六首。许景钟《琴韵楼诗后》曰："方病时，手检奁中诗一册，呈先生，若惟恐泯灭者。予因荟萃散佚，并以质之先生点定付梓。"《琴韵楼诗》二卷，上卷为未嫁时作，录诗五十九首；下卷为婚后作，录诗三十九首。瑶潭叟正基《序》曰："《琴韵楼诗》二卷，感物托兴，即景抒怀，与《葛覃》《载驰》诸什，同一思亲念远之旨，读者亦可悯其志而悲其遇矣。"《缉雅堂诗话》曰："女史性纯孝，多艺能，尤工六法，气韵娟秀，盖才德兼备，惜得年不永。然如《留春》一律，卓卓可传也。"《留春》曰："留春无计送春回，泥饮何须婪尾杯。长日暗移新节序，绿阴深护旧楼台。几番风信吹桐乳，一夜雷声迸竹胎。睡起关心无别事，卷帘好待燕归来。"其余诸诗亦有可传者，皆清丽娟秀。《暮春即事》曰："怪底花残香亦消，空教柳絮满天飘。惜春人似寻芳蝶，犹逐轻风过小桥。"《湖上晚归》曰："买棹寻春背夕晖，一双蝴蝶上人衣。明湖十里春无迹，带得花香满袖归。"《秋夜吟》曰："秋风淅沥秋月明，秋云澹澹秋露清。高楼夜坐百端集，银河耿耿西南横。秋声一片捣衣杵，彻夜凄凉不得住。铜炉香烬更漏残，一夜闲愁添几许。"《西溪》曰："残云逐归禽，落日前村暮。荒林木叶多，风吹如急雨。灯火出柴荆，隐隐闻人语。一声古寺钟，月挂西溪树。"《野花》曰："谁遣名葩在野塘，嫣红姹紫斗春光。一般雨露无私被，到处郊原有异香。逸客孤芳惟自赏，村姑薄媚不成妆。夕阳影里归来晚，为惜韶华醉一觞。"《午梦》曰："午梦初残后，纱窗独坐时。卷帘归燕疾，堕地落花迟。"《舟次魏塘》曰："北下丘为里，乘流到魏塘。薄阴催稻秀，断岸叱牛忙。抟土多窑户，叉鱼习水乡。闲愁若为遣，恐少养生方。"《登东塔》曰："绝顶风扶上，何从着点愁。菰蒲初出水，鸿雁渐惊秋。黄叶林中寺，夕阳溪上楼。登临还极目，得句又勾留。"《落花》曰："花事浑如梦，韶光日暗驰。残霞烘远树，香雾匝新枝。小院莺啼后，高楼帘卷时。将飞犹恋恋，欲落故迟迟。新涨碧于染，浓阴绿渐滋。风吹依细草，雨急点芳池。春色三分尽，秾华一夕衰。江南有孤客，绕树独吟诗。"《月夜》曰："小院夜沉沉，幽人弄素琴。诗因多病减，愁到暮秋深。离恨谁家笛，捣衣何处砧。怕他双鬓影，一夜被霜侵。"《送大兄之广陵》曰："明月扬州廿四桥，送君此去路迢迢。纵饶词句飞金屑，更有何人按玉箫。"《归宁后寄外》曰："社雨连朝洒麦田，辞家又值月初弦。菜花黄后桑芽白，好向东湖放酒船。"

《舟中望马厩庙山》曰："雅山之北案山南，翠阜隆起瞰澄潭。虽无洞壑深窈窕，平田遥望堆晴岚。图经地志均失载，马厩名因野庙在。当年遵海岂至此，或因女吴通行李。簟茀南来骑似云，高冈亦散紫骝群。后来秦皇鞭石时，指挥列嶂如市儿。尔独倔强遁荒野，不随九峰环卫海东陲。作诗吊古增惆怅，芥子须弥无定相。苦忆牛山陨涕人，齐女思归长北望。"

《竹韵楼诗词》三卷　　道光十一年刻本

王淑　撰

王淑（1785—1836），字畹兰，吴江人。江西道监察御史王祖武女，仁和周光纬妻。光纬字焕文，号蓉裳，又号孟昭，室名红蕉馆。光纬少颖慧沈静，年十六七以制义就正于其舅彭希郑，受业于太仓李恂斋、吴江丁熙堂，工楷法，集宋元诸名家书曰《红蕉馆藏真》，著《红蕉馆诗钞》六卷。淑幼聪慧，工诗词，随父宦京师，与杨蕊渊、李纫兰、陈衡芳诸女史相唱和。年十九归光纬。光纬笃嗜风雅，胚胎唐宋杜苏两家而得其神髓，由是夫妇唱和，各工推敲。光纬豪饮博涉，酒一榼、琴一囊，更复挟弓矢以习骑射，不屑意于家事。淑事姑能得其欢心，并代其劳，握算钩稽，萃巨细于一身，旦夕不辞繁劬。后光纬因居母丧，痛不自胜，泣尽而继之以血，疾遂不起，延四载而捐馆，淑由是心伤。自度不能永年，乃为子析产，且云："好自为之。余年老，精气销亡，不复为尔辈计矣。"因光纬夙欲倡捐义田以赡族，未竟厥施而卒，故命于析产内捐千亩为义田，厘定章程，禀官树案。学政申启贤视学，有勖成善志之旌额，至今族人利赖之。所著《竹韵楼诗词》三卷，包括诗二卷、词一卷。有道光十一年刻本；道光二十五年刻本；民国十三年重印道光刻周光炜《红蕉馆诗钞》附。

此集为道光十一年刻本，前有女史高篃《序》及王淑《自序》；闺秀吴江徐嬛题词。卷末录元孙世恩《本生高祖妣王太恭人家传》、侄孙王国华《跋》。集中录诗一百八十三首。元孙世恩《本生高祖妣王太恭人家传》曰："太恭人生乾隆五十年（1785）乙巳，卒道光十六年（1836）丙申。卒后八十有六年，元孙世恩迁处寿恩堂，得《红蕉馆诗》及《竹韵楼诗钞》《琴趣词》，浸板皆历久仍完好，重付印行，更据家乘诠次。太恭人孝慈而笃于亲，敏达而谙于事，能识大体，光益嘉道非鲜，非可以清风盛藻概其徽美云。”任孙王国华《跋》曰：“《竹韵楼诗钞》及《琴趣词》为吾祖姑母所作，镂板行世已久，华数十年前始获见，手抄而庋藏之。盖吾先世庭诰楹书，百无一存，而读《竹韵楼》中有与嗣祖考铁兰公相为唱和，则掩卷沉吟，不禁惊喜之交集也。吾家自铁兰公及本生大父萱堂公由同里迁处邑城，洪杨难起，举室灰烬，流离转徙，铁兰公殁于途次。先君早岁服贾，先世清芬仅略记一二，诏示于庭趋，及小子束发受书，而后所攻惟制艺帖括，不勤搜讨，未弱冠，一毡襆被，外出授徒，岁时假归无几日，与戚党少踪迹之周旋。迨戊申春移居梨花里，始与祖姑母之元孙湛伯时相过从，叙亲旧，谈往事，则铁兰公与祖姑丈蓉裳公往还之书札犹有存者，《红蕉馆诗》刻中亦有投赠而附见之什，不独此诗钞尚存一枝片玉也。”《自序》曰：“余近来病魔缠扰，维持百八牟尼消遣世虑，于风雅一道，久矣置之不问矣。犹忆幼时为先大夫侍御公所钟爱，尝授以诗书，于随宦京华时得交于李纫兰、杨蕊渊诸姊妹，一时拈韵分题，诗笺络绎，固极一时之乐也。”“吾所以汇为一编者，非郑重乎诗也？亦郑重乎先大夫之教已耳。”《竹韵楼诗词》卷首录王淑之母《舟行德州大风骤至扁舟几覆以诗记之》诗曰：“昨日舟行处，追思万念灰。风飞捷似电，树吼响于雷。白浪掀天涌，黄沙扑面来。牵裙携弱女，回首挽孤孩。扶哭依灵座，拈香叩佛台。途穷何足恋，亲老实堪哀。遥望山头转，始知篷脚回。此时惊定后，疑信尚须猜。”集中多与闺友唱和之作。《寄怀筠心姊妹》曰：“迢递关河隔，天涯各一方。相思愁万斛，忆别泪千行。迹已空兰若，春还到海棠。病中消岁月，客里惜韶光。北雁传书远，南云引领望。关心新节物，回首旧词场。月落知情重，江流与梦长。卷帘人寂寂，极目倚迴廊。”《壬戌仲秋出都留别李纫兰杨蕊渊陈衡芳诸姊》曰：“听残薤露又骊歌，折柳临歧唤奈何。白社而今吟兴减，缟衣此去泪痕多。他年或有抟沙聚，往日空教逝水过。郑重一声各分手，秋风落叶满关河。”《李纫兰姊与予别后倏已三载今春以生香馆诗稿见示适成一律以志感怀》曰："京华握手话绸缪，风雨蕉窗互唱酬。谱定金兰盟异姓，车驱油壁忆同游。生花旧有青莲笔，咏絮新传白社秋。今日思君重展卷，聪明只合一生愁。"《寄怀宛怀伯母》曰："别后长相思，五见月圆夕。莲衣堕冷红，梧叶飘凄碧。黯然离愁生，苍茫秋水隔。昨枉锦字书，言言胜药石。自惭经爨材，重荷知音惜。欲寄万种情，情长嫌纸窄。花影倚阑横，凉月穿帘白。不寐独徘徊，天涯渺咫尺。"写景状物清丽娟秀。《纳凉作》曰："寂寂疏帘夏日长，小楼雨过乍生凉。近来诗兴浑消减，闷倚妆台看夕阳。""绿树阴浓覆小池，清波鱼戏影参差。招凉爱抚如拳石，坐看花梢月上时。"《夏夜偶成》曰："窣地湘帘夜气清，映池碧草雨初晴。裁成白纻翻新曲，思与红莲定旧盟。明月入怀摇绮扇，露华如雨湿桃笙。曲阑倚遍浑无语，照见幽情只短檠。"《夜坐》曰："落霞深院静，暝色又黄昏。约梦灯留影，浇愁酒有痕。秋风侵病骨，冷月吊诗魂。为惜清宵景，呼鬟莫掩门。"《风雨连日花事凋残为赋短歌寄慨》曰："尖风荡漾帘波冷，游丝百尺飘香径。湿翠愁红入卧屏，梁间双燕参差影。金钗堕发春眠重，可怜春去愁难送。花开花落费商量，凭谁唤醒流莺梦。柳绵榆荚正悠扬，悄倚桃笙空断肠。芳菲莫怪春光老，人世年年损靓妆。"《过三叉河二首》曰："落木满天涯，孤帆逐暮霞。凄凉舟一叶，曲折路三叉。树影随波动，山光隔岸遮。篷窗凝望处，寒雁落平沙。""日暮柁楼望，怅然百感生。愁心如水长，病骨与秋争。瘦蝶栖难稳，寒鱼夜有声。邮亭灯火暗，数遍短长更。"沉郁苍凉。

《竹韵楼琴趣》录词四十九阕。《极相思·菊魂》曰："非花非雾非烟，渺渺更谁怜。疏香化处，将离未断。休托啼鹃。瘦不禁销扶不定。惹多少，雁吊蛩牵。僝风愁语，几经憔悴，还自缠绵。"《金缕曲·访李纫兰于吴门》曰："三载离怀苦，最关心，霞朝雾夕，曲阑朱户。叠叠春潮流梦远，只是不将愁去。问几许、泪丝怨缕，一寸相思灰未死。感天怜，由得萍聚。相见也，反无语。人间只有情难吐，喜今朝，花开姊妹，依然前度。燕子年光流似水，多少柳嗔花妒。忆两两、京华同住。别后知交芳信绝。怕重翻当日题襟句，红烛冷，月移午。"

《读画楼诗稿》二卷　道光十四年家刻本

张凤　撰

张凤（1788—1833），字含珍，号蒹葭女史，平湖人。张诚女，诸生高兰曾妻。少就外傅，能读《尚书》、《毛诗》、《小戴礼》、《离骚》、《列女传》、六朝人小赋，长尤嗜诗。十七归高兰曾，克尽妇道，甚得舅姑心。舅姑丧，尽哀尽礼，戚党咸称赞之。家事余闲，即取汉魏唐宋古今诸体与儿女辈私相考论，以故两女亦知拈韵。后比年多事，家渐中落，则食粗衣敝，躬执下役，绝无戚容，亦无怠色，遇缓急，辄脱簪珥以资用，豁如也。钱福昌《读画楼诗稿·序》曰："其侍舅姑也敬；其处妯娌也和；其事夫子也顺；其抚子女也慈，一切织纫井臼之事，靡不亲操，而又于暇日玩月拈题，对花分韵，借以陶写其性情，得三百篇温柔敦厚之旨，才与德兼备。性复爱花，时当病剧，有馈以花者，必搴帷流涕低回不能去。"卒年四十六，子女各三人。三女高孟瑛，字茗卿，著有《审韵楼集》行于世。凤所撰《读画楼诗稿》二卷，有道光十四年甲午家刻本。

此集为张凤殁后其夫检点镜奁，得诗若干首，编为上下两卷，梓行以传。卷前有钱福昌《序》、高兰曾《家传》。上卷录诗五十四首，下卷录诗六十八首。集中拟作甚多，《拟韦苏州东郊》《拟王摩诘渭川田家》《拟沈休文应王中丞思远咏月》《拟孟浩然夏日南亭怀辛大夫》《拟孟浩然夜归鹿门同女孟瑛作》《明唐六如解元作花月吟戏效其体二首》《拟王摩诘春夜竹亭赠钱少府归蓝田》《拟孟浩然秋登兰山寄张五》等。《秋夜读苏东坡先生诗集率成七绝二首》曰："诗到先生字字新，纵横才调信无伦。不劳刻画天然美，应是青莲再世身。""华严妙语不犹人，悟得真源触类伸。午夜疏窗闭诵读，一吟一字一精神。"诗境开阔，娟秀明丽，无寻常闺阁之气。如《六和塔观涛》曰："一线涛头卷地来，势雄直拟雪成堆。平沙木落千人立，曲岛风回万里开。巨浪弥漫吞日月，洪波浩荡挟云雷。潮余不尽申胥恨，犹涌狂澜入岸隈。"《湖楼远眺》曰："湘帘低卷漾银钩，极目长天万里秋。飞鸟影边山色远，落霞明处嶂烟收。网堆曲岸西风里，人立疏林古渡头。忽见青帘遥露角，竹篱黄叶酒家楼。”家庭唱和之作，情真意切。《四兄游沛主歌风讲席见怀次韵奉酬》曰：“人生易离别，动辄似商参。忽见一行雁，遥深千里心。梦寻江树回，愁拥夕阳沉。欲和新诗句，低徊不厌吟。”《三弟远宦十闽弟妇随任署中作此代简》曰：“情深见君意，不厌梦中寻。极目云山远，关心岁月深。闲吟灯影淡，攲枕漏声沉。倘有鳞鸿便，裁书报好音。”《冬夜孟瑛自归安回家红珊赋诗寄怀和作一律示孟瑛》曰：“日入息群动，迢迢残漏迟。风流千树秃，寒逼一灯攲。王子乘舟夜，袁安闭户时。城西翘望处，触绪起相思。”《和夫子游理安寺》曰：“泉石绝尘俗，山林引兴长。千章云木秀，一幅图画张。人语隔前岭，鸦飞背夕阳。登临无限意，胜景共徜徉。”《次韵夫子骤雨初霁纳凉荷畔瀹茗谈诗同孟瑛红珊秉礼作》曰：“田田莲叶经疏雨，绰约莲花娇欲语。坐看儿女共迎凉，笑扑蜻蜓入花去。水面风来波影长，疏帘拂处风生香。茶余一榻静无事，依依屋角明残阳。”

《碧香阁遗稿》一卷　嘉庆间刻本

单为娟　撰

单为娟（1786—1810），字茝楼，号纫香，东莱人。卫辉府通判单可玉女，王玮庆妻。四岁能绣，届七夕诸婶母在月下乞巧，茝楼持绣花针穿以红线，线应手而贯其孔，故织纫组𬙋之事，幼无师，一过于目者，即能精其技，而绣鞶衮佩囊诸物尤工，此其巧若天授，非人力者。及六七岁授以书句，读便明了，诵唐宋时人诗词，能辨四声，兼识其旨趣。偶以形诸吟咏，即不减谢家道韫之才，然不多作，亦秘不示人。天性庄静婉嫕，介然知礼义，而尤笃于孝友。稍长，随其父官中州，时诸弟年皆幼稚，在闺阁中朝夕嬉婴，每值公余之暇，必婉容以承堂上欢，故父母最钟爱之。年二十四于归王玮庆。结缡之夕，玮庆即叩以词章，初犹谦以不解，后玮庆赋《花烛词》三首示之，遂相与倾谈。紫帐香浓，红窗月冷，每至漏下三鼓，犹娓娓不少倦。暇时拣素笺，剪各色花样幂窗棂间，其纹之细致，转胜罗纱百倍。绿柳窥青，碧槐结荫，清风徐来，暑气全消，复取麦秸制为团扇，绣以诗句，不减岭南蒲葵样。日色西沉，皓月当空，阶旁杂置薝卜、鬘华等，花围四面，中横竹匡床，坐其上，手握唐人《才调集》一册，比肩争诵，以读多少互角胜负，六卷三旬而毕。院内红莲盛开之时，为玮庆制碧筒杯贮以碧香酒，诵东坡句，遂颜居室为"碧香阁"。曾绣并蒂诗囊以为赠，玮庆谢且祝曰："但愿生生世世如斯，方不负此意也。"尝秋八月月圆日，设小筵折花射覆，拈带订盟，以交相酬酢，继复进一杯曰："今夕诚乐矣。然来岁秋闱在即，宜自勉，勿以宴乐溺志也。"玮庆敬而聆之。重阳节时，庭菊灿烂似锦，历乱于东篱下，移盆中列几案旁，笔墨之外，饶有余香。因为王玮庆熬菊露以点茶，六年伉俪之情，莫有欢于此时者。冬王玮庆夜读至三更始归，而茝楼必围炉以待，熏衣煮茗，皆自操作，不假奴婢手。卧后必谆谆问今夕读何书何文，若偶自荒废无以对，则凄然背面，不笑不语，复又凄然以劝。玮庆自束发受书，多从宦游，于外学每荒落，后之稍稍有进益者，皆得闺中之助。茝楼悉秉阃教，事舅姑孝谨笃至，姊妹娣姒无间言，而御下更以宽厚，终岁无谯呵声，尝曰："贵贱不同，人则一也，何忍以鞭笞辱之。"持家之节俭勤劳，绝无纤介骄逸气，玮庆常谓内助有人，鸿案举以齐眉、鹿车挽以归里，方之蔑如。针黹之余，出书于箧，与玮庆对读或拈韵倡为诗歌，互相酬答，夫妇也实为文字友。尤劝玮庆以科名为重，鸡鸣即促之起，夜至三更必坐以待，侍王玮庆寝，然后寝。王玮庆素多病，病则夜不解带，药必亲尝，终日立床下无倦容，其能相夫以礼又如此。踰六载，生三男皆不育，精神劳悴，抑郁悲伤，遂至一病不起。临终茝楼执夫子手，大泣曰："千言万绪自何说起也。"夫子答曰："君勿伤，平时吾两人之心，即不言可知矣。君尚记前岁余病时，曾有我死君即殉，君死我不娶之誓乎?"茝楼复泣曰："所绣并蒂莲诗囊犹存否？孰料一至于此也。"玮庆再言，则耳聩不能听矣。继复瞠目曰："父母在外不得见，舅姑在堂不得养，罪真莫赎!"遂奄然而逝，年二十五。茝楼所著《碧香阁遗稿》一卷，有清嘉庆间刻本。

此集前有浙滨寓客《序》、王玮庆《先室单氏行状》。卷首题曰东莱单茝楼纫香著，琅琊王玮庆蒍塘订。后附悼亡诗四十首、弟《哭大姊绝句十四首》。王玮庆于卷末曰："庚午初秋，苦雨连绵，西风萧飒，一灯孤对，风景凄然。偶于奁箧中检得亡妻遗草若干首，辑为一卷。并次其年谱及其六载淑德懿行，事无琐屑，俱笔于书，俾附家乘后，永垂不朽云。"集中录诗五十九首。按时间辑录，起于乙丑，终于庚午。乙丑为其出嫁之年，卷首二诗为《送次山叔入都》《寄兄》。丙寅录诗二十一首，夏村居无事，镜奁旁经史度积，日与雒诵。丁卯得诗四首。戊辰得诗十六首。己巳得诗十二首。庚午得诗四首。卷末附悼亡诗四十首、弟《哭大姊绝句十四首》。为娟论诗以诗教为宗，日与夫子习楷书、读《离骚》，博览魏晋人诗赋。每读至《洛神》《神女》及《美人》诸篇，常掩卷曰："乐而不淫，风人正旨，此则不足观也。"《寄兄》曰："不见阿兄数月余，相思惟接一行书。春风百里梁园道，犹记高楼弱妹无。"《思家》曰："离家半载近中秋，两地凄凉满目愁。雁序有群空注念，萱堂无树可忘忧。半天月色圆先缺，一度年华去不留。他日团圞重聚首，慈帏相慰更何求。"《劝夫子夜读》曰："独对青灯夜漏迟，郎归莫忘断机时。更深惟有蛩声伴，好待来年折桂枝。"寄怀夫子，缠绵深情。《寄外》曰："一朝不见似三秋，寂寞妆台无限愁。未识郎心今夜里，青灯独对忆侬不?""独坐深闺懒晓妆，平安书寄几回肠。门前种得千竿竹，暮雨潇潇送晚凉。"《喜夫子病愈》曰："支离瘦骨怯春寒，明月三圆病少安。回忆当时寒夜里，亲调药饵劝加餐。""罗帐垂垂半欲眠，春风轻袅紫炉烟。情深好比鸳鸯鸟，双宿双飞不羡仙。""转眼春光到牡丹，窗前握手两相欢。顾郎莫负殷勤意，赋就新诗著意看。"景物诗清丽自然。《水仙》曰："是谁洛浦种灵根，绰约冰肌玉一盆。轻染娇黄心似蜡，凌波无语任朝昏。"《秋夜》曰："满庭风雨送新秋，满眼凄清上小楼。最是沉沉人梦醒，一天冷露月如钩。"《暮秋》曰："萧萧落叶送秋音，独步空阶夜已深。四壁虫鸣风飒飒，一天冷露响疏砧。"

《滤月轩集》七卷　　咸丰八年刻本

赵棻　撰

赵棻（1788—1856），字仪姞，号子逸，又号次鸿，晚年自称善约老人。

上海户部侍郎赵秉冲长女，才女金顺孙妇，汪延泽继室。舅讳尚仁，字惇夫，号静圃，候选主事诰授奉直大夫，著有《四勿斋吟稿》。夫讳延泽，字润之，号让庭，又号酉山，候选批验所大使敕授儒林郎。赵棻天性高朗，有丈夫风骨。博习经史，兼工吟咏，所著《滤月轩集》，版本有三：一为《滤月轩诗集》二卷、《诗余》一卷，道光十年刻本。卷首题“上海赵棻仪姞”。所收诗集二卷，录诗凡一百七十六首，词二十阕。卷前有赵棻《自序》曰：“予年十四，师授以唐人诗。每私效其体为五七字。先大人见之，以为可教，命遂为之。会遘疾，母氏禁，使弗为，遂从事针黹。迨疾平，时时以此自娱。于归后，米盐鳞杂，所作不多。亦未尝弃置也。性懒不自收拾，夫子时为录存之。岁辛卯，命儿子曰桢芟其十之四五，写定为二卷，词一卷附焉。”二为《滤月轩诗集》二卷、《诗续集》二卷、《文集》一卷、《文续集》一卷、《诗余》一卷，咸丰八年刻本。有严锡康《识》曰：“安人以乾隆戊申七月十三日生于京师虎坊桥私第，嘉庆戊申归于乌程汪氏。嘉庆己卯始自湖州府城潮音桥迁居南浔镇。安人卒于咸丰丙辰五月二十二日，年六十有九。子曰桢，咸丰壬子科举人，又庶出子二，曰霦、曰森，女六。安人生而有文在其手，曰文。幼即能诗词，既长乃为古文及骈体。岁庚寅始刊诗集二卷，诗余二十首。丁未又刊诗续集二卷，文集一卷、诗余二十二首。其遗集未刊者，文十四篇，今编为文续集一卷，诗八首则补编于诗续集上卷之末，诗余六首亦补入诗余卷内。统计诗文及诗余凡七卷。”三为《滤月轩集》七卷，同治十二年《荔墙丛刻》本。

此为咸丰八年刻本。王蕴章《燃脂余韵》曰：“棻生而有文在其手曰文，故幼即能诗词，既长乃为古文骈体。汪氏自府城迁居南浔镇……一门劬学，富有缥缃。棻最晚出，诣亦最进。《滤月》一集尽多巨制，如《落叶三十首》《读史杂咏三十首》皆寄托遥深，深得风人之旨。《南宋宫闺杂咏一百首》珍闻馨逸，尤足补樊榭老人所未及。”集中录诗四百零八首。咏物诗隽妙可喜，咏史诗寄托遥深。赵棻文章以序为最多：《先司农公椰子数珠记》《朝梵祝延图记》《陈补松丰溪山无尽图遗像记》《园林春晓图记》《静坐图书图赞》《列女传补颂》《后汉列女颂》《与徐丸如玖书并致陈灵箫筠湘高湘筠篔褚梅婷定计小娥采》《镜铭》《梭铭》《棋局铭》《计母沈孺人墓志铭》《计母沈孺人诔》《葵孙哀辞》《计蕊仙哀辞》《杂说四首》《蚓喻》《秀水计氏两贤母寿序》《杨节母郑孺人六十寿序》《顾湘舟沅五十寿序》《张母王太孺人六十寿序》《蘼芜集序》《梦蟾楼遗稿序》《寿花轩诗略序》《二十四史月日考序》《丘绛仙杏红余小课序》《后汉书列女传跋》《飞英雅集图跋》《跋金文沙画卷》《跋钱九英画卷》《书岑嘉州诗后》《温氏母训跋》《黄夫人卧月轩集跋》《传书楼诗稿书后》《敕封安人王母赵安人传》《顾孺人传》《幼卿妹传》《周母王太恭人传》《钱母张太孺人传》等。其中几篇诗《序》包含赵棻的诗学观，值得一观。《梦蟾楼遗稿序》曰："自来闺秀之诗，其权舆于三百篇乎。周太姒之圣，卫庄姜、许穆夫人之贤，其有德而有言者也，尚矣。若其妇人女子，说诗者不得其姓氏，而其词之发乎情而止乎礼义，望而知为淑女也。予然后知先王教泽之深，微独男子登高能赋，乃其妇女亦多风雅材焉。其诗之见录于圣人，宜也。周以后妇女之以诗名者代不乏人，虽其辞有高下，要不离乎三百篇之旨者。江阴缪茂才少薇有贤夫人曰刘佩萱，近时能诗之闺秀也。予素不识夫人，今缪君将梓其《梦蟾楼遗稿》，予戚姚君珊滨为寄示之，而属为之序。予读其诗，考其行，知夫人为武进人，生于嘉庆丙寅，卒于道光壬辰，年仅二十有七。幼即喜为诗，归缪君，食贫作苦，孝事其两世姑。缪君岁馆于外，终无内顾忧，惟夫人是赖。吾意其心力交瘁于黾勉有无中矣，而独能以诗自娱。其辞之工拙，未知视世之立言者何如，而勤而不怨、婉而多风，得诗人旨焉。昔欧阳文忠公序谢希孟诗，谓其'隐约深厚，守礼而不自放，有古幽闲淑女之风。'予于夫人之诗亦云。顾予窃有感焉。予长女曰采，适华亭袁氏，幼教以诗，能识作者之意，颇工咏物之作，不幸早殁。其生与殁皆与夫人同岁，所著《醉墨轩诗稿》藏箧中，予不忍视之久矣。今为是序，微独悲夫人之有才无禄也，抑不胜思女之痛云。"《寿花轩诗略序》曰："女姒兰畹，夫子之伯姊也。先舅静圃公性喜词赋，命诸女读书习吟咏，惟兰畹最慧，为先舅所钟爱。迨兰畹归董氏，而先舅弃养，遂辍不复为。夫子时方幼，初未知其能诗也。岁戊子，兰畹称未亡人，老怀惨怛，始谓予曰：‘吾少时好为五七言近体，非矜鞶帨，盖以博堂上欢耳。故三十余年，人无知者。今欲藉此消遣，子幸教我。’予唯唯谢不敏。自是晨夕苦吟，楮墨遂夥，甫阅数载而遽永诀矣。其子恂录成一帙，乞序于予，并属校阅。乃篝灯点勘，去其繁芜，定为一卷，凡古今体诗四十八首。呜呼，由此观之，世之自晦其才而泯没不显者，岂少也哉？使兰畹终处顺境，必不复从事于斯，然则存此数诗，亦不幸中之幸矣。”《丘绛仙杏红余小课序》曰：“古人之诗，诗外更有事在。其传者诗，而其所以传者，不尽在诗也。是故连篇累牍，不必尽传，而单词词组，或有时传。文人墨士句煅月炼而出之，不必尽传，而妇人孺子矢口成吟，或有时传。盖诗之传不传，视乎其人。苟其人可传，则虽不能诗，其人亦传，即能诗而诗，必因人以传，不必以多寡论，亦不必以工拙论也。余向持此论，每以语人，盖然与疑者参半焉。今平湖盛子云泉以其亡妻丘绛仙遗诗乞序于余，按其小传，绛仙生有至性，幼龄失怙，哀毁如成人，盖孝女也。迨归盛子，能尽妇道，得堂上欢。遭君舅之变，治丧尽礼，以劳瘁婴疾，沈绵半载，竟以不起，盖又贤妇也。其人如此，余因以决其诗之必传，而益自信前说之不谬也。诗仅存一卷，计二十余首，皆寥寥短章，使天假之年，其成就当不止此。然即其存者论之，大抵语出性灵，和平清婉，非世之漫然涂泽比，要亦未尝不足以传也，况乎诗外固更有事在。是岂屑与摇毫掷简、妃青俪白之流，计多寡较工拙哉。余盖喜绛仙之诗与余平日之论相印证，故为之序，以谂后之读其诗者，使知其所以传者，固存乎其人之可传，而不仅在此一卷之诗云尔。”《黄夫人卧月轩集跋》曰：“近代能古文者不多见，余生平所见妇人别集中有古文者，唯明季钱塘顾和知《卧月轩集》而已。和知名若璞，副榜黄生茂梧之妻，早寡，教二子二女成立，皆彬郁有文采。自言喜读经传史册、《皇明通纪》《大事纪》之属，旁及骚雅词赋，暇乃肆力于诗、古文辞。晚年每与诸孙女唱和以自娱。入本朝顺治初始卒。集凡六卷，前四卷皆诗，后二卷则文也。其文爽朗苍坚，无澳涊脂粉态。如《先夫子行状》《先舅姑行实》《子妇圹志》，质直疏快，不加文饰而立言得体，饶有劲气。他如《述古》

《警女》《分析小引》《创宗谱》《置祭田》诸篇，无意为文而委曲肫挚，言皆有物。寿序数首，并能脱离窠臼，叙次有法。杂文亦古雅秀润，当推作者，一时殆罕其匹，宜乎。《池北偶谈》称其为副笄中奇人也。其子妇丁氏好论屯田、水利、盐策诸大政，盖丁之母与姑之训，故能讲求经世之学。如此是亦皆妇人之能文者，足与和知竞爽。惜其文并不传矣。是册楮墨故敝，乃吾家百余年前所藏旧帙，历水火之劫而幸存者，当珍弆之，勿易视也。道光中河帅麟公之母恽太夫人编选《国朝闺秀正始集》，尝以重价购求是集而终不可得，则希覯可知矣。"《传书楼诗稿书后》曰："先祖姑金太宜人《传书楼诗稿》一卷，先舅静圃府君属同里陈无轩先生焯选定，手写刊行并附以题辞一册，当世士大夫为诗文以阐扬懿行者，不啻数百人。唯长洲李客山先生果所撰《金孺人哀辞》其序云：'节孝金孺人，吴之太仓人，光禄寺丞金仑圃女也。嫁乌程汪中书曾裕翁部郎复亭。姑金宜人，即仑圃姊，爱孺人淑慎而嗜书，聘为媳。年十九归汪，相夫以俭，事舅姑尽孝。乾隆乙丑，曾裕官京师，既抱疾归，旬余而殁。逾年遭姑丧，舅亦迈甚，族有觊觎者狱起，孺人吁官置之理，而谋益肆。愤与毁交积乃病。病甚，痛不能长奉舅甘旨，且悲夫姑未葬，子在弱龄，泪涔涔下也，于是族党咸叹息以为难。'此数语简括明尽，如骐骥一呼，万马皆瘖矣。至部郎府君讳煛，中书府君号云溪，入都服官在乙丑，其卒则在丁卯五月。仑圃先生讳檀，居太仓而籍隶桐乡，尝校注《高青丘集》，世所称文瑞楼本是也。太宜人讳顺，字德人，母梦雏凤投怀而生，乘其家学，故自幼能诗。方家难之兴，先舅仅六岁，太宜人扃之楼上，去其梯，每饮食必先尝而后与之，始得免于毒害。故《病中感赋》有句云：'龙泉趋死易，虎尾立孤难。'皆《哀辞》所未及详者。又太宜人孀居三载，卒于乾隆庚午正月，年止三十。当时以与守节已阅十五年以上或年四十而殁者得表其闾之例未符，仅采其事迹入府县志。迨咸丰初元，乃以新例即据府县志所载得邀旌表，此则必当补书于册后者也。诗凡九十一首，汪氏《撷芳集》、沈氏《别裁集》、阮氏《两浙輶轩录》、陈氏《湖州诗录》俱尝入选。《江苏诗征》亦选数首，以为吴县人，误也。咸丰癸丑三月孙妇赵棻谨识。"

《寿花轩诗略》一卷　　光绪四年《荔墙丛刻》本

汪懋芳　撰

汪懋芳，字兰畹，乌程人。汪尚任女，赵棻夫汪延泽姊，董庆槐妻。庆槐字春敷，号音树，又号菘园，善书画，所著有《种菘山房诗草》二卷、《巴吟集》一卷、《怡云集》一卷、《遣意集》一卷。尚任性喜词赋，命诸女读书习吟咏，唯懋芳最慧，为父所钟爱。迨懋芳归董氏后，遂辍不复为诗。戊子懋芳称未亡人，老怀惨怛，与弟妇赵棻言曰："吾少时好为五七言、近体，非矜鞶帨，盖以博堂上欢耳，故三十余年人无知者。今欲借此消遣，子幸教我。"后赵棻授以诗，自是晨夕苦吟，楮墨遂夥。数载而后卒。所著《寿花轩诗略》一卷，有光绪四年汪曰桢《荔墙丛刻》本。

此集前有赵棻《序》，卷末有"光绪四年戊寅季夏既望侄曰桢重校刊于会稽学署"字样。集中录诗四十八首。《偶成》曰："送得春归一黯然，小池又见放荷钱。拂檐柳絮摇晴影，挹座炉香引昼眠。咿喔黄鸡啼竹外，呢喃紫燕语花前。斜阳欲暮浑无事，活火新茶手自煎。"《栀子花》曰："薝卜浓熏一院香，爱他映月白如霜。世间有几同心侣，欲赠何人助晓妆。"《月夜口占》曰："盈盈小儿女，笑语相驰逐。爱此好凉宵，清辉照篱菊。"清新自然。《鬻钗行》曰："黄金琢成双凤头，良工当日精雕锼。妆台伴我四十载，明珠翠羽应相侔。朝来无米岂得已，拔钗拼向豪家投。豪家钗细贵新式，见此故钗无喜色。欲权子母计锱铢，随手纳钗贱偿直。呜呼！寒闺一钗视如宝，一旦弃之殊草草。但得子孙清白守家风，何惜一钗不能保。"《冬日》曰："阳和气暖布贫家，窗外黄梅已着花。更有傲霜篱下菊，客来今日酒应赊。"《漫咏》曰："我年逾六十，耳聋目如故。刺绣犹挑灯，看花非隔雾。坐此不能闲，时复亲毫素。长吟更短吟，聊以遣朝暮。勿为大雅陈，诽笑吾滋惧。倘逢嗜痂者，或邀青眼顾。"豁达健朗。

《雕青馆诗草》一卷　咸丰十一年《荔墙丛刻》本

汪曰杼　撰

汪曰杼，字七襄，号绚霞。赵棻三女，适桐乡严锡康。所撰《雕青馆诗草》一卷，有咸丰十一年辛酉（1861）《荔墙丛刻》本。

此集卷首题“吴兴汪曰杼绚霞”，卷末有“丁酉四月十九日所收黄裳”字样。集前有汪曰桢《序》。集中录诗九十四首。因曰杼曾随宦滇黔，故咏山川风物之作较多。《桃源晚泊》曰：“晚泊桃源岸，风光入画图。江清圆月印，天迥薄云铺。戍角楼头壮，渔灯水面孤。篷窗今夕梦，知觅故园无。”《黔南道中晓行》曰：“稳坐肩舆去，长途曙色迷。日华浮树淡，云气压山低。驿路初嘶马，荒村正唱鸡。谁家羌笛起，到耳韵清凄。”《沾益途次》曰：“客路驻征车，搴帷揽物华。疏钟夕阳寺，板屋野人家。犵鸟啼林薄，蛮花放水涯。前途沽酒家，风扬一帘斜。”《游滇门大龙口》曰：“胜迹访龙泉，滇门地最偏。疏林余落日，清磬破寒烟。寺古惟供佛，山高合有仙。红尘飞不到，小憩剧流连。”另《题仕女图四首》亦有识见。《虞姬》曰：“霸业江东化劫尘，楚歌声里独伤神。帐前不少英雄将，殉节惟传一美人。”《木兰》曰：“誓报君亲不避艰，十年瀚海得生还。蛾眉如此全忠孝，应使男儿尽汗颜。”《明妃》曰：“竟抱琵琶出玉关，曲中哀怨向谁弹。不知塞外团栾月，可与深宫一样看。”《文姬》曰：“拍罢胡笳泪满裾，雁门生入意何如。中郎地下应无憾，有女还能读父书。”

又，汪曰采，字伯荀，号于蘩，适袁修瑾，所著《醉墨轩诗稿》一卷。赵棻《梦蟾楼遗稿序》：“予长女曰采，适华亭袁氏，幼教以诗，能识作者之意，颇工咏物之作，不幸早殁。其生与殁皆与夫人同岁，所著《醉墨轩诗稿》，藏箧中，予不忍视之久矣。今为是序，微独悲夫人之有才无禄也，抑不胜思女之痛云。”赵棻有《哭袁氏女曰采》诗曰：“玉竟成烟珠委尘，空将孽果话前因。八千里外魂犹滞，廿七年来志未伸。弟妹频番希聚首。庭闱此后黯伤神。最怜襁褓遗婴弱，一样生为失恃人。”汪曰杼《哭袁氏伯姊曰采粤东之讣》曰：“岭峤悠悠道路长，几年小别已神伤。更堪此后思君哭，难忍风前泪数行。”“天末愁云望眼遮，芳魂入梦当还家。从今独雁归无日，肠断春风姊妹花。”

又，赵棻夫汪尚仁之姑即汪曾裕之妹汪璀（1722—1749）字催弟，德清诸生徐以坤室。性淑孝，事舅姑先意承志，务得堂上欢心。治家井井，不以纤悉扰其夫，俾夫壹志于学。所著《修竹吾庐诗》一卷。存诗有《怀舍弟都中》曰：“上苑栖枝后，春风又一年。雁行看断续，风景若缠绵。亲在惊年老，家贫望汝贤。无为恋微禄，早放潞河船。”《答夫子》曰：“诗签药里闲茶铛，方丈维摩得坐忘。我是散花成法喜，鹿车挽处共徜徉。”《从苕返德清》曰：“秋思入寒砧，帆飞度远林。溪分前路合，桑密晚烟深。白发慈闱梦，青年昧旦心。孤城遥在望，鸟外见云岑。”《嘲柳》曰：“却笑陶彭泽，空传五柳名。看他风过处，折腰善逢迎。”

《茗韵轩遗诗》一卷　　同治四年柴琅寓馆重刊《丹魁堂诗集》附录本

王甥稙　撰

王甥稙（1789—1825），字伯颖，江阴人。卫辉府知府王苏长女，浙闽总督季芝昌妻。幼习母教，能吟咏。于归后，芝昌见其镜奁脂盝中篇句羼侧，间取呈父母，舅姑誉可焉，并鼓励夫芝昌。后遭家事屯蹇，辍不为，既又喜为之，即治饔执针缕，亦咿唔不去口。一诗成，辄乞芝昌点窜。庚辰后渐嗜佛，辛巳，芝昌赴北雍试，则焚香净室，诵经素食居多。先子夭，后女亦病，遽以怛化，后生活转徙流离，食贫憔悴之际，至鬻嫁衣、质簪钏以佐养。然于诗中，或凄然以感，但无有怗懘，轩爽豁达，一如其为人。所著《茗韵轩遗诗》一卷，有同治四年乙丑（1865）紫琅寓馆重刊《丹魁堂诗集》附录本。

此集前有季芝昌《序》，沈学渊、夏之成、庞大堃、杨希钰、陈彝等名士题词。芝昌《序》曰：“至今忽忽三十年，检遗箧，得丛残稿草，因出删薙，存八十二首，命念诒本藏之。”集中录诗八十二首，多娟秀清丽之作。如《雨后书事》曰：“风约疏帘漫整襟，挑灯开卷尽思寻。数竿绿竹闲中友，一片白云天际心。花自携锄根好护，诗多焚稿兴逾深。粉墙苔藓新沾雨，更为蕉窗补绿阴。”《春愁》曰：“紫燕衔花入小楼，东风镇日逗帘钩。柳眉未展丝千缕，不系春光只系愁。”《书怀》曰：“寥落闲居长掩扉，不惭寒夜泣牛衣。阶前修竹临风瘦，帘外疏梅借雪肥。蚕茧未成丝肯尽，燕巢无定雨难归。愁心空对关山月，怕见征鸿塞上飞。”《落花》曰：“无情风雨苦催花，落尽残红恨太赊。镜里渐知青鬓改，不堪回首旧年华。”“金炉香烬闷无聊，一卷楞严手自抄。风摆落花心欲碎，衔泥燕子尚无巢。”哭父、忆外诗则情真缠绵。《哭父》曰：“自拣名花折一枝，胆瓶供养泪千丝。徘徊不忍离灵儿，拟当承欢似旧时。”“朝朝血染杜鹃红，弟妹相看雨泪中。无限伤心犹强慰，北堂白发哭西风。”“梦到长安已断肠，病中汤药未能尝。三千里路终天恨，丹旐归来满雪霜。”“欢颜犹忆往年时，细雨灯前教学诗。今日谢庭深雪里，撒盐飞絮总成悲。”“爱女恩深婿亦怜，汉书斗酒赏心偏。博陵千卷亲遗付，何日清冰慰望年？”《中秋和外韵》曰：“金钩漾影逗帘波，薄醉联诗已有魔。露湿花阴闲步久，风吹笛韵过墙多。楸枰空对棋初敛，桦烛低摇墨乍磨。桂树婆娑如可折，梯云应不误嫦娥。”《和外金陵见寄》曰：“薄暮凭栏无限情，背人屈指算归程。平安先报如闻第，亲爱难忘合唤卿。莫说黄粱成梦幻，肯教青鬓负功名。最惊心是窗前雨，点点离思滴滴声。”附其夫原作曰：“一纸书添万种情，秋风犹是阻归程。梦中衾冷谁怜我，眼里花多忍负卿。暂客无端忙翰墨，有亲安敢薄功名。听他呜咽秦淮水，多作愁人惜别声。”

《小停云馆诗钞》一卷　　道光三年刻本

文静玉　撰

文静玉，字湘霞，吴县人。本高氏女，慕文淑之为人，改姓文，钱塘陈文述妾。善画，书学晋人，能诗。所著《小停云馆诗钞》一卷，有道光三年刻本。

此集前有陈文述题诗。集中录诗一百二十一首。写景咏物清秀娟丽。《月夜放鹤亭听鹤唳》曰："放鹤亭中鹤，霜寒夜不眠。仙心出云表，清响答琴弦。我访巢居阁，因停罨画船。梅花三百树，素月正横烟。"《石湖泛月》曰："一放横塘棹，微波便有情。将花围四壁，与石化三生。玉笛临波弄，红楼近水明。隔林上圆月，相望正盈盈。"《吴苑怀仙》十四首，道情禅思。《昙阳子》曰："昙阳相门女，贞孝称神仙。凤洲老尊宿，低首云龛前。太息玉茗生，才语空婵嫣。"《叶小鸾》曰："小鸾本寒篁，月府侍书女。司者定何书，或有霓裳谱。一卷返生香，微吟倚骞树。"《小游仙诗》曰："万树桃花倚夕曛，花光红上碧罗裙。胡麻饭罢浑无事，闲向溪头浣白云。""鸾冈幽寂涧潺湲，唐韵书成亦等闲。花影满空云满地，又骑痴虎看青天。""十二高峰翠嶂开，巫山巫峡有高台。铢衣半湿桃花雨，知是瑶池小女来。"多与陈文述、管筠家庭唱和之作，如《题静初姊仿管夫人红梅》《银河篇寄颐道主人汉皋》《吴宫双玉祠墓诗·颐道主人为胜玉紫玉营墓于虎丘后山并为碑建祠绘图命题》《颐道主人修湖上女士菊香、小青、云友墓于孤山葛岭间，建兰因馆合祀之，海内士女和者十余人，香生翠坼，无妙不臻，别为四诗聊以纪实》《为碧城外史录本事诗竟书后》等。《得颐道夫子汉上书寄怀二首》曰："汉皋云树碧于烟，一纸音书泪满笺。玉树凋霜秋漠漠，琼花堕雨夜绵绵。青鸾阁上频怀旧，黄鹤楼头倘遇仙。珍重天涯慎眠食，莫教惆怅夜灯前。"受陈文述影响，她关注古代才女，如《题顾眉生画小青像》曰："倩女离魂定有无，孤山梅鹤伴清臞。丰神意态俱精绝，可似当年第二图。""冷雨幽窗大可哀，春波照影亦徘徊。眉楼肯写婵娟影，倘比蘼芜解爱才。"《蘼芜香影曲》曰："蘼芜香满蘼芜冢，虞山晓翠春云拥。香名一代柳河东，落花吹遍红箫陇。月地花天几度游，琴河初起绛云楼。沧桑花月人天劫，争及卢家有莫愁。月堤烟柳春痕薄，吾谷闲登秋水阁。东山无复耦耕人，红豆花繁自开落。碧城仙吏最多情，惜玉怜香过一生。重访蛾眉埋玉地，胜他箫鼓葬倾城。黄绢词工碑石冷，鸥波解写婵娟影。踏青遮莫踏蘼芜，恐惊地下春魂醒。"《题马湘兰画兰二首》曰："翠袖朱家旧有名，玉台画笔亦纵横。只今一幅香花影，惆怅秦淮暮雨声。”“翠篠云芝伴玉芽，美人香草美人花，分明飞絮园中写，不数闾门萼绿华。”《寓居断桥小楼当是黄皆令旧居也感题一律》曰：“我忆黄皆令，当年在此楼。窗开明镜晓，门掩画桥秋。花月清游在，林峦粉本收。记曾经月住，香影梦帘钩。”《六朝宫人斜诗》曰：“六朝明月南朝树，红心草长蘼芜路。六宫多少晓妆人，一角春山埋玉处。吴宫花草久成烟，晋宋齐梁更几年。终古台城旧宫殿，湿萤铜辇吊婵娟。繁华最是陈三阁，结绮临春事如昨。景阳宫井湿燕支，叶落银床悲寂寞。从来历代有宫斜，尽是长门绝代花。凭吊玉钩还怅望，雷塘烟树有啼鸦。”《凤凰山吊南宋故宫》曰：“凤凰山下凤凰门，南宋宫廷辇道存。八桂宝堂秋有迹，万松金阕翠无痕。披香阁圮春云散，洗粉池空暮雨昏。何处残山留一角，夕阳凝望最销魂。”《六幕山访南宋宫人斜》曰：“从古蛾眉怨入宫，长门老死后庭空。几堆浅土秋阴里，无数残碑暮雨中。晋代玉弓惊谢奂，汉家金碗失卢充。江山半壁朝廷小，一样怜香葬落红。”

《自然好学斋》十卷　　同治十三年刻本

汪端　撰

汪端（1793—1838），字允庄，号小韫，钱塘人。祖父汪宪，字千波，号鱼亭，乾隆乙丑进士，刑部陕西司员外郎，振绮堂藏书楼主人。父汪瑜，字季怀，号潜，候选布政司经历，一生潜心静修，秉心仁厚，积德行善。汪端母梁应娟，为梁敦书之女。母舅梁玉绳，精于史部之书，尤长于考证之学，凡所著述，莫不旁搜远刮，力求证源。母舅梁履绳，博闻强识，锐意经史。姨母梁德绳，著有《古春轩诗钞》二卷，《古春轩词》一卷，续《再生缘》。汪端有两兄一姊，均能读书作诗。长兄汪初，字问樵，号绛人，任四川候补库大使，嘉庆十四年卒于四川军营。次兄汪潭，字静渊，号蒨士。姊汪筠，字纫青。端在襁褓，母即口授六朝、唐人诗。少时聪颖，父命赋春雪诗，援笔立就，《咏春雪》曰：“寒意迟初燕，春声静早鸦。未应吟柳絮，渐欲点桃花。微湿融鸳瓦，新泥旆钿车。何如谢道韫，群从咏芳华。”见者惊赏，谓不减柳絮因风之作，因以小韫呼之。家教甚严，熟稔文事。嘉庆十二年（1807）

汪端与陈文述之子陈裴之订婚。裴之字孟楷、郎玉，以父字云伯，故又字小云，著有《澄怀堂诗集》《澄怀堂文集》。幼承家学，声名早著，人称“神清似卫叔宝，才略似温太真，文章经济似贾长沙，风流儒雅似周公瑾”。嘉庆十五（1810）年，端十八岁与陈裴之完婚，伉俪甚笃，情投意合。如《丙子孟陬上旬与小云夜坐以澄怀堂集自然好学斋诗互相商榷偶成二首》曰：“不将艳体斗齐梁，不骛虚名竞汉唐。月下清钟闻泰华，雨中斑竹怨潇湘。诗张一帜原非易，胸有千秋未肯狂。论罢人才筹水利，立言岂独在词章。”“明珠翠羽非吾好，善病工愁未是痴。花落琴床春展卷，香温箫局夜谈诗。班昭续史他年志，伏胜传经往事悲。流俗何须矜月旦，与君得失寸心知。”嘉庆二十四年（1819）翁姑陈文述夫妻均病，汪端与裴之一同斋祷，立愿持斋三年，从此夫妇分室。其间汪端因选明诗，殚精竭虑，遂为裴之纳妾紫湘。紫湘两年后病卒，端作《紫湘词》八律哭之，裴之亦作《香畹楼忆语》悼念。后裴之于道光六年（1826）岁暮客死汉皋。端于道光八年（1828）为之编定《澄怀堂诗文遗集》，作《题澄怀堂遗集后》曰：“经年髲髻感茹荼，小阅沧桑守药炉。杞妇城崩悲未竭，湘娥竹尽泪难枯。椿庭梦渺横江鹤，萱寝愁听绕树乌。肠断遗文扶病后，忍哀还抚膝前孤。”《题澄怀堂遗集后小序》曰：“余自丁亥孟春，痛闻夫子之变，血泪枯竭，一息仅存，废吟咏者几及期年。戊子季春，扶病编定《澄怀堂诗文全稿》，春雨淋浪，百端交集，咽泪敬书四律，聊以纾哀，初不计工拙也。”此后端案头常置《神仙通鉴》《金华宗旨》《女修正宗》《女宗双修宝筏》等道教典籍，日对裴之遗像诵《玉章经》。自言“名士牢愁，美人幽怨，都非究竟，不如学道”。与陈文述门下碧城仙馆女弟子多有交游唱和。所著《自然好学斋诗集》十卷、选辑《明三十家诗选》初集与二集各八卷、曾撰《元明逸史》八十卷，后焚毁其稿。所著《自然好学斋》十卷，存五种版本：一为《自然好学斋诗钞》十卷，道光六年钱塘汪氏振绮堂刻本。前有梁同书、石韫玉、许宗彦、张云璈、陈文述《序》以及汪端《后序》；闺秀曹贞秀、席慧文、顾蕙、张襄、舒位、姚椿等闺秀名士题词；卷末录陈文述撰《孝慧汪宜人传》《哭子妇汪宜人》。二为《自然好学斋集》十卷，道光十九年（1839）钱塘汪氏振绮堂刻印，有“钱塘汪端允庄著，从侄汪适孙重编”字样。此《自然好学斋集》前有许宗彦、梁同书、萧抡、石韫玉、张云墩五《序》，仁和胡敬撰《云南府通判加同知衔小云陈公配汪宜人传》，增萧抡《序》，胡敬《传》，无陈文述《序》、汪端《后序》及闺秀题词、陈文述《孝慧汪宜人传》《哭子妇汪宜人》。三为同治十三年（1874）《自然好学斋诗钞》十卷本，前有苏垣恩锡《题汪允庄女史传后》题词八首；陈文述《哭子妇汪宜人》四首、陈文述《孝惠汪宜人传》、胡敬《汪允庄女史传》；梁同书、石韫玉、许宗彦、樊郎老人萧抡、钱塘管筠、张云墩六《序》；及闺秀曹贞秀、席慧文、顾蕙、张襄及名士舒位、姚椿等六人题词；果泉老人陆准撰《张吴纪事诗后序》。四为冒俊《林下雅音集》刻本，前有梁同书、石韫玉、许宗彦、张云墩、萧抡、管筠六《序》；曹贞秀、席慧文、顾蕙、张襄、舒位、姚椿等闺秀名士题词；陆准《张吴纪事诗后序》、陈文述《孝慧汪宜人传》《哭子妇汪宜人》、题苏垣《汪允庄女史传后》；卷末冒俊《重刊自然好学斋诗钞后序》曰：“古人所谓拓开万古心胸推倒一时豪杰者，其殆庶几焉。爰蠲簪珥，重付枣梨，欲以广流传，亦即以志景仰也。”五为光绪十三年（1887）《自然好学斋诗钞》十卷重刻本。前有梁同书、石韫玉、许宗彦、张云墩、萧抡、管筠六《序》、汪端《后序》；曹贞秀、席慧文、顾蕙、张襄、舒位、姚椿等闺秀名士题词；《汪允庄女史传后》、胡敬《汪允庄女史传》、陈文述《孝慧汪宜人传》《哭子妇汪宜人》等。

此集为同治十三年刻本，集中录诗一千一百四十三首。卷首为汪端作于十岁之前的十六首古今体诗。《田家》曰：“一夜梨花雨，田畴新水生。邻家饭黄犊，荷锸出柴荆。妇子供晨馌，儿童话午晴。萧萧竹林外，布谷又催耕。”卷二至卷七为汪端三十七岁前作品。陈文述《孝慧汪宜人传》云：“宜人诗格本高雅，既选定明诗，诗境益进，若丹九转，若金百炼，若宝剑千辟万灌，无有渣滓。吴门潘榕皋、石琢堂两先生，诗坛老尊宿也，咸以为曹大家后一人。钱塘张仲雅先生，宜人表舅祖也，亦以曹大家方之，谓非谢女所及。先生孙东甫大令尝为余言先生倾赏之意，每饭不忘，知老辈之品评为不苟也。”冒俊《后序》曰：“其浑脱浏亮则光风霁月也，其沉酿馥郁则时花美女也。论世知人则眼高于顶，述怀象物则心细于发。”集中诸体皆备，以七律诗最多，擅长议论，工于用典。《张吴纪事诗》以小序述人物事迹，再以诗咏之。《咏潘元明李伯升》曰：“李齐功茂希英卫，潘党名高匹范韩。但冀全城甘缚面，几曾报国肯披肝。南州开封新恩诏，东市朝衣旧将坛。荣辱总殊同堕节，千秋青史二臣看。”《咏陈基》曰：“早传封事为苍生，书记陈琳有盛名。莲幕飞扬频草檄，玉掌慷慨每谈兵。忠唐不让罗昭谏，入洛原非陆士衡。想见青灯修史夜，白头簪笔泪纵横。”《张吴纪事诗》似诗史，意在以诗证史，《自题张吴纪事诗后》有“一代铁崖诗史在，论人成败亦堪悲”句。端曾撰《元明佚史》，自言“因（青丘）先生之故，深有憾于明祖之残暴，而感张吴君相之贤为不可及也。谓张吴与明祖并起东南，以力不敌，为明所灭，不能并其礼贤下士，保全善类之良法美意而灭之也。且曹太妃之贤，楚国公兄弟、驸马潘左丞之忠，刘夫人、隆安公主、七姬之烈、金姬之脱屣尘滓，列代正统所希有也。有升天曹、位上清者矣，不可谤也。世人墨守旧说，以成败论人，由未见载籍耳。因节录《明史》，搜采逸事，以稗官体行之，曰《元明逸史》，凡十八卷”。后焚毁，汪端曰：“吾观《明史》，于洪永两朝。虐政，讳于本纪，而不讳于诸臣之列传。张吴之事，翁既为《张吴宫闱殉节录序》，重订《七姬权厝志跋》《书杨梦羽金姬传后》《金姬事略》，公子小云撰《七姬权厝志论》，侄葆鲁又为《薪桥创建隆安公主祠碑》，公论已大明矣。今巳专心礼诵，有限之光阴，不以治吾身心性命，而断断与古人之陈迹为仇乎？”另有《元遗臣诗》咏十二人事，《咏顾瑛》曰：“金粟仙人紫绮裘，西园雅集草堂秋。香围翠袭花飞盏，醉写乌丝月满楼。僧帽儒衣逃世感，残山胜水故宫愁。新词擘阮谈天宝，白首临濠只泪流。”《咏丁鹤年》曰：“君亦仙人丁令威，沧桑城郭怨斜晖。上林过雁惊霜信，中夜啼乌恸雪衣。卖药韩康贫可乐，辞家许迈老何依。高踪不受青城箭，湘水云孤自在飞。”《凤凰山吊南宋故宫》：“万树长松凤阙开，山灵曾识翠华来。晋朝南渡衣冠盛，周室东迁父老哀。清霁亭荒髡古柳，碧琳堂圮绣残苔。登临胜有游人屐，闲吊红羊劫后灰。”《论古偶存五首》之一曰：“礼缘义起兼情制，根本原从孝弟生。宋代濮王贻口实，明之兴国更纷争。上书新进方希宠，拜杖诸臣尽市名。扫尽鄙儒删曲说，不教妄论任纵横。”《读史杂咏》曰：“留侯志雪王安耻，狙击能救吕政惊。何事关中佐刘季，竟无奇计庇韩成。”《论唐玄宗》《咏李斯》《论荆州失守》等诗，流畅老练，见地独到，犀利鲜明。《读史杂咏》十二首，沈善宝《名媛诗话》曰：“小韫史学既深，其激扬忠孝、表彰贞烈之诗，取材宏富，比例精当，即须眉大家亦当却步。”另外七律如《消寒杂咏》之《寒浦》曰：“老树风多聚暝鸦，烟深拳鹭不眠沙。荒桥断岸云如墨，败苇枯荷雪作花。替月一星明蟹火，敲冰夜半响鱼叉。野翁系艇归来晚，霜满蓑衣问酒家。”造句用字讲究。七言歌行则铺陈开阖，悲壮慷慨，脱尽脂粉气。《行路难》曰：“黄云漠漠风凄凄，壮士出门颜色低。瞿塘秋高白浪怒，巫峰雨暗青猿啼。清霜凌凌寒夜永，土屋残灯闪孤影。冯驩未客孟尝门，慷慨空弹剑花冷。古来贫贱如斧斤，斫人意气无嶙峋。山川亦笑容鬓改，羁旅不知花月春。行路难，增叹息，故乡陇亩亦康衢，客里高楼有荆棘。”《塞下曲四首》曰：“二月龙堆走白沙，黄云寒色入悲笳。明妃蔡女思乡泪，洒向天山作雪花。”“一声羌管月中吹，关外黄榆叶乍飞。思妇莫愁霜气冷，寒衣昨夜到金徽。”“万马长嘶紫塞风，嫖姚却月佩雕弓。一从猿臂将军没，射虎无人但射鸿。”“燕支山绕塞垣青，十五雏鬟按辔行。秋老黑河风雨急，琵琶解作汉宫声。”《薛淀湖古剑歌》曰：“风胡薛烛今则无，尔剑之出何为乎？千年沉埋水仙宅，一旦乃付耕田夫。儿童狎玩老翁惜，苔涩芙蓉敛深碧。百炼成功一铸销，金虎腾精失魂魄。霹雳不化蛟螭虬，一尺之耜供锄耰。绝似英雄感迟暮，甘从溪陇盟凫鸥。太息入渊何不深，坐令劫火寒霜镡。辍耕挂壁定悲啸，难驯尚抱苍龙心。从古升沉感知遇，珍重怀才莫轻露。君不见莫邪夜跃延平津，风雨冥冥杳然去。”《书所见》曰：“鹭飞雪影破溪烟，翠络萝花瘦石妍。晓雨嫩凉蒲叶长，蜻蜓碧点水纹圆。”《夜坐》曰：“明河清浅浴疏星，风定珠栊度冷萤。一翦秋花凉影瘦，月波扶上画罗屏。”皆清丽灵韵。《闻雁有怀纫青》曰：“转侧人无寐，凄清雁过楼。一声来枕畔，百感上心头。

落月催霜晓，残红照壁幽。泖湖烟水阔，听此亦应愁。”萧疏流宕，皆可诵读。后期多禅诗，如《金云门女士画梅》曰：“久悟繁华等逝波，年来学道补蹉跎。分明一片天花影，又逐浮云眼底过。”《瑶潭精舍礼洪济真人像诗》曰：“羽帔同舟谢自然，黄金铸像奉诗仙。玉清内相飞鸾地，紫府真人驾鹤年。四壁烟霞多伴侣，一龛香火有因缘。步虚词是升天引，最感名流薛紫贤。”《病中留别本师陈兰云慈母管静初两夫人并小姑茗仙女弟》曰：“聚雪团沙感百端，天风吹我羽衣寒。一生惟有修行好，万事无如忏悔难。青玉合镌王妙想，黄金应铸魏贤安。白头翁已年衰矣，眠食应知著意看。”《口占告逝》：“四十余年了夙因，乞翁文字与传神。华严法界波罗蜜，知我来朝去路真。”另如《附青丘先生附祀葆元堂祷》《警化孚佑帝君吕祖疏》《桃源贞妙元君飞祖诞辰降占怀月楼二诗》《临黄素黄庭经赋诗》《妙香天室祷雪诗》等，皆平静内敛，淡泊释道。

又，汪端《明三十家诗选》现存二种刊本：一为道光二年（1822）自然好学斋刊本，初集先后列道光二年壬午正月钱塘楚生女史梁德绳、墨琴女史曹贞秀《序》、凡例、参阅姓氏、诗选目录、正文。正文初集上为卷一至卷四，初集下为卷五至卷十；二集上卷一至卷四，二集下卷五至卷十。二为同治十二年癸酉（1873）蕴兰吟馆重刊本，上海图书馆藏本删去初集的参阅姓氏，增加仁和年间胡敬撰《汪允庄女史传》。

汪端《明三十家诗选》全书共分初集、二集两集，各八卷。诗选所录体类共计有：乐府、五言古诗、七言古诗、无言律诗、七言律诗、五言排律、五言绝句、七言绝句八类。每家均以作者小传开始，介绍作者的生平经历和主要事略。小传之后列前代诸家评论，后有“汪端论曰”，再选录诗歌。诗歌多有简短评论，有些为汪端个人见解。汪端此选集意义重大，梁德绳《明三十家诗选序》曰：“明三十家诗，余甥女汪允庄所选定。允庄为女兄应铜季女。祖千波早年成进士，观政刑部，年二十四乞假归，不复出；藏书之富甲于武林。父天潜博学工诗，隐居不仕。诸子女皆能读书，允庄尤慧。年七岁赋春雪诗，居然成章；诵木元虚海赋，两过即背诵不遗一字；观书过目不忘，盖异才也。适同里陈孟楷公子，孟楷为云伯大令子；大令以诗文名海内，孟楷承其家学，早岁有声。先伯父学士山舟先生，夫子周生先生皆激赏之，论者有金童玉女之目。兹集之选，虽曰诗选，实史论也。盖前明三百年，自高帝以马上得天下，草菅文士；成祖以叔攘侄，芟薙忠良；中间奄人、权相望尘接踵。又以制义取士，词章古文无真知灼见。虽有前后七子主坛坫者，务以声气相高，文章之途有市道焉。虞山蒙叟《列朝诗选》富矣，冗杂无次序。小长芦钓师《明诗综》较有次序，亦博而不精。沈归愚《明诗别裁》即《明诗综》约选之，沿袭皆前人旧说，无足观览。今允庄所选以清苍雅正为宗，一扫前后七子门径，于文成、青丘、清江、孟载诸人表章尤力。至于是非得失之故，兴衰治乱之源，尤三致意焉。读是书者，不特三百年诗学源流，朗若列眉，即三百年之是非得失，亦了若指掌。选诗若此可以传矣。余读此而悲女兄之早逝，不得见女甥之学问成就如此也。余又幸女兄虽逝，而女甥之学问成就有如此也。读而归之，书其简端，即以为序。"

《鬘花小草》一卷　　胡文楷抄本

许学卫　撰

许学卫，字兰猗，钱塘人。吴县周以丰妻。以丰字少莲，著有《散花小草》，其《小雨》诗曰："明灭初阳细不胜，濛濛渐破午烟蒸。洒花有色知春暖，润野无声兆岁登。平远江山俱入画，深沈楼阁已宜灯。忘情未得《吴娘曲》，只恐闲愁触又增。"学卫娴雅能诗，所著《鬘花小草》一卷，有嘉庆二十二年周珠生《瓣香阁诗钞》附录本；另有胡文楷抄本。

此集为胡文楷抄本，录诗四首，后有沈元龙《跋》。《题虢国夫人素面朝天图》曰："半面识春风，蛾眉淡最工。琵琶称弟子，若个八姨同。队别五家行，宫衣映日明。万花遥避艳，天子在华清。"《梅》曰："姑射前生认未真，独怜瘦影自相亲。夜深不惜帘重卷，月混疏篱一片春。"《晓妆》曰："不矜高格只随时，拂镜频看淡最宜。妆罢有人犹未起，深垂帘幙爇金猊。"《和韵外子咏梅》曰："园林卉树冲寒早，桃李三春斗格难。雪后添肥月前瘦，山中相忆水边看。仙标出世真堪绝，风味如君未去酸。最爱黄昏香暗满，欲携樽酒助清欢。”幽隽独秀。

《清闺遗稿》一卷　　咸丰六年《秀水王氏家藏集》本

吴宗宪　撰

吴宗宪，秀水人，贡生王澄妻。宗宪幼孤，鲜兄弟。能读父书，独与母居，克尽孝养。及归王澄后，惠助脱簪，恩流奉帚。未几，母家为祝融所虐，贫至立锥，后病卒。所著《清闺遗稿》一卷，有咸丰六年（1856）《秀水王氏家藏集》本。

集后有族孙褧之《跋》。集中录诗三十三首，皆悱恻缠绵，孝悌之思，仁义之性，时流露于笔墨行间。如《哭祖母俞安人》曰：“报刘无日独伤心，犹忆含饴弄膝旁。二十年来叮嘱语，父兮早殁母兮孀。”“一家内外仗操持，惠泽于今倍足思。欲识半生勤苦意，遗容认取鬓如丝。”“闺门垂训最严明，几载书传槜李城。惆怅茫茫烟水隔，空教乌鸟有哀情。”《忆家母在杭》曰：“闲坐窗前诵蓼莪，有怀孀母近如何。廿年冰雪欢常少，百里音书泪更多。独伴先灵伤浅土，谁知旧业付流波。春来每作归宁梦，犹似牵衣膝下过。”《夫子秋闱下第诗以勖之》曰：“成名岂必独嫌迟，无奈家贫亲老时。闻说诗书终不负，莫教中道弃如遗。”《题夫子秋夜读书图小照》曰：“君貌人皆见，君才世所求。君怀真浩落，千古共悠悠。月色难为夜，风声易带秋。拥书过万卷，不羡小诸侯。”《饥民叹》则充满淑世情怀。《小序》曰：“丙子春，饥民载道，夫子出必携钱以备周济，偶成四韵。”“去秋田禾遭虫伤，今春饿殍群死亡。谁与己饥空有愿，目不忍睹心彷徨。莫谓年来守贫窭，囊中有钱尚可取。一日苟能活一人，小惠未必能小补。”《赠婢》曰：“怜汝能相伴，辛勤事转加。池边常洗砚，竹下为煎茶。奉帚清闺净，鸣机夜月斜。知诗无所用，休慕郑玄家。”《典衣》无丝毫悲伤之意：“典衣犹乐事，甘旨佐承欢。博得高堂笑，真忘弱体寒。晚风何飒飒，凉月正团团。相伴书斋下，机声到夜阑。”

《环翠阁诗钞》一卷、《词钞》一卷　　嘉庆十六年《文咏楼诗钞》附录本

张介　撰

张介，字笔芳，华亭人。张蒙泉女，沈璧琏妻。璧琏字熙之，号梅泉，候选光禄寺典簿，有学行文名，著作甚丰，著有《蛾术编》十三卷、《文咏楼随笔》二十卷、《文咏楼杂著》十卷、《香雪草堂词》二卷、《文咏楼诗稿》十四卷，现存《文咏楼诗钞》五卷附《虚白堂词钞》一卷。夫妻工诗，唱和颇多，介与女史张屯、庄焘、王琴等为闺阁友。所著《环翠阁诗钞》一卷、《词钞》一卷，附于嘉庆十六年（1811）沈璧琏《文咏楼诗钞》后。

此集无序跋，集中录诗五十六首。题画诗较多，如《题管夫人竹石巷》《题山水晴岚图》《题工麓台松鹤流泉图》《题云巢舅氏重溪烟霭图》《题消夏图》《秋江待渡图》《王石谷灞桥觅句图》《题汉宫春晓图》《题桐荫昼静图》《题夏山图》《雪竹图》《题松竹鸣琴图》《董东山松阴消夏图》等，皆诗中有画。《题山水晴岚图》曰："春山春水人望青，縠纹如织翠如屏。晚来忽化云千叠，倒映芳洲杜若汀。"《银瓶怨》曰："金牌十二来军中，黄龙不捣中原空。上下相蒙和议定，穹庐哪得归两宫。蕲王解柄鄂王死，百战勋名付流水。长城失自小朝廷，偏安屈辱甘蒙耻。丸蜡潜通构陷成，银瓶欲坠志难更。风波三字定冤狱，覆巢之下岂独生。如花竟向井中没，冰心一片澄寒月。宋家半壁竟难支，闺中弱质余芳烈。古甃深沉久不波，瓣香瞻礼今如何。"《暮春》曰："柳丝窣地景暄妍，红遍园林绿遍川。检点韶光将谷雨，轻阴正是养花天。"《小窗》曰："小窗香逗早梅妍，弹指韶华又一年。壁挂春山观幻影，垆烧沉水袅轻烟。闲摹八法羲之圣，朗诵三章白也仙。腊去春来浑不管，呼儿钞取箧中篇。"录词二十一阕，《乙丑春家大人缄示暗香疏影韵词敬和二首》曰："绣窗曙色，正梦回大庾，一声羌笛。小拓窗纱，对此盈盈忍轻摘。万点琼瑶缀树，彩鸾下偷描仙笔。月乍过筛影横斜，香气拂吟席。梅国久寂寂。怅万里路遥，有梦空积。题笺欲泣，谯莫官斋也思忆。疑是花神索笑，几朵

晕屏山轻碧。恨驿使，无便也，几时寄得。”“镂冰琢玉，倩一枝潇洒，依我眠宿。不爱繁华，自问霜寒，萧疏但倚修竹。巡檐几度探香好，待赏遍，枝南枝北。爱淡妆，韵致天然，恰伴小窗人独。应是别绕仙骨，羊家省识处，珠蕊还绿。几树临溪，几树藏苔，雪月朦胧诗屋。评章赖有神仙守，重度与，小红双曲。望天南，五岭罗浮，料得吟笺千幅。”后附张屯、庄焘、王琴三女史和作。

《绿芸轩诗集》一卷　　光绪元年刻本

完颜金墀　撰

完颜金墀，字韵湘，满洲人。夫费莫英志，官侍卫。子文禧，官知府；孙斌越，官甘肃巩昌府知府。其时金墀与亲党娣姒每相晤，不及米盐事，多较诗艺而要群伏之。当月朗风和，命笔吟诗，黏粘墙壁几遍然，当时袁枚树吟坛于江左，铁治亭操选政于日下，金墀闻有女子诗投贽者，相与笑之。又精绣事，一时有针神之誉。目近视，书字常污睫，性和平坦易，一生无疾言倨色。所著《绿芸轩诗集》一卷，有光绪元年（1875）刻本。

此集前有外孙女那逊兰保《序》。集中录诗一百一十九首。兰保《序》曰：“太夫人所著诗甚多，余于归后不得久侍左右。比殁，臧获不知敬慎，半就散佚，此从敝簏中搜得者，署签曰《绿芸轩诗第三本》，盖所佚者多矣。”诗作独写性灵，一无堆滞。《戏成》曰：“吟诗女子原多事，每羡人皆有一长。宁使聪明折尽福，不甘埋没性灵肠。”《秋夜雨窗敲诗》曰：“风雨秋窗下，无聊对短檠。饮茶钗见影，磨墨钏闻声。欲得诗如画，须教句尽情。自惭才力薄，难与古人争。”《秋感》曰：“西风且莫苦相催，催到黄花又近梅。有梦怕听鸡唱早，无书空见雁归来。痴心未忍随秋冷，愁绪何堪逐叶堆。最是离情消不得，几番抛去又重回。”《紫竹院看莲花》曰：“荷叶田田荇叶长，乱山围住一池塘。菱生软角莲开半，水面风来几样香。”《游翠微山》曰：“步步踏青行，烟岚雨后生。山深苔色古，泉细水声轻。随蝶寻花处，逢樵问树名。回头看旧路，几缕断云横。”《古寺》曰：“一派荒凉景，相看意黯然。

垣颓犹有迹，松老不知年。花落惟风扫，庭空任燕穿。远山斜对处，隐隐上苍烟。”《初晴》曰：“笔砚精良短榻横，珠帘高卷雨将晴。花因晚放香尤静，诗到闲吟句易成。余滴树间轻作响，残流阶下寂无声。凭栏坐久罗衣薄，槛外凉风细细生。”《二女自库伦来京喜成》曰：“匆匆一别几经年，闻有归期喜欲癫。命仆早安看月榻，嘱儿多办买花钱。酒开新瓮香初冽，菜煮春畦味正鲜。人力岂能成此会，天怜远胜自家怜。”《春日偶成兼示大儿》曰：“催花雨歇晓风轻，闲坐欣看笔墨精。装点繁华春作主，辩论好丑镜无情。不妨诗自聪明得，莫使名从侥幸成。为怯嫩寒帘半卷，隔窗时听鸟声声。”

《清芬阁吟稿》一卷　　胡文楷抄本

许英　撰

许英，字梅村，嘉兴人。许峻山女，沈光春妻。光春字山渔，著有《醉墨轩诗集》。子沈涛以蜡风之年得擅雕龙之誉，皆许英之教也。沈涛襁褓时，英即抱置膝上，授以四声，四壁萧立，溪烟自穿，后英板舆就养，所经山川，各系以诗，极一时吟眺之乐。女沈彀亦为著名才女。所著《清芬阁吟稿》一卷，附沈光春《醉墨轩诗集》后，有胡文楷抄本。

此集后有其子沈涛《跋》。集中共录诗二十四首，词十六阕。怀人忆远，温柔敦厚。《昆陵道中忆女及女孙辈》曰：“西风帆影急，晓气远山浮。枫树红凝泪，芦花白点头。水云清五夜，松竹冷三秋。骨肉何时聚，拈毫不尽愁。”《寄怀》曰：“垂杨泛绿小桃红，处处春光在眼中。无限离怀抛未得，一齐收拾付东风。”《途中红叶》曰：“一片寒云雁影斜，村村红树远人家。停车却忆春风里，十里斜阳看杏花。”《自题山水》曰：“乱峰一碧插天高，古径无人太寂寥。剩有松声喧万壑，便无风雨亦潇潇。”《雪夜》曰：“无香花满径，风急扑帘帷。柳絮催春信，梅魂度几时。冻毫寻雪景，醉茗赋寒诗。处处孤山月，冰光笼玉枝。”

《芙蓉吟馆诗》一卷　　清抄本

李仲筠　撰

李仲筠，字秀如，云南晋宁人。宿州李光埏女，闽刺史陈云章妻。云章有文名，著有《清逸楼稿》。夫妻琴瑟和鸣，集中唱和甚多，惜不永年。子荔庄、荔农，皆孝廉，能诗。所著《芙蓉吟馆诗》一卷，有清抄本，民初《衡报》曾选刊。

此抄本录诗一百零六首。多家庭唱和、寄怀夫子之作，情感真挚。如《家大人于役兰州将次分宁连日风雨感赋》曰："销尽炉香静掩门，青灯半壁照啼痕。思亲遥在千山外，风雨萧萧何处村。"《寄怀叶芸台表妹》曰："伤心往事不能忘，一任旁人谓我狂。筠管同招停午绣，菱花分照理晨妆。卧痕不厌游仙枕，访旧常寻梦蝶床。兀坐闺中求妙法，可能相授却愁方。"《寄怀林秀六姨》曰："楼外青山山外云，秋来凭远客愁纷。又随一雁江南去，半为随园半为君。"《寄秋河夫子》曰："绣虎才华第一流，如何代笔倩杨修。遥天无数南来雁，不为离人寄点愁。"写景之作，清新秀丽。《舟中偶成》曰："扁舟远水碧于霞，柳外茅檐三两家。黄鸟弄晴吟晓日，和风飞上野桃花。"《游平山堂杂咏》曰："风吹画舫浪流东，一入红桥境不同。几处山亭低映水，宛然人在画图中。"清思逸藻外，怀古诗亦有见识。《钱塘怀古》曰："江水连天接混茫，秋风回首眺钱塘。十年功在一朝废，三字狱成千古伤。铸铁为人奸尚恨，栖霞埋骨土犹香。康王应悔班师误，寂寞冬青倚夕阳。"《吹台怀古》曰："几经水火几经兵，寥落荒台委棘榛。云树有情栖野鹤，文章无力吊词人。碧抽柳带逢寒食，玉绽梨花正暮春。值我夷门为客寄，凄然抚景一伤神。"《金陵怀古》曰："铁索沉江霸业空，钟山王气忆飞龙。涛声涤尽英雄恨，月色留将粉黛容。千古衣冠青史在，六朝宫殿碧苔封。秦淮依旧笙歌满，欲话兴亡梦亦慵。"

《冬蕙轩存稿》一卷　　道光间刻本

张湘筠　撰

张湘筠，字倚竹，江宁人。童嘉梅妻。娴为诗，姊妹行多学诗于湘筠，时有花王、花相、诗王、诗相之称。湘筠以佳人而兼才子，为时人称赞。所著《冬蕙轩存稿》一卷，有道光间刻本。

此集前有毛凤纪《序》。古体诗颇可诵读，《课子楚生诗》曰："秋从何处来，凉风穿帘入。蛩声满户牖，殷勤课儿读。儿才绕膝长，不敢禽犊畜。教以读一经，胜遗金满簏。儿父少年时，学富三冬足。无端家道微，支持凭一木。投笔事申韩，弱年亲案牍。饥驱走四方，征尘时仆仆。生平未遂志，留待儿勉勖。母弱子偏稀，弟死剩儿独。儿父怕儿娇，临歧苦叮嘱。我愧孟母贤，明信以买肉。又愧欧阳母，画荻书满幅。儿能完父志，母死亦瞑目。愿儿步蟾宫，青云生两足。愿儿贡玉堂，归撤金莲烛。世人嗤母愚，安得有此福。或者苦心人，天竟遂其欲。经典宜穷源，子史宜充腹。莫学游荡儿，衣裳夸簇簇。莫作没字碑，浮靡相征逐。转眼大厦倾，穷途空踯躅。感此心忧伤，课儿能不速。儿如违母志，难逃鞭与朴。儿如遵母训，此诗宜三复。从此孩童时，努力亲卷轴。儿如学有成，不负母教育。他日振家声，爷娘分天禄。望之意已殷，言之何嫌渎。我歌课子篇，兼为世人哭。试问歌者谁，湘筠张倚竹。"《壬寅春仲英夷滋事京口失守，与约蘋妹避兵无为，路过芜湖，巧遇澹村买舟来迎，遂与妹分手，嗣偕澹村同至石埭，差得苟安，偶占长句寄约蘋妹》堪称诗史："英夷翻逆浪，沿海起波涛。去年定海失，制军死鸿毛。贼势益猖獗，乘胜破余姚。伟哉刘抚军，筹兵心力劳。浙西赖以安，终能保城壕。今春破吴淞，死者如蓬蒿。上海与宝山，不费力分毫。顺流到京口，饱玩金与焦。依家金陵住，相隔路非遥。或云贼已至，浦口大旗飘。或云贼攻城，汉奸火内烧。危邦不可居，故国无奈抛。骨肉生分离，血泪湿红绡。小舟轻似叶，儿女声嘈嘈。良人买舟来，巧遇芜湖桥。见面各悲喜，岂期会今朝。遂与阿妹别，执手离魂消。九华作屏障，峰尖何岧峣。小草弄青翠，野花作意娇。此邦安乐土，向不遭兵徭。昨来金陵人，仍道贼势骄。侬闻心忡忡，作书寄同胞。如鱼游无渊，如鸟归无巢。可怜乡农家，卖犊尽买刀。安得天下平，鼓腹乐唐尧。”《古意》曰：“凉风自西来，萧瑟中心悲。无情菟丝草，不附女萝枝。墙畔平安竹，带雪犹猗猗。不是三冬寒，难显松柏姿。小庭一株梅，愈冷香愈奇。所以君子心，勿为冷暖移。”近体诗则联吟之句多，感别之情亦不少。如《听鹂诗和澹村韵时客武昌黄鹂甚多故咏之》曰：“暖风迟日暮寒天，花底间关倍可怜。爱学衔泥新燕子，一双飞近绣帘前。”“睍睆枝头欲断肠，朱楼一角锁斜阳。阿谁叶底抛红豆，又逐飞花过短墙。”《丁亥闰五月朔偕澹村游武昌西山》曰：“肩舆真入白云中，山路萦纡一径通。流水潺湲泉影碧，乱松掩映夕阳红。斋厨未许烧残芋，殿阁争传避暑宫。解识江山千古意，从来名士即英雄。”

《悟云诗存》一卷　　胡文楷抄本

孙芳　撰

孙芳，字碧浔，晚号悟云老人，常熟人。姜星源妻，星源著有《临云亭诗钞》。芳生平喜读书，女红之余，手一编，性善吟咏。嘉庆丙辰归姜星源。星源寄家嘉兴，而身之蜀、之鲁、之燕、之闽，终岁奔走于外，弱妇人持中馈、御外侮，皆一身担之。《寄外》诗言其生活困状，曰：“只为饥驱又入闽，诗囊收拾未嫌贫。独怜远客劳心处，难学空炊巧手人。有子几时堪负米，成家何计得传薪。相思惟望当头月，十八番圆秋复春。”“居行辛苦各支持，千里书传两地知。强饭未能资药力，遗愁不去笑情痴。求田问舍谈何易，嫁女婚男愿已迟。何日归来了心愿，百年正好乐齐眉。”少暇即课子读书，夏之日与冬之夜，咿唔声与机杼声相互答。《示庆成》诗曰：“莫怨青云得路难，研经不许寸阴闲。”生三子皆幼殇，集中有“三死一生儿女债”句。星源自闽归浙后病逝。芳《自悟》诗曰：“人生得失岂无因，一点浮云过眼频。我已将心寄秋草，荣枯消长任天真。”所著《悟云诗存》一卷，有《姜氏家集》刊本，胡文楷抄本。

此集为胡文楷抄本，卷末有继子姜庆成《跋》曰：“偶有所作，间以示成，未尝存稿。今以记忆所及，并笥中者仅诗六十六首，录成一卷，颜曰《悟云》。诗成附刻于先君《临云亭》诗后，又录若干首于《燃脂集》中。”诗多哀怨之感。《五日》曰：“不是愁中即病中，惊心艾绿与榴红。明朝远客逢初度，能否樽中酒不空。”《牡丹为风雨摧感赋》曰：“魏家妃子怯春寒，绰约谁怜翠袖单。珍重更无金屋贮，教人朝暮几回看。”“人生行乐语徒工，憔悴繁华境略同。富贵莫忘荆布侣，醵钱沽酒笑春风。”《即事有感》曰：“辜负清光空复情，可怜转眼判亏盈。无愁最是痴儿女，犹共牵衣拜月明。”

《养花轩诗钞》一卷　　光绪二年陈奉兹《敦拙堂诗集》附录本

吴芸华　撰

吴芸华，字小荼，号石溪渔女，江西东乡人。黔西知州吴嵩梁次女，德化诸生陈世庆妻。世庆《鹤》诗曰“仙鹤前身未可知，翻嫌骨相太清奇。昂藏敢有遗群想，兀傲终无谄媚姿”，因而被称为“鹤秀才”。芸华博览群书，通晓诗律，尤善画墨兰，与当时知名女诗人郭筠英、蔡紫琼、魏蘋香酬唱颇多。所著《养花轩诗钞》一卷，有道光二年（1822）刻本；有光绪二年（1876）陈奉兹《敦拙堂诗集》附录本，陈世庆《九十九峰草堂诗钞》亦附录于后。

此集为光绪刊本，集中共录诗二十七首。诗多绮罗香泽气，亦有清丽之作。《春日即事》曰：“一春愁病强相支，绣罢焚香诵小诗。心事满腔人不识，花前说与海棠知。”《石榴花》曰：“绛囊初绽露华滋，佳种偏于小院宜。最爱一天疏雨后，清风细剪碎胭脂。”《秋夜》曰：“深秋夜色最苍茫，地上鸳鸯不畏凉。笑坐小亭花影上，满身都是白莲香。”《秋夜听雨》曰：“愔愔小雨逼离愁，酸泪都从枕上流。忽听西风吹落叶，一声叶是一声秋。”《寄外》曰：“千里尺书难，眠食君其慎。抛得一分愁，减去三分病。”《腊月初三夜作时聪彝应郡试未归》曰：“梅花伴我坐寒帷，月影风声夜漏迟。谁道关山能远隔，别来一夜也相思。”

又，蒋徽字琴香，一字锦秋，号石溪渔妇，清江西东乡人。黔西知州吴嵩梁继妻。能琴，工诗，善画，工山水。著有《琴香阁诗笺》一卷。

《瑶清仙馆诗草》一卷　同治三年张氏刻本

任崧珠　撰

任崧珠（1833—?），字端卿，震泽人。任兆麟孙女，任昌诗女，张起鹍继妻。幼娴《内则》，学本家传，时以祖若父，性情温厚。年二十二归张起鹍，笃与伉俪，重于孝思，奉其父与母程氏孺人至署，养生葬死，子道克全。姊妹凡四人，俱力任婚嫁。长姊适苏氏，夫妇相继卒，遗二岁儿；四妹适宁，孀守无出，乃抚孤儿，使读书成立，迎妹归养，以己女继之。佐夫以正，有神君慈母之称；课子以严，有欧荻熊丸之效。夫广有姬妾，崧珠淡然处之，每裁诗作画，生活如其诗所言曰“静写丹青画，闲吟五字诗。昼长人不觉，惟有篆香知”。生五子，皆有成。年未三十而卒。所著《瑶清仙馆诗草》一卷，有同治三年（1864）张氏刊本。

此集前有吴县胡宝晋、任畹兰二《序》，王琳、韩荣光、赵丽卿、张洵、万立锦、姚诗彦、孙福田、杜友韦等名士题词；卷末有任本皋、吴凤藻、沈秉成、王斯恩、区为樑、孙福田《跋》。集中录五言古风、七言古风、五言绝句、七言绝句、五言排律等，附录词二十阕。任本皋《跋》曰：“性情温厚，风雅宜人，各体兼工，倏忽拔俗，积成卷帙。”胡宝晋《序》曰：“比物感事，斐然可观，而一种幽闲贞静之概，流露于笔墨间，尤非寻常所能颉颃者。斯不独见夫人之志之雅，亦足征夫人之遇之盛。承平无事，一觞一咏，无山川之游历，无民物之讽托而恬然，恬然其气象，自不侔于凡俗焉。洵足垂闺阁之令范而鸣国家之和声也已！”吴凤藻《跋》曰：“近法于三唐，骨格远宗于两汉。缘情之作既恺恻以缠绵，体物之工亦端庄而浏亮，不仅配玉台之佳咏，允堪金屋之隽才矣。”“诗余能追踪秦柳，取法苏辛。”区为樑《跋》曰：“诗以理性情，而大旨归于敦厚。古来贞女贤妇，不必尽以诗见，以诗见者类皆直抒胸臆，而不第求工于词句之间。”如《拟古》曰：“落尽东园花，有约来何暮。不见日相思，相见翻无语。”《游慈云庵》曰：“平生耽幽寂，出门无所求。树树含秋烟，淡淡豁双眸。笋篮命随意，乃欲诗料收。我非佞佛者，何来初地游。泠泠涤尘襟，赵州茶一瓯。”《采莲歌》曰：“十里平湖红影乱，兰桡移傍垂杨岸。阿侬家住水云乡，惯与沙鸥作闲伴。棹过桥头笑语轻，芙蓉采罢采芳菱。不知露湿银纱袖，但觉香肌冷似水。”绝句《偶成》曰：“静写丹青画，闲吟五字诗。昼长人不觉，惟有篆香知。”《渔翁》曰：“露满清光月满天，得鱼换酒乐陶然。孤篷惯向芦花泊，一任飞霜点鬓边。”集中游仙诗别具特色。《游仙》曰：“琪树瑶花丽景多，琼树贝阙耸嵯峨。壶中日月长如许，尚说光阴似掷梭。”“久悟元门道行精，隐居蓬莱炼长生。黄庭读罢浑无事，又跨青鸾上玉京。”《夏日游仙》曰：“香风飘荡彩云蒸，试著铢衣冷似冰。戏把红莲花一瓣，掷来沧海作船乘。”《卓文君》曰：“一曲求凰两意投，钱刀何事忽贻忧。长卿能作长门赋，忍使伤情怨白头。”《明妃》曰：“惟悴为和亲，琵琶犯虏尘。可怜沙漠月，犹忆汉宫春。青冢留千古，红颜误此身。不须怨画手，尚有锦车人。”《题散花天室稿》曰：“谢家道韫证前身，刻翠裁红思不群。令我午窗吟诵罢，花笺象管欲俱焚。”“能琴能画又能诗，似此人间更有谁。想见日长清课后，百花香里苦吟诗。”《书〈红楼梦〉卷后》曰：“一种幽怀付谁阿，花残月落总堪悲。红颜尽与优昙似，合倩才人一悼之。”

《倦绣阁诗草》一卷　　民国抄本

马绣吟　撰

马绣吟（1799—1824），铜山人。马勉女，陆大僩妻。年二十六卒。所撰《倦绣阁诗草》一卷，有民国抄本。

集中诗多绮丽闺阁之气。《晓妆》曰：“晨起梳妆懒，蛾眉扫未匀。形容憔悴尽，羞见镜中人。”《病中口占》曰：“病后加餐少，临妆强自支。腰围消瘦尽，不敢使郎知。”《秋夜》曰：“秋意凉如水，深闺静坐时。虫声入夜急，月色上窗迟。拈韵裁新句，挑灯录旧诗。蜘蛛何太巧，缕缕结成丝。”《枕上作》曰：“春来多乱梦，醒后竟忘言。风过檐铃响，猫跳药鼎翻。夜长嫌寐少，絮软觉衾温。欲起身仍倦，窗前上晓暾。”《春日》曰：“一园浅碧间深红，燕子双双入画楹。最爱朝来新雨霁，落花满地听莺声。”《偶成》曰：“远山遥隔树参差，澹澹晴云衬晚霞。最是此时堪画处，一林鸟语夕阳斜。”

《香南雪北庐集》二卷　咸丰六年评花仙馆活字印本

吴藻　撰

吴藻（1799—1862），字蘋香，号玉岑子，仁和人。藻父业贾，有姊妹兄弟多人，夫为同邑黄氏，姓名不可考，婚后记载无多。中更离忧，幽寂独居。道光十七年藻移家南湖古城野水，地多梅花，取梵夹语颜曰“香南雪北庐”。梁绍壬《两般秋雨庵随笔》卷二载：“吴蘋香女史初好读词曲，或劝之曰：‘何不自作？’遂援笔赋《浪淘沙》一阕云：‘莲漏正迢迢，凉馆灯挑，画屏秋冷一枝箫。真个曲终人不见，月转花梢。何处暮钟敲？黯黯魂销，断肠诗句可怜宵。欲向枕根寻旧梦，梦也无聊。’轻圆柔脆，脱口如生，一时湖上名流传诵，自后遂肆力长短句。不二年，著《花帘词》一卷，逼真《漱玉》遗音。”吴藻与闺秀名士多有唱和。道光六年春，参与碧城女弟子集会；为陈文述校订词稿，参与《西泠闺咏》编校。陈文述《碧城仙馆女弟子诗》中录吴藻诗九首，以《花帘书屋诗》为集名。道光十五年春，又参与梁德绳“鉴止水斋”闺阁雅集结社；参与汪小米东轩吟社唱和题咏活动，有《题寒闺病趣图》《题南湖华隐楼图》等诗作。吴藻与赵庆熺、魏谦升、张应昌、赵庆炽（笛楼）、俞少卿（恭仁）、赵铭（篠珊）等人常雅集唱和；与许乃榖、葛庆曾、黄燮清等人交往亦密切；与王昙（仲瞿）、瞿世瑛（清吟阁主）、徐问蘧、陆次山等一大批文人雅士有唱酬题赠之作。吴藻还与汪端、沈善宝、张襄等名媛闺秀交好：为汪蘅《红豆轩诗》、凌祉媛《翠螺阁诗词稿》作《序》；为阮恩滦《慈晖馆诗词草》、陆蒨《倩影楼诗稿》题词；海昌许秋垞《闻见异辞》卷首录吴藻题诗一首。道光二十七年赵秋龄离世，吴藻为其编订《香销酒醒词曲》集，并由魏谦升作《序》，两年后付梓刊行。所著《香南雪北庐集》二卷，包括诗一卷、词一卷，有咸丰六年（1856）评花仙馆活字印本。

此集录诗七十五首，收词十七阕，集后有金绳武《跋》曰：“余既选同里吴蘋香女史词入《十家词汇》，复得其古近体诗七十五首，为女史手抄存本。清瘦肖菊，芳馨撷兰，神隽而华，味淡以永，卷秩虽窄，皆粹美之作，闺阁此才，实为天纵，因排字印百册，并附其未刻词十七阕于后。印既成，质之香雪庐主人，当不以财奴谋利詈予也。柔兆执徐辜月钱塘金绳武识。”《坐月》曰：“花径晚凉天，流萤绕金井。月转画廊西，阑干坐无影。”《秋雪渔庄》曰：“芦絮明寒渚，松阴暗草堂。西溪好烟水，中有此渔庄。筑簖营鸥宅，分田钟鹤粮。梅花三百树，晴雪又浮香。”《龙井道中》曰：“一径风篁路，幽泉响石矶。竹林秋笋瘦，苔硐晚花肥。掠雨红蜻下，冲烟翠羽飞。松花香冉冉，还复点罗衣。”《翠渌园》曰：“云满楼台水满津，阑干十二碧城春。隆中风月真名士，林下烟霞彼美人。卧砌苔碑昏柳是，隔湖花树暝兰因。辋川傥问王摩诘，金粟如来是后身。”

吴藻词有盛名。另有《花帘词》一卷，最早刊于道光十年，前有张景祁、陈文述、魏谦升、赵庆熺四《序》。魏谦升《序》曰：“居恒庀家事外，手执一卷，兴至辄吟”，“往时厉樊榭征君、吴谷人祭酒先后居是地，词亦同出一源，自祭酒之亡也，或虑坛坫无人，词学中绝，不谓继起者乃在闺阁之间。”南京图书馆另藏有一抄本，前录张景祁《香雪庐词叙》。《香南雪北词》有道光二十四年刊本，吴藻自编《花帘词》后所作之词，订为《香南雪北词》。录词一百二十阕。前有吴藻《自序》曰：“余昔为倚声之学，间作金元乐府，篇什寥寥，未敢问世，剩稿残丛，久不省记。今夏曝书，偶于敝箧中捡得。滋伯以余不复为词也，劝授雕人以存昔时鸿印，遂附刊于词后。庚戌道光三十年（1850）秋日，蘋香自识于香南雪北庐。”《清平乐》曰：“一庭苦雨，送了秋归去。只有诗情无著处，散入碧云树。黄昏月冷烟愁，湘帘不下帘钩。今夜梦随风度，忍寒飞上琼楼。”《百字令·题燕巢双声合刻》曰：“春来何处，甚东风、种出一双红豆？嚼蕊吹花新样子，吟得莲心作藕。不隔微波，可猜明月，累尔填词手。珍重密字，墨香长在衣袖。一似玳瑁梁间，飞飞燕子，软语商量久。从此情天无缺陷，艳福清才都有。纸阁芦帘，蛮笺彩笔，或是秦嘉偶。唱随婉转，瑶琴静好时奏。”《洞仙歌·赠吴门青林校书》曰：“珊珊琐骨，似碧城仙侣，一笑相逢淡忘语。镇拈花倚竹，翠袖生寒，空谷里、想见个侬幽绪。兰釭低照影，赌酒评诗，便唱江南断肠句。一样扫眉才，偏我清狂，要消受玉人心许。正漠漠烟波五湖春，待买个红船，载卿同去。”此词因其大胆而历来为人关注。《满江红·栖霞岭岳武穆王》曰：“血战中原，吊不尽，忠魂辛苦。纷纷见，旌旗北指，衣冠南渡。半壁莺花天水碧，十围松柏云山古。最伤心，杯酒未能酬，黄龙府。金牌急，无人阻，金瓯缺，何人补？但销金窝里，怕传金鼓。墙角读碑残照冷，墓门铸铁春泥污。爇名香、岁岁拜灵祠，栖霞路。”《金缕曲》曰：“生本青莲界。自翻来、几重愁案，替谁交代？愿掬银河三千丈，一洗女儿故态。收拾起断脂零黛。莫学兰台悲秋语，但大言打破乾坤隘。拔长剑，倚天外。人间不少莺花海。尽饶它，旗亭画壁，双鬟低拜。酒散歌阑仍撒手，万事总归无奈。问昔日劫灰安在？识得无无真道理，便神仙也被虚空碍。尘世事，复何怪！”《金缕曲》曰：“闷欲呼天说。问苍苍，生人在世，忍偏磨灭。从古难消豪士气，也只书空咄咄。正自检断肠诗阅。看到伤心翻失笑，笑公然、愁是吾家物。都并入，笔端结。英雄儿女原无别。叹千秋、收场一例，泪皆成血。待把柔情轻放下，不唱柳边风月。且整顿铜琶铁拨。读罢《离骚》还酹酒，向大江东去歌残阕。声早遏，碧云裂。”

《天游阁集》五卷、《诗补》一卷　　宣统二年顺德邓氏刻本

顾春　撰

顾春（1799—1877），姓西林觉罗氏，名春，名多见于西林春，字梅仙，号太清，满洲镶蓝旗人。祖籍铁岭，生长于北京海淀香山健锐营。道光四年（1824）太清二十六岁入篮多罗贝勒奕绘（1799—1838）为侧福晋，假托为荣王府护卫顾文星之女，后更名为顾太清。夫妻极尽闺房唱和之乐，后奕绘归道山，太清年仅四十。三月后，太清即奉太福晋之命移居府外，昌广生《读太素明善堂集感顾太清遗事辄书六绝句》有“人是倾城姓倾国，丁香花发一低回”句，世传“有丁香花公案”。因龚自珍《己亥杂诗》有“一骑传笺朱邸晚，临风递与缟衣人”句，自注曰：“忆宣武门内太平湖之丁香花一首。”于是好事者以龚、顾二人有溱洧之嫌，后曾朴写入《孽海花》。孟森《丁香花》曰：“太清亦已老而寡，定公年已四十八，俱非清狂荡检之时”，苏雪林

亦曾为太清辩诬。黄仕忠《顾太清与龚定庵交往时间考》则曰：“太清的《桃园记》传奇，演萼绿华与白鹤童子相恋结合故事，实寓本人情史。太清初嫁某副贡，不久寡处，在嘉庆末与荣王府奕绘贝勒相恋，遭王府长辈拒绝。至道光四年（1824）才有转机，嫁为侧福晋。而奕绘去世后三月，太清母子即被婆母逐出家门。相传太清被逐，缘于与龚自珍有‘暧昧之事’，即所谓‘丁香花’疑案。近人孟森、苏雪林已辨此说之非。但龚、顾二人相识并有过诗词唱和，则无疑问。今以太清初次守寡至嫁入荣王府的经历与定庵在嘉庆二十四年至道光五年间（1819—1825）的事迹相比照，参酌新发现的近人关于龚、顾关系的资料，并印证龚氏诗作，推定太清在道光三年（1823）前，已与定庵相识相慕，定庵在此年前后所写的若干诗词亦是为太清而作。总之，顾太清与龚定庵大约在嘉庆二十四年（1819）至道光二年（1822）间即已相识，并相爱慕。故前人谓定庵《无著词》《小游仙词》等篇什，多与太清相关，事出有因。道光三年七月定庵居忧返杭，次年春太清与奕绘定情，并嫁给奕绘作侧室，其事遂止。但定庵仍念念不忘，故此后数年中，屡假咏秦金汉玉等以寓其意，以‘触手犹生温’‘摩挲’心目中的飞燕故物，以解渴想。道光六年（1826）定庵服阕后第一次赴京，夫人何吉云同行。何氏亦能诗。何氏与杭州籍官员女眷的来往，与太清所交往杭州籍官员及女眷的圈子有重合。定庵中举时的座主王引之，曾与奕绘同殿为官，两人尝合著《康熙字典考证》。在这种背景下，太清与定庵仍有交往的机会。故文廷式曾见太清与阮元、定庵等唱和之什，说明他们此后仍当有诗词之交往。太清再嫁而得其人，自是以礼相持，不当有后日传言的‘暧昧之事’。定庵乃诗人，易生幻想，且为人‘颓放无似’，故此后诗中仍频有其思念中的女主角出现。但纵是其诗作中有所表现，恐怕也不能作为实事来看待。另一方面，正因为两人早年之交谊，于定庵诗词中‘可约略指之’，定庵终究是诗人，其思慕之情，晚年似未稍减，遂致时人‘蜚语’流传，直接影响到刚刚经历丧夫之痛的太清，使之百口莫辩。况且才子才女，佳人倾国，又大可令人遐想，于史实则无足取信。”况周颐《东海渔歌序》曰：“末世言妖竞作，深文周内，宇内几无完人。太清之才之美，不得免于微云之滓，变乱黑白，流为丹青；虽在方闻骚雅之士，或亦乐其新艳，不加察而扬其波。亦有援据事实，钩考岁月，作为论说，为之申辩者。余则谓言为心声，读太清词，可决定太清为人，无庸龈龈置辩也。”此外，顾太清曾与众闺友结秋红吟社为女性文学史之重要事。沈善宝《名媛诗话》卷八曰：“己亥（道光十九年，1839）秋，余与太清、屏山、云林、伯芳结秋红吟社。初集‘牵牛花’，用《鹊桥仙》调。太清结句云：‘枉将名字列天星，任织女、相思不管。’云林云‘金风玉露夕逢秋，也不见、花开并蒂’。盖二人已赋悼亡也。余后半阕云：‘花擎翠盏，藤垂金缕，消受早凉如水。红闺儿女问芳名，含笑问、渡河星指。’虚白老人（潘素心）大为称赞。”太清《雨窗感旧》诗前《小序》曰：“同治元年长夏，红雨轩乱书中捡得《咏盆中海棠》诸作。旧游胜事，竟成天际浮云；暮景羸躯，有若花间晓露。海棠堆案，红雨轩争咏盆花；柳絮翻阶，天游阁分题佳句。今许云姜随任湖北；钱伯芳随任四川；栋阿少如就养甘肃；富察蕊仙、栋阿武庄、许云林、沈湘佩已作泉下人，社中诸姊妹惟项屏山与春二人矣。二十年来星流云散，得不伤心耶！”太清另有《冬日季瑛招饮绿净山房赏菊，是日有云林、云姜、湘佩、佩吉诸姊妹在座，奈余为城门所阻，未得尽欢，归来即次湘佩韵》《法源寺看海棠遇阮许云姜、许石珊枝、钱李纫兰即次壁刻钱百福老人诗韵二首赠之》《人日雪中观音院送云姜夫妇扶谢太宜人柩归扬州》等诗，所及闺秀俱为秋红吟社成员。太清所著《天游阁集》，存有四个版本。一是陈士可收藏抄本，非太清手抄，但有太清用朱笔写的眉批，现存一、二、三、五共四卷，缺第四卷，收诗五百二十一首。二是徐乃昌刊本，分为上下两卷，共收诗一百九十七首，为太清早年作品，篇目不多，但许多为其他版本所缺。三是风雨楼刊本，是据陈士可收藏本刊印，将第五卷分拆为四、五两卷，另有少数补遗，共收诗五百二十七首，封题为宣统元年庚戌十月如皋冒氏抄本刊成。包括诗集五卷及诗补及附录。诗补录《正始集》所收诗六首。前有《小序》曰：“钝宧曰：余录《天游阁集》竟，复从《国朝闺秀正始集》得其诗六首，皆集中所无者，不知编集时手自删去，抑在原阙之第四卷中耶？临桂况夔笙舍人周颐曾云：在京师地摊购得此集，夔笙顷流寓江南，无从借勘。《正始集》小传称太清字子春，有《子春集》，其集名亦与此有异。”附录收况周颐《兰云菱寝楼笔记一则》及顾太清词四阕。与抄本相较，删诗二首。四是日本内藤炳卿收藏的另一抄本，其一、二、三、五各卷与陈士可收藏之抄本大体相同，此外补全了四、六、七各卷，是比较全的七卷本，共收诗七百六十八首。日本藏抄本《天游阁集》包括《诗集》七卷、《东海渔歌》词集六卷。为词人家藏手钞珍本，于庚子年（1900）遗失海外。《支那学》杂志第一卷第十二号豹轩（铃木虎雄）《顾太清〈天游阁集〉抄本》曰：“余曾自内藤炳卿前辈借读其所藏抄本《天游阁集》。方知此抄本与通行刻本不同。刻本缺落甚多，抄本实为完璧。此《天游阁集》抄本，实为罕见之书，堪称之为足本，现将其真面目介绍给同好之士。”后此抄本流入关西大学。太清的《东海渔歌》也有四个版本。一是陈士可收藏的抄本，现存一、三、四计三卷，缺第二卷，共收词一百六十七首；二是西泠印刷社刊行的活字本，此刊本印刷精良，有况周颐评语，但此本为况周颐大肆改过的失真刊本，共收词一百六十四首；三是竹西馆刊行的四卷本，它是在况氏删改的三卷本基础上，另将朱孝臧根据诸贞壮旧藏抄录的第二卷补入其中，形成了四卷本，共收词二百一十四首；四是日本内藤炳卿收藏的另一抄本，该抄本六卷，收词三百一十七首。金启琮《顾太清集校笺》曰：“每卷前注明该卷著作起止之年，及作者年岁、诗词首数，以便开卷一目了然。诗集复以徐乃昌刊本《天游阁诗集》校勘，徐本虽然残缺已甚，但却是最早的刊本，其中许多诗句已为手抄本删改，现将徐本中被删之诗四十七首及风雨楼本《天游阁集》中被删之诗二首、《诗补》六首，再加上所辑另二首，共计五十七首，均列入《诗集补遗》；词集补遗为《柳枝词》十二首，因风雨楼本《天游阁集》有注曰：‘此十二首，太清有朱笔自题其上曰：“此移入《东海渔歌集》”，然日藏《天游阁集》手抄本中《东海渔歌》词集并无《柳枝词》十二首，竟似删去，抑抄写时忘列与？姑仍留此十二首及竹西馆排印本《东海渔歌》卷二中被删四首，加上所辑三首；值得一提的是，其中之 为最新收辑的《孟缇夫人比屋联吟图》题跋中的太清轶词，这样共计十九阕为《东海渔歌补遗》中。'”

顾太清以词名世。《蕙风词话续编》曰：“曩阅某词话云：本朝铁岭人词，男中成容若，女中太清春。”又曰“太清词得力于周清真，旁参白石之清隽，深稳沉着，不琢不率，极合倚声消息。求其诣此之由，大概明以后词未尝寓目，纯乎宋人法乳，故能不烦洗伐，绝无一毫纤艳涉其笔端”，“欲求研秀韶令，自是容若擅长。若以格调论，似乎容若不逮太清。太清词，其佳处在气格，不在字句，当于全体大段求之，不能以一二阕为论定，一声一字为工拙。此等词，无人能知，无人能爱。夫以绝代佳人而能填无人能爱之词，是亦奇矣！夫词之为体，易涉纤佻，闺人以小慧为词，欲求其深稳沉着，殆百无一二焉”。《喝火令·己亥惊蛰后一日，雪中访云林，归途雪已深矣，遂题小词，书于灯下》曰：“久别情尤热，交深语更繁。故人留我饮芳樽。已到雅栖时候，窗影渐黄昏。拂面东风冷，漫天春雪翻。醉归不怕闭城门，一路瑀瑶，一路没车痕，一路远山近树，妆点玉乾坤。”豪放浪漫。

又，顾太清撰戏曲《桃园记》。据《古代戏曲存目汇考》载，有《桃园记》著录于“云槎外史”名下，然谓“姓名、字号、里居皆未详，剧已佚”。而在顾太清的《东海渔歌》中有《金缕曲·题桃园记传奇》，首句即言“细谱桃园记”，可见太清所言《桃园记传奇》可能是《古代戏曲存目汇考》中记载之《桃园记》，2006 年，黄仕忠在日本东京大学东洋文化研究所发现《桃园记》的稿本，并证明确为太清所作。《中国古籍善本书目·集部》记载有《梅花引》一部，谓存清抄本，云槎外史撰，现藏于河南省图书馆。然此稿本上除藏者印章外并无其他印记，黄仕忠就其字迹与《桃园记》相比，认为此是太清之作。

又，顾太清撰小说《红楼梦影》。其有“哭湘佩三妹”诗五首，其诗注云：“余偶续《红楼梦》数回，名曰《红楼梦影》，湘佩为之序，不待脱稿即索看。尝责余性懒，戏谓曰：‘姊年近七十，如何不速成此书。恐不能成其功矣。’”后于同治中书成，太清痛知音之未见全书，因题“西湖散人撰”以纪念之。书扉所书“云槎外史新编”之“云槎外史”乃太清别号。赵伯陶

《〈红楼梦影〉的作者及其他》考证顾太清撰《红楼梦影》。据日藏本《天游阁集》影印页片，考证云槎外史是清代著名女词人顾太清，西湖散人是太清闺中密友、清代才女沈善宝。《满族研究》载《著名红学家周汝昌与著名满学家金启琮聚谈纪要》曰："刻本每回前题'西湖散人撰'，那是为了纪念湘佩（沈善宝）的假托。湘佩卒于同治元年，《红楼梦影》光绪三年始刊行。湘佩去时，《红楼梦影》尚未成书。"西湖散人《序》曰："海内读此书者，因绛珠负绝世才貌，抱恨夭亡，起而接续前编，各抒己见。为绛珠吐生前之夙怨，翻薄命之旧案，将红尘之富贵加碧落之仙姝。死者令其复生，清者扬之始浊，纵然极力铺张，益觉拟于不伦。此无他故，与前书本意相悖耳。""今者，云槎外史以新编《红楼梦影》若干回见示，披读之下，不禁叹绝。前书一言一动，何殊万壑千峰，令人应接不暇；此则虚描实写，傍见侧出，回顾前踪，一丝不漏。至于诸人口吻神情，描摹酷肖，即荣府由否渐亨，一秉循环之理，接续前书，毫无痕迹，真制七襄手也。且善善恶恶，教忠作孝，不失诗人温柔敦厚本旨，洵有味乎言之。"

《双桂轩尺牍》一卷　　光绪四年上海申报馆仿聚珍本

丁善仪　撰

丁善仪（1799—?），字芝仙，无锡人。丁宝洲女，嘉兴令杨炳妻，丁绍仪姑母。善仪幼在都中，曾执贽表姑杨蕊渊，故偶作小词。曾随宦滇南赵北，复自浙右避乱闽中，游历几万里，故而胸有经济之学，阅历半天下。又曾与沈善宝交游，舟至鸳湖，善仪官舆相迎，把晤倾谈，殊恨相见之晚，遂定雁行。工书，娴绘事。点染花卉，娟妍秀洁，以闺阁气胜，有诗、书、画三绝称。后经变故，吟诵遂罕。所著《双桂轩尺牍》一卷，有光绪四年上海申报馆仿聚珍本。

此集前梁溪纫宜女史《序》。录尺牍四十七通，多是平日问候之语，兼录唱和往来诗作。《上温处道庆师母》书其五曰："前蒙赐和佳句，兹特将叠韵珏呈大雅之哂。和诗列后，即求教正。"善仪曾著有《双清室诗词》，因携置行箧，杭州陷时，竟归浩劫，钞撮丛残，仅存十一。存者如《赠润卿妹》曰："茜山翠袖影伶俜，巧掠飞蝉薄鬓青。良夜似年秋似水。笑携团扇扑流萤。"《马诵咣伯母遗照》曰："我痛雁行断，嫂伤鸾影况。奔丧归吾家，血泪盈衣襟。但得死同穴，奚必生同衾。清操洁比瑜，烈行坚如金。含悲赴九泉，柏舟遂素心。"清苍绝俗。词如《忆王孙》曰："梧桐分绿上雕栏，幕卷帘垂夜未阑。玉骨珊珊惯耐寒。掩青鸾，绝代蛾眉称意难。"《金错刀·辛卯七夕又昭表妹招诸女伴作乞巧会小病未往赋此奉柬》云："云影淡，露华凉。虫声如雨漏初长。寻盟有约邀新月，乞巧无缘炷晚香。陈钿盒，奠琼浆，一灯摇梦费思量。遥知语笑情方惬，都向天孙问七襄。"

《玉燕巢双声合刻》七卷　道光七年刻本

陆惠　撰

陆惠，字璞卿，一字又莹，别署苏香，室名玉燕巢、琴娱室、得珠楼，吴江人。张澹（春水）继妻。初，因惠之弟从春水学，乞拓本归示璞卿，璞卿善之，为题一诗。既又索春水所撰著诗文，遍读之，大加叹赏，手录《绣余吟草》，寄春水厘定。春水见璞卿诗品娴静，言之有物，亦心折赞赏。时春水方以孤子当室，续胶是急，遂属冰人请于堂上而委禽。婚后二人虽贫而乐，夫妻唱和，为一时韵事。璞卿集中多与张澹唱和之作，巡檐索句，刻烛联吟，殆无虚日。同治光绪年间，旅食沪城，以诗画自给。春水晚年甚贫困，璞卿乃教授女弟子，得修脯以佐家食，恒苦不得一饱，卒以忧死。璞卿幼年爱写墨兰，虽无师承，而娟秀中时露清挺之气。既归春水，造诣益进，著有《甦香画录》。其所用小印曰"文章知己患难夫妻张春水陆璞卿合印"。所著《玉燕巢双声合刻》七卷，有道光七年刻本；又据《中国丛书综录补编》著录，有抄本《陆璞卿遗稿》不分卷。

此集前有"丁亥百花生日刊成"字样，首为道光丁亥花朝玉燕巢主人张澹《归荑集》序；次录《双声合刻》总目，包括卷首、序文、题词。卷一《归荑集》上；卷二《归荑集》下；卷三《庆既令居合稿》；卷四《绾春小草》；卷五《琴娱室稿》；卷六《花瑞集》。正文前录张澹《今年今日曲》。卷一、卷二为《归荑集》，下题吴江女史陆惠璞卿。此《归荑集》为璞卿诗稿，张澹《序》曰："归荑之义，似与《邶》风有合，采名其集，选存十一，序而梓之。他日德音来括，当与戒旦之辞先后补刊，用证文章契合之由。知己得之闺中，庶足慰我穷愁已。"集中多载其与闺友往来唱和及阅读女性诗稿之作。《春闺言志》曰："不妨萝屋守清贫，弱质偏能傲俗尘。一点秋心贞独抱，让他花草自为春。"《偶述》曰："绣榻香奁拥百城，嗜书应不让儒生。花前点笔吟初就，月下眠琴梦亦清。自许幽贞原有志，谁能风雅竟无情。漫言巾帼无才干，千载犹传咏絮名。"生活富有情趣，由《夏夜擫笛》《自制绛色吟笺写冰梅于上，缀以小诗》等诗可见一斑。多有闺秀唱和之作，如《乙酉中秋同李玉霞女士静咏月分韵得明字》《读松风草堂谢文节公遗琴诗文敬题四绝于后并序》《读袁五云夫人墓志敬题其后》《题朱沁香女士遗墨石刻大悲咒后》《和计昆璧女史二首》《武林汪孟文夫人玢为余书得珠楼小额寄诗鸣谢》《送顾大表姊出阁》；下卷有《题陔兰诗屋抄本名媛诗选》《题叶瑶期女史小鸾遗集后》《寄玉霞女史》《检书有感》《长至日前三日雪窗读海虞钱莲因女史守璞所题蘐影图五律和韵当之即题自写墨兰扇后》《题春水三十生朝述感图》等诗作。卷三为《庆既令居合稿》，为璞卿夫妇唱和之作。载《长至日琴娱室联句》《上元后一日莺湖舟次联句》等诗。卷四为《绾春小草》，前有张澹《序》曰"古诗人以琴瑟喻家室，盖取诸唱随之义"，"词为诗余"，"于闺阁尤近。道光九年四月三日春尽日也，苦雨酸风，残红满径"，"而以《绾春》名之，且饥来驱我，偃蹇风尘，人不能绾，春可绾乎？第托物比兴，实宗先圣唱随之义，有合风人诗。绾春耶？词绾人耶？若合若离，其情一往，当与仅仅流连光景，留春送春有间矣"。又述结集经过："右《绾春小草》一卷，久庋行笈，归安金参军翰楼见而赏之，亟为怂恿付梓，任其剞劂之费。辞不获已，书此以志。"次为翰楼金銮坡《序》曰："辛卯七夕，盥诵春水征君暨璞卿夫人合稿，托物比兴，情深一往，爰拾集中意成《柏梁》体一章。"后有陆惠《跋》曰："《绾春小草》者，予夫妇分赋夏首节物作也。"卷五

《琴娱室稿》为陆惠诗稿，多有与闺秀唱和之作。卷六为《花瑞集》，前有张澮《序》曰："辛卯立春日于武林花肆购水仙两本，含苞未吐，已觉芳气袭人，归供案头。壬辰元旦，忽作异花，玉瓣成台，金心四映，成一律，邀内子璞卿、内弟子治同作。"卷七、卷八佚失；卷九《得珠楼筝语》为陆惠题画之作；有张澮《序》，末附《玉燕巢印萃》。

《茹蘖斋诗稿》一卷、《词稿》一卷　　宣统二年大同石印本

席香谷　撰

席香谷，洞庭人。河南汲县张氏妇。幼时为韵语，胸罗经史，工诗擅词。适张氏后，侍随舅任瑞昌。后早寡，独自抚子；后子亡，忧伤而卒。所著《茹蘖斋诗稿》一卷、《词稿》一卷，有光绪十五年上海聚珍排印本；宣统二年大同石印本。

此集为宣统二年石印本，前有席元鎏、江宁陈作霖二《序》，蔡秉钧《后序》；次为《茹蘖斋遗稿评赞》，杨昀、芗制老农于庆保、壶道人黄濬、戴伯镛、李安澜、舅氏槎翁及曾孙张克铭《识》。席元鎏《序》曰："今年乃晤子新学博，实族姊之嗣孙也。感予求索之勤，出《茹蘖斋集》以示，予受而读之，知其望夫化石，久戍不归，教子断杼，学成而死，所遭之不幸，无一不寓之诗，别鹄之声与啼鹃之血欤！真有不忍卒读者。即属在无关休戚之辈，犹当发起幽光，而况乎为一本之亲哉！于是删其重复，汰其繁芜，借沪上聚珍本印之以传。"曾孙张克铭《识》曰："席公即用聚珍版印之以传，铭因所传未广，而书已告罄，特又扩充章法字体，石印数百本，籍作流传。"集中录诗一百三十一首。陈作霖《序》曰："叹其深合经义。盖集中所录若《送父母还乡》诸作，《竹竿》之思归也；《寄外寒衣》诸作，《伯兮》之怀远也；至《断肠篇》《青灯课子图》诸作，则又《柏舟》《河广》之变调，而共姜、宋母之嗣音也。何其志之决，声之怨若是乎？亦以所遇之境然耳！"于庆保题词曰："快读瑶篇，至情至性之作俱多，五律的是韦孟，七律如《粥票》《粥厂》，立言得体，大有关于政治。闺秀诗中那得有见此。《青灯课子图》《断

肠篇》诸作，令人读之，一字一泪，钦佩佩服。”《松》曰：“劲节凌霜独古松，巍巍仰止最高峰。清阴匝地层云密，老干参天翠色浓。声动万山疑作雨，枝高百尺欲成龙。终期廊庙为梁栋，肯与群芳斗艳容。”《梅》曰：“秀绝南枝得气先，小阑干外曲池边。开将春色原如昨，别去芳姿又一年。澹极似融溪口雪，寒深犹带岭头烟。未容蜂蝶轻相探，雅淡丰神只自怜。”可看作自身写照。《壬午仲春送父母还乡》曰：“话到亲行怅莫支，未归先问出山期。晨昏已缺趋庭礼，烟水那堪分路歧。种竹须教童灌溉，游山好用杖扶持。从今绕膝知何日，惟愿加餐慰所亲。”《思亲》曰：“慈颜倏别二旬余，魂梦常牵泪似珠。半百人行千里外，未知安稳到家无。”《寄外》曰：“千里求名一载余，风尘染尽老莱衣。倚闾已失慈亲望，负笈方看游子归。营奠空劳浇浊酒，承欢无处报春晖。终天抱恨悲何及，反哺输他乌鸟飞。”《寄外》曰：“为谋升斗禄，千里去求名。襆被无余物，严寒事远征。风霜尝客况，冷暖见人情。覆辙君须鉴，前程慎此行。”“忆别梅初放，俄看柳似金。物华天作丽，岁月易相侵。游子他乡意，高堂两地心。鳞鸿频问讯，好为寄佳音。”《怀远》曰：“归期许我梅花时，又见萧萧木叶飞。何时程途多缓滞，料应风雨阻征骓。”《断肠篇》曰：“生平怕读断肠篇，读到伤心我亦怜。今日断肠轮到我，两行血泪一声天。当年京国远遨游，已去重回三日留。天意似怜人永诀，石尤故遣阻舟行。出门弱弟苦牵衣，哭说兄行应早归。今日黄泉应把袂，鹡鸰原上好相依。六年穷塞受凄凉，羌笛胡笳总断肠。堂上尊亲闺里妇，知君夜夜梦还乡。忽闻天末叫哀鸿，凶信惊传鹤驭空。十载闺中思妇泪，一时都变杜鹃红。生离已是足伤怀，尚待燃机活死灰。不料新愁与旧恨，一齐都到眼前来。梦到关山夜月孤，钗分镜破泣啼乌。欲思此后团圆乐，只有侬来君到无。汤药无人侍病身，妻孥枉自博虚名。可怜最是伤心处，一陌黄钱仗友生。亲已高年子尚痴，叫人生死两难为。眼中多少凄怆泪，哭到何年是了时。一曲琴声唱已终，轻尘短梦太匆匆。阴阳各自都加勉，君侍慈亲我侍翁。”思亲忆外，缠绵悲婉。《冬夜课儿作》曰：“露冷霜侵夜气冲，寒窗闪烁一灯红。病身且耐深宵坐，为恐妨儿夜读功。”《示富儿》曰：“尔父为贫仕，反受微名累。性不合时宜，身因遭物议。忽忽半年余，未曾通只字。祸福两难凭，此身何处寄。我闻鸦鹊鸣，一一关心事。倘若窜遐方，有谁堪借庇。骨肉叹分难，室家中道弃。天幸得归来，已足伤劳瘁。言及此时情，能无挥涕泪。尔母本孱弱，况当心忧悸。神气日不佳，调养非药饵。尔年已成童，甘苦知亲意。努力向芸窗，诗书须奋志。义理贵精通，休徒夸强记。文行斯最要，勉为人中骥。及早显姓名，慰尔高堂思。”可见惓惓之情。另有怀古咏时之作。《西施》曰：“占断苏台歌舞春，吴宫为沼也伤神。君王好色忘仇敌，亡国何须怨妇人。”《秦良玉》曰：“桃花马上请长缨，誓扫烟尘靖寇氛。遗恨后先同一辙，秦夫人与岳将军。”《粥票》曰：“顷刻能施万斛粮，楮先生有救时方。数行入手堪充腹，尺幅投怀可饫肠。涸辙顿教沾勺水，蓝桥不羡饭琼浆。纷纷争比连城璧，当日休夸贵洛阳。”《粥厂灾黎叹》曰：“幼者提携老者扶，鸠形鹄面遍街衢。一瓯胜得千钟禄，片纸珍于十斛珠。要使小民无菜色，全凭大吏有良图。厩中肥马庖中肉，忍见黎灾泣向隅。”《闻逆贼滋事势甚猖獗朝廷许和感而赋此》曰：“洋烟肆毒起戈矛，蠢尔蛮夷大国仇。千里阵云横铁骑，一天风浪撼金瓯。朝廷竟下和戎诏，将相谁怀报国谋。滋蔓难图惩小草，闺中空抱杞人忧。”

《蕙宧吟稿》一卷　　咸丰七年古铜里范氏刻《吴江三节妇集》附录

许珠　撰

许珠，字孟渊，一字蕊仙，吴江人。许简女，母丁月邻亦能诗，吴焕妻。子吴麟寿，字芝舫，能诗，敦意气，好经术，与董兆熊为友。珠幼聪慧，工绘事，善鼓琴，长于诗。因夫有足疾，不良于行，不能治生，不得已应河帅严小农夫人郑夫人之聘，训其女公子，复随郑夫人归杭州私第，居停数年，其馆谷以赡家人。因憔悴抑郁，故诗中多危苦之音。所著《蕙宧吟稿》一卷，附于咸丰七年（1857）古铜里范氏《吴江三节妇》后。

此集前有董兆熊《序》曰："咸丰丁巳，余录贤夫人诗及范夫人、王夫人诗，请正于张君歗山，张君贶以弁言，名之曰《吴江三节妇集》。刻既竣，范夫人（顾佩芳）唏嘘告余曰：'曩与吾唱酬者，既皆绣梓以行矣。吾所尤心折者曰许夫人蕊仙，蕊仙之子吴君芝舫与若为平生之友，忍慭置之也？出一卷书，示余曰：许夫人手写贻我者，若何弗论次之？'"未几，芝舫竟死，余往求其诗，其徒冥顽荒嬉虫嚼鼠啮尽矣。今范夫人镭藏扃钥，许夫人之精灵魂爽，犹得于故纸中仿佛遇之，真古之范巨卿也。"集中录诗六十七首、词四阕。《雨中同严氏诸女伴游西湖至孤山看梅谒和靖先生祠并吊小青》曰："隐约峦光淡图画，迷离草色有还无。此游惹得儿童笑，不泛晴湖泛雨湖。""六桥柳色嫩含烟，乍暖还寒寒食天。记得坡翁好诗句，淡妆浓抹总堪怜。""曾于青史仰高贤，今日才能拜墓前。手酌寒泉刚一盏，万梅花底酹诗仙。""一抔净土傍湖滨，片石犹留姓氏真。临水几枝梅影瘦，为卿写出旧丰神。"《答董松筠夫人次原韵》曰："买田卜隐愿蹉跎，驹隙光阴转眴过。留滞朱门缘底事，思乡泪比别乡多。"《九日同严氏诸女伴游阜园登高看菊》曰："正欲寻诗去，谁家送酒来。竹深宜款客，石净好衔杯。鹿病眠黄叶，虫寒帖绿苔。今年霜信早，晚桂已全开。"《见新月》曰："岁月催人不自由，一弯又见挂如钩。而今老大心情减，只觉双眉蹙两头。"《晓枕口占》曰："薄寒似水晓霜天，隔帐灯摇淡可怜。病久方知身似客，愁多不耐夜如年。罗衾重叠留残梦，金鸭迷离吐细烟。倚枕推敲吟未稳，噪晴几阵鹊声连。"《归乡杂咏》曰："别恨依依放艇迟，半湖斜日淡胭脂。棠梨花落清明后，恰是当年去国时。""青山簇簇送归舟，帆饱风高水急流。回首画眉桥畔路，萍踪絮影怅难留。"

又，许珠母丁月邻，字素娟，吴江人，诸生许简室。早寡，所著《颂琴楼集》一卷。许珠《珍浦太夫人近选正始集，拙作亦蒙采入，并索先母〈颂琴楼遗稿〉，心感之余，赋此呈谢》诗，可知月邻在当时很有诗名。《寄女》曰："数声过雁唳长空，开遍芙蓉落尽枫。却忆小时严夜课，碧纱窗下一灯红。"《携婿女至先茔》曰："飒飒寒风吹纸钱，松楸渐长墓门烟。黔娄地下终同穴，萧史楼头恰比肩。下拜双双怜此日，孤生一一话当年。衰门香火凭谁继，麦饭还须百六天。”许珠《题母先茔诗后》曰：“棠梨花落雨如丝，荒冢谁浇酒半卮。寂寞夜台千载恨，凄凉客馆一身羁。愁肠已逐残篇断，痛泪还和宿墨滋。最是不堪倾听处，慈乌啼上隔墙枝。”

又，严迢字子纤，仁和人，河道总督严烺女，场大使龚淦室。髫年解音律，十四岁工琴。师事许珠学诗，诗旨、琴理有青出于蓝之誉。所著《琴余小草》一卷。《夜坐》曰：“深院沉关鼓，秋心到候虫。卷帘看明月，人影在梧桐。”

《倚云阁诗词存》七卷　　光绪十二年陈克劬重刻本

张友书　撰

张友书（1799—1875），字静宜，丹徒人。诸生张壬女，崇兰妹。幼时即能以女红佐饔餐，性颖慧，好读书，过目即了了。工诗，针黹之暇，不废吟咏。归贡生陈宗起，宗起字敬庭，少孤，治学刻苦，事母恭兄，孝友无间。道光五年选贡成均，以母老不赴。著书博贯群籍，不以一义自足。自天文历算、勾股割圆诸术，下及水经、地志、小学、杂家，靡不穷究。每遇隐义，屏息危坐，至夜不辍。诗歌高老，文章雄直，操行矜异，遇人恂恂，相识有急，叩门无不应。有《养志居仅存稿》《经义笔存》《考工文字异同》《鸟兽释》《周官车制考》《丁戊笔记》《思存堂稿》等著作。友书于归后，相夫子克尽妇职，侍姑曲意顺承。姑殁，夫子欲一志于学，家事悉归友书。友书巨细必躬亲之，中馈之外，刀尺之声，夜常达旦。后宗起攻苦成疾，竟不起。此时友书年仅三十，子克劬七岁，克常二月，女四岁。家故寒素，嫁时衣尽充药饵之费，不得不取给十指间，饱其子女，己则忍饥，未尝向乡里贷一斗。后归家依兄居，为兄主持门户，兼抚子女。居母家十五年，中间遭嫂氏治丧，经营丧葬，又为兄续娶林氏，并嫁其二女。后子克劬举茂才，欲迎归，以母老而不忍归。二年后母卒归家。经寇乱，遭流离摧折，虽眠食无恙而心力交瘁。后因苦节得旌表。所著《倚云阁诗词存》七卷，有光绪十二年（1886）陈克劬重刻本。

此集包括诗四卷词三卷。前有方濬颐《墓志铭》；卷末有方燕昭、长子克

[illegible]二《跋》。此集七卷：卷一《工余草》录诗二十五首；卷二《越吟草》录诗三十三首；卷三《海鸥吟草》录诗二十二首；卷四《补遗》录集唐二十二首、集陆放翁句二首、集花蕊夫人句一首。《诗余》卷一《工余草》录词十阕、卷二《越吟草》录词十五阕、卷三《海鸥吟草》录词十二阕。方燕昭《跋》曰："少时之作，雍容和雅，房中之乐也。《越吟草》《海鸥吟草》二集，中年以后之作，忧深思远，变风小雅之遗也，敦厚之意，流溢楮墨。"克劬《跋》曰："母之诗，名教之诗也。吾母自父弃养后，所谓废弃笔墨者，流连光景登临啸咏之作耳，而劳苦患难，发为讴吟，则中年以后时时见于楮墨。后之人读言情之作，识其慈孝之心；读其危苦之词，识其忧患之意。一生大节，有可以意逆之者，亦足以传吾母矣。谓非不幸中之幸邪？"早期诗作娟秀清婉，如《月夜》曰："湘帘高卷月初生，寂寂花阴夜气清。小立阶前呼阿妹，今宵更比昨宵明。"《晓起》曰："积雨宵来霁，推窗月转晴。云开旭日风，风露浥清晨。帘卷寒犹怯，妆成粉未匀。遥闻深巷语，早有卖花人。"《春阴寄外》曰："轻寒翦翦透窗纱，几日春阴为养花。寄语天公休作恶，阿侬夫婿未还家。"流离困顿之时，诗情哀婉。《避地海陵骨肉离散苦忆悔庐长兄率尔成咏》曰："嗟余老景最堪怜，异地飘零又一年。兄住江南我江北，朝朝目断过江船。"《客邸见新燕有感》曰："柳欲稊时杏欲花，将雏挈伴绕窗纱。带来春色三分暖，漾出帘波一道斜。密意殷勤营旧垒，多情宛转恋贫家。嗟余旅恨方难遣，故国云山道路赊。"《咏雁》曰："风雨暗江头，衔芦纵远游。辛勤南北路，只为稻粱谋。"《儿辈赴试不归春衣典尽家计萧条率作数言以纪一时贫况》曰："折脚茶铛破瓦壶，天泉新试雨初晴。饥肠雷动年来惯，半卷湘帘学著书。""剧怜升斗谋非易，多少穷愁写更难。妇孺无知谁慰藉，盘空苜蓿强加餐。"《长男秋闱获隽感而赋此》曰："屡学刘蕡泣，今朝暂展眉。未堪酬汝志，差可慰吾衰。兵燹余生在，风云后日期。莫忘忠孝意，努力壮门楣。"《步蟾宫·闺情》曰："露华初湿苍苔滑。背人偷弄凌波袜。又看残月照帘栊，已过了、归期十八。灯前暗把金钱撒。香烬也、那堪愁煞。画阑凭遍更低徊，盼不到、一缄书札。"刻画细腻，凄清婉丽。《满江红·北

固山晚眺》曰："怪石松根，写木落、江寒时节。吟未了、金山老树，象山残雪。独自临江亭上望，风涛两岸无休歇。问凭今吊古几回来，毗空裂。千古事，翻风叶。千古恨，横江铁。望秣陵何处，晚霞明灭。林际蟾光犹未吐，江空雁影遥相接。听怒潮、东下海门来，声呜咽。"苍凉雄浑。《菩萨蛮·克勒北上旬日计程未达帝都，寒夜不寐，悄然念之》曰："迢迢客路三千里，心牵游子情难已。离思黯然生，挑灯忆远人。孱孱羸瘦质，怎惯长为客。午夜板桥霜，怜伊风露凉。"

卷　五

《咏雪斋诗录》一卷　　民国二十六年吴名世排印本

谢浣湘　撰

谢浣湘（1801—1871），字芸史，福建诏安人。明经谢声鹤女，声鹤有才名，所著有《云溪诗钞》《词林荟萃》《礼经汇解》《古文类选》等。弟谢颖苏，负奇气，擅画兰竹，山水尤佳，题诗作画，皆超脱不群。历主巨室，居于海东精舍，其创“昭安画派”，独树一帜。浣湘幼承庭训，才笔翩翩，归沈氏。后家道中落，年三十九授徒于家，倚馆谷以自给，弟子著录者数十人。其舅祖沈耻轩赠句曰“学礼学诗男弟子，教忠教孝女先生”。其《咏雪斋课读偶成》曰：“年来喜诵十三经，深愧坤仪我未定。闲把诗书教稚子，羞闻个个唤先生。”晚益穷，侨居村落，憔悴以终，闻者悼之。所著《咏雪斋诗录》一卷，有光绪七年辛巳巾箱本；有光绪十年谢清扬《愚斋诗文集本附》；有民国二十六年吴名世排印本。

此集为民国排印本，前有红洲女子沈兰《序》，陈偕燦、林树海、洪范、李家瑞四《跋》；武林朱兰垞题词、桐城张用糟题词、琴韵阁女史沈香卿题词；卷末有吴名世《跋》曰：“才学赡博，所在就清照、淑真之间，宜重锓其诗录，藉流传而垂纪念。”林树海《跋》曰：“裒然成集，无体不备。最服其《咏梅》诸作，骨重神寒，自为写照。《思亲》数首，出自至情。‘喜姬抱雏，少慰慈姑九原之望’等句，深得力于二南，非寻常巾帼率尔操觚者所能道也。其寄弟与侄，每章隐寓规讽，多见道语。《老将》《老儒》或多至二十首，或悲壮沉郁，或尔雅温文，随题措辞，各极妙趣。方之二李、蔡、周，应无多让。”李家瑞《跋》曰：“《蛇郎歌》一篇，本属童谣，偶经畅衍，便如齐谐《志怪》，干宝《搜神》，令人眼界顿广，其叙事处亦犹香山说诗，老妪能解。写景诸作，酷肖辋川，诗中有画。其余委屈缠绵，苍凉沉郁，各极其胜，无愧大家。”《梅花》曰：“生来素质厌红妆，独住云山水一方。鹤梦泉声宜伴冷，霜华月色亦齐香。窗前索笑成佳句，岭上相逢忆故乡。自是诗人多管领，幽心早拟避韶光。”“参横月落景依稀，梦里相逢是也非。素手折来休浪寄，孤芳赏处莫相违。风吹陨箨人方醉，雪满空山鹤未归。独对青松烟水外，天寒日暮掩岩扉。”《咏菊》曰：“疏篱明月泻清光，蟋蟀悲风夜气凉。好语黄花更静后，花须怜影影怜香。”“半画芳容半咏诗，一秋残梦托疏篱。西风若使花能语，试问前生我是谁。”《梅花寄弟琯樵》曰：“一枝冷艳出红尘，岩径萧条涧水滨。积雪满山天欲晓，数声老鹤四无人。”《老将》曰：“燕然几度勒丰碑，锐气犹摧百万师。此日边城无牧马，当时敌国有降旗。丹心一寸今如昔，白发千茎老益奇。试看弯弓犹慷慨，肯将余勇贾并儿。”“任将遗矢间廉颇，盖世威名老奈何。久画凌烟余秃笔，猛挥落日有琱戈。降王面缚归丹阙，敌将生擒过黑河。马革雄心今已矣，当年解制汉铙歌。”《老儒》曰：“年光如水不重还，生死书丛昼掩关。作字频教楷病眼，删诗几度豁愁颜。人多雅趣身难显，我少奇文命亦悭。莫问苍天长太息，名流自古占清闲。”“诗词名字满天涯，委居穷巷老岁华。玩画图中常带雾，临文纸上尽生花。飘蓬云海稀同调，落叶秋风冷一家。思竭枯肠犹好事，种成芳菊绕篱笆。”《闲居偶成》曰：“幽居恰傍水之涯，望到城南绿树遮。半亩闲园栽野菜，萧然风味似山家。”“茅檐低亚竹篱斜，纸帐铜瓶自一家。剧爱三冬风味好，频锄隙地种梅花。”“每向芳园属短章，青蕉为纸石为床。无多雅咏方题雪，花里吟成韵自香。”“高挂丹青竹外摇，朗吟风月醉清宵。频将侍女擎诗榜，酒半哗然喜夺标。”可想见平日闲居，谢庭联吟之景况。“女子宜将淑德修，裁红剪翠欲何由。

双亲只作珠玑看，赢得傍人笑赘疣。”“渐看诸姬抱数雏，私怀少慰忆慈姑。生前思渴含饴乐，泉下今朝喜也无。”可见温柔敦厚之旨。

《瘦春仙馆诗剩》一卷　　民国八年刻本

鲁兰仙　撰

鲁兰仙（1802—1839），字灵香，山阳人。涟水黄照妻。幼解吹笛，晓切韵，工棋，能为飞角远势。幼时与弟一同入学，缺必规，惰必勉。九岁读《毛诗》；十四五观小史，日竟四五册，无当意者。一日读《论语》《孟子》，叹曰：“得我心矣。”昼夜研诵，豁然都解。习《诗经》《荀书》《小戴记》，一以《论语》《孟子》相印证。年二十读《通鉴纲目》，首尾未尝弃一字，尤好《文选》。为文则韩、柳、欧氏之间，为诗清朴近古，人比之曹大家、班婕妤。闺中未嫁时，海村长夏，布席大树之下，家人遗棋，临决胜负；凉秋奏笛，明月满家；冬拥炉火，吟说文艺，词锋竞出。十余年间，家门雍雍之乐，未有盛于此。少慕辛少英之为人，能鸣铳百步之外。嘉庆末岁荒，盗起，父兄游于外，兰仙姊妹每夕侍母结束，为严备。及服习书史，更为冲静。每侍亲，上食端坐凝视，饭已乃退。中夜闻雷雨，整衣坐母侧，一夕数起。年二十六归黄氏，姑先亡，事翁孝谨。夫照怠于学，背人长跪，泣而劝之。会举女而病，病久不愈，发尽白，齿脱尽，目昏眊，似七八十岁，益愤懑。遭翁丧，毁甚。明年母及二姊相继见背，扶病视含殓，每哭呕血布地，后遂不起。属纩前一日，语弟一同曰：“吾观世人皆未尝读书，吾少时诵读《论语》，每一章竟，必验之。吾身有不合，立起自责，如是乃及次章。”遗诗百篇，皆少作，《拟骚》一篇，《书小石城山记后》一篇，手书《论语》数十则，于归后绝笔不作。归黄十三年卒。所著《瘦春仙馆诗剩》一卷，有民国八年（1919）刻本。

此集前有弟一同作《适黄氏姊三十八行略》，王钦霖、闻溥二《序》。闻溥《序》曰：“撰古文若干首，古今体诗若干章，皆二十六岁以前作，深藏奁箧，未付剞劂。”“集中各诗不落词流习气，第陶写夫性灵，无惭林下风徽；

但嬉游于文史，邵荀慈所谓‘婉约而有新意，流利而无鄙词’，得之闺门亦云难矣。”集中录诗一百零一首。《送姊》曰：“梧叶萧萧征雁鸣，秋声一夜动离情。倚栏频看中天月，偏是今宵分外明。”《荒村》曰：“荒村何所见，茅屋两三椽。人语白云外，秋来黄叶边。野风吹落日，海气接长天。仰首飞鸿度，凄凄亦可怜。”《晚烟》曰：“一派苍凉野马奔，夕阳断处乱鸦翻。云连绿树浑无迹，山映晴霞淡有迹。海天漠漠樵歌散，秋水迢迢渔笛喧。借问此时谁最惜，居人惆怅客消魂。”《小楼》曰：“小楼坐倦雨初晴，夜色空濛一雁鸣。月淡风微花气静，春寒人瘦读书檠。”《夜读娟红诗》曰：“细雨虫声入薄帷，宵深犹读蜀娟诗。魂惊箫管关山远，泪湿琵琶塞马迟。一夜星霜扶病后，满江风月断肠时。富在驿外浓桃李，多少行人有泪垂。”《雨后闻蝉》曰：“细雨飘然去，空闻断续蝉。疏音来迥野，清韵入寥天。草绿行无迹，林荒暮有烟。红窗深琐处，寂寂共谁怜。”《夜梦裁诗仅记二语因足成之》曰：“晓寒花雾入帘轻，啼鸟惊回好梦频。只见绿窗蝴蝶度，不闻人语自伤春。”皆清丽婉约。

《双芙阁吟稿》一卷　　胡文楷抄本

姚畹真　撰

姚畹真（1803—?），号芙初，常熟人。张蓉镜妻，蓉镜字芙川，夫妻均精于图书收藏与鉴别。叶昌炽《藏书记事诗》云：“与花同好月同圆，修到双芙有几生。熏沐为书题佛号，生生世世出秦坑。”宋版《后村先生大全诗集》残本后存芙初女史题诗云：“墨林万卷劫灰余，古本流传此绝希。八十诗翁高格调，伊川击壤想依稀。泼茗熏香绣懒拈，芸编珍重屡瑶签。好花明月原无主，自取猩红小印钤。”又题云：“道光戊子二月花朝，琴川女士姚畹真（芙初）氏，时年二十六岁。清寒凄雨，病榻淹缠，腕弱字劣，不计工拙也，无虚佳日而已。”题元版《杨铁崖乐府》曰：“铁崖先生乐府古辞陈义高雄，振响清越，其用笔更如生龙活虎，不可捉摸，宜其藻耀一时，韵流千载。是帙为士礼居旧藏秘本，纸光莹洁，墨彩飞腾，更是宝贵也。时在道光丁亥春仲琴川女士姚畹真芙初氏题于小娜嬛清闷并识。”畹真蓉镜夫妇抄书甚多，计有宋荆执礼《大宋宝佑四年丙辰岁会天万年具注历》一卷、宋程俱《麟台故事》二卷、元徐东《运使复斋郭公言行录》一卷、《敏行录》一卷、《元秘史》十五卷、宋孔传《东家杂记》二卷、宋李政《续颜氏家训》七卷等。所著《双芙阁吟稿》一卷，有稿本，集中有邵渊耀评、张尔旦《跋》，李兆洛、瞿镛题诗；有咸丰五年南村草堂抄本；有胡文楷抄本。

此为胡文楷抄本，集中录诗六十首。《芙川自湖上携归白莲一朵，清供镜台，晚风花落，因成小诗，即戏书莲瓣上》曰：“净植亭亭雪样妍，采莲早趁嫩凉天。妆台清供同清玩，花气犹浮湖上烟。”“戏拈莲瓣当吟笺，缔赏琼姿想净娟。应有冷香飞上句，风清月白梦无边。”《芙川应省试有作》曰：“手折蟾宫桂一枝，霓裳同咏及秋期。承欢何似名成日，及第须争年少时。迟锦能裁鹦鹉赋，江毫还夺凤凰池。知君范砚摩擦久，学步花砖接武宜。”《病起对镜》曰：“病久心知瘦，慈亲慰语频。无情惟有镜，相照不怜人。一与清光对，潜添两黛颦。略扶云髻懒，小坐已劳神。”《题仇十洲画册》之《明妃》曰：“自将玉貌窥鸾镜，那要黄金赂画师。解释琵琶千载恨，知音惟有杜陵诗。”《太真》曰：“原来天子山河重，误使承恩在一身。千载伤心人绝代，惟将补衮责廷臣。”《绿珠》曰：“由来麝重愁风逼，绝艳应须闭影深。金谷园中花不少，明珠难买坠楼心。”《小青》曰：“何羡人间并蒂莲，美人惯结病愁缘。幽窗冷雨银灯下，暗把柔情仔细怜。”

《韵芳阁诗钞》二卷　　同治二年廖氏家刻本

潘焕荣　撰

潘焕荣（1804—?），字绮青，一字仲华，湖北罗田人。潘光斗次女，潘焕吉姊，安徽知府廖新（琴舟）妻。幼时母徐氏授以汉魏历朝诗，又得其兄焕龙（四梅）指教，故姊妹三人皆娴于吟咏。归廖新后，事重闱以孝称，诸姒之间尤著和顺，明大义，匡助其夫。女红之外，一以吟诗作画为事。有子二，髫龄自教之，随宦历皖江南北，车尘帆影，山水瀹其幽思，风土增其阅历，诗境益进。咸丰后，廖新归里，烽烟四起，生计萧条，焕荣遂不多作诗。行年六十，诗作结集出版。所著《韵芳阁吟稿》一卷，有道光十二年刻本；后辑为《韵芳阁诗钞》二卷，有同治二年（1863）廖氏家刻本。

此为同治刻本，焕荣之媳万珍（韵珊）、徐淑芬（畹卿）校字，集前有兄潘焕龙、黄爵滋、夫廖琴舟三《序》，陈文述、张应云、赵对澂、赵锡蕃、吴道中、潘肇镛、汪昌龄、席慧文、杨清才、范征兰、廖佛宝、媳万珍（韵珊）等名士闺秀题诗，又有闺秀王季桢、名士刘传厚、姊涣媊、妹涣姞、侄女玉彩等人题词。集中录诗二百九十三首。思亲忆外之诗，温柔敦厚，情真意切。《送家大人归里》曰："训诲生平有义方，耻携金帛壮归装。到家亲友应相笑，惟贮新诗富锦囊。""荆树连枝老更芳，寄书千里诉离肠。三年才践联床约，不待秋风便束装。""康强不畏路悠悠，无限春光足胜游。遥羡抵家欢阿姊，归宁朝夕奉金瓯。""阿兄作吏本清廉，无愧神君慈母名。老子婆娑原不碍，有儿仕宦振家声。"《题家书后寄琴舟夫子》曰："欲作家书万绪纷，敢将幽思诉君闻。近来人比堤边柳，一日秋风瘦一分。""梧桐叶落响虚堂，竹影萧疏映画廊。千里相思共明月，梦魂飞不到君旁。"《琴舟夫子往观黄河归署戏赠》曰："黄河九曲水漫漫，我却输君得壮观。从此诗肠宽几许，须防下笔起波澜。"《首夏书怀示浣芳妹》曰："夏日初交气尚和，膝前侍养乐如何。四时好景凭栏赏，全树花开并蒂多。犹有春风生腕底，莫教愁思上眉窝。诗成不惜腰肢瘦，为语妆台仔细哦。"《病起口占》曰："病中欹枕日偏长，无力披衣强下床。侍女不知人意懒，犹开帘镜劝梳妆。"《咏梅》曰："拈韵花前细较量，和烟笼月费平章。苍苔独立频叉手，吟得诗成口亦香。"《春日四咏》曰："簧舌金衣最有名，娇歌宛转胜箫笙。防他少妇楼头睡，惊断辽西梦不成。""一生心事为花忙，舞倦时栖碧草旁。也识名园春色好，飞飞不肯过邻墙。"《春日偶成》曰："远山如雾柳含烟，细雨声中老杜鹃。飞絮似怜春尚冷，帘栊都扑一层绵。"雅致清幽，意新词丽。《赤壁怀古》曰："茫茫赤壁豁吟眸，万里江声卷地流。风月问谁堪做主，烟波容我一乘舟。周即破贼留遗迹，坡老题诗纪胜游。往事而今犹在耳，文章勋业并千秋。"《咏史八首》曰："闺中直谏触爷嗔，弱女心慈解爱民。未必清修能悟道，飞仙毕竟史仁人。（麻姑）""辨形慧眼识实祥，将相径为饿殍之。阴骘由来凶化吉，恐君未必预能量。（许负）""才德真宜号大家，六宫师事宠无加。汉诞诏续阿兄史，多少男儿拜绛纱。（班大家）""十载沙场勇莫当，扫平胡骑靖边疆。功成奏凯朝天子，谁识将军是女郎。（木兰）""家徒壁立抚孤儿，画荻为书亲课之。官拜少师名满世，泷冈千载屹崇碑。（欧阳修母）""心淡繁华甘守贫，闻儿被召母生嗔。如何慈训终忘却，不向云误作逸民。（种放母）""莫笑王郎学业庸，谢娘才调有谁同。清谈妙设青绫帐，辩士低头拜下风。（谢道韫）""身托袈裟竟不终，申申相詈女媭同。千秋愧作须眉客，不及闺人为国忠。（姚广孝妹）"

《浣芳阁吟稿》一卷　　道光十二年刻本

潘焕吉　撰

潘焕吉，字幼晖，号香畹，湖北罗田人。潘光斗三女，焕荣妹，举人郭元勋妻。幼时与姊同学于母徐氏，授以汉魏历朝诗，又得其兄焕龙指教，娴于吟咏。所著《浣芳阁吟稿》一卷，有道光十二年（1832）刻本，女侄玉彩校字。

此集录诗三十六首。思亲忆外诗，情真意切，无缠绵之态。《别伴霞姊》曰："辞家偏是暮春天，杨柳依依绿可怜。踯躅难将车马系，平安好倩雁鱼传。匆匆离绪何堪诉，草草新诗强共聊。莫向风前频洒泪，他年还拟对床眠。"《送外归里》曰："杯盘草草又离筵，无限情怀付彩笺。客路寒温须自爱，故园音信倩人传。燃藜莫坠荣亲志，折柳愁吟送别篇。屈指重来应岁暮，梅花香里句同联。"诗情高古豪迈。《秋日晚眺》曰："晚来散步画堂东，极目秋光故国同。几阵风声催落木，一行雁字写长空。菊花带露香弥淡，枫叶经霜色渐红。日暮挑灯无个事，尽收秋景入诗筒。"《朱仙镇怀古》曰："千秋庙貌尚堂堂，武穆精思孰可方。豪杰两河空响应，乘舆五国永荒凉。忘身不记曾颁札，示背何嫌竟裂裳。却羡韩王兵柄解，跨驴携酒日徜徉。"《咏史八首》曰："偕隐林泉绝宦尘，心甘淡泊守清贫。片言能解夫君愠，豪贵何如作逸民。(王霸妻)""党祸儿罹母不惊，亲临诀别语诤诤。汝今纵死无遗恨，难得能齐李杜名。(范滂母)""鬻发为肴佐客餐，母仪淑德至今传。甘贫不受官家物，训子能教作吏贤。(陶侃母湛氏)""孝绰家风迥绝伦，兰闺女弟尽能文。镜台点笔词清拔，合数三娘更出群。(刘孝绰三妹)""夫婿秦嘉有令誉，闺房唱和乐何如？执钗揽镜情无限，千载流传两报书。(徐淑)""兰中八法冠须眉，格是簪花落笔奇。怪底右军书绝世，绛帷曾拜女宗师。(卫夫人)""十年写韵度朝昏，慧业应知有宿因。一旦峰峦跨虎去，文王何幸遇仙真。(吴彩鸾)""书画争传妙入神，拈来彩笔总生春，王孙才亦推双绝，绘册入将合璧珍。(管道升)"

《碧筠楼吟稿》一卷　道光十二年刻本

杨清材　撰

杨清材，字琴珊，号桐韵，归安人。廪贡杨知新女，知州杨柄堃妹，邹平知县罗田潘焕龙继妻。清材兄弟姊妹均能诗，集中有《蕉雨大兄自邓州官署寄其和学博诗见示次韵奉答》曰："春光如锦忆兄时，恰喜平安报我知。立政爱民兼爱士，居官为父更为师。清廉未有秋毫扰，慈惠群叨夏雨施。最羡公余无个事，垂帘静和郑虔诗。"《得三姊清梧山右书却寄》曰："豫州并州隔千水，春树暮云情曷已。接翅愁看塞上鸿，传书幸有池中鲤。回忆同来官阁时，终日雍雍膝下随。翡翠笔床依紫砚，鸳鸯绣谱理红丝。于归自咏关雎句，男女从来重婚娶。丹凤翩翩恋碧梧，胎禽肃肃栖珠树。姊婿堂堂五马驱，儿夫叶县亦飞凫。睽违不免生离恨，聚晤何时共宦途。且喜阿兄官刺史，平安竹报无停止。双亲争羡受花封，两姊遥怜羁梓里。晨起当窗理鬓鸦，迟迟旭日上红纱。闲来怕向庭前立，开遍枝头姊妹花。"女玉彩亦有诗才。所著《碧筠楼吟稿》一卷，有道光十二年（1832）刻本。

此集为其女潘玉彩校，前后无序跋，集中共录诗五十二首。大多家庭唱酬之作。《共外茶话》曰："自赋桃夭效唱随，喜君循吏克攀随。好官毕竟民心惬，仕路何妨骥足迟。运有升沉都是命，身为父母总宜慈。炉香退食呼童熨，小坐烹茶论古诗。”《杏花盛开因忆夫子秋闱所取士方应春官试戏呈一章》曰：“春意闹枝畔，杏花红透腮。生香与活色，烂漫千枝开。肯遣墙外出，端宜日边栽。取之供瓶中，蜂蝶纷纷来。今岁闻喜宴，长安罗俊才。儿夫门下士，看花方夺魁。不识马谁疾，簪从曲江隈。”《读外诗话》曰：“词人落落晨星似，赖君坛坫执牛耳。才擅风流喜咏吟，评操月旦工臧否。理琴饲鹤有余闲，说士津津口不止。特把金针度世人，恍提玉尺量文绮。纷纷驿使寄诗来，多属阳春非下里。聚腋成裘费剪裁，釀花为蜜真芳美。天下名流卷里收，此书定贵洛阳纸。”另有咏史怀古诗，高古浑厚。《朱仙镇怀古》曰：“十二金牌促，何曾撼岳难。黄龙谁痛饮，泥马自偏安。平地风波起，荒天雪窖寒。银瓶怜幼女，花貌铁为肝。”《东里冈拜过大夫祠》曰：“千秋遗爱接甘棠，德泽真如洧水长。岂独摛辞工润色，争夸制锦擅循良。舆人试听三年颂，敌国何忧两大强。不是荐贤逢罕虎，少年才具几曾彰。”《咏史》八首中赞秦良玉、黄崇嘏、冼夫人等人，可见其淑世情怀。《饲蚕行》曰：“陌头一片桑阴绿，拂羽春鸠飞肃肃。三月人家正养蚕，执筐日日遵林陆。遥看翠幄倚墙撑，采取柔条含露沐。旦晚蚕稠怕叶稀，殷勤饲养期繁育。金刀删剪手忘疲，云鬓蓬松睡难熟。声声食叶俨挥毫，乙乙抽丝真满腹。作茧无辞组织劳，贮胸果有经纶蓄。次第三眠渐告成，辉煌五色看盈簇。岂徒衣被遍苍生，黼黻文章供杼轴。应笑蜘蛛结网劳，铺张仅饱飞虫肉。”

《茶香阁遗草》一卷、附录一卷　　道光十年《三长物斋丛书》本

黄婉璚　撰

黄婉璚（1804—1830），字葆仪，湖南宁乡人。嘉庆举人黄本骐长女，贡生欧阳道济妻。因母孕时，奉白衣大士甚虔，曾手绣大士像一躯，逾月而婉璚始诞。在腹时母以绣佛持斋，故婉璚自少至长，不食荤味，菜蔬之

外，无他嗜。幼慧而好学，有父风，英伟之气时见眉宇。幼工诗，词尤清丽，而琴最著。尝从湖州沈素生隔帘学琴，未及一年，已尽得其艺。年二十七卒。叔黄本骥哀其早卒，且平日爱如己出，以所蓄古琴为殉。所著《茶香阁遗草》一卷，有道光十年《三长物斋丛书》本；又有道光二十七年穀诒堂重刻本。

此集为道光十年刻本，前有周乐清、黄本骥二《序》，张家榘、李沆训、陈元富、谭锡洪、汤蟠、汤蠖、汤彝、劳崇光、长白长启星垣、王锡畴、李星沅、何绍基、陈本钦、黄启瑞、谌瑶、罗金淑等名士闺秀题词，卷末有夫欧阳雨舟《跋》。附录收《花耘送葆仪归欧阳氏归途谕函》、《花耘将之城步教官任留谕告葆仪函》、《虎痴题沈素生耕琴图即送其归湖州序》（此文《后记》曰："葆仪琴学得于素生，此文虽为素生而作，附录葆仪集后，亦见渊源之所在也。"）、《虎痴为葆仪叙念慈册》、《雨舟寄葆仪函》、《蓉裳致葆仪函》四则、《葆仪复函》、《香杜诗话》、《彝卿题茶香阁诗》、《又听葆仪弹琴因怀其尊人花耘学博诗》、《双圃复虎痴函》、《子言复虎痴函》、《湘皋复虎痴函》、《辛阶致李石吾函》、《湘皋再致虎痴函》、《蓉裳复虎痴函》、《又致湘皋函》、《梅臣复虎痴函》、《雨舟悼亡诗四首》、《慧仪七忆诗》、《雨舟妹周挽葆仪联》、《虎痴撰雨舟元配李孺人墓志铭》等。夫欧阳雨舟《跋》曰："葆仪以名家子归余九载，相得若良友，能诗及琴其余事也。今人琴俱亡，而遗草具在，其季父虎痴先生为删存其半，刻而传之，亦可于铭椒咏絮之余，想见其性情之所在。夫妇人固不以文字重，然房中之乐可被管弦，则文字未必不可以见妇德也。余行年三十有六，再娶而再鳏，恨无散骑之才，徒洒悼亡之泪。从兹以往，有善谁勉，有过孰规？盖于是刻之成，益增伉俪之重矣。"集中共录诗一百六十一首。《月》曰："片月明如水，空庭荇藻交。倚阑人不寐，清露滴花梢。"《秋海棠》曰："嫣然开遍老墙根，篚簌红摇滴泪痕。秋冷难胜娇欲睡，临风疑是美人魂。"《登定王台》曰："凭高吟眺定王台，黄叶纷纷堕酒杯。湘上烟凝秋色晚。归帆遥带夕阳来。"《江亭望雨》曰："望极苍茫倚画棂，山云裹絮影冥冥。翻江浪涌千层白，锁树烟环两岸青。估客扬舲行远浦，渔人散网聚回汀。风流太守应留讌，银榜高题喜雨亭。”《月色闻笛》曰：“幽窗人寂拓轻纱，徒倚芳阶曲槛斜。玉笛谁家三弄月，一声清脆落梅花。”《送外之都门》曰：“男儿志四方，安居身不贵。长安实人海，文采占炳蔚。铁网聚珊瑚，云罗张翡翠。愿君为国华，岂但拔乡萃。夺得锦标归，庶使亲心慰。临歧酒一杯，勿洒儿女泪。”

又，婉璚词作清丽，虽感伤幽怨多，但亦有健朗伟岸之作。如《满庭芳·江楼远眺》曰：“云拥青山，山拖残碧，暝色飞上层楼。柳丝摇梦，分绿桂缣钩，何处书传锦字？南来雁，声断苹洲。萧疏甚，烟栖岸树，苍染半江秋。凝眸天渺渺，飘摇楚尾，心远吴头，算多少征魂，空载扁舟。怕听湘骚写怨，销不尽，香草风流。苍茫里，愁痕界破，飞起一汀鸥。”

《怀清书屋吟稿》一卷　　咸丰七年《吴江三节妇集》本

顾佩芳　撰

顾佩芳，字韵仙，一字素芬，吴江人。顾兰夫女，范一峰妻。婚后一年而寡，生子又夭，抚棣萼为子，老年受旌表。所著《怀清书屋吟稿》一卷，董兆荣辑入咸丰七年刻《吴江三节妇集》。佩芳另有《蕉雨吟稿》一卷，吴燕兰辑入《吴氏囊书囊》；《吴氏囊书囊》还存钱静娟《课花楼诗存》一卷、于云女史《于云残册》一卷。

此集前有朱绶《序》、董兆熊《怀清书屋记》；卷末有棣萼《跋》。集中录诗六十八首。棣萼《跋》曰：“吾母操持门户，既专且勤，所作诗多不存稿。间经诸先生一时论定。萼因私窃录制，久欲付梓，吾母未许，遂至因循迄今。幸邀旌典例合建坊，裒成一编，先付剞劂，聊以表母之孝行，著母之清节。”朱绶《序》曰：“节妇著之于诗，虽家常琐屑，而其言原本性情，遂足感人若此。益叹先王闺房之教，必以明诗为首务者，治其性情，俾之出于正，凡为人妇者示之则也，斯其义至深远乎？”《痛亡》曰：“寸肠中断向谁论，几度逡巡未殒身。为语九原仙去者，高堂白发有慈亲。”《秋祭》曰：“不望人称阃内贤，抚孤辛苦冀承先。蘋蘩中馈依家分，祭祀经心到纸钱。”

《归自省亲有感而作》曰："空闺旧镜久封尘，怨别悲离了此身。依省慈亲今又返，痛君永作不归人。"《秋夜书愁》曰："梧叶飘残早报秋，轻风吹彻片云浮。青天过雁影横水，碧月寻人凉入楼。几点流萤帘外落，数声寒蟀枕边留。个中多是凄清意，诗句吟来未遣愁。"悽婉哀怨，不忍卒读。

《印月楼诗词集》二卷　　道光十年稿本

王璊　撰

王璊（？—1829），字湘梅，湘潭人。王之骏女，攸县夏恒继妻。幼受四子书，经书未卒业，稍长复学为诗，取近人传习之作讽诵。其《始学》诗曰"执业从兄后，书帷默自思"，"夜归来膝下，背诵二南诗"。婚后，夫夏恒授以汉魏六朝，辄吟咏不辍。《呈夫子一卿》曰："香闺二十学吟诗，惭愧才非咏絮时。从此绣帷更绛帐，半为夫婿半为师。"所著《印月楼诗词集》二卷，有道光十年稿本；《印月楼诗剩》二卷，光绪二十四年补刻本，长孙夏锡爵所刻，前有沈道宽、王麟、罗汝槐三《序》，卷末有夏恒《跋》。

此为道光十年稿本，集前有沈道宽《序》，卷末有夏恒《跋》。集中录诗一百八十首，词十九阕。《拜别》曰："生长深闺中，悠悠二十年。晨昏恋庭闱，不知身是女。同怀有五人，一门相聚处。两姊次第归，凤凰翩然举。执手神屡伤，临歧泪如雨。当时肄诗书，庭训共传语。夜灯治丝麻，彼此弄机杼。岂知先后别，鸿雁不成序。今夕复何夕，俟堂而俟著。诸兄送我行，我行心独苦。父母授我命，受命敢违拒。拜别无一言，惘惘出庭户。明日停舟望，白云翳林莽。"《元旦试笔呈一卿》曰："妆阁整花钿，晶帘捲晓烟。步移金屋里，团拜画堂前。剪彩翻花样，铭树试锦笺。与君同握管，春色入新篇。"《寄一卿夫子》曰："别久愁难遣，春光已半残。闺人知保护，远客可平安。月好思同步，花娇忍独看。怀君时有梦，不畏路漫漫。"惜别怀远之作，情切语工。《上滩》曰："飒如骤雨声，怒如轻雷响。气勇奔涛下，力弱孤舟上。乱篙插石罅，榜人争木彊。颇怪水神恶，不许人前往。又疑石能言，彼此互抢攘。一缆引千钧，昂然进兰桨。洲回波面平，魂魄尚摇荡。"《望马鞍山凌云塔》曰："马鞍高跨水云乡，塔欲凌云云欲翔。愿上云梯立云上，手裁云锦制云裳。"《夜过衡山》曰："一声长笛出层城，渔火星星照水明。七二芙蓉看莫辨，白云何处采黄精。"高华浪漫，具盛唐风韵。《读史》曰："足不逾闺闱，身未历尘俗。茫茫大块中，见闻苦拘束。少小依膝下，识字无专督。信口诵诗书，义解不求足。但当趋庭时，谈古意相属。世宙亦云遥，往事难更仆。十二万年中，是非分两局。某者流清芬，某者贻羞辱。南董笔一支，千秋有定狱。风雨恣搜罗，得意必抄录。自笑女子身，乃如书生笃。学问百无能，探讨性所欲。岂但添枵腹，或可企芳躅。遥遥一寸心，前修自勉勖。"因夫夏恒督以咏古，则曰："余亦弱女子，敢捧不律尚论乎？但有古列女淑慝攸分，请志私心所向慕者可耳。"故集中有《湘妃》《曹大家》《卫夫人》《宣文君》《上官昭容》《虞姬》《昭君》《孙夫人》《班婕妤》《孟才人》《梅妃》《尹夫人》《红拂》《琴操》《孟光》《苏蕙》《木兰》《管夫人》《息夫人》《卓文君》《蔡文姬》《杨贵妃》等咏古美人诗，另有《闻攸县水灾》诗，堪称诗史。

《双清阁诗》一卷、《诗余》一卷　　民国十七年武进陶氏涉园石印本

方荫华　撰

方荫华（？—1856），字季娴，阳湖人。方履篯妹，湖北按察使赵仁基继妻。履篯博学于文，著有《万花室诗集》《万花室文稿》《金石萃编补正》等。仁基钻研学问，博览群书，而荫华通经史，兼涉绘事，与仁基唱和相得。所著《双清阁诗词》一卷，《诗余》一卷，其子赵文烈辑，陶湘列入《喜咏轩丛书》，有民国十七年（1928）武进陶氏涉园石印本。

此集后有章钰《跋》，集中录诗九十首，词十三阕。多夫妻唱和、姊妹酬答之作，秉温柔敦厚之旨。《雪天寄外》曰："淅沥寒声耳乍闻，满空旋舞玉纷纷。窗中尚借狐裘暖，帘外还疑蝶影分。上苑琼枝呈圣瑞，下方鹤氅异凡

群。全家一别经寒暑，几度沉吟倍忆君。”《寄外》曰：“锦瑟韶华似水流，惊人青鬓判成愁。枉教别梦依芳草，多半相思对玉钩。见说天涯原有路，何当小别尽勾留。伤心莫把瑶琴舞，手捻秋棠独倚楼。”《拟白头吟》曰：“胸怀磊若雪，情性明如月。与君结恩义，千载难断绝。君若存他意，敲断玉搔头。日夕心忐忑，继之泪长流。春风破寒凄，嘉会释悲啼。本是一心人，永远不相离。松枝何袅袅，竹影何簁簁。君本重义气，安用絮语为?”尤其是《和外见赠原韵三首》更见夫妻相敬之情。如“春光烂漫去重回，斗转星移几度催。楼上微闻吹玉笛，花间长愿共金罍。疏梅艳夺三冬雪，爆竹声喧一院雷。风景尊前差可乐，拈毫愧乏谢家才。”“亲操井臼未全知，不见高堂白发丝。护惜犹思倚母日，梦魂尚忆作儿时。故山已过猫头笋，小院频挑鸭脚葵。剪烛听君谈往事，敢忘先德自吾师。”“轩车到处万民安，手种桑麻露未干。吹面不惊风似雪，当头喜见月如盘。好花欲放还微雨，春色初来尚薄寒。莫道琴装萧瑟甚，帘芦纸阁有余欢。”“无端风雨小窗前，料峭轻寒著半肩。远路分携惟有泪，深宵慢忆若为怜。晴芳古道无遍绿，璧月中天一样圆。闽海路遥飞不到，承欢犹是忆前年。”另有怀古之作，《登大观亭谒余忠宣墓》曰：“芳亭犹是古乾坤，想见当年碧血痕。叠叠江山存浩气，重重烟水吊忠魂。四围绿树依神宇，千载啼乌泣墓门。江上丛祠频报赛，知公威德到今存。”《马嵬怀古足梦中句》曰：“一颗香珠落马前，依然金鼓震阗阗。君王难践生前约，卫士翻操死后权。玉骨伤心巫峡路，香魂何处海中天。至今马驿梨花树，应化春来望帝鹃。”

《芷衫吟草》二卷　　道光二十二年刻本

高佩华　撰

高佩华（？—1840），字素香，号芷衫，泰州人。同邑叶汝彬妻，汝彬著有《雨楼诗稿》。汝彬奉养家居，与佩华拈题分咏，伉俪尤笃，堪称闺中佳偶。婚后七年，佩华卒。汝彬刊其稿于扬郡，晚居州城北，常断炊。佩华所著《芷衫吟草》二卷，包括诗一卷、词一卷，有道光二十二年（1842）刻本。

此集前有康发祥《序》，卷末有江都孙长吉、叶贵曾二《跋》。集中录诗五十九首、词二十八阕。诗多温柔敦厚之旨，缠绵悱恻。《白梅花和韵》曰："吹嘘端不藉东风，春在罗浮隐约中。野店探来云黯淡，新词谱出玉玲珑。溪桥有路寒波碧，纸帐高眠晓日红。除却胭脂摹粉本，此番写照自然工。""待君买得酒盈樽，寂寞空园鹤守门。冷处那嫌丰骨瘦，寒中犹觉色香温。雪消老圃痕俱淡，月落孤山影尚存。嫁得林逋心便慰，者般清福让谁尊。"《寄外》曰："家书例写平安字，我有缄封别样裁。佳酿为君藏一斗，归来痛饮菊花杯。"《课婢》曰："聪明启发胜童蒙，识字全凭强记功。提耳一言莫忘却，休教群婢笑泥中。"《秋海棠》曰："欲将思妇问前因，一种丰姿妙入神。如此名花真绝代，从来薄命不宜春。西风吹女还扶女，夜雨愁人最可人。我拟墙阴通一语，不堪清泪又沾巾。"《送春》曰："青春有脚又云归，累我诗情对夕晖。闲坐小窗无个事，隔墙细数落花飞。"《柳絮》曰："一溪雨复一溪烟，柳絮纷飞舞欲颠。轻扑香尘盘马地，惯飞寒食卖花天。东风吹落村村雪，暖日薰成树树棉。此后青萍能幻出，零星应在小桥边。"有唐人诗意。其《姑恶词》颇可一读，《小序》曰："里中某氏女，有不得于姑者，遂自经亡，适闻鸟鸣，鸣曰：'姑恶'，因作此解以吊之。"诗曰："姑恶姑恶，何事违姑姑不乐。不怨姑恩稀，只恨妾命薄。妾自生小入姑门，母训谆谆素所遵。天明堂上供洒扫，日午厨中具盘飧。奉侍晨昏姑不理，妾心战栗泪如水。一自生儿妾意宽，弄孙或博姑心喜。谁知风雨可怜春，长此朝朝暮暮情。残花吹落愁无限，依旧空房梦不成。空房惨淡天昏黑，儿正酣眠鬼在室。床头灯烬绳暗垂，妾虽欲生生不得。吁嗟乎，苦海茫茫百丈深，精卫衔冤万古心。不知此鸟谁家妇，来把愁肠诉我听。"愤懑哀怨。词则清新秀丽。《惜分飞・落花》曰："怎怪留春留不住，窗外落红无数。零落胭脂雨，不堪回首江南路。可惜彩云都散去，争奈风狂雨妒。辗转斜阳暮，他生莫化相思树。"《巫山一段云》曰："草色参差碧，花情历乱香。不知燕子为谁忙，衔泥上画梁。春日贪眠未起，针线小窗慵理。鸳鸯绣罢倚妆台，双眉不放开。"

《紫霞轩诗钞》二卷、《诗余》一卷　　道光二十六年刻本

卢蕴真　撰

卢蕴真，字倩云，福建侯官人。诸生魏鹏程（仙洲）妻。性耽坟籍，妙解诗章。每于月白风清、花新叶早，尝流连光景，陶写情怀。所著《紫霞轩诗钞》二卷，《诗余》一卷，有道光二十六年（1846）刻本。

此集前有赵镛、许剑瀛、陈宇、魏本唐、赵建封、朱荣林、乔应泰、吴钟岳、林万忠《序》，黄耀枢、刘长庚、莫友棠、王廷俊题诗；卷末有妹卢蕴玉题诗、夫弟魏鹏翔《跋》。集中录诗三百余首。陈宇《序》曰："夙慧精思，音和旨厚。"魏本唐《序》曰："卓荦无脂粉气。"赵建封《序》曰："夫人耽书史，好吟咏，于人情物理洞彻了然，有所感触，辄寄之诗，盖风雅夙成者也。""其语语真实，无一非宜室宜家之旨，殆有得于温柔敦厚意者。夫以彼词气之和，性情之谨，正不必专工雕绘，如袁大舍之称女学士也，擅长宫体如沈琼莲之号女阁老也。又何让季重之女蕊仙之才，别具英雄丰格也乎。""卢夫人德而兼才，不更令人敬耶?"朱荣林《序》曰："观其咏史、赋物诸什，不失温柔敦厚和平之旨，而无纤巧拗涩之弊。"林万忠《序》曰："少好吟咏，有林下风。""大抵多咏史、课儿之什，并非镂月裁云者，以其有关于风化也大矣。"咏史诗如《杨妃》曰："共传生女重娘家，一到身荣宠更夸。堪叹洗儿钱赐后，马嵬坡上泪交加。"《金谷园》曰："绝代繁华剩此园，管弦人去鸟声喧。珊瑚破碎春无主，锦幛荒凉日又昏。黩货但知胡贾易，破家休恨赵王冤。蛾眉幸有真知己，一角珠楼万古存。"

又，蕴真妹名蕴玉，亦通诗，曾为姊诗集题词，《题紫霞轩诗钞》曰："闻诗长忆旧门庭，此日还邀笔砚灵。地下吟魂应少慰，闺中韵事几曾经。吾曹家学元衣钵，阿姊清才识鼎铡。自笑十年诗弟子，更无篇什拟模型。"

《筠仙诗存》一卷　　同治二年刻本

李佩璋　撰

李佩璋（1807—1854），字筠仙，湖南沅陵人。湖北黄州教授学博李沆训

三女。姊妹六人皆能诗，而筠仙最聪颖，授唐诗脱口成诵，按之帙，皆识其字。性尤孝，母病，窃刲臂投药中，母病即愈。年二十二归邬大宗，大宗字师壮，有才能诗。生子女各三，家虽贫，朝夕唱和怡怡。大宗少失怙，惟老母，筠仙奉事柔谨，又恐以家计废大宗读，恒举乡先达严乐园、舒苏桥两先生家贫苦学所得闻于伊卿先生事，为大宗劝。大宗时已诸生，赴乡关，屡屡荐部不售，终累家计，遂弃业幕游楚闽间，家事一以委筠仙。老姑弱媳，事畜备至，得佳味必奉姑。虽素多病，晨昏必趋侍姑侧，检点服食，不稍懈。后患病，而长子开岳殇，悲悼，疾益甚。忽自念姑老子幼夫在外，脱死谁视姑与子，故蹶然起，焚香静室，日诵心经，自忏解病，少愈。又生平好济人，急典衣拔钗，皆所弗恤。大宗客建宁四岁，后得家书知妻病子死，无以承老母欢，遂旋里，与筠仙聚处约年。筠仙谓大宗曰："妾病难朝夕愈，君不出为衣食谋，其如此白发黄口何?"于是大宗复幕粤西，时岭峤道途已不靖，一纸书已抵万金，而事姑抚子嫁女皆出于筠仙手，零缣败絮，典质罄空。岁己酉，大水，辰郡米斗钱千，筠仙多方称贷，老母饔飧，无少缺而已，或日一食，天寒之，炭赀乃奉姑，及子女负暄檐下，族戚无过问者，筠仙处之淡然。粤匪起，大宗橐笔从戎，以劳获彭棣楼观察、劳辛阶中丞保叙赏识，以训导尽先补用。越二年，壬子归舍，以慰老母及筠仙望，筠仙疾愈增，时或悲吟，甚且呕血，精气日衰。甲寅五月，贼陷常德，辰警甚，城中尽迁，筠仙奉老姑居乡间，越数日，濒危，泣呼姑曰："儿不孝，不能奉老母终，愿母善颐养，视诸孙成立。"又呼稚子开曙曰："我死，汝听爷教，毋念我。"语讫逝，年四十岁。所著《筠仙诗存》一卷，有同治二年（1863）刻本。

此集前有邬大宗、柯培元二《序》，李沆训题词，邬大宗、尹士选、任道镕悼诗。大宗《序》曰："大宗何人，敢冀其室与古贤媛伍，而念此为心血所存，并其性情志趣，无不流露于百余篇中。然此百余篇岂遗挂比，何忍弃之而不为吾室筠仙存之。"集中录诗一百三十六首。《湖南女士诗钞》赞其诗曰："具有清骨，情迈进取，渲色课响，已越凡近。春华正舒，方肆意攀登，高瞩极则，总驾艺奥，曷可测也。"集中多姊妹唱和之作，如《和兰仙姊秋夜寄怀》《送兰仙姊之会同》《和兰仙姊秋夜寄怀》《秋日怀篔仙姊》《月夜怀篔秋姊》《哭六妹蓉仙》《送丽娟五妹随家君之官安仁》《哭五妹丽娟》《挽四妹芍云》《哭长子开岳》，皆至情至性。《示次女》曰："汝妹性娇痴，汝姊嫁已久。汝可代我劳，缝纫不离手。汝今事翁姑，谨于事父母。授汝女诫篇，一一能记否。"《接外书》曰："千里缄书寄彩笺，感君诗笔意缠绵。关河迢递因家累，道路崎岖只自怜。香阁梦回深院月，洞庭秋老暮江船。归期好待梅花放，莫忘叮咛早著鞭。"《翰城夫子归自湖北，未数日又赴南乡，久不见还，遣兴成此》曰："相逢草草又风尘，遥夜惊闻铁骑频。为属同云休作雪，长途犹有未归人。"临终时作《绝命词六首》，悽惋欲绝。"生成薄命欲何如？细草凌霜日渐枯。白发高堂恩爱重，衔环再世报孀姑。""盼断刀头未见还，望乡台作望夫山。离魂敢畏军门壮，誓不相逢死不闲。""身如病叶欲辞柯，儿女扶床涕泪多。万丈情丝悲一割，他生缘会更如何？""数载呻吟血泪枯，死生离别在须臾。孤魂三尺归来日，旧迹寻看识得无。""离恨年年枉自怜，三生缘尽逐云烟。而今不作痴心梦，得到泉台境亦仙。""百年身世总成空，多少繁华一瞬中。月落乌啼谁是伴，长眠人对白杨风。"

《绛珠阁绣余草》一卷　　道光七年刻本

吴秀珠　撰

吴秀珠（1808—1827），字蕴吉，安徽泾县人。左都御史吴芳培女孙，工部都水主事吴檀次女。秀珠、麟珠、宝珠诸姊妹皆能诗。四岁，祖母课以《女孝经》《内则》，俱能成诵。尤喜曼声长咏，授以唐诗，数过，辄背诵如流。七岁，许字河内郭兰芬。十二岁，学诗词，时有警句。十五岁，南旋，侍尊长尽礼，处兄弟姊妹间无间言，闲时喜读唐宋以来诗文。岁乙酉，侍奉祖母入蜀，后还京师，与女辈习女红，时复唱和，得诗词百数十首。又擅尺牍，命司笔札，均曲中款要。已择吉月二十日迎婿入执，忽于十八日夜，痰结不醒，阅八时，玉柱下垂而殁。所著《绛珠阁绣余草》一卷，有道光七年（1827）刻本；另有抄本，前有父吴（檀）《序》。

此为道光七年刻本。卷首题“泾上吴绣珠蕴吉著，妹麟珠、宝珠校字”，前有从兄吴篃南《诔》，卷末有蔡玉山《跋》及张鸿楠、叔吴石仙、阮嗣宗、熊象阶、伯湘楠、兄裕宗、妹宝珠、董承祺等名士所题诗词。集中录诗一百二十八首，词十六阕。蔡玉山《跋》曰：“观其《绣余诗草》，虽系初学，未臻大成，而幽闲静一，敦厚和平，不失诗人本旨，非特以才女称之也。”《侍祖父母南旋留别蕊珠大姊》曰：“形影相随事事亲，而今偏作远行人。江南此去云山隔，风雨中宵入梦频。”“万山万水眼前看，白发含饴奉侍欢。为我高堂勤定省，莫迟写竹报平安。”《送别姑丈兼呈姑母》曰：“怅望云山别思增，一钩新月伴行縢。寄言大母身强健，莫为闲愁感不胜。”《忆黄姨》曰：“数载相依意最亲，深闺笑语两情真。而今翘首燕台路，盼到音书倍怆神。”《秋夜怀蕊珠大姊》曰：“看云徒倚夜阑时，一种离愁两地知。记否深闺人静后，灯前共读少陵诗。”《次韵又阮弟夜雨》曰：“几番细雨几番风，灯火荧荧小阁中。四壁虫声催夜漏，一天云影暗归鸿。凉生帘幕人初睡，秋听芭蕉梦欲空。准拟晚来山色霁，倚阑凭眺赏心同。”诗多载平日闲居之态，娟秀婉转。《春晓》曰：“金猊香烬夕阳天，绿叶阴浓锁暮烟。小燕不知春已晚，喃喃对语画帘前。”《落梅》曰：“一声羌笛晚风斜，冷落孤山处士家。料得春风留不住，空余数点上窗纱。”《桃花》曰：“一帘红雨晓晴初，粉脸迎风画不如。莫向溪边夸艳色，防他误引武陵渔。”《秋望》曰：“小院木微脱，秋风又一年。水清寒浸月，山远碧黏天。鹤影空塘度，钟声野寺传。前溪灯隐约，应是钓鱼船。”

《倚琴阁诗草》一卷　　光绪二十二年俞樾署检刻本

吴麟珠　撰

吴麟珠（？—1861），字友石，泾县人。吴芳培孙女，工部主事吴檀女，同知章华妻。幼承家学，长适名门，璇室联吟，幽闺叠唱。乱起，麟珠兄官河南，遣人迎以避乱，珠因其舅老迈，不肯独以身免。后由豫章避地杭州，辛酉城陷，自殉。所著《倚琴阁诗草》一卷，有光绪二十二年（1896）俞樾署检刻本；清抄本。

此集为光绪刻本，前有刘培芬《序》，卷末有高凤岐《书后》。集中录诗二百余首。刘培芬《序》曰："铮铮劲骨，抗节可风；娓娓佳章，清言可诵，如闻江宁殉难之作，已见其志操之坚贞。"《江宁城陷闻王五表嫂殉难有作》曰："烽烟四逼剧披猖，节烈传来姓氏扬。贞骨径归三尺土，清标真并九秋霜。忍抛家业心何壮，不染尘埃魄亦香。巾帼芳名垂竹帛，一番钦仰一沾裳。"《寄和韵莲妹原韵》曰："烽火犹惊未止戈，言归不觉半年多。几时捷报金陵复，共听铙歌喜若何。""终朝心事乱纷纷，慰我愁怀赖有君。聚首未长偏又别，真同天际雁离群。""独坐书窗夜漏迟，清风明月怕凭栏。几番展诵生花句，犹似新成墨未干。""群英散后闷如痴，胜有春残未尽丝。赖得邮筒慰岑寂，幽情别意满新诗。"《恨》曰："终朝如醉复如痴，家业凋零异昔时。对酒怕谈兴废事，摊书愁诵感伤诗。胸无兵甲言难壮，生少经纶气自奇。太息探丸满途路，此身恨不作男儿。"《夜读先大夫〈我意草〉有感》曰："捧读遗编漏已残，迢迢人静夜生寒。音容恍似承欢暇，手泽深愁继世难。对卷怕追童幼事，学吟犹忆老亲看。伤心懒见梅梢月，倦倚西窗泪暗弹。"《不寐口占》曰："半轮斜月照窗前，小坐看书未忍眠。香烬金炉人不寐，荒鸡唱彻五更天。"《菊花》曰："九日黄花晚节香，羡君独自耐寒霜。秋英漫作窗前供，相对闲吟引兴长。"《落叶》曰："偶涉园林小步迟，秋光欲老问谁知。休怜落叶飘零甚，翠柏苍松正挺奇。"

《写韵轩诗稿》一卷　　清稿本

王芸仙　撰

王芸仙（1808—1836），字秀芬，号梅溪女史，浙江安吉人。安徽旌德吕伟嵎妻。幼敏慧，其父授以随园老人诗，过目成诵，辄有领悟。八岁时一日侍父坐庭中，值雨过风生，庭树见残滴淅沥，父因以"风来雨滴树"命属对，芸仙应声曰"云破月移花"。父大为称赏，因是教之为诗。自汉魏唐宋诸名家诗无不读者，间有吟咏，父以之作示人，争相传诵。十一岁父殁，有遗妾陈静贤工诗，著有《镜花阁稿》。自是二人日夕研究，诗学日进。年十九归吕伟嵎，侍上处下，循然以礼自规，性好施，乡人妇有窘乏者，向之诉，恒倾箧周之，无吝色，由是才德之名著于一乡。体素弱，然茶铛药臼之旁，诗稿纵横常满盖，卧病岁深而吟咏勿辍也。久之，复得咯血症，而疾遂益剧。年二十有九卒。所著《写韵轩诗稿》一卷，此集一册，有道光十九年刻本；人民大学藏红格底稿本。

此集前有吕朝瑞《序》曰："嫂于归，余年尚幼，初学诗，嫂每为正其纰缪而启导之。谓余曰：'诗之为道，以纾写性灵，不著议论为上。驰骤才情，研炼词调，虽极其工，究非上乘，第尚性灵者易流于浅薄。又贵意真而语隽，意真则感人自深，语隽则寻味自咏。'其论诗之略如是，诚至论也。""生平作诗甚多，脱稿辄焚去，不轻以示人，故存者不及十之二三。"诗多温婉娟秀。《闺中杂咏》曰："底事关心独怆神，惜春人即负春人。想因宿世来愁界，生小娇痴便解颦。""自怜减却旧腰肢，蹙损眉尖亦太痴。多病恐添慈母累，瘦来不遣侍儿知。""春尽无心问岁华，深闺人静学涂鸦。推敲未就诗情苦，误把金针倒绣针。""帘栊寂寂昼无哗，消遣闲情自煮茶。未识衔花双燕子，欲含春色到谁家。"《春日病中偶成》曰："晓来缓把绣帘开，小院无人满绿苔。燕子似怜侬未起，残花含入画楼来。"《冬闺》曰："忍冻临妆意怯寒，徘徊几度镜中看。自怜薄命卿怜我，颦锁双眉黛不宽。"《偶成》曰："晓吸蔷薇露，心知深处有。忽见并蒂花，欲折还住手。"《团扇曲》曰："团扇复团扇，凉思起秋殿。已萌弃置心，怀袖空相恋。""团扇复团扇，归箧休生怨。相见不相怜，不如不相见。"《瓶中晚菊》曰："东篱闲采罢，瓶供吐清香。风雨重阳过，天寒三径荒。休嫌一勺水，能避九秋霜。无事终朝对，幽情付咏章。"另有与陈静贤唱和之作，《侍奉慈母陈夫人夜话同作》曰："挑灯煮茗共闲评，诚觉遭逢半喜惊。把笔互敲新得句，牵衣怕忆别时情。偶思往事劳回首，未答深恩愧此生。各有愁肠言不尽，纱窗月暗近黄昏。"《哭慈母陈夫人》曰："年来愁苦为分离，盼得归宁意便怡。知己何曾分母女，侠怀端不让须眉。谁知此别成永诀，未必他生有见期。泪尽肠枯强倚枕，痴心还望梦来时。"感怀身世，则凄伤哀婉。《薄命词》曰："百结愁肠解不开，寸心如裂亦成灰。情痴欲访鸿都客，觅取君魂到夜台。""半窗残月不分明，风警花铃韵自清。梦断痴魂无着处，满城一片捣衣声。""如何薄命不红颜，千古埋才总一般。书满云笺题尽怨，空留遗恨在人间。"《生辰自慨》曰："辜负韶华暗自怜，生成薄命岂尤天。也知未积今生福，那解前生宿世缘。""弱质何堪受折磨，自伤薄命恨如何？罗衣欲浣心还惜，记有慈亲泪点多。"《残暑雨后》曰："霁色夜明楼，开轩暑气收。云轻扶月上，萤湿背花流。山影都含水，风声已带秋。未应弃团扇，为尔一含愁。"另有《余将劝外置侧室同伴嗤其太早作此晓之》诗曰："望断兰征梦不灵，年来此意已如冰。情深自古方能妒，侬本无情妒可能。""病蕊残花不再红，何须惆怅怨东风。绿衣团扇浑闲事，都在侬郎寸意间。"

《红蔷吟馆诗稿》一卷　　咸丰六年刻本

锁瑞芝　撰

锁瑞芝（1809—1831），字佩芳，钱塘人。锁裕桢女，吴兆麟妻。兆麟字书瑞，号筠轩，道光十二年举人，授内阁中书，官至江西盐法道，著有《铁花山馆诗稿》八卷。瑞芝将生时，因庭中产一大芝，因以为名。幼好读书，工诗，能琴。暇日坐窗下，得佳句则急起书之，欣然自赏，而不以示人。幼有至性，年十二侍父疾，昼夜诵经以祈神佑，亲戚咸异之。父卒，母以过哀致疾，焚香吁天，愿以身代，且刲股和药以进，母疾遂愈，是年十五岁。生而嗜洁，静默寡言，与之论史，则辩议风起。于归后，以孝其亲者孝于舅姑，遇舅姑怫怒，曲意承欢而解事；事夫和而敬，有过则婉转以谏；视夫弟、小姑如同气，一庭雍然。秉性既弱，又以竭力不惮劳，遂得呕血疾，年二十三卒。所著《红蔷吟馆诗稿》一卷，有道光间刻本；咸丰六年刻本；光绪四年刻本；附光绪《铁花山馆全集本》后。

此集为咸丰六年刻本，前有《旌表孝行记略》、吴振棫《锁孺人传》、兄锁开源《序》，卷末有吴兆麟《后序》曰："内子之于诗，盖力求其可以传者。天不与年，此志未遂，亦恨事也。然予谓诗之可传与否，姑俟定论。则今之谋诸梨枣者，非内子之心也，而聊以尽予之心也。”集中录诗五十六首。《新燕词》曰：“一生花里足神仙，况值清明二月天。王谢风流萧瑟甚，乌衣犹自六朝前。”《柳絮》曰：“东风三月扑楼台，一种闲情玉笛哀。宛转恰随春梦去，轻扬还逐晓云回。莺捎蝶趁空留恨，风泊鸾飘只费才。燕子不知花事晚，衔泥争喜玉堂开。”《海棠》曰：“几度春风到玉墀，新妆初染澹胭脂。趁他细雨微云日，护尔轻红浅碧时。银烛未烧人意懒，珠帘半卷笛声迟。谁能唤醒华清睡，蜀道高吟老杜诗。”娟秀清婉，闺秀本色。

《畹香居诗草》一卷　　道光八年宝研斋刻本

郑梧英　撰

郑梧英，字丽若，号苕溪女史，湖州人。郑祖球女。字归安严恒福，年十六未嫁而卒。长于诗，所著《畹香居诗草》一卷，附于郑祖球《红叶山房集》后，有道光八年戊子（1828）宝研斋刻本。

此集前有郑元英、郑澹若、郑婉若题词。收录癸未、甲申、乙酉、丙戌间所作之诗三十八首。诗多清婉纤秀，如《春夜杂咏》曰：“春风袅袅荡帘波，微步遥阶拜素娥。不敢添香呼小婢，怕他惊起睡鹦哥。”《秋柳》曰：“秋风一夜听萧萧，依旧长条复短条。可是含颦人不见，灞桥相送路迢迢。”《秋闺和子琴兄韵》曰：“纱窗冉冉月初生，漏滴铜壶梦不成。一夜风声听未了，蛩声听罢听钟声。”《赣江道中》曰：“迢遥千里泝危湍，暮色苍凉四望宽。千树秋声来绝壑，一帆风力斗高滩。烟萝岸仄寻芳易，沙碛弯多转柁难。指点郁孤台上月，却随流水已团圆。”《闻鸡》曰：“梦醒虚窗白已生，曙光月色未分明。漏声绝处鸡声唱，惊起深林百鸟鸣。”《新月》曰：“谁挂天边月一钩，清光冉冉照南楼。不须玉镜重开匣，画出蛾眉一段愁。”《喜晴》曰：“晓倚雕窗望，江山黛色匀。日从人意悦，天与物华新。草斗庭前景，芳寻柳外春。阳和知渐暖，帘卷几回频。”

《爨余吟》二卷　　同治九年刻本

屠镜心　撰

屠镜心，号扫花主人，荆溪人。任星咸妻。天资夙慧，父母绝爱怜之。幼耽经史，览诸子百家言，过目辄成诵。长而幽闲贞静，善诗古文辞，其才与道韫、左芬相类。女红之余，咿唔不倦，人以是益奇之。适任星咸，于归后善事舅姑，中馈唯谨，与诸娣姒无间言。井臼躬操，处事循礼。客至则拔钗沽酒，嗟咄立办，戚党咸曰贤。每与星咸析今古疑义，迭相唱和，机声吟声，恒达旦不倦。星咸屡困场屋，郁郁不得志，则善言慰之，务使破涕为笑而后已。暇则夫妇唱和，花前月下，辄作一二章以遣怀。又若思亲感旧，或流连风景，大率寄情于诗，故所作日以富。不数年，裒然成集。晚岁诸子皆成立。所撰《爨余吟》二卷，有同治九年刻本；光绪元年巾箱本。

此集为同治九年刻本，上下两卷，集前有屠文廉、张之缙二《序》；曾韬菴《识》；宜兴戴嘉瑞、戴嘉玉、傅隐兰、于懿、邓瑜等名士闺秀题词；侄女屠佩英《后序》。卷末有屠万秉、屠谦吉、屠凯、子任治《跋》。屠文廉《序》曰："数年裒然成集，经封翁手定四卷，名之曰《绣余吟》，藏诸笥中。无何家被盗，笥亦攫去，自后不复吟，即偶有所咏，脱稿亦不复珍惜。晚岁诸子皆成立，乃复搜罗残稿，仅得二卷。易《绣余》之名曰《爨余》。"上卷录诗六十八首，下卷录诗五十四首。附录词二十阕；试帖八篇；赋三篇。集中大半思亲、忆兄、勖子之辞，诵之令人孝友慈爱之心油然而生。《忆亲》曰："堂前古槐树，上有慈乌鸣。偶尔一回顾，动我无限情。慈乌能反哺，哺食往回萦。我亦为人子，一载未一行。云山偏阻隔，惟有此心倾。愿借东南风，吹我入太清。"《忆母》曰："剔尽银釭漏未终，思亲转忆幼年中。堂前唤女声犹在，膝下牵衣事已空。明月照来窗外白，啼痕渍向枕边红。教儿何处传消息，泉下人间未许通。"《白海棠》曰："一场春梦欲醒时，缟素全非旧日姿。淡粉应斑贞妇泪，素纨不入婕妤诗。临妆只许冰为鉴，对酒宜将玉作卮。"《登南岳》曰："既入此山中，尘氛敢披拂。触手推白云，坠怀抱明月。色冷星辰稀，径仄烟霞别。山花红不采，石笋绿不折。委蛇山腰坳，壁立峰头直。春风吹不到，秋水自清洁。居然人世离，翻然神仙列。青嶂忽自开，翠鬟重复合。隐约闻疏钟，模糊认古碣。句断字画无，碧晕苔衣结。一顾但松影，再顾无人迹。远寺不知处，红墙露云隙。”《春雪》曰：“纷纷六出舞长空，卷起湘帘一望通。点袂光合妍杏雨，粘篱影逗落梅风。为怜小圃花枝冻，渐觉平林霁色融。香氛欲飞寒气敛，阳春收拾玉壶中。”《秋云》曰：“散却奇峰出岫飞，长空摇曳逞风微。卷舒银汉光原白，掩映红霞色便绯。似纸好书新雁字，如罗难制美人衣。待看夜月将华候，化作鱼鳞缀素辉。”《春寒》曰：“春寒何太重，新雨恰初晴。竹叶十分碧，梅花一味清。”爽朗高古，清词丽句。

《槐窗咏物诗抄》一卷　　道光二十二年王氏冰壶山馆刻本

余淑芳　撰

余淑芳，字椒圃，遂安人。王梦庚子媳。淑芳智识精明，志意专静，幼时随宦，女红之暇，所好文字，间为歌诗。归金华王氏，王家以诗闻，故而虽供妇职，不辍吟咏。所著《槐窗咏物诗抄》一卷，有道光二十二年（1842）王氏冰壶山馆刻本。

此集前有弟余启益《序》。集中录《春庭八咏》《消夏四咏》《秋芳二十咏》《斋居八咏》《物幻八咏》《佳植八咏》等诗五十六首，皆刻画细致。《莲房》曰：“才见红衣堕粉轻，旋看湖目影高擎。寒烟的的青莲子，映水亭亭碧玉茎。湿露摇风横野沼，浮瓜沉李共瓷瓮。相怜更较相思切，乐府南朝旧有名。”《鸡冠》曰：“宛似庭前碧树鸡，花阴几见紫冠齐。风高乱叶忽争舞，露重五更如欲啼。秾艳对人秋雨黯，昂藏顾影夕阳低。若教解语通元妙，好共深谈伴翠闺。”《断碑》曰：“千秋金石有遗文，碣缺碑残认断纹。频向故家搜旧拓，别从前史证新闻。访罗能及汉唐远，搜葺更逾欧赵勤。记取兰亭真面目，诸家题跋漫纷纭。”《橘灯》曰：“回首淮南兴未阑，消沉暝色漏声残。漫抛墙角同灯檠，仍领头衔是橘官。秋雨剪时篝火冷，林霜满后夜窗寒。殷勤太乙然藜照，仙叟围棋仔细看。”《仙人掌》曰：“名葩移植向金天，掌势凌空望若仙。撑处螺同云影淡，承来珠带露痕鲜。芙蓉两握青如削，风月高擎碧更妍。借问巨灵畴作配，峰头十丈藕如船。”

《睡香花室诗钞》一卷　　道光间刻《陔兰书屋诗集》附录本

汪纫兰　撰

汪纫兰，字佩之，吴县人。太常博士汪诒德女，内阁侍读潘曾绶妻。纫兰工楷书，善画花卉，又长于诗，与仲姒陆琇卿并享才名，碧城仙馆女弟子陈灵箫、吴飞卿等人常与之唱酬赠答。所撰《睡香花室诗钞》一卷，附刻潘曾绶《陔兰书屋诗集》后。

此集录诗四十四首。皆清丽娟秀。《舟次题夫子秋林琴趣图》曰：“携琴爱向秋林坐，修竹疏桐荫凤池。细雨小窗凉似水，诗中有画画中诗。”《鸳绣阁同绂庭小坐》曰：“绣阁侧畔嫩寒生，柳乍垂条草乍萌。知道杏花消息近，雨丝风片过清明。”《秋蛩》曰：“一灯枯寂伴黄昏，写入琴丝有泪痕。可叹草根吟不稳，屏山曲曲共谁论。”《晓起用五平五仄体》曰：“木落野鸟散，天高寒风鸣。远树日未出，重楼山初晴。阁外落叶影，江边芦花声。晓起有静趣，凭栏新诗成。”《晓行》曰：“野景真如画，过江乡思清。荒陧牵缆去，残月送人行。绕树鸦先躁，满村鸡乱鸣。拥衾寒似水，远梦逐愁生。”亦有古健雄浑行旅怀古之作。《销夏湾怀古》曰：“银涛喷雪潜虬奔，山风凉透菰茭痕。羲和停鞭不得度，双星洞豁开天门。天光云影涵古渡，云是吴王销夏处。当年彩鹢灿旌旗，只今惟见飞鸥鹭。锦帆张处一溪遥，颦笑争妍暮复朝。梧宫秋老霸图歇，行歌踯躅来渔樵。湾前明月婆娑影，娟娟曾照红妆靓。炎威消尽太凄凉，一角灵岩劫灰冷。”

《话雨楼诗草》三卷　　光绪十年言良鑫刻本

言忠贞　撰

言忠贞（？—1877），字静芳，常熟人。道光戊子举人、扬州府教授昭文施震福继室。早慧，集中《十五生辰大父赐梅一枝命作》诗曰："赐来嫩蕊一枝柔，私喜年华恰与俦。我贺梅花花贺我，大家都是几生修。"婚后，夫妻二人以诗学相切蹉，一时有管赵之誉。后随夫入海门，凡戚党渡江投奔，靡不竭情周恤。后随宦扬州，与才女翁端恩相交唱和数年。育有三女。施震福歿于任所，忠贞抑郁不自得，不久亦哀伤而终。所著《话雨楼诗草》三卷，有光绪十年（1884）言良鑫刊本。

此集前有光绪元年翁端恩《序》，后有言良鑫《跋》曰："（忠贞）旋里后谢绝尘缘，以生平所作诗删存若干首，厘为三卷，自题曰《话雨楼诗草》以待梓，未几亦逝。往岁鑫刊刻皋云公《孟晋斋诗集》将成，因偕少虞姻兄即将遗稿点校一过，以次付刊。"集中录诗三百三十四首。集中以"梅"为题之诗多首，如《蜡梅》《红梅》《梦梅》《寻梅》《问梅》《买梅》《评梅》《赏梅》《剪梅》《惜梅》《别梅》《送梅》《对梅怀姊即作小诗简之》等。《问梅》曰："生平雅爱一枝梅，小立斜阳叩数回。高士美人名孰当，绛英绿萼品谁魁。寒清若此胡能耐，文淡如余想不猜。转悔相逢今已晚，月明雪暗几时开。"《别梅》曰："粉蕊飘零古干斜，宛将踪迹赴天涯。美人南国离情促，名士西湖别恨奢。挽驾犹期烦守鹤，催程忽又听啼鸦。相思何物堪相慰，小影留贻一幅花。"咏食物小诗亦颇有情致，如《玉兰饼》曰："瑶岛奇葩竞吐芳，摘调饼饵共争尝。团成玉屑形如月，掺入琼英色胜霜。饥尽堪充诗客腹，香还可洗俗人肠。但愁蕊把牙轻嚼，零落花魂怨孰偿。"《木樨糖》曰："小板新雕花样奇，纳将金粟与霜贻。方圆个个从胎脱，香辣人人有口知。味总叁依禅室透，甘还分偏广寒宜。定蒙赏识凡间品，转胜琼浆与玉芝。"《晓起同外》曰："一庭秋色映朝晖，清梦初醒出锦帷。依似葵花君似日，此心相向不相违。"《题秋夜读书图》曰："梧桐庭院早知凉，吟咏秋宵喜渐长。自有童奚供瀹茗，不须红袖为添香。"后期诗风则哀婉忧伤。《梦姊》曰："浑忘人世隔阴阳，把袂依然话短长。多事雨声偏滴醒，一声声更断人肠。"《断肠辞》曰："一领青衿志未舒，祖鞭欲着愿终虚。可怜病如膏肓里，犹倚床头自校书。""只有文章刻不忘，临危犹自嘱爷娘。那知廿四年来事，一度思量一断肠。”《哭外十绝》曰：“痛绝衰年耐冷官，故乡才返又征鞍。教人忆到临歧语，沧海能干泪不干。”“父后儿先赴玉楼，天公不解世间愁。千秋薄命谁如我，哭罢青年哭白头。”“彻夜论文倦不知，平生始信有娇儿。自从玉树凋残后，怕听人间说衮师。”“欲图视窆寄红尘，贫病齑盐累此身。翻羡九原君有子，伤心最是未亡人。”《追挽小鸾一律》曰：“小谪尘寰十七年，寄情翰墨亦因缘。金丹早换生前骨，玉版犹参死后禅。逃入月宫虚却扇，扫除慧业即成仙。伤心二百余秋事，回首西风总黯然。”《题叶小鸾眉子砚和原韵》曰：“片石沉埋迹已陈，百年重见样偏新。一弯巧合仙娥黛，世上何人敢效颦。”“半池碧水漾云烟，写尽吴江十样笺。雨过小窗疑珮响，不知风替弄琴弦。”

《梦湘楼诗稿》二卷、《梦湘楼词稿》一卷　　光绪六年刻《湘茧合稿》本

宗婉　撰

宗婉（1810—?），字婉生，常熟人。宗德润女，萧大勋室，山西同知萧瓒、北河州判锦炤母。婉甫脱褪褓，即娴吟咏。未笄时，其父远客粤东，曾寄诗云：“椿庭别后懒吟哦，聊把离怀付短歌。弟幼妹娇儿自爱，阿娘多病奈愁何。”她在石梅山麓筑揖山楼，左挹辛峰，右连言墓，朝岚暮霭，苍翠可摘，提挈弟妹，拈豪吮墨其间，吟声时时落檐际，人望之，以为神仙不过。后因内外丧叠出，无所依倚，始以笔砚自赡，就馆南郊，教授女弟子，从者甚众。翁同龢赞曰：“自妇教衰而女师之职废，织纫组紃之事或不习，而与经史益概乎未闻也。若夫人贤而多能，庶几汉之班氏、晋之宋氏哉。”《感示两儿》曰：“半生辛苦母兼师，朝课经书夜课诗。但得汝曹能努力，余生终有展眉时。”所著《梦湘楼诗稿》二卷、《梦湘楼词稿》一卷，有光绪六年（1880）《湘茧合稿》本，其侄宗廷辅整理付梓，与妹宗粲《茧香馆吟草》、母钱念生《绣余词草》合刊。

此集前有其侄廷辅、翁同龢二《序》。集中录诗三百余首。宗廷辅《序》

中载与姑婉论诗曰："与辅居相近，读书之暇，不时往谒，相与论诗。辅谓简斋之于少陵，犹颜渊之于孔子，学诗者当由之以趋黄、陈，上规韩、杜，余则以诚斋、后村博涉其趣。姑则取诗中有人之说，谓法自文生，声随境易，故自抒所得，不屑屑依傍古人，而又能乐善通中，不封己自域。"其诗亦自抒心绪，时有新意。《秋夜》曰："淡到无言处，吟魂欲上天。一条银汉影，飞落小窗前。露滴无声雨，云拖不断烟。小鬟隔花语，何事竟忘眠。"《暮春有感》曰："春去太匆匆，深闺掩绮栊。三分伤酒病，一阵落花风。芳草无情碧，斜阳有意红。低徊人不语，悄立小楼东。"《春晚》曰："一帘红日晓光浮，帘外东风响玉钩。半掩画屏人未起，似闻鹦鹉唤梳头。"《寄怀家大人时赴伯父粤东任所》曰："初离膝下时，朝暮常相忆。转眼半载余，中心更悱恻。翩翩空中鸟，欲飞有羽翼。薄薄天上云，欲行仗风力。身非鸟与云，飞行不可得。思亲在异乡，迢递隔南北。有女在晨昏，不能视颜色。迢迢客路长，渺渺江流直。儿身恨难随，儿心在亲侧。手缄一幅笺，心尽数行墨。"《夏夜登小蓬莱阁同丽生二弟晋作》曰："近水花如梦，当窗树作屏。玉箫闲一弄，夜气忽吹醒。衫薄萦香雾，鬟低坠素馨。隔墙谁笑语，扶月悄然听。"《感事四绝》曰："无端飞檄蹴红尘，到处讹言总若真。局外观来原了了，误人偏是局中人。""匆匆迁播费惊猜，骨肉星离意转哀。昨夜灯前书一纸，更无人寄阿连来。"《余虽处乡僻而寇氛未靖日滋惊忧书此感志》曰："又是西风寥落天，故园北望思绵绵。无多秋色悲残照，不尽余波感逝川。几处流离伤骨肉，万家消息阻烽烟。江南景物休重问，肠断兰成赋一篇。"《汉宫瓦砚歌》曰："千年古殿生蒿莱，瓦砾变化成良材。文房珍玩何足道，盛衰贵贱亦幻哉。谁人作砚供书契，云是帝鸿古遗制。琢玉奇珍只饰观，澄泥别样夸新制。辟雍风字古样镌，合欢秋叶新题签。小者文场便怀袖，大者椽笔挥云烟。砚材百种此尤寡，陶质苍然古而雅。问年神雀五凤初，托地长生未央下。当年立仗覆千官，此日抔泥出寒野。良工琢付识者藏，摩挲日久腾辉光。储以水晶琉璃之宝匣，配以珊瑚翡翠之笔床。更闻此砚能发墨，濡染淋漓殊自得。凹处犹余土蚀痕，中央已没苔花色。君不见玉龙金凤铜雀台，于今无地无尘埃。又不见离宫别馆三十六，望里莘莘走麋鹿。羡尔犹存历劫身，芸窗珍重伴词人。他时携上通明殿，书遍吟毫五色新。"《湘茧合稿刊成铁云妹婿贻余以诗过蒙推许叠此奉酬》曰："争传忠简旧家门，虚誉何当众口喧。闺里季方元不栉，篇端伯氏敢居尊。枣梨略志平生概，棣萼同怀罔极恩。从此尽填诸缺陷，百年长爇瓣香温。"

《梦湘楼词稿》一卷，录词五十一阕。词气豪放，多载时事，而清炼处似得白石之意。《百字令·寇氛未靖雨窗闷坐灯下填此》曰："已交冬杪，恁萧萧飒飒，似将秋作。几阵飘来斜复整，乱扑小窗灯火。风紧云凄，天低月黑，旅梦如何度？听残宵柝，披衣还起愁坐。见说故里兵戈，他乡鼙鼓，处处烽烟阻。不定行萍踪泛水，琐尾吟成谁和？老逼人来，饥驱儿去，只剩凄惶我。仰天而叹，泪花和雨飞堕。"《满江红·题溧水人任秀才垲殉难略后》曰："气吐长虹，请看取、书生义烈。打叠起、寻章摘句，操觚弄笔。断指誓同南氏八，含豪肯效秦家七。但章程、十六列条条，言详悉。矛耀水，戈排雪，团义勇，招英杰。向万人头上，力歼余孽。创重浑忘身中炮，战酣弥觉肝横铁。尽从容、含笑入重泉，标忠节。"《醉花阴·春暮》曰："风卷残红和梦碎，梦也伤憔悴。追想梦如何，梦不分明，梦醒还如醉。夕阳影里重门闭，别有销魂。怎地不销魂？要不销魂，恨少留春计。"《高阳台·忆梅》曰："寂寂闲庭，愔愔小院，东风消息沉沉。月地云阶，去年想到如今。婵娟别后期无恙，奈近来、连日春阴。最愁他，冷尽芳魂，酸尽芳情。孤村何处吟魂渺？记残宵有梦，流水无心。惨惨凄凄，几回觅觅寻寻。笛声吹落空山月，梦回时、独自沉吟。怕来迟，花怨蹉跎，人怨飘零。"《望湘人·秋意》曰："渐秋容黯澹，秋气寂寥，断烟疏雨时候。落叶敲窗，乱峰锁梦，梦与叶声同坠。病感三分，二分中酒，一分憔悴。听雁声、远过潇湘，暗把秋魂惊碎。闲上高楼独倚，正秋风袅袅，洞庭波矣。叹吟到离骚，怅望雾鬟云髻。夕阳林杪，暮云天际，一片苍凉之意。目渺渺，不见湘君，岸草汀兰谁寄。"蕴藉含情。

《茧香馆吟草》一卷　　光绪六年刻《湘茧合稿》本

宗粲　撰

宗粲，字莤生，一字倩宜。宗婉妹，陆清泰妻。所著《茧香馆吟草》一卷，有光绪六年刻《湘茧合稿》本。

此集前有翁同龢、宗婉题词。翁同龢曰："咸丰丁巳仲冬，铁云表兄谒选入都，下榻吾庐，论文讲艺，颇慰积怀。一日出示莤生夫人《茧香馆诗草》，剪灯庄诵一过，诗格于中晚唐为近。其浑脱恬雅处，非雕缋点染者所能知。铁云诗坛标帜，得毋俯首下风耶?"《落叶》曰："秋气乍萧森，天涯落叶深。西风数行雁，暮雨几家砧。黄密埋荒径，红疏露远岑。惟留松与柏，苍翠自成荫。"《敬读慈大人绣余遗稿》曰："挑灯细读绣余诗，字字清新字字悲。多恐一缄红豆子，还从南雁寄相思。"《谢宛生姊赠兰》曰："生平爱种梅与兰，梅花易种兰花难。相思万斛消不得，惟余清梦萦湘干。凉风蓦地送香气，美人空谷来珊珊。一枝亲向胆瓶供，对之喜动双眉端。名花本推国香首，赠花人更余相欢。忆从古梅林下别，遥通音问惟青鸾。芳踪相隔心不隔，贻我秋佩清芬攒。见花如见玉人面，无言常向妆台看。"《铁云外子谒选入都诗以送别》曰："寒云起天末，之子独长征。尊酒催骊唱，鞭丝指凤城。关山珍重意，风雨别离声。分手自兹去，相思无限情。"《得家书寄外》曰："家书千里喜相投，三复灯前细过眸。谢得渭阳恩谊重，令人顿解别离愁。"《寄外》曰："一自天涯作客身，故园不是昔时春。斋头久废吟诗社，座上偏多索债人。薪桂米珠偏胜旧，儿衣女履要求新。几回痴向苍穹问，何日方能脱此贫。"《自题月榭寻诗图小影》曰："月华如水浸梧荫，曲榭凉烟上茜襟。多少天涯红豆思，闲来收入茧香吟。"《春闺杂咏》三十首组诗，亦颇可诵读。

《绣余词草》一卷　　光绪六年刻《湘茧合稿》本

钱念生　撰

钱念生，字咀霞，常熟人。布政使钱鋆女，廪生宗德润妻，宗粲、宗婉母。所著《绣余词草》一卷，有光绪六年刻《湘茧合稿》本；稿本。

此集后有宗廷辅《跋》。《跋》曰："叔祖母《绣余草》一册，诗词杂写，行楷各半，二如斋中物也。叔祖居斋中，课辅十年，时出把玩。辅辄窃读之，略皆上口。乱时，与叔祖之《课余词》二册，同庋白龙港丙舍，兵燹失去。此册不知出何人之手，诗词分录，且仅得十之一二，颇多窜易。如《除夕忆外》中四句云：'五岁小儿不解事，随我学拜喜欲颠。听熟毛诗三两叶，信口朗诵绸缪篇。'真趣盎然。改作大半部，复成何语！其他妄改处尚多。今惟据词入梓，所改就可记者，已臆定四五处，不能记者仍之，亦校勘家之旧例也。"录词十九阕。《声声慢·送春》曰："风风雨雨，暗地相催，春光到此将别。欲待款留无计，反增凄切。东君怎不体谅，促春回、把人抛撇。更望里，尽销魂，只见落红堆积。每到春归时候，便引起，愁肠细丝如织。杜宇声声，不管旧时相识。枝头报春去也，恁忘情、了无怜惜。怎似我，倦伤春还恋此日。"《国香慢·本意和韵》曰："种出空山。更铅华洗尽，别破花关。灵根近移，深院称此幽闲。况又芳馨竞体，供瓷斗、格外清妍。孤高问谁似？野菊疏梅，伯仲之间。护兰情脉脉，问灵均去后，几度凄然？从今得意，合教相对忘言。未许蓬蒿甘老，伴佳人、暗与流连。盈盈小窗畔，瘦影如依，越地相怜。"《长相思·雨夜寄怀》曰："山迢迢，水迢迢，梦过江南第几桥？寻君路更遥。醒无聊，睡无聊，一点愁心无计消，那堪雨滴蕉。"《醉花阴·寄外》曰："别梦初圆风击碎，梦醒添憔悴。一片落花飞，知道春归，知道人归未？东君去后重门闭，谙尽愁滋味。差胜絮飘零，江北江南，流遍离人泪。"《点绛唇·寄外》曰："岭隔云高，梦儿欲把羊城绕。怪他双棹，不送魂飞到。多病多愁，多恨多烦恼。谁知道，情田虽小，长遍相思草。"

《古香室遗稿》一卷　　民国三十七年排印本

端木顺　撰

端木顺（1811—1831），字少坤。归瑞安厦门提督许松年三子岳恩。姊妹二人，端木悟原（静贞）亦能诗，天资颖悟，喜司翰墨，工诗画。顺亦喜翰墨，婚后寡居守志。所撰《古香室遗稿》一卷，有道光十八年刊本；民国三十七年排印本。

此集前有闺秀潘素心《序》；戴铭金、潘曾绶、奚疑、汪鉽、王献、胡瀛、徐虔复题词，卷末有洪锦淮、刘耀东《跋》。集中诗皆闺中所作，于归后诗作集中未录。刘耀东《跋》曰："《青田县志书目》有汪潘素心《叙》，谓归许氏后闺房之作。此卷据洪锦淮《跋》考之，是素心所叙之稿为许氏别有录藏，非即此本，今许氏所录已佚，惟素心之叙仅存，遂以移弁此卷。"集中录诗六十三首。潘素心《序》曰："温柔敦厚，意致高远，迥非涂脂泽粉自逞才华者比，信乎夫人才其德并著乎！许公子感悼遗篇，谋付剞劂，以永其传，余知夫人洛将与其父鹤田先生共垂不朽也。"《大水纪事》曰："年年狂蜃惯为灾，水杂江潮折复回。一望波光渺无际，渔舟高过女墙来。""水痕直欲上窗纱，门巷牵船壁系槎。细雨斜风凄欲绝，楼居应合唤浮家。""性命鸿毛到此轻，墙头鸡犬噤无声。居人尽日炊烟断，渚鹭沙鸥飞入城。""昨宵水落露高堤，林鸟频呼滑滑泥。犹有低田耕不得，村牛浮鼻过前溪。"《天晴水落四壁萧然因成一律》曰："山城雨初霁，望眼到芳郊。溪落波千尺，堂收水一坳。骄鱼愁入市，晴鸟喜归巢。老屋西风破，檐头待茅束。"《东瓯红花词》曰："年年花事说瓯东，忙煞春闺到处同。难得新晴天气好，玉楼人倚夕阳红。""桃花落尽柳花新，一桁红云引美人。台榭半涵明镜净，鸡鸣布浣谢池春。"《括州冻绿词》曰："山城寒近制衣忙，白地平铺待早霜。一夜西风吹绿上，可知青女妒红妆。""翻疑纤手染难匀，浅碧经霜色始新。晓陌看同春草色，侬来算作踏青人。"《杨柳枝词》曰："明湖台榭镜中涵，万缕柔丝绿正酣。偏是天涯人送别，断肠何必在江南。"《从军》曰："白头边将起悲歌，空说从军意气多。暮雪横戈冲紫塞，层冰驰马夺黄河。沙场战镞埋风雨，铃阁妖姬拥绮罗。太息封侯无骨相，数奇落魄复如何。"《塞上行》曰："征鸿南去尽，戎客望乡赊。肠断边风起，龙城急暮笳。"《西施庙》曰："苎萝村路自春风，翠羽明珰一拜中。阶草远分香径绿，墙花飞作舞衣红。佩环不改吴妆服，巾帼终成越国功。今日浣纱溪上过，令人吊古忆梧宫。"雄壮无闺阁气。《午院》曰："螺窗明处独焚香，坐久浑忘午昼长。绣帖翻残人意倦，一声知了又斜阳。"《十六夜望月》曰："远山入夜淡如烟，万里长空皓魄悬。休说清光犹似昨，今宵已减一分圆。"清丽隽永。

《吟红阁诗钞》五卷　　道光九年夏氏刻本

夏伊兰　撰

夏伊兰（1812—1826），字珮仙，钱塘人。秀才夏之盛女。之盛字松如，仕途崎岖，唯一意刻苦为诗，游心碧落，含笔腐毫，务使翻陈出新，缒幽凿险，不自知其吟之苦。松如性颇孤洁，不与世合，又落落寡侪偶，惟与女伊兰相依左右。伊兰聪慧，年三岁，授以《毛诗》《女孝经》等书，辄能了了记诵。及长，依膝下，能得父母欢心。性不喜针黹，课以女红，辄弃去。酷爱晚唐律绝及宋人小体诗。七岁从舅祖汤两尊先生读书，通《毛诗》《孝经》《论语》大义。十岁学为诗，就武林罗文鉴请业，文鉴以唐人五律选本暨方芳佩夫人稿、《随园女弟子诗》授之，辄能领会。伊兰拈笔成小诗，颇有思致，父女吟哦之声，不绝于室，伊兰耽诗更甚于父。父每赋一诗或一韵，辄呼女吟赏，女往往代易一二字，父亦为之首肯。伊兰性柔顺，事父母孝，与庶母杨氏尤莫逆，闺中唱和无虚日。抚弟妹蔼如，幼妹殇，父母哭之恸，伊兰劝慰如成人，然岁时伏腊，忆之则泪涔涔而下，其至性过人如此。伊兰披览《随园女弟子诗》，谓集中如朱意珠、王碧珠等人诗皆落落无奇，独服纤纤夫人金逸诗。乙酉秋，作《小青曲》七古一篇，缠绵悱恻，哀怨动人。诸先生见之，皆云少年人不宜作此萧瑟题，伊兰遂深自检点，凡旧作中不祥语，悉汰之。伊兰书卷笔墨外无他好，视家中巨细，若无于己者。闲居寂处，常飘飘做跨鹤想。亡前三日，晨起沐浴更衣，合掌作膜拜状，呼母前，耳语曰："儿欲去。"母亟问曰："女将安去?"伊兰曰："谪限已满，仍将归雷庙去，天上差乐，不苦，毋以儿为念也。"母泣下，伊兰反劝慰百端，绝无凄楚之色，且以尘世久居为无味。伊兰殁时，天适酷暑，一昼夜始殓，面色不改，目炯炯如生时，戚友辈咸谓尸解不虚。卒年十五。所著《吟红阁诗钞》五卷，有道光九年（1829）夏氏刻本。

此集前有马履泰、邵正笏、陈惟亨、黄韵珊、罗文鉴、会稽女史姚梦星六《序》，姚若《夏女伊兰小传》、夏如松《亡女伊兰行略》；卷末有夏松如《亡女吟红阁诗刊竣凄然有作》，诗曰："絮才忍令付销沉，一字凄凉一字金。敢谓文章千古事，聊完儿女百年心。恨伊不及看剞劂，老我何人伴啸吟。尚记膝前勤问字，咿唔挟卷到更深。"此集共五卷：卷一录古今体诗六十一首，附诗十一首；卷二录古今体诗七十六首；卷三录古今体诗一百六十九首，附诗五首；卷四录古今体诗一百九十七首，附诗六首；卷五录古今体诗九十九首，附诗二首。罗文鉴《序》曰：'"往岁松如以频不得志于有司，日肆力于诗古文辞。伊兰耳濡目染，相与䌷绎文义，翻阅典籍，亦日课一篇，遂积成诗五卷。海昌陈浣江丈颜其稿曰《吟红》。"陈惟亨《序》曰："武林山水甲天下，灵秀所钟，人才辈出，扶舆清淑之气，其蕴含靡尽者，又恒毓于红闺绮阁之间。""适夏君以《吟红阁诗》属余题签，余因得读珮仙之诗，而叹罗君之语（硖石一门风雅，近世所稀）不诬也。""余谓罗君曰：珮仙抱隽才，设身为男子，诗学日新，当与西泠诸前辈相颉颃。即终老巾帼，天假之年，以文学显，亦庶几宋若华一流人物。乃昙花一现，撒手红尘，何才之厄也？虽然，天下才人之湮没不彰者多矣，珮仙以一女子，抱颖异之才，而哀之者不惟浙水东西，且遍大江南北。异日有采风者，搜罗杭郡诗篇，珮仙必与闺秀之列焉。是珮仙年不永而诗可传，较夫苦志呻吟之士，终身泯灭无闻者，其相去何如也。夏君可无伤矣。"罗文鉴《序》曰："伊兰以弱女子而犹存数卷诗，以就正于当世名儒硕德，亦非伊兰之幸也。""伊兰性贞静，意有所得，悉发之于歌咏。观稿中怀古、咏史诸作，皆可识其性情。"《花间》曰："园林小憩日斜时，偏数芳丛不讳痴。听雨情怀竹共领，惜花心事蝶同知。斗将古艳诗千首，酹到春工酒一卮。料得西湖似图画，莫辜好景放船迟。"《晚凉》曰："雨过虚窗透嫩凉，一编澹对到昏黄。风从别圃分花气，月映重帘泻水光。兴逸仙枰闲展局，夜深佛鼎屡添香。赢将心境双清在，耽静翻成却热方。"《立秋》曰："连宵炎暑喜全收，飒爽襟期快倚楼。一日嫩晴三日雨，天公加意作新秋。”“疏花绕屋两三枝，似水园林放步迟。不是梧桐循旧例，飞来一叶为催诗。”《晚晴》曰：“水竹吟残总费思，延芳人爱晚晴时。分明秋色无多地，淡淡斜阳花满篱。”文采斐然，秀美清新。《秋蝶》曰：“南国忆否旧勾留，凤子翩翩已倦游。二月浓迷前度艳，一分瘦到可怜秋。仙衣舞散余残影，冷梦花疏起暮愁。写入伶俜图画里，凭谁纤管诩风流。”《侍家慈登吴山》曰：“十万楼台指顾间，凭高最足豁心颜。晴云淡挂胥祠树，残雪微明越岸山。天意尚留寒料峭，人情转爱境清闲。篮舆不厌探幽去，履舄追陪乐未还。”《夏夜》曰：“小坐空阶露气微，珍珠吹满芰荷衣。流萤偷度悄无迹，不向月华明处来。”《大乔小乔曲》曰：“江东秀毓双婵娟，珠联璧合争辉妍。貂蝉献后少绝色，乔家二女真神仙。仙乎仙乎有貌兼有福，选得乘龙豁青目。两家夫婿尽英雄，一德君臣同骨肉。赤壁鏖兵鼎足成，铜雀空余北斗横。兴亡何与美人事，始知国色不倾城。汉家遗恨悲不竞，赎得文姬重相庆。风流韵事说三吴，如此红颜非薄命。”《咏古四首》之《西施村》曰：“凭谁访艳到荒村，恩宠吴宫迹已陈。只有苎萝溪上月，当年曾照浣纱人。”《杨妃墓》曰：“零落埋香土一邱，霓裳舞罢彩云收。而今春草无罗袜，暮雨斜风冷玉钩。”有唐人诗意。《书方芷斋夫人在璞堂吟稿后》：“浑金璞玉谢雕刓，想见春花灿笔端。清福消将妆阁易，名心淡到美人难。珩璜表德垂闺范，琴瑟和鸣写古欢。学士荆襄去不返，笛声吹彻落梅寒。”《偶成三首》意气风发。“人生德与才，兼备方为善。独至评闺材，持论恒相反。有德才可赅，有才德反损。无非亦无仪，动援古训典。我意颇不然，此论殊褊浅。不见三百篇，妇作传匪鲜。《葛覃》念父母，旋归忘路远。《柏舟》矢靡他，之死心不转。自来篇什中，何非节孝选！妇言与妇功，德亦藉此阐。勿谓好名心，名媛亦不免。”

又，夏伊兰庶母杨素书，字韵芬，秀水人。诸生杨文淳四女，文淳字一斋，嘉兴人，善吟咏及隶书，往来南北，所至皆推重之，所著有《涵山堂集》一卷。素书有一女，四岁即夭折，有子曰凤翔、鸾翔。著有《静宜阁诗钞》，家藏写定本，未刊。夏伊兰《吟红阁诗钞》附杨素书诗二十四首：《桐子》、

《西湖十景》、《梅花》、《春愁》、《端阳日忆蕙儿》（二首）、《闺词用女伴吟秋韵》、《新岁试笔和韵》、《书楼和韵》、《春暮和韵》、《吟红阁送春二首》、《白桃花》、《闺词》、《题睫巢》等。《梅花》曰："几生修到此，我辈骨都仙。小集探春侣，相思欲雪天。花疏掺月影，鹤瘦恋寒烟。孤屿人归去，清芬几百年。"《端阳日忆蕙儿》二首曰："难教长命续丝丝，记得团圞启宴时。只有榴花心似我，分红犹照去年卮。""惆怅幽明两地分，例将采艾隔三春。天中风景今如昔，买到桃符少一人。"《续檇李诗系》卷三十八载素书《蔡烈女诗》曰："贞女闻赴誓同死，苟食吾言如白水。殉夫绝食古无是，身既同丘死同祀。堪羡白玉洁无瑕，不藉追琢光有加。田郎蔡女今所嗟，冢前宜种幽兰花。"《试茶》曰："采得灵芽月夜烹，松烟细细碧云生。味甘旧说鸦山品，香远新传龙井名。谷雨低沈花乳白，麦风轻泛露华清。冰瓯雪椀闲消遣，濡润诗肠倍有情。"《像生花》曰："何必园林烂漫栽，千花万卉手中裁。未沾夜雨遍滋长，不借春风也盛开。"《夏月》曰："风卷残云夜气幽，月轮高挂雨初收。光侵小阁宵如昼，影闭重门夏似秋。纨素裁成班女怨，金波流满庾公楼。凭阑领略当空意，扫尽诗肠万斛愁。"又有《日暮登静宜阁》曰："结伴谈诗晚未归，楼台最好挂斜晖。云罗尽洗秋无影，点碎霞天一雁飞。"《晚晴簃诗汇》载其《论诗法》曰："人生学渊源，各各有所自。沆瀣非一气，成功总难企。我幼本蠢愚，况无明师启。义母爱拳拳，略举诗书旨。及长学讴吟，里言抑何鄙。两汉与三唐，梦亦不到此。我后归会稽，主人风雅士。亲炙获师承，渐解参奥理。吟红主爱女，夕秀翩翩起。五载共切磋，我当畏友视。昙花萎一朝，慧业竟中止。闺阁嗟睘睘，独吟殊无俚。幸荷主恩深，诱掖频予跂。例将爱女心，教我亦如是。且我受熏陶，较女尤倍蓰。小阁上灯初，寒衾梦回里。有意无意间，剖析微难纪。真乐两融融，函丈胡能拟。许我诗学成，为我任劂剞。我纵钝根钝，识此还遗彼。辱承训委宛，顽铁亦柔靡。才知传不传，即定学诗始。才媛不乏人，著作存有几。方其侍膝下，尘情淡于水。红闺趁清闲，唱和偕姊弟。迨至赋宜家，琐屑筹盐米。师范日渐疏，旧学日益弛。即使能自立，初终志永矢。夫子或拘挛，家门或颠否。

何暇计千秋，飘风埽箨似。庋阁冷絜吟，湮没伤比比。谁似我主人，终身遂依倚。拙著曷足论，附骥靦颜耳。邈想同心人，情根总不死。人合固天定，天合亦人俟。缘生因即生，寸心坚由尔。我愿广陶熔，问字各欢喜。安得有情眷，团圞联砚几。"《奸兵行》曰："夜灯灿，布帐屯，万松岭上兵如云。谁家女儿艳绝伦，夜深人静兵叩门。入门逞暴厉，女怒刲兵臂。明晨指创泣诉官，官为按律伸尔冤。吁嗟乎，兵先扰民民莫抗，统率严明敢剽掠？从来禁暴在将兵，先贵知人能将将。"其《十一月五日纪实》七言长诗可称诗史。

又，杨素中，自号青田生，秀水人，杨文淳长女，监生刘文煌室，早寡，有《石轩诗稿》。《蔡烈女诗》曰："穆闻蔡氏女，贞洁传芬芳。虽然定结缡，而未拜姑嫜。砧稿忽焉殁，涕泣撼天阊。之死誓靡他，怙恃工提防。夫柩瘗有日，绝粒鸣空肠。田氏旧名家，合葬御儿乡。精诚化灵物，白鹤双翱翔。予亦未亡人，作挽泪盈眶。越疆古有戒，一瓣焚清香。"《葫芦》曰："系匏偶尔藉丝绦，青玉摩挲璞待雕。对客底须谈细颈，逢人莫便逞纤腰。未应陆羽装茶去，只合韩康卖药招。一部南华多寓意，那堪瓠落海天飘。"《灯花》曰："灯花小落已深更，春雨秋风一样清。乍可形容存想象，不须光焰太分明。翦怜终夜缝纫久，照忆当年课读并。纵使化工偏狡狯，幽怀只自恋孤擎。"《诗瓢》曰："好伴吟边破寂寥，霜清露洁共逍遥。收将珠玉还天地，贮得烟云逐海潮。驴背驮求情落寞，杖头挑去意飘萧。风人雅兴新栽就，莫认诗瓢作酒瓢。"《东风》曰："梅花雪里暗生香，修竹扶疏月影长。寄语东风须稳重，莫教轻易到回廊。"《习静》曰："世事原无定，何须较短长。忘年惟木石，投老有文章。月照松钗瘦，风飘桂粟香。望中秋意满，云水其苍苍。"《读书》曰："我爱古人书，焚香细心读。自怜闺阁中，玩索非干禄。红日转如飞，继晷常秉烛。可惜一寸阴，千金莫能赎。"《赋得烟雨养春姿》曰："暖送韶华转，清姿长养匀。花红含雨醉，柳翠带烟新。物阜风光好，时和造化均。秀酣金谷草，香倦玉楼人。梅影融残雪，莺声啭早春。恩膏沾品汇，圣德遍陶钧。"《夏柳》曰："春归仍爱绿垂丝，牵绾诗肠静里思。叶密尚闻莺语滑，花飞曾逐马蹄驰。轻萦鸠杖风生处，浓拂鱼轩雨过时。筑个茅堂人绝迹，炎氛不到倍含姿。”《结庐》曰：“槿结藩篱草结庐，湖光云影伴幽居。鸢飞碧落鱼沉水，小坐南窗读道书。”《鸳湖采菱曲次韵》曰：“采菱深处浪花浮，一片湖光十里秋。侬爱纤纤尖角好，轻风疏雨坐船头。”“水色澄清月色浮，菱花泛泛蓼花秋。种菱只要年年熟，换得银钗压鬓头。”“一棹鸳湖晓气浮，小姑含笑弄清秋。凝眸住手低声唤，嫂且停桡泊案头。”“晓色迷离白露浮，风花片片满船秋。今年菱比去年好，采尽南头又北头。”

又，杨素华，杨文淳第三女，山阴王德昭妻。所著有《香雪楼吟稿》一卷。《初晴》曰：“连朝风雨喜初晴，处处芳菲好景呈。几树桃花红映水，万枝杨柳绿遮城。濡毫体物吟偏涩，啜茗看天兴更清。此际一尘都不染，俨然身世泛蓬瀛。”《清明》曰：“浮云卷尽雨初晴，不奈仓庚深树鸣。花片柳丝春未老，饧箫粥鼓正清明。”

又，杨素英，杨文淳第五女，山阴钱景超室。《烹茶》曰：“西风微动逗新凉。活火旋烹雀舌香。鸿燕影来秋露白，重阳节近菊花黄。”

《倩梅簃遗稿》一卷　　道光十一年戴熙写刻本

戴小玉　撰

戴小玉（1812—1831），字倩梅，钱塘人。戴道峻女，戴熙妹。幼耽吟咏，开口无声韵病，若有夙慧。年十八归朱文檀，逾年遽殁。所著《倩梅簃遗稿》一卷，有道光十一年（1831）戴熙写刻本。

此集前有戴熙《序》，卷末有朱文檀《跋》。戴熙《序》曰：“既死，家大人呼熙前曰：大儿，若妹居平惟俯首治女红，然察其心肝，恒在诗。今若妹心肝摧矣，一二残煤断楮当尚存。儿女子生十九岁而死，得识几字辄弄笔砚，固宜不工。虽然，吾不忍弃之。熙祈诸山桥，得诗若干首，手写授梓。妹氏甫嫁，即榜其妆楼右侧曰‘倩梅簃’，更自号倩梅，今刊其诗，遂为《倩梅簃稿》云。”集中录诗三十四首。《春夜听雨》曰：“炉篆沉沉幕影垂，小楼翦烛废寻思。桃花雨后梨花雨，多在春深梦浅时。”《读书》曰：“蟾彩沉上玉漏徐，空斋岑寂意何如。秋蛩也复痴如我，伴我青灯读夜书。”《抄书》曰：“下岩小砚月团圞，几缕寒云墨未干。闲坐抄书浑不觉，夕阳容易过阑杆。”《湖上泛舟》曰：“放櫂南屏路，微风漾画船。水光千镞日，峰影一圭烟。转港冲春雾，沿堤界暮天。归来诗料足，得意写吟笺。”《和诸兄咏苔用苏学士尖叉韵二首》曰：“夜来听得雨廉纤，为觅春痕犯晓严。帘额浓堆青似黛，石棱细糁绿于盐。平铺窄径才通屧，渐上颓垣不碍檐。小立阶前休道滑，文茵好护凤头尖。”“细篆蟠螭绝胜鸦，矶头蚀遍钓鱼车。爱趋冷淡沿枯树，不让风情借落花。翠壁丛生宜净域，朱门绝迹笑豪家。渴毫试证王黄鹤，一幅残缣上画叉。”《凉信》曰：“凉信到鸿雁，夜潮风雨来。此时闻落木，秋思正悠哉。感彼授衣节，惭无赋扇才。沉吟倚窗户，拥袖独徘徊。”娟秀婉丽。

《寄愁轩诗存草》一卷、《词钞》一卷　光绪二十七年潘榕刻《寄云山馆诗钞》附录本

赵云卿　撰

赵云卿，字友月，江苏铜山人。赵邦英长女。与妹书卿、韵卿并称兰陵三秀。适杨氏，未四十而卒。所著《寄愁轩诗存草》一卷、《词钞》一卷，有道光十三年刊《兰陵三秀集》；光绪二十七年（1901）潘榕刻《寄云山馆诗钞》附录本。

此为光绪刊本，前有潘榕《序》曰："诗散落无存，榕近校祖母集时，于巾箧中获残楮，多当日女兄弟唱和酬寄之作，因仍其旧名，附刻于后。"录诗十八首：《夏闺》（二首）、《旅夜》、《江行偶兴》、《舟夜》、《和莲悟妹九日原韵》、《和莲悟妹荷包牡丹原韵》（二首）、《和芳谷寄诗原韵》（二首）、《芳谷又寄诗慰藉有痛痒孰相关之句深感其意用为起句写愁怀》（四首）、《寄两妹代柬》（四首）。《寄两妹代柬》曰："朔风吹雪也温柔，酝酿寒威逼小楼。问我近来何所事，日勤针凿遣闲愁。""慵拈笔墨久抛书，腊鼓声声又岁除。问我近来何所事，布裙椎髻学庖厨。""风篁瑟瑟警檐铃，一缕茶烟飐竹庭。问我近来何所事，纸窗粉壁效丹青。""严冬爱日费吟哦，却遣诗魔敌病魔。问我近来何所事，梅花香泛酒卮多。"《舟夜》曰："小立轻舟上，芳洲夜景宽。云垂高嶂隐，月满大江寒。雁影天边没，渔歌浦外残。扬帆明日去，应忆此安澜。"《旅夜》曰："旅夜清无寐，耽吟句易成。乱鸦喧晓月，孤雁打寒更。领略诗书味，消磨道路情。森森松柏影，窗上几枝横。"《词钞》收录词十八阕：《惜分飞・寄友莲妹》《忆旧游・病怀感旧》《雨中花・春暮》《忆故人・有怀佩芸悟莲两妹》《朝中措・香篆》《忆汉月・寒食》《满江红・和竹庵从兄送春原韵》《谒金门・偶咏》《少年游・春游》《点绛唇・即景》《喝火令・秋情》《金缕曲・送竹庵兄从戎》《金缕曲・思亲》《菩萨蛮・途景》《卜算子・旅兴》《金缕曲・冲过姚家渡宿旧馆感作》《青门引・柳》《大江东去・敬别两大人后舟中有感寄怀佩芸悟莲两妹》等。《满江红・和竹庵从

兄送春原韵》曰："绿帐红愁，浑不似，旧日颜色。唱阳关，枝头杜宇，声声催迫。蝴蝶倦飞香梦醒，莺儿慵织金梭歇。忆柳柔花媚丰繁华，都陈迹。韶光去，真如客，归何处？无消息。含雨樱输芳草润，团风絮胜梨云白。饯东皇、赋别羡江淹，春波阔。"

《澹音阁诗钞》一卷、《词钞》一卷　　光绪二十七年潘榕刻《寄云山馆诗钞》附录本

赵书卿　撰

赵书卿，字佩芳，武进人。赵邦英次女，赵云卿妹。适王某，早寡无子。依女夫居蜀。集中有诗记载其当时生活境况，如《五月下浣廿八日随女率外孙辈移家买舟去渝听差因思悟莲妹及诸亲族一城相聚难以为别匆匆分袂聊当折柳二首》诗曰："二十余春住锦城，亲知欢聚慰平生。赏花酌酒吟怀畅，玩山看水梦寐清。昔日曾为来往客，衰年难禁别离情。江风送吹扁舟去，路指巴渝怅远行。""累我浮生去住难，女儿膝下强承欢。园林有约应归早，山水招邀且去看。满载琴书嗤薄宦，全家旅食倚微官。临歧暗揾伤心泪，却向人前不肯弹。"所著《澹音阁诗钞》一卷，《词钞》一卷，有光绪二十七年潘榕刻《寄云山馆诗钞》附录本。

此集录诗三十三首，多是姊妹唱和之作。如《和悟莲妹中秋对月寄怀原韵》、《寄怀悟莲妹》（二首）、《接屯信得惺斋妹倩凶耗寄唁悟莲妹》（二首）、《寄悟莲妹》、《悟莲妹以新诗二章赠季畹贤妹爱其词致清新吐属工雅因次原韵》、《和悟莲季畹两妹唱酬原韵》、《途中口占寄悟莲妹》（二首）、《和悟莲妹寄怀原韵奉酬》（四首）、《雨夜怀悟莲妹》（二首）、《见雁怀悟莲妹》等，情意缠绵。《将去之江检点行李口占一绝》曰："幼年心性好诗书，垂老难将结习除。只带随行小梨匣，半装笔砚半装梳。"《舟中听雨》曰："一生踪迹感飘零，犹幸逢人眼尚青。七十余年江上雨，白头如许枕流听。"《抵渝不寐》曰："暮年为客滞山城，随寓能安少世情。有梦偏教神思乱，不眠转觉

旅怀清。疏帷灯影摇花影，小榻吟声和雨声。到处一身皆是寄，萍蓬踪迹感浮生。”哀伤悽惋之情尽现诗中。附词三首：《连理枝·和友月悟莲妹韵》《西河长调·七夕感旧》《贺新凉·中秋对月》。

《寄云山馆诗钞》十卷、《词钞》二卷　光绪二十七年潘榕刻本

赵韵卿　撰

赵韵卿（1813—1894），字友莲，又字悟莲，毗陵人。幼随父游宦之蜀，性颖慧，闺中得父母欢心。女红闲暇学为文翰，与两姊友月、佩芳相唱和，及长遂以诗画名。年二十归吴县潘曾莹为继妻，佐襄内政，必勤必理。后曾莹抚边屯，积劳病剧，韵卿刲骨和药以进。韵卿二十余年经营家计，百瘁一身，一生艰苦，概以诗著之。所著《寄云山馆诗钞》十卷，《词钞》二卷，有光绪二十七年（1901）潘榕刻本。

此集前有潘榕、杨秉璋、徐楫、吴为楫、冯秀莹、王闿运、黎庶昌、王遵文《序》，吴振棫、黄云鹄、胡薇元《跋》，及汤成彦、苏蕴玉、邓炳云、曾彦等名士女史题词。潘榕《序》曰：“府君疾作濒危，呼榕执手而嘱曰：‘七十年于人世，尚无遗憾，惟汝祖母诗钞事为缺然耳。汝须克继吾志。’榕受命以来夙夜不忘，今幸获补一职，安知非先灵默佑，俾手泽之存不致或湮灭乎？谨手校一过，付诸剞劂，庶几以成我府君之志而尽不肖之责尔。”集中十卷：卷一《续吟集》上，录丙申至辛丑间诗六十三首；卷二《续吟集》下，录辛丑至癸卯间诗六十一首；卷三《纪程吟草》，录癸卯至甲辰间诗四十四首；卷四《边徼吟草》，录甲辰至丙午间诗八十五首；卷五《泪余集》上，录丙午至癸丑间诗一百一十首；卷六《泪余集》中，录癸丑之戊午间诗一百二十五首；卷七《泪余集》下，录戊午至丙寅间诗一百二十五首；卷八《颐咏集》上，录丙寅至癸酉间诗九十八首；卷九《颐咏集》下，录癸酉至己卯间诗四十七首；卷十《娱暮吟草》，录己卯至壬辰间诗八十二首。目录后曰：“共古今体诗八百一十七首，凡丙申以前之作，曾已刊入《兰陵三秀集》，此编自《续吟草》至《娱暮吟草》分为十卷，计五十七年之中所作。”杨秉璋

《序》曰："短长之什，皆温丽娴雅，非有婉笃纯懿之德而能敬且和者，莫得仿佛其一。语盖有国风大小雅之遗音焉。"王闿运《序》曰："宜人诗卷则惟述身世，鲜言时政，而治乱衰盛，悠然可见。"黎庶昌《序》曰："余读其诗，婉约渊懿，无近世啴缓噍杀之音，三百篇风人遗旨，煦煦乎其可亲也，沨沨乎若接也。"《登楼晚眺》曰："危栏耸翠暮烟浮，好景都从眼底收。无限悲秋频望远，为谁扶病强登楼。橹声欸乃斜阳外，柳色荒凉野渡头。亲舍独教云障蔽，西风黄叶不胜愁。"《对月》曰："天阔星河迥，庭空霜露寒。可怜好明月，赢得病中看。皓魄常圆易，羁怀无恨难。遥知千里外，应有泪珠弹。"《春闺偶咏》曰："长日课儿勤诵读，晓窗教女学梳头。不知柳色青何似，孤负春光满画楼。"《雨后遣兴》曰："杜鹃花落柳飞绵，又是春光日暮天。叶底樱桃红欲滴，枝头梅子绿初圆。卷帘笑看风前燕，瀹茗新煎雨后泉。添得小窗真画本，山浮苍翠树笼烟。"《暮抵犍为》曰："崔嵬雉堞接平沙，远望江城映落霞。隔浦绿波平似镜，对山红叶艳于花。人喧近岸帆樯集，树隐高楼酒旆斜。骨肉尽尝游宦味，一般行役到天涯。"《旅夜闻笛》曰："古驿荒凉梦不成，娟娟霜月浸窗明。数声风笛知何处，吹起天涯旅客情。"《过眉州》曰："夙慕眉山秀，今过始信之。农桑敦雅化，父老乐融怡。一代文章重，千秋姓名垂。惭我巾帼质，未获拜崇祠。"《抵抚边署》曰："古署依山小，参差雉堞斜。行经千嶂雪，不见满城花。地瘠惟栽麦，官闲早放衙。解装聊自慰，薄宦且为家。"《边屯秋兴三首》曰："极目苍茫万岭头，衙斋萧瑟易惊秋。征鸿远阵连云汉，画角寒声起戍楼。不似琵琶悲出塞，如何书剑觅封侯。边关自古多传事，画稿吟篇亦遣愁。""秋情秋思浩无穷，一片秋光在碧空。已有微霜催落叶，不闻冷露咽吟虫。晨窗滴翠千山雨，夜枕松涛万壑风。凝望白云亲舍远，寄书来未问宾鸿。""寒云衰草远连天，不为悲秋也怅然。古砚书成留宿墨，竹炉茶熟袅残烟。怀人有梦常千里，惜别多愁又一年。瘦影清癯同病鹤，药铛经卷伴朝眠。"《题佩芸三姊三余课女图》曰："森森松竹影横斜，未许纤尘染绛纱。独抱冬心耐冰雪，要将清节比梅花。""青灯背壁朔风严，机杼声停漏未添。犹把诗书教女读，不知霜雪压茅檐。"

《述悲怀》曰："边塞频年怅远离，何堪风木又兴悲。心伤旧岁辞亲日，肠断今生永诀时。泪眼怕教夫婿见，秋怀偏怪侍儿知。白头未遂含饴愿，邺架徒看手泽遗。"颇似唐音，有老杜之风。《追恸二首》曰："追思往事泪潸然，魂断冰天雪窖边。远宦三年成恶梦，离鸾一曲感惊弦。齐眉以负今生愿，结发还期再世缘。痛煞濒危无一语，空留千古恨绵绵。""驰驱万里到蛮荒，回首家山望渺茫。骨肉伶仃羁异域，鸿雁漂泊胜孤行。疗愁乏术空投药，同病经年只对床。君亦时乖依命薄，天将此恨教人偿。"《偶检书箧得外子旧寄手札》曰："伤心检到旧缄封，渍透衣襟泪点浓。泉路渺茫三载隔，家书无复寄重重。"《病中对菊杂感》曰："迢迢秋水隔苍葭，日暮怀人天一涯。病里尚余吟兴在，却教影瘦伴黄花。"《送别静英女士再叠前韵》曰："朔风吹雁过平林，欲唱骊歌感别心。客里最难逢好雨，闺中何幸结苔岑。愧无杯酒更番饯，只觉离情一往深。从此天涯增怅惘，岚烟江月只孤吟。"《四十感怀书寄佩芸妹并示六儿廷灏》曰："清贫累世笑微官，归计何年得买山。梦绕鉴湖家万里，神游雪墅屋三间。齑盐简约安吾分，井臼操持肯自闲。深佩敬姜箴逸训，敢忘古语惜孱颜。"《灯下偶成示侍姬晓翠》曰："寂寞寒闺夜，凄清冷玉琴。工愁同善病，有泪共沾襟。旧事何堪忆，新诗且独吟。无烦老妪解，喜汝亦知音。少小罹家难，申言痛抚膺。听经参妙谛，礼佛悟真乘。味已甘茹蘖，心原共凛冰。相怜吾与汝，白发对青灯。"晚岁之作多悽惋之情，而诗愈工。《梅花八首用张船山太史韵同佩芸姊季畹表嫂消寒吟社作》曰："托迹烟霞过一生，癯仙风韵本孤清。寒松瘦竹为知己，流水空山隔世情。不斗秾华辞俗艳，独标傲骨占高名。罗浮梦醒乡愁远，怕听江城玉笛声。""水竹三生订夙缘，幽居林壑几经年。翠禽题断枝头梦，缟袂相逢月下仙。素质只应如我澹，孤芳从不受人怜。争看彩笔题新咏，冰雪含香一卷传。""疏疏淡淡两三枝，雨露滋培岂有私。竹外丰神惟鹤见，水边标格少人知。论交许结林逋契，出手先传庾信诗。最好冷香明月下，清吟立到夜深时。"《汉昭烈帝惠陵》曰："古柏森森夹道寒，巍峨庙貌肃瞻观。草庐三顾求贤切，汉鼎中分力挽难。霸业终应归正统，雄心讵肯任偏安。我来不禁兴亡感，凭吊高陵夕照残。”论诗诗极有见地。《次周济康公子论诗原韵十截句》曰：“推敲一字费吟哦，研究功应百炼深。我用自然依我法，只须解得古人心。”“春兰秋菊竞芳妍，争及芙蕖出水鲜。诗格若将秾丽比，静中神韵贵天然。”“纷纷著论昔贤多，组织文心艳绮罗。蚓唱蛙吟亦天趣，模唐规宋又如何。”“奇才能令鬼神惊，风雨淋漓笔阵横。兴到不妨挥洒遍，寻源毕竟要澄清。”

《晚香楼诗稿》二卷、《晚香楼词》一卷光绪三十四年《李氏诗词四种》刻本

汤淑清　撰

汤淑清（1856—1891），字菊仙，武进人。候补知县汤世楫女，候补知县李镛妻。其家兰陵，为江左风雅，族祖若父以来辄以能诗鸣于时，内外辈行中解吟咏者众，其熏陶渐染为有素。幼耽书史，工针黹，为两大人所钟爱，七岁能辨四声。外祖母赵书卿为兰陵才女，爱淑清聪颖，课以经史，闲取唐宋诗为之讲解，因稍识韵语。淑清集中有《腊月十四日对月奉怀外王母赵太宜人》《和外王母赵太宜人咏雪用东坡尖义韵》《和外祖母海棠韵》《和外祖母雨过即景》《元旦立春侍外王母小饮》《微雨催寒侍外王母小饮》《暮秋夜月步外王母赵太宜人韵》《奉和外王母赵太宜人秋日杂吟三十首之十》《新雁过妆楼·外王母赵太宜人以见怀诗寄示敬呈此解》等诗词与书卿唱和。《外王母赵太宜人以近作二册寄示作此敬呈》曰：“承欢幸赖阿兄显，矍铄精神胜往年。读罢黄山题咏句，画禅参透悟诗禅。”女红之际，旁置一编，意有所触，辄寄之吟句，或不工不示人。曾与左开吟社于蜀中百花潭上，赵书卿、汤淑清等篇什往还唱酬较多。淑清得小云奖许，遂更致力于诗。集中有《和左筱云女史忆梅韵》《惜秋华·代左小云夫人题九秋图》《贺新凉·宿雨新霁喜左小云夫人见过清宵茗话颇慰岑寂，钿车归后，倚声寄之》等。年十六归李镛。事舅姑孝，得其欢心，畀以家政，料量咸宜，虽极冗劳，不废吟咏，稍暇则咿唔之声旋作，如未嫁时。李镛亦工诗，极唱随之乐。汤淑清长子李道河即

巴金之父，三女李道沅、李道湘、李道漪皆有文采。淑清对长女道沅极为喜爱，《令长女道沅入学》诗曰："幼女娇痴惯，珍同掌上珠。未教拈绣线，且令识之无。绛帐书声细，罗襟墨迹濡。好娴班氏诫，慧业慢相谀。"《长女道沅十龄初度作此示之》："面颧桃花艳，眉凝柳叶青。随肩兄与妹，习礼共趋庭。爱比珠擎掌，亭亭玉雪姿。明眸秋水剪，细发绿云垂。问字超兄慧，耽书效母痴。年华看渐长，娩婉习闺仪。"另有《灯下见唱女道沅学字》等诗，《新秋》诗有"为爱夜凉贪久坐，闲听娇女背唐诗"句，述平日母女相处之乐。淑清后因病而逝。所著《晚香楼诗稿》上下两卷、《晚香楼词》一卷，与其夫李浣云、浣云继妻濮贤娜《意眉阁诗词稿》、李道漪《霞绮楼仅存稿》合刻为《李氏诗词四种》，有光绪三十四年戊申（1908）刊本；另有民国四年《李氏诗词四种》刻本。

此集为光绪间三卷刊本。前有兄汤镜清、傅达源、陈矩、熊湛英题词，长女李道沅、外孙濮思祜、濮思弇为之校勘。录诗始于同治六年丁卯（1867）至光绪十六年庚寅（1890）。熊湛英《题词》曰："晚香遗稿在，借读佩当躬。可歌复可泣，真兴感无穷。岂独调偕声，还欣气宇冲。温柔敦厚旨，一一蕴深衷。"陈矩《序》曰："夫人之诗，语多性灵，不染纤尘，又能首尾一律，近今闺中实未能易觏。薇生《词序》中称其清超绝俗，无簪舄纤媚之态，未谬也。"《夜雨感怀》曰："犹忆垂髫时，严亲最珍惜。我性本娇痴，慈祥怜弱质。爱比掌中珠，嬉顽亦不责。旦暮惯趋庭，晨昏常绕膝。稍长学诗书，吟哦竟成癖。诸兄与小妹，分吟花月夕。"《夜读松月山庄诗中有咏江南诸景感而有作》："四世羁栖寄蜀城，故乡回首阻归程。乌衣红杏当时第，只恐而今景物更。"《读书示儿辈》："我生无嗜好，所嗜惟诗书。岂敢谓风雅，亦由性情殊。终日手一卷，人嗤为蠹鱼。抄书贪昼永，展卷趁宵余。质疑绕爷膝，问字牵娘裙。于归勤妇职，结习始暂除。偶然得片暇，偷诵声咿唔。未能得三昧，藉此警痴愚。女子尚耽此，何况男子乎？""岂必熟五车，冀免人讥俗。莫负少年时，流光如电速。书为座右铭，勉哉宜自赎。"集中多夫妻唱和之作。《暮秋送浣云赴之江》曰："检点轻装赋远游，故抛笔砚觅封侯。不将别泪樽前洒，剩有离情去后愁。驴背饱看千里景，奚囊收尽万山秋。异乡虽好休留恋，须念高堂已白头。”《与浣云别后半月未得手书有怀》曰：“羞将尺素托游鳞，生恐幽情露别人。侍女不知频问讯，双蛾镇日为谁颦。”《答浣云见怀之作即次原韵》曰：“珠玉琳琅一纸盈，频劳问迅感多情。遥知别绪如云集，转幸诗肠比水清。未谙家计应愧我，风尘常历最怜卿。霜严雪虐须珍重，莫使吟肩太瘦生。”《新秋寄浣云》同题诗作多首，皆情深意重。“个中滋味有谁知，潦倒情怀强自支。雁字不来沉元信，灯花无准误归期。征途风露须珍重，旅馆寒温好护持。抛掷韶光虚岁月，两年七夕隔天涯。”“别来愁绪知多少，几缕霜痕染鬓丝。”“年来懒咏闲花草，只把离愁写入诗。”《病中读浣云见怀之作有感》曰：“勤劳累我原安命，文字谋生亦可嗟。欲报佳篇无过雁，泪痕和墨洒窗纱。”《岁暮寄浣云》曰：“千里迢迢隔暮云，情怀潦倒怅离群。愿将心化天边月，夜夜清辉独照君。”《寒夜对月有怀浣云》曰：“倩他天上团圆镜，分照离怀两地愁。”寄怀思远之作，如《南柯子・寒夜寄怀浣云》《凤凰台上忆吹箫・暮秋寄怀浣云》《菩萨蛮・对月有怀浣云》《鬓云鬆・雨夜怀浣云》《酷相思・书札尾寄夫子》《高阳台・读夫子见怀诸作拈此答之》等词，皆缠绵悱恻。

《意眉阁诗稿》一卷、《词稿》一卷　　光绪三十四年《李氏诗词四种》刻本

濮贤娜　撰

濮贤娜，字书华，濮文升女。女诗人濮文湘、濮文绮侄女，宜宾知县李镛继妻。工诗词画，所著《意眉阁诗稿》一卷、《词稿》一卷，有光绪三十四年《李氏诗词四种》刻本。

此诗集录诗十四首。《朝游依凤山》曰：“雨夜灯初烬，晴窗晓日烘。花知春气暖，叶啸晚来风。古寺青山远，深林绿水通。归途须缓缓，明月小楼东。”《早梅》曰：“不羡罗浮梦，东园报晚香。清芬含瓣蕊，浓艳照衣裳。

踏雪过溪径，探春出粉墙。新醅斟绿蚁，相对赏红妆。”《题牡丹蝶》曰：“歌舞艳沉香，寻芳蝶使忙。南华新梦觉，风景在洛阳。”《怀诗环五姊》曰：“重门深锁系相思，冷雨秋风忆别时。愁看齐纨旧团扇，折枝犹是画将离。”“记取年时送客舟，殷勤携手话离愁。黄花屡负归来约，别梦天涯几度秋。”《草》曰：“平芜望尽冷凄凄，相忆王孙路转迷。休向六朝思远道，断肠只在夕阳西。”词集录词三十阕。《蝶恋花·画蝶》曰：“晓梦醒来无处觅。幻影南华，笔底传消息。吮粉调脂谁省识，滕王旧谱新翻得。软翅才舒风约折。碎锦迷金，做就罗裙色。可惜一丛花影隔，娉婷飞去娇无力。”

《霞绮阁仅存稿》一卷　　光绪三十四年《李氏诗词四种》刻本

李道漪　撰

李道漪（1886—1908），字蕙卿，嘉兴人。宜宾知县李镛与才女汤淑清幼女，巴金姑母。性慧和易，工女红，为长辈钟爱。早岁受诗于兄李道洋，字之曰蕙卿。八九岁诵唐人诗，辄能领其旨趣。稍长，学为韵语，极有风致，然性癖不好示人。所著《霞绮阁仅存稿》一卷，有光绪三十四年《李氏诗词四种》本。

此集前有李道洋《序》。集中录诗十二首，词一阕。道洋《序》曰：“其言冲淡而意远，如秋花晚秀，顾影自怜，虽纤细，有足喜者。”《清明感作》曰：“细雨霏霏二月天，河桥柳色半含烟。啼鹃休扰愁人耳，魂梦空飞向墓田。”《秋夜听雨有怀大姊》曰：“小院沉沉静掩门，摊书倦对一灯昏。更残玉漏声将断，香尽金炉火尚温。细雨敲窗惊别思，微风入幕冷吟魂。那堪同忆联床夜，句就拈毫和泪痕。”《得杭州书》曰：“芳信鳞传至，欣闻客整装。趋庭重绕膝，问字复牵裳。既喜归期准，翻嫌别路长。待看篱菊茂，吟赏共倾觞。”《哭二姊》曰：“罡风忽地损琼根，病榻缠绵旦复昏。弱骨支离衣怯重，喘丝断续泪潜吞。空言有药能延命，深恨无香可返魂。搔首茫茫成一恸，伤心天道竟难论。"《秋海棠·卖花声》曰："粉颊淡红鲜。酒晕微添。含愁独立画栏前。却似玉人初病起，娇弱堪怜。月下影翩翩。敛怨低鬟。娉婷绰约恍疑仙。折向妆台簪宝髻，人逊花妍。"

《胭华楼诗钞》一卷　　光绪二十七年《寄云山馆诗钞》附录本

潘淑贞　撰

潘淑贞，号鉴湖女史，山阴人。潘曾莹侄女。幼随父宦游隆昌县任，嗣赘陈渭川。早寡，无子，携二女随兄宦居闽中。年八旬而考终之际，含笑以逝。所著《胭华楼诗钞》一卷，有光绪二十七年（1901）潘榕刻《寄云山馆诗钞》附录本。

此集前有潘榕、外孙秦曾熙二《序》，集中录诗三十六首。多思亲之作，如《书怀》曰："天涯风景易消磨，最是流光去似梭。膝下承欢虽自慰，难酬鞠育母恩多。"《送煦堂四弟归省》曰："东风拂面怅登程，一曲骊歌泪欲倾。辗转频添离别意，殷勤难尽弟兄情。客中歧路行休欢，掌上明珠喜已擎。携得双雏归定省，团圆膝下慰平生。"《别颐亭六弟》曰："归来正好话襟期，我又无端赋别离。雁序分飞各惆怅，重聊诗酒更何时。""长江万里泛扁舟，检点行装泪欲流。欢聚数年情倍笃，那堪此别动离愁。"《感兴》曰："自有悲秋意，何堪闻雁声。心怀频感触，难禁泪双倾。"《秋夜独坐》曰："凉风透碧纱，孤坐思无涯。病久药难补，愁深眼易花。梦多魂无定，吟倦意如麻。对酒望天末，裁诗兴倍赊。"《白菊》曰："朝雨凄凄喜又晴，溶溶皎月映琼英。诗无陶令谁知己，对酒何人更有情。""丰神淡雅胜梅妆，性格幽闲气味长。洗尽铅华尘不染，轻烟漠漠绕帘香。"凄清婉丽。

《紫筠轩诗略》五卷　　道光十六年刻本

汤清玉　撰

汤清玉（1813—1832），字蓝英，国泰女。生性颖悟，甫五龄，其父手写

《木兰辞》一篇授之，上口即能朗诵。七岁通《女四书》《闺训》。未及十四，子书与《诗》《书》《易》《礼》四经皆卒业，旁涉朱子全书、《左传》《文选》《史鉴》、诸子百家暨汉魏、六朝、唐宋人诗集，无不过目成诵，识解超超。父私喜之，谓道蕴复生，惜其不为男子，若男子则可兴其家。年十五，移家牛山南麓紫竹村，女红之暇，辄好吟咏。道光七年春荒歉，饔飧常虞不给，家中恒赖清玉以指工佐养，仰事俯畜，每余粥必温存釜内，以待祖母弱弟救馁之需。后病卒。所著《紫筠轩诗略》五卷，有道光十六年邗江高南卿刻本；道光间四卷本；抄本一册。

此为道光十六年刻本，集前有父汤国泰、许乔林、张敦悌、孙世思《序》；李桂一、顾鼎、王如兰、曹奕雄等名士题词。张敦悌《序》曰："其旨多逸致古藻。发于性天，知得力于六朝、唐宋诸家者深。"卷一后有徐廷璋、阮夫人刘蘩荣、刘瑢卿、施庆元、钱襄叔、王述古、徐文龄、汪元恺、徐璧、胡捧元、张佩珩、徐宝骏、李扶纲等名士闺秀题诗。卷一录诗三十二首。《春雨》曰："几日杏花雨，真香春满庭。可怜窗外草，犹带远山青。"《成衣》曰："新不可轻，旧不可贱。须念女红，千针万线。"《病苦吟》曰："尊莫尊严父，爱莫爱慈亲。劬劳体分我，我身即亲身。亲身百年后，逆想殊怆神。胡为我病卧，二载不得伸。悲哉吾父苦，糊口老风尘。非时不得归，长作他乡宾。贫家无婢女，姊妹两三人。仰依惟老母，年已近中旬。怜我病苦况，奄奄如醉醇。肺腑不自语，医庸药不仁，药饱失谷味，苦口复焦唇。女儿惜母怜，不敢苦呻吟。呻吟入母心，母心定酸辛。强笑娱我母，含悲不敢嗔。晓看白日飞，朝影含松筠。暮看明月上，栏外水粼粼。日长苦易晚，夜长不可晨。留灯昏古壁，慌鸡乱四邻。此时惟我母，废寝伴我频。千秋万世久，罔极恩谁伦。哀哀父母心，何日解愁颦。我病苟可愈，此情永书绅。悲歌以当泣，泣我生不辰。回忆二十载，读书十三春。从母学勤俭，从父学安贫。耽心经子史，不独汉魏秦。发言时中理，恒为父所珍。得尔学韵语，谓我发性真。女生虽无益，爱之重如珣。讵料滞沉疾，长此忧采薪。安得扁卢术，救我不食新。苦海亦有岸，慈航度无因。鸡犬闲自走，草木色渐匀。

隐悲曷有极，涕泗忽沾巾。吟成书自看，字字泪痕皴。”石华评曰：“义兼比兴，颇近汉魏人风格。其是自抒性情，发为天籁，不必有意为诗，而其诗自工。吾友张萼楼广文谓其品在咏絮簪花之上，信然。”张萼楼曰：“《紫筠轩诗》多足传，而是篇《病苦吟》情真语挚，慨恻动人，尤非近时闺秀弄月吟风者所易及，愚手录之，以表其孝思。惜乎！昙云宜散，不得竟其年。兴学兴古，大家继美，然其慧兴灵心流露行间，卓有古秀，当相赏于咏絮簪花上也！推为吾朐女史，应不为僭。”卷二录诗三十九首，后有孙宗礼、徐端肃题诗。《随祖母及两弟登茔南山》曰：“偶从西山来，更上南山岭。不肯废半途，仰攀志何猛。回顾历渐深，后进肩难并。山花吐真香，气象尔何冷。斜穿碧云阴，踏破碧云影。上视红轮红，下视锦囊锦。此中真意含，一任游人领。亦如学道人，险过臻绝顶。”末有高南卿评曰：“末二语，可为现女子身而说法。”张萼楼曰：“红紫满山，头头是道，慧业人有此悟境。”《居外大母家陈家墩思亲四首》曰：“朝朝看湖光，湖光看不竭。日出水影生，云来水影灭。”“昨夜梦到家，缩地与亲会。今朝睇山途，仍在大海外。”“遥怜慈帷月，晓梦绕我旁。倚门情望远，青山空断肠。”“昔别秋未深，深闺闻母疾。不及蓼花风，先吹到亲侧。”情深语隽，乐府遗音。《夜坐》曰：“雨过桃花血影娇，拈毫小妹欲皴描。那知巧让嫦娥月，脱稿先移上绮寮。”生动浑成。卷三录诗四十六首。《即事》曰：“天公知我恶尘埃，昨夜风将好雨催。无树不含膏泽润，有山多见白云堆。凉生母教单衫换，病苦爷沽远药来。小妹痴情嬉弄水，晚堂捉月一窗开。”情景交融。《湖上晓晴》曰：“昨夜寒潮风雨旋，卧听屋上百鸣泉。朝来日出云多卷，水影一湖绿上天。”颇似元人。卷四录诗五十二首，有陈寓泰、高以翔、陈俊、黄鸿业、谈文焕、封人祝、陈炳文、卢唤锦等人题诗。《端午病中思家严及两弟作》曰：“石榴吐艳妒裙红，青菰叶长东阿东。老母刈叶抟角黍，要等吾爷过端午。那知客邸无子规，更凭何物劝爷归。去年此节依爷侧，儿女团圆欢一室。今年忆爷爷作客，瞻依更绕何人膝。悬虎艾，续命丝，女儿思爷爷应知。病里思爷泪如雨，又恐老母见更苦。饮泪吞声强笑语，遥念吾爷怜病女，泪比思爷多几许。两稚弟，呼不至，病中安得亲同气。卧病频危将世弃，奋飞恨少凌云翅。倘得仙人逢姓费，面谋有法能缩地。诚恕女死违趋侍，他日爷归心胡慰。爷娘唤女声谁应，黄泉好比黄河济。生不能养死遗累，生我何益劳抚字。弟不至，爷不来，愁对萱花生悲哀。他家儿女不伤别，蒲觞言笑惟佳节。”哀感顽艳，字字泪珠，结句有乐府遗音。《论诗八绝句》曰：“哀乐由来本七情，至情生处句天成。关雎化起开官礼，偏让宫人作正声。”“六代宫悬正五音，音乖那得律和声。须知天籁存天壤，雕琢原非古性情。”“云行苍昊鸟鸣春，一样天然始得真。却笑痴蝇钻故纸，有何甘苦口津津。”“若与抄胥讲性灵，翻欣饾饤是诗人。岂知三百葩经句，有我方惊妙入神。”“识解精于阅历深，寻常一语铸如金。人情近处诗情好，已擅诗家绝妙吟。”“不矜堆垛写空灵，好句如仙入眼青。道韫才华大家笔，吟成俚语亦堪听。”“杜撰休轻病古人，造成奇语亦天真。文章吏部诗工部，力扫陈言独创新。”“措辞常复宋唐贤，暗合后来事偶然。古写性情今写意，葫芦休样总堪传。”南卿论曰：“元遗山论诗之后，断推王新城诸作，若随园老人自是一家言。此却融贯诸家，得三百篇遗旨，而更出以甘苦阅历之言，持论颇不偏。”云壑论曰：“议论撷风人三昧，原原本本，颇不似女子言。”卷五录诗五十九首，附评语。《四月十五日生辰自遣》曰：“女儿渐长亲渐衰，想到劬劳实可悲。愿化酬恩两灵鹊，祝亲无恙到期颐。”本色口吻，清新自然。《读木兰传》曰：“为父勤劳报国忠，女儿如此是英雄。不知天下生男子，当有何劳替乃翁。”独有见地。《暮春》曰：“东风习习鸟交交，坐听春声唤柳梢。诗稿敲残帘乍卷，杨花如雪聚堂坳。”六朝诗意。《春村》曰：“寻春春不见，一雨见春还。云影碧于水，草痕青到山。时闻鸣鸟至，远带夕阳殷。下学阴须惜，良辰未可闲。”《华山吟》曰：“关中俯视气雄浑，东走黄河九折奔。二十八星扪井鬼，五千余仞叩天阍。蓬壶落雁浮杯水，金掌鸣鸡上海暾。我欲骑龙访毛女，莲花春浸洗头盆。”雄浑苍老，得杜诗之意。《咏诗五首》曰：“诗在无字中，句句流血泪。无字不见情，见情浑忘字。”“心佛情自真，骨仙品不俗。若无仙佛人，不及黄山谷。”“空灵诗便超，典重诗便雅。提笔先相题，识途归老马。”“人之情见词，词之情在心。心粪吐花怒，地肥发苗深。”“言中风骨存，因言道乃见。弦外少长音，倚马转可厌。”议论得诗家三昧，归于风雅之旨。《勖弟》《勖妹》义正词严，堪称闺中儒者。

《兰如诗钞》一卷　光绪二年江都李氏半亩园刻《小学类编》附录本

叶蕙心　撰

叶蕙心（1815—?），字兰如，甘泉人。李左望妻。幼承母训，针凿有余暇，则喜以音韵训诂为研究，间有吟咏。所著《兰如诗钞》一卷，光绪二年（1876）江都李氏半亩园刻《小学类编》附录本。

此集前有芮曾麟《序》曰："是卷特近十余年来有所得，笔之于篇。至癸丑以前所作，胥付劫火，不复存矣。曾麟敬受读之，窃见至性恺恻，形为咏歌，感鞠育之恩，笃孔怀之谊，卷中伤乱诸咏，可以想见其大概。余者多咏物之作，夫一草一木详记其名，《尔雅》之体也。诗之多识，本与《尔雅》相发明。是集固宜附所刻《尔雅古注斠》之后。"集中录诗一百零四首。《自述》曰："四十遇兵燹，出门皆荆榛。避居三里泽，犹复一家人。衣物空所有，诗书已作尘。堂上有翁姑，温语时慰陈。里中母与弟，买舟相劝频。誓死不肯出，随城同陷沦。忧伤致疾疢，涕泪情难伸。干戈满东南，粟菽又珍珠。勤俭惧失礼，操作多苦辛。结习在吟咏，雅训尤所亲。藉以自言说，展览秋复春。料知半亩园，花草摧为薪。所愿挽天河，净扫兵戈驯。倘然返故居，守拙常安贫。"《避寇寓海陵作》曰："天戈南指阵堂堂，最骇横空慧吐芒。故土难留情眷恋，出门靡适计仓皇。家人团聚天心笃，海曲羁栖道路长。回首乡关何处是，不堪身世感沧桑。"《闻三妹陷城内感赋》曰："解围难恃妇人仁，一角孤城望眼频。不信虎狼思避地，漫惊风鹤悔轻身。嗟予弟妹多零落，未卜存亡益怆神。何日妖氛期荡扫，牵衣涕泣湿罗巾。"《送别禹书三弟》曰："干戈犹未戢，此去每愁予。珍重加餐饭，时期寄鲤书。”《古将行》曰：“何人投笔事戎鞍，从古将军识字难。杯酒三更刁斗静，笙歌隔帐月光寒。轻裘缓带非常度，铁戟瑚戈侈壮观。谁道书生不解事，淮阴毕竟得登坛。”另有《城西名园二十六咏》《半亩园花草杂咏十四首》《半亩园竹木五咏》《梅花四咏》等组诗，咏物细致，蕴藉深远。《柳》曰：“春色绿平桥，春风上柳条。一弯罗带水，围住小蛮腰。”“三起更三眠，濛濛两岸烟。宛如飞燕舞，掌上太轻便。”“更似杨妃醉，癫狂不自由。最怜风外影，摇曳一池秋。”《玉蝶》曰：“绿苞含蕊自天然，白玉裁妆蝶并妍。一树凌寒香皎皎，早春作态影翩翩。开从庾岭都疑雪，梦入罗浮欲化仙。为倩滕王留画本，石栏低衬草芊芊。”《感怀》曰：“昨夜风声昨夜霜，年来人事感沧桑。何时吹得浮云散，明月梅花分外香。”蕙心学识渊博，见地不凡。《读说文》曰：“七岁入小学，读书在识字。吾怪今世人，何以不解此。”“识字先解字，能读古人书。许氏十五篇，直接仓颉初。”“尝读段氏注，真如对古人。古人不可见，解说如有神。”《读毛诗》曰：“毛诗最晚出，毛传古之师。训诂不可易，《尔雅》惟取资。三家说匪一，郑氏笺何疑。申毛非异毛，读者其致思。”《〈尔雅古注斠〉书成，刻将半，工人索偿，质钗二枝诗以志感》曰：“刻书尤视注书难，素耐清贫砚水寒。敢羡浮名夸著述，无忘故纸阅辛酸。行间检校防鱼鲁，箧里搜罗少绮纨。质库暂将休笑我，未容酒债许同看。”

《绿云山房诗草》二卷　光绪四年橘荫轩刻本

劳蓉君　撰

劳蓉君（1816—1847），字镜香，号采卿，山阴人。劳丙堃女，同县陈锦妻。生而孝恭，幼即娴雅，以故父兄皆钟爱之。佐母理家政之余，为安排书册、饮具、棋局，巧合意旨，故亦特承怜爱。道光乙丑，镜香年十四，父兄皆旅食在外，集中凡往来书启，半出蓉君手，洋洋千百言，叙琐事能委曲详核。年二十三归陈锦。锦高才卓荦，雅善赋诗，琴瑟音谐，花晨月夕，叠咏联吟，滴粉搓酥，传为韵事。陈锦由是益力于诗，名大噪，应试辄冠其曹。

后随侍唐昌学署，唐昌与绍郡虽不及四百里远，而山溪多阻，每思归宁不得，辄宣郁于诗。壬寅、癸卯间，海氛尚炽，其父命举家来京，镜香因亲老远离，愈感念。丙午春，寄兄《三十自寿诗》，并书曰："今而知笔墨非妇人事，箕扫井臼，凡职所当任者，从此益努力。"逾年卒，绝笔《胡蝶》诗有"贪恋繁华梦正赊"句，似为诗谶。卒年三十二。子幼慧，甫三龄已能读母诗，夫锦哀逝悼亡，文数千言，诗百十首，名曰《补琴吟草》。所著《绿云山房诗草》二卷，道光间刻本；有光绪四年（1878）橘荫轩刻本。

此集为光绪四年橘荫轩刻本，前有补勤主人、邬鹤征、杜煦、劳沅恩、袁镜蓉、何灿、宗稷辰、丁丙、陈嘉、关锳、袁瓒、章琼、谢荣埭、冯桂芬等名士闺秀《序》；卷末有邬鹤征、劳莲君、陶兰卿、魏谦升、陆费湘于、端木百禄、李慈铭、李恩树、叶振声、孙宪祖、何佩兰、蒋梦仙、陈寿祺、赵为霖、吴麟珠、章德芝、褚元晋、龚宝琦、顾文彬、潘曾玮、任晋谦、沈镕经、沈蕊、徐启谟、陈士焯、赵国华、张恕等名士闺秀题词；陈锦《跋》及悼诗；补勤主人《劳夫人事略》；子沂《跋》。劳沅恩《序》曰："庚戌之春，书卿计偕北上，道出定武，以全稿示余，且曰：镜香方于归时，尽火其稿，而来不欲以诗见。此稿自戊戌至于丁未，亦附有幼时所作而未火者，选择得若干首，急于待梓，固请作序。余不能辞，乃忍泪卒览，益怆然于镜香之性情以阅历而著，镜香之阅历以景物而传，其诗即自序其人也。"补勤主人《序》曰："诗凡二卷，题序之帙半于诗，多一时闺秀之作。中如劳氏莲君、蕤仙、莱仙，皆内家姊侄，陶兰卿、何佩兰则吾家妇行，亦当年盛事也，今并刻之。"此集上下两卷，卷上录戊戌至甲辰并幼时之作古近体诗一百八十九首，下卷存乙巳至丁未间诗一百九十七首。何灿《序》曰："女史性情真挚，才识聪隽，博通经史诸大家，不沾沾于绮丽骈偶之学。其怀古之作，卓具史识，有丈夫风。至于刻镂物态，摹绘时景，细腻浏亮，不求精致而雅炼天然。顾其性工愁，且多病，以母氏北上，益感慕不释，吐属凄婉，渐近商音。集中吟花听雨、述梦写怀，及呈寄父兄姊侄数十篇，如霜天叫雁，雪夜梅开，令人展卷一吟，心骨俱冷。"邬鹤征《序》曰："其骨隽而雅，其气静以穆，寄托遥深，章则秾丽，绝粗浮躁率之气，有温柔敦厚之风。”“清思逸韵，已非此外各家所能及。其中况多思亲怀远之什，缠绵悱恻，情见乎词，则性情真挚，独得五七言之本原，洵可诵也。”谢荣埭《序》曰：“托境清超，赋物浏亮，间咏史事，见解尤高。集中独多思亲怀远之作，为得风人性情之正。”关镆《序》曰：“忆庚戌岁，余初因沈湘佩得见镜香夫人诗，喜其烟墨呈旷，斑毫蕴清。如九天风涛，疏钟迴梵，千岩晴雪，飞花扑琴。竹柏挺以幽姿，茝兰孕其胎息，即集中所载咏古诸作是也。”袁镜蓉《序》曰：“女子善怀，多忆别思亲之什，往往托云山风景以传之。寺若治平，庵若紫云，山若南屏，皆予数十年前游咏所经者，读镜香诗，一一如睹，且愧予向之不文而孤佳山水多也。”“天或者以镜香鸣山水之盛邪？抑假山水以工其诗邪？”少时所作，皆清丽娟秀。《斜月》曰：“纸窗寒月影初斜，未必楼深一半遮。好似天公珍笔墨，不将全幅写梅花。”《绣余吟》曰：“绣余无事卷帘栊，吹入飞花几片红。小燕亦知春色到，一双斜掠画屏东。”思亲怀远之作，缠绵悱恻。《数拟归省不果睹夕阳有感》曰：“夕阳红到柳梢头，何处歌传故国愁。归计于今凭尺素，相思劳我辄三秋。环城空有桃花水，唤渡难登竹叶舟。刚拟回樯逢海燹，梦魂常绕面山楼。”庄雅可诵。行旅山水之作，气象宏阔，多得江山之助，如《紫云山途中》曰：“最爱林皋路几叉，贪看景色屡停车。绕溪屋似鱼鳞细，截道桥如雁齿斜。山远云根疏著树，秋深霜叶艳成花。凌空极目增乡思，千里归来羡暮鸦。”《南屏春眺》曰：“春朝闲眺几人同，居近南屏梵宇东。花坞香风盘马足，柳荫斜日漏渔篷。一帘睛卷溪光碧，万树高攒塔影红。看到晚来山更好，此身原在绿云中。”咏物赋态之作，娟秀细腻，如《桂花》曰：“一枝清艳色偏真，开向秋风别有春。太古仙根依月窟，是谁移植到红尘。”《蟋蟀》曰：“弄风吟月寄此生，应时故故作寒声。笑他终夜催刀尺，那得人间懒妇惊。”《吟花》曰：“花开花谢总是诗，好凭佳句寄相思。吟魂半为花魂瘦，管领春风笔一枝。”《秋日即事》曰：“西风萧瑟薄窗纱，半角斜阳散绮霞。瓦鼎煎茶拾红叶，瓷瓶添水插黄花。一楼乡梦惊新雁，九月寒砧起暮鸦。问我秋心向何处，乍归于越又京华。”咏史怀古之作，亦有识见。

如《息妫》曰：“儿女成行泪暗弹，故宫回首夕阳残。楚王任有千金赏，只买桃花笑曲阑。”《杨妃》曰：“天然丽质竟倾城，沐罢华清鬓小横。一曲霓裳仙子乐，三章芍药美人情。蛾眉已断军中梦，钗股空余月下盟。谁谓双星能作主，长生殿上果长生。”《明妃》曰：“白草黄沙路几千，未央春色忆当年。思君泪湿关西月，去国魂飞塞北烟。玉骨销磨寒夜笛，花容憔悴朔风天。至今云际哀鸿雁，犹是琵琶怨恨传。”《感怀》曰：“英雄何必皆逢时，陡然遇合犹嫌迟。凡鸟纷纷占芳树，凤凰安得梧桐枝。自撇茅庐近红日，曩时花草休回忆。君不见，春雷一声天地惊，幺麽瑟缩莫敢出。”

又，蓉君二姊劳莲君（1808—?）字瓣香，适周氏，未四十而寡。《绿云山房诗草题词》曰：“一别经千里，离情百倍增。关山稽旅梦，风雨忆书灯。多慧天偏妒，能文命也憎。荆花今再折，何处觅吟朋。”

又，劳蓉君侄女劳佩荪女蕤仙亦能诗。《和姑母诗》曰：“偶随征雁渡江湖，回首云烟隔故都。赋雪家风惭继武，咏莪心事独怜吾。他乡憔悴愁添线，官舍清闲勉执觚。何日慈云来蓟北，藤因室里共披图。”

《玉尺山楼遗稿》一卷　　光绪九年排印本

齐祥棣　撰

齐祥棣，闽县人。河南知府齐鲲女。出生时，母梦人授以白莲花。明慧异人，幼娴闺训，善事父母，明皙姣好，耽书史，长吟咏，善弈工诗。静夜爇檀，必手批唐大家数十篇，研勤体制，律法清奇，谈笑皆仙机，举动无俗态。许字陈兆熊。兆熊号崧生，福州府闽县人，博学健文，尤笃于孝。嫡母早逝，生母郑氏老病就危，拉血祝天，感梦延纪。历试被屈，苦读呕血，因其有血疾，聘定未及娶，年二十四赍志而殁。母家秘不使祥棣闻，后知消息，则投玉尺山房莲花池以殉节，年二十二岁。后陈氏迎柩合葬，其墓适对莲花峰。所著《玉尺山楼遗稿》一卷，有光绪九年（1883）排印本。

此集前有齐鲸《未婚贞烈女征诗文启》、家人《祭文》、丘书勋《未婚贞烈齐孺人小传》、梁韵书《齐烈女歌》、刘家谋《池水篇》、林鸿年《序》；卷末有嗣男继俊《跋》。集中录七言绝句十七首；七言律诗十六首；五言律诗九首；赋一篇。多咏物抒情之作，娟秀闲雅。《簪花》曰："闲拈金剪出朱栏，要拣名花髻上安。桃萼太红梨太白，选色选香称心难。"《白莲》曰："佳人玉立水中央，涤尽铅华作素妆。琼佩月明遗远浦，缟衣露冷渡横塘。娇能解语应增媚，淡欲无言但送香。芳气满湖凉似洗，扶持清梦到鸳鸯。"《李太白醉草清平调》曰："诗中才子酒中仙，内侍传宣赐锦笺。岂为懵腾轻下笔，自然挥洒灿成篇。花开国色春难老，人倚沈香笑亦妍。三叠清平天子喜，玉萧吹彻紫云圆。"《咏竹》曰："猗猗绕屋锁浓阴，高拂云烟入望深。三径软风清戛玉，一庭明月静筛金。直教蒲柳甘低首，只有松梅与惬心。想是葛坡飞化后，漫天秋雨作龙吟。"

《疏影楼名花百咏》一卷、《疏影楼名姝百咏》一卷、附《疏影楼遗草》一卷　　道光十三年疏影楼刻本

李淑仪　撰

李淑仪，字梦云，号三十六峰女史，新安人。李氏青衣，休宁黄仁麟妾。仁麟海阳人，著有《花隐香巢古今体诗》二卷、《花隐香巢试帖偶存》二卷。淑仪著《疏影楼名花百咏》一卷、《疏影楼名姝百咏》一卷、《疏影楼遗草》一卷，道光十三年（1833）新安李氏疏影楼刊本。

此集前有胡文诠《序》、李淑仪《自序》。《自序》曰："侬生长田家，幼慕风雅，见村塾儿读书，心窃好之。值年饥家贫，父母以侬归于李太恭人，随侍香阁。太恭人知翰墨，雅爱侬，暇则课读口授三唐宋元诸诗。是时曾私学为之，不敢令人见也。庚寅春二月，太恭人弃世，遗言以侬归莲青主人，时侬十四岁。主人方读《礼》，因寄养于主人叔母程夫人处，针黹之余，焚香独坐，始得肆力于诗。壬辰夏六月，归主人。主人长侬五岁，素负隽才，性耽啸咏，花晨月夕，觅句飞觞，短什长篇，笔不停腕，侬辄出一言评骘之，若佐契。闺中唱和，侬始不能自匿，遂稍稍为之。窃念弱质飘零，寄人篱下，

今幸得侍才人，问心少慰，而乃妒花风雨，日见摧残，命舛缘悭，无可伸诉，后为避嚣计，居松萝山之别墅。一池春水，顾影自怜，种竹莳花，闲消永日，爰作《名花百咏》以写我忧，主人见之，谬付剞劂。虽妇人女子之言，不堪问世。然信手拈来，未必不可歌可泣。”卷末有《百花诗成漫题二首》曰：“闲来翰墨作缘因，绘色描香愧未真。别有深心托毫素，天涯知己属何人。”“不独伤心是小青，也临秋水照娉婷。荣枯合与花同命，千古红颜久惯经。”集中录名花百种，各引《花镜》，序其状态。《虞美人》曰：“倾国倾城色，千秋尚著名。当筵开笑口，莫按楚歌声。”《七姊妹》曰：“姹紫嫣红蔓竹篱，花头琐碎叶离披。阿侬姊妹芳心合，不畏封家十八姨。”《金丝桃》曰：“分出夭桃别样妍，一花一叶亦缠绵。新衣莫惜黄金缕，寄语佳人惜少年。”《石竹花》曰：“柔条纤细翠云深，艳谱薰风一曲琴。是竹是花浑不辨，美人君子本同心。”《茉莉花》曰：“鬘华仙锦簇玲珑，珠作新苞玉作丛。三百朵花低压鬓，满身香雾扇摇风。”情景交融，托花言志。

《疏影楼遗草》录诗四十首。多与莲青主人唱和之作，如《得主人白下书喜作》曰：“知郎眠食好，顷刻眉黛舒。雁足长途系，蝇头小字书。别经三月久，梦绕一江虚。屈指归期近，香风桂影疏。”《主人下第诗以慰之》曰：“妾因命薄甘居贱，郎为才高竟食贫。红粉青衫两行泪，大家同是过来人。”“读书不作科名想，如此方为真读书。郎亦聪明善知识，莫将得失较区区。”《哭李太恭人》曰：“金萱凋谢掩残曛，手泽犹存白练裙。蟾返月宫花泣露，凤游天表树归云。恩加母女深三倍，志比男儿胜十分。临殁尚忧侬失所，几番谆嘱致殷勤。”缠绵悱恻，真情流露。《鬻女词》曰：“蛟水浸田没禾黍，唧唧床头窜饥鼠。老农无计堪谋生，割肉医疮鬻娇女。女哭牵母衣，母言无所苦。惟愿日入稍盈余，赎女归来再欢聚。朱门一入奈何天，凤泊鸾飘四五年。救人苦乏三升豆，买命空悲十万钱。春风移植青青柳，极意栽培感金母。开笼方喜雀儿飞，排闼又逢狮子吼。前世因，今生受。百年难洗青衣丑。与其鬻女身，不若啖女肉。啖女犹得饱亲腹，鬻女女心死不足。”《花朝》曰：“迟迟春在雨声中，一片阴寒滞玉丛。侍女不知花事懒，频裁红纸怨东风。”

《疏影楼名姝百咏》此集前有汪端《序》，名士沈芝田题词及钱柳、陈滋曾、吴藻、叶俊杰、黄英玉、张绚霄、沈敏芳等闺秀题词。李淑仪《自序》曰：“尝闻人多情，草木忘情，有情即有劫。人但知多情者多劫，而不知忘情者亦不能免劫。草木之劫起于人，而人之劫则出于天。落英飘絮，泣雨啼风，花之劫也，亦人之情也。红颜憔悴，青史纷纭，人之劫也，亦天之情也。其间贞淫百变，色相万殊，诚不可以言该。而凡历劫堪久，寓情独遥者，花则以香艳传，人则以才美传。其权固花自操之，人自操之，天不得而限之。如侬者，固情中人，亦劫中人。悔读诗书，羞言富贵。幼离父母，劫之始也；荫失慈云，劫之渐也；委身青衣，劫之极也；蛾眉见嫉，劫之变也。差不异乎花之情，雅不同乎人之情，亦不能遁乎天之情。是则安其劫可也，淡其情可也，而何必有言。然安其劫而劫更深，淡其情而情益重，此侬百媛新咏之作所以继百花新咏而作也。嗟乎！春蚕未老，缠绵清泪成丝；锦瑟空弹，宛转惊心入拍。自觉蜂愁蝶怨，到处逢情；未识燕去鸿来，几生消劫。问诸花，花不解其故也；问诸人，人莫究其源也；问诸天，天难任其咎也。此无他，情生劫耳！”集中收录名媛百人，略加考订，分注各人之下，次之以诗。《邢夫人》曰：“故衣乍见已神惊，从此争妍意更倾。相见承欢非倖事，太无情处转多情。”引《史记·外戚世家》曰：“尹夫人与邢夫人同时并幸，有诏不得相见。尹夫人自请愿见邢夫人，帝令他夫人饰，从御，为邢夫人来前。见之，曰：‘此非邢夫人身也。’帝乃诏使邢夫人衣故衣，独身来前。尹夫人望见之，曰：‘此真是也。’于是乃低头俯而泣，自痛其不如也。”《王昭君》曰：“琵琶独抱泪双流，万里烽烟人望愁。白雁数声沙月冷，梦魂长忆汉宫秋。”引《西京杂记》。《丽娟》曰：“红兰吹气受风和，仙袂轻飘洛水波。芳树雏莺学调舌，落花如雨拥笙歌。”引郭宪《洞冥记》。《窅娘》引《道山清话》，《莫琼树》引崔豹《古今注》。《关盼盼》引《丽情集》。声情绵邈，音节苍凉，富有学识。

又，清代另有才女名李淑仪，吴门人，号咒花闺人。康熙四十五年曾为徐德音《绿净轩诗钞》作序曰："湖名西子，俨对明妆。山接南屏，靓如晓髻。生其地者，恒多林下清标。今有人焉，夙号闺中秀质。是知两间淑气，钟彼蛾眉；遂令当世才人，逊兹巾帼。若我淑则徐夫人者，非其俦欤？夫人家本瑶华，早赘萧郎。课佳儿以执卷，俨然绛帐名师；偕夫子以论文，允矣翟帷都讲。岂特因风柳絮，仅称咏自谢家；若令给札兰台，定可续成汉史。"

《名花百咏》一卷　　嘉庆十三年刻本

王素襟　撰

王素襟，号莲光居士，丹徒人。江汉知府高云室。所著有《名花百咏》一卷，与高云《云笈山房合集》合刻，有嘉庆十三年刻本。

此集前有高云《序》，后有素襟《云笈山房合集自序》。曰："余夙具花癖，水陆草木之花，靡弗兼爱。顾其中花品之高下，花质之粗细，花容之雅俗，区而别之，则固有美恶邪正之不同矣。昔张祠部著《十客图》，一时以客称花者，复有《西溪丛语》《萍洲可谈》《三柳轩杂识》；以友称花者，复有《三余赘笔》；而《瓶史月表》又以花盟主、花客卿、花小友、花史令分属之；《牡丹荣辱志》又以花宫闱、花彤史、花九嫔、花命妇、花近属、花疏属、花戚里、花丛脞、花嬖佞、花师傅、花外屏分属之。皆祖周濂溪之《爱莲说》之意，品题甲乙，轩轾群芳，或当或不当，好事者往往引为典故。余生长清门，药栏花榭，四时芬芳不断，课余之暇，惟日与二三女伴形诸针绣，聊寄幽情。于归之后，始学为声韵之文。劈笺噀墨，更唱迭和。修竹馆中之乐，虽古之归来堂，亦无过于此。嗣以五州烟云之胜，三泠泉石之幽，遂卜居于其间。又构别室，储法书名画，复取佛道诸书以供参玩。刘石庵中堂题之曰'云笈山房'，伊净亭中丞为之记，王梦楼太史书之以刊于石。蟾光夫子幕游江汉。余性爱疏泉养花，每于课儿之余，辄寄诸吟咏。日积月累，篇什遂多。得五言律诗二百余首，取而汰之，首去其疑似者，如琼花、山矾之类；次去其丛杂者，如西施菊、杨妃菊、褒姒菊、双鸾菊之类。琼花、山矾混入玉蕊，前人辩论，纷纷不定。菊则有刘蒙、沈竟、范成大、史铸、史正志诸家谱。新号异名，累千盈万，皆鬼谬不足据，故于二百首之中删去其半，名之曰《名花百咏》。叙时以次第之，连类而递及之，厘为一卷，略加考订，分注各诗之下。《鲁论》云：‘多识于鸟兽草木之名。草木之名亦博物之一端也。’至百首而外，奇葩异卉，挂漏尚多，盖未经眼者不咏云。”素襟学识渊博，于诗注中可见。《蘋花》曰：“采采芳堪荐，盈盈实可餐。碧波飘不尽，白鹭啄将残。分绿侵苔砌，吹香上钩竿。莫教游子见，凌露已漫漫。”注曰：“《韩诗外传》：沉者为蘋，浮者为藻。《唐本草》：大者为蘋，中者为荇，小者为萍。宁献王《庚辛玉册》曰：白花者为蘋，黄花者为荇。杨慎《卮言》谓四叶莱为荇，而据陶弘景以‘楚王得萍实’者为蘋。李时珍《本草纲目》谓‘楚王得萍实’乃萍蓬草之实，蘋则四叶合成一叶，如田字形者是也。《草木谱》：蘋花，一名水底银莲。杜诗：‘杨花雪落覆白蘋’。”《玉蕊》曰：“仙葩异凡卉，荣谢不同尘。桃李非真色，琼瑶有幻身。二分明月地，一树绛宫春。惆怅玉勾外，谁来驻画轮。”注曰：“玉蕊花所传不一。唐李卫公，宋宋子京、刘原父、宋次道皆以为琼花，曾端伯、王介甫皆以为玚花，黄山谷以为山矾。《春明梦余录》：琼花即玉蕊花。傅子容《琼花》诗：‘比玚如矾总未嘉，要须博物似张华。因看异代前贤帖，即是唐昌玉蕊花。’《山房随笔》：扬州蕃厘观琼花，唐所植，天下独一株，故欧阳修作无双亭以赏之。元至正间，朽，以八仙花补之。郑惠肃辨其不同者三。”

《赏奇楼吟草》一卷　　乾隆五十四年任兆麟《吴中女士诗钞》本

陆瑛　撰

陆瑛，号素窗女史，吴县人。陆昶妹，诸生罗康济妻。诗才清婉，与嫂氏李嫩唱和，时称双璧。所著《赏奇楼吟草》一卷，有乾隆五十四年任兆麟《吴中女上诗钞》本。

此集卷首曰张允滋选，任兆麟阅订。前有江珠题词，卷末有张芬题词。江珠《赏奇楼题词》曰："微云学士本诗仙，句法参来字字圆。从此不需夸漱玉，词坛今又属婵娟。"集中录诗十一首：《弹琴》、《秋夜怀婉兮清溪诸同学》、《白雁》（二首）、《忆外》、《忆外氏别墅》、《重游》、《晓起》、《十愁诗》（三首）；词十阕。《弹琴》曰："明月过庭树，花影繁楼阴。夜长人未眠，十指挥素琴。琴声发疏越，高趣流中心。曲尽勿复弹，户外谁知音。"《白雁》曰："夕阳枫叶看初飞，何处沾来雪满衣。影度玉关凉意重，声传紫塞素心稀。丁年苏武伤频见，皓首班超欲其归。亦有稻粱谋未遂，劳劳南北竟何依?"《十愁诗》云："残照西风碧树秋，行云望断楚江楼。不知何处吹横竹，唤起新愁与旧愁。"读之使人凄然。词得元宋人神韵。《点绛唇·春晚》云："雨雨风风，杜鹃声里催春去。满庭花絮，都做离人绪。记得相逢，春在深深树。重凝伫，柔情几许，没个安排处。"《望江南·忆婉兮嫂》云："寒成阵，风露逼帘旌。今夜阑干人独倚，去年小阁同登，往事不胜情。"《转应曲·对月》曰："明月，明月，何事暂圆常缺。空余一片清光，照彻离人断肠。肠断，肠断，泪落西风飘零。"

《琴好楼小制》一卷　　乾隆五十四年任兆麟《吴中女士诗钞》本

李媺　撰

李媺，字婉兮，吴县人。诗人李其永女，诸生陆昶妻。与陆瑛为姑嫂。所著《琴好楼小制》一卷，有乾隆五十四年任兆麟《吴中女士诗钞》本。

此集为张允滋选定，卷首有拈花女子悟源王寂居题词曰："李夫人婉兮者，翩翩负林下之风，皎皎冠闺中之秀。雀屏择婿，奇逢江左高才；玉杵缔姻，共赋周南雅韵。每拔钗而酤酒，必举案以齐眉。今则萧郎去也，秦女随之化为文塚，鸳鸯自逐青陵峡蝶，叹余香之已散，拾遗稿之犹存。猿啼巴峡，尤称太白；清华露冷，芙蓉不减。"江珠《琴好楼题辞》曰："才华福命两无端，双凤同归月界寒。吟到落花如许句，彩云知为一人残。”集中录诗九首，词二阕。《秋夕》最为人赞誉：“十二层楼夜月明，美人帘底坐吹笙。芙蓉露冷秋衣薄，翻到霓裳第几声。”清秀感伤，似杜牧遗韵。《题梁溪孙媛旭英峡猿集》曰：“花落江城水乱流，绣余一卷独悲秋。分明风雨嘉陵夜，三峡哀狖万古愁。”《送梅垞之白下》曰：“踟躇江畔别愁深，落月苍苍曙色侵。笑我只堪谋斗酒，怜君惟有载囊琴。秋风矮屋三条烛，夜雨寒窗十载心。想到归期真不负，桂枝香里细联吟。”词清丽凄怨，洒脱蕴藉。《蝶恋花·得梅垞书》曰：“风定高楼笼月晕，秉烛殷勤。尺素从头认，荳蔻梢头清露润。丁香枝上游蜂稳。酒醒夜寒翻抱恨，未准归期，误了何须问。满目凄其人意闷，隔溪渔笛三声近。”《捣练子·春闺同清溪作》曰：“春悄悄，病恹恹，愁到眉峰两碧尖。妒煞呢喃燕子，寻巢依旧入风帘。”

《采香楼诗集》一卷　　乾隆五十四年任兆麟《吴中女士诗钞》本

席蕙文　撰

席蕙文，字兰枝，一字耘芝，吴县人。席绍元女，常熟戴安妻。两女亦能诗。所著《采香楼诗集》，有乾隆五十四年任兆麟《吴中女士诗钞》本。《苏州府志》载还著有《自怡集》，未见。

此集前有江珠《序》，集中录诗三十二首。江珠《叙》曰：“吴中女史以诗鸣者，代不乏人。近得林屋先生提唱风雅，尊阃清溪居士为金闺领袖，以故远近名媛诗筒络绎，咸请质焉。惟昔西泠闺咏有十子之目，清溪欲步其风，乃以先后酬赠篇什，采集一编，为《十子诗钞》。夫以诸子才华靡有轩轾，所可愧者余一人而已。席君耘芝，十子之一也。余读其诗，雕刻云烟，搜抉花鸟，要不失闺人本色。至蜀中诸作，沉雄苍老，即杂之杜陵集中，几几莫辨。嗟乎！以耘芝之才，足为我闺人吐气矣。抑余读皎如妹序晓春诗，谓识字为女郎之害，工诗乃当世所讥，神伤心戚，若有憾焉。窃意古云‘雕虫小技，壮夫不为'，岂其固宜于女子？以是解之，将无讥矣。耘芝以余言语诸皎如，当哑然失笑，且以为何如也？"《梧门诗话》曰："林屋吟社诸女士诗，席耘芝以苍健胜。"《武侯祠》曰："森森古柏翠烟浮，独向祠堂谒武侯。国定三分成鼎足，图荒八阵咽江流。天心何事终亡汉，臣节真能再造刘。画壁灵旗风雨黯，夜深应挟鬼神游。"《杜陵草堂》曰："万里桥边结伴游，草堂景物倍清幽。斜阳衰草成荒径，老树寒鸦变暮秋。潦倒半生悲患难，文章千古擅风流。先生遗址谁题句，凭吊重教旅客愁。"《过十二峰》曰："哀猿啼处树重重，云锁高唐旧楚宫。人在夕阳疏影外，澹烟微雨近巴东。"雄浑高古。《虎丘竹枝词二首》曰："画舫珠帘竞丽华，玻璃巧代碧窗纱。吴歈宛转香喉滑，小调新翻剪剪花。""平波如镜漾轻涟，正是山塘薄暮天。竞把花篮簪茉莉，隔帘抛与买花钱。"《春日感怀》曰："一帘春色伴幽居，漫艺椒兰读古书。杨柳晓风人别后，杏花微雨燕来初。空嗟岁月愁无奈，怅望乡关思有余。寂寞琴樽谁与共，茂陵多病老相如。"《秋日登山阁》曰："云盘石磴路重重，寂寞亭台萧瑟风。一抹烟光凝晚翠，三分秋影淡遥空。青山城郭斜阳外，黄叶人家细雨中。更上几层凭眺远，予怀渺渺向谁同。"诗中有画。

《修竹庐吟稿》一卷　乾隆五十四年任兆麟《吴中女士诗钞》本

朱宗淑　撰

朱宗淑，字德音，号翠娟，长洲人。朱云骧女。所著《修竹庐吟稿》，有乾隆五十四年任兆麟《吴中女士诗钞》本

此集前有任兆麟《序》，集中录诗三十二首。《序》曰："翠娟朱媛，清溪子表甥女也。幼承尊甫衡帆先生之教，好歌诗，出入唐宋间。今春以近稿相质，风格遒上，《烈妇行》一篇，直造古人堂奥矣。清溪录其尤者若干首，列女士编中。"《烈妇行》前《小序》曰："嘉定郑烈妇朱氏，事姑孝谨。继因小姑构谗，同夫出居于外，食贫居贱，艰苦备尝。未几夫丧，以《柏舟》

自矢。携其子归，子又殇，遂无意于人世，不食而死。余闻而哀之，作《烈妇行》。”诗曰：“妾命薄兮奈何，托君子兮丝萝。洗手作羹兮事姑，姑色不喜兮妇心独苦。回问小姑兮姑意云何？哀哀逐子，中心孔忧。维妾之故，罹此谴尤。嗟哉！徒有子妇，欲侍堂上靡由。庭前树，一朝枯，秋风急，啼栖乌。君一去兮妾身孤，忍死兮为此呱呱。天降祸兮孰知其端，巢既覆兮卵不完，静言思之摧心肝。妾不能事姑，又不能抚子，偷生何为？饿死相从地下耳。白云悠悠，清泉泚泚，妾心苦兮谁知，妾命薄兮如此。”《赠江碧岑姐》曰：“寒夜长吟一卷诗，斯人何幸得同时。直教孔思周情合，始觉班香宋艳卑。经史不妨充蠹腹，文章从此属蛾眉。惭余笔砚应焚却。欲步芳尘悔已迟。”《月夜闻笛怀清溪夫人》曰：“天寒露重不胜情，遥夜披衣坐月明。何处楼中还弄笛？落梅如雪满江城。”《邓尉竹枝词和紫蘩姊》曰：“东风昨夜梅初放，山北山南载酒游。日暮暗香衣袂袭，虎山桥畔即罗浮。漠漠寒烟淡淡云，名园遗址满斜曛。繁华到眼终成幻，漫说花开正十分。潭东行尽又潭西，一片溟漾望欲迷。乘兴会须登石壁，身高真觉众山低。”《残荷》曰：“莲房露冷坠轻红，败叶残茎碧沼中。会得美人迟暮意，不须憔悴怨秋风。”《登灵岩作》曰：“支策上高峰，峰峰湿烟霭。山势空嵯峨，繁华竟何在。坐久寂无人，飞鸟白云外。”《沧浪竹枝词同紫蘩张姊作》曰：“南园草绿暮烟深，一曲沧浪世外心。明月欲来幽涧静，松风谡谡起空林。”“迢递钟声欲度迟，千竿修竹影参差。当前好景谁能会，正是天寒日暮时。”《听莺曲用韦左司韵》曰：“轻烟不散云冥冥，双柑携酒殊堪听。流莺往往如梭织，柳色初青忆凤城。出谷欣值新晴候，和鸣早得春风情。一声两声花外娇，絮语叮咛舌渐调。深黄数点谁能及，韵入箫韶不虞涩。上林红树映朝暾，呖呖清圆息众喧。此时金衣露犹湿，绝胜椹熟来田园。独不见，系丝孤燕声偏促，纷纭百舌啼新绿。何似如簧鸣林闲，针砭俗耳清且闲。百啭枝头尚未了，重阴不放游丝袅。卷帘香雾袭人衣，仿佛苏堤正春晓。”

《清溪诗稿》一卷　乾隆五十四年任兆麟《吴中女士诗钞》本

张允滋　撰

张允滋，字滋兰，号清溪、桃花仙子、匠门女史，嘉定人。吴县任兆麟妻。允滋生于累代诗礼之家，曾大父匠门先生为文章巨手，母陆氏著有《唾绒诗草》。江珠有《题唾绒遗草后》诗曰："读书万卷笔通神，刻玉裁冰不爱尘。落尽铅华追正始，绛纱桃李一时新"。"新词不让谢庭才，咏絮香名并玉台。""展读唾绒衣钵在，始知诗学有原来"。"盈箧花笺翰墨香，左家娇女擅词章。彩毫彤史千年业，一卷遗编泪万行。"允滋幼秉母氏之教，抽毫拈韵，出雅入风。工诗文，善写墨梅。于归后，偕隐林屋山中，琴瑟唱和，诗学益进。又与江珠等为闺中良友，一吟一咏，此唱彼和，如电掣风追，各擅其胜。与张紫蘩（芬）、陆素窗（瑛）、李婉兮（嫩）、席兰枝（蕙文）、朱翠娟（宗淑）、江碧岑（珠）、沈蕙荪（纕）、尤寄湘（澹仙）、沈皎如（持玉）结清溪吟社，论者谓媲美"西冷十子"，另外，允滋还曾与金兑、尤澹仙、何玉仙、周澧兰、张滋兰、顾琨等人有阊门绣谷园诗会活动。所著《清溪诗稿》一卷，有乾隆五十四年任兆麟《吴中女士诗钞》本

此集前题匠门女史张氏滋兰著，同学诸子参阅。前有任兆麟《清溪诗稿叙》、龙铎《戊申冬月题匠门女史诗集》、江珠《清溪诗集题词》《读松陵任夫人春日闲居诗即次原韵奉寄》（四首）、沈纕《书寄清溪张姊滋兰夫人》《读清溪夫人诗稿集唐句四首录正》（四首）、陆贞《夜诵清溪诗作》等。卷末附众人题词：潘奕隽《庚戌上巳为紫蘩女史画梅并题即和清溪女史韵祈正》（二首）、戈培《题吴中女士诗词后寄呈心斋先生》（二首）、刘守忠《同川棹歌》、彭希涑《题潮生阁集》、任璋《题清溪叔母诗后》、王琼《怀清溪夫人并呈林屋先生》《题潮生阁集后》《题吴中十子诗词呈清溪夫人》，宋林《跋》。集中录诗四十一首。任兆麟《叙》曰："清溪女史幼秉家训，娴礼习诗。尝以韵语质香溪徐夫人，香溪夫人亟赏之。所居潮生阁为曾大父匠门太史读书处，居常卷帙不去手，声琅琅彻牖外，夜则焚

兰继之，每至漏尽不寐，灯火隐隐出丛树林，过之者咸谓此读书人家，初不知其为女子也。时与月楼女史讲说学艺，所造益进。继以二亲见背，岁辛卯，伯舅父实田师为主婚姻事，遂归余。偶检其奁箧，所有者《张氏九世诗文》一篇，益稔知渊源有自也。家事摒挡，习针黹事，虽嗜诗，不多作，间有作，不得意辄焚弃。迩年又与耘芝、蕙荪订道义交，诗筒往还，殆无虚日。因录其所作，请余抉择。徐诵之，颇见清超之致，碧岑女史所称为唐人格调也，并示碧岑阅定。一卷先付梓人，而香溪《南楼》、蕙荪《翡翠林》、月楼《别雁》、碧岑《小维摩》诸集将次第选存续出，以俟采风者。”江珠《清溪诗集题词》曰：“《书》云：诗言志，歌永言。作诗者言其志之所向而已。余尝与心斋先生论诗，言今之作者必曰学李杜、效王孟，拘牵心力，刻画古人，反不能自道性情，此未知诗耳。惟清溪深悟诗旨，故言之温厚，有风有雅，出入三唐，而不名一家。盖其清超之致，能以无为为工，得诗之三昧矣。”江珠《读松陵任夫人春日闲居诗即次原韵奉寄》曰：“花木深三径，神幽境亦虚。研经探至理，考古嗜奇书。清梦莺啼破，残梅鸟啄余。谢家风韵好，晏坐赋闲居。”“幽栖尘事绝，斗室贮空虚。户外新栽竹，闺中伴著书。联吟消永日，力学课三余。愧我殊堪笑，年年蠹穴居。”“翘首云天望，神仙住碧虚。清新双凤管，挥洒五车书。桃李春如许，琴樽乐有余。论文虽有约，何日过蓬居。”滋兰诗深具唐风。《步心斋桃花韵》曰：“帘外绯桃映日明，晚霞江上占春晴。不知何处桃源路，棹去矶头碧水生。”《秋夜怀心田夫子》云：“雨霁银灯夕，纤云入暮天。芙蓉还寂寞，秋水自婵娟。寒雁声疑断，虚窗夜不眠。思君在高阁，清夜抚冰弦。”《春日》曰：“虚窗静坐夕阳斜，新竹闲庭感岁华。堪爱风轻春日暖，桃红又见一枝花。经年庭树留残叶，隔浦灵禽聚浅沙。野岸池塘芳草绿，石桥南畔钓鱼家。”《题桂庭秋晚园为织云女史赋》曰：“小院觉秋深，疏窗净丛碧。美人冰雪怀，独倚琼阑夕。曲径小山幽，天寒桂花白。何如林下风，一访西池宅。”《怀陆婉兮夫人并柬令姑素窗夫人》曰：“不减三年字，长留一卷诗。那堪重省忆，又是菊残时。”《寓居山塘偶作》曰：“开轩面面绝尘埃，小径闲花点石苔。一榻午风人倦起，夕阳窗外燕初来。”风格颇近唐人，清拔不群，无香奁软媚习气。

《两面楼诗稿》一卷　　乾隆五十四年任兆麟《吴中女士诗钞》本

张芬　撰

张芬，字紫蘩，一字月楼，吴县人。举人张曾堂女，同知署吴县县丞夏清和妻。曾为陆瑛《赏奇楼吟草》作《序》，为沈纕《翡翠楼题词》。所著《两面楼诗稿》一卷，有乾隆五十四年任兆麟《吴中女士诗钞》本。

此集前有任兆麟《叙》、尤澹仙题词。集中录诗八十余首，词八阕。任兆麟《叙》曰："月楼女史张氏名芬，字紫蘩，清溪从妹也。少从常熟许冰壶夫人游，冰壶门徒数十，月楼偕其姊桂森最契赏者也。自清溪结社，月楼以诗相质，每分题联咏，构一作，侪辈咸推服，清溪尤倚重之，以为张吾清河氏军也。今秋尽检箧中所作贻清溪，清溪乃以示余。余方撰《虎丘志》，搜罗文献，未暇甄定。今竣事矣，特发而观之，大都斟酌三唐，发源选体，非徒袭其貌似而已。盖月楼夙慧，又偕寂居、碧云诸子奉禅论学，由其性情发摅，而不类句栉字比者，之为是契无上乘者。昔刘家姊妹并擅诗文，月楼不减令娴矣。"尤澹仙《两面楼诗集题词》曰："裁冰镂雪，思深即以传情。流水止山，心寂自堪悟道。"《秋夜怀寂居禅友》云："楼空秋思迥，凭眺独萧森。月境开灵觉，霜钟警道心。可怜黄叶落，无奈白云深。想得安禅处，天花正满林。"《秋露》曰："香凝桂影寒，风漾荷珠坠。滴遍断肠花，疑是悲秋泪。"《梅花》曰："山静春非艳，林疏色是空。不知花下笛，何意怨东风。"《七夕咏》曰："晚凉无复旧时妆，欲罢金梭益自伤。莫笑离多偏易别，久将离别作寻常。"《咏卓文君》曰："锦江山色敛眉痕，弃掷由人早断恩。何必白头吟寄怨，夫君自解赋白门。"《洞庭竹枝词》曰："目断浮梁路几重，可怜家傍最高峰。如何一个团圆月，半照行人半照侬。《邓尉竹枝词》曰："寒香瘦影爽吟怀，载酒携琴兴自佳。山轿隔花轻若燕，横枝牵落蝶鬟钗。"《荷花荡竹枝词》曰："花香吹送木兰桡，秋入芳心怯暮潮。一曲凌波风渐起，倚萧和月过平桥。"《浒墅竹枝词》曰："东风一夜片帆收，愁听春潮不断流。

残月满关催晓发，鹧鸪声里别长洲。”《胥江竹枝词》曰：“烟水楼船夕阳斜，山香一曲付琵琶。倦游人病东风院，江上春深柳作花。”《齐女门竹枝词》曰：“苍凉明月下城楼，北望狐狸正首丘。自古蛾眉轻若土，随人离别随人留。”《寄怀素窗陆姊》曰：“明窗半掩一庭幽，夜静灯残不得留。风冷结阴寒落叶，别离长望倚高楼。迟迟月影移斜竹，叠叠诗余赋旅愁。将欲断肠随断梦，雁飞连阵几声秋。”《虞美人·夜坐忆汪媛》云：“别时愁对经秋柳，红泪沾衫袖。今宵恰是月圆时，只见霜条露叶不成丝。金针彩线余残绣，忽忽情怀旧。小春芳信到南枝，试问春山何处寄相思。”《玉蝴蝶·秋蝶同沈散花妹作》曰：“一树丹枫映掩，盈条橘蠹，碧茧双连。拾去暗藏金合，羽化蹁跹。粉糁糁，徐开金翅。风拂拂，渐出红帘。晚霜天，齐纨已弃，无计留仙。飘然风流谁似，吴娃十五，学舞楼前。疏柳闲花，春光应结再生缘。恋痴情，青陵冢上，添诗思，黄菊篱边。最堪怜悲秋人瘦，梦破寒烟。”

《翡翠楼集》一卷　　乾隆五十四年任兆麟《吴中女士诗钞》本

沈纕　撰

沈纕，字蕙荪，号玉香，又号散花女史，吴县人。教谕沈起凤女，诸生林衍潮妻。工吹洞箫，曾从任兆麟学诗。初不喜填词，相馈之余，停针之暇，唯斤斤于五言七字中。后与张允滋相交，研心音律，自唐迄宋诸百家词，靡不手字抄录，兴致所之，恒彻夜忘寝，细雨篝灯，冷光如豆，弗知倦。蕙荪有“听残红雨到清明”之句，脍炙人口，咸称红雨诗人。所著《翡翠楼集》一卷，有乾隆五十四年任兆麟《吴中女士诗钞》本。

《翡翠楼集》包括《绣余草》与《浣纱词》，经女史张允滋选，任兆麟阅定。《绣余集》前有任兆麟《叙》、江珠《序》，张芬《品香书屋分题与散花沈妹启》。任兆麟《叙》曰：“戊申之冬，蕙荪沈氏以《绣余诗集》相质，并乞序言。余时方辑《毛诗通说》未卒业，参考同异，书籍鳞鳞几席间，顾卒卒不暇也。献岁正月望，过碧岑居士斋，碧岑出示近作诗媛题词，因论集中古今体制并工，古体尤卓绝，类非唐宋以下诸家所克逮。又谓田家诸什当推压卷，与鄙意亦若左契合也。近世名媛，海寓业推松陵沈宛君夫人母女辈《午梦》一集，艺林埻的。媛系故出松陵，岂扶舆秀淑之气有特钟与？抑其濡染家学有由也？往余先执果堂征君尝荟萃《吴江沈氏诗录》，是集允堪嗣美前徽，且令人有后来之叹与？”江珠《〈绣余集〉序》曰：“世之女子以诗鸣者不乏，然好者多，工者鲜焉。盖诗旨虽星微，必多读书，贯古今，苞罗旁魄，而后陶钧诗思，语无不工。今之肄诗者，大抵略涉唐宋数家，能谐竞病，即以为作诗之道已尽于斯，以故玉台标格，大率卑靡。此胸鲜典实，溺习浮华之弊，盖不独女子然也。《绣余集》者，沈媛蕙荪所制，近体已推高格，古风尤为绝见。其艳也，媚不伤骨；其淡也，简有余味；其清也，寒泉皓月；其壮也，剑拔弩张。非读书万卷，精博古今，乌能若是耶？往余读广陵黄净因、松陵任清溪二媛之作，惊其奇才博识，力扫铅华。今始得媛，则女子之工诗者，不亦罕欤！是集行世，俾闺阁中慕其风以反其失，余有厚望焉。”张芬《品香书屋分题与散花女史启》曰：“课农佳咏，居然陶令之风；论史雄才，欲夺班家之席。”张滋兰《题沈蕙荪绣余集即寄》曰：“左家娇女擅词章，砚匣琉璃翡翠床。珍重绣余诗一卷，独标风格接三唐。群雅吴中推碧岑，剪红刻翠亦何心。扶轮又得如椽笔，重觐风人正始音。”集中录诗六十一首。《梧门诗话》曰：“识高才俊，一空凡绝。”如《读诗》曰：“鸿蒙未开辟，元气混太清。阴阳截嶰竹，乐律还相生。猗与三百篇，正始谐咸韺。至理归自然，遇物风和鸣。后世为文藻，古人为性情。运会代升降，先贵权重轻。洪钟无纤响，听之自和平。风雅犹可作，邈焉求其声。”《读骚》曰：“江水流不息，落日秋风劲。渔父诚知言，千载悲独醒。琼佩终不渝，芬芳自辉映。微词莫能显，感物托其性。风诗固一变，声哀义弥正。愿鼓湘灵瑟，高歌发清听。”怀古咏史诗多有识见。《题二乔观兵书图》：“艅艎焚尽仗东风，应借奇谋闺阁中。曾把韬钤问夫婿，谁言儿女不英雄。阴符偷读妨描黛，绣帙双开见唾绒，一十三篇劳指授，蜾矶余烈本吴宫。”《真娘墓》曰：“水佩风裳土一堆，题诗费尽白家才。愁魂怨魄谁曾见，踏草攀花我独来。三尺鸳鸯空有冢，千秋云雨本无台。生公说法诚多事，不使罗裙化劫灰。”《读心斋先生纲目通论偶成咏史十首》之《东晋》曰：“洛阳漫说帝国雄，已见中原白板封。立国应怜螳后雀，浮江共识马中龙。王婨篡汉思前事，吕政承秦蹑后踪。惆怅昌明图谶后，英雄草泽又相从。”《隋》曰：“宫前百戏竞婆娑，酒馔陈时闲绮罗。略似阿房兴土木，漫夸齐院杂笙歌。泥沙金帛悲何限，蝼蚁人民怨自多。转瞬烟尘弥望起，杨花落去奈愁何。”《田家杂兴和林屋山人》曰：“一夜响春泉，微雨湿茅屋。驱犊出门去，平畴蔼如沐。禾黍自怀新，生意何彧彧。昨停桔槔声，无人雀争啄。阳和共歆羡，远风转温燠。黾勉事芸锄，有年从此卜。”《白云泉和孟韩韵》曰：“古寺隐烟岚，闲房春未残。花光当户散，云气入衣寒。绿径迷双屐，青松郁百盘。欲参无隐法，趺坐过旃檀。”《送别外弟》曰：“津亭此别意如何，把酒灯前一放歌。今日与君还对饮，来朝相忆隔烟波。”《春日寄怀清溪夫人》曰：“黄莺百啭最关情，曲港桃花涨欲平。为报春光容易老，听残红雨到清明。”《题心斋先生林屋吟稿后》曰：“钓雪滩边景色苍，家临烟水对寒塘。须知诗酒年年事，都是江山花草场。”“吟遍东溪几曲湾，锦囊佳句许谁删。鸟啼花落春常在，兴寄王裴辋水间。”“展来缃帙满琼瑰，浣露焚香诵几回。今日文章推钜手，他年长庆数元裴。”

《浣纱词》为张允滋、江珠所选。集前有蕙荪《自叙》，张滋兰《题浣纱词卷寄蕙荪同学贤妹》、任兆麟《书浣纱词后》，及任兆麟、江珠题词各三阕。集中录词二十二阕。蕙荪《自叙》曰：“清溪归江城，音信与余往来稍疏，然夜阑烛灺，每寄新词相商榷，未尝不以风雅为宗。夫向之见弃，如彼今之所好如此，愁花怨草，果何所见而云耶。”《灵芬馆词话》曰：“沈芷生清瘦如不胜衣，出语吐气，风雅流发，时有一二语，不甚了了，然非口吃舌结，可以意会。”铁夫戏题其词曰：“问姓便知身瘦削，填词不碍舌绵蛮。绵蛮二字，善于题目也，其兄女孙蕙荪，得其词学之传。”《酷相思·春归同清溪作》云：“独上妆楼斜倚立，但目断天南北郊。恨煞东风有底急。梨花也，吹如雪。杨花也，吹如雪。镇日闲愁谁共说，只暗把阑干拍。叹旖旎韶光留不得，鹃啼也，红如血。人啼也，红如血。”《河传·送春》曰：“催去，难住声声杜宇。梨花春雪，杏花春雨，毕竟春归何处，问春春不语。可堪又是人离别，愁千结，唱罢阳关叠。恨匆匆，泪溶溶，郎踪屏山十二重。”秀逸无比。

《晓春阁诗集》一卷　　乾隆五十四年任兆麟《吴中女士诗钞》本

尤澹仙　撰

尤澹仙，字素兰，号寄湘女史，长洲人。性超旷，常有出尘想。平居癖在书史，操觚之暇，焚香默坐。所著《晓春阁诗集》一卷，有乾隆五十四年任兆麟《吴中女士诗钞》本。

此集为清溪女史张允滋所选，任兆麟阅定。集前有任兆麟、沈持玉二《叙》。集中录诗五十六首，词十阕。任兆麟《晓春阁诗集叙》曰：“余于小宝晋耳闻寄湘尤媛诗名久矣。今春寄湘偕其外妹沈媛皎如录所作诗相质，遂与清溪缔交，入吟榭焉。余得二媛诗，而叹才之生于世为不可量，才之见于世则又不偶然者！集中如《读武侯传》《读吴志》《听琵琶》《落花》诸篇，即求之前世名家已不多觏，况闺人耶。抑今兹襜帷雅续题襟，同声合志，固有应时而见者耶。不然左鲍之伦千百年何落落耶。”《梧门诗话》曰：“尤素兰以超迈胜。”《读武侯传》曰：“经世推王佐，伊周共瘁勤。君才能一统，天意定三分。饮血承遗诏，攻心静徼氛。英雄终古恨，泪洒出师文。”《读吴志》曰：“三分割据大江东，霸业居然继父兄。臣服魏廷缘底事，始知先主独英雄。”格韵苍老。《听琵琶奉家严命代作》曰：“切切嘈嘈拨不停，清江一曲思冥冥。分明十五年前事，倚马凉州月下听。”《落花和江碧岑姊韵》曰：“笛里谁家怨，吹来总断肠。六朝春梦短，终古别愁长。天地老烟景，江山空夕阳。寻芳归路晚，赢得马蹄香。”《读碧岑姊采香楼诗序感而有作》曰：“新词曲解亦堪悲，领袖骚坛更待谁。甲乙修文尤我辈，峨眉莫道逊须眉。”

《梦母》曰："肠断慈亲却早违，伶仃弱质痛何依。那堪梦里相逢处，犹道儿寒须著衣。"《春夜喜山人送梅因赋》曰："寒林漠漠春无影，款扉有客来铜井。折得梅花远寄将，一枝犹带溪云冷。我亦罗浮谪下仙，相逢此夕岂徒然。狂呼明月伴我饮，世人那识三婵娟。"《田家杂兴同蕙荪沈姊作》曰："微雨溪上来，斜阳澹茅屋。平原一以眺，良苗霭如沐。鸠鸣杏花红，村暗榆阴绿。野老善识时，相勉还相祝。膏润贵及时，秋稔已可卜。"《夏夜》："玩月憩池塘，独把瑶琴弄。清风漾荷珠，打破鸳鸯梦。"《秋夜书怀》曰："一天遐思碧云流，挂起湘帘豁远眸。无赖心情羞见月，不堪消瘦怕逢秋。蛩依落叶寒吟露，砧带凉风静入楼。芳酒满尊书满榻，遣愁赢得十分愁。"《南园》曰："夕阳淡淡雨花收，好向南园拾翠游。一径垂杨风不断，春云如水入溪流。"《春暮》曰："春到江南欲暮时，梨花如雪柳如丝。近来无限伤春意，并恐东风亦未知。"清新俊逸，无闺阁香奁之气。

《青藜阁诗集》一卷　乾隆五十四年任兆麟《吴中女士诗钞》本

江珠　撰

江珠（1764—1804），字碧岑，号小维摩，旌德人，侨居吴县。江藩妹，甘泉吾学海妻。幼而聪慧，与其兄江藩受经于汪大绅先生，后延余古农馆其家，学海与碧岑同塾。年十一，承严命就山东道监察御史玉松先生之配吴夫人学针黹事。年十五，与吾学海订婚。年十八于归学海。事舅姑以孝闻，处妯娌无间言。待臧获以恕道，遇事通达，能见其人。凡米盐井臼琐屑之务，裁之井井有条理。暇则授学海弟子藩、用之及儿女辈书，手披口讲，寒暑无间。学海以家食贫之故，一生幕游，四方奔波。碧岑课子读书，慈母若严师，并喜博览载籍，晨夕不倦。又曾授徒于虎阜绿水桥侧以自活，集中有《女弟子徐南芬过宿》《夜卧听弟子读离骚》诗。碧岑性耽经史，常夜半犹手一卷，以是得寒嗽疾，久成劳瘵。江珠《自序》曰："珠善病人也，生世不谐，痴顽弥甚。穷年痼疾，匿影于寒衾；终日坐愁，藏身乎针孔。孰云酒可忘忧，不信犀能蠲忿。中怀悲怆，莫敢告人；满腹牢骚，谁堪共语？茹斋绣佛，徒忏他生。附赘悬疣，其如今日。寸心郁郁，何能容万斛之愁；弱骨萧萧，焉可罹百千之病。”碧岑于《尔雅》《列女传》均有补释，惜未成书，但自负才情，有诗云：“红豆流传颇有名，抱书兀兀类饥伧。愧于质陋文思薄，敢道娥眉不让兄。”卒之前一夕，梦一童卖卜，碧岑因拈一理字，就而问疾。童子应声曰：“理字之首画为一，离其一画，则字为埋。兆殆为隔一日便埋也。”厥明，乃泣告婆母曰：“舅姑行自爱，珠病殆不起，势不能待夫归矣。珠以不得终事舅姑为恨。”言毕，遂逝。所著《青藜阁诗集》一卷，有乾隆五十四年任兆麟《吴中女士诗钞》本；又有嘉庆十六年刻本。

此为《吴中女士诗钞》本，前有江珠《自序》，任兆麟、江藩、张净因、席蕙文、钟若玉、张滋兰等名士闺秀题词。集中录诗四十首。《书斋晚坐》曰：“一泒清溪水，悠然绕竹扉。落花自无意，啼鸟亦忘机。画锦能成祟，藏愚始息诽。今宵松顶月，待鹤故依依。”《白云泉》曰：“入山路盘纡，结构容膝屋。此中秋色佳，槛外云相逐。看山务看骨，方识真面目。山骨清且空，泉乳满山腹。涓滴石窦间，注以云根竹。听之洗人心，泠然奏琴筑。咒钵乳花浮，无猜鸟争啄。斯僧定何许，坐消此奇福。老树不碍云，危石约可束。登岭试一呼，千峰应空谷。归来失清景，是梦良难续。”《千尺雪》曰：“四山如沃浮浓碧，攀藤径滑苔衣积。褰裳拾级境愈奇，岭上白云如可摘。雷声隐隐乱石摇，水光一片垂帘白。奔泉汹涌势莫当，迸裂云根激破石。掬泉入口冰齿牙，岩崖飞雪深千尺。老树冲折自不死，瘦蝮黠曲盘岩隙。生平自是爱山居，从今愈痼烟霞癖。”《余素善病今秋复构奇疾昼夜不寐得粒则呕如是不食不寐百余日矣而行坐如常若无疾苦戏成一律聊以自嘲》曰：“书囊药裹度年年，若是生涯也可怜。随意拈诗如说偈，妄言状鬼譬谈禅。喻身败叶应知幻，食字痴蟫信可仙。示疾雨花游戏尔，心台只在一灯前。”《酬乩仙诗》前《小序》曰：“四月初一日，汤临川先生降乩，赠郑堂及余诗词各数十首，并云与余有文字缘，乃述余三生事。概谓余好作绮语而坠女子身，今宜勉修净业，以忏前愆。嘻！先生之言，是耶？非耶？因题三绝句。”“风花水月总茫然，敢信文章有宿缘。记取相逢图画里，好将言语证人天。”“路丛荆棘履行艰，香海迢遥博梦还。绮语不须重忏悔，风魔已尽剩痴顽。”“一梦真教误一生，哀蛩时作不平鸣。蒲团坐破迟成佛，净扫波心待月明。”《落花次王平泉韵》曰：“促欢且覆掌中杯，浪蕊飘花瞬作堆。满苑绿阴人赋别，一帘红雨燕归来。唾成绀碧衣初染，泣化琼瑰梦不回。费尽春工殊莫辨，究为谁落为谁开。”《读砚云同学诗稿寄慰》曰：“新诗品寒梅，味之有余清。一卷冰雪文，字与血泪并。伤哉陶妇歌，夜半猿哀鸣。孑身茹荼蘖，无乃悲独生。嗟哉砚云子，斯恨曷能止。清风播彤管，境苦德转美。观身如皓月，观心如止水。好去参禅宗，了悟无生旨。”《和皎如沈妹月夜见怀吟谢诸友之作》曰：“银河迢递夜漫漫，寂历霜风冷素纨。料得有人闲倚月，玉箫吹彻画楼寒。”《闲居柬诸友》曰：“凉雨消微暑，残花弄晚晴。卷帘看月上，移榻听蛙鸣。性僻耽禅寂，才疏愧友生。文章身后事，门户戒无争。”《奉酬寄湘尤妹》曰：“佳句吟残夜不眠，空堂缥缈欲来仙。何当抛却文章海，共结清凉诗外缘。”《代柬奉酬耘芝席姊》曰：“把卷如相识，怡然见性情。神如秋水淡，文似玉壶清。索句惭同调，投诗许结盟。相思云外树，一望暮烟平。”《南楼玩月》曰：“葡萄独酌登南楼，数声归雁投沙洲。玉盘忽从海底出，四山倒入寒江流。分明是水不是月，一气浩渺长空浮。森森瑶林五百丈，一枝吹作人间秋。我歌我舞怀诗仙，捉冰影兮握流泉。登云梯兮呼姮娥，化作蟾蜍奈尔何。”纵横捭阖，得唐人遗法。正如席蕙文《读清溪女史诗集内载碧岑子寄赠佳章一往神交偶成端居寄呈》所云“展卷琳琅笔似椽，清新俊逸见斯篇”。录词九阕，皆清丽秀逸。《烛影摇红·雨夜感怀》曰：“夜雨潇潇，残灯点滴光如豆。文章何处哭西风，真不堪回首。忆月夕花朝候，淋漓泼墨沾襟袖。酒酣说剑，耳热谈天，争无作有。是事休休，狂怀磨尽浑非旧。不须制恨与笺愁，命也还知否。放却眉间叠皱，脱尘缘，蒲团坐守。千声古佛，一炷清香，好生消受。”《凤凰台上忆吹箫》曰：“云母窗深，水晶帘静，吟来好句难酬。粲银钩小字，巧语莺偷。为惜春光窄窄，怎禁得、如许闲愁。肠断也，珊瑚敲折，无地埋忧。攒眸。落红阵阵，遣游丝断絮，争上眉头。是书生不栉，独擅风流。赢得青衫湿透，都付与、檀板清讴。频回首，箫声缥缈，何处秦楼。”

《小维摩诗稿》一卷　　嘉庆十六年刻本

江珠　撰

此集前有兄江藩、陈燮、徐煜、侯芝、归懋仪《序》，陆元溥、张廷辉、唐仲冕题词；卷末有吾学海《后序》。此集录诗一百八十首。江藩《序》曰：“若夫论诗之旨，赋茗之才，固可述其绪余也。五古则辞决义贞，争驱于正始，缓歌清曲，发响于建安。七古近体则裁风骨于李杜，骋论说于韩苏。词必穷力而追新，情必极貌以写物。综而核之，可谓清丽居宗，华实并用者焉。岂如近日女郎之作，但抚唐音，托兴之诗只工柔语者乎？盖学有渊源，自少缘情之作，言宗风雅，应无累德之篇也。”《病起》曰：“病起南楼一望中，秋江澄寂雁鸣空。风粘衰柳排疏影，寒挟严霜媚远枫。细咀残书消酒力，渐离药裹见禅功。开尊且喜山浮碧，几点微云间落红。”“东篱霜菊两三枝，著雨阑珊强护持。深谷勒风飞落木，小窗迟月乞新诗。寒花断续争残日，败局纵横悔奕时。笑我谋生殊草草，不妨顽钝不妨痴。”集中多与师友唱酬之作，如《送半客之皖江》曰：“劳劳千里亦何求，菽水无储要强谋。嗜酒未妨成酒隐，爱诗慎勿作诗囚。嗽醪嚼味何输蜜，披褐禁寒可敌裘。此去江山酬不暇，漫缘梅雪泥雕搜。”《半客将谢俗事而修学业予心甚喜因赠二律以坚其志》曰：“呓语纷纭莫浪争，千灯只共一光明。暗中摸索徒劳尔，悟后功夫自有成。欲读奇书须净眼，要修慧业断尘情。迩来病似伤翎鹤，神手看君拥百城。”“舌间功德知无补，脚下蹉跎奈尔何。性癖却逢诗作祟，病慵常厌礼为罗。采花酿蜜宁求速，要杵成针岂惮磨。甚欲从游文字海，患余才少患君多。”《柬蕙荪沈妹》曰：“药里埋头懒赋诗，熟梅黄到十分时。春来好句谁拈得，红雨江南绝妙词。”《酬朱翠娟女史寄赠原韵》曰：“班姬文赋左姬词，酒垒诗坛妙一时（翠娟善饮）。学富不夸香茗艳，才高应笑玉台卑。狂怀犹可倾三斗，退笔真难斗十眉。相见定拼终日饮，因循只恐识君迟。”《酬张紫蘩女史见寄原韵》曰："书卷萧萧伴药奁，离别情思一时添。新诗销得千回读，尽日焚香不卷帘。""磨墨磨人岁月深，佛灯禅榻有同心。文殊肯问维摩病，好向云岩僻处寻。"《酬沈蕙荪女史寄赠原韵》曰："西山萧瑟气佳哉，离思偏从望里来。博士有文能泣鬼，维摩多病敢言才。绝怜败叶经霜坠，忍见黄花冒雨开。为向风前频寄语，木兰如雪好追陪。"《酬席蕙文女史寄赠原韵》曰："寂寂琴尊只自嗟，敢将燕石报琼华。诗情飘渺风回雪，逸思缤纷绮散霞。日暮怀人倚修竹，夜寒清梦绕梅花。不妨尊酒闲相遇，斗室依然处士家。"《题骆佩香女史秋灯课女图》曰："华阳有才人，出自宾王族。嗜学研精微，经史载其腹。读书眼如月，今古靡不烛。下笔驱班谢，闲情诵椒菊。织字报秦嘉，裁诗答徐淑。妆阁树吟坛，笔阵相驰逐。新妇配参军，人争妒奇福。家居石头城，金粉厌繁俗。浮玉多云烟，山光浸林麓。坐爱好江山，于焉此卜筑。天道固难知，忌才抑何酷。一旦痛离鸾，哀歌悲寡鹄。清节厉冰霜，积泪渍湘竹。秋花抱孤芳，寒香媚幽独。奁镜谢铅华，图书杂机轴。左家有娇女，风姿秀眉目。短发初披肩，诵诗如泻玉。沉沉清桐阴，帘栊凄以绿。秋雨透疏棂，秋风冷蓬屋。展卷对短檠，隐隐光如粟。琅琅和刀尺，终夜声相续。教女无异男，埋头勤简牍。画荻心苦酸，丸熊手痒瘃。一经赖以传，能不严课读。哀哀阿母心，志苦秋霜肃。"《赠姚云湄》曰："结屋云岩麓，闲居事事幽。藏书过万卷，有笔共千秋。考据纷朱墨，精严费校雠。一瓢安乐水，此外更何求。""隐几闻天籁，看山独拄颐。经纶梁国业，句法武功诗。学要期千古，名难定一时。十年收汗马，犹下董生帷。""俗物关情少，云烟此地偏。达人甘寂寞，儒者自高贤。次道图成佛，方回爱学仙。青囊多秘术，乞与治狂颠。"《女弟子徐芬男过宿》曰："喧杂咿唔室似龛，烹葵刈韭博宵谈。寒酸风味真成笑，冷淡盘餐久觉甘。才迈玉台知不忝，病磨瓦缶抑何堪。劝君莫厌家鸡学，展授诗图饱意参。"江珠兄有论诗诗评价其诗文，曰："玉台风格总卑靡，扫尽前人粉黛姿。直是苏门四君子，阿谁识得女郎诗。"任兆麟曰："陶令东篱笔有神，左司落叶意还真。读来万卷都何有，禅境诗情不著尘。"此评价公允恰当。

《停云阁诗集》一卷　　乾隆五十四年任兆麟《吴中女士诗钞》本

沈持玉　撰

沈持玉（1773—?），字佩之，号皎如，长洲人。性静淑好，事亲至孝，定省视膳，婉容愉色以承亲之志。皎如无兄弟，能令亲顾之而忘膝下无儿，故而以孝称当时。所著《停云阁诗集》一卷，有乾隆五十四年任兆麟《吴中女士诗钞》本。

此集由张滋兰选，任兆麟阅定。集中录诗二十二首。集前有尤澹仙《叙》曰："沈君持玉吴中女士也，性静淑，好读书，与余为姻娅姊妹，常得相聚论诗，颇有同见。或分题吟咏，或尚论古昔，即有闻而笑之者，余二人卒莫之顾也。"又曰："余读其诗，重其人，盖自有足以不朽者在，岂特区区韵语而已。虽然即其舒写情性，体物比类，彼规规焉效法前人者，亦孰能至于此。"《落花和江碧岑姊韵》云："笛里谁家怨。吹来总断肠。六朝春梦短，终古别愁长。天地老烟景，江山空夕阳。寻芳归路晚，赢得马蹄香。"笔力遒秀。

《绿筠阁诗钞》九卷《诗余》一卷　　道光二十一年刻本

何佩芬　撰

何佩芬，字吟香，歙县人。何秉堂次女，范志全妻。所著《绿筠阁诗钞》九卷，有道光二十一年刻本。

此集前有黄钺题词，浣碧妹佩玉、范志全璞庵、芷香妹佩珠、金念曾《序》。金念曾《序》曰："其长女兰卿能为诗，有家法，前闻之而未见也。"集中录诗五百七十七首，词十七阕。《白海棠》云："姑射风姿扬羽衣，照来银烛是还非。梦回别苑砧声促，酒醒空庭屧印稀。烟榭晚凉人独立，云廊雨细蝶双飞。冰肌玉骨真清绝，小作新妆与谷违。"《饯秋》云："万里碧云江上路，半林黄叶雨中山。"《秋海棠》云："销尽幽闺怨云魂，和烟和雨映重门。枝分翠黛秋无影，泪化红丝镜有痕。漫说轻盈桃叶渡，剧怜零落浣花村。风姿本是神仙品，菊婢何堪共此论。”《秋日晚眺》云：“波光潋滟羕残霞，闲倚高楼数暮鸦。绕郭山沉三面翠，归村人荷一肩花。”淡雅清幽。

《藕香馆诗钞》八卷　道光二十九年刻本

何佩玉　撰

何佩玉（1796—1820），字琬碧，一字郘霞，秉堂三女，扬州祝麟妻。所著《藕香馆诗钞》八卷，有道光二十九年（1849）刻本。别有《红薇馆学吟稿》一卷，抄本，佚名圈点。另有《芙蓉花史诗词钞》抄本。

此集前有庞钟璐题词，虞山素芳氏朱琴《序》。集中录诗一百五十一五首。《一字诗》曰：“一花一柳一鱼矶，一抹斜阳一鸟飞。一山一水中一寺，一林黄叶一僧归。”《新柳》曰：“弱质低回梦未醒，龙池绘出影伶俜。雨梳鬟角三分绿，烟锁眉梢两点青。春水淡拖环翠舫，夕阳红映画旗亭。长条珍重清明后，莫逐飞花又化萍。《送外随侍翁大人并子虔兄赴粤》曰：‘“当头明月澹遥空，折析骊歌曲未终。惜别本无儿女态，联吟喜与父兄同。装轻半载诗书画，道远还愁雨雪风。十里田烟树里，洋桃水碧佛桑红。”“休嗟凤泊与鸾飘，一叶帆风廿四桥。旧梦已怜池草冷，离魂拼共蜡花消。乡关日远鸳鸯水，海国烟寒玳瑁潮。料得心理学非久别，莫教再瘦到吟腰。”《夏日》曰：“招凉何处好，多在小园中。一架荳花雨，半棚瓜叶风。去延穿曲径，蝙蝠扑疏栊。更喜无人到，村居约略同。”《与外夜话》曰：“红冷樱珠帐，铜壶清漏长。茗余双碗碧，炉剩一丝香。酒气蒸花暖，灯花背雨凉。萧然万籁寂，诗思落潇湘。”

《津云小草》二卷、附《梨花梦》五卷　道光二十三年刻本

何佩珠　撰

何佩珠（1819—?），字芷香，号天都女史，歙县人。何秉堂四女，张子

元妻。佩珠婚后生活艰难，但不辞劳瘁，刻意承欢，可谓无怨无尤者。夫妻安贫乐道，相敬如宾。佩珠有一女字慧琴，三岁卒。集中有《哭长女慧琴》曰："聪明枉受阿爷怜，三载分飞各一天。想得锦城多粉队，不应征到小花神。"自注曰："七月初九夜梦人以落芙蓉一朵见贻，次日女即没。"佩珠姊妹于道光八年（1828）曾以绿端石双鱼砚为束脩，拜陈文述为师，从之学诗。平时姊妹、闺友唱和不辍。所著《津云小草》二卷、附《梨花梦》传奇五卷，有道光二十三年刻本；《津云小草》又有清抄本。

此集为道光刻本，前有王勋《序》，何佩芬、海门朱鳌、邗上张廖、新安程锷、蓝海、范嘉谟、銮江吴存吾、海秋刘惟星、王焕采、陈镜秋、陆缙、新安张萼女后学陈湘、女弟子张醴兰、古越杜守恩等名士闺秀题词。王勋《序》曰："曷为言乎'津云'也？夫人尊舅官天津，此其于归后所作，故以'津云'名篇。虽然'津云'之作，其在艰难险阻之日乎？观其篇中'苦味谁谙透，低回还自怜'，胡为伤心一至此哉？然读至'换得莲花米，高堂好劝餐'，又'姑意侬心会，何须问小姑'，又'宛转床前承色笑，殷勤膝下废餐眠'，则又不辞劳瘁，刻意承欢，可谓无怨无尤者矣。至'郎摊诗卷侬挑绣，针线都添翰墨香'，则又安贫乐道，相敬如宾者矣。"集中录诗八十一首。多是家庭琐事及姊妹唱和之作。《自津门至邗江沿路即目得诗六章》曰："轻雷隐隐走香车，杨柳阴中唤卖瓜。十里乱霞吹不断，黑鸤鹚伴水红花。""编芦为屋槿为篱，碧耐初甘又紫梨。云里居然仙境界，葵花小凤稻花鸡。""露气凉生夹道槐，绕塘行破绿莓苔。白莲香浸红鸥宅，清晓鱼娃打桨来。""一肩行李女儿箱，蝶梦初酣促理妆。几日眉奁慵爇麝，薰衣权借枣花香。""生憎终夜扑帘衣，捉得猩红蝙蝠肥。马铎车铃仍不绝，江南未许梦先归。""怀中小女雪肤柔，汗似明珠颗颗流。日炙风欺禁不得，笑持荷叶替遮头。"《侍姑大人病感作》曰："信手调兰效古贤，终宵侍寝敢迁延。扶衰幸藉君臣乐，卜卦时凭子母钱。宛转床前承色笑，殷勤膝下废餐眠。慈云顶礼观音座，一瓣心香散妙莲。"《得长女字之慧琴》曰："朔风吹雪冷妆台，已是年光葭管催。夙慧料儿修得到，梅花香里降生来。"《偕浣碧姊至吟香姊绿筠阁看文杏玉兰》

曰："冰蟾儿滑玉杯通，人在浓香浅醉中。绿净一亭鹦鹉石，花光争映烛光红。"《和三姊记梦诗原韵》曰："痴情容易惹风波，恨句愁诗莫再哦。病后翠痕眉尾瘦，慵来花影鬓唇拖。一双蝴蝶题襟袖，三十鸳鸯绣帐罗。明日各寻绡帕看，看谁抛得泪儿多。"《舟中午日》曰："一钩新月淡穿波，比似蛾眉丽若何。忆得扬州诸姊妹，杏衫应唤雪香罗。"另有《九秋吟》组诗及《癸卯嘉平月之十夕展读浣碧姊〈独醒吟〉六十首，哀感顽艳，如秋花泣露，春柳羃烟，韵致尤绝。前尘絮影，明月生前，知己难逢，好春不再，侬又劝姊不如沉醉之为佳也。因步其韵，亦成三十章。斯时四壁皎然，一灯红笑，磁盎中素兰馥馥，笔尖亦有仙气矣》三十首，如："可怜人事半浮云，斗室萧然悟我闻。舌底青莲花气在，女儿香好不须焚。""墨花淡作水云痕，煮茗闲同姊妹论。吹瘦西风蝴蝶梦，一坪芳草冷秋魂。"均亦婉丽哀艳。

《红香窠小草》二卷　　清稿本

何佩珠　撰

此集前有陈镜秋、何浣碧题词。上卷录《和吴朱桥先生环字韵无题十二首》："杨妃锦袜戚姬环，常傍春葱玉笋间。采伴踏青游尚懒，邀郎画黛镜翻闲。桐花凤飐钗梁重，箬叶鱼浮酒晕斑。修到瑶池诸侍女，美人原不碍红颜。"卷末曰："十二章毕，总题一律，每句戏藏数诗，仍用原韵，作一小束，仿竹桥先生意也。""三尺青丝绾九环，仙人仿佛碧城间。雀屏曲曲回身匿，雁柱条条隐语间。题遍花神双管翠，揩来菱镜五色斑。湘裙六幅更翻换，听彻铜荷瘦雪颜。"下卷收录后无题十二首连前二十五叠韵。"妙语聪明解若环，青绫步幛设花间。博山温似郎心暖，兰箭幽如妾意闲。腻髻分梳蝴蝶翅，甜香亲爇鹧鸪斑。含情悄向东风祝，但瘦腰肢莫瘦颜。"卷末录诗一首，曰"艳体一章，每句戏藏十六意"。诗曰："七出菱花九鼎环，银蟾双影现波间。洛神赋写三张满，蔡女笳删两拍间。喜听鸟声呼八八，再眠蚕茧色斑斑。昨宵恰是团圞节，才过十五未减颜。"

《竹烟兰雪斋诗钞》不分卷　　清刻本

何佩珠　撰

此集前有庞钟璐、黄针宗题词。集中共录诗一百余首。诗作始于庚寅年（1830），其中组诗甚多。《闲窗二十咏步张湘女史韵》《美人灯六首》《风筝美人七律四首次浣碧姊韵》《戏咏泥美人四首》《弓鞋灯七律四首》《夏日有怀桂英戏作四忆诗》《题三姊藕香馆集四首》《九九消寒曲》等，特别是步王渔洋《秋柳》韵的诗作颇多，如《芜城春柳叠用渔洋秋柳韵四律》《新秋四律》《秋海棠四律用渔洋秋柳韵》等。《秋柳用渔洋山人韵》曰："楼头盼断美人魂，无复浓阴荫荜门。凉雨暗消青鬓影，西风应减旧眉痕。数行征雁飞遥浦，几点寒鸦集小村。回首春光如梦寐，黄金抛尽总休论。"姊妹唱和及闺友往来之作亦多。如《呈家慈》《呈二姊》《呈三姊》《赠小甥女秀仙》《题袁柔吉夫人梨花白燕册子》《题汪忆梅女士遗笔花卉册子》《荼蘼次张彦如女史韵》《汪恂如夫人以大作寄示即用集中送令兄之仙元韵奉赠》《读不栉吟谨步题拙稿元韵呈虚白太夫人》《题傅蘋香夫人蕉林学书遗照》《白芙蓉折扇为蒋香雪夫人题》《催妆诗为张淡仙女士作》《张幻云女史见贻五色菊数种诗以奉酬》等。《呈二姊》曰："生来智慧出天真，洗尽铅华玉自新。花线替拈劳指爪，云鬟代理费精神。护持着意怜娇女，寒暖关心侍老亲。丰度如君当世少，只应明月是前身。"情真意切，感人至深。咏物抒情诗大多清丽娟秀。《白秋海棠》曰："水晶帘外露痕浓，银烛光中记乍逢。凉月一弯星几点，白描一幅玉环容。"《水仙》曰："云裳水珮玉盘前，分得梅花一笑缘。可是谢家幽梦觉，吟来仙句总天然。"《中秋无月》曰："嫩凉吹雨过平山，红烛生花媚醉颜。想是素娥情绪懒，不将清影照人间。"《问春》曰："底事年年费送迎，回黄转绿判枯荣。于人岂有炎凉意，人世何多旖旎情。未必易圆双燕语，竟能催得百花生。漫天匝地红无数，可是君才长养成。"《无题》诗二十六首摹写闺情，绮丽香艳。"二分春酒一分霞，绝代容光压丽华。肌玉生香融艳雪，泪珠和露洗娇花。绿毛凤小贪窥客，红嘴鹦灵解唤茶。鬓朵裙绦添窈窕，银藤一架覆窗纱。""瘦尽春红蝶梦阑，玉阶微步露痕干。兰因絮果三生恨，杏子梅丸一例酸。蟋蟀有声和赵瑟，流萤无力避齐纨。碧云日暮人何处，满地松花鹤语寒。”

又，《梨花梦》五卷，署天都何佩珠芷香著，附于《津云小草》后。此集共分五卷，每卷一折，共为五折。情节简单，主要为少妇杜兰仙于偕婿北上途中，戏为男子装小坐，梦一丽者，手持梨花一枝，索题诗句，遂颇萦情思。写在小影，以供慰藉。月夕深秋，苦苦思念，几成愁病，后又梦见梨花、藕花二仙子，始悟原为姊妹，聚首同游，旋为晓钟惊醒作结。主人公杜兰仙显然为佩珠自喻，二仙当即浣碧、吟香姊妹。语言幽婉缠绵。曾自言：“回忆邗江与东邻诸女伴，斗草评花，修云醉月，曾有愿余为男子身，当作添香捧砚者，今日春色阑珊，余情缱绻。”

卷　六

《月来轩诗稿》一卷　　民国二十九年《上海李氏易园三代清芬集》排印本

钱韫素　撰

钱韫素（1818—1895），字定娴，自号又楼，嘉兴人。秀水文端公钱陈群玄孙女，钱景文女，上海李尚暲妻。尚暲有才学，有《优盋罗室诗稿》《此木轩年号纂补正》《优盋罗室印谱》《汉瓦砚斋杂录》《优盋罗室古文稿》等著述。韫素母裘氏早丧，乳母抚育长成，幼诵《毛诗》《礼记》《尔雅》、唐宋诗文，工诗。少时听其父吟咏，则依韵和作。年二十五归李尚暲，与尚暲为闺中文字友，鹣鲽情深。韫素聪慧贤淑，持家有道，深得姑祝氏信任，且与妯娌和睦相处。李氏家本清贫，尚暲屡试不第后，游幕四方，数十年间游于燕、豫、晋、齐、越诸地，至太平军乱，乃返家，终日校研群经，而韫素教子邦黻明经习义，曾绘成《听雪课儿图》。因家中清贫，以针黹补家计，甚则典当钗环、玉石及名画。晚岁更设馆授徒。临终处分家事，溘然而逝，卒年七十八。所著《月来轩诗稿》一卷，有宣统己酉（1909）排印本；民国二十九年《上海李氏易园三代清芬集》排印本。

此为民国排印本。集中按时间顺序录诗一百零一首，多是思亲、忆外、怀人之作。《寄呈家大人》曰："远树烟霞间夕阳，推窗闲望思茫茫。瞻云频祝高堂健，搦管慵书絮语长。屈指五旬疏视膳，思亲一日九回肠。辞家乳燕飞难定，目送天边雁阵忙。”《寄嫂》曰：“申江两见月圆时，每展家书慰别离。准待春来风信好，梅花香里是归期。”《竹孙和韵留别叠韵酬之》曰：“起居自检莫疏慵，寂寞征鞍少仆从。漫道行囊羞涩甚，文章价重待遭逢。”《竹孙临行口占二律依韵以赠》曰：“此际情无限，愁心肯易消。怀人惊梦远，抚景怅途遥。别绪萦南浦，轻帆趁早潮。语长宵觉短，鸡唱怕来朝。”《题竹口占以示登儿》曰：“独抱干云志，亭亭翠玉森。宜师君子德，直节更虚心。”《苏杭失守怀蕴真妹》曰：“无端浩劫降苏杭，蠢尔黄巾势若狂。扰攘禾城惊遍地，飘零兰契避何方。欲探那有双飞翼，入梦空劳九转肠。每念多情相迓我，临风想像不能忘。”有淑世情怀。写景抒情多哀婉之情，但襟怀豁达。《咏梅》曰：“暗香浮动过墙阴，傲骨凌寒本素心。和靖不逢应有恨，婷婷疏影孰知音。”《书感》曰：“命薄心高慨此身，回思事事逊他人。故园睽隔徒劳梦，病骨难支倍怆神。处世已多长恨事，问天何必百年春。白华长感诗中意，第一心酸是痛亲。”《苦雨书怀》曰：“风雨潇潇连日阴，无聊且自写胸襟。半生劳勚凭谁说，一片菩提体佛心。井臼事完重握管，儿童课罢复拈针。者般也是消闲法，不为穷愁感慨生。”《竹孙自山左寄朱提归迟久不至匮乏日甚以所藏渤海真帖鬻泉五缗感而赋此》曰：“琐记艰辛百费思，朱颜消减镜中姿。聊将十指谋生计，慵整双鬟斗入时。处世未如一分愿，多情赢得半生痴。几番回忆兰闺事，愁集频倾酒数卮。”《感赋》曰：“衰年阅历识炎凉，渐见丝丝鬓里添。幸赖诗书怡我性，古来福慧几人兼。思量省墓羞囊啬，感伤趋庭秉训严。七十韶华何所乐，敢期蔗境十分甜。”另有《题红楼梦》曰：“色空空色本无因，一念沉迷遂失真。修到仙家还历劫，钟情难怪梦中人。”“业缘尘海几时休，幻境生前种此愁。细数古今多缺陷，痴心岂独是红楼。”《题小青雨灯读曲纨扇四首》曰：“慧业前因薄命身，秋窗惟胜影形亲。萧萧凉滴梧桐雨，起句新愁一晌神。”“废灯挑烬恨绵绵，破寂无聊对一编。夙业料缘留绮语，他生誓莫堕青莲。”“果否神传昔日姿，冰绡展处见情痴。亭亭瘦骨临秋水，只有孤山梅影知。”“无那愁肠逐雨声，一番回首一番情。古来多少伤心事，惆怅千秋岂独卿。”

《六宜楼诗稿》一卷　　民国二十九年《上海李氏易园三代清芬集》排印本

姚其慎　撰

姚其慎（1851—1926），字忆仙，南汇人。姚其庆姊，孝廉方正李邦黻继妻。晚年授徒课子。所撰《六宜楼诗稿》一卷，有《周浦南荫堂姚氏丛刊》初编本；李味青辑入民国二十九年《上海李氏易园三代清芬集》排印本。

此为民国排印本，卷末有桐城萧穆、姚永年《跋》。录诗九十首。与家人唱和之作，深情缠绵；咏景抒情之诗，清新婉约。《春章》曰："春风吹绿雨新晴，遥望靡芜夹道横。陌上裙腰怜旧迹，阶前书带喜初生。萋萋翠接江南路，隐隐青迷塞北程。仲蔚蓬蒿原不剪，任他一岁一枯荣。"《红梅》曰："换却浓妆倍有情，茜纱窗畔暗香清。寿阳额上翻新样，妃子腮边带宿醒。傲雪红葩谁斗艳，凌霜绿萼影初横。漫夸桃杏娇颜色，管领春风独让卿。"《秋夜》曰："欲赏新秋月，湘帘齐上钩。云开天宇迥，风送桂香浮。叶落惊残梦，虫声助别愁。晚凉吟兴好，忘却数更声。"《展先妣遗像》曰："绕膝承欢忆昔年，学诗问字侍亲前。而今痛抱终天恨，愁见遗容泣涕涟。"《寄外子》曰："幸得乘龙婿作师，那堪睽隔恨难支。一番梅雨添离绪，几度鱼函慰旅思。绮阁连宵常惜别，江城何日共论诗。绣余独坐无聊甚，欲遣愁怀读史词。"《别后有怀吉仙三姊》曰："月照妆楼影半斜，阑杆倚遍静无哗。匆匆只恨轻离别，好梦连宵到姊家。"《望三姊逾期不归》曰："虫声唧唧起离思，闲坐窗前欲赋诗。料得双声高阁里，联吟不觉误归期。"

《姚吉仙女史诗稿》三卷　　光绪二十九年刊本

姚其庆　撰

姚其庆，字吉仙，南汇人。姚炜楷三女，岁贡丁宜福妻。姊妹五人皆有诗名，而吉仙名最高。母周太君择婿苛，年三十三始归同邑诗人丁宜福，琴瑟静好，一时红豆联吟，绿窗赌韵，士林传为佳话，不幸逾五年而寡。吉仙为张啸山先生女弟子，《张文虎日记》载："姚吉仙女史求以弟子礼见，辞不获，许之。勉以王、孟、韦、柳诸家，勿阅近人诗集。又喜填词，属绝之，以专一艺。"张文虎尝作《姚吉仙女史其庆以诗来质，次韵答之》《示姚吉仙女史沓诗字韵》《次韵酬吉仙》《孟秋之月归自南塘，吉仙女史书并二章见寄，赋此答之》等诗。卒年六十一。所著《姚吉仙女史诗稿》三卷，有光绪二十九年（1903）癸卯刊本；有《吉仙剩稿》一卷，姚永年辑入民国二十六年《周浦南荫堂姚氏丛刊》。

此为光绪二十九年刊本，前有闵萃祥《序》，卷末有张尚纯《归济阳从母姚夫人家传》、侄姚有彬《跋》。闵萃祥《序》曰："守礼而善言情，非雕镂风月，组织盐絮而已也。""有时而和愉，有时而幽郁，境遇有殊，故舒惨异致，然而和愉之意有尽，而幽郁之情无穷。乃叹自古诗人每多发愤之作，正不特妇人女子为然，而妇人女子之于情，其沉挚肫切，更有倍徙于男子者。范之以礼，而尺寸不逾，斯发于诗，而正变合度。"又曰："尝自编其诗曰《吟红馆稿》、曰《双声阁稿》、曰《古井居稿》，盖自在闺至于于归，至于嫠居，厘而次之也。"《吟红馆诗草》一卷，前有夫婿丁宜福《序》，集中录诗一百零九首，为闺中所作，皆清婉娟秀。《春日偶成》曰："满径青青草似茵，风光瞥眼一翻新。柳枝吐叶桃含蕊，画出江南二月春。"《月夜》曰："银河如洗露华凝，倚遍阑杆待月升。满地绿荫深院静，一虫相伴语秋灯。"《采桑曲》曰："采采柔桑日易斜，筠筐未满不归家。红楼罗绮浑无事，正向芳园笑看花。"《秋宵听雨》曰："叶落空阶梦乍醒，西风瑟瑟透窗棂。寻常一样窗前雨，每到秋来最怕听。"有时用时世诗记载战乱，《避乱村居》曰："竹篱茅舍野人家，秋草萋萋一径斜。流水小桥人不见，凭窗极目数飞鸦。"《见女难民有感而作》曰："自古红颜薄命多，那堪避乱更奔波。流离道路归无所，抛撇家山唤奈何。蓬首罢梳飞两鬓，黛眉相对锁双蛾。可怜回首兰闺里，镇日熏香艳绮罗。"《舟中口占》曰："水阔天空眼界遥，一帆风顺趁平潮。渡头渐近人声杂，夕照明边酒幔飘。"《诗癖》曰："笑我成诗癖，终年自唱酬。废吟怜妹懒，多病累亲忧。永日书千卷，清宵月一楼。晨兴贪录稿，忘却未梳头。”《双声阁诗草》一卷，录诗五十一首，皆婚后唱和之作。《桃花》曰：“花光灼灼映霞红，佳丽分明夺化工。羞与息妫相比拟，一生只嫁与东风。”《和外留别元韵》曰：“懒向窗前理绣丝，离怀消得酒盈卮。晨兴洗手供亲馔，夜永挑灯订旧诗。湖海仅容君啸傲，米盐深愧妾操持。双声阁外潇潇雨，一样无聊两地思。”《送外秋试》曰：“转瞬槐黄觅举忙，秋风行李客途长。功名本是男儿事，莫为他人做嫁裳。”《春日忆外》曰：“堤柳成丝杏作花，东风到处便繁华。剧怜夫婿轻别离，两度清明不在家。”《古井居诗草》一卷，录诗六十五首，皆夫逝后所作。《感悼》曰：“夜半霜摧连理枝，茫茫身世怅何之。生离尚望归来日，死别难堪永诀时。妆阁空余形对影，泉台只愿早相随。孤灯此后亲书史，愁读秦嘉赠妇诗。”《孤燕》曰：“来去花间路，孤飞亦可怜。自从成只影，不复羡双栖。系足丝空认，投怀梦已睽。伤心寻旧主，怅触昔年题。”《端午日口占呈慈姑》曰：“两儿绕膝尽娇痴，疾苦伤心只自知。典质无余供药饵，艰难门户强支持。”《送忆仙妹旋里》曰：“慰我离居暂共依，何期雁序又分飞。深宵话旧银釭剔，尽日谈诗玉屑霏。小病殷勤亲煮药，薄寒郑重劝添衣。如卿友爱尤难别，秋水无情忍送归。”《检架上书感赋示两儿》曰：“感昔伤今恨有余，一生心血几楹书。尔曹珍重勤披读，莫使遗编饱蠹鱼。”

《碧华馆吟草》一卷　　民国仇埰《江宁方氏遗稿》排印本

殷如琳　撰

殷如琳（1819—1893），号紫英，江宁人。父霁楼先生精通六艺之学，宏雅通达。因如琳敏慧异于恒女，初不喜缠足，好为男子装，父视之若子，亲自督课，弱龄毕五经，习《史记》、两《汉书》，能文章、善诗词、娴琴棋、工书画。其父谓之“吾家不栉进士”，朋辈文酒之会，恒携以往。年二十七，适方培厚为继妻。逾二年，生子传勋；又二年，夫卒；又五年，咸丰金陵城陷。培厚之兄培基痛哭曰：“五世读书，见危授命此时也。”率子妇七人投水死，如琳亦携二子投水，遇救未死，遂避难于苏州、崇明、通州。流离转徙中，设帐课徒为生。十余年后返里，贫不能活。子传勋后文名噪甚，课徒里中，隽材迭出，如琳亦设帐授女徒于厅事后。传勋有女蕙馨，女五岁时传勋卒，两代孀居抚一孤女，一灯荧然，三影相倚。所著《碧华馆吟草》一卷，有民国仇埰《江宁方氏遗稿》排印本。

此集前有仇埰《序》，夏仁溥《方母殷太夫人传》，王柘香、黄家修题词；卷末王蕙馨《跋》曰："述庵夫子写定此稿，命为校字，以余于各作诵之熟也。自先君逝后，祖母吟咏之事盖寡，间有题赠，未尝存稿，此编犹五十岁以前作也。忆某岁余病愈，祖母虑余之沉于睡也，坐床握余手，口授所为诗，以当歌唱。嗣是日有所授，得尽熟其所作。"《中秋对月》云：'难忘儿岁椿庭宴，笑指群星捧玉盘。'每届中秋必牵衣歌此句，不知祖母孝思之流露也。当余婚姻文定之日，祖母语余母曰：为若得读书夫婿，吾无他求矣。语不一载而殁。"仇埰《序》曰："内子蕙馨六十初度，朋辈将制文词为祝，事闻于内子，内子曰：余不德，何以堪此。乞君为余谢之。继谓人之生也，秉形气于父母，故逢诞生之日，不能无恩勤顾复之思。余依祖母殷太夫人十九年，五岁失怙，病躯孱弱，惟祖母与吾母嘘育至于成人。一灯荧然，三影相倚，秉历历犹在目也。祖母暨先君遗稿在箧，丛残零落，惧委灰烬，君盍为写定而印行之。君之挚友多绩学能文之士，倘择与余家有契者，分别乞为之传，千秋百世，附若干名山著作以存其人，不愈于以文词饰余乎？"于是仇埰出其遗稿，与蕙馨并案讽诵，略其可略者，次第写定此集。集中录诗三十五首。如琳虽生活窘困不堪，但诗风娟秀婉丽，淡雅豁达，无悲苦之态。《饲蚕》曰："饲蚕坐到四更天，箔上柔桑叶叶鲜。却笑侍儿心意懒，背灯也自学蚕眠。""三眠以后不停工，一叶才添一叶终。起看筠篮人未倦，满窗花影月明中。""岁岁春寒坐短檠，记题诗句写闲情。自惭下笔真迟钝，哪有春蚕食叶声。"《二姊出阁有怀》曰："于归宜室复宜家，贞静幽闲万口夸。惆怅楼头今夜月，溶溶两地照窗纱。"《垂杨》曰："红板青波长短桥，风中金缕一条条。分明现出临歧路，懒看飞花入九霄。"《秋日即事》曰："秋光淡淡日光微，天际翩翩燕子飞。枫叶欲丹鲈正美，菊花刚绽蟹初肥。白云倦绣停针起，高树斜阳放学归。如此秋光人意好，暂时相赏莫相违。"《题叶媚川表姊折扇上兰花》曰："妙有生花笔，图成九畹香。清芬披拂暑，珍重袖中藏。"《题王柘香舅氏红袖添香夜读图》曰："平生乐事在书淫，千古文章一寸心。万卷寻披神自旺，一编重绎味弥深。频拈鸡舌炉将近，嘘试樱唇漏已沉。幸得侍儿能解事，偎灯也学短长吟。"《苏城授徒示诸生》曰："依依柳色拂长堤，灼灼桃花两岸齐。风日清和人意好，摊书读到日华西。"《自题寒灯课子图》曰："零丁为儿悲，清声为儿喜。灯火日相亲，形影日相倚。书中饶至味，一读一回忆。寒灯和熊丸，敢与前贤比。此心耿凄然，泪是珍珠字。"

《启秀轩诗钞》二卷、附《词》一卷　光绪二十四年大兴朱氏家藏本

刘之莱　撰

刘之莱（1819—1854），字冉仙，山阴人。诞前一夕，母张氏梦登海中大山，逢一紫衣女，冉冉入怀，故名之莱，字冉仙。稍长行严而警敏，过目成诵。从母学书，未数月辄工，小楷临晋唐诸帖逼肖，兼精女红。尝以己意创为绣谱，禽鸟花卉工妙胜写生，闺阁戚里争相敬慕。年二十六归大兴朱秉璋为继室。婚后逾月，即屏华饰，操井臼，黎明起，晨曦甫升，盥栉已竟。家事无巨细，皆以身先人，俄顷并办。亭午刺绣作字，暇复寄情吟咏，日率以是为常。其于奉先尤敬，岁时祭祀必躬入厨下，洁滫瀡，虽大寒暑不少休。又最乐善好施，资贫无得色、无吝情。夫子频年橐笔走燕赵间，或经岁不返，鲜内顾忧。子芷青髫龄即驰誉文坛，而至性端纯，迥超流俗，庭训之外，资于母教者为多。所著《启秀轩诗钞》二卷、附《词》一卷，有光绪二十四年（1898）大兴朱氏家藏本。

此集前有沈兆沄《序》，朱秉璋《传》，子寯瀛《跋》。题曰山阴刘之莱冉仙著，孙桐等校字，大兴朱秉璋少襄辑，男寯瀛恭刊。集中录诗六十二首，词五阕。多为闲居遣兴之作。沈兆沄《序》曰："一咏一吟，清淑之气溢于言表。"《临帖偶成》曰："小书闲写洛神赋，头上簪花笔下妍。赢得庭前邻姆

赞，珠帘棐几望如仙。”《早晴》曰：“一枝红杏吐，珍重卜朝晴。薄暖归花速，余寒向雪轻。缸鱼欣旭影，林鸟变春声。读罢黄庭帖，焚香自品评。”《制菊花枕寄外》曰：“撷得黄英色总鲜，任他旅邸藉香眠。行人会得甜香趣，不到邯郸梦也仙。”《喜外子归》曰：“竹篱茅舍度春风，才得君来景不同。儿女也知围坐趣，笑携诗几近花丛。”怀古咏时事诗，有淑世情怀。《西子》曰：“一从曳縠侍吴王，贵纵称稀事讵臧。何以苎萝村里老，浣纱千古自名香。”《虞姬》曰：“虞兮一曲恨如何，妾果捐生亦足多。至竟芳魂千载下，还应愁听大风歌。”《悯忠寺怀古》曰：“唐寺今犹在，凭观几溯洄。入云禅阁耸，洗雨石坛开。戍想征人恨，题惭幼妇才。深闺重怀古，不为听经来。”

又，女朱韫珍字琬卿，山阴冯怡堂室，嫁二载卒。有《浣青吟稿》一卷，存诗十六首。《望月》曰：“昨宵一雨见精神，金粟飘香影更新。身似琼瑶宫里住，不知何处有红尘。”

《都梁香阁诗词集》二卷　　宣统三年徐琪刻本

郑兰孙　撰

郑兰孙（1819—1861），字娱清，号蘅洲，别号莲因室主人，钱塘人。仁和徐鸿谟妻。兰孙幼孤，鞠于外家，六岁通四声，九岁能为小诗，赋庭前花木，辄有新意。至十四五工书画，且善为唐宋小令。性谨厚，有识略，居恒寡言笑，临大事则从容治之，无仓皇之色。夫徐鸿谟自幼博览无遗，年十四补博士弟子员，作《观潮赋》，传颂一时。婚后，妇吟夫唱，妆台春暖，或选韵以联诗；绣幄宵深，或分题而刻烛。此亦人生之乐事，寒士所快心者，但生活艰辛，囊空羞涩，菽水需谋，亲老承欢，旨甘不足。咸丰三年，挈子女避难如皋，家益贫，不能具修脯，乃自课儿读书。作《示儿》诗四章。虽遭遇兵，但达佛理，益视死如梦觉。至如皋曾赋《自挽》诗十六章，虽自知不起，然犹治家事，勉子诵读如平时。与吴兰斋夫人多有唱和，集中有《吴兰斋夫人以诗寄怀赋此代柬》《和吴兰斋夫人病中寄怀原韵时予亦卧疾》《谢吴兰斋夫人惠手书折扇》等诗。兰孙晚年参佛理，自作《前序》曰：“感人世之因，悟出尘之妙，盖予夏间卧病几殆，迷惘中似为大士引去，戒之曰：‘汝本莲座侍香之童，偶谪尘寰，诸宜留意。’并示偈言四句云：‘心如明镜不沾尘，慧业无端误尔身。记取本来真面目，莲华会上证前因。’”卒之日，异香满室，有金光穿户出，左右皆见之。躬操井臼，不废翰墨，兵乱中犹时以诗歌见志，可谓女士。所著《都梁香阁诗词集》二卷，有宣统三年（1911）徐琪刻本。

此集前有俞樾《序》，恭亲王、陈夔龙、吴重熹、朱启凤、吴士鑑、张鸿辰、胡骏、许延礽、胡怀玉、许禧身等名士闺秀题词。卷末有子徐琪《跋》。集中存诗三十四首，词十二阕。俞樾《序》曰：“花农太史曾刻其母郑太宜人《莲因室集》，余既序其端矣。今年夏，花农又以《都香阁诗录》《词录》各一卷寄示，则亦其母郑宜人之作，而其先德若洲先生所手录者耶。当录此时为咸丰癸丑岁，俄经兵乱避寇，时于扬州失之。及官兵克复扬州，有鲍君问梅者于旧书摊中购得此册，以归于若洲先生。先生既殁，花农寓居栟茶场，有李君仲琯介周君子谦而请观焉。未及归，而花农旋浙应童子试，李君又他往，深惧遗失，为终生之疚。乃至今岁，周君忽从袁浦以此册寄京师归花农。”徐琪《跋》曰：“咸丰甲寅夏先母郑太夫人作《莲因室稿后序》云：道光丙申至咸丰壬子十七年中所得诗词，除删去儿时之作，尚八百余首，分为两集：一曰《都梁香阁》，一曰《莲因室集》。迨癸丑扬州告警，仓皇出避，两集俱失。是年侨居如皋，始默录之，然仅得十之二三，即光绪初元杨石泉师助琪恭刻之《莲因室稿》是也。此外别有一册为先考光禄公手录，题曰《都梁香阁集》，乃扬城克复后，同里鲍问梅先生得之旧书摊中，因尚有先光禄公自抄诗稿词稿，审为一手所书，特以见还。虽先太夫人自序八百余首，分为二集，则《都梁香阁集》当亦四百余首，而是册仅得诗三十四首，词十二阕，似出于当时摘录，初非全稿，而《都梁集》之幸存，实独赖此。同治甲子，先光禄公弃养，琪依亲串居海滨，有李君仲琯借观，未及归，而琪回南应童子试，李君旋他往。当乙亥恭刻《莲因室集》时，此稿尚存李所，故未及并梓。后乞周子谦二尹辗转踪迹，于丁亥春乃自袁浦取以寄归。相隔盖二十七年，纸墨如新，曾不稍损。其时琪正梓《诵芬咏烈编》一书，自先文敬公以来累世诗文，大略皆备，恍有护持其间，以显会和之妙者，亟编于五十至五十七数卷中，复录呈俞曲园师，乞赐弁言以彰。此异于《诵芬编》中，以岁月论，则次于先太夫人默录诸作之前，而《诵芬编》卷帙较繁，爰梓此为单行，次于《莲因室集》后，仍题曰《都梁香阁集》。中有与《莲因室稿》重复者，俱不复梓，或偶异于一二句者，则并存之，俱详志于每首之下。又于《小莲花室集》得一首，亦附于末。”集中为丙申（1836）至甲辰（1844）作品，诗则缠绵悱恻，尽送行惜别之章；词则绮丽清新，悉残月晓风之曲。如《乡思》曰：“五夜鸡声破晓啼，惊残归梦益悲凄。几时同载西湖月，柳岸沙堤路不迷。”《寄答吴兰斋夫人》曰：“青山相对几重重，静卷湘帘积翠浓。卸却晚妆闲眺处，忆他黛色似眉峰。”《汪静宜夫人以月明林下美人来诗意写诸便面，属题成四绝句》曰：“玉骨冰肌第一流，春寒料峭澹云浮。年年开向东风里，花自清香月自幽。”《春暮偶作寄怀夫子》曰：“莺花已开残，韶华三月暮。所思人未归，一榻和春住。帘栊漾晚风，远岫凝深雾。病起懒观书，独向阶前步。柳絮扑罗衣，刍尼啼绿树。粉墙杂苔藓，怪石蹲如怒。心清忘浮荣，触目皆成趣。逝者复如斯，至理于兹悟。不知嵇阮流，何为哭穷路。人生无大药，难使朱颜驻。劳劳何所求，富贵草头露。予将归去来，扁舟夕阳渡。”词如《苏幕遮·忆外》曰：“白蘋洲、黄叶渡，云静天空，人逐飞鸿去。目断斜阳天欲暮，远水孤帆，细草轻烟路。漏声沉、桐影午，江阔山遥，有梦还难渡。帘外寒生风不住，明月扁舟，今夜知何处。”《相见欢·初秋》曰：“桐影澹影层楼，下帘钩，销得几番风雨几番秋。金炉篆，风吹乱，写离愁。何处飞来乡梦五更头。”

《焦尾阁遗稿》一卷　　民国间王亮排印本

卢德仪　撰

卢德仪（1820—1865），字俪兰，号梅邻，黄岩人。举人埙女孙，卢肃炡女，同县王维龄室，同治庚午举人太常寺少卿彦威、诸生彦澂、通判彦载、彦武、彦戬母。幼有至性，尝刲臂疗其亲，及长受《女诫》，通《五经》《尔雅》，熟《文选》。教子有方，子彦威五六岁执策侍其后，暇则举古今忠孝事为堂上陈之，以博色笑。其遗文坠典有关惩劝者，比类录之；凌杂掌故，则别纸录之，傍行侧注，一字不苟。而后长出就外傅，入复其所业，条析缕辨，彻夜不倦，苟不率教，正容以示之，未尝事箠楚。七岁就傅，夜归复其所业，一灯明光，嘤咿相对，陶陶然，广广然，不自知其室之隘。同治乙丑，浙江大定，补行乡试，德仪已卧病阅月，彦威欲不赴试，则促之行。彦威坚不欲行，则抚床大恨曰："吾二十余年黾勉教诲尔者，冀尔成名。今有试事而不往，欲何为耶?"后彦威作《秋灯课子图》记之，题诗者众多。辛酉贼寇杭州，浙东势岌岌，贼陷绍兴，乃以十月朔，避地邑西之五部。德仪骨削柴立，又不忍贻家人忧，强自支拄，乃至通夜不瞑，犹时托之吟咏，而疾不可为矣。生平为诗盈数卷，顾皆自藏之，曾辑《焦尾阁賸录》二卷，《正气集》四卷，均佚。所著《焦尾阁遗稿》一卷，有《西桥黄氏家集》本；民国间王亮排印本。

焦尾阁集为德仪兵后自署之阁名，此集为王亮排印本，收录兵后作及自他所录归之作，共三十三首。前有王彦威《序》，王亮《后序》。李契《书焦尾阁遗稿后》曰："其所为作不过闺阁之内，周旋于大人夫子事。先送弟寄妹课儿等什，而间多避兵羁旅之作，其乐也不淫，其哀也不伤矣。宜其被诸管弦，登诸金石，纪诸册书以垂教于后也。盖夫人自幼习经史，通大义，在家为孝女，适人为宜妇，有子为哲母，其卓行懿德事皆可传，真女中君子也。故其发之吟咏而得乎性情合乎义理，而情发于中如是也。"金永穆《书焦尾阁诗稿后》曰："温厚高洁无脂粉气。其与夫子唱酬，闲雅有法度；干戈流离，备尝艰险而少哀怨之音；长至祀先之作，蔼然诸姑伯叔之思。"《避乱感怀》曰："不堪思往事，涕泪一潸然。遭乱又今日，浮生已卌年。傍人秋后燕，凄我雨中鹃。所幸慈姑健，犹为喜自天。"《避乱石嶅滩声作横彻夜不寐感赋一章》曰："干戈满地欲何之，穷谷藏身岁已迟。彻夜滩声眠不得，似为羁客写愁思。"《避兵五部已弥岁矣长至祀先怆然有感》曰："几瓯麦饭几盂茶，奠向荒郊泪转加。为告诸姑兼伯叔，也应怜我是无家。”《回首》曰：“忆昨避乱时，严冬强就道。风尘猿鹤惊，寄庑何草草。虽曰非家乡，安居亦大好。谁知弥月间，入山恐不早。爨火断无温，雪冷前山皓。浮生四十年，两度干戈扰。生恐忧患多，朱颜不自保。回首望高堂，凄然已垂老。”皆可作诗史。《秋夜课廉儿读书》曰：“良宵闲雅与诗宜，清课从头莫告疲。矮屋数椽灯一点，我家喜有读书儿。”《寄夫子温州》曰：“小别情怀夙未谙，计程应已过山南。东瓯风景知何似，记取归来佐夜谈。”《月下读唐人诗悠然有悟》曰：“几卷唐诗手自娱，不须笺传苦纷拏。有时悟到忘言处，明月梨花澹欲无。”《秋夜》曰：“河汉无声夜气幽，独携圆月上高楼。寒衣处处催刀尺，中有人间万古愁。”

又，卢德仪《焦尾阁遗稿》影响很广，《西桥黄氏家集》中记载了左宗棠、孙锵鸣、潘曾莹、潘曾绶、杨沂孙、沈葆桢、俞樾、程鸿诏、彭玉麟、薛时雨、孙毓汶、沈秉成、恩锡、洪良品、谭献、羊复礼、刘寿昌、施补华、潘鸿、曾之撰、周家禄、张景祁、郦青照、郭本恭、谢增、赵彦修、杨长年、胡元洁、许等身、江培、金泽荣、李建昌、金昌熙、袁昶、陈方琦、陈宝忠、朱晶清、樊增祥、董沛、王颂蔚、沈曾植、甘元焕、刘近河、冯一梅、沈宝森、范志熙、周恩煦、柯劭慜、沈岩、许宜、骆葆庆、蔡篪、蔡燕綦等名士《题焦尾阁遗稿》诗词。另载王士铎《书焦尾阁遗稿后》、曾国荃《王母卢太淑人赞》、潘祖荫《焦尾阁遗稿序》、李文田《焦尾阁遗稿跋》、黄体芳《焦尾阁遗稿序》、吴长庆《焦尾阁遗稿序》、孙宪《焦尾阁遗稿序》、孙德祖《焦尾阁遗稿跋》、黄以周《焦尾阁遗稿序》、周郇雨《焦尾阁遗稿跋》、顾云《书焦尾阁遗稿后》、金永穆《焦尾阁诗稿序》、李契《书焦尾阁遗稿后》、杜贵墀《跋焦尾阁遗稿》、汪宗沂《焦尾阁遗稿跋》、朱福先《焦尾阁遗稿序》、袁鹏图《焦尾阁遗稿序》、王泳霓《焦尾阁遗稿序》、朱铭盘《焦尾阁遗稿序》、毕光祖《焦尾阁遗稿跋》、黄绍第《焦尾阁遗稿序》、张謇《焦尾阁遗稿序》、范钟《焦尾阁遗稿序赞》等文章。

《餐鞠轩诗草》一卷　　光绪间刻本

伍淡如　撰

伍淡如（1820—1882），字晚香，云南人。《五十生辰自序》叙其家世："祖籍三湘旧有家，滇南随任走天涯。读书有志终须遂，咏絮无才未足夸。宦海抽身归未决，砚田糊口事堪嗟。六旬以外悲无子，五女何人可代爷。"后归奉贤知县杨霖仁。霖仁五诣京师，从军黔省，家事一委任淡如。时值兵燹，安上全下，内外秩序，井井有条。后任奉贤，戎马纵横，因擒捕游勇，猝而被戕。当时地有风鹤之警，室少担石之储，内无伯叔姻娅之助，淡如一身肩巨任，后得报家仇。教养诸孤二十年，三子皆秉母教，循循力学，无废时、无失行、无少年轻薄之习。后家道蒸蒸日上。所著《餐鞠轩诗草》一卷，有清光绪间刻本。

此集前有李嘉端、李鸿章、丁寿昌、童宝善、朱泰修、王宝书、顾思贤、关棠、陈维周、汪世泽、黄振钧、陆叙卿、白香亭《序》，勒方锜、潘鼎新、沈寿榕、黄彭年、刘树堂、李端棻、丁逊之、汪作钧、刘毓彦、李日乾、成明郁、曾锡龄、江湄、余修莲、江芳孙、汤杏仙、沈蕊、张滢等名士闺秀题词，淡如《自序》《祭文》。集中录诗六十五首。白香亭《序》曰："一咏一歌，无一毫闺阁气，而冰霜松筠、训子治家之义，洋溢楮墨，实足以兴起人子愤发之思，当与曹大家相伯仲，不仅如道韫辈以文词传也。"《夏日课子》曰："长日如年永，森森夏木重。榴花红吐焰，槐树绿荫浓。坐久萧斋静，林深小径封。驹光应自惜，莫使读书慵。"《示儿辈》曰："一联诗句泪千行，付与吾儿珍重藏。兄弟寒窗须努力，扬名及早慰萱堂。"《辛未四五两儿游学金陵馆于陈子奉观察处未及半载观察遽卒失意而归良可慨也》曰："孺子依人亦可叹，枝栖有地转心安。无端客又平原散，长铗归来且自弹。"《阅大儿寄两弟诗有感》曰："一纸春风寄棣棠，好凭诗句慰他乡。无端写出征途苦，添我思儿泪千行。"《四儿书来言试卷已经房荐并邀堂备乃以额满见遗作此慰之》曰："莫因名落孙山外，辜负才人月旦评。但愿归来聊戏彩，读书何必定求名。"《偶感》曰："每逢佳节倍伤神，薪水无端累此身。奁底遍搜无一物，春裙典尽且安贫。”《春雨》曰：“怕听春雨费绸缪，一点寒灯照小楼。无奈幽人情最重，替花担尽十分愁。”《明妃》曰：“莫怨工师误此生，和亲万里显忠贞。当年若老深宫里，青冢何由表美名。”

《榕风楼诗存》二卷　　光绪十年刻本

杨渼皋　撰

杨渼皋（1820—1884），字婉蕙，福建连城人。嘉庆二十五年进士江苏巡抚杨笙女，梁章钜三子梁恭辰妻。幼时父即授以诗义，知声韵之学。于归后与梁韵书交游，与梁章钜长女寿敦、次女寿研相约请题为课，渐有所解。女红酒食之隙，舟车侍游之余，随题闲作，数年间积成百十首。所著《榕风楼诗存》二卷，有光绪十年刻本。

此集卷首题女史杨渼皋作，男儒年、俦年、佩年、储年校刊。前有梁章钜、梁恭辰《序》。集中录诗二百一十二首，皆秉温柔敦厚之旨。《棣香寄女随任台防以尊堂所书女诫见示赋此归之并以志别》曰：“女诫七篇最清真，况有灵飞妙格新。拂纸更劳添素手，令人羡煞卫夫人。”“淡泊分鲊孰能同，清恐人知励匪躬。脱尽繁华垂训懔，持家淡泊本家风。”《怀严亲大人附家书至扬州》曰：“春阴漠漠过芳辰，陟岵思深入梦频。眷恋庭闱难自遣，寻思训语总应遵。数年离膝怀弥切，异日承欢志可伸。几度欲归归未得，望云江左总伤神。”《呈姑大人》曰：“少未娴闺训，深欣侍女师。感人恩礼备，范我室家宜。定可纾瞻望，从兹乐唱随。惟惭得天厚，何以报垂慈。”《寄呈夫子》曰：“一函鱼雁慰离居，不觉眉痕镜里舒。梅蕊岁寒人别后，杏花春暖燕来初。三更对月频敲句，五夜听鸡好读书。但愿相逢衣锦日，华堂舞彩乐何如。”《对月偶成寄呈夫子》曰：“今夜中天月，行人何处山。清光入帘户，疑是照君颜。”《叠饯别云寄莲因》曰：“咏絮清才大雅群，闺心如醉共如醺。缘深翰墨原非偶，情契琴樽惜早分。画似名山增秀色，诗同异锦耀新纹。相逢未久难为别，风雨潇潇最忆君。”《秋柳》曰：“摇落西风里，依然绾别愁。数枝临水影，画出冶城秋。”《牡丹花和韵》曰：“前度看花兴不孤，卜居今又绘新图。花神莫笑常为客，长此冰心对玉壶。”《金陵怀古》曰：“山川自古帝王州，霸气金销水尚流。落日昭阳何处殿，秋风建业几家楼。龙盘虎踞空陈迹，笛步花台孰旧游。回首六朝金粉地，轻舟重过一天秋。”

《华影吹笙阁遗稿》一卷　道光二十五年刻本

戴小琼　撰

戴小琼（1821—?），号兰亭、菊亭，别号墨华道人，嘉兴人。王珠堂外孙女，沈光春与女诗人许英子媳，沈涛妻，女诗人沈蕊、沈菜母。颇耽吟咏，懒不收拾，殁后搜其遗箧，仅数十首，然皆卓卓可传。所著《华影吹笙阁遗稿》一卷，有道光二十五年刻本。

此集前有潘曾莹《序》，录诗二十二首。《西湖柳枝词四首》曰：“陌上花开漾曲尘，万重烟锁翠眉颦。弯弯蛾样翻新谱，苏小门前画个人。”“十里青骢油壁飞，嬉春女伴阿环肥。侬家爱著西湖色，莫唱当年金缕衣。”“绿遍长桥又短桥，两湖风絮尽萧萧。为嫌湖上春光热，捉得杨花当雪飘。”“蛮腰堤畔斗轻盈，荡得春愁太瘦生。我是倚香杨妹子，晓风残月总关情。”《赠归佩珊夫人》曰：“之子闺中秀，翛然鸾鹤群。幽怀净冰雪，高咏绝尘氛。相隔渺烟水，所思空白云。藕花香阵里，理棹拟寻君。”《题胡碧窗女史琴韵楼遗稿》曰：“信有吟魂不可招，茫茫烟驾紫鸾飘。祭诗我学黄金岛，一盏寒泉带泪浇。”“十洲难觅震灵香，阆院层楼入梦长。惆怅瘦吟人不见，独留琴韵绕空梁。”《老梅》曰：“老干古枝劲如铁，春风烂漫开香雪。水边篱落自横斜，瘦影萧疏正清绝。孤标不与凡卉争，岁寒松柏相寻盟。月明翠羽不敢近，一鹤褵褷巢树顶。”

又，女沈蕊字芷芗，号鸳湖女史，劳介甫室，所著《来禽仙馆词》一卷，附于父集之后。《月底修箫谱》曰：“玉绳低，星影堕，澹月正窥户，凤管初调，重理旧时谱。何须檀板金尊，酒边花外，都占断、碧梧深处。滴珠露、浑忘似水新凉，莲漏听频数。减字偷声，相共砌蛩语。几番拍遍阑干，秋情无限，写不尽，怨商愁羽。”

《定香楼小草》一卷　　咸丰元年刊本

吴清莲　撰

吴清莲（1822—1851），字佩云，一字菡生，长洲人。吴缦士女，与吴清蕙为从姊妹。年十四，失怙恃，后随清蕙父入都。年二十五，归蒋锡绶为继室，旋赴都供职，清莲偕行。长安居不易，家事琐屑，悉清莲主之。己酉秋归里后，因老屋被灾，寄居兄镜心家中。居恒喜作小楷，嗜诗尤笃，日手一编，寝食与俱，尝手抄唐宋诗成帙。其为诗不自收拾，随手散佚。清莲体羸弱多病，复因家累积重，力细支持，幽愁忧思，遂得虚怯症，医治罔效，竟至不起。卒年仅三十岁。生二子并殇。所著《定香楼小草》一卷，有咸丰元年（1851）刊本。

此集前有叔父吴钟骏《序》，卷末有蒋锡绶《跋》。集中录诗二十六首，词三阕。吴钟骏《序》曰："比部集此遗诗，书来乞序，以为料检残编，搜罗苊箧，甄录丛剩，付雕枣梨，非敢俪淑曹班，竞芬左鲍，亦因伤其早慧，悯其苦衷，吉光之羽弥珍，峑山之瑗亦贵。忆其夙耽翰墨，雅好声诗，《内则》之礼熟闻，《女诫》之篇咸诵。斗花学绣，妆辞口纨；理镜膏鬟，饰厌金翠。闽山浙水，傥助彩于笔床；帆口鞭丝，或争辉于砚匣。及归乐安，孝事尊章，和于夫子，蘋蘩式敬，榛栗修诚，中馈赖其支撑，内政均其出入。加以绿窗伴读，红烛裁诗，以镜槛为书堂，置文房于奁具。泊比部回翔中禁，儤直内廷，亲操井臼之劬，弗惮米盐之琐，独庀家政，俾励官箴。何图乔柯霜陨，椿树风摧，随宦迹者三年，惊赴书于一旦，比部望白云而东指，披素缟以南旋。时方灾被郁攸，家遭多难，避债之台未筑，负郭之田全无。仰屋而嗟，点金无术，尔乃四愁迸作，十命相知，虫集蓼而多酸，蚕吐丝而已尽。遂乃私质衣钗，代筹菽水，罔辞劳瘁，备极艰辛，厌藜藿而自甘，茹蘖荼而忘苦。无终风之且暴，愁来日之大难，肠一日而九回，心六时而百感。更兼双雏连折，二竖为殃，芝在室而先枯，兰生庭而忽刈。心伤将子，生不逢辰，家厄迍邅，命途偃蹇，婴沉疴者半载，惊撒手于三秋。人间少炼骨之丹，世上有伤心之曲。於乎！十载相依，一朝怛化。贫而且病，总忧虑之伤神；侄其从姑同文人之薄命（佩云之姑通晓史鉴，归松阳，年仅二十八。家玉松先生为之撰《传》）。昙花散影，空留彤管之徽；紫玉成烟，庶丽璇星之曜云尔。”《题朱漱芳表姊秋音阁遗草四首》曰：“绝妙才华绝代姿，一朝撒手会无期。徒看□墨音容杳，肠断萧萧暮雨词。”“论文曩日意相倾，选韵推敲细共评。从此夜窗深阁里，那堪重忆旧诗盟。”“卅载尘寰被谪迁，玉皇敕召掌书仙。河阳此日肠应断，鸿案相庄不永年。”“读遍琳琅倍怆神，优昙幻相本非真。好将一卷秋音集，传诵超超林下身。”《寒夜》曰：“烟暗天光暝，云低雪意成。灯摇疏密影，梦逐短长更。炉火温无力，风棱撼有声。三千里外远，不觉动乡情。”《幼竹夫子入直枢垣》曰：“五更待旦问鸡筹，小队鹓班橐笔游。清秘幸陪青琐闼，唱酬犹记白云楼。天风阆苑嘘难到，仙露□坛浥独稠。遥听珮声花底散，衣冠尚带御香浮。”《送幼竹夫子粤游》曰：“濒别反无语，聊为饯一卮。那堪冒暑去，预计到家迟。世事何须问，长途要自知。屋梁残月落，独自照罗帷。”《咏蔷薇》曰：“红衣乱搭傍文窗，十丈赪霞照夜釭。多刺须防纤手触，金钱买笑价应降。”《咏茉莉》曰：“玉骨冰肌淡淡芳，小于莲瓣洁于霜。最怜香气能消暑，斜插云鬟试晚妆。”另有集唐诗五首。词亦清丽娟秀，闺秀本色。《长相思·有怀又芬三姊及漱芳表姊》曰：“昼相思，夜相思。万斛离愁只自知，缠绵恨藕丝。羁天涯，叹天涯。萍梗飘蓬不自持，归期难定时。”《长相思·春夜感怀》曰：“花满窗，月满窗。新燕初归睇绣幢，呢喃似旧腔。愁难降，病难降。欹枕徘徊对玉釭，无言泪自双。”

《写韵楼吟草》二卷　　光绪十七年刻本

吴清蕙　撰

吴清蕙（1834—1885），字佩湘，号建之，吴县人。礼部左侍郎吴钟骏女，彭翰孙妻。幼禀夙慧，至性过人，涉猎文史，兼善楷法。年十四，哭母哀甚，一病几殆。十九归彭翰孙，敬恭淑慎，能博姑氏欢心。吟咏一庭，赓和愉愉。庚申寇乱，遁迹穷乡。夫病，群医无策，焚香吁天。刲臂肉和药，病愈。翰孙筮仕粤东十余年间，清蕙综理内政，日不言劳，孝顺舅姑，起居饮食之细，靡弗躬亲料检。春秋佳日则侍游粤秀山花田名胜，凡鲜果奇葩，苟可以娱心志、适口体者，毕力致之。迨渡海归，则送至三百里外，依依不忍别。姑氏病，谨奉汤药外，朝夕侍侧，不少离。后因病卒，年五十二。所著《写韵楼吟草》二卷，有光绪十七年（1891）刻本。

此集前有清蕙舅钝彤老人《冢妇吴淑人行略》、夫彭翰孙《亡妻吴淑人小传》、张一麐《序》。《梨花》曰："带雨笼烟别有神，年年占断二分春。玉颜浥露香痕淡，缟袂临流倩影新。诗梦晓迷前度雪，银灯夜语隔窗人。闭门寂寞东风里，一种清标绝点尘。"《寒灯》曰："一点明虚牖，光摇毳幕垂。焰微蛾倦扑，膏冻鼠空窥。书味三冬盎，机声五夜迟。刀环凭问卜，风雪念天涯。"《残菊》曰："秋光萧瑟里，篱菊已凋残。零落金英淡，离披翠影单。犹堪陶令醉，拟倩楚人餐。幸有凌霜骨，亭亭耐晓寒。"《满江红·题绘水集纪道光三年吴郡水灾事也》一阕，词情苍劲古严，思致澹远清幽。

《剪红阁诗草初集》一卷、《二集》一卷、附《诗余》一卷
民国初年庆氏排印本

张茝馨　撰

张茝馨（1821—1898），含山人。早擅才名，富有文藻，长于诗。适同邑庆锡纶。夫卒后偕女筠仙扶榇由雁平南返滁州。后中游京师、雁平，周旋燕、晋之郊，所作益雄厚精粹，晚岁兴益豪，诗愈工。所著《剪红阁诗草》，有民国初年庆氏排印本。

此集前有张懋绩、卢振鏊《序》。《初集》录诗一百三十首，《二集》录诗一百一十六首，附词六阕。多雄厚精粹之作。张懋绩《序》曰："夫人之世在同、光间，诗教已颓，夫人能起振之，可谓能自奋起者。予又读夫人教子、教女、咏史诸篇，知夫人所蕴蓄，抑犹在翰墨以外。"卢振鏊《序》曰："予总角之岁喜读诗，每侍予母问省之暇，辄取予母所作读之。又时从赴外家。予外祖母素钟爱予，则延闺中诗友欢聚一室，染翰濡纸，唱和更迭，恒尽日

不倦。外祖母春秋高，诗兴益健，并美奖藉后学。见予喜读诗，因语予母曰：'汝子他日必工此者。'予闻之，心窃喜，益致力于诗，暇更手抄予外祖母所作，携归洛诵，乐不能置。予母谓余曰：'昔汝外祖母教予诗，谓诗之为道，宜远规风雅，近寝馈于唐、宋以来诸名作，然后润之以山川之气，乃能超然为一作家。'因忆汝外祖父以进士官郎署，复出观察雁平，汝外祖母相随之燕、之晋，每于旅次以诗自遣，视往岁诸作益精萃，盖所称润之以山川之气者，正于诗所造深，罄其所心得，故所言綦切。"怀古咏史诗，雄浑且有见地。《沈将军行》曰："沈公有女闺中秀，少小六经从父授。青史良宵任揣摩，彩绒镇日耽描绣。父去从军女亦行，惊天金鼓绕危城。风吹日薄旌旗影，云暗潮奔兵马声。慷慨元戎期报国，亲率孤军遥逼贼。怒发冲冠寇众惊，其如天意难回得。电闪雷轰雨忽飞，战当酣际辄忘归。马蹄泥陷元戎坠，从此君亲无报地。将军小字字云英，抢地呼天命顿轻。亲率壮士十余载，匹马先向沙场行。贼众纷披如鼠雀，回戈反辔为惊却。马喷桃花血色红，甲穿榆叶刀痕削。霎时斩首三十余，原轸元归如生初。归来启营期再战，贼众苍皇为退舍。从此孤城屹晏如，将军功德闾阎遍。九重闻之褒赏厚，将军袭职仍居守。收合余军蓄糇粮，戴天仇恨宁甘久。无奈荆川长贼氛，贾坚誓死守军门。可怜射雉人常杳，羽檄交驰讣共闻。涕泣力辞天子诏，臣心麻乱功难效。乞得明驼不死还，更求瓜带除征调。臣父死军夫又亡，寸心耿耿岂忘报。双榇浮沉谁代收，愿将骸骨葬宗丘。自安裙布荆钗老，难荡烽烟靖九州。道路纷传天子死，捐生欲赴江流水。阿母殷勤苦谕儿，宗支未续吾衰矣。何如且自保余生，为我稍留须臾尔。阿女从容应阿娘，凄凄相对泪千行。闭门愿侍慈帏下，朝断樵苏夕乏粮。拮据经营十余栽，一朝寝疾葬黄杨。将军文武才兼有，孝节忠贞传不朽。束发从军拟木兰，传经绛幔同韦母。砂砾寻尸曹氏儿，烽烟刃贼谢家妇。功烈巍然神鬼钦，著书还自了余生。龛山山畔坟头树，犹似当年剑戟鸣。"《吊岳王墓》曰："半壁江山让贼吞，那容公手转乾坤。英雄有剑诛戎敌，丞相无心报国恩。十二金牌传壁垒，三千铁骑哭军门。于今剩有孤坟在，松柏苍凉白日昏。"《李太白》曰："酒仙毕竟是诗仙，一谪尘寰不计年。更向长沙悲远客，斯人位置本由天。”《聂隐娘》曰：“剑术神通绝世无，三年学道万山孤。胸中恩怨分明在，敢笑钗裙不丈夫。”教子勖女、思亲忆外之作，温柔敦厚，悱恻缠绵。《思母》曰：“算来又是菊花天，百斛离愁总惘然。膝下婴儿啼笑巧，怜儿即识母心怜。”“倚闾西望为儿悲，且请加餐莫忆儿。幸得长途鱼雁好，一封书到似归时。”《寄母》曰：“梦中绕膝境如斯，还似家园未别时。醒后几回嫌路隔，莫非空长儿女枝。”《庚戌哭父》曰：“几回恶梦暗心惊，道路纷传尚不明。忽接数行哀痛字，顿教啼血到残更。”《寄外》曰：“娇痴儿女尚提孩，日向长安望几回。闻说书来更欢喜，纷纷总说阿爷来。”“转眼春雷平地生，杏花应向酒樽萦。东君自有凌云志，准拟鹏程万里行。”写景咏物亦清婉秀美。《春日》曰：“飞絮团团昼掩门，闲抛针线已黄昏。倚栏细数落花片，一燕飞来又踏翻。”《秋海棠》曰：“十分色占九秋光，窈窕婷娉倚短墙。欲折一枝还住手，怜伊娇软不胜妆。”《梅》曰：“重帘不卷惯相忘，为怯严寒晓未妆。忽觉沁人心肺里，小红折得雪中香。”《菊》曰：“晓露浓时湿菊荫，清霜乍拂影沉沉。不须更道为人瘦，佳色盈盈恰似金。”

《桐华阁诗草》三卷、附《诗余》一卷　民国二年铅印本

庆凤晖　撰

庆凤晖（1854—?），字筠仙，含山人。锡纶次女，胡某妻。少承母张茝馨女史教，与姊凤亭同善诗词，克踵家学。侍父母随宦燕、晋，足迹所至，纪之以诗。所著《桐华阁诗草》三卷，附《诗余》一卷，有民国二年铅印本。

此集前有王恩铸《序》。集中录诗二百八十余首，词四十余阕。王恩铸《序》曰：“谨取夫人之诗反复讽咏，不禁掩卷唏嘘，如读草堂集，如赓十五国风。窃为夫人长叹息也。夫人于今年其周甲矣，忧患之深，一以托之于诗，而数十年篝灯课绩之中，呕长吉之心，断回文之锦，诗之外殆无余事之可言。”集中多行旅诗，如《卢沟桥》《发代郡感赋》《宣华道中》《代州道中》《抵太原》《井径道中》《晓度白石岭》等。《晓渡滹沱河》曰：“水激石相

逐，惊涛响若雷。地形缘浪尽，河势挟山来。绝塞悲笳起，三关宿雾开。临流长太息，愧乏济川才。”《题乘风破浪图》：“他年得遂封侯愿，胡尘扫荡歌尧天。”《晓度白石岭》曰：“荒鸡乍一声，行客纷然起。出门望明河，残月挂山嘴。晓雾荡成烟，因风化为雨。径窄不容车，桥倾乱云抵。峰峦列如障，豁谷深无底。飞雪洒寒灯，微霜湿行李。我马已虺陵，我行无十里。艰哉蹑危峰，既过心犹喜。侍儿笑谓余，不恐亦何恃？因之忆垂堂，此语殊足鄙。英雄志四方，孰愿肉生髀？世路有险夷，天道有伏倚。不见山川奇，焉知造化理？阅历识逾深，磨炼才逾美。寓形天地间，愧生闺阁里。不能事显扬，安用穷经史！局促一世中，空随秋草萎。愿化辽城鹤，千年复来此。”《抵太原》曰：“王气消沉霸业空，侧身西望恨无穷。黄尘匝地迷征垒，白草横山没故宫。鹃影盘残边嶂月，角声吹起驿楼风。平生本爱探奇险，岂怨天涯印雪鸿？”气势磅礴。咏《红楼梦》之作，亦可诵读。如《题林黛玉葬花图》曰：“潇湘春已晚，帘外粉成团。壤土埋香易，情天补恨难。携锄防藓滑，拥帚泣花残。不是侬今葬，谁怜玉骨寒？花囊收拾好，相共筑芳丘。憔悴怜同病，飘零惯惹愁。情痴人自笑，春去客难留。一掬相思泪，东风洒未休。梦嫌鸣鸟唤，愁藉落花埋。细草侵鸾带，香泥印凤鞋。暗啼都为玉，幽恨总因钗。不尽侬人感，无言立玉阶。画出惊鸿影，离魂纸上招。容因新病减，眉为锁愁娇。幻境原心境，情苗即恨苗。太虚归册后，莫更说无聊。”《咏黛玉四态》曰：“小窗人静寂无哗，手倦抛书午梦赊。帘影碧勾身外蝶，枕痕红印脸边霞。照残银烛棠初醒，坠到瑶簪髻半斜。不觉冷香轻点额，移将绣榻近梅花。（睡态）”“捧心无力晓妆迟，绿惨双蛾不自持。瘦比黄花犹觉妩，懒拈红豆写相思。潇湘泪洒焚诗日，董蔻香浓拥被时。怪底绣帏常静掩？想因憔悴怕郎知。（病态）”“粉漫啼妆懒画眉，不堪四望总成痴。金钱夜卜含颦候，翠袖天寒独倚时。絮影团香情惨淡，花飞搅恨意迷离。枕边吹散知多少？帘外东风落日迟。（愁态）”“腮痕红晕露微微，星眼矇胧倚翠帏。柳弱难禁怜玉瘦，花扶不住觉环肥。钗痕半坠春添座，鬓影斜松露湿衣。酒力渐消风力软，凭栏无语惜芳菲。（醉态）”

《味雪楼诗集》一卷、《诗余》一卷　　民国间排印本

庆凤亭　撰

庆凤亭，字湘筠，含山人，凤晖姊。凤亭幼日侍父母左右，聆其绪论、承其法乳，其得抉六代之精而窥三唐之奥，醉心诗学。于归后，不一年，遂赋《柏舟》。自是上侍翁姑，下抚嗣子，经营家政，终岁勤劬，得以时从事吟咏者盖寡。著有《味雪楼诗集》一卷，附《诗余》一卷，有民国间排印本。

此集前有王家侯《序》。王家侯《序》曰："太夫人举其所身际之时、亲尝之境，一皆托之于诗，而其所为诗又能不怨不怒，隐有合于温柔敦厚之旨意者，其得于雪而味之弥永者乎？"《梅花》曰："林园萧索正黄昏，梦入罗浮觅玉魂。春借半分先草木，心含数点验乾坤。孤山寂寞云千叠，香雾空濛月一村。纵隐荒榛先独放，逢时桃李总难论。"《秋晓》曰："露重江篱池馆清，日光徐上远山明。乌啼多少悲秋去，併作骚人百感生。"

又，庆佩芸赘同县王氏子，著有《芸香阁诗钞》一卷。此集前有赵文濂《序》，虞山赵静芳、赵静芬、毗陵吴凌云题词，录诗八十六首。其工于诗词，所作皆平和庄正之音，无抑郁牢骚之气。

《吟翠楼诗稿》一卷、《附刻》一卷　　光绪十四年刻本

孙佩兰　撰

孙佩兰（1823—1889），字谱香，钱塘人。光绪大夫孙补笙女，户部侍郎孙诒经女兄。幼慧，其父爱若掌珠，时戏呼曰："汝乃吾家不栉之士。"归胡陛言（学纶）。陛言素娴风雅，学校知名，自是闺房之内，琴耽瑟好，伉俪若师友然，戚党闻之，咸目以今之秦嘉、徐淑。陛言虽勤于学，但困于有司。庚申二月金陵忠逆以穷寇扰杭，杭城不守，佩兰家武林门外之左家桥，仓皇窜避，不知路当贼冲，陛言遇虏不屈，投水死。佩兰痛不欲生，亦赴于河。其时，佩兰弟避难余杭塘之范村庙，会乡人来告难，急棹舟往视，救佩兰，同至范村，复迁于塘栖镇，最后徙于定海之桃花山，始得乐土居。而佩兰痛

夫之亡，终日呜咽饮泣，心崩骨椎。未几，长子又殇。洎杭城克复，归里，课授女徒，兼事针黹，积资将殉难遗骸裒寻安葬，先人坟墓遭蹂躏者，重为修葺。晚年多病，而旋病旋愈，弥留时言笑自若，口宣佛号而逝。一生行谊，有卓卓可传者：侍疾祖庭，承欢亲舍，婉愉淑慎，人无间言，其孝可传；于归七年，遽遭兵燹，所天殉义，恸不欲生，其节可传；伤心浩劫，苦志抚孤，教秉孟、陶，卒底成立，其存宗祀之功可传。同时如吴蘋香、关秋芙诸女史，率皆降心俯首，至以闺中才子誉之。所著《吟翠楼诗稿》一卷，《附刻》一卷，有光绪十四年（1888）刻本。

此集前有朱智、应宝时、吴超、高鹏年、孙诒经、孙诒绅《序》，胡珍《传》，《诗稿》卷末有王庆霖、张学济《跋》。集中所收均为其未嫁时之作。《附刻》，卷末有侄宝瑚、男上襄《跋》。《诗稿》所收皆兵燹后所作。子上襄《跋》云："尝与先舅母沈夫人闺中唱和，著有《静观楼词》《吟翠楼诗》等稿，庚申大变，大半付之劫灰。同治三年，依外祖，自甬归杭，故居庐舍，荡焉无存，仅于旧箧中检有《吟翠楼诗稿》一册，片羽吉光，洵为可宝。客冬拟请付梓，蒙诸亲友俯赐弁言，施固先妣见背，仍即弆藏。今秋重为编次，正付枣梨，忽于残帙中又觅得兵燹后所作数十首，率皆剩纸零笺，并无卷册。"集中录诗一百一十五首，均按时间顺序编排。高鹏年《序》曰："若夫诗之雅正清新，饶有晚唐风格，不拾牙慧，自出心裁。异日必传之作，直足与乾嘉闺秀并驾齐驱。可见山川钟毓之灵，巾帼中大有传人在也，则西湖为生色矣。"孙诒绅《序》曰："诗之所言，无一不本笃爱之性，写艰屯之苦，""读其诗，想见其髫年景象耳。是作余姊犹未嫁也。及兵燹后所作；不下数百余首，要皆思亲痛夫训子，泪洒楮墨间，令人不忍卒读。只以避地数迁，失诸行箧，无复存者。"《秋风》曰："吹到谁家一笛风，送将秋思上帘栊。却怜容易韶光换，人倚疏烟淡月中。"《梅花》曰："梅占花魁岁岁新，爱他松柏共长春。不将富贵夸仙品，别有幽闲一种神。"《秋色》曰："水天一色共澄清，爽气秋高画不成。极目万川凉月涌，举头千里暮云横。琼楼玉宇词人意，蓼岸蘋州旅客情。终古永无风浪起，谁如银汉影分明。"《闻雁》曰："细雨霏霏暮景秋，一群鸿雁过南楼。不知多少征人信，带到乡关慰远愁。”亦有雄壮怀古诗作，如《观潮》曰：“飞飞小舫接潮回，江岸闻声走怒雷。人自看潮侬忆古，三千强弩浪花开。”《木兰》曰：“擐甲从军十二年，归来粉黛拜堂前。美人志是奇男子，全孝全忠青史传。”《明妃》曰：“男儿绝域无奇策，女子深宫有老谋。慷慨请行拌不返，墓门青草自千秋。”《寄怀沈畹香弟妇》曰：“晓起看花小立时，一重帘外雨如丝。天公鉴我思君意，催取新裁第一诗。”

《附刻》录诗六十一首，凄婉哀伤至极。《避难塘栖哭外》曰：“此生伉俪悟前因，七载吟篇绮阁新。谁晓世情浑是梦，隔窗风雨倍凄人。”《避难甬江家大人率子搢二弟回杭收取陛言骸骨悲痛实深泪咏二首》之一曰：“收取忠骸宛若生，传闻一纸倍伤情。生前曾许同归穴，死后无音一载更。”《余自陛言殉难痛不欲生赴水三次天不绝我得神人相救又寄萍踪依随老父再生人世为两孤儿起见也讵料大儿上麟忽感时症竟尔去世呜呼余心如针刺矣爰泪咏四绝》曰：“彼苍扼我竟如斯，既惨藁砧又哭儿。剩有残生何足用，满腔愁绪一灯知。”《避难船泊定海》曰：“山山水水若连天，万顷风涛满目前。千里为儿来海上，归期未卜在何年。”《余随家严避难桃花山谣传杭城寇信甚紧感而有作》曰：“避难桃山四月时，思亲无计盼归期。鲤鸿隔断音谁递，何日重逢诉别离。”《十一月二十八日杭城失守余姑在杭存亡未卜泪咏二绝》曰：“斗米珍珠价枉询，每因食候苦思亲。那能插翅归乡里，乌哺传声更痛人。”《寇围杭州念胞叔堂妹》曰：“逆氛围扰路难通，异地惊疑莫折衷。念念不忘恩爱处，寄书何处觅鳞鸿。”《寓甬接杭信知孙文伯舅公家殉难余姑暨小姑依随一处不免连累及之寸肠欲断泪咏二绝》曰：“惊传舅氏陷门墙，难忍凄凉欲断肠。想必蜘蛛连一网，最怜白发更张皇。”可作诗史读。

《芸香馆遗诗》二卷　　同治十三年刻本

那逊兰保　撰

那逊兰保（1824—1873），字莲友，博尔济吉特氏，蒙古族，自署喀尔喀部落女史。多尔济旺楚克之女，宗室恒恩之妻，祭酒盛昱之母。那逊兰保生于库伦，四岁随父母进京后长居京城，居于外祖母家。外祖母完颜金墀教授读书。七岁入家塾，十二岁能诗，十五岁通五经，慧性夙成，韶华绝出。十七岁嫁满洲宗室恒恩后，上事姑嫜，下和娣姒，家务之暇，不废吟咏。同治五年恒恩去世，内事摒挡，外御忧患，境日以困，自此诗少作。与百保友兰友善。所著《芸香馆遗诗》二卷，有同治十三年甲戌刻本。

此集为那逊兰保去世后，其子盛昱搜集整理。卷首题“喀尔喀部落女史那逊兰保莲友著”，前有李慈铭《序》，后有盛昱《跋》。集中录诗九十一首。五七律、长短句、绝句皆朗朗上口，韵味自然。《寻诗》曰：“绿窗人静篆烟消，春引诗情上柳条。正欲寻题无觅处，小鬟报道是花朝。”《春晓》曰：“夜来微雨晓添凉，一枕迟入春梦长。料峭风吹深巷里，卖花声似促晨妆。”《题翁绣君女史群芳再会图》曰：“如读离骚疏，披图得巨观。春风新管领，香国大团圞。宛若瑶池会，群仙集紫坛。封姨莫相妒，收取卷中看。”《题揽胜图》曰：“披图一览卧游同，纵欲争先也计程。书画琴棋诗酒外，深闺亦可寄闲情。”《庚寅冬寄外时在滦阳》曰：“漫道相思苦，从悲行路难。烽烟三辅近，风雪一裘寒。去住都无信，浮沉奈此官。亲裁三百字，替竹报平安。”《瀛俊二兄奉使库伦故吾家也送行之日率成此诗》曰：“我兄承使命，将归昼锦堂。乃作异域视，举家心彷徨。我独有一言，临行奉离觞。天子守四夷，原为捍要荒。近闻颇柔懦，醇俗醨其常。所愧非男儿，归愿无由偿。冀兄加振厉，旧业须重光。勿为儿女泣，相对徒悲伤。”皆温柔敦厚，风人之旨。

《昙花阁集》四卷、附《赋》　光绪十六年梁氏镜古堂写刻本

刘慧娟　撰

刘慧娟（1830—?），字湘舲，晚号幻花女史，广东香山人。闺中得父母欢心，视若掌上明珠。十岁在舅家从师学，过目成诵；十二辞学回家，习女

红刺绣之余，涉猎书史，父赞曰：吾家女学士也。每夕天伦乐聚，讨论词章，各言所得。年二十一，归顺德举人梁有成，曾负笈仙城，后家事日繁，以舌耕当禄养。在县、在省、在潮，凡二十四载，名高望重，所至多士如林。夫妻三十载，如宾之敬，如乐之和，如名师良友，夫后因病卒，慧娟哀痛不已。舅姑慈祥，爱怜若女。慧娟待人则有善相劝，有事相帮，虽婢媪亦恤其劳而加以恩。子二人，幼即教之敬长，上和弟妹，而天资颇慧，不失读书种子。一女，未周岁殇。慧娟曾为女师，集中有《赠女弟子裘蕙裳》诗。所著《昙花阁集》四卷，有光绪十六年（1890）梁氏镜古堂写刻本。

此集前有戴鸿慈、梁煦南《序》，慧娟《自序》。《昙花阁集》卷一录《治家恒言》，包括修身、正心、言语、行藏、事父母、兄弟、妻妾、朋友、教子、训女、闺箴十则，附补遗。卷二收集《试律诗》五十二首，卷三收《绣余小草》，录诗一百二十六首。诗风清丽娟秀，如《柳眼》曰："盼到春归紫陌尘，李衣汁染认来真。风飘翠叶眉梢展，雨过红桥泪点新。富贵空看三月景，兴亡阅尽六朝人。送迎不作悲欢态，枯菀循环看瞬频。"《白桃花》曰："洗尽铅华识素真，何须妆斗武陵春。唤醒金谷繁华梦，化作琼楼水月身。入观火曾销浩劫，避秦人已隔红尘。渔郎再访仙源路，莫认孤山错问津。"怀古咏史诗则豪迈不似闺阁人语。《咏剑》曰："光芒逼射斗牛侵，始识丰城宝气森。万里江山三尺定，满潭风雨一龙吟。断头不愧将军节，照胆无惭烈士心。逐鹿功成身合退，延津一入望沉沉。"《姑苏怀古》曰："夕汐朝潮绕故都，高台寂寞夜啼乌。响廊人去余芳草，香径春深长绿芜。月冷麋城销霸业，风吹鹤市散雄图。浣纱溪上芳踪杳，剩有斜阳照五湖。"《秋夜大风吹倒后园桐树感赋》曰："一夕狂风摧老树，起看落叶满庭除。盆花砌草皆无恙，势重翻危信不虚。"卷四收《余生恨草》，卷末录《赋》四篇：《荆轲入秦赋》《红叶赋》《嫦娥奔月赋》《中秋无月赋》。集中录诗一百四十七首。《悼亡词》二十七首；《四七后又哭》二首；《终七后乩仙感梦再赋》二首；《除夕又哭》《望归来辞》十首；《送葬又哭》十二首；《闰月后三日夜梦外子余以玉连环相赠醒后悲吟四律用环字韵》四首；《季夏十日潮州庶儿寄回见物伤情又哭》四首；《自挽十二章》《自题归道图》《潮郡诸生追念恩师禀上宪奉祀夔谱夫子于韩山淑媛率吟四绝》《哭四妹》八首；《哭晓山弟》四首；《挽庶弟妇黄氏》六首；《庚辰除夕集古》《除服二首集古》；《去年三月到四妹家又一春感集一绝》《癸未三月扶鸾不降感赋》《哭族九姊》四首；《挽陇西梁夫人》六首；《挽林氏二小姐》四首；《哭女弟子裘蕙裳》九首，皆凄伤哀婉，不忍卒读。此外集中录词十阕，亦哀伤悲婉。《金缕曲》曰："君去知何处，叩乩言，西方来往，神仙相许。尘世劳人徒草草，愁担从此撇矣。只怜我、余生延伫。血泪啼残肠寸断。已升天，不管人间苦。空想像，朝还暮。天涯海角同寰宇，最伤心，长离永诀，重逢无所。欲向梦魂图聚首，争奈暂时会晤，说不尽，满怀情绪。醒后依然形吊影。听窗前，滴沥芭蕉雨。灯明灭，和谁语。"

《绿君女史七律》一卷　　《红学丛钞》本

周绮　撰

周绮（1841—1861），字绿君，号琴娘，常熟人。吴县王希廉妾。希廉原名希棣，字旭升，号雪香，晚号雪髯老人。工书善诗文，才华艳发。因评赞《红楼梦》而自号"洞庭护花主人"。绮工诗，能音律，精医术，善画山水、花鸟，尤长画小芦雁。婚后二人唱和风雅，共研红学，人艳称之。所著《绿君女史七律》一卷，即《红楼梦题诗》，有道光十二年双清馆刊本；《红学丛钞》本；《香艳丛书》本。

此为《红学丛钞》本，前有《绿君女史题词》曰："余偶沾微恙，寂坐小楼，竟无消遣计。适案头有雪香夫子所评《红楼梦》书，试翻数卷，不觉失笑，盖将人情世态，寓于粉迹脂痕，较诸《水浒》《西厢》尤为痛快。使雪芹有知，当亦引为同心也，然个中情事，淋漓尽致者固多，而未尽然者亦复不少。戏拟十律，再广其意，虽画蛇添足，而亦未尝以假失真。诗甫脱稿，神倦肠枯，假寐间，见一古衣冠者揖余而言曰：'子一闺秀也，弄月吟风，已乖姆教，而况更作《红楼梦》诗乎？岂不惧吾辈贻讥哉？'即应之曰：'君之言诚是，然乐而不淫，哀而不伤，为国风之始，如必以此诗为瓜李之嫌，较之言具彬彬，而行仍昧昧，奚啻相悬天壤耶？'言未竟，人忽不见，吾梦亦醒，但闻桂香入幕，梧叶飘风，楼头淡月，撩人眉黛而已。”卷末蒋伯生评曰：“以香艳缠绵之笔，作销魂动魄之言，别开生面，唤醒人情，士林中皆当敛手，况出之闺阁中耶？想红楼仕女，定亦相顾惊奇！”雪香曰：“以此书之实事，作诗中之三昧，故能胸中了了，笔下超超。读此诗而人情可悟，读此诗而私欲潜消。”《黛玉焚诗》曰：“不辨啼痕与墨痕，无情火断有情根。者宵果应灯花谶，他日空怜蜀鸟魂。慧业已随人遁世，痴鬟休为竹开门。鸭炉兽炭寒如水，剩得心头一缕温。”《香菱学诗》曰：“花前月下自凝眸，寸寸柔肠寸寸搜。着意个中诚足惜，处身如此不关愁。眠餐好在吟成后，啼笑都从梦里头。知否苦辛天报汝，芳名非仗可儿留。”《湘云醉眠芍药》曰：“席翻脂粉醉飞觞，酒力难支近夕阳。无限春风困春睡，不胜红雨覆红妆。倘非玉骨还宜暖，幸是冰肌未碍凉。一种痴憨又娇怯，画工要画费平章。”《晴雯死领芙蓉神》曰：“一现优昙命太轻，临题那得不怜卿。便填痴耒难偿恨，真做花神始称名。素愿何尝形色笑，平生端的误聪明。从来此事销魂最，已断尘缘未断情。”《青女素娥李纨悲黛玉》曰：“月中霜里拟翩翩，姊妹班头掌翰仙。定为清才遭白眼，岂宜红粉逝青年。情虽有为情应笃，病到无辜病最怜。竹自迎人人寂寂，嘻吁我独泪潸然。”《冰寒雪冷慧婢恨怡红》曰：“妒花风雨瘁花姿，义愤偏钟小侍儿。果已分明仍一梦，信难凭准是相思。怡红意气能无恨，湘馆情怀为甚痴。几许伤心何处诉，自教呆立不多时。”《苦尤氏遭赚堕计》曰：“花是丰姿月是神，东君应不负终身。伤心漫怨庸医药，委曲难通妒妇津。未必无情归幻境，定然有恨隔凡尘。红颜大抵多如此，肠断千秋命薄人。”《俏平儿被打含情》曰：“究未呼天削素胸，泪纷纷咽屈重重。好花风总凭空妒，闲草春多不意逢。薄责原非长恨事，无言确是有情钟。羡卿心底分明甚，要学夫人却易容。”《妙玉听琴警悟》曰：“机微领略不言中，一曲丝桐忍听终。好梦未醒长恨客，美人已定可怜虫。从前枉受情痴累，此后都归色相空。无限伤心成独想，余音任付月溟濛。”《鸳鸯殉主全贞》曰：

"芳心迟早固难胜，待得人归付幅绫。为日之多岂所愿，此身以外更何凭。休怜碎玉销香恨，应愧沽名钓誉称。竟可梦中先醒梦，金钗十二有谁能。"又有《大观园影事十二咏》，《宝钗扑蝶》曰："纷飞蛱蝶绕楼台，暖逐东风扑几回。扇影乱摇忙玉腕，粉痕斜溜湿香腮。偶因游戏闲消遣，岂为迷藏暗捉来。恰怪亭中私语久，防人忽把绮窗开。"《黛玉葬花》曰："远离丘墓附姻亲，蓬梗飘零惜此身。况复经过寒食节，更教愁杀断肠人。有缘玉骨归香土，无主芳心泣暮春。底事红颜同薄命，问花花亦悄含颦。"《湘云眠石》曰："宴罢群芳酒满卮，云根小憩力难支。碧萦苔篆侵双鬓，红沁花香入四肢。醉态朦胧身欲化，春情约略梦先知。偶闻啼鸟微惊觉，扶起还应倩侍儿。"《宝琴立雪》曰："新诗咏罢散空庭，微步冲寒酒半醒。雪里裘披痕粲粲，风前玉立影亭亭。泥人一笑舒眉黛，伴汝双丫抱胆瓶。更有梅花颜色好，都应写照入丹青。"《晴雯补裘》曰："熏笼斜倚鬓蓬松，手把裘裳仔细缝。未抱衾裯心已碎，强拈针线力还慵。剧怜衣上余金缕，何意人间断玉容。他日启箱重认取，不胜惆怅对芙蓉。"《小红遗帕》曰："年来心事渐知愁，手帕遗忘何处求。感帨无声谁拾取，沾巾有泪自双流。秋波斜溜曾留约，春梦微酣尚带羞。差幸小鬟能解意，隔窗私语诉绸缪。"《藕官焚纸》曰："逢场作戏历年年，优孟衣冠亦偶然。岂料痴心成幻想，错疑结发缔良缘。魂销夜月埋香玉，肠断春风泣纸钱。扑朔迷离浑莫辨，鸾胶今尚续新弦。"《玉钏尝羹》曰："忆调阿姊恼萱堂，强送杯羹暗自伤。欲藉柔情消彼恨，故将巧说赚先尝。怀疑试辨膏腴味，儌幸微沾口泽香。为问噙丹人在否，一经回首转凄凉。"《龄官画蔷》曰："忽闻花外发哀音，知是何人带泪吟？身隔云霞难识面，眼随波磔亦同心。画成依样文无异，事若书空怪转深。急雨飞来浑不觉，相呼始讶各沾襟。"《香菱斗草》曰："艳阳天气草缤纷，团坐庭前喜结群。姐妹喧呼皆雅谑，夫妻名色本新闻。狂风乱扑揎红袖，积雨微沾涴茜裙。恰笑东君情太热，惜花别具意殷勤。"《平儿藏发》曰："行李归家着意看，伊谁剪发赠新欢。浪交原是痴郎错，表记须将大妇瞒。诡说同心机善变，仅存把鼻罚从宽。如何乘间反来夺，深恐留藏作祸端。"《莺儿结络》曰："倚床斜坐态盈盈，费尽工夫组紃精。玉弹双肩看秀削，丝抽十指任纵横。花团已觉翻新样，絮女犹怜话小名。更把柳条轻折取，编篮余技亦聪明。”

《天风佩韵轩草》二卷、《诗余》一卷　　光绪十三年刻本

许嘉仪　撰

许嘉仪（？—1879），字仙圃，华亭人。许搢思女，阳湖知县大兴汤世熙继妻。幼耽翰墨，工书法，好读《通鉴》，恒手不释卷。因母病，肆力医药，遂精岐黄。博学多能，异乎巾帼琐碎之习，人多称先生。平素料理家政，暇则稍事吟咏，所作多不存稿。病殁后，其夫集其所存，结为《天风佩韵轩草》二卷，《诗余》一卷，有光绪十三年（1887）刻本。

此集前有确园老人、陈宝、黄景洛《序》，方钟琇、方濬颐、汤淑因、吴唐林、徐衡等名士题词；卷末有汤世熙《跋》。集上中卷录诗一百三十五首；下卷录诗一百四十七首，录词四十一阕。确园老人《序》曰：“读其诗，古体有豪迈之气，近体多宕逸之情。词则远宗漱玉，近仿秋水，有清越之音，无绮靡之习。微而婉，和而雅，亦闺阁一时之选。”黄景洛《序》曰：“诗则春容磊落，陶写性情，足窥浣花之堂，入眉山之室。诗余尤能嗣响周、姜，谢绝雕饰。”《歌风台》曰：“拔剑逐秦鹿，居然万乘回。歌风天子筑，落日汉家台。猛士今安在，高吟空自哀。千秋一亭长，孰可寄雄才。”《项王》曰：“拔山盖世气雄哉，天意人心剧可哀。百二关河难再造，八千弟子岂重来。烧残秦阙消王气，坑到降兵失霸才。博得美人能死节，笑他吕后楚军回。”《明妃》曰：“双泪辞天汉，四弦幽恨长。帝原怜国色，妾自误君王。秋塞葡萄熟，春边草木黄。红颜遗怨地，笳鼓又沙场。”《赋得木兰代父从军》曰：“千秋英气想胸襟，慷慨从歌陟岵吟。气夺须眉由至性，情深骨肉异名心。夜光杯醉葡萄酒，回乐峰惊芦笼音。更忆慈帷尚劳悴，西风愁人捣衣砧。”《舟行遇大风》曰：“云挟风威作势豪，乱山虚壑竞呼号。一江水气蒸昏雾，万叶寒声涌怒涛。诗为壮观增慷慨，人当奇境倍牢骚。今宵安得来明月，一曲舵楼铁笛高。”《晚眺》曰：“暮色引遥瞩，山光当户前。栖鸦翻落照，古木锁

寒烟。乡远梦能到，人离月再圆。亲庭近烽火，愁绝白云边。”集中多有诗论，如《学诗》曰：“吟诗解怀抱，学诗陶性情。澄心洗俗滓，下笔求正声。春风凡鸟乐，秋雨哀蛩鸣。真趣静中得，天籁悠然生。写入毫楮间，哀乐归和平。温厚接风雅，雕琢伤元精。一语振全篇，画龙贵点睛。”《题陆剑南沈园诗后》曰：“旧梦新欢惹恨长，红兰艳质易凋霜。西风潘鬓萧萧影，犹向斜阳赋悼亡。”《题郑容甫洁斋诗集》曰：“玉润珠圆协正声，风华肯让鹧鸪名。露餐唳鹤仙音远，雪沁寒梅古艳清。真气流虹凌苍莽，虚怀抱月化空明。俗尘扑尽天然在，好向篇中认性情。”《题杭生诗集》曰：“云锦裁诗骨，才华近两当。仙花春发萼，神剑夜腾光。豪气尊前壮，清愁客里长。性灵天付与，不是学疏狂。”《读吴梅村太史集题》曰：“悲歌岂是泣穷途，宦到余生悔五中。胜国陵迟遗恨在，逆藩气焰感词工。文无愧笔陋扬子，官是闲曹异褚公。一代黍离歌咏起，天留才调继王风。”《题吴绛珠女士遗集》曰：“一篇丽藻想风神，小博微名便返真。莫为才人悲薄命，本非容易住红尘。”《读绝妙好词作》曰：“婉约空明折妙思，灵光一气往来时。此中别有真消息，便是诗人不许知。”《题霍小玉传后》曰：“千秋薄幸讵无伦，毕竟多情意太真。等是胡笳怨沦落，李郎才色已天人。”《读梅妃传作》曰：“红紫丛中第一花，倾城倾国出良家。人间凡艳谁堪并，合借仙名绿萼华。”《读长恨歌作》曰：“渔阳鼙鼓动神州，竟委恩波蜀水流。天子有盟空七夕，美人无恨不千秋。蓬山缥缈还飞渡，钿合缠绵更寄愁。终逊刘郎望仙迹，姗姗汉殿影长留。”

《倚红楼诗草》一卷　　光绪十七年枕湖楼刻本

潘淑正　撰

潘淑正（？—1875），字云仙，仁和人。桐庐教谕潘鹤龄女，上虞连芳继室。幼父亲课授，后妆奁中储闺阁诗词卷不下三十余种。所著《倚红楼诗草》一卷，有光绪十七年（1891）枕湖楼刻本。

此集前有俞樾、沈宝森、鲍临、胡道南、边保枢、孙德祖、傅玉瑨《序》，任方珩、沈寿慈、杨振镐、毛淦、朱葆儒、谷肇庆、钱纯、鉴湖女子郭华初等名士闺媛题词；卷后有子葆琛、葆谦《后序》。集中录诗四十四首、词六阕。边保枢《序》曰："语清丽警拔，气息醇厚，无闺襜纤仄之习。"《中秋四首》曰："今夜月轮满，今宵秋正中。流连好光景，万里寸心同。""平生多欠缺，圆满今宵得。不知天上花，几时仰天折。""却向姮娥说，灵丹何处窃。妙药乞些些，好为驻颜色。""嫦娥亦有恨，圆少缺时多。望到圆时节，云遮又奈何。"《检书》曰："夜半雪压庐，剪烛伴君读。愿读有用书，他年期报国。"《题乾坤一担图二首》曰："名利从来难两全，腰缠骑鹤几人然。世间珍宝搜罗尽，也要儿孙肯替肩。""辛苦良工诩十全，繁华阅尽味萧然。乾坤旋转匡扶力，待与儿曹共上肩。"《检书图·调寄剔银灯》曰："问是谁家良媛，深锁着，重帘香院。检去书长，烧来烛短，谁识绣围春暖。腊梅开遍，总不管、夜寒人倦。闪闪目光如电，真个校雠专擅。一种风流，几番披玩，不许人轻相见。令人生羡。看一册、《昭明文选》。"笔致秀逸，命意不凡。

《冷吟仙馆集》十卷、附录一卷　　光绪十七年刻本

左锡嘉　撰

左锡嘉（1831—1894），字婉芬，一字小云，嫠居后号冰如，阳湖人。父左昂，母汪氏，继母恽氏。后归华阳曾泳为继室。幼工绣谱，喜诗书，婚后操持内政，敬顺有礼。以夫曾泳官诰封淑人，后以子光煦进封夫人。曾泳以王事殁于皖江后，锡嘉自江右赴皖，扶柩由皖入赣，涉九江，过洞庭，入瞿塘，孤帆数千里，弱息八九人，出没于兵航贼艘之中，并载弟侄两棺以归，历尽艰辛。曾作《孤舟入蜀图》以记其事。此后奉舅姑乡居，茅屋数椽，聊蔽风雨，日啖粥食蔬，课农自给。会天旱，则以针黹机杼为糊口之计。时家计万分拮据，又以书画谋生，因其画宗瓯香馆没骨法，设色鲜丽，笔力遒劲，成一家，所以一时名公卿踵门购求，有纸贵之誉。育女六，各以诗画名于时。嘉锡被赞为巾帼而丈夫者，集子道、母道、师道于一身。所著《冷吟仙馆集》十卷，包括诗八卷，词一卷，文一卷，附录

一卷，有光绪十七年刻本。

此集前有岭南何璟、左锡蕙、周天麟、易佩绅、潘祖荫、宋育仁《序》。《冷吟仙馆集》卷一为《浣香小草》，集中录诗一百一十五首，为闺中所作。卷二、卷三为《吟云集》上下，分别录诗九十七首、九十五首，为婚后所作。卷四为《卷葹吟》，录诗十六首，为曾泳去世前后所作。卷五至卷八为《冷吟集》分别录诗七十一首、一百一十八首、五十五首、七十四首，为返蜀后嫠居期间所作。锡嘉诗稿按照年代排列，生平遭遇、盛衰之境、悲愉欣戚之情，俱见于诗。《浣香小草》诗有奇气，清婉雄健；大抵缘情而绮丽，则古而有渊深。《秋闺三十首寄大姊婉洵用姊秋兴原韵》感别比赋之吟，则《诗经》三百篇之善怀，无加乎此。《吟云集》多唱和之作，噙香摘艳，旖旎风流，又取径日高，寄意极远。《补衣寄外》《津门行》《新婚别》诸篇，大抵躬俭节用；《述祖德》诗，则渊懿朴茂。《赋李守戎》《吊天津令谢忠愍公子澄》诗，慷慨激昂，长于史鉴。《卷葹吟》中记载守寡扶柩归里事，《孤舟入蜀》《黄州即事》诸篇，寡鹄哀鸿，商音凄婉，动天地感鬼神。《冷吟集》中《田家杂咏》诸篇，记农人之实事；《新纻词》言教子之苦衷；灵石之诗，新颖如画，自寿之诗，明达得理。《东坡生日》《日本题画》《乞儿》《枯树》《患喉》皆忧心君国、感伤时事之作，或陈古而刺今，或言近而旨远，不失《风》《雅》之遗。锡嘉词意在笔先，如行云卷舒，流波跌宕，因其性情蕴藉，故而婉约出之，得玉田清空之旨趣。

又，锡嘉著《曾氏家训》也极具特色。全书分为承欢、善体、辞色、寝膳、服劳、立志、侍疾、谏诤、出游、曲慰、丧葬、祭祀十二目；续为《女训》，分为闺训、妇道、侍舅姑、和妯娌、节义、母仪、御下七目；续为《五戒》，分为戒色、戒赌、戒烟、戒言、戒杀五目。末有外孙婿世铄跋语和曾光煦志语。

又，锡嘉姊左锡璇（1829—1895）字芙江，武进观察袁懋绩继妻。所著《碧梧红蕉吟馆诗草》一卷，又题《燕台随侍集》，前有长沙徐树铭《序》，录诗二百四十九首，藏于上海图书馆。

又，左锡璇之女袁毓卿工词能画，所著《桐荫书屋未定草》一卷，有稿本。

《古欢室诗词集》四卷　　光绪三十年刻本

曾懿　撰

曾懿（1852？—1927），字朗秋，一字伯渊，四川华阳人。曾泳女，武进袁学昌妻。懿幼承母训，夙好金石词章之学与图画，通针黹、烹饪之术。淑婉纯和，雍雍孝友，经史诗词，过目成诵。懿父钟爱备至，罄其所藏书籍，俾朝夕游泳其中。十岁，父逝，侍母入蜀，备历艰难。时课诸妹以针黹，授幼弟以诗书，曲尽亲心。后卜居浣花草堂，以书画自给，并以丹青运于女红，所绣山水花卉翎毛，无不酷肖，精细入微，名满蜀都。婚后则风雅倡随，朝夕讲求，乐以忘忧。主持内政，克勤克俭，四子五女，闻者艳之。家庭唱酬之乐，黼佩相庄，兰玉竞爽，古今才媛不可多得之遇，而一身兼之。所著《古欢室诗词集》四卷，此集诗三卷，词一卷，有光绪三十年丁未（1904）长沙刻本。

此集前有兄光煦、妹曾彦、缪荃孙、屈蕙纕、严谦润《序》，易顺鼎、秦际唐、张仲炘、严谦润题词。卷一为《浣花集》，乃浣花草堂闺中所作。卷二为《鸣鸾集》，乃鸿案相庄，鹿车同挽，由川入闽，由闽之皖而作，以取同车合好，鸾声铿锵之意。卷三为《飞鸿集》，乃随宦皖江，萍踪靡定，以取雪泥鸿爪之意。《浣月词》一卷，声情激越，尤为可歌可诵。曾懿绘则精于山水，字则专于篆隶，诗词则各体俱备，全从性灵中流出，所作皆深情精粹，溢于笔端。兄兴煦曰："古风则宗谢鲍，近体颇类李杜。"屈蕙纕曰："生于工部寄迹之乡，而得山水之秀，灵气荟萃于一门，故其为诗，洒落凡近，情深语挚，真《浣花》之嗣音。"《秋夜》曰："萤火依人点点飞，轻寒料峭不胜衣。纸窗月上玲珑影，画谱新添墨紫微。"

又，曾懿另有《女学篇》八卷、附《中馈录》一卷，有光绪三十三年丁未长沙刊本。《女学篇》除《总论》外，又分为《结婚》《夫妇》《胎产》《哺育》《襁褓教育》《幼稚教育》《养老》《家庭经济学》《卫生》等九章，每章下又分若干节，末附《中馈录》一卷。对女性教育提出了一系列比较合理的见解。《总论》曰："今以我国幅员之广，包罗四万万人之众，而女多于男，徒以不兴女学，使女子蛰处深闺，无知无识，悠悠忽忽，坐受淘汰于天地之间，不亦大可惜哉！……况女子之心，其专静纯一，且胜于男子，果能教之得法，宜可大胜于男子者……故男子可学者，女子亦无不可学"，如此，则"一国之中骤增有用之才至二万万人之多，夫何贫弱之足患哉！"《结婚》曰："男女之结婚乃人伦之始，将以遂人类繁殖天赋之职能也，为父母者须注意选择配偶者之体格。盖人身后天各种之疾病，可乞灵于医药，至若先天之疾病，断不能治以人力，甚至缠绵数代。育总以母自乳为佳，每见儿女自乳者，身体较为强壮。"《襁褓教育》曰："父母之待儿童，言必有信。常见小儿当啼哭之时，长者多方哄骗，或许给食物，或许市玩品，迨过时而亦忘之。或随时教以诳语，以博欢笑，皆非所宜。缘自幼习惯如是，将终其身不以失信为非矣，遂至言而无信。教子者尚其留意也。"《家庭经济学》曰："主财政者于无谓之应酬、无益之费用自当力从节俭，然于学校、义赈关乎社会公益之举者，须量力捐输；或遇人急难，解囊相助，全人之美，多金不惜，皆有合于道德心者也。"《中馈录》中则记录了制宣威火腿法、制香肠法、制肉松法、制皮蛋法、制腐乳法、制酱油法、制泡咸菜法、制甜醪酒法、制酥月饼法等二十种食物的制作和保藏方法，以应对女子从事之家政及中馈之职责。

《桐凤集》二卷　光绪十五年苏州书局刻本

曾彦　撰

曾彦（1857—1890），字季硕，华阳人。曾泳与左锡嘉五女，光绪进士汉州张祥龄妻。明慧工诗画，为词翰置诸高材生卷中，辄得高等。从王闿运学诗，时出诗歌相质，益读楚辞汉诗，兼作篆隶，业术遒进，骎骎过其夫张祥龄。夫妻唱和，张祥龄"恒语人曰'作诗愧逊吾妇'，故遁而为词"。曾懿

《季硕五妹以诗见示，题其卷后》云："吾家季妹诗最豪，百篇挥洒才弥速。哀艳应教谢鲍惊，苍凉直使韩苏伏。"此外，还曾撰《妇礼通考》一书，未竟而卒。所著《桐凤集》二卷，光绪十五年（1889）苏州书局刻本。

此集前有王闿运《序》。卷一录五言诗一百五十三首，卷二录杂言体诗一百二十三首。王闿运《序》曰："览其诗，篇篇学古格律，无复俗华靡而风骨益洁。视在蜀时又异。询张生，乃反无所作。自云应试分其心。云古今已来，妇人传诗者多矣，其词意率不同男子。妇人从夫或从父宦商，虽仆仆风尘，以为固然。从游者一跬步，辄易为汤文正、谭叙初所讥诃从一也。有所利则人许之，无所利则人诧之。男子有不役名利者，可汪洋恣肆以充其志；女子虽超俗，禁不许出房闼，其何以增学力哉？曾夫好奇通脱，无故絜妻子行万里，故曾诗颇有古作者之风，又不应试，可专肆其力，宜有成也。谁谓词章末艺？所言吟即可验其学，世未有汩汩于利名而能言风雅者也。名者，小人好之，君子成之。余既嘉曾有丈夫气概，又悲夫晚近议论不探其本，以枉遏人材，宜士大夫之相趋萎靡而不振也。"其诗学魏晋、六朝，如集中有《拟陆衡士拟古诗十二首》《拟江文通拟古诗三十首》《拟十索诗》《拟扶桑升朝晖》《吴趋行》《学子夜歌》等诗，卷末附《自述》。卷二录《新春曲》《阳春曲》《长安行》《女萝篇》《虞姬曲》《莺鸣曲》《织锦曲》等诗，文辞优美，议论抒情兼具。《清贫》曰："吟倦苏台月，遥怜故国春。海山游历遍，不复叹风尘。"

又，曾彦有《虔共室遗集》一卷，有光绪十七年张祥龄《受经堂丛刻》本。此集前有俞樾《序》。集中录诗七十五首。俞樾《序》曰："直而不野，丽而有则，不求纤密之巧，自有宏肃之美。"集中夫妻唱和之作最多，如《闲居呈子馥》《六月十五玩月同子馥作》《春风曲寄怀馥君》《前有一樽酒行寄慰馥》《梦游天吟寄子馥京都》《寄子馥京都》《再寄馥君》等诗，真挚动人。

《味默小草》一卷　　《华氏通四三省公支传芳集》本

朱静闲　撰

朱静闲，字味默，吴县人。无锡华弦继妻。髫年失恃，幼慧敏，赋性沉静，不苟言笑。精于针黹，并善吟咏，有林下风。嫁未逾年而寡。事姑舅以礼，能曲意承顺，苦节五十年，抚孤以义。子江涵为诸生，艰苦备尝，郁郁多病，发之于诗，故诗多凄苦之音。所著《味默小草》一卷，华介福等修《华氏通四三省公支传芳集》卷十四收录。

此集前附邑志《列女传》，有侄朱德垣、子江涵《跋》。集中录诗五十八首，词八阕，赋二篇。江涵《跋》曰："吾母天性纯孝，禀姿颖悟不凡，外大父绝爱之。针黹馀闲，又工吟咏，一时有女学士之称。既归吾父，不一载，父即弃世，遂参究竺典元乘，独有心得。一切摒挡家事，罄无不宜，凡所以抚育教训，俾江涵得以成立，不啻慈母而兼严父矣。""至吾母自为诗，雅不收拾，江涵惧其散逸，裒集若干篇，质诸心斋任先生，择其可存者为一集，爰授剞劂，附《祛俗遗集》后，俾使后人知渊源有自也。"朱德垣《跋》曰："以故发而为诗，愁苦之音多，欢愉之词少。廿余年来，长斋绣佛，专意净土，此其夙根有在也。"《思亲》曰："月转芭蕉事事幽，不堪归鸟集枝头。雝雝犹听呼雏哺，触我思亲泪暗流。"《长相思》云："日迟迟，月迟迟。但见南林宿鸟归。沈消雁字书。行思思，坐思思，试问天涯竟绝期，伤心滴泪珠。"《望月口占》曰："仰首望天高，低头省地厚。地厚载芸生，天高常覆佑。上有白云浮，下有青年愁。白云能飞去，青年愁几休。白云飞尽月光洁，青年转瞬鬓点白。庭前惟有杜鹃知，春风欲尽泪成血。"《遣怀》曰："我行不逐伍，我游不乘舸。愿予常坐庭，愿月常照我。"《遣兴》曰："闲时抚牖槛，日月映苍苔。昨见红梅落，今看紫艳开。年随忙里去，愁逐静中来。世事皆残梦，须倾三雅杯。"《春日有感》曰："人人识春色，我独一唏嘘。欲把重帘卷，闲香恐惹衣。"《冬日自述》曰："旭日初升绣幕开，起眠推枕尚徘徊。忆分梨枣三更梦，怕对梳奁两鬓衰。为拂书尘亲执麈，欲供香玩数探梅。工余刀尺东堂晚，自向红炉拨烬灰。"以郁郁多病之身，写哀哀之音，令人黯然神伤。写景咏物诗如《茉莉》《凤仙》《红莲》等，亦清丽秀雅。

《碧香女史遗草》一卷　　嘉庆十二年《泰州仲氏闺秀集合刻》本

仲莲庆　撰

仲莲庆，字碧香，泰州人。诸生仲素女，洪仁远妻。兄仲鹤庆为乾隆十九年进士，工绘画，著有《蜀江日记》《追暇集》《云香文集》等。母查氏素工声律，或诗或词，得家庭唱和之乐。婚后，每归宁，辄携诗一卷，就正于兄。中年后，家事日零，八口嗷嗷，惟仰莲庆十指以给，于是积劳成疾，而凄风苦雨之声，时亦见诸诗歌。所著《碧香女史遗草》一卷，嘉庆十二年（1807）丁卯《泰州仲氏闺秀集合刻》本。

此集前有仲振奎《序》曰："下世后，二子皆相继而夭。诗多散佚，惟一卷独在奎处，奎不忍姑母之贫病以终，而名复湮灭也，因录以付梓氏，而为仲氏闺秀冠，且慰吾先君子式好无尤之意焉。"集中录诗四十一首，多凄婉哀伤之作。《屋破》曰："屋破缘春雨，泥深没草堂。无从支卧榻，所恨损书箱。风急灯难点，寒深夜独长。一晴须葺补，含泪看空囊。"《自叹》曰："强支瘦影度朝昏，积渐年衰积渐贫。八口饥寒凭指力，半生辛苦是针神。方书空检宁心药，茗碗难消渴肺尘。垂老何堪愁又病，暮云西望几怀人。"《代母哭姊》前有《小序》曰："戊辰冬，姨母即世，恸甚。欲为诗，不能搦管，乃命莲作长歌以代。情皆实情，事皆实事，以为哀词可，以为家传亦可。姨母查氏，京江望族，讳纯贞，适戴君东山。"诗曰："寒云合，寒风吹，昏月在窗灯照帷。炉火不温白灰死，老泪纵横哭吾姊。哭吾姊，吾姊归冥乡。犹忆少年日，与姊居同室，与姊寝同床。读书刺绣八九年，引之翼之惟姊怜。既玉我于成，复爱我以情。吾父若母苦无子，惟吾与姊为同生。哭吾姊，吾姊于归始。女道易尽妇道难，必敬必戒犹未安。造家未定旋出迁，飘飖风雨多颠连。月下捣衣，灯前补履；鸡鸣始眠，雀噪即起。园中采茶，堂上啜粥；人皆精凿，姊甘枵腹。哭吾姊，吾姊勤且贤。艰辛尽瘁家既厚，有子几辈皆无年。既鬻头上钿，兼典嫁时服，为夫纳妾延似续。纳妾妾旋殁，再聘无难色。苏瓌幸有子，文君已白头。人失在过刚，姊失在过柔。过刚或多祸，过柔亦遭侮。能创不能享，茕茕依二女。哭吾姊，姊德日益彰，姊苦日益长。逝梁非所恤，蓄旨他人尝。欲归既患不自保，反目又恐夫心伤。抑郁十余载，自嗟还自解。长斋绣佛礼空王，莫使来生仍业海。哭吾姊，姊罹厄。知交愤懑途人泣，而姊从容无恨色。掌珠愈加爱，姻戚愈不忘。脯醢时相馈，枣栗时相将。呜呼与予手足谊，五十余载无参商。哭吾姊，姊在惟姊亲，姊殁吾无人。泉台一去音问断，凄凄缞帐银灯昏。痛姊死，思姊情，墨和泪迸纪生平。姊命如纸薄，姊生如云散。哭吾姊，肝肠断!"写景抒情之作清婉可诵，如《秋夜》曰："碧云庭院送新凉，几日瑶天有雁行。三径乱蛩吟不住，一轮明月在东墙。"《春草》曰："东皋昨夜廉纤雨，绿浅香微处处春。白马踏来初有迹，黄羊卧处未成茵。烟浮古道青鞋软，日落遥山翠霭新。只恐王孙归未得，天涯望断玉楼人。"《桃花》曰："汉武灵台春宴还，留遗仙种在人间。三千笑靥迎朝日，一片娇云捧远山。粉蝶枝头香梦暖，蜜蜂声里绣帘开。悬知未免低回甚，愁雨愁风损艳颜。"《秋日雨中口占》曰："树底风来全散暑，帘前雨过骤生凉。无人小立回廊下，落尽一庭秋海棠。"《虞美人花》曰："一种离愁想未消，柔姿媚骨别生娇。楚宫烟月今何处，忍向风前试舞腰。"忆亲怀弟之作缠绵悱恻，真情流露。《寄二弟蜀中》曰："蜀山蜀水路茫茫，鸿雁分飞各自伤。中酒几回怜暮雨，倚阑终日望斜阳。即看鬓发都全白，遥想须眉亦半苍。好建文翁新事业，姊家蓬荜也生光。"《寄怀二弟时闻罢官消息》曰："别来无日不怀思，又是秋光欲老时。闻说风波生宦海，平安速与故乡知。""两载从戎万里身，归来罣议几伤神。不须苦苦分晴雨，云起云收有夙因。"《喜二弟归里》曰："经年悬望眼，今日见归人。莫话升沉事，犹留磊落身。心清何所憾，道在不忧贫。一酌蔬盘酒，黄粱梦后真。"《吊史阁部墓步家大人韵》曰："战血残骸遍海东，孤城无计效孤忠。感军惟有泪千点，哀死谁封土一笼。梅岭风沙春寂寞，芜城烟雨夜溟濛。行人莫话前朝事，恐有精灵泣断蓬。"《鹰》曰："擎出西郊去，金铃曜锦文。爪翻天外日，翼卷塞边云。远掠鸽群乱，斜冲雁字分。由来夸羽猎，谁是李将军。"

《绮泉女史遗草》一卷　　嘉庆十二年《泰州仲氏闺秀集合刻》本

仲振宜　撰

仲振宜，字绮泉，号芗云。仲振奎妹，苏州阜崔尔封妻。振宜姊妹与弟妹赵笺霞相交甚密。所著《绮泉女史遗草》一卷，与仲振宣《瑶泉女史遗草》合刻，称为《留云阁合稿》，有嘉庆十二年丁卯《泰州仲氏闺秀集合刻》本。

此集前有赵笺霞《序》。录诗一百三十七首。笺霞《序》曰："予己丑于归，壬辰自晋南旋事翁姑，始得与芗云、芝云聚。明窗净几，煮茗焚香，读曲歌诗，更倡迭和。既相爱，又相敬也，遂订兰盟焉。越二载，芗云出阁，南箕贝锦，靡间朝夕。又三载，芝云出阁，终风阴雨，憾更无穷。嗟乎！以旷代之淑质名姝，不逢赏音之士，日在愁城泪海中，伤已！而又夭其年，无后，天之厄之何其甚也！或曰：女子有才，则无福。然与？非与？以为然，是天欲使闺中灵秀尽为愚儜，而后妃《卷耳》、班女《汉书》，不闻其无福也。以为不然，则两妹何辜于天，而俾其支离憔悴若此。其诸命为之乎？予才远不逮两妹，所遭亦无两妹之苦，而甚贫无后，又未尝不相若。今则发秃齿豁矣，追忆昔时灯前花下，如影依形，此境杳然不可复得，而惟予萧条独存。人孰无情，谁能遣此耶？壬戌秋，夫子将梓其遗稿，以予与两妹相爱敬也，命为之序。予痛两妹之骯髒以终，而又自伤命之蹇也，爰书此以应。"《送家大人北上》曰："底事匆匆跨玉鞍，林泉梦稳闭门难。欲酬未了风云志，那惜长征雨雪寒。江郭轻舟乘醉放，燕台芳树入春看。华颠跋涉须珍重，父若平安儿亦安。"《将归外家呈两大人》曰："膝下团栾二十年，奈何忽上别离船。相看清泪数行下，隔面愁怀两地牵。勤慎持家心自切，危疑度日意先悬。椿萱珍重休相忆，盼我归舟二月天。"《寄芝云三妹》曰："相思相忆更相怜，一样离怀两地牵。虎阜那堪人寂寞，留云空自梦缠绵。久拚薄命随流水，不忍回头怅昔年。几度夜深眠又起，山钟村柝总凄然。"《寄书云大嫂》

曰："愁中病里好扶持，人在天涯系远思。月惨淡时休抑郁，夜深沉后莫凄其。满腔别绪凭谁诉，一枕乡心有梦知。寂寞红闺如问我，阑珊瘦骨更支离。"《落花》曰："花开花谢不须伤，自是红颜易断肠。当日繁华归转瞬，只今漂泊惜明妆。三分幽恨间青琐，一片春愁冷艳阳。寄语奚童莫轻扫，残英满地总文章。"《出峡》曰："千崖万壑水争流，水急舟轻不暂留。百险经过人出峡，江南归去看红榴。"《秋柳和渔洋山人韵四首》曰："长条凋尽冷柔魂，愁寄南山陶令门。细雨如含新眼泪，淡烟羞染旧眉痕。凄凉羌笛声中怨，萧瑟渔家渡口村。莫更西泠思舞态，六桥风景共谁论。""纤腰消瘦不禁霜，疏影犹堪罨曲塘。汴水潆洄伤故国，舞衣零落冷空箱。已拼幽怨同桃叶，尚逞风流伴晋王。底事乱蝉斜日后，更无人过果园坊。""不堪憔悴映征衣，驻马桥头往事非。荒草长堤人渐远，青帘茅店影全稀。愁闻雏妓新歌缓，不见雷塘冷燕飞。寄语玉人休乱折，江南烟雨梦多违。""芳菲易过不胜怜，缕缕残丝漠漠烟。藿谷已悲新冷落，曲江无复旧蔫绵。谁将春信催三起，耐尽秋风又一年。只有离情消不得，牵愁还挂小楼边。"

《瑶泉女史遗草》一卷　　嘉庆十二年《泰州仲氏闺秀集合刻》本

仲振宣　撰

仲振宣，字瑶泉，号芝云，张祥风室。幼时整日耽书画谱，后随父宦游，姊妹唱和。集中诗曰："十龄随任蜀江贲，江山诗笔生烟云。春风斗草金茎句，秋月穿针乞巧文。裁红刻翠多娱乐，茗碗香炉作深阁。自侪陆地神仙俦，不信人间有沦落。"与嫂赵笺霞唱和，"金兰细字写乌丝，共爇心香订心谱"。振宣婚后"千金不足一夕挥，先人遗业欻如灰"，生活"相如并无四壁立，环门索逋声如雷"。家业既尽，逋欠大哗，弃产卖屋，不足以偿，避难于父之白鹿书院。体弱多病，有一女，九龄已解翻诗书。所著《瑶泉女史遗草》一卷，与《绮泉女史遗草》合刻，有嘉庆十二年《泰州仲氏闺秀集合刻》本。

此集录诗三十四首。《雁影》曰："角声惊起雁南翔，影度遥天自有行。暗过荻芦全寂寞，悄随烟月早迷藏。不因哀响空中发，错认轻云屋外扬。砧杵楼头凝望处，虚传边信入回廊。"《秋笳》曰："西风落日孤城闭，甲胄六军吹暮笳。毳幕冷催乡梦断，女墙声逼雁行斜。羁魂入夜啼阴碛，老将无家感鬓华。呜咽莫教添急响，残骸剩骨满天涯。"《落叶声》曰："秋老江南万木森，萧萧落叶起商音。风回古墅空阶旋，帚乱寒烟石径深。冷屋书灯扃小户，荒村客梦醒疏林。怜他槭槭凄凄意，扰乱愁人一寸新。"《秋怀》曰："百感茫茫不自由，当年闺阁怕回头。命乖岂尽诗书误，志大翻成冻馁忧。遗业星分轻似叶，蓬门岑寂冷于秋。此身知是天难问，莫仰苍苍涕泪流。""一年挥霍百无成，费尽黄金觉太轻。梁剩空巢娇燕去，庭余遗粟乱鸦争。西风襆被谁投诉，浮世炎凉有变更。寄语终须无怨恨，孀姑笃爱未忘情。"《长歌行》颇类自传，曰："穷通无处排青天，历历录录皆徒然。妾生自恨作巾帼，半世困苦虚华年。幼长名家称楚楚，有姊芗云为伴侣。晓妆同镜夜同衾，镇日常耽书画谱。十龄随任蜀江渍，江山诗笔生烟云。春风斗草金荃句，秋月穿针乞巧文。裁红刻翠多娱乐，茗碗香炉坐深阁。自侪陆地神仙俦，不信人生有沦落。忽然宦海起风波，椿庭颠沛罹网罗。回天赖有维持力，凤咮温纶下天极。巴水迢遥巴峡深，一帆风稳归舟急。归来林下风味闲，留云花树护双镮（留云小阁，予妆阁也）。阿嫂至自太行曲（嫂氏书云随任山右，至是于归），一门风雅开诗坛。灯前赌酒传花鼓，醉后敲诗厌歌舞。金兰细字写乌丝，共爇心香订心谱（予与嫂氏阿姊曾订兰谱）。春灯几载碧窗纱，东风忽散连枝花。云英既逐仙航去，桃萼于时亦有家（姊归虎阜崔氏，予适张氏）。奉侍孀姑肃温清，明星愿协鸣鸡咏。薄予如草予何怼，男儿岂不筹生计。千金不足一夕挥，先人遗业欻如灰。相如并无四壁立，环门索逋声如雷。斯时无语空相觑，一纸鱼书渡江去。暂遣萧郎侍阿翁，留云且作浮家处（家业既尽，逋欠大哗。弃产卖屋，不足以偿。时家严主讲白鹿，因遣之往侍以避，予复归留云）。海滨刚值乍归宁（芗云姊亦归），重试灯前笑语声。花天酒地都如昨，不是当年欢乐情。流光转盼欻二载，良人随父归东海。数口同依阿母家，还期心性翻然改。明呼天兮呼不得，罡风吹折泰山石（乙巳先严下世）。兹年况复值凶荒，举家血泪啼朝夕。夜灯无火朝无食，老弱茕茕有菜色。倾箱典质一物无，良人尚事枭卢掷。昔予抱病心怦怦，时作时止如悬旌。沈疴日痼不可药，四肢皴裂肤如黔。手爪拳曲鬓发秃，衣不能整带难束。攀树空餐范女花，此身虽存如朽木。去年颓废卧空床，三月不起神羸尫。寒风昼夜拥败絮，惟恃弱女相扶将。关心赖有弟兄行，药我参苓起余烬。我生今年三十余，愁魔病骨无时舒。娇痴只有贻鸩女，九龄已解翻诗书。欲思静夜搴帷缢，宛转明珠未能弃。生死茫茫且听天，知在何时抛世事。吞声饮恨担烦恼，日讼悲心对苍昊。歌成一曲长歌行，留与人间作遗稿。”

又，仲振宣女张贻鸩有诗一卷。贻鸩字揄华，未字，二十卒。遗诗五首，《瓶中桃花》《络纬》《秋露》《看桃花》《立春前二日雪》。

《辟尘轩诗钞》一卷　　嘉庆十二年《泰州仲氏闺秀集合刻》本

赵笺霞　撰

赵笺霞，字书云，扬州人，仲振奎室。振奎为文精深浩瀚，出入三苏，平生著作颇多，知名者有《绿云红雨山房诗抄》《辟尘轩文钞外集》《红豆村樵词》《红楼梦传奇》等二十余种。笺霞己丑归仲振奎，中馈井臼，针黹补缀之事，亲执其劳。家贫，则脱簪珥质衣物以给，绝无怨言，远近悉称之贤。后壬辰自晋南旋事翁姑，与振宜、振宣姊妹晚食既过，虚房一灯，三人环坐，检牙签抽秘籍，欣然吟啸。其为诗也，温润以泽，务使宫商应节，声律和谐，虽不逮古人，然略无佶聱，亦如其为人。一女贻銮颇聪慧，能吟七字诗，后卒。笺霞一生甚贫无后，萧条独存，常自伤命之蹇也。所著《辟尘轩诗钞》一卷，有嘉庆十二年丁卯《泰州仲氏闺秀集合刻》本。

此集前有振奎《序》。集中录诗一百零六首。《梅花》曰："何家东阁初消酒，南北枝头早放香。十二琐窗明月夜，一分春到美人妆。"《秋思》曰："寂寞苔阶小院幽，一天凉思压帘钩。红衣零落芙蓉老，青琐萧条燕子愁。潦倒襟怀聊寄傲，伶仃病骨那禁秋。西风处处萦心境，欲望维扬怕上楼。"《秋笛》曰："一声长笛韵悠悠，散入晴空满院秋。无定河边乡思远，黄云戍口梦魂愁。西风野店客垂泪，夜月荒园人倚楼。思妇空闺添别恨，十年征战滞凉州。"《菊花》曰："帘卷西风秋未残，瘦于人处傍阑干。便教冷落非无品，能耐辛酸不畏寒。幽艳但留陶令赏，冷香惟喜屈原餐。莫愁孤傲无人识，白眼东篱带笑看。"《红楼梦传奇题辞》曰："是真是幻总难真，幻出无端梦里身。一树红梨花落寞，凄风残月独伤神。""断情漫道竟无情，悄曳虚廊玉佩声。一行阑干春寂寂，愁魂扶病认飞琼。""范范无路莫相思，便是相思梦岂知。灯暗书窗人不见，三生缘短泣残丝。""休伤梅叶展香囊，空向梅花唤断肠。一曲歌残红泪尽，春风春雨忆兰娘。"《斋头桃花和外韵》曰："灵胎曾向羽琌栽，分得仙根小院来。夜雨阑干才作蕊，春风消息渐催开。酿成美酒如斯酽，织成霓裳别样裁。最是夕阳斜照处，一枝遥映美人腮。""何须再问武陵津，幽绝山家胜避秦。艳质最宜依绛帐，芳心断不误红尘。风前掩映多娇态，醉后丰姿更腻人。休赋韶光同一赏，斗诗煮茗约明晨。""丁宁蜂蝶莫轻过，谁道红颜薄命多。酥雨润沾犹若此，朝霞红衬更如何。果然艳色忘餐色，折得繁英已病魔。华曲更翻新乐府，倩他桃叶放清歌。""天台有梦不须题，辞却麻姑旧日溪。金屋芳根知有寄，瑶池夙世未曾迷。落霞成绮千枝丽，玉靥凝脂一抹齐。伴得幽人闲坐好，浓妆原不妒红梨。"《寄外》曰："百里未云别，高怀且自由。诗书能快意，风雨漫牵愁。夜读休伤酒，春寒莫典裘。萧条家室虑，瓶绠自能筹。"《秋柳和渔洋山人韵》曰："西风消不尽柔魂，落落疏疏傍里门。楚馆细腰犹舞态，灞桥残黛减眉痕。何堪系马长亭路，留伴啼乌落叶村。为问青青今在否，萧条风景共谁论。""惊秋犹幸未飞霜，零落长条锁曲塘。空剩残丝牵别梦，谁收断线入针箱。新歌传遍白居易，玉笛吹残桓野王。不用人前矜妙舞，更谁来问善和坊。""欲携柑酒听金衣，断岸斜桥旧日非。苏小丰姿空旖旎，谢家帘阁尚依稀。谁云老大情无那，自信轻狂絮不飞。回首芳菲二三月，一番憔悴与心违。”“家近隋堤最可怜，萧疏十里欲生烟。雨中犹有芳心在，风里谁知舞力绵。莫向永丰悲暮景，好同京兆惜华年。他时春到灵和殿，万缕千丝画槛边。”

又，笺霞女仲贻銮字金城，适宫淮甫，年二十七卒。所著《仲贻銮诗》一卷，附于其母集后。此集存诗十八首。均为咏物抒情之作。《杏花》曰：“绛雪周遮碎锦坊，亭亭艳骨试新妆。略敷浅白朝天粉，小染轻红及第香。唐花娇分青镜女，曲江春护绿衣郎。知他自有神仙度，不倚东风宋玉墙。”《黄牡丹》曰：“蕊珠宫殿接天高，锦帕金床意气豪。但是花仙齐执玉，一时朝拜赭黄袍。”《绿牡丹》曰：“一苞春气压阑干，花叶蒙茸欲辨难。不识九真罗郁面，几回想像对花看。”《红牡丹》曰：“驻颜那用借灵砂，天女曾餐碧落霞。一种无双娇艳色，昵人不是等闲花。”《白牡丹》曰：“自将本色见天真，不染烟寰半点尘。应许万家同赞叹，繁华队里素心人。”《黑牡丹》曰：“新妆常讶暮烟笼，墨彩飞腾傍玉栊。始信人间真富贵，由来都在砚池中。”

《绮云阁遗草》一卷　　嘉庆十二年《泰州仲氏闺秀集合刻》本

洪湘兰　撰

洪湘兰，字畹香，仲振猷妻。所著《绮云阁遗草》一卷，有嘉庆十二年《泰州仲氏闺秀集合刻》本。

此集存诗十四首，大多为写景咏物诗。《寒夜月》曰：“水晶帘子护窗纱，深院沉沉一径斜。风自严寒霜自冷，且分清影照梅花。”《新月》曰：“云洗长空日乍驰，一弯如画未成规。疑从镜背微偷影，似下银钩欲钓诗。何处箫声今夜早，有人裙带晚风吹。纤纤花外朦胧影，照人书窗不满帷。”《月季花》曰：“残妆卸罢又新妆，岂为争春屡擅场。笑脸不因寒暖易，浓情特与岁时长。霜飞尚着枝头艳，月闰还添分外香。此是红颜长命种，水晶帘底细端详。”《落花》曰：“遗玉遗珠漫断肠，根株终信转青阳。因风碎剪江淹锦，和雨春收李贺囊。上苑晴飞红影乱，绿楼深护碧阴长。五云借作氍毹软，得得花骢一路香。”《茶烟》曰：“迷离一道卷空庭，暖爇松枝火正荧。雨湿画栏飞不远，风轻曲径袅还停。粉垣半堵薰全黑，柳院斜飘染更青。何处朦胧消复起，小窗人渴酒初醒。”《上元对月偶成寄外》曰：“第一回圆月，偏当别后明。春先半月至，雪让一宵晴。毓管京华地，幽灯旅客情。迢迢今夜梦，应过广陵城。”《扬州留别诸兄弟》曰：“一雁高骞白露天，离樽惆怅晚灯前。广陵今夜清秋月，曾否吴陵月倍圆。”

《吟翠轩稿》二卷　　道光十三年《凝香阁合集》本

冯兰贞　撰

冯兰贞，字馨畦，一字香畦，金坛人。知府于尚龄妻。所著《吟翠轩稿》二卷，有道光十三年（1833）刻《凝香阁合集》本。

此集前有冯调鼎、史麟、于尚龄三《序》。集中录诗一百零八首，词七十六阕。史麟《序》曰：“馨畦夫人诗温丽靖深，味之弥有余旨；而词笔幽隽，使漱玉无能专美于前。”《春归》曰：“红雨溅芳尘，唐山屡饯春。一帘飞絮影，三月惜花人。望望平芜远，年年别恨新。诗觞余味永，莫负苦吟身。”《苎萝村》曰：“数点青山郭外斜，绿杨堤下美人家。苏台一去无消息，流水年年怨落花。”《春柳》曰：“画出江南二月天，夕阳摇影翠楼边。谢家池上濛濛絮，西子湖头缕缕烟。斗酒听莺娱此日，故人赠别忆当年。灞桥竹客休攀尽，留待征裳汁染鲜。”《自西泠桥放舟孤山》曰：“徐徐画舫浮天上，窈窕文窗霁色妍。碧涨桃花三尺水，绿回杨柳一篙烟。寻诗客过清溪畔，唤渡人来夕照边。真个琉璃开世界，寒香飞落小红泉。”《西湖棹月歌》曰：“秋风萧瑟秋气深，西子湖头秋月明。湖天一色澄如镜，放桨中流自在行。丹枫黯黯深松静，水底楼台摇倒影。雁度南屏钟未残，鹤隐孤山梦犹冷。携壶独上湖心亭，湖光满槛月满棂。三竺烟深递隐现，断桥渔火流微星。归帆风送三潭速，潭涌三影月相逐。月光朗澈照我心，云水清寒洗我目。山外青山望未真，露气侵怀凉我掬。沉沉斜月将衔山，满船犹载明月还。回首西泠桥畔路，恍疑天上非人间。”《悼婢》曰：“前生种就苦根芽，一现幽昙也算花。莫向春风怨摧折，东君无力挽韶华。”词如《南歌子》曰：“春尽寒犹在，愁多梦不成。月华如练上帘旌，为爱一窗花影故吹灯。滩响风初息，更残漏未停。却怜杜宇唤声声，无奈天涯谁肯觅归程。”《疏影·梅魂》曰：“空庭，寂寂，怅冰痕一缕，谁更描得。瘦影荒烟，冷雨前村，犹认旧时江驿。轻盈傥化梨云去，便翦纸招来难觅。又依稀、浅水黄昏，唤起数声风。仿佛亭亭倩女，夕阳移素影，一样清绝月。地蒙蒙雪径沉沉，剩有啼禽消息。几生纵使重修到，已悟彻者番空色。等甚时、购取名香、可奈土花寒碧。”

《挹秀山庄稿》一卷、《瑞芝词草》一卷　　道光十三年《凝香阁合集》本

陈芳藻　撰

陈芳藻，字瑞芝，湖南祁阳人，金坛于彭龄妻。所著《挹秀山庄稿》一卷，《瑞芝词草》一卷，有道光十三年刻《凝香阁合集》本。

此集录诗九十一首。录词四十阕。史麟《序》曰：“瑞芝诗则宗大历十家，参之剑南体格，词兼南北宋，其小令又步武南唐。”《秋篱采菊词》曰：“落叶何纷纷，霜气满林薄。黄花觉秋深，生意渐盘魄。斫竹密编篱，繁枝半删却。小样排金铃，深姿吐华萼。秋烟铸艳艳，夕照闪灼灼。时复飞幽香，西风透罗幕。晓折簪疏鬓，夕餐动清酌。余情岂不芳，栖心本淡泊。”《落梅》曰：“惜花无计但徘徊，风送飞英乱点苔。忍看婵娟新月子，还将雪色近窗来。”《雁来红》曰：“白雁飞飞寒信传，一绳落影夕阳天。带来塞外相思泪，洒向江南秋叶边。”《半窗》曰：“半窗新月影娟娟，贪写红笺夜未眠。啼血杜鹃成底事，不如归去唤年年。”《秋夜》曰：“小院无人处，松荫绿到门。清风穿竹径，凉月罨花魂。秋冷吟蛩苦，庭空落叶喧。凭栏徒怅望，云影淡无痕。”《秋夕口占》曰：“空庭小立忆天涯，明月撩人秋思赊。顾影几番成

独笑，缘何消瘦似黄花。”《昌化署中新葺斗室可眺后山诗以落成》曰：“筑室寻幽趣，凭轩心目清。迎头一峰秀，隔座大云生。待月移松影，鸣琴答水声。丹丘何用觅，此地即蓬瀛。”《苏小墓》曰：“可怜绝代人，不筑鸳鸯墓。冷月吊幽魂，照遍西泠路。”《清平乐·镜》曰：“寒光皎洁，认取秦时月。为问圆冰清到骨，可贮芙蓉颜色。愁来怕上眉梢，恐伊知我魂消。顾影卿怜谁瘦，朝朝相对无聊。”《南浦·春柳用玉田春水词韵》曰：“袅娜舞长条，绕隋堤、翠幕金衣啼晓。细缕蘸晴波，低摇漾、水面落红频扫。柔情弱态，盈盈十五怜娇小。十里晓风残月岸，谱入才人词草。楼头触起相思，觅封侯、忍把年华负了。怕见擘棉时，飘零恨、点点纱窗飞到。韶光易渺。杜鹃唤得春归悄。回首灞陵桥畔路，绾住离愁多少。”

《小琼华仙馆稿》二卷　　道光十三年《凝香阁合集》本

于晓霞　撰

于晓霞，字绮如，金坛人。才媛冯兰贞女，松陵金文渊妻。文渊字小觉，浙江候补知县，著有《笑吟轩稿》。夫妻侨居吴山之麓，朝讽夕吟，此唱彼和，一篇吟成，互相击节。后文渊殁，绮如与幼子模仍寓杭。咸丰辛丑东粤寇陷浙，皆殉。次子栻闻城陷，誓迹其母，岁走浙东西数百里，积久始悉城陷时被害地，遂具牒上闻，旌恤如例。所著《小琼华仙馆稿》诗一卷，词一卷，有道光十三年《凝香阁合集》本；另《小琼华仙馆稿》与《笑吟轩稿》合刻，名曰《玉连环草》；另有吴江柳氏红格抄本。

此集为《凝香阁合集》本，收录古今体诗八十五首，词四十六阕。《凝香阁合集》前有冯调鼎、史麟、于尚龄三《序》。于尚龄《序》曰：“凝香阁者，馨畦、瑞芝娣姒联吟之所，而绮如长女亦幼喜词翰，时相赓和，积久成帙，愧未能卓然成家。”又曰：“删其繁冗，合为一编。至字句之瑕疵，欲存闺阁本色，因概不加修饰。”晓霞之作，大多与冯兰贞、陈芳藻唱和之作。与母同题之作颇多，如《双溪》《南屏山》《武隆山》《紫云山》《得月楼晚眺》《上天竺礼大士》《冷泉亭试茗》《金沙港小饮即席分赋》《自西泠桥放舟至孤山》《登巢居阁》《春柳》《花朝》《爱山台春望歌》《赋得春晴》《唐昌八景》《新柳》《哭蕴辉姊》二首等。史麟《序》曰：“绮如能述馨畦夫人之家法，而风华蕴藉殆有过焉。”《明月篇》曰：“明月照幽斋，幽人理素琴。一曲弹未了，宿鸟当余音。停琴对明月，倾杯泛郁金。酒酣发长叹，慷慨更高吟。此时金门内，待漏侍紫宸。朝衣重难解，白发侵华簪。此时玉关外，烽火迷黄尘。风霜苦跋涉，酬恩不顾身。此时秋江上，迁客泪沾襟。天涯叹沦落，壮志郁未申。此时空闺里，思妇愁登临。长宵掩妆镜，切切念藁砧。岁月惊沧桑，万事悲浮沉。劳劳今世客，谁复问古人。何如隐空谷，高卧垂丝纶。殷勤谢明月，圆缺不关心。”《浣纱曲》曰：“成败从头细思省，越王奚德吴奚眚？却教越女饵吴王，此际报仇亦天幸。最怜天付好丰姿，镇使忧怀不可支。回忆东邻小儿女，百年相守白头时。捧心自觉此心苦，心苦分明向谁诉。不是红颜误国家，吴王可惜荒无度。”《唐山晚眺》曰：“紫翠岚光落照明，寒林深处乱鸦鸣。白云莫道浑无意，偏向幽人眼底生。”《富春舟次眺雨有作寄呈家慈》曰：“无聊闲坐倚篷窗，万斛离愁未肯降。独抱秋心对秋色，一天秋雨落秋江。”《雪》曰：“日暮深山冷气催，飘飘蝶翅卷空来。朔风更比东风巧，万树梨花一夕开。”《题小觉李广封侯记》曰：“塞草边尘满目秋，战功七十未曾酬。封侯纵说寻常事，可惜将军已白头。”《哭蕴辉姊》曰：“红颜薄命古今嗟，海棠原是断肠花。从今风雨西窗夜，莫向灯前读楚些。”《题小青墓》曰：“绵绵长恨天难补，香魂幸得埋香土。曲径斜通和靖祠，美人高士同千古。”《江南春》曰：“莺语软，柳丝长，春愁浓似酒，诗思细于香。桃花如雨东风急，无那芳园又夕阳。”《水调歌头》曰：“山色澹何处，都在渺茫中。白云千缕万缕，忽现又还封。如此风光休误，只合焚香煮茗，相对抚丝桐。古寺隐林杪，依约度疏钟。倚危阑，舒远目，意无穷。乱鸦阵阵，归去鸟道暗相通。岭畔丹枫落去，陌上绿杨凋尽，晚节羡苍松。抚景一长啸，幽思付归鸿。”

《养浩楼诗钞》四卷　　民国十六年排印本

朱庚　撰

朱庚（1782—1841?），字爱秋，南汇人。幼禀保姆之训，略涉文事，少长喜读韵语未尝作。庚申归蔡钢为妻，始教为诗。当鸟啼花落、风激冲鸣之会，有触即吟，聊以遣兴。所著《养浩楼诗钞》原稿六卷，朱太忙编为《养浩楼诗钞》四卷，有民国十六年排印本。

此集前有张慕骞、董和培、钦善、蔡钢《序》及朱庚《自识》，萧长龄、张克俭、邱德坚、张慕骞、许耀、张宏、董和培、马驹、张大经、胡志坚、吴祖德、凌承枢、杨基、高崇瑞、李墀、归懋仪、赵棻、冯兰因、乔尔昌、姚义彪、朱惟公、姚维钧等名士闺秀二十二人题词；又附录《松江府续志》《南汇志》《芗岩诗钞》《芳霭斋诗钞》中相关资料。卷末有适叟《丰溪蔡晓峰夫人爱秋女士著养浩楼诗钞六卷太忙得其前四卷余得其五六卷因并归之太忙复乘之以诗借博一灿》诗、朱太忙《识》《跋》及题诗二首，并附录捐资刊印者姓名及朱太忙《养浩楼诗钞刊竣重有感》诗。集中录诗二百九十二首，词一百八十二阕。张慕骞《序》曰："其诗风格遒上，气韵沉雄，推陈出新，总以立意为先，脂粉之气划除始尽，寻常流连光景、应酬牵率诸结习，概不染毫端，骎骎乎少陵所谓语必惊人者也。盖维夫人幼生华阀，长适清门，凤鸾双啸，珠玉在怀，宜其音和志雅，一出乎乐天知命之常。即清峭警拔处，亦岂感慨无聊、愁香怨粉所能拟其万一哉！彼徒知夫穷而后工之说者，其亦可以废然返矣。"董和培《序》曰："细绎诸作，无非志身历之居诸，绘眼前之景色，水色山容，兴到辄形笔墨，春花秋月，随在写入篇章。纯任自然，统归雅正。所以学淹博而不矜张，才藻丽而不放逸，笔仗健而藏锋敛锐，气魄大而遁迹收神。优于天分而不自高，极于人工而不自诩。虽典赡风华，而总不逾于幽闲贞静之外，是真能以性情为主宰，而以温柔敦厚为质干者也。"葛光绪《南汇志》曰："时上海有归氏佩珊，为随园女弟子，朱与之抗，浦东西各树一帜，足征闺阁风雅之盛。诗多古体，五七言亦逼近唐贤。"胡志坚曰："文章锤炼称奇格，神韵铿锵戛古音。闺阁年来多逸致，花翻新样度金针。”归佩珊曰：“慧业前生带得来，闺中真有少陵才。”“同调相怜最感卿，未曾睹觌早关情。”冯兰因曰：“索句衔杯未了痴，羡君熟读少陵诗。”“安能共结香奁契，樽酒论文事事如。”《秋日书怀》曰：“萧条秋欲暮，落叶满空山。世事如云往，浮生若梦间。风霜愁古道，岁月逼朱颜。对景清怀抱，应将万虑删。”《秋声》曰：“萧骚何处起，物候动离情。万里秋无迹，千林夜有声。霜飞天宇肃，蛩语梦魂清。多少摊书客，应教白发生。”《寒夜卧病》曰：“无边落木下飞湍，正是江南一度寒。浊酒未消胸磈磊，西风又见景阑珊。拥来布衣三更薄，听彻霜钟十月残。恼我病怀惟辗转，短吟愁绝晓光难。”《题姚畹兰吟史桐阴觅句图遗照》曰：“读画寒灯下，高才我独惊。如何今夜月，不照古人情。韵入孤桐老，秋从两鬓生。满阶凉叶影，诗格似君清。”《读李杜诗》曰：“盛唐神韵冠群豪，御座文章见凤毛。明主赏心怜翰墨，谪仙玩世托风骚。宫中法曲歌金屋，江上才名羡锦袍。把卷长吟明月夜，如闻秋鹤唳江皋。”“白首栖迟忧国深，春风几度曲江吟。文章身后无穷业，忠义生前一寸心。酣酒登台嗟遇合，负薪作客少知音。至今试卷留天地，工部光华接翰林。”《感时歌七章效工部同谷体》曰：“彼苍彼苍运无穷，四序迭更万化同。一阴乍进剥炎夏，大炉烈烈扇长风。蛟龙久蛰甘雨竭，物候已失长养功。呜呼一歌兮歌之始，凉飙为我倏然至。”“后土后土神道静，承天永为万物秉。雨露不降莫润滋，百苗枯槁失青颖。蓐收无权令不行，伤彼东南赤万顷。呜呼二歌兮歌且放，山川为我皆凄怆。”“岁饥岁饥在甲戌，禾黍秋风都不实。朝食草根暮树皮，伤心万户炊烟失。仓无余粟赈未施，民只空田征不恤。呜呼三歌兮歌正长，饥鸿满地谋稻粱。”“流民流民无栖托，饥寒交迫空力作。寒风裂袖落花稀，冻雪压肩盐利薄（是夏，江浙苦旱至秋无收，流亡者沿途有之。惟海东一隅以摘花卖觔盐为活）。生涯至此诚苦辛，犹胜饥驱丧沟壑。呜呼四歌兮歌更悲，鬼神闻之亦泪垂。”“高堂敞开宴乐频，管弦日醉罗绮春。席前下箸厌百珍，樽前尝酒轻千缗。乃云无力疗民贫，一任嗷嗷遍海滨。呜呼五歌兮歌声顿，阳和不散穷途恨。”“斗粟斗粟珠不易，市价日腾豪户积。红鲜玉粒利交争，雁至蝉鸣倍珍惜。迢递关山行路难，可怜客子空于役。呜呼六歌兮歌声哀，使我忧戚从中来。”“官仓官仓米如陵，年年十月开厫征。可怜今岁谷不登，籴米输官力不胜。转漕之船日已迫，咆哮日夕加威凌。呜呼七歌兮歌声蹙，黎民为我泪盈掬。”《苦旱叹》曰：“黄梅苦雨叹往年，千塍碧水浮远天。黄梅苦旱叹今岁，一轮赤日照大地。旱非其时患更深，盛阳烈烈铄少阴。任教魃鬼恣为虐，安得潜龙起作霖。斯时农务村村急，昼夜桔槔声不息。东乡车水及女工，西乡车水竭牛力。无如水涸戽徒劳，禾棉欲槁心煎熬。一车不济一车接，日望江头朝暮潮。潮痕一长车齐起，塘外戽转向塘里。交淋血汗运双趺，相和劳歌闻百里。潮来略见湿苗根，潮落依然坼田底。吁嗟乎！皇天无雨后土干，欲保稼穑良艰难。乐岁未能安饱暖，凶年宁免叹饥寒。饥寒甘受忧秋粮，三尺火符飞下乡。寸丝粒米欠不得，心头无肉难医疮。”《官兵行》曰：“朔风猎猎欃枪明，烽烟骤起官兵行。羽檄星驰下江左，耳边一片吹笳声。优游盛世承平久，老病衰残十八九。军器应愁武库虚，铁衣只解空城守。一朝奉檄心魂摇，前驱征骑鸣萧萧。尘沙卷处旌旗动，遥见军营北斗高。军营日夕事鼓吹，细柳千条斗眉翠。一夜风前刁斗鸣，三更帐上美人醉。平明击贼贼荷戈，将骄兵弱势奈何。平时食禄千钟少，此际冲锋一战多。君不见，秦时边戍汉从军，战骨苍茫没阵云。又不见，武侯之表定远疏，泸水亲渡玉关赴。区区小丑怯远征，凯功自有劲旅成。但教留得旌旗在，同唱铙歌享太平。”沉郁顿挫，极似老杜，浑浩之气直以达，精严之理静以深。

《绣箧小集》　嘉庆二十二年朱绶《刻砚楼小集》附录本

高篃　撰

高篃，字湘筠，号枝山，自号元和女史。高敬长女，举人朱绶妻。于归后家贫，无多婢媪，凡缝纫、浣濯之情事皆躬任之。素能读书，不废柔翰。所著《绣箧小集》附刻于嘉庆二十二年朱绶《刻砚楼小集》后；上海图书馆另藏抄本一册。

此集前朱绶《序》曰：“今年（嘉庆丁丑）秋，予为编辑，遴七十余首，付剞劂氏。大抵思亲者十之二三，寓言者十之五六，不知于比兴之旨离合何似?”集中录诗六十八首。《绣篋词》录二十六阕。思亲寄外诗，皆合于温柔敦厚之旨。《对案》曰：“对案不能饭，仰望浮云起。长叹三秋鸿雁下西风，两字平安寄何晚。不恨久别离，但恨长相思。长相思，无已时。心思亲，亲不知。”《六歌》曰：“林猿枝鸟常苦啼，灯鼯仓雀常苦饥。严风压云卷寒雾，落叶呼号起庭树。百年鼎鼎徒自怜，人生欢乐当盛年。手挥朱弦白日短，仰视六合空云烟。呜呼一歌兮伤草木，何事霜兰瘦空谷。”“我生十龄早孤露，树静风宁自悲慕。遗稿千言赋北征，不敏何能法趋步。孤棺风雨十年余，佳城未卜因贫误。生求颐养死求葬，三尺祖茔魂可附。筑池负土为何人，儿女成行犹寄厝。呜呼二歌兮歌自悲，中心咽咽双泪垂。”“阿母今春与儿别，执手江干一呜咽。居家苟有一顷田，岂恋浮荣远为客。北方十月寒气加，大风日日扬黄沙。亲年五十鬓添白，况复年年感离别。呜呼三歌兮思飞扬，白云悠悠在故乡。”“雁高飞兮为稻粱，分飞四海兮失其行。嗟我何为独忧伤，骨肉远在天一方。白日西驰月东出，四时轮转遥相忆。昨宵灯下招离魂，封书欲寄愁空论。呜呼四歌兮为谁道，脊令原上生秋草。”“忆昔遣嫁主中馈，三岁为妇弥增愧。井臼操持为病赊，慈姑白发还持家。鸣琴鼓瑟同静好，寤寐因之思窈窕。中夜彷徨起叹息，聘乏黄金求令德。呜呼五歌兮咏《樛木》，阿母寒灯曾授读。”“天风散花作飞雪，梦渡黄河冰百尺。作书寄我同生人，人生不合终贱贫。鸾翔凤哕快人意，诗卷常留满天地。前班后左名著文，眼中余子徒纷纷。呜呼六歌兮仰天泣，百年忧患何时毕。”《古诗》曰：“乐莫乐于新相知，悲莫悲于生别离。卷蓬飘飘向空去，浮云会合将何时。翩翩堂上巢双燕，白石累累清始见。手撷芳兰思美人，远道遗之一朝变。长绳不系扶桑东，三春已暮花从风。弦歌赵李自轻薄，行乐祝君当慎终。”《小游仙寄钱冰如王九一两女士》曰：“玉篋金函富有余，岳图不付答何如。济人到处需丹草，我愿神仙更读书。”“荣悴如看顷刻花，上清沦谪不胜嗟。琼田玉粒饶无价，一洒人间便是砂。”“隐隐云天笑语和，乘鸾跨凤几人过。嫦娥独处梁清谪，可是神仙薄命多。”《叠前韵寄董素琴女士》曰：“沦谪尘寰数载余，蓬莱遥望恨何如。海天寥落思知己，自抱瑶琴读道书。”“闲向仙山扫落花，五铢衣薄自生嗟。刚风吹堕芙蓉界，下视人间万顷砂。”“钧天歌奏珮声和，珠翠烟霞梦里过。除却刘纲有仙骨，下方乐事总无多。”《再叠前韵寄董素琴女士》曰：“修到莲华万劫余，鸾章双召更谁如。墨香薰透三生骨，可是瑶宫旧侍书。”“黄家小婢许司花，瑶草空为帝女嗟。纵使九霞名共隶，输他鸡犬舐余砂。”“云璈叠奏自平和，中夜生怜曼唱过。织女金梭休弄巧，年年空怨别离多。”《元祐碑》曰：“哲宗急于治，群小遂相蒙。崇碑树端礼，涕泣逮石工。嗟哉宣仁后，万古称明聪。秽语涉史笔，儿孙任朦胧。恶至诬国母，怒上干皇穹。感悟求其端，卒未诛元凶。在昔程与苏，偏执非至公。异道不同谋，党议何以崇。峨峨万古名，并刊残碑中。”古今体诗均流利婉转、气势雄浑。

又，高篃有《论宫闺诗十三首》集中未载，论诗极有见地。“绝调春歌出汉宫，哀音促节感无穷。诗家但赏辞秋扇，不为夫人拜下风。”“南山有鸟北山罗，凄绝箜篌四字歌。同是一声《何满子》，不知恩怨为谁多。”“泉深山树韵凄凄，宛转盘中四角题。别是怀人无限恨，回文漫说窦涛妻。”“日出当心最凄惨，茕茕白兔顾东西。只余万古风人感，踯躅花开谢豹啼。”“弓弦拂月宝刀随，扑朔迷离未辨时。铁骑成群河水咽，不须更作女郎诗。”“蔡女才华自绝伦，生当末世玷终身。《北征》千载能诗笔，谁辨源流出妇人。”“才艺从来亦受知，六宫何用洒桃枝。翩翩风雅能殊俗，岂独文章并左思。”“郗女才华竟捐弃，可怜门第误姻缘。妒他柳絮因风起，一句诗成万口传。”“月露风云几度吟，谁从大雅溯元音。抱琴不作梅花弄，安识《离骚》屈宋心。”“闺中俱爱宋元诗，汉魏齐梁体未知。我欲瓣香专供奉，玉台以外恐无师。”“狎客临春媚丽华，新声都谱《后庭花》。唐宫玉尺昭容掌，沈宋文章漫自夸。”“天生胜侣本前因，一字评诗见性真。不是春荣秋落句，闺中谁识许夫人。”“黄鹂百啭舌绵蛮，语不惊人概可删。长笑选体尊伪体，断肠小草遍人间。”

《碧云阁诗钞》三卷　　咸丰四年刊本

吴荃佩　撰

吴荃佩，字淑蕙，山阴人。进士吴尊盘孙女，马巽以室。幼承母训，针黹之外，深以词章，举凡耳目所经，无不形诸篇什。所著《碧云阁诗钞》三卷，有咸丰四年（1854）刻巾箱本。

此集前有钱廷诏、弟学礼《序》，荃佩《自序》；赵炳奎、李成蹊、侯功超、孔宪勋、马奠盘、李宝彤、施锡麟、章安龄、钱光黼、王宇坊等名士题词。卷末有马映奎《后序》。《总目》载："五七言古体二十二首，五七言截句一百二十一首，五七言排体一百三十四首，五七言排律七首，删余附存各体七十二首，通共三百五十六首。"钱廷诏《序》曰："其怀古咏古也，一篇托兴，依稀巾帼须眉。其思亲寄亲也，千里写怀，眷恋庭闱骨肉。其助夫也，如道蕴之冰雪聪明，施纱妙论。其规夫也，似若兰之佩环宛转，织锦回文。其简约也，咏钗裙之淡泊，恍赓《蟋蟀》于《唐风》。其勤劳也，赋井臼之艰难，若诵《鸱鸮》于周室。斯真作者匠心，乃令读之俯首。轶钟郝之幽闲贞静，美其尽乎；擅庾鲍之俊逸清新，观真止也。"赵炳奎曰："词旨新颖，思路入细，更有咏史之卓识，赋物之华辞，即事感怀之闲适，而慷慨无不出自己裁，绝不拾人牙慧。"李成蹊曰："洗尽铅华习气，仍不脱闺秀本色。温柔敦厚之旨，雅正和平之音，自是香奁正则。至咏史诸作，又巾帼而丈夫矣。"侯功超曰："读《碧云阁》集中《感怀》《书怀》诸作，不禁有搔首问天之叹。"孔宪勋曰："玉节金和，宛逼唐响。其述怀也，微婉深长；其咏古也，浑灏流转；其赋物也，清丽芊绵。"马奠盘曰："今观《碧云阁》全稿，非惟笔意超妙，而持论亦极宏通。且咏古感怀诸作，慷慨悲歌，毫不带脂粉之习，是又由血气之过人，不仅关名胜所阅之多也。读之真令人起敬。"钱光黼曰："笔意深远，颇得唐人意味。其咏古感怀诸作，复有激昂之气溢于行间。"王宇坊曰："论古无陈言而有特识，吟今有隽句而无钝思，述怀则幽闲贞静，寄外则温柔和平。即偶然赏花咏竹，俱以至性至情行乎其间，有意到笔随之乐，无摹拟袭取之踪，非惟承三唐之遗意，且直接三百之雅音也。"

《寄外》《咏怀》秩秩德音，所谓琴瑟在御，莫不静好也。其随时赋物，即《采蘋》《采蘩》之遗。咏古诗最为人称道，如《青冢》《天宝宫人》《冯谖》《荆轲》《项羽》《屈原》《子陵钓台》《寒食咏古》《过岳武穆墓》《读史感怀作三首》等。《荆轲》曰："报燕借得将军首,侠气全凭匕首铓。易水至今呜咽处，可怜壮士不还乡。"另有思亲寄外咏怀诸作，《忆家》曰："独对幽窗泪暗流，伤心万叠懒梳头。南来雁字纷纷过，可有乡书一定不?"深具温柔敦厚之风。

《碧云轩诗钞》一卷　　嘉庆二十年刻本

陆素心　撰

陆素心，字兰垞，平湖人，武康徐熊飞妻。七岁失恃，其叔父躬亲鞠育，授以经书、韵语。稍长，工制义，兼善吟咏，后随侍奉孝丰官舍。叔父年老，倦于笔墨，所有应酬诗句，多半素心代为之。及归，室如悬磬，乃聚徒为女塾师，佣书卖绣以自给。间有所作，辄藏置其稿，不以示人。所著《碧云轩诗钞》一卷，有嘉庆二十年刻本。

此集前有陆敦伦《序》，卷末有徐金镜《跋》。陆敦伦《序》曰："今年春，徐甥芸岘将重镌《碧云轩诗》，力请发箧，录得数十首，并付剞劂。予观闺阁中雕华艳丽之作，其人大都席丰履厚，粉饰其词以诳世，故往往为识真者所弃。若姊则生贫家，归贫士，一字一韵，皆得之中馈之余，非有所为而为也。其言也诚，则其传之必永，可信也。"徐金镜《跋》曰："先妣见背时，金镜年甫三岁，不复记忆言语动作，惟口授唐人小诗数首，犹成诵不忘。及长，检阅麽箧，见所著《婴兰馆诗》二册，集八韵小赋十余首，勾乙涂改，手泽如新，尝欲录为净本，乞家君寿诸枣梨，以困于衣食未果也。《碧云轩诗》一卷，多半待字时所作，结缡后，鬻其玉搔头，雕版平湖，为远近所称许，一时选集，若《名媛绣针集》《撷芳续集》《两浙輶轩录》《群雅集》《闺阁同音集》诸集，皆采录多篇。顾原版散损，不能授墨，家君命金镜重录付梓。金镜襁褓失恃，欲述母德而无由，徒从残遗稿中想象声音笑貌，而又不能尽搜所撰，毕传于世，校录是卷，不禁罔极之悲也。继母归来，金镜年才十四，视之无异已出。先妣在时，尝与往来唱和，因请所藏稿录得什一，并梓为存之。”《秋晓》曰：“悲秋情绪草虫知，滴露研朱读楚词。帘卷西风添半臂，桂花香里晓凉知。”《题碧云轩壁》曰：“村落萧条过客稀，一林修竹掩柴扉。自从咏絮人归去，只有空梁燕子飞。”

《红韵阁遗稿》一卷　　光绪五年苏州刻本

阚寿坤　撰

阚寿坤（1852—1878），字德娴，合肥人。阚仲韩女，方承霖妻。寿坤少慧且妍，面圆如满月，咸丰癸丑舅姑避兵寿坤家，见而钟爱，即媒聘之。五龄后随父避兵燹，流离山谷间，靡艰弗历。性纯孝，倜傥有才略，出言如壮男子。时祖母年将八十，每值仓皇移迁，寿坤辄为扶持，伺起并语慰祖母以免悸。念父少佳馔，虽荷赐与，亦不食。十岁后从叔凤骞授小学、《内则》《诗经》。年十五，父宦江宁，始随母南渡。与父妾云衣、嫂稚娴一起随父学诗，并与稚娴订姊妹，常灯灺香烬，犹闻二人咿哦互质洽如。口吟初作，即秀倩绝俗。年十九婿方承霖来赘于沪。越三年，生一子，三岁而殇。明年，随寓吴门，复生子麟绂。适承霖试补弟子员，院试报罢归，心早愧，憾若无可容，而德娴转欢颜坦坦焉，以开其志气。既弥月，见承霖心已放，又切切焉婉为规讽，倘进锐则以退速虑，如中辍则必自励其诵习，以隐为之勉，至浮奢浅率诸弊窦，则所以受益者尤众。寿坤于辞赋精进特甚，女红以外，读书穷日夜，偶得句辄吟哦竟夕，然多自抑，不轻以语人。光绪戊寅四月病卒，年二十七岁。所著《红韵阁遗稿》一卷，有光绪五年（1879）苏州刻本。

此本前有王恩晋、方承霖、叶稻香《序》，父阚仲韩《女德娴小传》及悼词，兄阚濬鼎、妹阚桂清题词。卷末又附方承霖《记》。方承霖《序》曰：“德娴工笔札，而性矜慎，不轻以楮墨示人。雅不喜制稿册，每有得，辄写以小薛笺黏诸壁上，久则揭去，甚或写甫成，一再哦之，顿搓弃。予屡劝存稿不听。盖内顾歆然，第自目曰‘学吟’，谓集存尚有待矣。今人琴慨矣，检所书及画，十不存一，存者悉残笺断幅耳。又仅得十四五龄时《红韵阁联珊小草》一卷，盖犹初学调韵时，与其嫂稚娴女士合著者。今定以归予后文、诗列前，而《联珊草》摘出附后，词继之，家言附及。曰‘红韵阁’，仍旧也；曰‘学吟’，纪实也；附‘联珊’，不忘所始也。非敢流布，特不忍没之云尔。”《红韵阁遗稿》首卷为《学吟小草》：首录《白秋海棠赋》《秋兰赋》《拟采莲赋》三篇；次为《遗稿诗》，收录自辛未至戊寅间诗作。《辞服药》曰：“偶病无须药，华仙岂尽灵。本来情甚喜，何用苦淹心。”《黄渡》曰：“乱丛烟树远山围，黄渡停舟潮势微。出城不觉春已暮，时见野花蝴蝶飞。”诗中有画。《白秋海棠赋暨咏白牡丹》《过五人墓》《黄埔》《虎丘》等古近体诗，格调作手。《落花》有“繁华自古成空相，岁月何尝误美人”句，则隽永有味。再次为从《联珊小草》中摘出自乙丑至庚午间所作诗二十四首，如《大人教以联句属对》《联句家大人足成之》等，为初学韵语时作。再次为词十四阕，如《忆秦娥》《醉花间》《点绛唇》《太平时》等。最后附录文十篇：《复三兄都门》《谢三兄由都门寄翠钿金线启》《戏送稚娴妹蝴蝶花启》《寄三兄新甫及雨人》《节家言一段》《致三兄》《雨人外子阁下旋里定省倏已四月府试谅竣》《前三日启》《答稚娴妹》。《答稚娴妹》中“落叶半床，青苔一径，招停云未至，望之子不来”等语，被赞为有六朝之意。

《清风楼诗存》一卷　　光绪十七年芙蓉山馆活字印本

孙镇　撰

孙镇（1852—1877），字慧贞，河北玉田人。道光庚子进士、翰林院侍读孙晋墀女孙，湖南攸县知县光燮女。范履福妻。慧贞三龄失怙，事继母以孝称，为父所钟爱，尝曰：“此掌珠也，吾以门楣望汝矣。”幼入家塾，读《论语》《孝经》《列女传》，能通其义，间以唐人诗授之，反复玩味，悉志心不忘。精针黹，后试作韵语，涉笔成趣，芬芳悱恻，有一唱三叹之音。至于绘事，山水学石谷，花卉得瓯香馆神韵。性至孝，值父病笃，医者谓不起，夜祷于天，求以身代，背人割股肉和药以进，病竟瘳。待诸弟循循然，喜布素，不事铅华，奁具侧皆经史。年二十一受范氏聘。越明年，范氏入赘，伉俪极笃，旋即北上。适遇姑陈太夫人丧，备极哀毁，执妇道维谨，而诗不暇谈，而绘更不复道，积劳之疾默成。生一女，甫周岁即殇，痛之甚。以产后虚弱之身何堪过于伤悼，由是疾大作。缠绵年余，竟至不起，时年二十有六。弥留之际，犹叮语夫再娶，有“蓝田得玉免教迟”之句。范氏《传》曰：“勤俭端惠，寡言笑，无疾声剧色。以困急求助者，竭力周之。族党姻亲，皆称曰贤。”所著《清风楼诗存》一卷，有光绪十七年（1891）芙蓉山馆活字印本。

此集卷首题《清风楼诗存》，蓝田孙镇慧贞著，男维新、维翰、维棋、维桢、维垣、维彰、维杨、维熙同校字。集前有铁香余题词、范履福《传》、孙宗瑗《序》。集中录诗八十九首。《花下独立》曰：“秋千院落日初长，柳色青青荫曲廊。独向花荫深处立，满身衣带木兰香。”《秋夜曲》曰：“秋灯耿耿凉宵永，玉露无声下金井。空山野鹤忽飞来，踏碎庭前松月影。”《口占》曰：“流莺百啭最高枝，啼遍东风二月时。花影一帘春昼永，小窗闲读杜陵诗。”清丽娟秀。另有咏史诗数首，颇有识见。《西施》曰：“采菱歌唱曲江滨，吴越兴亡陌上尘。莫道美人颜色好，须知忠义出天真。”《红拂》曰：“世乱英雄起草莱，安危谁识济时才。英雄儿女千秋合，怪底虬髯卷入来。”《懿德后》曰：“残云自鄙赵家妆，却读清词爱十香。谁识腴言称二绝，祸机从此尽包藏。”

《林风阁诗钞》一卷　　民国十年南林刘氏《求恕斋丛书》刻本

刘淑曾　撰

刘淑曾（1853—1891），字婉瑗，仪征人。刘毓崧女，孔昭寀妻。淑曾幼濡家学，能古文，不多作。女红之余，写兰花数笔，以抒胸怀，顾深自韬匿，不以示人。书学荥阳《郑文公碑》，亦古雅有法。昭寀殁后，服药殉节。所著《林风阁诗钞》一卷，有民国十年（1921）南林刘氏《求恕斋丛书》刻本。

此集录诗五十首，末附《上张宫保书》《寄母黄太宜人禀》。《幽兰引》曰："君不见古人好兰意有托，绮石排根缀轻萼。夜凉清露湿幽姿，芳气吹风散高阁。品格曾夸王者香，援琴纫佩寄思长。自甘空谷幽芳老，不羡名花出洛阳。伴侣烟霞抱仙骨，惜与群芳并春发。不知谪满在何时，永谢尘氛诣瑶阙。"《秋夜》曰："亭皋木落秋风冷，络纬悲吟绕金井。空阶寂寂漏声稀，皎皎寒蝉弄清影。念我亲兮各一方，山河阻隔道路长。南枝越鸟北风马，人生离合增永伤。昨宵梦到邗江路，帆影涛声指烟雾。北堂含笑慰离愁，犹子牵衣初学步。太息晨钟惊晓寒，思亲永夜梦难安。云天怅望南来雁，羡尔飞翔天地宽。"《送印川之袁江》曰："高树新蝉鸣，溪荷自摇碧。熏风动帘旌，流光过驹隙。来日送君行，去为袁江客。加餐慎起居，勤学忧能释。好慰倚闾心，音书频寄驿。"《归里感赋》曰："莺花三月别江南，杨柳垂堤绿意鬖。最是他年忘不得，秦淮秋水蒋风岚。"渊雅雄秀，典雅厚重，无闺阁气。咏物细腻工整，如《秋蝉》曰："秋风萧瑟嘒寒蝉，摇曳秋声古道边。自有灵姿餐露洁，何妨薄鬓斗云娟。汉宫黄叶情呜咽，隋苑青枝梦缈绵。空剩芳塘遗蜕在，斜阳衰草锁残烟。"

《倚梅阁诗集》四卷、集唐一卷、《词钞》一卷　　宣统元年瞿倬活字本

沈韵兰　撰

沈韵兰（1853—1916），字淑英，钱塘人。沈子宜女，武进瞿倬继妻。生有父风，幼娴母教，弄诸兄砚匣，工诗词，学书爱卫氏簪花，翻阿姊香奁作画，描滕王蝴蝶，借诗书为膏沐，与笔墨为姻缘，早已乐在个中，声流户外。于归后，瞿倬亦能诗，闺房唱酬，日赓偕老之章以为乐，人艳称之。小姑秀文女史亦娴文字，时与联吟，姑谈太夫人顾而乐之，以为得贤妇。所著《倚

梅阁诗集》四卷，集唐一卷，《词钞》一卷，有宣统元年瞿倬活字本；民国六年铅印本。

此集为宣统元年瞿倬活字本，集前有邓蓉镜、丁同绍、娄冰仙三《序》，刘开甲、张以宪、徐士霖、程运达、何士循、孙保圻、钱士恒、邹福保、何灿、朱德颐、蔡松、金武祥、徐寿春、陈复善、汤世仪、丁同绍、周涤岑、王葆澂、瞿华英、绮卿女史、王毓曾等文士闺秀题词；卷末有瞿倬、弟兆禔二《后序》。集中卷一录诗七十一首；卷二录诗四十六首；卷三录诗九十五首；卷四录诗八十三首。附集唐诗九首。娄冰仙《序》曰："咏史而千秋之疑案能翻；思亲而千里之慈闱如接；论诗则舌灿莲花，颖敏有苏家之妹；课读则书传画荻，宁馨喜王氏之儿。"诗风"或清华朗润，如爽气西来；或慷慨激昂，如唱大江东去；或悲烈如城头觱栗；或凄咽如江上琵琶；或皎洁如秋水之凝辉；或绮丽如春花之带雨"。《秋夜偶成》曰："落叶惊秋早，秋声惊客心。蝉栖留影淡，雁过有余音。明月幽人笛，凉风戍妇砧。徘徊花下立，寒露湿衣襟。"《初春》曰："桃花含笑柳含烟，景色宜人信可怜。最是佳人春戏好，秋千斜挂小楼前。"《雨中虞美人花》曰："莫向花前唤奈何，乌江饮剑已愁多。跳珠战叶潇潇雨，绝似当年垓下歌。"秀韵天成，逸情云上。《庄姜》曰："蛾眉螓首语虽工，难写容颜绝世红。自古承恩不在貌，伤心何必咏终风。"《西施》曰："捧心未必态全真，何事东邻更效颦。游遍五湖家国变，回头羞见浣纱人。"《绿珠》曰："朝朝歌舞醉黄昏，一代繁华金谷园。人事沧桑宾客散，坠楼时节最销魂。"咏美人诸篇，雅音卓识。咏史感事之作，词意激昂。《郑庄公》曰："噫吁嚱，郑庄之奸奸且雄，杀弟弑母何残凶。昧于子弟父兄教，故酿逆乱陷愚蒙。段虽踏不义，公乌可不仁？乃重土地薄天伦。君不见，泰伯当年采药走，夷齐让国名不朽。掘地纵然复见母，扪心自问心安否？"《世乱》曰："困守荒园百不闻，也知富贵本浮云。门前有客惟谈贾，座少高人莫论文。酒兴每因尘事扰，诗情多被病魔分。剧怜四海皆荆棘，半入蛮夷半贼气。"《词钞》前有顾尹圻题词一阕，后有瞿倬《后序》。集中收录词九十九阕。《昭君怨·春晚》曰："辜负春光几许，偏又忽忽归去。春去倍生愁，上眉头。犹喜多情啼鸟，还向妆楼报晓。休更倚阑干，雨潺潺。”《苏幕遮·雨夜寄外》曰：“雁南飞，秋又尽，怕听风声，偏又风声紧。此际天涯添别恨，旅馆寒灯，独坐君应闷。篆香销，更漏永，砧杵频催，梦也难安稳。欲倩彩鸾相问讯，千里迢迢，客路浑难定。”《满江红》曰：“锦绣山川，无端却被群夷扰，堪惆怅，名川胜境，烟尘难扫。衮衮诸公无一策，问君何事犹牵绕。危邦不入乱休居，归须早。追往事，愁多少。新来恨，盈怀抱。愧世间大半协肩谄笑。水浊那分龙共鲤，林焚莫辨，花同草，武陵难觅旧桃源，空烦恼。”

《小补萝屋吟稿》一卷　　清末民初沈家璠节录抄本

王绮　撰

王绮，字仲昭，山阴人。武康训导王诒寿女。所著《小补萝屋吟稿》一卷，有沈家璠节录抄本。

此集中录诗九十一首。《春晓》曰：“一天花雾影犹迷，鸡唱声声碧林低。梦破红楼残月落，待听杨柳晓莺啼。”《眺远》曰：“飒飒西风作峭寒，登楼闲倚小阑干。隔江僧院覆阴合，绕郭烟岚柳影残。红叶半林茅屋小，绿波三面野桥宽。晚归却羡渔船稳，那识人间行路难。”《秋江垂钓》曰：“江心秋月碧如烟，红蓼滩头泊钓船。一尺鲈鱼新换酒，醉来抛却竹竿眠。”《闲咏》曰：“浮云如絮冒池塘，月到池心晕碧光。小坐中庭人寂寂，风摇窗竹一帘凉。”《田家》曰：“落木烟稀芦笋肥，菜畦茅屋对斜晖。儿童遥指山光晚，一路香风载稻归。”《窗下刺绣》曰：“竹影临池飐水凉，绿荷枝亚暗浮香。游鳞穿岛苔为障，醉蝶眠窗纸作床。人倚镜台闲刺绣，线随衣袖漫飞扬。谁怜手底芙蓉色，不及佳人画里妆。”《听稚眉弟夜读》曰：“风卷清烟净碧霄，明河如带系迢迢。灯前两部蛙声细，助尔清吟韵更调。”皆娴静淡雅。

《思古斋诗钞》一卷、《楚水词》一卷　　民国十七年孙若曾刻本、民国四年双照楼刻本

柯劭慧　撰

柯劭慧（1856—1896），字稚筠，胶州人。才女李长霞与柯蘅女。蘅为清末名儒，字我兰，号佩韦，从陈寿祺受许郑之学，尝以精研经史、音韵、文字，有五言长城之称，著有《汉书七表校补》《声诗阐释》《春雨草堂札记》《春雨堂诗选》。兄柯劭忞博学工诗，光绪十二年进士，历任翰林院编修、侍读、侍讲、京师大学堂总监督、清史馆代馆长、总纂，有"诗古文词，冠绝一世"之美誉，博学多才，尤精元史，独力编著《新元史》、负责总成《清史稿》。劭慧适拔贡孙季咸。季咸名荷诚，以字行，又字宜卿，著有《孝经郑注坿音》一卷，刊于光绪丙申年。劭慧于归仅六载，孙季咸丁母忧而以毁卒。劭慧茹苦矢节二十一年，年四十一卒。所著《思古斋诗钞》一卷、《楚水词》一卷，有民国十七年孙若曾刻本、民国四年双照楼刻本。

《思古斋诗钞》后有孙若曾《识》曰："先祖母博综经史，尤工词章，忧愁抑郁，一寓于诗。惜其篇什散佚，至今百不一存。洎若曾成立，极意搜求，历时廿载，仅获古今体诗三十余首。岁顷，客游北都，于吴前辈印臣处更得《楚水词》一卷。虽楮墨无多，弥为可珍。因将藏诗诠次，一并付梓，后人有能读书者，诵此遗便，庶可识清芬之所自。"集中录诗三十八首。多如《拟古三首》《拟行行重行行》《拟涉江采芙蓉》《拟青青河边草》《拟庭中有奇树》等拟古之作。《拟青青河边草》曰："灼灼桃李花，夭夭当风枝。皎皎彼姝女，媞媞好容仪。锵锵鸣玉佩，采采罗裳衣。佳人谁不慕，高节终自持。交爱无良媒，空令神魂驰。何不化行云，慰我长相思。"《秋怀七首》曰："凝霜凋兰蕙，白露被荆榛。好恶虽云殊，零落同秋旻。天地终无极，物理难长存。持此有时躯，而怀常苦辛。始知至人德，乐道在守真。两臂重万乘，况乃百年身。"《秋夜有感》曰："风叶落空阶，秋声感客怀。多情天上月，夜夜入帷来。"《送二兄赴蜀》曰："瑟瑟晚风兴，朗朗灯烛明。今夕共言笑，明晨即远行。清醑多且旨，嘉肴

皆丰盈。行人怨别离，对酒不能倾。晤言且相慰，未语涕自零。余心尚如此，客怀难为情。黾勉加餐饭，温恭交友生。劝君莫感伤，岁往若流星。努力各自爱，慎勿惭所生。”《九月九日与兰妹登高阁作》曰：“壶中有酒且同酬，共向西园忆旧游。万事回看旦夕异，一身休为百年愁。但寻黄菊簪青鬓，莫采茱萸怨素秋。乐饮不须辞日暮，人生能得几登楼。”皆温厚朗润。

《楚水词》后有柯劭忞《序》曰：“此三十阕皆同治壬申、酉间所作。是时，其舅孙府君官兴国州知州，妹随任之湖北，远嫁思归。词多怫郁，然盛年所作，笔意衰飒如此，固预知其薄祐矣。妹之卒也，余仿涪翁挝珠碎璧之诗以哭之。今钞其遗作，犹为之霣涕也。”如《更漏子》曰：“旅程遥，春色早，绿遍天涯芳草。飘素雪，坠胭脂，落花上巳时。沙路净，松荫瞑，十里风泉清听。山环抱，水萦回，行行客意迷。”《鹧鸪天》曰：“一寄家书一惘然，八行书满雁头笺。絮飘南国愁中雪，草长西村梦里烟。思往事，忆从前，归期未许比春先。登楼莫溅思乡泪，水远山长路四千。”

又，母李长霞著《锜斋诗集》一卷。长霞字德霄，山东莱州人，胶州诸生柯蘅室。子劭憼、劭忞均进士，两女劭慧、劭蕙也以“雅擅词华”而闻名，皆深得力于母教。所著《锜斋诗集》一卷，有清刻本。但“岁在金鸡，寇来，一焚石室之笈并烧旧作，所存十之二三”。晚年诗文主要收录在徐世昌《晚晴簃诗汇》集中。徐世昌曰：“格调高古，寄托遥深，蔚为国朝一作家。至其和作，当与施、宋颉颃。”长霞诗学三唐，长于五言，取材广泛，古近体间出，或简古，或恬淡，或清旷。集中《辛酉纪事一百韵》《赴潍县南留店寻儿》充满家国情怀。《乱后忆书》云：“插架五千卷，竟教一炬亡。斯民同浩劫，此意敢言伤。业废凭儿懒，窗闲觉日长。吟诗怜弱女，空腹说三唐。”此外，长霞还著有《锜斋日记》《文选详注》八卷。

《绿萼轩集》一卷附词　　民国十八年排印本

杨志温　撰

杨志温（？—1928），字幼梅，无锡人。杨锡奎女，杨志濂妹。志濂号希逸老人，光绪元年举人，历任湖州、严州、宁波知府。志温适清河陈心夔。幼时姊弟妹六人，时经寇乱，家贫如洗，转徙江淮间。志温长姊秉严命主家政，料量盐米之隙，辄督诸弟妹读书习女红，如严师，如慈母。志温年稍长，姊责望益切，故志温夜则随志濂及姊共一灯，咿唔室中，七八年未尝一日闲。夫文誉早著，婚后唱酬之乐不减秦徐。后夫忽得心疾，百疗不瘳。中岁失所天，茹荼饮蘖，以养以教，茹苦抚二子，至于成立，卓然有成。至今江淮士族称相夫教子者，必曰陈母杨太夫人。关赓麟赞曰："自幼稚以迄稀龄，姊唱妹和，忆夫训子，兼贤女、贤妻、贤母而有之。"所著《绿萼轩集》一卷，有咸丰六年刻本；民国五年木活字本；民国十八年排印本。

此集为民国十八年排印本，前有关赓麟、白曾然《序》，淮安顾震福题词，杨棨、杨志濂二人原《序》。集中录诗五十九首，附词四阕。诗律谐适，词旨和婉，虽多为春花秋月之作，而时有寄托，寓意深远。《山居》曰："闲庭无客到，幽景入诗情。啼鸟自来去，白云三径横。"《秋海棠红白二咏》曰："为怕轻寒损艳妆，淡云和月护东墙。雕阑倚遍人初悄，红烛烧残夜未央。浓睡不缘留宿醉，晚芳可勿恨无香。纵然流落西风里，赢得诗颠赋断肠。""晚凉庭院月如钩，香雾空濛半未收。一样花开缘底淡，十分清绝恰宜秋。只应玉女堪同赏，除去水仙莫与俦。漫道墙阴托根浅，阶兰篱菊雅相侔。"《秋兴》曰："憔悴园林景物赊，无边落叶和清笳。长生那得金茎露，人世谁乘银汉槎。夜静流连半檐月，秋深珍重一篱花。闺中不为韶光惜，一任西风毕岁华。"《七十初度有感》曰："幼年萍梗任西东，不靖干戈处处同。严父暮游淮海地，慈亲贫病药炉中。依兄弄笔吟诗句，随姊穿针作女红。午夜兰闺时絮语，憨嬉相对坐薰笼。"《和农弟七十述怀诗后有感》曰："一梦京华已十年，那堪南北尽烽烟。宦途淡泊同鸡肋，故里荒芜薄粥田。缩地无方何日见，山河破碎几时全。离怀怅触凭谁诉，啼遍空山听杜鹃。"可作为诗史看。词亦豁达。《凤凰台上忆吹箫》曰："篱豆花疏，井梧叶落，晚来雨过新凉。正月华光满。冰簟银床。十二湘帘卷尽，漏迢迢、良夜初长。星河漾，闲抛团扇，检点罗裳。横塘！红妆零乱，看玉露冷冷，粉坠莲房。听蝉吟远树，蛩语寒墙。长笛楼头谁倚。动诗情，每为秋狂。清堪赏，乘风万里，我欲翱翔。”

《怡秋轩初稿》一卷　　光绪三十年淮阴耕兰室刊本

李掌珠　撰

李掌珠（1857—1902），字兰如，丹徒人。李慎传女，江苏候补道钱塘项兆麟妻。幼极聪慧，五六岁时从叔父慎儒学，凡有讲授，无不领会，耽吟咏，为父母所钟爱，常曰此女不凡。读书之暇，学为诗。诗主沉着，刊落肤庸，语必真切，诗境遂日高。年十七归项耕娱（兆麟），犹时时以诗求教，每自言出室太早，功力未深。于归后家事繁杂，凌杂米盐，日勤家务，吟事屡辍，间有所作，腹稿居多，不肯录以示人。项兆麟言掌珠近十年愁病侵寻，每以诗自遣，集中有《匡床困卧愁病无聊偶读尺云轩集有贫病诗九首，因仿其体，易贫为愁，即用其韵，虽不能工，聊以排闷》曰：“愁多只觉乾坤窄，病剧翻添梦幻新。为愁增愁为病病，愁病互结重千钧。”所著《怡秋轩初稿》一卷，有光绪三十年（1904）淮阴耕兰室刊本。

此集前有丹徒李慎儒《序》，陈瀚、李寿源、李兰生题词。后有其夫项兆麟《识》。集中录诗二百三十首，附词四阕，文一篇。李慎儒《序》曰：“诗固足自立，倘虑单集难存，则予异日刻诗，当以汝集附予集后。”后“外孙毓均等辑其遗稿，迨以稿来，则篇什寥寥，古体尤少，予怪而问之。云：吾母从前曾订一册，颜曰《怡秋轩初稿》，而册中所录无几，此外皆草稿，散置奁盝书帙间，失去者无数，仅存者大率涂乙模糊，零笺残缺，求其首尾完备可以誊清者，十只三四，多系短章，即此稿中所载者”，“诗虽不多，已征风格。其流连光景诸作，自与寻常闺阁中人薄弱纤巧，掉弄笔尖者不同”。如《春日即事》《夏日即事》《秋日即事》《冬日即事》等组诗尤见功力。《送外子秋试口占》曰：“不同儿女动离愁，昆季飘然结伴游。一语嘱君君记取，湖山虽好莫勾留。”《外子秋试报罢书以排闷》曰：“关心离别最堪怜，天意留君岂偶然。倘使名成常作别，恐教憔悴弃江南。”《无题》诗曰：“室小能容膝，安居乐未休。窗明飞野马，篱短护牵牛。爱此三椽屋，何须百尺楼。图书堪位置，虽陋亦何愁。”《方镜》曰：“照人肝胆自端方，迥异深闺七宝装。百炼尚余圭角露，四规朗鉴寸心凉。森严气懔霜侵座，潋滟光涵水满塘。悬傍石屏尘障远，不同明月斗寒芒。”豁达之意自现。《游仙诗》十六首文采斐然。“玉露初侵月桂梢，布虚同憩碧云坳。消闲夜半无棋局，戏摘星辰当子敲。”“珊珊踏遍满天霞，闲访天台仙子家。洞口云封人迹少，沿堤初放碧桃花。”“上仙招饮紫霞醪，带醉归来意气豪。结得彩绳三万丈，独来海上钓金鳌。”

《静香阁诗存》一卷　　光绪二十四年顺德龙氏刻本

黎春熙　撰

黎春熙，字文绮，广东顺德人。光禄寺卿黎兆棠女，同邑龙泽鋆妻。幼时母教女学之外，春熙好为诗歌，每得句呈父，苟得许可，忻然忘食。婚后夫子早卒，时子裕光仅六岁，后春熙亦早卒。所撰《静香阁诗存》一卷，其子龙裕光辑入《螺树山房丛书》，有光绪二十四年龙氏螺树山房刻本；又有稿本，南海黄任恒《跋》，钤“黎媛春熙文绮诗草”印。

此集为龙氏刻本，卷末有子龙裕光《跋》曰：“诗自己巳至庚午，仅得古今体诗若干首，盖已亡十五六矣。遂敬谨编辑，亟付剞劂。即以所居名之。”《落叶》曰：“空山鸟语频，落叶拂虚尘。堕地皆随化，因风感怨春。绿珠留旧恨，飞燕是前身。草木本无情，偏惊羁旅人。”《红梅》曰：“禁寒犹带醉，红线亦仙人。点染胭脂色，包涵天地春。清霜忘冷淡，斜日见精神。不让樱桃美，新妆绝点尘。”《酒后偶成》曰：“避席逃禅入梦中，残灯欲灺醉颜红。漫言鲁酒醒无味，身世文章一例同。”《归度大庾岭》曰：“梅关重度总劳薪，望见家山黯夕曛。北洗欃枪章水雨，西归王母素车云。英雄儿女轮蹄共，急雪惊尘楚越分。棹楔路傍瞻拜罢，昔年曾此扫妖氛。”咏时事诗可当作诗史看。《学老杜诸将诗》曰：“雄镇东南荐剡来，始知天网不恢恢。十年孤愤填苍海，万里边愁入紫台。将帅荷恩鱼袋赐，鲲鲸跋浪虎门开。潜踪终作含沙蜮，军令分明绝祸胎。”《豪家被籍书事》曰：“倾筐倒箧数家珍，婢妾苍黄避下陈。金谷繁华原一梦，此时可有坠楼人。”《八月初九日贼至围南安是夜大雨章江涨不可渡》曰：“黑云浩浩卷双旌，陵雨滂沱夜捍城。壮士疆场争努力，家人生死早忘情。江翻雪浪喧鼙鼓，天倒银河洗甲兵。报国愧无奇六出，木兰奚用请长缨。”《贼退志喜》曰：“谍报援兵奏凯旋，喜心翻倒泪潸然。干戈一死知谁惜，骨肉重生始自怜。似说贼营栖燕雀，何来军府靖烽烟。犒师恰是中秋节，桐子欢歌月正圆。”《赣州兵变》曰：“上陇军还噪饷骄，总戎空锡侍中貂。重生有幸如春梦，万死无功答圣朝。章水风尘鼙鼓震，金陵将帅姓名标。最怜冒雪单骑往，博得疆场杀气销。”《家书述台湾风土之异有溪水终日作长叹声有山昼烟夜火风雨不减各以纪诗》曰：“碧溪尔本无愁者，终古流成长叹声。何事竟怀将别恨，于人定抱不平鸣。桥成鱼鳖朱蒙渡，地近蛟龙赤嵌城。水已知归隶图籍，底须呜咽独含情。”《闻大人台湾祈雨立应》曰：“渴泽焦原正闵农，冯夷翻海蹑虚空。天怜禾黍回生气，地异桑麻人化工。南赣洗兵云已黑，台澎沃土粟犹红。秋来幸勿吹咸雨，害物全无润物功。”咏史怀古诗亦有特色。《赵佗》曰：“佗城历尽劫灰飞，残腊无端感祸胎。紫贝明珠消息绝，何尝朝汉有层台。”《徐福》曰：“西极蓬莱别有天，风飚道阻几人旋。三千拊背离家子，犹道乘槎去访仙。”《朝汉台》曰：“呼銮道上暮笳哀，海气妖氛滚滚来。一笑陆生怀重宝，千秋犹说越王台。”

《爱月轩女史遗稿》三卷　　光绪十四年刻本

胡凯姒　撰

胡凯姒，字静香，南通人。廉访胡履坪女，中翰江棣圃室。后多病早卒。所著《爱月轩女史遗稿》三卷，有光绪十四年刻本。

此集前有杨寿昌、钟桐山、许蕙《序》。许蕙《序》曰：“失伉俪以衔哀，藉雕镂而拨闷，此婺源江棣圃中翰所以有静香女士《爱月轩遗稿》之刻也。”此集录诗一百六十一首，词四阕。卷一为《爱月轩试帖》，收录《绿波如画雨初晴》《绿水桥边多酒楼》《月明船笛参差起》《数卷床头引睡书》《窗扉灯火夜相依》《壮年学书剑》《诵诗闻国政》《人语中含乐岁声》《次第看花直到秋》《长安居不易》《夜雨滴空阶》《诗情又入早秋天》《秋冷先知是瘦人》《寒夜客来茶当酒》《开径望三益》《秋深一蝶下寻花》《每逢佳节倍思亲》《一年明月今宵多》《学然后知不足》《必逢佳士亦写真》《好鸟枝头亦朋友》《山高月小》《山意冲寒欲放梅》《冬至阳生春又来》《积雪为小山》《雪晴云散北风寒》《鹊始巢》《踏雪寻梅》《王质观棋》《冬岭秀孤松》《静者心多妙》《蜻蜓立钓丝》《冷露无声湿桂花》《高树早凉归》《清露滴荷珠》《薰风自南来》《莲花比君子》《夹竹桃》《雁字》《风梭织水纹》《楝子花开石首来》《桐叶坐题诗》《竹深留客处》《万松深处鹤巢云》《渭川千亩在胸中》《双鲤迢迢一纸书》《鹦鹉前头不敢言》《闲云潭影日悠悠》《绿槐高处一蝉鸣》《割麦插禾禽言》《多夏竹生寒》《长笛一声人倚楼》《秋菊有佳色》《金丝桃》《蝉曳残声过别枝》《吉人辞寡》《举杯邀明月》《读书破万卷》《山水有清音》《树木犹为人爱惜》《春荫又过海棠时》《寒夜闻霜钟》《坐对遗编灯动壁》《待到重阳日》《笔歌墨舞》《五月榴花照眼明》《青春作伴好还乡》《布帆无恙挂秋风》《牧童驱犊返》《好花看在半开时》《绿阴生昼静》《葭苍露白》等，皆秉温柔敦厚之风。如《壮年学书剑》曰：“艺必兼文武，英才出壮年。读书知大略，学剑得真传。黄卷三余足，青锋百炼坚。星霜消蠹简，肝胆托龙泉。尺业乘时进，分阴莫浪捐。检应烧烛久，看共引杯连。忘似良朋忆，随同健仆便。”《诵诗闻朝政》曰：“莫谓篇章富，而忘讽咏勤。古人诗尽诵，列国政皆闻。意贵通其志，辞防害以闻。膏滋郇伯黍，化洽鲁侯芹。黄鸟歌丘侧，赪鱼叹汝坟。源流千载合，理乱一心分。有获同谟典，无稽陋竹云。”《数卷床头引睡书》曰：“满架牙签富，偏将数卷留。引人添睡思，伴我向床头。勤乙三余励，闲初片刻偷，麟经耽左氏，蝶梦幻庄周。欹枕抛从手，开篇倦上眸。栖迟青帙散，息偃黑甜游。日水槐庭寂，风清竹簟柔。幽斋多逸兴，琴酒且为俦。”卷二为《爱月轩杂体》，录诗八十三首。杨寿昌《序》曰：“女士诗清丽俊逸，近体尤长，微特无愧于玉筐、季娴辈。”《春日怀笔悟闺友》曰：“床前草色绿初含，对景怀人思不堪。正是离愁千万种，难飞魂梦到江南。”《菊花》曰：“曾向重阳冒雨寻，此花独抱岁寒心。篱边冷艳舒丛玉，阶下寒葩绽碎金。淡泊更宜风露浥，萧疏犹傲雪霜侵。三秋莫道繁华歇，领取齿芬趣最深。"《茶灶》曰："竹阴深处灶烟清，采得新茶试一烹。不学王孙言媚事，应从陆羽结诗盟。炉中活火添初暖，鼎内温汤听已鸣。谁唤樵青煎白雪，幽斋共啜细评论。"《秋夜偶成》曰："碧纱窗启晚风凉，月转花阴上短墙。蛩语幽阶音细碎，蝉吟高树韵悠扬。井梧瑟瑟秋先到，莲漏沉沉夜渐长。槐荫半庭帘不卷，碧空无际雁翱翔。"另有记载西洋新事物的诗作，如《火轮船》曰："火动机关逐急泷，舟行直欲小长江。遇风万里神俱畅，激浪双轮势不降。烟气凌霄看浩浩，涛声彻夜听淙淙。当春乘坐如天上，稳渡鲸波抵万邦。"《时辰表》曰："西域传来制度奇，天工端可藉人为。等闲一个团圆表，得识晨昏十二时。"《自鸣钟》曰："不烦撞击始闻声，应候铿然自在鸣，能使人间知晷刻，余音摇曳逐风清。"怀古诗豪迈，如《冼夫人》曰："百战中原净寇氛，三朝姓氏著奇勋。英雄莫道无巾帼，继起争传娘子军。"思亲念友诗则缠绵悱恻，《写怀寄仪仲二弟》曰："骊歌欲唱泪沾衣，廿载相依不暂违。今日堪怜侬似雁，一行遥向楚天飞。""春风三月惜分襟，情比桃花水更深。此后鱼书频寄我，免教异地盼鸿音。"卷三为《爱月轩诗余》，录词四阕。《满江红·感怀》《浪淘沙·感怀》《梦江南·初夏感怀》二阕。卷末附《德州雨阻》二首、《写怀》四首、《将星遇风》等诗。

《绮窗吟草》一卷　　光绪十九年刻本

申志廉　撰

申志廉（1858—1891），字浣清，钱塘人。知县申保龄女，仁和施恂妻。以孝谨闻，喜吟咏，生于仕宦之家，而颇有诗书自乐之致。年十二三，时侍父母归寝后，每于灯下闲窗静咏，晨起则就正于母。有时赏花玩月，颇有佳句，而诗中命意，则仍极闲淡，有不栉进士之称。庚辰，赘施恂于署。于归后，米盐粟帛，措置裕如。家政之外，夫妇唱和，姊妹联吟，雍雍如也。并选唐宋诸名家诗为子女课，其风雅之癖，盖有甚于士人。辛巳，母疾，志廉则焚香默祷愿减算益母寿，病果愈。后父于乙酉二月殁于吴江任所，志廉悲痛欲绝，卒以遘疾不起，年仅三十。弟申崇文《哭姊五言三十二韵》《辛卯九月遵慈命为姊礼佛云栖寺刺激成律八章焚呈》可作志廉诗传。所撰《绮窗吟草》一卷，有光绪十九年（1893）刻本。

此集前有朱凤起、费有容、俞镇、金瑞心《序》，杨靖、赵章典、励志诗、励延豫、陈寅、朱章溶、朱选青、丁乃昌、朱大经、魏本正、潘松、吴昌祺、吴昌寿、申琳、申汝龄、弟申崇文等名士题词；卷末附施恂《跋》。集中录五七言诗一百一十七首。集中多闺房闲情之作，而凡所以自写愁牢者，靡不情深而意著。如《答讷龛述怀》曰："半生碌碌逐风尘，世变沧桑感慨贫。旧宅未恢先代业，微名尤滞壮年人。家无珍馔宾朋少，案有盘蔬子女亲。何事可堪酬岁月，与君共醉乐清贫。"《示弟》曰："不望荣华只望闲，且求无过在人间。布衣只合茅檐住，早把炎凉世事删。"缠绵悱恻，至性至情。《夏夜望月》曰："碧天如水月如盘，照满高楼夜阑珊，遥忆故乡书罢读，此时卷帘共谁看。"有如唐人诗。又《九秋病起晚眺步杜少陵秋兴韵》曰："书窗容易夕阳斜，短晷匆匆感岁华。绣阁倚箫歌落月，渔家横笛集短槎。半庭残叶敲疏牖，一片寒声送暮笳。橘绿橙黄好风景，岂堪多病负黄花。""天高气爽月当头，野色苍茫届暮秋。边塞风霜游子感，深闺刀尺美人愁。云迷庾岭藏眠鹤，舟傍沙滩逐水鸥。茅舍竹篱能自乐，不须箫管梦扬州。"《岁暮感怀》曰："话到江南不解愁，最难抛得是苏州。每怀亭榭寻芳约，为访园林结伴游。春好山塘停画舫，月明箫管起红楼。金阊一片繁华地，何日扁舟泛虎丘。"

《古余芗阁集》一卷　宣统元年南皮张氏代兴堂刻本

慕昌溎　撰

慕昌溎（1858—1886），字寿荃，蓬莱人。侍讲慕荣干女。生而聪颖，十余岁赋《航海图》诗，苍古有奇气。事父母有至性，母患末疾，朝夕代其劳。嗜学，博涉传记，尤喜读史，其外祖母陈氏读书知大义，昌溎每与言及古今人物，臧否死生大节，不少假借，而父母前则讷讷然，沉默若无能者。年十八，许字南皮张元来。光绪元年元来举于乡，父望子通籍后，始完婚，故迁延且十载。元来以疾死，时荣干方视学陕西，讣至秘不使女知，女亦微觉之，不哭亦不言，见父意有不怡，反用他词慰藉之。试竣还京，逾岁，昌淮年已二十八，距元来死已三年。有定兴翰林某失偶，闻女之贤，遣冰至。荣干以问女，女不答，再问则云："愿事父母以终。"再三谕之，无言而退。命自理嫁衣，观其意，女忻然无难色。将以六月十六日受某氏聘。前一日为母王氏诞辰，女内外扫除，集百戏宴宾戚，盛服捧觞为父母寿。是夜，酒散，父母命之寝，依依然不忍去。既闻更鼓声曰："时至矣。"起趋出，徘徊复返顾，良久微叹而去。是夜大雷雨，迟明，女奴过后园，见空室有人影，微露其衣，稍近，知女自缢矣。外祖母陈氏述女之言行曰："人生若朝露，庸福蠢寿与草木同腐，惟瑰行奇节为不死耳。"其他语多类似。君子曰："女可谓从容蹈义者矣。"所著《古余芗阁集》一卷，有光绪三十二年铅印本；宣统元年刻本；民国十八年张氏代兴堂刻本。

此集为宣统刻本，前有贺涛、吴闿生《序》，卷末有牛尔裕《跋》，题从子宗芳谨校，又附《慕贞女传》《慕贞烈传》。集中录诗一百一十四首。《慕贞女传》曰："女工书画，善吟咏，所为诗凡千余首，死之夕尽焚之。其存者则《寄外祖诗》一卷，所谓《古余芗阁遗诗》也。"吴闿生《序》曰："夫人守志不变节，以殉其夫。逾二十三年，其兄子宗瑛裒其遗诗一卷。"贺涛《序》曰："夫人所为诗多咏古之作，其于古事，乃能指摘是非，而权以己见，确乎有当于事理，若可据以施行者。心志所蕴结，求通于书籍中，而自瀹发之耳。""其诗所陈列，有足以激发人之志气者哉。"《如姬歌》曰："邯郸当日困强秦，魏王坐视平原君。危城旦夕倒悬急，信陵救赵欲殉身。翻使奇功出罗绮，如姬小字艳桃李。几载椎心雪父仇，衔恩甘为公子死。星寒月黑夜天迴，严更初绝残烛影。独将虎符出深宫，笑杀孱王睡正浓。狗屠如虎君如龙，血洗秦营千里红。魏王畏葸信陵擅，报关计亦何足算。巾帼独饶侠士风，慷慨报恩不避患。呜乎攻伐纷纷七国时，连横合纵殊堪悲。须眉鼠窜皆成赏，粉黛成功亦自奇。"《金台览古》曰："沙气蒸云落日黄，西风高啸万林霜。金台骏骨归何处，古木寒鸥镇夕阳。聊共新诗添点缀，空余衰草阅兴亡。燕昭身后望诸去，胜迹当时久已荒。”《题航海图》曰：“长风莽荡荒烟织，万峰倒插骇浪逼。寒星炯炯海天高，孤帆如箭接红日。”《赴京道上》曰：“长川千里晚悠悠，立马斜阳古渡头。归雁几声乡思杳，满山红叶一鞭秋。”《游仙诗》曰：“忆得乘虬朝帝宸，蟠桃今又几千春。浮云老尽红桑落，惟有青山似故人。”《冬夜》曰：“粉垣零落挂残萝，黄叶萧萧阶下多。三径竹吟风琐碎，半窗梅弄月婆娑。霜飞小院凉如水，夜静长河冻不波。十二朱楼深掩映，碧阑干外雁声过。”

《绣桥诗词存》二卷　　民国八年汪氏家刻本

程淑　撰

程淑（1858—1899），名文淑，因家讳又字秀乔，号绣桥，休宁人。程金鉴次女，绩溪汪渊继妻。幼聪慧，娴母训，善读父书。九龄通四声，耽吟咏，父奇爱之，择偶甚苛。光绪丁丑归绩溪汪渊为继室。性娴静，能食贫作苦。汪渊以授徒为生，馆谷所入，仅足糊一家数口，淑安之若素，无几微形诸辞色。初从汪渊学为词，出语即楚楚有致。汪渊集句为词，淑于井臼少暇，佐渊搜讨集成。卷末载二人趣事，汪渊曰：“余最爱李易安‘红藕香残玉簟秋’之句，苦无佳句可对。一夕被酒卧沙发，听内子诵蒲江词，至‘碧梧声到纱窗晓，昨夜几秋风’，不觉跃起曰：‘得之矣，得之矣！’内子骇问。余以故相语，大喜，洗盏重酌而罢。”不仅如此，且典钗珥以助刊。汪渊诗云：“词句校雠资草削，钗环典质助梨灾。从今夸向人前说，赖有闺中知己来。”此为纪实之语。生四子四女，卒年四十二岁。所著《绣桥诗词存》二卷，有民国八年刻本。

此集前有徐乃昌《序》、缪荃孙题词、汪渊《程孺人传》、附录《诗圃摭谈》三则，卷末有汪渊《跋》。汪渊《跋》曰：“亡室生时爱读《西青散记》，有感于绡山女子事，而谓余曰：‘以双卿之才，尚粉书芦叶，不欲留稿于世。今余所作，得数首附君集以传足矣，他何望乎？以故于诸稿随手斥弃，不少惜。是编皆君殁后，从所读书页及针线帖中搜寻而得。命儿辈录之，扃箧中廿年矣。

戊午春，徐积余观察有续闺秀词选之举，征亡室词于余。余录副寄之。儿辈复以授之梓请，虽非亡室本意，然吾二人毕生幸福仅此十数年之唱酬，不可不留以为纪念也。'”集中录诗九十一首。《秋声》曰：“风露凄清那得眠，自携团扇立阶前。声来小阁疏香外，秋在重帘浅梦边。班竹低吹梧苑月，碧纱凉雨茜窗烟。明河耿耿天将曙，几点萤飞思悄然。”《漫兴》曰：“吟情游兴向谁论，到处登临酒一樽。漠漠青山云外塔，萧萧黄叶雨中村。凉秋似水寻无迹，好梦成烟散有痕。底事清愁忽怅触，数声啼鸟又黄昏。”《送侄女之鸳湖》曰：“呕哑柔橹划波轻，水驿江村路几程。木落寒山秋色远，云开断塔夕阳明。寄书恐阻天边雁，折柳愁听笛里声。此去胜游应记得，一楼烟雨暗重城。”词二十四阕：《花非花·拟唐人闺怨》《浪淘沙·题画》《如梦令》《浣溪沙二阕》《好事近二阕》《醉太平》《西江月·得外书》《忆秦娥》《蝶恋花·寄远》《南乡子·西瓜灯》《菩萨蛮》《秦楼月》《虞美人·春雪》《风蝶令·暖锅》《点绛唇·新燕》《清平乐》《临江仙·盘香》《卜算子》《菊花新·马兰菊用张子野韵》《喝火令·送春同诗圃》《三字令》《苏幕遮》等。

又，程淑著《麝尘莲寸集校注》四卷，有清光绪十六年（1890）染翰斋刻本。集前有程秉钊、汪宗沂《序》、程淑《自序》，书名《麝尘莲寸集》，取“捣麝成尘，芳馨之性不改；拗莲作寸，高洁之致长留”之意。

《仪孝堂诗集》二卷　　民国六年石印本

何承徽　撰

何承徽（1858—1941），字懿生，湖南衡阳人。何承道妹，湘乡张通典（伯纯）妻，张默君母。幼而颖异，秉至性，具远识，通经史，诗才尤天纵。稍长，与璞元公暨义宁陈散原三立、浏阳谭嗣同复生诸诗老、益阳谢君玉女史等唱酬，人皆叹服，往往为之敛手。所著《仪孝堂诗集》二卷，有民国六年（1917）石印本。

此集前有谭延闿《序》曰：“《仪孝堂诗集》二卷，张何夫人之所著也。夫人为衡阳何通隐先生女弟，适湘乡张伯纯先生。夫家母族并为名门，两先生又通才硕学，余事能诗，佳句流传，世所推仰。夫人姊妹娣姒各擅才名，篇什唱酬，由来盛矣。今岁丁巳夫人年政六十，令女默君女士及其弟妹将裒集付刊，以为母寿。”其诗“沉酣三唐，渊源八代，风骨既骞，芬芳自远。当夫中闺多暇，写韵方闲，庭阴月来，南荣花满，春朝秋夕，风和日长，弟昆则羯末封胡，中外则双丁二到。极觞咏之乐，有承平之娱，此一时也。及夫移家白下，赁庑吴中，忆故乡之岁，时闻新声，于子夜裁笺寄意，织锦留题，恒多览古之辞，亦有怀人之什，又一时也。至于中更烽火，晚阅沧桑，即古忧时，怨遥伤远，寄哀吟于漆室，托微尚于琼枝，不无危苦之词，自写幽忧之致，又一时也。况乃纱幔之前，已多弟子；庭阶之上，更有芝兰。大家续班史之编，小乔以周郎为婿，贻书戒子，含饴弄孙，海内奉为女师。异国求其诗草，其为福慧，更异前人。”卷一收录古体诗五十七首，如《晚春辞》《明宵辞怀五妹》《秋浦歌》《静夜曲》《游侠篇》《秋宵辞》《采莲曲》《拟苏子瞻江上值雪》《拟杜工部岳麓道林二寺行同伯纯作》等。《晚春辞》曰：“东风吹梦回天涯，绿杨丽日犹眠雅。朝烟凉隔碧纱影，敲帘细落夭桃花。花光历乱春无处，咫尺红霞镜中曙。画堂静寂掩芳菲，一鸟啼花送春去。”卷二收录近体诗六十五首，咏古诗如《虞兮》曰：“乌渡苍黄霜气收，虞兮节义自千秋。龙门本纪分明在，莫笑君王是沐猴。”《坠楼》曰：“燕子楼中尚惜躯，波澜自问妾心无。原来一样轻生法，羞作人间莽大夫。”《感怀再呈外子》曰：“贾生思献策，王粲及春游。国步艰难日，人才喜起秋。徙戎输蚤计，戡乱乏良谋。自古严夷夏，空怀漆室忧。”《闻警和外子》曰：“欲扫夷氛事弥兵，何时据乱易升平。狼烟千里连秋月，戍鼓三更咽古城。五虎口中终负约，七鲲身外复要盟。挑灯再展阴符读，将相谁堪继贾生。”《出塞》曰：“秋风鸣劲弦，上将猎祁连。黄沙临瀚海，红旆动长川。飞狐延汉月，铁骑损胡天。定有城南怨，清宵角里传。”

《华蕊楼遗稿》一卷　　民国五年周氏梦坡室刻本

徐熙珍　撰

徐熙珍（1872—1892），海宁人。徐棣山女，周紫垣妻。徐棣山与兄徐贯云、徐凌云皆清末民初书画名家。集中《哭外祖母高孺人周年》小注曰："外祖母有《劫余吟稿》。"二十岁归周庆奎，庆奎字肖苏，号紫垣，国子生。喜弄词翰，擅昆曲，工小生，兼娴绘事，后以谋生急，弃儒业。婚后夫妻唱和，其《赠外》有"与君相对锻新诗"，周赞其"温柔敦厚，无世俗儿女子态"。于归后一载病卒。所著《华蕊楼遗稿》一卷，有民国五年周氏梦坡室刻本。

此集前有周庆云、吕凤岐、曹镤、王廷相《序》。集中录诗一百零五首。周庆云曰："《浔溪诗征》之辑，紫垣录示数首，仅鳞爪耳。越一月，紫垣妻弟徐君贯云袖弟妇《华蕊楼遗稿》来谒。""虑吉光片羽，久而易湮，爰付手民刊为单本，冀谋不朽，且以塞紫垣锦瑟之悲，并以抒贯云谢庭之感云。"诗歌"大都流连光景之作，然行间字里，俊逸清新，不斤斤规模唐宋，而自有蕴藉宜人者在"。

吕凤岐《序》曰："好句如珠，一种秀雅温柔之致溢于言表，无他，情之所钟，即性至所近也。"王廷相《序》曰："稿中存诗若干，大抵渊源剑南、石湖，而后半诸作循流而上，已渐窥香山、义山门径。""畅其才情而老其魄力，则与国朝席佩兰、钱浣清、金纤纤、吴珊珊诸名媛先后辉映。"《春深》曰："静坐小楼中，寻诗句未工。隔帘双燕语，妒煞落花风。"《感怀》曰："迎春瞥又送春还，虚掷韶华泪暗潸。贫不求怜才算达，病虽离体觉犹孱。绿蕉含露和愁卷，碧柳摇风带恨攀。懒绣慵妆因底事，新诗半卷未曾删。"《柳》曰："绿绾旧枝烟，愁牵旅客鞭。三春眠复起，纤弱可人怜。"《泛舟》曰："养花天气好，画舫泛晴波。日暖襟嫌重，风轻浪亦和。桨摇鸥梦破，人静鸟声多。耸翠浮峦远，微茫几点螺。"《暮春寄外》曰："昨宵风雨声，花落应无数。梦回枕上为花愁，一杵晓钟春已去。栏干寂寞十二重，绿窗懒课针绣工。难凭魂梦寻君去，恰喜家书有雁通。家书胜抵千金重，盥薇反覆常凝诵。悟后诗情始见真，参来意味方知共。报君近事写鸾笺，露滴隃麋手自研。屈指归期期不远，茗香共话惠山泉。"《秋夜》曰："气爽天高月色深，灯花落烬验阴晴。无痕有韵秋何处，唧唧虫声杂暮砧。”《秋思》曰：“一局棋枰展绣帏，敲残红焰漏声微。沉沉镜月秋光淡，薄薄罗云世态非。遥盼鱼书增夜梦，静看雁字向南归。商声不解吹愁去，依旧寒侵白袷衣。”

《锦霞阁诗词集》六卷　　宣统二年刻本

包兰瑛　撰

包兰瑛（1873—?），字者香，一字佩棻，丹徒人。父包南星自幼时训诫儒家女贵有士行，三百篇多载闺阏之诗，二南为尤甚，为之手录《骚》《选》、唐宋以来诸大家诗，昕夕督课之。由此遂耽吟咏。者香幼慧天成，兼资庭训，父南星云“白雨跳珠”，即对“赤虹化玉”，为人称道。十二岁，随父宦浙，每览山色湖光，觉苏、白之诗宛然在目，性灵所托，篇什日增。十六岁，又随父迁处州之厦河，途经台、宕二山，爱其天然奇秀，呼侍女安笔砚，有停帆望香炉之兴，诗多得江山之助。父南星赞其诗有逸气，与钱浣清丰神毕肖，定是钱氏后身，由是“艳声溢于西湖，诗名噪乎南国”。光绪壬辰归如皋朱兆蓉芙镜。朱氏自称“词女之夫”，推崇者香才华，自言“试比璇图于苏蕙，家人聊作解人；若问玉和于秦嘉，女曰然后士曰”，被赠“神仙眷属”小印，陈栩甚至说“算绝顶才华，齐眉福分，千古一人耳”。者香曾拜娄县杨葆光古酝为师。所著《锦霞阁诗集词集》六卷，诗五卷，词一卷，有光绪三十四年刻本；宣统二年刻本。

此集为宣统二年刻本，前有俞樾、傅崇黻、胡德彝朱兆蓉《序》，者香《自序》。傅崇黻《序》曰：“风格清奇，风神俊逸。感时恻怆，杜少陵之遗则也；缘情绵邈，李义山之流亚也；庄雅和平，温柔敦厚；三百篇之正而葩也。”又曰：“咏柳、惜花诸律，清丽足迈阮亭也。”胡德彝《序》曰：“游览之作清以超；酬和之作绵以丽，珠润玉洁，有冲淡而无噍杀。”俞樾《序》曰：“至登览、咏古、读史诸篇，精思约旨，风格不凡。其尤警拔者，则枕胙经史，挥斥百家，或老生宿儒终身有未解。”集中《游仙》《闻笛》《秋柳》等篇皆工整；《咏史》《吊古》诸篇皆上下千古，断制精当，眼识俱高；《庚子感赋》慷慨悲歌，忠爱之心溢于言表，被认为可与元次山之《舂陵行》媲美。感时恻怆，有少陵遗则；缘情绮靡，李义山之流亚。庄雅和平，温柔敦厚。三百篇之正而葩。其集较之寻常闺秀作家，足有可取之处。《暮秋病中成》曰："萧瑟重阳信，寒生薄暮中。病多常试药，体弱不禁风。人意和诗瘦，乡书遣雁通。倦看秋色老，枫叶饱霜红。"《早春寄外》曰："莺声唤起一年春，又见江南景物新。昨夜东风舒柳叶，妆楼忽忆画眉人。"《次外子西安道中寄怀韵》曰："匆匆捧檄赴西安，飞挽劳人孰劝餐？只恐征衫绵太薄，灞桥风雪不胜寒。""白雪难赓得句迟，敢同徐淑寄离思。西风匹马长安道，调护无人要自知。""渭城沽酒醉寒宵，况有琴书伴寂寥。莫望江南家万里，明年归棹趁春潮。"《咏史》曰："千古牛衣肯死忠，直臣折槛亦奇功。诸儒杜谷真无赖，谏表区区说后宫。""此公佞佛久无灵，妖梦迷茫死未醒。谁为练儿编本纪，年年只载老人星。""虬髯十万拥戈船，一见龙颜意惘然。海外真王君莫笑，绝胜褒鄂上凌烟。""衣白披裘总出尘，一耽泉石一经纶。官家同学知何限，千古流传只两人。""老泉潦倒布衣终，方叔台卿感遇同。却怪季奴署函面，一枝铁稍便称公。""一幅流民郑侠摹，方田保甲罢追呼。讵知护法沙门在，又进朝端莫助图。""江河万古盛文章，历圣相承宝策长。我爱金家小尧舜，不烧书籍学秦皇。"《游仙词》曰："紫府清严奏九霞，凤枝梳扫阿环家。自从天女纷披后，唤作人间宝相花。""碧鸡流焰夜熊熊，十日蓬山宴未终。玉册金泥剪鹑首，天心原在醉乡中。""珍珠红滴五光卮，独立瑶池倚醉时。千二百骁天一笑，漫山风雪玉龙驰。""一叶红莲十丈开，有人丫角海边来。虹霓作线风为柁，问尔飙轮驾几回。""霓裳妙舞月沉沉，八部琅璈夜鼓琴。幸有采鸾写宫韵，仙人从此爱微吟。"《庚子团匪与西人构兵感赋》曰："尝怪漆室女，开口忧国事。上下数千年，乃睹陵夷势。中日一战后，要求靡弗至。薄海赋同仇，草茆仗大义。宋之大行民，晋之坞主辈。心腹不可知，慷慨饰意气。团匪乘隙起，乃袭前人智。谁秉国之钧，汶汶失调剂。咤叱丁甲神，郭京如儿戏。联军怒相轰，鱼羊纵吞噬。夜半禁城开，车驾长安避。金瓯碎不完，一败遂涂地。李头虽倡乱，季龙岂无罪。中外均一辙，感此心如醉。剪烛夜窗前，忧来发深喟。”《怀古十首》之《班昭》曰：“史才芳范传千古，不特璇闺四德全。东观续成前汉纪，内庭争诵大家篇。”《木兰》曰：“忠孝蛾眉性自坚，奔驰戎马剧堪怜。图功岂止麒麟阁，隐迹沙场十二年。”《吴绛仙》曰：“长蛾写罢谢恩初，秀色清才两不虚。一自红笺新献句，六宫知有女相如。”《卫夫人》曰：“簪花妙格开唐宋，顷刻挥毫结构成。三昧独传王逸少，竟无巾帼作门生。”皆少陵遗风。

参考文献

《清代碑传全集》，上海古籍出版社 1987 年版。

《全清词·顺康卷》，中华书局 2002 年版。

《全清词·雍乾卷》，南京大学出版社 2012 年版。

《四库全书荟要总目提要》，人民文学出版社 2009 年版。

《四库全书总目辨误》，上海古籍出版社 2001 年版。

《四库全书总目提要》，商务印书馆 1931 年版。

王欣夫补、胡玉缙撰：《四库全书总目提要补正》，上海书店出版社 1998 年版。

余嘉锡：《四库提要辨证》，中华书局 1980 年版。

崔富章：《四库提要补正》，杭州大学出版社 1990 年版。

《四库未收书目提要》，商务印书馆 1955 年版。

《宋元明清书目题跋丛刊》，中华书局 2006 年版。

《续修四库全书总目提要》，齐鲁书社 1996 年版。

《中国古籍善本书目》，上海古籍出版社 1996 年版。

《中国古籍总目》，中华书局、上海古籍出版社 2012 年版。

《中国善本书提要》，上海古籍出版社 1983 年版。

蔡冠洛：《清代七百名人传》，中国书店 2008 年版。

陈廷焯：《白雨斋词话》，圭璋《词话丛编》，中华书局 1986 年版。

陈维崧：《妇人集》，王英志：《清代闺秀诗话丛刊》，凤凰出版社 2010 年版。

陈文述：《碧城仙馆女弟子诗》，民国刊本。

陈文述：《西泠闺咏》，《武林掌故丛编》，广陵书局 2008 年版。

陈芸：《小黛轩论诗诗》，王英志：《清代闺秀诗话丛刊》，凤凰出版社 2010 年版。

虫天子编：《香艳丛书》，人民文学出版社 1992 年版。

褚人获：《坚瓠集》，上海古籍出版社 2012 年版。

单士厘：《闺秀正始再续集》，清末刊本。

邓显鹤辑：《沅湘耆旧集》，岳麓书社 2007 年版。

邓之诚：《清诗纪事初编》，上海古籍出版社 1965 年版。

棣华园主人：《闺秀诗评》，王英志：《清代闺秀诗话丛刊》，凤凰出版社 2010 年版。

丁阎公：《甲乙之际宫闱录》，民国刻本。

丁芸：《闽川闺秀诗话续》，王英志：《清代闺秀诗话丛刊》，凤凰出版社 2010 年版。

杜文澜：《憩园词话》，唐圭璋：《词话丛编》，中华书局 1986 年版。

法式善：《梧门诗话》，凤凰出版社 2005 年版。

范端昂：《奁制续泐》，清康熙间刊本。

费善庆、薛凤昌：《松陵女子诗征》，民国 8 年吴江费氏华梦堂排印本。

古墨浪子：《西湖佳话》，上海古籍出版社 1980 年版。

郭霭春：《清史稿艺文志拾遗》，华夏出版社 1999 年版。

洪亮吉：《北江诗话》，人民文学出版社 1998 年版。

胡家柱：《安徽历代著作家小传》，南京大学出版社 1993 年版。

胡文楷：《历代妇女著作考》，上海古籍出版社 2008 年版。

黄秩模编：《国朝闺秀诗柳絮集校补》，人民文学出版社 2011 年版。

季娴：《闺秀集》，《四库全书存目丛书》，集部，齐鲁书社 1996 年版，第 414 册。

江庆柏主编：《清代地方人物传记丛刊》，广陵书社 2007 年版。

江元祚：《续玉台文苑》，《四库全书存目丛书》，集部，齐鲁书社 1996 年版，第 339 册。

姜绍书：《无声诗史》，《画史丛书》，上海人民美术出版社 1982 年版。

蒋宝龄：《墨林今话》，上海古籍出版社 2015 年版。

蒋元卿：《皖人书录》，黄山书社 1989 年版。

柯愈春：《清人诗文集总目提要》，北京古籍出版社 2001 年版。

况周颐：《玉栖述雅》，唐圭璋：《词话丛编》，中华书局 1986 年版。

来新夏：《近三百年人物年谱知见录》，上海人民出版社 1983 年版。

蓝鼎元：《女学》，《四库全书存目丛书》，子部，齐鲁书社 1996 年版，第 28 册。

雷瑨：《闺秀诗话》，王英志：《清代闺秀诗话丛刊》，凤凰出版社 2010 年版。

李鼎：《西湖小史》，《丛书集成续编》，史地类，台北市新文百出版公司 1988 年版，第 224 册。

李桓纂：《国朝耆献类征初编》，广陵书社 2007 年版。

李佳：《左庵词话》，唐圭璋：《词话丛编》，中华书局 1986 年版。

李灵年、杨忠主编：《清人别集总目》，安徽教育出版社 2000 年版。

李梦符：《春冰室野乘》，广智书局宣统三年（1911）版。

李延昰：《南吴旧话录》，上海古籍出版社 1985 年版。

李元度著，易孟醇点校：《国朝先正事略》，岳麓书社 2008 年版。

梁绍壬：《两般秋雨盦随笔》，上海古籍出版社 1982 年版。

刘声木：《苌楚斋五笔》，中华书局 1998 年版。

刘云份：《翠楼集》，进修书店 1948 年版。

陆以湉：《冷庐杂识》，中华书局 1997 年版。

毛国姬：《湖南女士诗钞》，湖南人民出版社 2010 年版。

潘衍桐：《缉雅堂诗话》，光绪间刊本。

潘衍桐：《两浙輶轩续录》，浙江古籍出版社 2014 年版。

潘英：《国朝诗萃初》，清嘉庆间刊本。

潘之恒：《亘史钞》，《四库全书存目丛书》，子部，齐鲁书社 1996 年版，第 194 册。

庞石帚：《养晴室笔记》，四川文艺出版社 1985 年版。

庞元英：《谈薮》，进步书局民国 4 年版。

钱谦益：《列朝诗集小传》，上海古籍出版社 1983 年版。

钱学坤：《青浦闺秀诗存》，民国 19 年铅印本。

钱仪吉：《碑传集》，中华书局 1993 年版。

钱泳：《履园丛话》，中华书局 1991 年版。

钱仲联主编：《清诗纪事》，江苏古籍出版社 1989 年版。

秦云爽：《闺训新编》，《四库全书存目丛书》，子部，齐鲁出版社 1996 年版，第 157 册。

荣文祚：《名媛尺牍续集》，清末民国初抄本。

阮元：《定香亭笔谈》，中华书局 1985 版。

阮元：《两浙輶轩录》，浙江古籍出版社 2012 年版。

沈德潜：《清诗别裁集》，上海古籍出版社 2013 年版。

沈善宝：《名媛诗话》，王英志：《清代闺秀诗话丛刊》，凤凰出版社 2010 年版。

沈祖禹：《吴江沈氏诗集录》，清乾隆五年（1740）吴江沈氏刻本。

施绍莘：《秋水庵花影集》，《四库全书存目丛书》，集部，齐鲁书社 1996 年版，第 422 册。

史震林：《西青散记》，上海杂志公司民国 24 年版。

宋慈抱编：《两浙著述考》，浙江人民出版社 1985 年版。

孙蕙媛：《古今名媛百花诗余》，清康熙间刊本。

唐圭璋编：《词话丛编》，中华书局 1986 版。

田艺蘅：《诗女史》，《四库全书存目丛书》，集部，齐鲁书社 1996 年版，第 321 册。

苕溪生：《闺秀诗话》，王英志：《清代闺秀诗话丛刊》，凤凰出版社 2010 年版。

汪启淑：《撷芳集》，乾隆五十年古歙汪氏飞鸿堂刻本。

汪启淑著，杨辉君点校：《水曹清暇录》，北京古籍出版社 1998 版。

汪逸如：《昔柳摭谈》，上海沈鹤记书局 1936 年版。

王昶：《春融堂集》，上海文化出版社 2013 年版。

王昶著，周维德辑校：《蒲褐山房诗话新编》，齐鲁书社 1988 年版。

王昶撰，毛庆善编：《湖海诗人小传》，周骏富：《清代传记丛刊》第 24 册，中国台北明文书局 1985 年版。

王端淑：《名媛诗纬初编》，康熙清音堂刻本。

王国平：《西湖文献集成·西溪专辑》第 18 册，杭州出版社 2004 年版。

王士禄：《宫闺氏籍艺文考略》，《艺文杂志》1936 年第 6 期。

王士禛：《带经堂诗话》，人民文学出版社 1963 年版。

王秀琴：《历代名媛文苑简编》，中华书局 1957 年版。

王豫编：《江苏诗征》，道光元年（1821）焦山海西庵诗征阁刻本。

王蕴章：《燃脂余韵》，王英志：《清代闺秀诗话丛刊》，凤凰出版社 2010 年版。

翁洲老民：《海东逸史》，浙江古籍出版社 1985 年版。

吴颢辑：《国朝杭郡诗集》，同治十三年（1874）钱塘丁氏刻本。

吴照衡：《莲子居词话》，唐圭璋：《词话丛编》，中华书局 1986 年版。

徐康：《前尘梦影录》，中华书局 1985 年版。

徐珂：《近词丛话》，唐圭璋：《词话丛编》，中华书局 1986 年版。

徐珂编：《清稗类钞》，中华书局 2010 年版。

徐世昌：《清儒学案》，中华书局 2008 年版。

徐世昌编：《晚晴簃诗汇》，中华书局 1990 年版。

徐树敏等：《众香词》，学苑出版社 2017 年版。

许夔臣：《国朝闺秀香咳集》，光绪申报馆铅印本。

杨锺羲：《八旗文经作者考》，周骏富：《清代传记丛刊》第 17 册，中国台北明文书局 1985 年版。

杨锺羲：《雪桥诗话》，人民文学出版社 2011 年版。

叶昌炽：《缘督庐日记》，江苏古籍出版社 2002 版。

叶恭绰等撰：《清代学者像传合集》，上海古籍出版社 1989 年版。

余怀：《板桥杂记》，上海古籍出版社 2000 年版。

俞陛云：《清代闺秀诗话》，《故都旬刊》1946 年第 1 卷第 3 期。

袁行云：《清人诗集叙录》，人民文学出版社 2016 年版。

袁景辂辑：《国朝松陵诗征》，乾隆三十二年（1767）袁氏爱吟斋刻本。

袁枚：《随园女弟子诗》，上海图书集成印书局，光绪十八年（1892）石印本。

袁枚：《随园诗话》，人民文学出版社 1960 年版。

袁枚：《袁枚全集》，江苏古籍出版社 1993 年版。

恽珠：《国朝闺秀正始集》，道光十一年 1831 红香馆刻本。

张大复：《梅花草堂笔谈》，上海古籍出版社 1986 年版。

张慧剑：《明清江苏文人年表》，上海古籍出版社 2006 年版。

张梦征：《青楼韵语》，上海中央书店，民国二十四年版。

张舜徽：《清人文集别录》，华中师范大学出版社 2004 年版。

张维屏：《国朝诗人征略初编》，《清代传记丛刊》，台北文明书局 1986 年版，第 21—23 册。

张维骧、蒋维乔等补：《清代毗陵名人小传》，《清代传记丛刊》，台北文明书局 1986 年版，第 197 册。

章钰等编：《清史稿艺文志及补编》，中华书局 1982 年版。

赵国璋主编：《江苏艺文志》，江苏人民出版社 1995 年版。

赵世杰：《古今女史》，国家图书馆藏明崇祯刻本。

郑文昂：《名媛汇诗》，《四库存目丛书》，集部，第 383 册。

钟惺：《名媛诗归》，《四库存目丛书》，集部，第 339 册。

钟惺：《明诗归》，《续修四库丛书》，集部，第 338 册。

周铭：《林下词选》，《续修四库丛书》，集部，第 1729 册。

朱彭：《西湖遗事诗》，《丛书集成续编》，史地类，第 224 册。

朱彝尊：《静志居诗话》，人民文学出版社 2005 年版。

朱彝尊：《明诗综》，中华书局 2007 年版。

祝尚书：《宋人别集叙录》，中华书局 1999 年版。

卓人月：《古今词统》，《四库续修丛书》，集部，第 1729 册。

邹漪斯：《诗媛八名家集》，顺治十二年邹氏鹭宜斋刊本。